廣西師範大學中國語言文學一流學科建設經費資助成果

國家社科基金重大項目《歷代駢文研究文獻集成》（15ZDB068）資助成果

廣西特聘專家崗專項經費資助成果

灕江學者團隊專項經費資助成果

駢文研究

莫道才 主編

［第四輯］

廣西師範大學出版社
GUANGXI NORMAL UNIVERSITY PRESS
·桂林·

駢文研究
PIANWEN YANJIU

圖書在版編目（CIP）數據

駢文研究. 第四輯 / 莫道才主編. --桂林 : 廣西師範大學出版社，2020.12
ISBN 978-7-5598-3420-1

Ⅰ. ①駢… Ⅱ. ①莫… Ⅲ. ①駢文－文學研究－中國 Ⅳ. ①I207.22

中國版本圖書館 CIP 數據核字（2020）第 228235 號

廣西師範大學出版社出版發行
（廣西桂林市五里店路 9 號　郵政編碼：541004
網址：http://www.bbtpress.com）
出版人：黄軒莊
全國新華書店經銷
廣西廣大印務有限責任公司印刷
（桂林市臨桂區秧塘工業園西城大道北側廣西師範大學出版社集團有限公司創意産業園内　郵政編碼：541199）
開本：787 mm × 1 092 mm　1/16
印張：23.25　　　字數：450 千字
2020 年 12 月第 1 版　　2020 年 12 月第 1 次印刷
定價：80. 00 元

《駢文研究》編輯委員會

目　録

駢文理論與駢文史

域外駢文研究

駢文敘録

民國駢文文獻

駢文研究新視野

編後語

本刊聲明

駢文的跨文類滲透與古代文體演進的觸媒作用*

莫道才

内容摘要：中國古代文學的演進規律基本是通過文體的更替來推動文學的發展。從駢文視角來觀察，在中國文學史上駢體作爲觸媒對其他的文體的形成和成型產生了重要影響。這是因爲駢文作爲話語方式在漢代以後逐漸獲得了尊體地位和話語權，其多用於宫廷禮儀和各種具有莊嚴禮儀性質的場合，這樣就具有了語言儀式感，成爲了文體類别裏站在文體類别高端位置的文體，是屬於貴族層面的文學樣式，對下一層的新興文體有引導的作用。作爲崇尚文化融合的國度，古代的文體遞變正是文體融合的結果。駢文作爲古代文學中的一種獨特的文類，在古代文學遞變過程中，駢文成了類似釀酒裏的基酒，在新文體成型固化過程中通過勾兑產生了觸媒的作用，就是通過文體勾兑融合而催生新文體的作用，其對詩詞曲賦和小説的文體產生了重要的滲透，促進的文體的新發展，也使得這些文體提升了文辭的典雅，具有了新的特點，成爲了新的一代文學之宗。

關鍵詞：駢文觸媒；跨文類；文體演進

在文學史的發展過程中，究竟是什麼機制促進了文學的發展？我們以往不注意深入探討這個問題。中國古代文學的演進是通過文體的更新來獲得發展新動力的。通過外部文體的加入、滲透、融合，促使新的文體產生或者轉换，從民間文體或邊緣文體轉而發展爲新文體，從最初的古詩到賦、從駢文到駢賦，從駢語到近體詩，到以詩爲詞，都是這種表現。這不僅僅是個别文體的特别現象，更是中國古代文學發展的規律性現象。"它們之間既有'同源通體'的一面，也有'道迥不侔'的一面，還有相互轉變、相反相成的關係"[①]在這一過程中，駢文起到了類似"觸媒"作用。"觸媒"是從外部借用的概念，屬於"場外理論"中的借用[②]。"觸媒"具有類似催化劑的效果，是促進文體變化的媒介，催化了新的文體的產生，或者從卑下文體、邊緣化文體、民間文體通過觸媒的作用，融合滲透而提升定型爲高貴文體、核心文體、貴族文體。駢文這種觸媒式的作用，是因爲駢文作爲

* 本文系國家社科基金重大項目"歷代駢文研究文獻集成"[15ZDB068]階段性成果。

① 參見李飛躍《詩詞曲辨體的文藝融通與史論重構》，《中國社會科學》2019年第1期。

② 參見張江《强制闡釋論》，《文學評論》2014年第6期。

傳統散文具有"一種内在的張力,或者説其文體的最大特點和魅力是其張力結構"。① 我們嘗試解讀中國文學史上這種重要的文化現象。

王國維《宋元戲曲史序》提出"一代有一代之文學"説,以文體更替來觀察文學演進發展,是一大創舉,其目的是以此來確定戲曲是元代的文學代表,他説"一代有一代之文學"就是嘗試從文體演進與替代的代表性來考察文學史的發展。從楚之騷,演進到漢之賦,可以看出騷體句對漢賦的影響,而漢賦的雅化走上了駢化的道路,形成了"六朝之駢語"的現象。從更概括的文章學視域來説,"魏晉南北朝文章學以詩賦駢文爲中心"。"從文體學角度來看,中國文壇從六朝至唐代是以詩賦、駢文爲主流的"。② 六朝時代,不僅是文的駢化,詩也在同步駢化,形成了大量的偶句,甚至出現通篇對偶化的詩,對永明體詩的出現産生重要的影響。永明體就是講究四聲和對仗的,對唐詩的基本形態近體詩的形成産生了重大的影響。在六朝時代,駢文對賦又産生了重要影響,形成了駢賦。到了唐代,駢文對傳奇小説的産生也具有重要影響,在唐初出現了全用駢體寫成的文言傳奇小説《遊仙窟》,可以看出駢文的影響。唐宋詞的形態也有駢文的影響。到了元代,作爲一代文學代表的戲曲的唱詞也大量采用了駢句。明清章回體小説不但回目多采用駢體句式,整齊簡潔,在概括小説的情節内容上具有很大的優勢,而且還出現了駢文小説。可以説,駢文的跨文類的滲透是文體演進的一個不可忽略的因素。在中國古代通過文體的遞變來推動文學的發展和更新是常見的方式。美國學者韋勒克(René Wellek)指出:"我們必須名副其實的變成批評家,才能看到一個整體之中的文體的功能,而這種功能必定要求助於超語言和超文體的價值,求助於一件一件作品的和諧和連貫,求助於它和現實的關係,因而還有它的社會的和總體的人文關懷。"③所以文體學是觀察中國古代文學演進的重要視角。在中國古代文體的遞變中,駢文成了一支潛在的推動力量,起到了觸媒的催化作用和交互潤滑劑的作用。

一、駢文是一種具有觸媒作用的特殊文體

法國學者喬治·莫利涅在《符號文體學》中指出:"最具特點的三種藝術:話語藝術、繪畫藝術和聲音藝術,即文學、繪畫和音樂。我們只能思考這三種藝術的同質性(homologie)。話語藝術的表達實質就是物理聲音和文字形式,圖畫藝術的表達實質即構圖和色彩,而對音樂而言則是物理聲音。從表達形式上看,話語藝術的表達形式是對詞組、主要修辭格和詞令的推敲;在繪畫藝術中是形式,即筆觸和顔色的布局;在音樂中則

① 參見王兆勝《散文文體的張力與魅力》,《東吴學術》2020 年第 1 期。

② 吴承學《中國文章學成立與古文之學的興起》,《中國社會科學》2012 年第 12 期。

③ [美]韋勒克(René Wellek)《辨異:續〈批評的諸種概念〉》,上海人民出版社 2015 年版,第 304 頁。

是對音符、聲色和樂式的選擇安排。對話語藝術而言,内容形式主要取決於話語形式、類屬形式和主題形式;對繪畫而言,它主要取決於對類屬形式和主題形式的選擇,同時也取決於宏觀文體學(macro-stylistique)(如抽象/形象、立體主義/印象主義);對音樂而言,它取決於類屬形式、主題形式、程式形式以及對既定形式的拒絕或者偏離。話語藝術的内容實質可以視爲意識形態。"①這指出觀察文學的文體特徵重要的是話語藝術,"話語藝術的表達形式是對片語、主要修辭格和詞令的推敲"。這正是觀察駢文對其他文體的影響的視角。這在中西方是有共通性的,汪洪章在《Euphuism 與駢體文關於對偶、排比、聲韻、節奏的研究》中指出:"英國文學史上所謂的'綺麗體'(euphuism)和中國文學中的駢體文向來都以'美文'著稱。美文自有美文的内涵及其在藝術形式上的特别表現。……在人類文學發展史上有很多類似的文體現象,它們雖然在形式上以極端的面目出現,但在推動文學後來的發展進程上,諸如挖掘民族語言的文學表現潛能,促進别體文學的到來,體現文學語言形式的自身演進軌迹等方面,往往具有各自不可磨滅的貢獻。儘管這些文體現象因所涉及的多半是藝術語言的形式問題,頗有'雕蟲'之嫌,但是,從另一方面來説,其中却有着詩與非詩或曰文學與非文學的本體内涵上的差異,因而是很值得我們去研究的。在英國'綺麗體'和中國的駢文中,其語言的藻飾,貶者或稱誇飾;其内容的鋪陳,貶者謂之冗遝。但是,在'文學是語言的藝術'這一本質特徵上,這兩種文體顯然都是以十分誇張的形式將文學語言的諸種要素訴諸人們的各種感官,以成就其獨特而又多方面的美感。"②這從比較文學的視角作了很好的分析,這説明駢文這種講究形式之美的文體具有世界性普遍意義。

文體學視域的"駢文"(駢體)是中國特有的文體劃分。吴承學指出:"中國古代文體學之'體',是一個典型的中國本土文學概念,具有極大的包涵性與模糊性,既指向體裁或文體類别,又指向體性、體貌風格;既有具體章法結構與表現形式之義,又有文章或文學本體之義,是具體與抽象、形而下與形而上的有機結合。文體學不僅是文學的體裁問題,更是中國古代文學的核心問題乃至文學本體性之所在。"③在中國古代批評話語裏,"體"是某種共同特點形成體式或風格。從動態來看,一個時代的文風可以稱爲"體",如初唐體、盛唐體;一個作家群的共同文風特點也可以稱爲"體",如徐庾體、西昆體。而一種文類形成的共同特點也可以稱爲"體",如永明體、近體詩、駢體。駢文是以駢體句式爲修辭特點的文體類型,或者説文類,它與賦一樣是中國古代重要而獨特的文類,在中國文學史上不僅湧現了大量膾炙人口的優秀作品,而且文學史上對其他文體産生了重要的輻射影響,極大推動了文學文體更迭與演進。而中國古代文學的演進是以不同文體的更替繁榮

---

① [法]喬治·莫利涅著,劉吉平譯《符號文體學》,四川大學出版社 2014 年版,第 8 頁。

② 汪洪章《西方文論與比較詩學研究文集》,復旦大學出版社 2012 年版,第 221 頁。

③ 吴承學《中國文體學研究的百年之路》,《華東師範大學學報》2019 年第 4 期。

爲特徵的。駢文從文體類别上屬於散文類,但其基料是"駢語",它以這種駢語基料的方式對賦、詩詞、戲曲和小説等其他文體的産生和成型産生了跨文類的觸媒影響。這表現在句式上是將駢體句式這種話語方式移植滲透到其他文體中去,并對新的文體的産生了積極的催化作用。駢文作爲中國古代文學的特殊文類對其他文類進行滲透,通過這種滲透促進了新文體的産生,或者新文體的定型,或者使新文體從民間的卑下文體提升爲貴族的華堂文體。

從文體類型學來看,中國文學的分類有獨特性,以往借用西方文學理論簡單地分爲詩歌、散文、小説、戲劇這樣的四分法無法準確描述中國古代文學的自身規律。中國文學發展有自己獨特的文體特徵,需要符合中國文學的劃分,應用中國自身固有的概念。衆所周知,對於中國古代文學來説"詩歌"一詞就是太空泛了,一般用四言詩、五言詩、七言詩,騷體詩、古體詩、近體詩、樂府詩、詞、散曲等概念。而對於散文來説,根據其應用場合的目的性會用更具體的文體類别,比如序跋、論説、奏議、章表、書論、銘誄等,但是介於"散文"這個大概念與這些細小的散文類别小概念之間,還有統合性或集合性的文類概念。這樣從中國特有的從修辭或句式角度劃分的文類概念比如賦、散體文、駢體文(駢文)就很有意義。而賦是一種以鋪排爲特徵的文章體類,散體文是以散句單行句式爲特徵的文章體類(唐代也稱古文),駢文是以對句雙行爲其特徵的文章體類。

一方面是中國自身的概念,一方面是西方的四分法概念。這樣就會有重合與交叉,也會有新的發現。而駢文則是以駢偶句式爲特徵的文章體類,這是中國特有的文類,是以文章中駢偶句式占主體爲其特徵的文學。駢體甚至跨越了散文文體範圍,六朝時期在賦、詩中也有很强的表現。所以,王國維描述六朝文學的代表時用的是"駢語"而不是"駢文"。我以爲,他關注的是"駢語"這種文學現象而不是文章文體。駢語現像是中國古代文學特有的一種修辭特徵,是基於中國文字和書面語的特點形成的文章現象。勒内·韋勒克(René Wellek)和奥斯丁·沃倫(Austin Warren)在談到文學的本質以及文體和文體學時指出:"語言是文學的材料……不像石頭一樣僅僅是惰性的東西,而是人的創造物,故帶有某一語種的文化傳統。""語言是文學藝術的材料。我們可以説,每一件文學作品都只是在一種特定語言中文字語彙的選擇。""格律組織了語言的聲音特徵。它使散文的節奏具有規律性、趨向於等時性,這樣,就簡化了音節長度之間的關係。"①所以,語言文字與文體的形成之間是存在某種關係的,文字的規範過程也包含了對文體特性的集體認同。② 漢字的構成結構多爲具有對應性的關係:上下結構、左右結構、裏外結構。這反映了中國創造漢字的先民具有與生俱來的對應性思維和整體性思維。明代趙宧光《寒

① [美]勒内·韋勒克(René Wellek),奥斯丁·沃倫(Austin Warren)《文學理論》(新修訂版),浙江人民出版社 2017 年版,第 10 頁,第 163 頁,第 164 頁。

② 參見吴承學《中國早期文字與文體觀念》,《文學評論》2016 年第 6 期。

山帚談》説:"字之結構,絶似詞家之對偶,有可以正對,有可以借對,有可以影射對,有可以走馬對。泥於形似則質而不文,專于影射則巫而不重。近體似真書,古詞以篆籀。於篆之中,近體似小篆,古詞似大篆,近體疑合而時或不合,古詞疑散而時或不散,近體合以形,古詞合以意。"①漢語很多固定詞語也是這樣的相反相成的構成結構,比如"取捨""冷暖""生死""來往""裏外""東西""方圓""天地""山水"等等。再看看漢語裏作爲智慧沉澱的成語,多用四字格,其結構也以 ABAB、AABB 類對稱性(詞法、聲律)構詞居多,如"生龍活虎""苦盡甘來""同甘共苦""見利忘義""戰戰兢兢"等等。由字法到詞法,到句法,到篇章之法,駢文的産生就水到渠成了。甚至有的很多成語本身就是駢文的結果,如"物華天寶""人傑地靈""高朋滿座""閎中肆外"之類。如果有意識大量運用駢偶作爲文章的修辭方式,并且成爲了文體的重要特徵了,那這種文章就是駢文了。古代常用"駢體"一詞,在古代文章批評話語裏"體"具有整體性、共有性的風格意思。徐庾體就是以徐庾爲代表的駢文作家的一種整體性的共有的風格,六朝駢文的代表就是徐庾體。後代"六朝體""齊梁體"就是指六朝時期或齊梁時期的好用駢體的文章風格。

再觀察中國古代文學的演進過程,中國古代文章的發展幾乎伴隨駢散的聚合與離散發展。從先秦時期的駢散不分,到漢魏時期逐漸駢化,晉宋以後駢化加劇,齊梁時期走向四六駢偶極致。直至初唐開始有意識運用散體文氣,盛唐借用散句,中唐推行散句單行的散體古文,晚唐五代回歸四六精工文風,宋代駢散互融,元明沉寂一段時間後,清代駢體復興,再回歸六朝風氣時强調氣韻,一直是相互并存相互融合的存在關係。以前學界受現實思想意識影響而思維狹隘,往往從駢散鬥争角度來觀察,并且用二元對立的思維,以爲散體古文爲正義方,而以駢文爲反方。其實,客觀來看,中國古代文章多爲應用性公文,一直是以駢體作爲主流,以散體爲補充,個别時期散體古文占據主流。駢散在各自領域均并存發展,公文爲具有語言儀式感的文體多用駢文,個人創作注重個人性靈多用散體。比較莊重的文人集體活動也具有儀式感,這種語境也多用駢體。這種現象在同一時代是這樣,甚至在同一作家中也是這樣,根據文章的語境需要來决定用駢還是用散,或者駢散兼行。駢散一直是交流融合的關係,没有後人描述的尖鋭對立的鬥争關係。不僅如此,駢文還産生了跨文類的影響作用,對於新的文體生成産生了滲透作用。這是學界所忽視的。

二、駢文對賦的滲透與駢賦的形成

賦,可以説也是中國古代文學一種特殊文類。它是從鋪排修辭角度劃分的文體,除

① (明)趙宧光《寒山帚談》卷上,明崇禎刻本。

了鋪排外還有設問對答的結構模式。從來源上説,班固在《兩都賦序》中説"賦者,古詩之流也",[①]指出了賦這一文體來源於詩。這一觀點在漢代就影響甚大,後代也多有不同解讀。白居易《賦賦》云:"賦者,雅之列,頌之儔,可以潤色鴻業,可以發揮皇猷,客有自謂握靈蛇之珠者,豈可棄之而不收。"[②]他從功能應用上來解讀。賦所具有的與雅頌之并列,從禮儀上需要"潤色鴻業",這就使得鋪排駢儷之辭有了需要。除了在抒情和句法、功能、地位方面,原本含義的"賦"有指直陳、直誦的表達方式的含義。漢賦與《戰國策》的縱横家的説辭很相近,有直接的源流關係。縱横家的説辭都是直陳己見即席賦就。最早的賈誼《吊屈原賦》全用騷體句,體現了詩化特徵,説明騷體就是詩體,所以原本是詩騷、詩賦并稱。在漢代,大賦的興盛是與大漢帝國的興盛同步的。鋪排直陳的漢賦展現了大漢帝國的雄心,也體現那個時代具有縱横家遺風的文人賦家的時代風尚。這種誇張其辭虚擬假設的大賦與戰國時期縱横家滔滔不絶的策士之論一脈相承。這一時代開始,崇尚華麗之風與豪雄之氣成就了漢賦輝煌,也預示了走向駢化的華麗道路。

曹丕《典論·論文》"詩賦欲麗"合説詩賦,正揭示了這一發展走向。曹丕時代的"麗"更多是指文辭的雅化、駢化。漢代宫廷禮制規範化和儀式感需要宫牘文字走向以文辭對偶爲特徵的駢儷化。甚至人們經常通過"連珠"這種短篇的駢語訓練來獲得駢體公文的寫作經驗,寫作"連珠"短時期内很快成爲了文壇時尚。這種風氣很快也影響了賦的駢儷化。這是駢文向賦成功滲透,帶來了賦的變體和創新發展。宋代晁補之《離騷新序》云:"傳曰:賦者,古詩之流也。故《懷沙》言賦,《橘頌》言頌,《九歌》言歌,《天問》言問,皆詩也。《離騷》備之矣。蓋詩之流至楚而爲《離騷》,至漢而爲賦,其後賦復變而爲詩,又變而爲雜言。"[③]這可謂一語中的。

到南朝時代,駢文與辭賦融合形成了駢賦,從而推動了賦的發展。清人孫梅云:"齊梁而降,宜事研華:古賦一變而爲律賦。"[④]使賦在漢大賦和小賦之後再次繁榮,成就了江淹、庾信等一代駢賦大家。江淹的《恨賦》《别賦》和庾信的《哀江南賦》等成爲這一時期的文學代表。這些賦就是運用駢體句爲主要句式的駢賦。試看江淹《别賦》開頭一段:"黯然銷魂者,唯别而已矣!况秦吴兮絶國,復燕趙兮千里。或春苔兮始生,乍秋風兮暫起。是以行子腸斷,百感凄惻。風蕭蕭而異響,雲漫漫而奇色。舟凝滯于水濱,車逶遲於山側。棹容與而詎前,馬寒鳴而不息。掩金觴而誰禦,横玉柱而沾軾。居人愁卧,怳若有亡。日下壁而沉彩,月上軒而飛光。見紅蘭之受露,望青楸之離霜。巡層楹而空掩,撫錦幕而虚凉。知離夢之躑躅,意别魂之飛揚。故别雖一緒,事乃萬族。至若龍馬銀鞍,朱軒

---

① (梁)蕭統選,(唐)李善注《文選》,中華書局 1977 年版,第 21 頁。

② 朱金城箋校《白居易集箋校》,上海古籍出版社 1988 年版,第 2622 頁。

③ (宋)晁補之《雞肋集》卷第三十六,四部叢刊景明本。

④ (清)孫梅著,李金松校點《四六叢話》,人民文學出版社 2010 年版,第 69 頁。

繡軸,帳飲東都,送客金谷。琴羽張兮簫鼓陳,燕、趙歌兮傷美人,珠與玉兮艷暮秋,羅與綺兮嬌上春。驚駟馬之仰秣,聳淵魚之赤鱗。造分手而銜涕,感寂寞而傷神。”除首句外,基本上是通篇對偶行文,可以説是典型的駢體賦。駢賦的形成就是駢文的觸媒作用的結果。

唐代賦的新發展律賦就是在駢賦基礎上進一步聲律化。明人孫能傳在《剡溪漫筆》中指出:“唐賦多用駢偶,雖格力稍卑,亦善體物。”①律賦是在駢賦的基礎上加上了限韻的要求,在句式上還是駢儷化的。正是這一種嚴格的限制更加檢驗出作者駢儷的高水準,所以在唐代科舉考試中成爲了進士考試中雜文科目的内容。即使到了宋代文賦,雖然説有一些散體化了,但是駢散兼行仍是常體。以歐陽修《秋聲賦》、蘇軾的《前赤壁賦》這些代表來看就很清楚了。如歐陽修《秋聲賦》這一段:“蓋夫秋之爲狀也:其色慘淡,煙霏雲斂;其容清明,天高日晶;其氣栗冽,砭人肌骨;其意蕭條,山川寂寥。故其爲聲也,淒淒切切,呼號憤發。豐草緑縟而争茂,佳木葱蘢而可悦;草拂之而色變,木遭之而葉脱。其所以摧敗零落者,乃其一氣之餘烈。”又如蘇軾《前赤壁賦》這一段:“清風徐來,水波不興。舉酒屬客,誦明月之詩,歌窈窕之章。少焉,月出於東山之上,徘徊于斗牛之間。白露横江,水光接天。縱一葦之所如,凌萬頃之茫然。浩浩乎如馮虚御風,而不知其所止;飄飄乎如遺世獨立,羽化而登仙。”可見字裏行間,駢散兼行,以散運駢。駢體不僅是形式存在,駢文的節奏氣運更是貫注其間。

關於賦與駢文的關係。郭建勛認爲是賦影響了駢文:“辭賦作爲漢魏晉六朝的經典性文體,對駢文影響最大。就發展路向而言,是賦的日益駢偶化,再到用賦的方法做文章,最後形成駢文;就其實現方式而言,則是各類辭賦日益駢偶化,然後爲各體文章所利用和借鑒,最終形成駢文。辭賦不僅給予作家以突出的駢對意識,而且爲駢文提供了四言、六言和騷體等各類偶句的駢對資源。”②這是從賦的視角來看賦與駢文之間的影響,但從駢文的視角看,是駢文形成後,駢文對賦的滲透的觸媒作用才催化了駢賦的形成。

三、駢文對詩的滲透與近體詩的形成

駢文與詩歌有天然的聯繫。早期的詩歌文本就有偶句,目前認爲最早的狩獵歌謡《彈歌》“斷竹、續竹;飛土,逐宍”(《吴越春秋》)就是兩對駢句。《詩經》裏就有駢語句子。“昔我往矣,楊柳依依;今我來思,雨雪霏霏”(《小雅・鹿鳴之什・采薇》)、“明明在下,赫赫在上”(《大雅・大明》)就是駢語。《楚辭》中也有大量的駢語,“朝飲木蘭之墜露兮,夕餐秋菊之落英,”“夕歸次於窮石兮,朝濯發乎洧盤”(《離騷》),“悲莫悲兮生别

---

① (明)孫能傳《剡溪漫筆》卷一,明萬曆四十一年孫能正刻本。

② 參見郭建勛、邵海燕《賦與駢文》,《北方論叢》2006 年第 4 期。

離,樂莫樂兮新相知”(《九歌·少司命》),“滄浪之水清兮,可以濯吾纓;滄浪之水濁兮,可以濯吾足”(《漁父》),等等,這類構詞的句式很多。孫梅云:“屈子之詞,其殆《詩》之流,賦之祖,古文之極致,儷體之先聲乎!”①他指出,屈原的騷體作品,是《詩經》之發展,又是賦體之始祖,是古文的極致體現,也是駢文的先聲。可以説,在詩歌的源頭,駢句是與詩歌相伴隨的。筆者曾經撰文提出過,駢體源自於民間的諺語歌謡,是中國民間的聯想性思維的體現,善於從正反兩方面來總結社會人生經驗與教訓。②

明人胡應麟在《詩擻》中叙及詩歌之演進云:“三曹魏武、太質子桓樂府雜詩十餘篇佳,餘皆非陳思比。”“建安首稱曹劉,陳王精金粹璧,無施不可,然四言源由國風,雜體規模兩漢,軌躅具存,第其才藻宏富,骨氣雄高,八斗之稱,良非溢美。公幹才偏,氣過詞,仲宣才弱,肉勝骨。應、徐、陳、阮篇什寥寥,間有存者,不出子建範圍之內。晉則嗣宗《咏懷》興寄冲遠,太冲《咏史》骨力莽蒼,雖途轍稍歧,一代傑作也。安仁、士衡實曰冢嫡,而排偶漸開;康樂風神華暢,似得天授,而駢儷已極;至於玄暉,古意盡矣。”③這裏指出了詩發展到晉代潘岳、陸機已經開啓了詩歌的駢偶化,到謝靈運已經爐火純青,而到了謝朓則完全没有古意了,完全駢偶化了。可以説近體詩與駢文具有某種同步性。元人郝經云“東漢而下至晉宋六朝,漸趨近體駢儷之作,李唐以來,對屬切律,遂爲四六。”④關於駢文對詩歌的滲透和對近體詩形成的影響,王運熙先生有過精闢的闡述,他説:“魏晉南北朝時期,駢體文學十分昌盛,詩、賦、各體文章均崇尚駢偶,在長約三百年的時間內,駢文在創作方面一直占據着統治地位。”“魏晉南北朝時期的五言詩也向駢偶方向發展。曹魏時代,曹植的五言詩才氣很高,駢句繽紛,獲得後人很高評價。鍾嶸《詩品》稱贊他是詩中的聖人,説他的詩‘詞采華茂’,意思是指其詩對偶、辭藻很富美。以後晉代以至宋齊的不少詩人,沿着曹植的方向發展,多用駢偶句。《詩品》指出晉代最傑出的詩人是陸機、潘岳,劉宋最傑出的詩人是謝靈運,他們都擅長運用駢偶。反之,那些對偶、辭藻不足作者如曹操、陶潜,評價就低。在南朝駢文昌盛時期,要求詩歌具有對偶、辭藻、音韻等駢體文學的語言美,成爲評論家衡量作家作品高下的一個主要標準。”“駢體文學範圍較廣,除駢文外,兼指大量運用駢偶句的賦和詩歌。……詩歌方面,從漢代開始,先有古體詩。魏晉以下,曹植、陸機、謝靈運等人的詩,大量運用駢句,體制已入駢體文學範圍,但也有不少詩篇雖用駢句而不多,故人們仍籠統稱此時期詩爲古體詩。至沈約、謝朓等自覺運用聲律論於詩歌,於是有新體詩之稱。至唐代格律更嚴密,遂在古體詩外另立今體詩(或稱律

---

① (清)孫梅著,李金松校點《四六叢話》,人民文學出版社2010年版,第45頁。

② 參見拙文《從早期文獻的駢偶現象看駢文文體産生的民間文化基礎:駢文生成於民間説初論》,《廣西師範大學學報》2007年第5期。

③ (明)胡應麟《詩藪》,上海古籍出版社1979年版,第28—29頁。

④ (元)郝經《陵川集》卷三十一,清文淵閣四庫全書本。

詩、近體詩)一大類。也是經歷着由散趨駢、趨律的發展過程。"[①]可以説,駢偶是詩歌從古體走向近體的重要步驟。

晉宋開始,追求通篇對偶成爲文學自覺,形成了駢儷體詩歌。在六朝時期,駢文對詩歌的滲透有其必然性,關於這一點,趙昌平指出:"作家與作家群正是站在縱向的趨勢與横向的影響之交點上,融合二者,以其理論和創作建樹,將駢體推向成熟的最活躍的因素。"[②]謝靈運作爲這個時代的代表,其代表詩作《登池上樓》等都是這樣。以《石壁精舍還湖中作》爲例,除最後兩句外,就是通篇的駢體詩:"昏旦變氣候,山水含清暉。清暉能娱人,遊子憺忘歸。出谷日尚早,入舟陽已微。林壑斂暝色,雲霞收夕霏。芰荷迭映蔚,蒲稗相因依。披拂趨南徑,愉悦偃東扉。慮澹物自輕,意愜理無違。寄言攝生客,試用此道推。"[③]以往討論這首詩更多是從情景關係來分析,很少注意其句式的特點。仔細品味這裏幾乎是通篇對偶,可以説是一首"駢詩"。這樣的駢儷化詩在當時是詩壇追逐的新潮,是引領詩歌發展潮流的,所以謝靈運的新作被人競相傳抄,"每有一詩至都邑,貴賤莫不競寫,宿昔之間,士庶皆遍,遠近欽慕,名動京師"。[④] 這反映了那個時代對駢體追逐的審美風尚。詩中對仗在南朝的賽詩鬥詩活動中得到了發展,運用更加普及,更加爐火純青。

正是駢語對詩的這一滲透,最終在唐代近體詩的形成和成熟定型後保留了中間兩聯必須對仗的詩壇約定規則,推動了詩歌格律形式的發展,爲唐詩的繁榮奠定了一定基礎。顧炎武在《菰中隨筆》中云:"夫四六乃文之近體,其變而每下。"[⑤]他將駢文比作文章中的近體詩。也正如艾蘭英在《郭蝶公五先稿序》説的"詩之有近體,文之有四六"。[⑥] 他們都指出四六駢文與近體詩的同構性。確實,駢文與近體詩具有很多相似性。正因爲如此,駢文對近體詩自然産生了滲透。"如果説六朝時期,賦和駢文對詩的影響大大超過了詩對賦和駢文的影響,那麽,唐代以後,詩對賦和駢文的影響便超過了賦和駢文對詩的影響。"[⑦]它們之間是互相影響的,從駢文的視角看,駢文對近體詩的形成産生了重要的影響。

---

① 王運熙《望海樓筆記》,上海古籍出版社2014年版,第323頁,第324頁,第321頁。

② 參見趙昌平《八代自然崇尚和駢儷體詩文的關係》,錢伯城主編《中華文史論叢》第47輯,上海古籍出版社1991年版,第230頁。

③ 李運富編注《謝靈運集》,嶽麓書社1999年版,第71頁。

④ (梁)沈約《宋書·謝靈運傳》,中華書局1974年版,第1754頁。

⑤ (清)顧炎武《菰中隨筆》,清乾隆孔氏玉虹樓刻本。

⑥ (明)鄭元勛輯《媚幽閣文娱》卷一,明崇禎刻本。

⑦ 張國風《一種過渡的折衷狀態——詩、賦、駢文、散文的相互消長》,《中國人民大學學報》1995年第5期。

四、駢文對詞的滲透與詞體的雅化

繼唐詩繁榮之後，詩體的發展創新是詞的出現與繁榮。詞是酒肆歌樓歌姬唱曲的産物，原本是民間的演唱文辭，屬於下里巴人的藝術，是所謂樂工之辭，文人開始關注介入後才慢慢進入文學的殿堂。傳統的詩句是齊言句式，詞在句式上創新是相容了雜言句，既有四言、五言、六言、七言的詩體句，也有四六駢體句，還吸收了駢文和散文的長聯句式，九言、十一言這樣的長句也融入其中。而對偶雖然不是必須的規則，但是，在提升其地位創作實踐往往多被運用，變得更加靈活。清人况周頤説："詞中對偶，實字不求甚工，草木可對禽蟲也，服用可對飲饌也，實勿對虚，生勿對熟，平舉字勿對側串字，深淺濃淡、大小重輕之間，務要侔色揣稱，昔賢未有不如是精整也。"夏敬觀補充説："對偶句要渾成，要色澤相稱，要不合掌。以情景相融，有意有味爲佳。忌駢文式樣，尤忌四六式樣。忌尖新，忌板滯，忌釘餖，忌草率。詞中對偶最難做，勿視爲尋常而後可。"①就是説詞中用對偶是靈活的，不像駢文那樣工整講究。岳珂的《桯史》稱劉過詞《沁園春》："詞語峻拔如尾腔，對偶錯綜，蓋出唐王勃體而又變之。"②提到此中用到對偶，出於王勃駢體但又有所變化。比如"愛縱横二澗，東西水繞；兩峰南北，高下雲堆"，却是有駢體意味但是靈活變化，不刻意追求精工。據説辛棄疾讀到這首詞後"大喜，致饋數百千，竟邀之去，館燕彌月，酬倡亹亹，皆似之，逾喜，垂别，酬之千緡"，可見對其極爲賞識。關於詞的對偶與駢文之源的關係，徐柚子在《詞範》中云："詞有三字至七字對偶句，亦從漢唐詩賦與六朝駢體承襲而來。"③清人沈雄《古今詞話》之《詞品》上卷在"對句"條云"周德清曰：作詞十法，始即對耦。有扇面對，重疊對，救尾對。……沈雄曰：對句易於言景，難於言情。且開放則中多迂濫，收整則結無意緒，對句要非死句也。"④這段討論詞的對句説明詞也要講究對仗運用，但是與駢文的精工要求不同，客觀上説明駢文對詞的駢偶對仗有影響。

其實，在早期的詞作中，用對偶構型成爲常態，并且運用十分自然。比如早期文人詞以中唐時期最有代表性，白居易的組詞《憶江南詞三首》："日出江花紅勝火，春來江水緑如藍。""山寺月中尋桂子，郡亭枕上看潮頭。""吴酒一杯春竹葉，吴娃雙舞醉芙蓉。"《楊柳枝》："六麼水調家家唱，白雪梅花處處吹。""陶令門前四五樹，亞夫營裏百千條。""葉含濃露如啼眼，枝嫋輕風似舞腰。"《浪淘沙》："一泊沙來一泊去，一重浪滅一重生。""青草湖中萬里程，黄梅雨裏一人行。"都是對偶文辭居多。又比如戴叔倫的《轉應詞》："山

① (清)况周頤《蕙風詞話》，上海古籍出版社 2009 年版，第 14 頁，第 243 頁。

② (宋)岳珂《桯史》卷第二，四部叢刊續編景元本。下同。

③ 徐柚子《詞範》，華東師範大學出版社 1993 年版，第 63 頁。

④ (清)沈雄《古今詞話》，見唐圭璋《詞話叢編》第一册，中華書局 1986 年版，第 840—841 頁。

南山北雪晴,千里萬里月明。”劉長卿的《謫仙怨》其一:“鳥去平蕪遠近,人隨流水東西。”其二:“白雲千里萬里,明月前溪後溪。”韋應物的《調笑令》:“跑沙跑雪獨嘶,東望西望路迷。”王建的《宫中三台》其一:“魚藻池邊射鴨,芙蓉苑裹看花。”其二:“池北池南草緑,殿前殿后花紅。”其三:“揚州池邊少婦,長干市里商人。”其四:“青草台邊草色,飛猿嶺上猿聲。”其五:“樹頭花落花開,道上人去人來。”劉禹錫《楊柳枝》:“塞北梅花羌笛吹,淮南桂樹小山詞。”《竹枝詞》:“白帝城頭春草生,白鹽山下蜀江清。”“花紅易衰似郎意,水流無限似儂愁。”這樣的例子比比皆是,可以看出詞在形成期用駢偶對句是當時的新潮,反映了駢文句式對詞的形成過程中的滲透,或者説早期民間詞(像《楊柳枝》《竹枝詞》)爲了提升地位而有意識吸收了駢文的句式。這是因爲在唐代,詞在傳統文人的意識裹還是歌伎樂工淺斟低唱的小詞,難登大雅之堂。早期詞人模仿民間作詞一般都通俗平易。但是有意無意以作詩的方式改造詞以提升其學養品味,所以是用作詩的方式來填詞,不僅在詞的内容上是詩中常見的抒情寫景,而且在構詞句法上也多用駢語偶辭來構造,這樣通過移植駢語到詞中這種句式改造來提升詞的品味就成了一種重要的方式,也通過這種方式逐步完善了詞律詞格的規範。

到了詞發展的輝煌時期,仍舊如此。宋人費衮在《梁溪漫志》中評:“東坡詞……用事對偶,精妙切當,人不可及。”①清人王之績《鐵立文起》引錢氏穀所評曰:“蘇東坡表、啓、制、誥,不下數百首,各臻其妙。蓋對偶之文,難於情詞圓轉,東坡作對偶文,能寓瀟灑於端嚴中,雖里言巷語,出其筆端,亦有情趣。予謂四六對偶文體,當采之六朝、初唐,以收其葩麗,參之東坡,以得其流暢。”②是説蘇軾也是精通駢文之人,《東坡志林》記載了其多讀《文選》種種經歷和評點。前述《前赤壁賦》運用對偶駢語之熟稔可證,所以其詞中用駢偶可謂行雲流水,自然天成。試看蘇詞中的駢偶句式往往意駢與形駢并行,隨運自然,如“人有悲歡離合,月有陰晴圓缺”(《水調歌頭》),“君是南山遺愛守,我爲劍外思歸客”(《滿江紅》),“黄菊籬邊無悵望,白雲鄉裹有温柔”(《浣溪沙·即事》)“點點樓頭細雨,重重江外平湖。……莫恨黄花未吐,且教紅粉相扶”(《西江月·即事》),“照野彌彌淺浪,横空隱隱層霄”(《西江月》)。而這首《鷓鴣天》幾乎通篇駢偶:“林斷山明竹隱牆,亂蟬衰草小池塘。翻空白鳥時時見,照水紅蕖細細香。村舍外,古城旁,杖藜徐步轉斜陽。殷勤昨夜三更雨,又得浮生一日凉。”《陽關曲》(中秋作):“暮雲收盡溢清寒,銀漢無聲轉玉盤。此生此夜不長好,明月明年何處看。”可以看出,作爲宋詞代表的蘇詞在詞從民間走向文人化方面邁出了重要一步,就是提升詞的地位,而駢偶化帶來了詞的雅化,駢句在其中具有重要的意義。

---

① (宋)費衮《梁溪漫志》卷四,清知不足齋叢書本。

② (清)王之績《鐵立文起》,見王水照編《歷代文話》,復旦大學出版社2007年版,第3824頁。

五、駢文對曲的滲透與戲曲的雅化

姜書閣曾指出"駢文與戲曲文詞關係也很密切",①作爲一代文學的代表,元代戲曲興盛。但戲曲本是百姓在瓦肆勾欄娱樂消遣的品種,不登大雅之堂,而元代取消科舉制度不用漢人爲官,使得文人取士之路被封堵,不得已爲了謀生參與創作戲文。由於文人的介入,客觀上提升了戲曲的品味,其主要特點是有意識吸收駢辭儷句和詩文成句,在唱詞中大量吸收了駢文的句法。戲曲用駢語,少用精工的對仗和嚴格的四六句,而是多用具有口語化的散化特徵的"意對"。這樣既照顧了戲曲聽衆的需要,又提升了戲文的高雅品格。這樣才爲成爲一代文學之代表奠定了基礎。元代周德清《中原音韻》是今所見最早討論曲文的對偶的,他在"作詞十法"中專門討論了戲曲文辭的對偶,"對耦(偶):逢雙必對,自然之理,人皆知之。"②他列出了曲辭對偶的三種形式:扇面對,重疊對,救尾對。他所説的扇面對是指"第四句對第六句,第五句對第七句"這樣的對偶形式,也就是隔句對。他所説的重疊對是指"第一句對第二句,第四句對第五句,第一第二第三句却對第四第五第六句",也就是相鄰的六個曲句,分爲兩組,一、二、三句爲一組,四、五、六句爲一組,兩組形成對偶。而他説的救尾對是"第四句、第五句、第六句爲三對。第九句、第十句、第十一句爲三對。二調若是末句稍弱,即以此法救之",兩組的開頭兩句,又各自形成對偶。到了明初曲學家朱權在《太和正音譜》中更對曲的對偶形式作了深入歸納探討。他在該書開篇就説"予今新定樂府體一十五家及對式名目"③。而所説的"對式名目"就是曲辭對偶之名。他列舉了各種對式:合璧對(兩句對者是)、連璧對(四句對者是)、鼎足對(三句對者是,俗呼爲"三槍")、聯珠對(句多相對者是)、隔句對(長短句對者是)、鸞鳳和鳴對(首尾相對,如[叨叨令]所對者是也)、燕逐飛花對(三句對作一句者是)、疊句(重用兩句者是。如[晝夜樂]"停驂停停驂"是也)。疊字(重疊字者是也,[醉春風]第四句是)等。最後强調指出:"凡作樂府,古人云:有文章者謂之'樂府',如無文飾者謂之'俚歌',不可與樂府共論也。"明代王驥德則進一步發展了曲辭對偶之理論,他在《曲律》中第十二《論對偶》,就對偶在曲中的使用要領、名稱形式等發表看法。他認爲:"凡曲遇有對偶處,得對方見整齊,方見富麗。……當對不對,謂之草率;不當對而對,謂之矯强。對句須要字字的確,斤兩相稱方好。上句工寧下句工。一句好一句不好,謂之偏枯,須棄了另尋。借對得天成妙語方好,不然反見才窘,不可用也。"④説明曲辭的對偶是有

① 姜書閣《中國文學史綱要》,青海人民出版社 1984 年版,第 456 頁。

② (元)周德清《中原音韻》卷下,清文淵閣四庫全書本。下同。

③ 陳多、葉長海選注《中國歷代劇論選注》,湖南文藝出版社 1987 年版,第 92 頁。下同。

④ (明)王驥德著,陳多、葉長海注釋《曲律注釋》,上海古籍出版社 2012 年版,第 170 頁。

章可循、有意識的追求的結果。

戲曲曲辭在具體運用方式上多采取夾用的形式，也就是説駢散兼行的方式，而且多爲句法結構上對仗的意駢，不重詞法形式的精工。這在具有詩劇特徵的文戲中表現比較明顯，因爲文戲往往反映才子佳人的愛情，更重視文辭的雅化，比如王實甫的《西廂記》就大量用對偶的駢儷文辭。比如第一本《張君瑞鬧道場》第一折的［混江龍］唱段："向《詩》《書》經傳，蠹魚似不出費鑽研。將棘圍守暖，把鐵硯磨穿。投至得雲路鵬程九萬里，先受了雪窗螢火二十年。才高難入俗人機，時乖不遂男兒願。空雕蟲篆刻，綴斷簡殘編。"① 這裏除前面兩句外，基本運用了四組駢句，這四組駢偶句，强化了行文之美，使得唱腔韻味無窮。又如［寄生草］唱段："蘭麝香仍在，佩環聲漸遠。東風摇曳垂楊綫，遊絲牽惹桃花片，簾掩映芙蓉面。你道是河中開府相公家，我道是南海水月觀音現。"這裏有的是工整的辭對，有的是内容結構的意對，最後一組對偶完全是口語化對仗，非常口語化但却是駢句，渾然天成。這種駢句的運用使得口語與駢語融合無間。不僅是唱詞用駢語，在一些賓白中也用，比如第二本《崔鶯鶯夜聽琴》的楔子杜確上場［將軍拆書念曰］一段"……憶昔聯床風雨，嘆今彼各天涯；客况復生於肺腑，離愁無慰於羈懷。念貧處十年藜藿，走困他鄉；羡威統百萬貔貅，坐安邊境。故知虎體食天禄，瞻天表，大德勝常；使賤子慕台顔，仰台翰，寸心爲慰；……將軍倘不棄舊交之情，興一旅之師；上以報天子之恩，下以救蒼生之急；使故相國雖在九泉，亦不泯將軍之德。"可以看出其中夾用駢語偶句，將口語與書面語結合非常自然，既有口語的樸素自然，又有駢文的優雅華麗。大量使用口語化的意對駢句是戲曲一種新的創新。可以看出，這種駢偶的運用對於提升民間戲曲的唱詞藝術之美起了重要的作用。

這種用法到清代傳奇劇已經運用得極其自然，水乳交融，比如洪昇的《長生殿》第二出《定情》一場戲，生扮唐明皇出場時的自報家門賓白："韶華入禁闈，宫樹發春暉。天喜時相合，人和事不違。九歌揚政要，六舞散朝衣。别賞陽臺樂，前旬暮雨飛。朕乃大唐天寶皇帝是也。起自潜邸，入纘皇圖。任人不二，委姚、宋於朝堂；從諫如流，列張、韓於省闥。且喜塞外風清萬里，民間粟賤三錢。真個太平致治，庶幾貞觀之年；刑措成風，不减漢文之世。"②仔細品味，循環往復，都是駢文。但與駢文精工的文辭對仗不同，用的也是意對。這種夾用意對在戲曲唱詞賓白裏很常見，用詞精煉，可以提升戲曲的文雅。駢偶文辭有助於表達循環往復咏嘆，有餘音繞梁之效，對於强化抒情具有重要的作用。戲曲能成爲繼詞之後又一個新的文體，少不了駢文對戲曲的滲透影響。

---

① 王季思校注《西廂記》，上海古籍出版社 1978 年版，第 5 頁，第 8 頁，第 58—59 頁。

② （清）洪昇《長生殿》，上海古籍出版社 2016 年版，第 22 頁。

六、駢文對小説的滲透與小説的雅化

與西方的小説源自於下層社會的不同，中國古代小説是從書面寫作開始的，從六朝志怪、志人小説開始有了文人寫作，到唐代傳奇小説開啓小説自覺時代。當時小説是上流社會的書面閲讀的文言作品，到了宋元話本才開始所謂白話小説時代，是市民俗文學産物。從此小説難登大雅之堂，如何提升其品味來獲得文學的地位？從小説史的過程來看，駢偶文辭是使其雅化來提升地位的重要方面。在傳統的文學觀念裏，文學的範圍主要是詩文。要提升其地位只能通過駢偶化的文辭來接近文學的標準。顔建華指出。"駢文在小説中和詩詞中性質相同，用來渲染氣氛、鋪設場景和抒寫情愫。最能體現唐代駢文對傳奇小説的影響。""用駢體來寫小説序跋是當時比較普遍的現象。""小説（包括筆記小説、章回小説）中以前用詩、詞開頭，結語部分大多采用駢體文字。""小説中間鋪叙場景、描寫人物心理乃至説話、書信采用駢體，這種現象在小説中出現的頻率比較高。"①這是三種重要的表現形態。

唐代是被魯迅稱爲小説"有意爲小説"②的時代。而駢文影響小説最直接的是唐代駢體小説的出現。唐代出現的張鷟《遊仙窟》是艷體小説，在中國本土失傳而在日本保存，"文成（張鷟字文成）奉使河源，於仙窟遇崔十娘，與之倡酬夜合，男女姓氏并同《會真記》，而情事稍疏，以駢麗之辭寫猥褻之狀，真所謂儻蕩無撿。"③且看介紹崔氏出場一段文字極盡鋪張揚厲："博陵王之苗裔，清河公之舊族。容貌似舅，潘安仁之外甥；氣調如兄，崔季珪之小妹。華容婀娜，天上無儔；玉體逶迤，人間少匹。輝輝面子，荏苒畏彈穿；細細腰支，參差疑勒斷。韓娥宋玉，見則愁生；絳樹青琴，對之羞死。千嬌百媚，造次無可比方；弱體輕身，談之不能備盡。"④這種在人物出場時的介紹用駢文的方式直接影響了後代文言小説的寫作方式。除了少數口語對話外，《遊仙窟》基本全用駢體寫作。比如：

> 彈鶴琴於蜀郡，飽見文君；吹鳳管于秦樓，熟看弄玉。雖復贈蘭解佩，未甚關懷；合卺横陳，何曾愜意！昔日雙眠，恒嫌夜短；今宵獨卧，實怨更長。一種天公，兩般時節。遥聞香氣，獨傷韓壽之心；近聽琴聲，似對文君之面。向來見桂心談説十娘，天上無雙，人間有一。依依弱柳，束作腰支；焰焰横波，翻成眼尾。才舒兩頰，孰疑地上無華；乍出雙眉，漸覺天邊失月。能使西施掩面，百遍燒妝；南國傷心，千回撲鏡。洛

① 顔建華《清代乾嘉駢文研究》，光明日報出版社 2011 年版，第 208 頁。

② 參見魯迅《中國小説史略》，廣西人民出版社 2017 年版，第 77 頁。

③（清）楊守敬《日本訪書志》卷八，清光緒刻本。

④（唐）張鷟《遊仙窟》，北京師範大學藏清抄本。

川回雪，只堪使疊衣裳；巫峽仙雲，未敢爲擎靴履。忩秋胡之眼拙，枉費黄金；念交甫之心狂，虚當白玉。下官寓遊勝境，旅泊閑亭，忽遇神仙，不勝迷亂。芙蓉生於澗底，蓮子實深；木棲出於山頭，相思日遠。未曾飲炭，腸熱如燒；不憶呑刃，腹穿似割。無情明月，故故臨窗；多事春風，時時動帳。愁人對此，將何自堪！空懸欲斷之腸，請救臨終之命。元來不見，他自尋常；無故相逢，却交煩惱。①

可以看出其文字華麗，偶對工整，與駢文并無二致。這説明作爲以駢文《龍筋鳳髓判》享譽文壇的張鷟有意借文辭之駢儷掩飾内容的淫邪，也可能想通過駢偶文辭提高作爲卑下小説文體的唐傳奇的地位。小説在當時地位很低，僅僅作爲遊戲之作，通過運用駢偶文辭可以進入貴族審美的視野。

這種對小説的影響一直存在。到清代以駢文作小説者以陳球《燕山外史》爲代表。清人潘衍桐稱贊其"儷青妃白"②。魯迅在《中國小説史略》中列入"以小説見才情者"一類，稱其爲"以排偶之文試爲小説者"，謂其"其事殊庸陋，如一切佳人才子小説常套，而作者奮然有取，則殆緣轉折尚多，是以示行文手腕而已，然語必四六，隨處拘牽，狀物叙情，俱失生氣，姑勿論六朝儷語，即較之張鷟之作，雖無其俳諧，而亦遜其生動也。"③且看其卷一駢儷之辭：

兩儀定位，即肇陰陽，萬物推原，咸歸奇偶。人非懷葛，疇安無欲之天；世異羲、農，孰得忘情之地。稽夫詞傳黄絹，譜寫烏絲。探北部之删脂，燕姬似玉；數南都之粉黛，越女如花。自有佳人，總稱絶世；從無名士，不悦傾城。求巧合之媒，應煩月老；作良緣之主，必待天公。假使鍾家新婦，得配參軍；趙地才人，不歸走卒，斯爲美矣，豈不善哉！無如蒼旻嫉才，紅顔蹇命。或悵紫釵易斷，或傷碧玉難逢。或鸞侣終孤，琴亡鏡破；或蕣莫瘳，桃斫蘭鋤。或絶塞不還，長向冰弦悲夜月；或深宫未老，早隨紈扇泣秋風。④

可以看出其駢儷之精工，文辭之精巧，若就只看這些篇章，就是名副其實的駢文，反而不像小説了。讀者閲讀這部小説不是注重欣賞故事情節，而是這些華麗的駢體文辭。這樣的例子在書中比比皆是。

明清小説不僅描寫和議論用駢體，很多小説的對話也喜用駢體。而駢體對小説的滲

① (唐)張鷟《遊仙窟》，北京師範大學藏清抄本。

② (清)潘衍桐《兩浙輶軒續録》卷二十四，清光緒刻本。

③ 魯迅《中國小説史略》，廣西人民出版社 2017 年版，第 272 頁。

④ 陳球《明末清初小説選刊》之《孤山再夢・燕山外史》，春風文藝出版社 1987 年版，第 81 頁。

透最大的是章回小説的回目,明清章回小説的回目多用駢體文辭來寫成爲標配。回目具有故事梗概的作用,宋元時期是江湖上説書藝人在瓦肆勾欄用的水牌,用來招攬聽衆,開始是很簡練的,往往要把最吸引人的故事内容提煉出來,比如《碾玉觀音》《錯斬崔寧》到明代文人擬話本回目文字稍有增加,比如《賣油郎獨占花魁》《杜十娘怒沉百寶箱》之類。到長篇章回體小説後,作爲下里巴人的大衆文學的小説需要通過雅化來提升品位,這樣回目通過駢體文辭來雅化了,最早在文人的章回體長篇小説《金瓶梅》裏就有了。比如第一回回目"西門慶熱結十弟兄、武二郎冷遇親哥嫂"①。而且作品中的總結性評價也用駢句來提升文體品位。比如就在《金瓶梅》第一回就有大量的存在:"三杯花竹合、兩盞色媒人""三寸氣在千般用、一日無常萬事休""洞府無窮歲月、壺大别有乾坤"等等,當然這些都是意對,并不工整。羅貫中整理的世代累積型小説《三國演義》就運用得爐火純青了。比如:第一回回目"宴桃園豪傑三結義、斬黄巾英雄首立功",第二回回目"張翼德怒鞭督郵、何國舅謀誅宦豎",第三回回目"議温明董卓叱丁原、饋金珠李肅説吕布",這種整齊的駢句在結構上一般都是用人物名字起頭,或作爲關鍵字將每一回的主要情節綫索作精練的概括,便於讀者瞭解本回目的大體内容,吸引讀者閲讀。此外,在明清小説的序跋也喜歡用駢文,這説明駢文對小説産生了重要的影響。通過這種駢偶文辭的運用,小説這種市民文學的通俗文體登上了雅文學的殿堂。

在傳統的文化體制裏,戲曲和小説原來是屬於市井百姓的消遣娛樂文體,不登大雅之堂,文人原本并不瞧得起。文人參與創作後,要使戲曲小説擺脱這種被文人歧視的境遇,就有意識提升戲曲唱詞和小説描寫文辭的典雅,也便於適應貴族文人的審美需要,使其樂於接受這種文體,而駢文是公認的貴族文學,這樣戲曲小説中夾用駢儷之辭,甚或通篇駢文也就不足爲奇了。只有這樣才能提升其文辭檔次,成爲一代之文學代表。

結語:駢文在古代文學新文體生成過程中的觸媒作用

與西方文學史演進不同,中國古代文學的演進更新往往是各種文體交替登場,一種文體寫作登上藝術高峰,就有另一種文體來取代,文人的興趣又集中到新的文體中。中國古代文學的演進規律是基本通過文體的更迭使文學獲得新鮮的養分來推動文學的進步。

我們從駢文視角來觀察是因爲駢體作爲觸媒對其他的文體的形成和成型産生了影響。這是因爲駢文在漢代以後逐漸獲得了尊體的地位,具有了話語權,其多用於宫廷禮儀和各種具有莊嚴禮儀性質的場合,這樣就具有了語言儀式感,成了文類裏處於文體類

---

① (明)笑笑生《金瓶梅》卷一,明崇禎刻本。

别地位高端的文體,是屬於貴族層面的文學樣式,對下一層的新興文體有引導的作用。中國古代文學文體的演進多是從民間流行的文體中獲得滋養,但是民間的東西也有過於樸素與雅化不够的特點,文人需要進行往雅化方向的引導改造。後來成爲詩體大宗的五言詩、七言詩最早也是源自民間的。文人從民間獲得新鮮養分,加以吸收改造完善,成爲新興的文體。隨着文人的創作創造了新的繁榮和輝煌。在中國古代文學遞變的過程中,駢文在新文體生成過程中産生了觸媒的作用。這種觸媒式的作用,以往的學者關注不够。中國文化是開放性的崇尚多元融合的文化類型,古代的文體遞變也是文體融合的結果。

總之,駢文作爲古代文學中的一種獨特的文類,其觸媒的作用就是起到了用陳年的基酒駢文勾兑出新酒新文體的作用,其對詩詞曲賦和小説的文體産生了重要的滲透,促進了文體的新發展,也使得這些文體提升了文風的典雅,具有了既符合傳統審美標準又有新的韻味的特點,其在文學史上的這種作用不應該被忽視。

作者簡介:

莫道才(1962—),廣西恭城人。廣西師範大學文學院教授。從事駢文研究。著作有《駢文通論》等。

任昉沈約駢文思想考論*

劉濤

内容摘要:任昉、沈約爲六朝中期的駢文名家,其作體現出一些相似的駢文思想,展示出齊梁駢文創作的總體風貌。具體來説,其駢文思想主要包括:認爲各體駢文源于《六經》,并考證出秦漢以後各體文章的最初代表性篇目;提倡用典繁密而巧妙自然,不露痕迹,方式靈活多樣;重視平仄調諧,極力追求聲律之美;駢中運散,以疏通文氣等。諸駢文思想皆具有豐富的内涵,在六朝駢文思想史上占據較重要的地位。

關鍵詞:任昉;沈約;駢文思想

齊梁時期,"任筆沈詩"説頗爲盛行,或爲時人對任昉長于屬筆、沈約善于作詩的共識。按《南史·任昉傳》曰:"既以文才見知,時人云'任筆沈詩'。昉聞甚以爲病。晚節轉好著詩,欲以傾沈,用事過多,屬辭不得流便,自爾都下士子慕之,轉爲穿鑿,于是有才盡之談矣。"①《詩品》亦曰:"彦昇少年爲詩不工,故世稱沈詩任筆,昉深恨之。……。但昉既博物,動輒用事,所以詩不得奇。"②《詩品》又評價沈約之詩云:"觀休文衆制,五言最優。……。于時謝朓未遒,江淹才盡,范雲名級故微,故約稱獨步。"③《南史·沈約傳》又謂:"謝玄暉善爲詩,任彦昇工于筆。"④據上可知,任昉精于屬筆,而沈約、謝朓長于爲詩。考《梁書·沈約傳》云:"謝玄暉善爲詩,任彦昇工于文章,約兼而有之,然不能過也。"⑤此言謝朓以詩馳名,任昉則獲譽于文,沈約雖兼作詩文,成就却遜于謝、任。六朝流行文筆之説,多以無韻者爲筆,有韻者爲文。任昉擅長撰寫朝廷實用性公文,由于此類作品不押韻,故稱之爲筆,又因其以駢體撰成,故亦爲駢文。與任昉以筆見長不同,沈約則更著意于爲詩,受此影響,當時及後世批評家多關注沈約詩而不重其駢文,這顯然有失公允。其實,除詩歌外,沈約的駢文創作也有較高的成就。

---

* 國家社科基金一般項目"六朝駢文文體理論整理及其後代接受研究"(18BZW042)。

① (唐)李延壽《南史》,中華書局1975年版,第1455頁。下同。

② (梁)鍾嶸著,陳延傑注《詩品注》,人民文學出版社1961年版,第52頁。下同。

③《詩品注》,第52—53頁。

④《南史》,第1413頁。

⑤ (唐)姚思廉《梁書》,中華書局1973年版,第242頁。下同。

任昉爲齊梁駢文巨擘,“雅善屬文,尤長載筆,才思無窮”[①],“當時王公表奏無不請焉。昉起草即成,不加點竄。沈約一代辭宗,深所推挹”[②]。蕭繹《金樓子・立言》亦稱其“才長筆翰”。任氏所著繁多,兼備衆體,《文選》收録其表、啓、彈事、序、策文、令、箋、墓志、行狀共九體十七篇,數量冠于全書,可見對諸作成就的高度肯定。王僧孺撰《太常敬子任府君傳》大力稱揚任昉其才其文曰:“天才卓爾,動稱絶妙。辭賦極其清深,筆記尤盡典實。若問金石,似注河海。”[③]又撰《論任昉》稱任氏爲人之善“過于董生、揚子,樂人之樂,憂人之憂”[④]。沈約《太常卿任昉墓志銘》贊云:“天才俊逸,文雅弘備。心爲學府,辭同錦肆。含華振藻,郁焉高致。”[⑤]劉峻《廣絶交論》則以爲任昉遒文麗藻可與曹植、王粲媲美。于此可見,任昉駢文辭藻俊麗已得時人公認。又據《南史・任昉傳》載,王儉極爲欽重任氏之文,認爲當時無人能比。“時琅邪王融有才俊,自謂無對當時,見昉之文,怳然自失。”[⑥]蕭綱《與湘東王論文書》曾稱任昉之筆爲“文章之冠冕,述作之楷模”,亦見對任文的推重。任昉駢文于當世即傳入北朝,并被魏收奉爲圭臬。與任昉相比,沈約駢文名聲稍遜,然亦成就斐然。據統計,除《文選》選録其彈事、史論、碑文共三體四篇外,《駢體文抄》亦輯録其序、表、章、彈劾、碑、行狀、連珠、書、雜文共九體十二篇,諸文皆藻采紛呈,聲律協調,典事紛紜,對偶工整,爲駢儷之佳制。另外,《六朝文絜》《南北朝文抄》《評選四六法海》《南北朝文評注讀本》等駢文選本無不銓選其駢體名篇。任昉、沈約蜚聲于齊梁駢體文苑,其作體現出一些相似的駢文思想。

一、推論駢文文體起源,考證秦漢以後各體文章的最初代表性篇目

任昉頗重辨析文體,曾撰《文章緣起》(本名《文章始》,自宋代始有此名)一卷,綜論文章起源,又從淵源上具體探究各種文體的性質,然後細加分門别類,并考證出秦漢以後的最初代表性篇目,對後世文章學産生了深遠的影響。關于《文章緣起》一書的作者,清代曾有争議。《隋書・經籍志四》于姚察撰《文章始》一卷下著録云:“梁有《文章始》一卷,任昉撰。……亡。”《舊唐書・經籍志》《新唐書・藝文志》子部雜家類皆著録《文章始》一卷,稱任昉撰,張績補。今本《文章緣起》亦題任昉撰。明人陳懋仁、清人方熊曾先後爲《文章緣起》作注,可資參閲。《四庫全書總目・集部・詩文評類一・文章緣起提要》則提出,任昉原書在隋代已亡佚,故懷疑當時傳本爲依托之書。吴承學先生撰文《任

---

① 《梁書》,第 253 頁。
② 《南史》,第 1453 頁。
③ (清)嚴可均校輯《全上古三代秦漢三國六朝文》,中華書局 1958 年版,第 3250 頁。下同。
④ 《全上古三代秦漢三國六朝文》,第 3248 頁。
⑤ 《全上古三代秦漢三國六朝文》,第 3129 頁。
⑥ 《南史》,第 1452 頁。

昉〈文章緣起〉考論》(載于《文學遺産》2007年第4期)對《四庫全書總目》疑其爲依托之書的主要理由一一詳加考辨,認爲它們不能成立,其結論不可采信,并主張以謹慎的態度尊重唐宋以來的傳統説法,即認可《文章緣起》爲任昉所著更爲妥當。其説可從。

關于文章源頭的探討,曆來學者多上溯至儒家《五經》或《六經》,其説自有一定的道理。按《文心雕龍·宗經》曰:"論説辭序,則《易》統其首;詔策章奏,則《書》發其源;賦頌歌贊,則《詩》立其本;銘誄箴祝,則《禮》總其端;記傳盟檄,則《春秋》爲根。"①駢文是由傳統散文駢化而成的一種文章體式,按劉勰之説,其文體之源無疑也應該追溯至儒家《五經》或《六經》。劉氏明確完整地闡述"文出《五經》"之論,後來學者無不奉爲圭臬。如北齊顔之推《顔氏家訓·文章》云:"夫文章者,原出《五經》:詔命策檄,生于《書》者也;序述論議,生于《易》者也;歌咏賦頌,生于《詩》者也;祭祀哀誄,生于《禮》者也;書奏箴銘,生于《春秋》者也。"②又宋人李塗《文章精義》謂:"《易》《詩》《書》《儀禮》《春秋》、……,皆聖賢明道經世之書;雖非爲作文設,而千萬世文章從是出焉。"③六經本雖爲治世而生,但也未嘗不可把它看作後世各體文章的源頭。劉師培《論文雜記》也説:"古人不立文名,偶有撰著,皆出入《六經》、諸子之中。"④駢文批評家孫德謙《六朝麗指》亦高度認可前人之説,認爲駢文導源于《六經》,并高度評價六朝文學批評家的遠見卓識:"文章體制,原本《六經》,此説出之六朝,其識卓矣。《文心·宗經篇》曰:……。《顔氏家訓·文章篇》曰:……。所言雖有異同,而以文體爲備于經教則一,可見六朝之尊經矣。……而劉舍人、顔黄門兩家,獨識文字之原六經,無體不具,前此未有言之者,猶可賤視六朝乎?"⑤將文章(含駢文)溯源于《五經》或《六經》,實本于宗經思想,却也可以借此擡高駢文的地位。任昉論駢文文體起源與大約同一時期的劉勰相同,亦追溯至《六經》。其《文章緣起序》曰:"《六經》素有歌、詩、書、誄、箴、銘之類:《尚書》帝庸作歌、《毛詩》三百篇、《左傳》叔向貽子産書、魯哀公孔子誄、孔悝鼎銘、虞人箴。此等自秦漢以來,聖君賢士沿着爲文章名之始,故因暇録之,凡八十四題,聊以新好事者之目云爾。"⑥任昉明確指出歌、詩、書、誄、箴、銘等諸體文章起源于《六經》,與劉勰《文心雕龍·宗經》所述相合。除歌、詩以外,其他絶大多數文體在六朝時期都已駢化,故可視諸體爲駢文文體,此見各種駢文文體本源于《六經》。在劉勰之前,魏代桓範《世要論·贊像》認爲贊起源于《詩經》中的《頌》,這是從其内容及作用入手立論的。一般來説,贊篇幅較短,有韻,以四言句行文,在體裁上與《頌》相似。桓範將贊溯源于《詩經》,無疑也表現出宗經的思想傾向。至西晉

① (梁)劉勰著,范文瀾注《文心雕龙注》,中華書局1958年版,第22頁。

② 王利器《顔氏家訓集解》,中華書局1993年版,第237頁。下同。

③ 李塗著,王利器校點《文章精義》,人民文學出版社1960年版,第59頁。

④ 陳引馳編校《劉師培中古文學論集》,中國社會科學出版社1997年版,第230頁。下同。

⑤ 王水照編《歷代文話》第九册,復旦大學出版社2007年版,第8447頁。下同。

⑥ (梁)任昉撰,陳懋仁注《文章緣起》,上海商務印書館1937年版,第1頁。

摯虞《文章流別論》,則言及多種文體導源于《六經》。另據《晉書·劉寔傳》載,劉寔《崇讓論》論謝章也推原于《尚書》。綜上可見,人們早已將《六經》視爲各體文章的源頭,只不過任昉、劉勰説得更完整明確。

任昉將各種駢文文體溯源于《六經》,但又不拘泥於《六經》,而是認爲繼《六經》之後,尤其是秦漢以來的各體篇章更有典範性。故書序又指出,《文章緣起》一書考證各體文章的最初代表性篇目時,則是選取《六經》之後、秦漢以來的聖君賢士創作的各體"文章名之始"。所謂"秦漢以來",實指戰國秦漢以來。這一限定規定了全書内容所涉的時段,故討論書中内容,必須在該時段範圍之内。此書所列文章篇目,從最早的戰國屈原《離騷》到最晚的東晉末殷仲文《從弟墓志》,的確是戰國至任昉生活年代以前的作品,此爲該書記録的各體文章的起始年代。"《文章緣起》所標舉作品大致是六經之外、秦漢以來有明確的創作年代、創作者,有一定典範意義的獨立完整的篇章。它體現出任昉關注的重點是脱離經學束縛之後個體的文章學創作,它創造性地以簿録的方式記録了任昉心目中具有一定獨立性與典範性的文章學譜系。"[①]如果忽略作者所定的"秦漢以來"這一時段限制,評論此書則難免會有訛誤,即使後世著名學者亦莫能外。宋人王得臣《麈史·論文》將唐代劉存《事始》所列文體起始與《文章緣起》加以比較,認爲二者説法有很多不同:"任昉以三言詩起晉夏侯湛,唐劉存以爲始于'鷺于飛,醉言歸';任以頌起漢之王褒,劉以始于周公《時邁》;任以檄起漢陳琳檄曹操,劉以始于張儀檄楚;任以碑起于漢惠帝作《四皓碑》,劉以《管子》謂無懷氏封太山刻石紀功爲碑;任以銘起于始皇登會稽山,劉以蔡邕《銘論》'黄帝有金幾之銘'其始也。若此者尚十餘條,或討其事名之因,或具成篇而論,雖有不同,然不害其多聞之益。"[②]劉存《事始》所標的三言詩、頌、檄、碑、銘諸體的最早篇章皆出現于秦漢以前,完全超出了任昉所劃定的時段範圍。又宋人吴子良《荊溪林下偶談》雖意識到任昉《文章緣起》關于各體文章起始的時間範圍,但又指出因賈誼《過秦論》早于王褒《四子講德論》,故任昉以《四子講德論》爲論體起始有誤。其實,文學批評爲見仁見智之事,由于批評主體有不同的審美標准和傾向,得出不同的結論自然也無可厚非。至明清甚至近現代,仍有不少學者無視任昉規定的時間段落加以評論,故難免多有疏漏。又《麈史·論文》指責任昉《文章緣起》曰:"既載相如《喻蜀》,不録揚雄《劇美》,録《解嘲》而不收韓非《説難》,取劉向《列女傳》而遺陳壽《三國志評》。"[③]其實,這一指責也明顯欠妥:除無視任昉所定的各體文章起始的時段範圍外,還忽略了《文章緣起》的著録體例。關于《文章緣起》的著録格式,兹舉數例如下:"上書:秦丞相李斯《上始皇書》。""書:漢太史令司馬遷《報任少卿書》。""啓:晉吏部郎山濤作《選啓》。""奏記:漢江

① 吴承學、李曉紅《任昉〈文章緣起〉考論》,《文學遺産》2007年第4期。

② (宋)王得臣《麈史》,上海古籍出版社1986年版,第51頁。下同。

③《麈史》,第51頁。

都相董仲舒《詣公孫宏奏記》。”“箋:漢護軍班固《説東平王箋》。”“箴:漢揚雄《九州百官箴》。”“頌:漢王褒《聖主得賢臣頌》。”“碣:晉潘尼作《潘黄門碣》。”“檄:漢丞相祭酒陳琳作《檄曹操文》。”“哀策:漢樂安相李亢作《和帝哀策》。”據此可知,其基本著録體例爲:文體名——産生時代——(官爵)作者——文章篇名,絶大多數篇名都包含文體名,此見《文章緣起》所舉文章篇名與文體名是完全一致的,這無疑也是其基本體例。上述王得臣指責任昉之語顯然過于主觀片面:《文章緣起》曾著録“喻難”“解嘲”“傳贊”三種文體名,三體之下分别標舉司馬相如《喻巴蜀并難蜀父老文》、揚雄《解嘲》和劉歆《列女傳贊》,文章篇名與文體名完全吻合。按王氏所言,揚雄《劇秦美新》、韓非《説難》、陳壽《三國志評》性質約略同于任昉列舉的三篇,理應入選。然而,此三篇篇名與任氏標出的文體名不一致,即不符合《文章緣起》的著録體例,而且《説難》産生于戰國時期,在秦漢之前,這已超出任昉劃定的時段範圍。綜上可見,王得臣《麈史·論文》指責任昉之語顯然有失公允。

儘管《文章緣起》篇幅較短,但其内涵却非常豐富。書中列出的諸種文體極具代表性,“每立一體,也僅列舉一篇作品,這可能意味着這些文章在文體上具有一定的規範或典範意義。《文章始》之‘始’,不是純粹的時間概念,而是帶有文章定型與規範之始的含義。故綜合起來看,任昉所列作品大致有明確的創作年代、創作者,是獨立完整并有一定規範性或典範性的,而不像此前人們從經史歌樂舞辭中任意截取、創作年代與創作者都比較模糊的片斷。”①《文章緣起》不從經史子部中采録作品,其文體分類情况與作品采集方式很可能影響到《文選》的文體編排與作品選録。《文章緣起》分體八十五類,後世學者譏其過于瑣碎且分類不當,却未意識到它能真實反映秦漢以來文章學的初始狀態。書中所列諸體在南朝時期多有名篇佳制,體現出駢文創作的高度成就。翻檢《文選》及各家文集可知,哀策、行狀、誄、碑、祭文、彈文、表、教、啓、論、書、序等各體駢文在南朝的創作皆極爲盛行。哀策如顔延之《宋文皇帝元皇后哀策文》,行狀如任昉《齊竟陵文宣王行狀》,誄文如顔延之《陶征士誄》,碑文如王儉《褚淵碑文》,祭文如劉令嫻《祭夫徐悱文》,彈文如任昉《奏彈曹景宗》,表如傅亮《爲宋公至洛陽謁五陵表》,教如丘遲《永嘉郡教》,啓如任昉《爲卞彬謝修卞忠貞墓啓》,論如劉峻《廣絶交論》,書如鮑照《登大雷岸與妹書》,序如沈約《梁武帝集序》。

關于文章學一類著作的撰述者,非獨任昉一家,沈約亦位列其中。據《隋書·經籍志二》載,繼摯虞撰《文章志》四卷之後,傅亮有《續文章志》二卷,宋明帝著《晉江左文章志》三卷。沈約亦有《宋世文章志》二卷,《梁書·沈約傳》作“《宋文章志》三十卷”,惜其書已亡佚。

---

① 吴承學、李曉紅《任昉〈文章緣起〉考論》,《文學遺産》2007年第4期。

二、提倡靈活巧妙運用典故，雖多而不顯

用典(隸事)爲六朝駢文的一大形式特徵,任昉、沈約駢文素以用典繁密巧妙而著稱。自顔延之、謝莊以來,繁用典故已成爲文人競相追摹的創作風氣。及至任昉、王融、沈約,仍然"競須新事",導致"爾來作者,寖以成俗。遂乃句無虚語,語無虚字"[①]。這種風氣爲時會所使,并且還常常得到贊揚,如蕭綱《與湘東王論文書》即稱贊用典繁密的"任昉、陸倕之筆"爲"文章之冠冕,述作之楷模"[②]。考究任昉、沈約駢文多用典故的深層原因,除了重形式的審美取向使然外,還與重博學的社會文化風氣密切相關。按《顔氏家訓·勉學》載,魏晉以來,士族文人多篤於學業,希企通過增進學問來維持家風門第。在這一風氣的影響下,博物洽聞成爲衆多文士追求的共同目標。"夫學者貴能博聞也。郡國山川,官位姓族,衣服飲食,器皿制度,皆欲根尋,得其原本。"[③]"士大夫子弟,皆以博涉爲貴,不肯專儒。……雖好經術,亦以才博擅名。"[④]時至六朝,此風久盛不衰。學風的興盛也引發了文人聚書藏書和借數典隸事以逞才炫博的習氣。任昉、沈約、王僧孺并稱梁代三大藏書家,正因有廣覽群書作爲基礎,他們才能有博富的學識以助于大肆數典隸事。"昉墳籍無所不見,家雖貧,聚書至萬餘卷,率多異本。昉卒後,高祖使學士賀縱共沈約勘其書目,官所無者,就昉家取之。"[⑤]顯然,任昉"才思無窮"無疑得益于博覽群書。"約……,好墳籍,聚書至二萬卷,京師莫比。……歷仕三代,該悉舊章,博物洽聞,當世取則。……約嘗侍讌,值豫州獻栗,徑寸半,帝奇之,問曰:'栗事多少?'與約各疏所憶,少帝三事。出謂人曰:'此公護前,不讓即羞死。'帝以其言不遜,欲抵其罪,徐勉固諫乃止。"[⑥]隸事是炫耀博學的一種方式,在熟記關于栗的故事這一點上,梁武帝蕭衍與沈約爲顯才學,各不相讓,終致反目,而沈約也差點因此受罰。皇帝與士族文臣以隸事爭勝的這種現象恰恰反映出當時崇尚廣博的學風。通過隸事來顯示才學多寡,文士對此極爲看重。作爲皇帝或文學集團的首領,一方面獎勵高才博學者,另一方面對于勝己者却又不能容忍。除沈約因隸事得罪梁武帝蕭衍之外,"博極群書,文藻秀出"的劉峻也因才高而遭到蕭衍的貶抑。"武帝每集文士策經史事,時范雲、沈約之徒皆引短推長,帝乃悦,加其賞賚。會策錦被事,咸言已罄,帝試呼問峻,峻時貧悴冗散,忽請紙筆,疏十餘事,坐客皆驚,帝不覺失色。

① 《詩品注》,第4頁。
② 《梁書》,第691頁。
③ 《顔氏家訓集解》,第222—223頁。
④ 《顔氏家訓集解》,第177頁。
⑤ 《梁書》,第254頁。
⑥ 《梁書》,第242—243頁。

自是惡之,不復引見。”[①]梁武帝還曾敕命張率撰婦人事多條,勒成百卷,亦見張氏頗悉典事。又沈約任丹陽尹時,曾於座測試劉顯經史十事,顯對其九,受到陸倕的高度贊賞。

文人在數典隸事比賽中之所以獲勝,主要得益于富博的學識,但個人的記憶力及知識儲備畢竟是有限的,在這種情況下,大量類書便應運而生。類書的問世爲隸事提供了很多便利,又會推動隸事之風愈演愈烈。“按隸事與類書乃互爲因果,用典多,則類書必應運而生,類書多,則用典之風愈盛,作者不復以自鑄新詞爲高,而以多用事典爲博矣。”[②]編纂類書最初是爲了博覽檢閱的方便,後來却成了屬文時獵取辭藻、綴輯典故的寶庫。“雖爲博覽之資,實亦作文之助。”最早的類書爲魏文帝時撰集的《皇覽》,其後屢有繼作,極盛于梁朝。據《隋書·經籍志》子部雜家類著録,梁代人編撰的類書主要有沈約《袖中記》《珠叢》、庾肩吾《采璧》、蕭統《錦帶》、蕭綱《長春義記》、徐僧權《華林遍略》、蕭子顯等《法寶聯璧》、劉峻《類苑》等數十部。任昉、沈約等衆多文士通過駢文隸事來顯示自己廣博的學識,從而進一步推動學風趨于興盛。

任昉、沈約俱爲齊梁駢體名家,在用典方面提倡自然靈活,巧妙融化,不露痕迹,故無餖飣堆積之嫌。二人雖多用典却不滯于典,而是熔鑄錘煉,化繁爲簡,恰切而又平易自然。清人孫月峰評任昉《爲蕭揚州薦士表》曰:“以造語勝,其用事却俱不顯,故自妙。”[③]又評任氏《爲褚咨議秦讓代兄襲封表》云:“以用事見姿態,然亦是活用,不是板用。”[④]駱鴻凱《文選學·文選專家研究舉例·任彦昇》亦云:“嘗取任文而誦之,覺其隸事繁富,而善于點竄翦裁,有同己出,無堆砌壅遏之病。又其徵引事類,必以精切爲歸,不涉浮泛。此固非後世文家活剥數典,不解鎔冶,或濫填故實,意在鋪張者,所可同日語也。”[⑤]劉師培《〈文心雕龍〉講録二種》亦稱沈約《齊故安陸昭王碑文》用典“妥貼自然”[⑥],無迹可求。臺灣陳松雄則評沈氏《梁武帝集序》説:“用事自然,如吐胸中之語。”[⑦]據諸評可見,任、沈駢文用典自然入化、不流于滯爲其突出特點。另外,沈約還强調用典要平易曉暢,自然貼切,盡量避免使用生澀典事。《顔氏家訓·文章》謂:“沈隱侯曰:‘文章當從三易:易見事,一也;易識字,二也;易讀誦,三也。’邢子才常曰:‘沈侯文章,用事不使人覺,若胸臆語也。’深以此服之。”[⑧]所謂“易見事”,顯然是指用典易于辨識。“蓋用典以達意爲貴,切情爲高,若徵引故實,專尚衲被,則令人莫明底藴,如墮五里霧中。豈復能切情達意而表高

① 《南史》,第1219—1220頁。
② 張仁青《駢文學》,文史哲出版社1984年版,第143頁。
③ 于光華編《評注昭明文選》,學海出版社1977年版,第723頁。下同。
④ 《評注昭明文選》,第724頁。
⑤ 駱鴻凱《文選學》,中華書局1989年版,第559頁。下同。
⑥ 《劉師培中古文學論集》,第177頁。
⑦ 陳松雄《齊梁麗辭衡論》,文史哲出版社1986年版,第247頁。下同。
⑧ 《顔氏家訓集解》,第272頁。

貴之旨趣乎？休文倡易見之論，用易見之典，故雖博物連篇，而明白曉暢，無餖飣獺祭之累，而有靈活高雅之妙矣。”①

任昉、沈約用典之靈活巧妙還體現在用典方式的多樣化方面。劉宋時期，駢文用典多以明用爲主，齊梁以後則呈現出多樣化趨勢，除明用外，還有暗用、反用等。明用最常見，數量最多，兹不贅舉，而暗用、反用等則更見功夫。暗用典故者如任昉《爲齊明帝讓宣城郡公第一表》：“且陵土未乾，訓誓在耳，家國之事，一至于斯。”看似平常議論，殊不知句句暗用典故。第一句暗用曹植《求自試表》：“墳土未乾，而身名并滅。”第二句暗用《左傳·文公七年》：“晉穆嬴曰：‘今君雖終，言猶在耳。’”第三、四句暗用孫盛《晉陽秋》：“郤超假還東，簡文帝謂之曰：‘致意尊公，家國之事，遂至于此。’”再如沈約《爲梁武帝與謝朏敕》：“便望釋蘿襲衮，出野登朝。”驟視之如未用典，細推繹則知乃暗用《晉書·謝安傳論》：“褫薜蘿而襲朱組，去衡泌而踐丹墀。”暗用典故，雖文中暗含故事，但能融化使之不露痕迹，實爲用典之更高境界。反用者如任昉《爲褚咨議蓁讓代兄襲封表》：“若使賁高延陵之風，臣忘子臧之節，是廢德舉，豈曰能賢？”以《左傳》所載的延陵季札、子臧辭封的故事襯托褚蓁的辭封之决心。此處爲反用典故，意爲不能反延陵、子臧之道而行之，否則就會廢棄先王之德舉，無法做到選賢任明。又如沈約《齊故安陸昭王碑文》：“雖鄧訓致劈面之哀，羊公深罷市之慕，對而爲言，遠有慚德。”運用東漢鄧訓、西晉羊祜的典故加以比對，認爲世人對于鄧、羊的哀痛程度遠不如對蕭緬的傷悼之深。此處爲强調抒情，有意從否定的角度援引古人古事。任、沈駢文有時通過字詞换位或更改，重新組合爲句，這種用典方式體現出作者對語言藝術及用典技巧的刻意追求。如沈約《爲梁武帝與謝朏敕》“不降其身，不屈其志”，本源于《論語·微子》“不降其志，不辱其身”，“志”“身”二字换位，又改“辱”爲“屈”。當然，也有因過重雕琢詞句而致使語意不明之處。如任昉《天監三年策秀才文三首》：“朕本自諸生，弱齡有志，閉户自精，開卷獨得。”梁武帝蕭衍勤于讀書治學，“雖萬機多務，猶卷不輟手，燃燭側光，常至戊夜”②，可見任氏所言不虚。然而，“弱齡有志”後明顯有省略不當之處。駱鴻凱説：“六朝文琢句最工。然如此文‘朕本自諸生，弱齡有志’，謂弱齡有志于學也。省略于學二字，文義未明，讀者若不就其上下語氣細爲推繹，幾于索解不得矣。”③

任、沈駢文，尤其是任昉之作，巧于隸事是優點，但隸事過多又成了最大的缺點。清人蔣士銓《評選四六法海》卷一評任昉《爲蕭揚州薦士表》云：“專以隸事見長。”“愚謂用事不顯是彦昇長處，專以用事見長是其短處，得使事之妙而不得不使事妙，方之詩家，如

①《齊梁麗辭衡論》，第252頁。

②《梁書》，第96頁。

③《文選學》，第561頁。

李玉谿。"[①]孫德謙《六朝麗指》説:"《詩品》云:'昉既博物,動輒用事,所以詩不得奇。'然則彦昇之詩,失在貪用事,故不能有奇致。吾謂其文亦然,皆由于隸事太多耳。語曰:'文翻空而易奇。'以此言之,文章之妙,不在事事徵實,若事事徵實,易傷板滯。"[②]然而,終究瑕不掩瑜,任、沈駢文以用典巧妙見長,技巧精湛,故典事雖多却不易使人覺察。

三、重視平仄調諧,極力追趨聲律之美

關于聲律論的研討與實踐,堪稱沈約駢文思想的一項重要内容。一般認爲,聲律論成于沈約、謝朓、王融三人。《南史·陸慧曉傳附厥傳》曰:"時盛爲文章,吴興沈約、陳郡謝朓、琅邪王融以氣類相推轂,汝南周顒善識聲韻。約等文皆用宫商,將平上去入四聲,以此制韻,有平頭、上尾、蜂腰、鶴膝。五字之中,音韻悉異,兩句之中,角徵不同,不可增減。世呼爲'永明體'。"[③]《南史·庾易傳附肩吾傳》亦曰:"齊永明中,王融、謝朓、沈約文章,始用四聲,以爲新變。至是轉拘聲韻,彌爲麗靡。"[④]《詩品序》則云:"王元長創其首,謝朓、沈約揚其波。三賢或貴公子孫,幼有文辯。于是士流景慕,務爲精密,襞積細微,專相陵架。故使文多拘忌,傷其真美。"[⑤]永明聲律論的興起,或濫觴于劉宋范曄、謝莊。范、謝被認爲能識别宫商清濁,按范曄《獄中與諸甥侄書》曾稱自己"性别宫商,識清濁",并提出:"年少中,謝莊最有其分"[⑥],即説謝莊在這方面也有天分。另有《南史·謝弘微傳附莊傳》載:"王玄謨問莊何者爲雙聲,何者爲疊韻。答曰:'玄護爲雙聲,碻磝爲疊韻。'其捷速如此。"[⑦]雖然謝莊在音韻方面的具體貢獻已不可考,但可以推斷他的確能辨識語音。《詩品序》又云:"齊有王元長者,嘗謂余云:'宫商與二儀俱生,自古詞人不知之。……唯見范曄、謝莊,頗識之耳。嘗欲進《知音論》,未就。'"[⑧]此説可作爲范曄之言的注脚。鑒于此,故有論者提出:"范曄、謝莊可説是永明聲律論的先驅人物。"[⑨]又據《南史·周顒傳》載,周顒"始著《四聲切韻》行于時"[⑩],最早提出四聲説,直接影響到沈約的聲律理論。周顒精于音韻,"音辭辯麗,出言不窮,宫商朱紫,發口成句"[⑪],其子周捨亦

---

① (清)蔣士銓《評選四六法海》,光緒乙亥年(1875)重刊寄螺齋藏版本。

②《歷代文話》第九册,第 8479 頁。

③《南史》,第 1195 頁。

④《南史》,第 1247 頁。

⑤《詩品注》,第 5 頁。

⑥ (梁)沈約《宋書》,中華書局 1974 年版,第 1830 頁。下同。

⑦《南史》,第 554 頁。

⑧《詩品注》,第 5 頁。

⑨ 王運熙、楊明《中國文學批評通史》(魏晉南北朝卷),上海古籍出版社 1996 年版,第 225 頁。

⑩《南史》,第 895 頁。

⑪ (梁)蕭子顯《南齊書》,中華書局 1972 年版,第 731 頁。

“音韻清辯”[①]。聲律論出現後，由于作家有意識地將其應用到創作實踐中去，因此追求平仄相間相對、聲韻協暢成爲詩文創作的風尚，這一創作傾向使駢文發生了新變化。阮元《四六叢話後序》曰：“彦昇、休文，肇開聲韻，輕重之和，擬諸金石，短長之節，雜以咸韶。蓋時會使然，故元音盡泄也。”[②]雖然駢文在聲律方面講究更爲謹嚴，但文章原有的濃郁風味却不復存在了。《四六叢話·叙總論》云：“六朝以來，風格相承，研華務益，其間刻鏤之精，昔疏而今密；聲韻之功，舊澀而新諧，非不共欣于斧藻之工，而亦微傷于酒醴之薄矣。”[③]聲律論的正式提出對駢文創作産生了很大影響，它在一定程度上推動駢文形式要素走向定型。永明以後的駢文對形式特徵的追求更加嚴格：對偶更工整精致，用典更繁密貼切，詞藻更華美，聲律更謹嚴。觀沈約、任昉、謝朓、王融等人各體駢文，可見其聲律之嚴謹細密。

據鍾嶸《詩品序》載，在王融、謝朓、沈約三位永明聲律論倡導者之中，創首者爲王融，謝朓、沈約則有推波助瀾之功。然王、謝早逝，而沈則歷仕宋、齊、梁三代，既身居公卿之位，又爲文壇領袖，且撰《四聲譜》，故後世言及永明聲律論，多主推沈約。

沈約《宋書·謝靈運傳論》對聲律理論作了詳細的闡述，這不但爲後來的詩文創作提供了理論依據，而且也預示了此後的文學必須進行一些變化。其文曰：“夫五色相宣，八音協暢，由乎玄黄律吕，各適物宜。欲使宫羽相變，低昂互節，若前有浮聲，則後須切響。一簡之内，音韻盡殊；兩句之中，輕重悉異。妙達此旨，始可言文。”[④]此節明確提出聲律論的基本要求：詩文遣詞用字，務必使其聲音富于變化，避免單調，以求錯綜和諧之美，如同各種色彩并列而鮮明悦目，各種樂器并奏而優美動聽。沈約將此視爲衡量前人作品工拙的一個重要標准，所謂“妙達此旨，始可言文”，可見對聲律的重視程度。沈氏頗以發現聲律理論而自矜，按《梁書》本傳謂：“又撰《四聲譜》，以爲在昔詞人，累千載而不寤，而獨得胸襟，窮其妙旨，自謂入神之作。”[⑤]此前范曄《獄中與諸甥侄書》亦謂：“觀古今文人，多不全了此處，縱有會此者，不必從根本中來。”[⑥]沈約以此爲獨得之秘，應更多地立足于前人作品是否有意自覺講求聲律調諧。故又提出，自古以來，即使著名文士張衡、蔡邕、曹植、王粲、潘岳、陸機，直至顔延之、謝靈運，都未曾探知其中奥秘。其間，雖然偶爾出現一些基本合乎聲韻規律的“高言妙句”，也不過是“暗與理合”，而“匪由思至”，即言其爲不自覺的，并非掌握了聲韻技巧所致。言及永明聲律論的具體内容，則爲四聲八病之説。四聲，即平、上、去、入，指漢字的聲調；八病，是指將四聲（兼顧聲母、韻母）運用到詩文創

---

①《南史》，第 895 頁。

②（清）孫梅著，李金松點校《四六叢話》，人民文學出版社 2010 年版，第 3 頁。下同。

③《四六叢話》，第 532 頁。

④《宋書》，第 1779 頁。

⑤《梁書》，第 243 頁。

⑥《宋書》，第 1830 頁。

作中力求避免的八種聲病,即平頭、上尾、蜂腰、鶴膝、大韻、小韻、旁紐、正紐,前四種爲聲調方面之病,後四種爲聲母和韻母方面之病。有意講求平仄格律上的相間相對所帶來的音韻之美,且避免出現八種聲病,此爲永明聲律論的核心所在。

沈約不僅有理論主張,而且還付諸實踐,其駢文創作多極力遵循聲律論。如《宋書·謝靈運傳論》:"子建函京之作,仲宣霸岸之篇,子荊零雨之章,正長朔風之句。"建""京""作"分别爲仄、平、仄,而"宣""岸""篇"則分别爲平、仄、平;"荊""雨""章"分别爲平、仄、平,而"長""風""句"則分别爲仄、平、仄。上、下句偶數位字皆能做到平、仄相對,聲調響亮。又如《齊故安陸昭王碑文》全文聲韻鏗鏘有力,調響而音美,受到清人孫月峰的高度稱賞:"調特響,語亦多疏俊,當爲特勝。"[①]任昉駢文受聲律論的影響頗深,對其推行亦多有助力。如《王文憲集序》:"立言必雅,未嘗顯其所長;持論從容,未嘗言人所短。"言""雅""顯""長"分别爲平、仄、仄、平,而"論""容""言""平"則分别爲仄、平、平、仄。再如《爲蕭揚州薦士表》:"臣聞求賢暫勞,垂拱永逸,方之疏壤,取類導川。……六飛同塵,五讓高世。"此節極講究平仄協調,每聯的出句和對句的偶數位字皆能做到平仄相對,音韻鏗鏘,抑揚頓挫,盡顯聲韻之美。"賢""勞"爲平聲,"拱""逸"則爲仄聲;"之""壤"爲平、仄,"類""川"又成了仄、平;"飛""塵"爲平,"讓""世"則爲仄。

詩文創作過于講求嚴謹的聲律,無疑會消釋作品原有的濃郁風味,而且這一理論很難得到真正嚴格的實施,即使該理論的主要倡導者沈約,其詩文聲律也并非全都合乎平仄規律。據《南齊書·文學·陸厥傳》載沈約《答陸厥書》曰:"宫商之聲有五,文字之别累萬,以累萬之繁,配五聲之約,高下低昂,非思力所舉,又非止若斯而已也。"[②]"韻與不韻,復有精粗,輪扁不能言,老夫亦不盡辨此。"[③]《南史·陸慧曉傳附厥傳》亦曰:"約論四聲,妙有詮辯,而諸賦亦往往與聲韻乖。"[④]可見將聲律論嚴格應用于創作實踐中的難度之大。劉師培《中國中古文學史講義》之言至爲中肯:"然四聲八病,雖近纖微,當時之人,亦未必悉相遵守。惟音律由疏而密,實本自然,非由强制。"[⑤]蓋言講究聲韻調諧本是文學發展的自然規律所致,若强力追趨,則不免失當。聲律論是南朝詩文創作的重要法則,曾産生過深刻的影響,并爲當時諸多文士或文學批評家所接受。劉勰對聲律論贊賞有加,在《文心雕龍》中專列《聲律》一篇,詳細闡述了平、仄聲調的特點,并提出如果運用不當,則容易出現聲病:"凡聲有飛沈,響有雙疊;雙聲隔字而每舛,疊韻雜句而必睽;沈則響發而斷,飛則聲颺不還。并轆轤交往,逆鱗相比。迂其際會,則往蹇來連,其爲疾病,亦

①《評注昭明文選》,第1121頁。

②《南齊書》,第899頁。

③《南齊書》,第900頁。

④《南史》,第1197頁。

⑤《劉師培中古文學論集》,第98頁。

文家之吃也。"[1]黄侃《文心雕龍札記·聲律札記》云:"飛謂平清,沈謂仄濁。"[2]按劉勰之意,一句中不能純用平清,也不能純用仄濁,即主張不同聲調的字要交錯相間使用。若稍有疏忽,則引起諸多失誤。蕭子顯論文强調"俱五聲之音響""吐石含金""輕脣利吻",蓋亦受沈約聲律論影響使然。

除主倡聲律論外,沈約還曾言及駢文的産生動因,儘管所論主要是針對早期歌謡而發,但同樣適用于後起的駢文。《宋書·謝靈運傳論》云:"民稟天地之靈,含五常之德,剛柔叠用,喜愠分情。夫志動于中,則歌咏外發。六義所因,四始攸系,升降謳謡,紛披風什。雖虞、夏以前,遺文不睹,稟氣懷靈,理無或異。然則歌咏所興,宜自生民始也。"[3]此言詩歌源于人類情感之勃發,其實,非但詩歌如此,包括駢文在内的一切文學作品莫不如此。沈約此説亦可從《毛詩序》中找到證據:"詩者,志之所之也。在心爲志,發言爲詩。"[4]據此可見,人類内心情志的抒發無疑是詩文創作的促動因素。該説已得到劉勰的贊成,按《文心雕龍·明詩》曰:"詩言志,歌永言。……是以在心爲志,發言爲詩,……。人稟七情,應物斯感,感物吟志,莫非自然。"[5]《文心雕龍·物色》亦曰:"春秋代序,陰陽慘舒,物色之動,心亦摇焉。……微蟲猶或入感,四時之動物深矣。……物色相召,人誰獲安?……歲有其物,物有其容;情以物遷,辭以情發。一葉且或迎意,蟲聲有足引心。况清風與明月同夜,白日與春林共朝哉!"[6]除認可詩文創作源于情志之勃發外,又强調外物感召亦爲詩文産生的促動因素。感物興情説在陸機《文賦》中已有所提及("遵四時以嘆逝,瞻萬物而思紛。悲落葉于勁秋,喜柔條于芳春"),但在南朝文學批評中則更爲常見。如沈約《武帝集序》云:"至于春風秋月,送别忘歸,皇王高宴,心期促賞,莫不超挺睿興,濬發神衷。"[7]自然景觀、惜别友人、歡聚宴飲皆可觸發情感,引起創作激情。又蕭統《答晉安王書》謂:"炎凉始貿,觸興自高,睹物興情,更向篇什。"[8]其《答湘東王求文集及〈詩苑英華〉書》亦謂:"或日因春陽,其物韶麗,樹花發,鶯鳴和,春泉生,暄風至。陶嘉月而嬉遊,藉芳草而眺矚。或朱炎受謝,白藏紀時,玉露夕流,金風多扇。悟秋山之心,登高而遠托。或夏條可結,倦于邑而屬詞;冬雲千里,睹紛霏而興咏。密親離則手爲心使,昆弟晏則墨以親露。……"[9]無論是季節變换,還是親朋聚散,皆可由景、事而生感慨,從而激發創作熱情,作者叙述詩文創作的動因與感興之由實出自肺腑。《文選·賦》專立"物

① 《文心雕龙注》,第552—553頁。
② 黄侃《文心雕龍札記》,華東師範大學出版社1996年版,第150頁。
③ 《宋書》,第1778頁。
④ (梁)蕭統編,李善注《文選》,上海古籍出版社1986年版,第2029頁。
⑤ 《文心雕龙注》,第65頁。
⑥ 《文心雕龙注》,第693頁。
⑦ 《全上古三代秦漢三國六朝文》,第3123頁。
⑧ 《全上古三代秦漢三國六朝文》,第3064頁。
⑨ 《全上古三代秦漢三國六朝文》,第3064頁。

色"一目,收録宋玉《風賦》、潘岳《秋興賦》、謝惠連《雪賦》、謝莊《月賦》,無疑也是受感物興情説的影響使然。再如《文心雕龍》的《明詩》《詮賦》都提到"感物吟志""情以物興"的問題;而《物色》《神思》則叙及四時氣候、清風、明月、白日、春林、桃花、楊柳、雨雪、山海等自然景物對情志的感發。所謂"物色相召,人誰獲安""情以物遷",可見自然景物觸發人的情感活動的力量是非常大的。鍾嶸《詩品序》也論及自然界四時氣候景物的變化和人們不尋常的生活遭遇對情感抒發的促動作用。諸論述雖多從詩、賦入手,但所涉及的文體無疑也包括駢文在内。

《宋書·謝靈運傳論》還論及先秦至劉宋文學的發展概况,其中,對駢文演進中的代表作家蔡邕、曹植、陸機、顔延之的選取非常准確。漢末蔡邕碑文駢化傾向最顯著,對六朝駢文影響頗大。建安曹植"咸蓄盛藻",西晉陸機"縟旨星稠,繁文綺合",觀曹植《求自試表》《求通親親表》《陳審舉表》《七啓》、陸機《豪士賦序》《演連珠》《與趙王倫薦戴淵啓》《辨亡論》《吊魏武帝文》《五等諸侯論》等篇,對句頗多且工整,雕琢藻采,用典繁密,與後世駢文相去不遠。駱鴻凱評曹植《七啓》云:"造語之精,敷采之麗,漢代所無,而力趨工整,竟爲儷體開先。"①又評陸機《豪士賦序》云:"裁對之工,隸事之富,爲晉文冠,而措語短長相間,竟下開四六之體。"②顔延之爲劉宋駢體大家,其文極重雕章琢句、繁密用典及精工對偶,代表了六朝前期駢文的最高成就。《文選》收録其《三月三日曲水詩序》《陽給事誄》《陶征士誄》《宋文皇帝元皇后哀策文》《祭屈原文》《赭白馬賦序》,皆爲傳世名篇。除《宋書·謝靈運傳論》提及的駢文代表作家外,沈約在《宋書》其他人物傳記中對劉宋駢體名家名作也有過評價,有的直接出以評語,有的則于傳記中收録全文,間接表達對作品的推重。如《宋書·顔延之傳》稱賞顔氏云:"文章之美,冠絶當時。"③又云:"延之之郡,道經汨潭,爲湘州刺史張邵祭屈原文以致其意。"④此就顔延之駢體名作《祭屈原文》而言,傳記中全録此篇,可見對其文學價值的高度肯定。比喻手法的運用外加大量描寫性術語使此文藻采紛紜,李兆洛稱"織詞之縟,始于延之"⑤,所言不虚。錢基博稱該文"文采高麗,工于發端"⑥,亦非溢美。墓志是六朝時期的一種重要文體,此體始于顔延之《王球墓志》,此後則屢有繼作。鮑照亦爲劉宋駢文名家,其駢體名作《登大雷岸與妹書》開啓書信文大幅度描寫山水景觀之先河,直接影響到後來吴均《與朱元思書》《與顧章書》《與施從事書》、陶弘景《答謝中書書》等。《宋書·臨川烈武王道規傳附鮑照傳》全文

---

①《文選學》,第 311 頁。
②《文選學》,第 311 頁。
③《宋書》,第 1891 頁。
④《宋書》,第 1892 頁。
⑤ 李兆洛選輯《駢體文鈔》,上海書店出版社 1988 年版,第 64 頁。下同。
⑥ 錢基博《中國文學史》,中華書局 1993 年版,第 180 頁。

收録鮑氏《河清頌》并稱“其序甚工”①,此文着力于頌揚宋文帝之德勛政績,典麗雅致,凝重肅穆,實爲上乘之作。張溥《漢魏六朝百三家集·鮑參軍集題辭》云:“鮑文最有名者,《蕪城賦》《河清頌》及《登大雷書》。《南齊書·文學傳論》所謂‘發唱驚挺,操調險急,雕藻淫艷,傾炫心魂’,殆指是邪?”②後世學者如吴汝綸、孫德謙等則更賞識《河清頌》之序,認爲它有漢文氣體恢宏的風格。沈約還曾評點過傅亮《演慎論》《感物賦》、謝惠連《祭古冢文》《雪賦》、謝莊《宋孝武宣貴妃誄》《上搜才表》《舞馬賦》等駢文、駢賦名篇,《宋書》各傳皆載諸篇創作本事及評語。關于傅亮二作,《宋書》本傳述其創作本事謂:“初,亮見世路屯險,著論名曰《演慎》。”③又謂:“少帝失德,内懷憂懼,作《感物賦》以寄意焉。”④《宋書·謝方明傳附子惠連傳》評點謝惠連二作曰:“元嘉七年,……義康治東府城,城塹中得古冢,爲之改葬,使惠連爲祭文,留信待成,其文甚美。又爲《雪賦》,亦以高麗見奇。”⑤諸如此類,不勝枚舉。

四、融散語虚詞于駢句,以疏通文氣

譚獻評任昉《齊竟陵文宣王行狀》時更看重其語句單行之處:“須識其單行叙事處,皆駢儷之滋旨。任、沈而後,此風漸墜。”⑥方伯海則曰:“富麗之文,以流爲貴,方無堆砌壅遏之病。”⑦劉麟生亦稱任昉駢文“有散行之妙”⑧。孫德謙《六朝麗指》則云:“駢體之中,使無散行,則其氣不能疏逸,而叙事亦不清晰。”⑨“作駢文而全用排偶,文氣易致窒塞,即對句之中,亦當少加虚字,使之動宕。”⑩“夫文而用駢體,人徒知華麗爲貴,不知六朝之妙,全在一篇之内,能用虚字使之流通。”⑪蓋駢文中融入散語虚詞,易使文氣疏宕有致,從而避免凝滯壅塞的弊病。任、沈爲駢文大家,善于以儷體行文,但又融以虚字虚詞或散句,故文風異于尋常文家。如任昉《宣德皇后令》:“客遊梁朝,則聲華籍甚;薦名宰府,則延譽自高。”又沈約《宋書·恩倖傳論》:“既而恩以狎生,信由恩固,無可憚之姿,有易親之色。”分别運用虚詞“則”“既而”來疏通文氣,前後句銜接自然,極其流暢。融入散

---

① 《宋書》,第1478頁。
② (明)張溥著,殷孟倫注《漢魏六朝百三家集題辭注》,中華書局2007年版,第227頁。
③ 《宋書》,第1338頁。
④ 《宋書》,第1339頁。
⑤ 《宋書》,第1525頁。
⑥ 《駢體文鈔》,第574頁。
⑦ 《評注昭明文選》,第723頁。
⑧ 劉麟生《駢文學》,海南出版社1994年版,第74頁。
⑨ 《歷代文話》第九册,第8443頁。
⑩ 《歷代文話》第九册,第8435頁。
⑪ 《歷代文話》第九册,第8453頁。

句之例在任、沈筆下亦頗爲常見,如任昉《爲卞彬謝修卞忠貞墓啓》:"但加等之渥,近闕于晉典;樵蘇之刑,遠流于皇代。臣亦何人,敢謝斯幸?不任悲荷之至!"又沈約《齊故安陸昭王碑文》:"若夫彈冠出仕之日,登庸位事之年,軍麾命服之序,監督方部之數,斯固國史之所詳,今可得而略也。"既有虚詞,又有散句,駢散兼行,氣脈貫通。任、沈駢文遣詞造句有意駢中運散,致使文中流貫一種疏逸散朗的氣韻,故典故雖多,文氣却暢通無阻。"魏晉文散朗之致,遒勁之骨,覩于任文,猶存仿佛。"[①]明人張溥《漢魏六朝百三家集·任彦昇集題辭》云:"求其儷體行文,無傷逸氣者,江文通、任彦昇,庶幾近之。"[②]又《漢魏六朝百三家集·江醴陵集題辭》曰:"余每私論江任二子,縱橫駢偶,不受羈靮。"[③]皆言任昉、江淹駢文駢中寓散,氣脈暢達之事。其實,非獨江淹、任昉之作如此,沈約駢文亦然。至駢文成熟時,徐陵、庾信在前人基礎上愈益重視駢中融散之法,極力强調文中的勃勃生氣。

任、沈駢文的内在氣韻是通過"潛氣内轉"來實現的,這一理論本源于清人朱一新的《無邪堂答問》。《六朝麗指》云:"及閲《無邪堂答問》,有論六朝駢文,其言曰:'上抗下墜,潛氣内轉。'于是六朝真訣益能領悟矣。蓋余初讀六朝文,往往見其上下文氣似不相接,而又若作轉,不解其故,得此説乃恍然也。"[④]一般而言,文氣轉换要通過使用虚字來完成,因爲虚字的運用在文章開合變化中起到連貫作用,故使得文章血脈保持暢通。"文亦有血脈,其道在通篇虚字運轉得法。……倘後人爲之,純用對偶,而無虚字流通于其間,無怪人之鄙薄駢文也。且六朝匪特全篇時用虚字,雖造成聯語,亦必用虚字,乃見句法流動耳。"[⑤]如沈約《宋書·謝靈運傳論》:"雖文體稍精,而此秘未睹。"前有"雖"字,後用"而"字來轉换文氣,這與"潛氣内轉"的理論要求并不矛盾,因爲駢文内在氣韻的通暢與外在語詞的連接可以相輔相成。然而,"潛氣内轉"的妙處主要體現在不用虚字也能做到自然轉换文氣。如任昉《天監三年策秀才文三首》:"雖德慚往賢,業優前事。"上句用"雖"字,然下句"業優前事"前未用"而"字來轉筆,但文氣却已轉换。具體分析,"潛氣内轉"之常法有三:其一,寓轉折之意于上下相對詞内。如任昉《爲范始興作求立太宰碑表》:"弊帷毁蓋,未蓐螻蟻;珠襦玉匣,遽飾幽泉。"轉折之意即寓于"未""遽"兩對詞内。其二,滅轉折之迹而以意自周旋。如《天監三年策秀才文三首》:"上之化下,草偃風從,惟此虚寡,弗能動俗。昔紫衣賤服,猶化齊風;長纓鄙好,且變鄒俗。""昔紫衣賤服,……"諸語,字面似承上文,而細究其意,則已轉下,但痕迹全無。其三,相關連詞省其一。如任昉《爲梁武帝禁奢令》:"雖德謝往賢,任重先達。"下句雖未用"而"字轉筆,但文

---

① 《文選學》,第559頁。

② 《漢魏六朝百三家集題辭注》,第293頁。

③ 《漢魏六朝百三家集題辭注》,第279頁。

④ 《歷代文話》第九册,第8432頁。

⑤ 《歷代文話》第九册,第8452—8453頁。

氣已轉下。概言之,一般文章的上下承轉,必須借助虚字來完成,但六朝駢文則不同,往往不需要加虚字,即可將文氣轉入後面。"故讀六朝人文,須識得潜氣内轉妙訣,乃能于承轉處迎刃而解,否則上下語氣,將不知其若何銜接矣。"①

孫德謙論六朝駢文更重氣韻而不重藻采,在他看來,任昉、沈約駢文頗具疏逸散朗的氣韻,故優于徐陵、庾信之作。"駢文之有任、沈,猶詩家之有李、杜,此古今公言也。二子之文,就昭明所録,與諸選本觀之,彦昇用筆稍有質重處,不若休文之秀潤、時有逸氣爲可貴也。……後之爲駢文者,每喜使事,而不能行清空之氣,非善法六朝者也。……兩家之文,蓋不無優劣之分矣,然而任、沈要爲駢文大家也。"②將駢文中的任昉、沈約與詩歌中的李白、杜甫相提并論,足見對任、沈的重視。然而,徐陵、庾信的駢體創作技巧無疑要高于任昉、沈約,這已成爲批評家的定論,而且孫氏也有褒揚之語:"徐、庾文體,亦極藻艷調暢,然皆有遒逸之致,非僅如唐文之能爲博肆也。"③徐、庾之作以麗藻縟繪、音律諧暢、遒逸兼之著稱,可謂藻采、骨力兼備,堪稱儷體之上乘。但在孫德謙看來,却算不上最佳狀態,因爲在辭藻與氣韻之間,他更傾向于後者。可見,孫氏之所以如此立言,仍着眼于六朝駢文宕逸散朗的文氣。據此而論,任、沈之作顯然更符合這一條件,徐、庾自然也就比不上任、沈了。另外,關于任昉與沈約的駢文,孫德謙則更看重沈約之作:因任昉駢文用事過多,缺乏奇致,而沈約駢文辭采秀潤,且有逸氣貫通,實屬難能可貴。

任、沈駢文成就卓著,于當世即傳入北朝,并被北地文人奉爲圭臬。按《顔氏家訓・文章》載:"邢子才、魏收俱有重名,時俗准的,以爲師匠。邢賞服沈約而輕任昉,魏愛慕任昉而毁沈約,每于談宴,辭色以之。"④邢邵學沈約,魏收學任昉,各有所好,本無可厚非,然而,彼此之間又互相攻訐,實徒增無益。又《北齊書・魏收傳》曰:"收每議陋邢邵文。邵又云:'江南任昉,文體本疏,魏收非直模擬,亦大偷竊。'收聞乃曰:'伊常于《沈約集》中作賊,何意道我偷任昉。'任、沈俱有重名,邢、魏各有所好。武平中,黄門郎顔之推以二公意問仆射祖珽,珽答曰:'見邢、魏之臧否,即是任、沈之優劣。'"⑤誠然,任、沈駢文各有長短,在所難免,故終究不能否定二人在創作與批評方面所取得的成就。駱鴻凱之説可資參閲:"彦昇博物洽聞,所爲文章,皆極精深典實,字字凝煉。沈約稱其心爲學府,辭同錦肆,非過譽也。當時倫輩堪與彦昇比肩者,惟沈一人。沈長于詩,任長于筆,二子之才分既殊,故所造各有獨至。而後之論者或以彦昇隸事過多,致傷質重,不及休文之時有逸氣。或以沈文字必求儷,聲必求諧,而任則未嘗拘執于此。因謂一密一疏,密者遂開今

① 《歷代文話》第九册,第 8460 頁。

② 《歷代文話》第九册,第 8478—8479 頁。

③ 《歷代文話》第九册,第 8455 頁。

④ 《顔氏家訓集解》,第 273 頁。

⑤ 李百藥《北齊書》,中華書局 1972 年版,第 492 頁。

體,疏者猶存古意。斯二説者,皆能道其深際,非灼知兩家文體之同異者不辦也。"①

任昉、沈約的駢文思想觀點鮮明,内容充實,完全擺脱了傳統的注重政教功能的傾向,轉而發掘文學本身的審美特性,體現出六朝文學思想的新動向,爲當時及後世的駢文創作與批評指明了路徑。

作者簡介:

劉濤(1974—),山東臨沂人,韓山師範學院文學與新聞傳播學院教授,文學博士,云南大學碩士生導師,主要從事駢文研究、魏晉南北朝文學研究。

① 《文選學》,第558頁。

從賦和序看李白駢文的“以詩爲文”

肖悦

内容摘要:“以詩爲文”是歷代文學家在創作中使用的一種重要文體互滲方式。李白不僅有大量膾炙人口的詩歌傳世,還創作了很多高品質的駢文,他不但深諳詩歌的創作方法,而且還“以詩爲文”,將詩歌的表現手法和創作理念應用於駢文中。李白駢文的“以詩爲文”主要體現爲三個方面:一是李白駢文中對詩句的化用;二是李白駢文“清雄奔放”的句式與格律;三是李白駢文高度的感染力。李白“以詩爲文”的深層次原因在於他對建安風骨的繼承。李白駢文的“以詩爲文”在賦、序、表、書、記、贊、頌、碑、銘、祭文等不同文體之中均有體現,是李白在駢文創作中使用的重要手法,這一手法使李白駢文展現出了雄厚的盛唐氣象,也推動了李白駢文成爲盛唐駢文的一個高峰。

關鍵詞:李白;駢文;以詩爲文;建安風骨

一、“駢文”與“以詩爲文”

駢文是由基本對偶的修辭句子所組成的文章,而駢文作爲與散文相對的修辭劃分方式,廣泛存在於諸多文體之中,莫道才先生認爲:“除詩、詞、曲外幾乎所有古文,只要是用對偶文句組成的篇章,都可以屬於駢文之列。”①以駢的手法創作出來的賦也當屬駢文,亦稱駢賦,明徐師曾《文體明辨敘説》云:“故今分四體:一曰古賦,二曰俳賦,三曰文賦,四曰律賦。”②俳賦即是駢賦,而律賦更是從駢賦發源而來,在格律上比駢賦更爲講究。早在魏晉時期,俳賦已被分入“今體”,“今體”指的即是駢文,胡大雷先生認爲魏晉時期“‘賦’或與‘詩’爲一體,或入‘駢文’”。③ 所以莫道才先生總結認爲:“駢賦既是辭賦的一部分,也是駢文的一部分……雖然駢文不等於辭賦,但駢文是包涵辭賦中的駢賦的。”④李白的駢文包涵了賦、序、表、書、記、贊、頌、碑、銘、祭文等不同文體,而賦和序在

---

① 莫道才《駢文通論》,齊魯書社2010年版,第13頁。

② (明)徐師曾《文體明辨敘説》,人民文學出版社1998年版,第104頁。

③ 胡大雷《從“詩筆之辨”到文體三分——論“賦”在南北朝的再發現與其文體學意義》,《文學遺産》2015年第2期。

④ 莫道才《駢文通論》,齊魯書社2010年版,第14頁。

李白的駢文中具有代表性，故此文主要通過李白的賦和序來探討李白駢文中的"以詩爲文"。

"以詩爲文"屬於文體互滲的手法，文體互滲是不同文體之間的相互匯通與融合，是歷代文學家在文學實踐中都常常使用的手法，除了"以詩爲文"外，文體互滲還包括"以文爲詩""以詩爲詞""以文爲詞"這些方式。南宋王銍認爲駢文發源於詩，并且駢文在自身的發展過程中受到了詩的正面影響，莫道才先生則認爲："把另一種文學形式的表現特點借鑒過來以構築一種文體，在中國文學史上恐怕只有駢文足以擔當。"①由此可見駢文與詩之間具有高度的關聯性，而詩作爲中國文學史，尤其是唐代文學史上的一個重要文體，它對其他文體的影響非常大，被詩所滲透的文體自然包括駢文。楊景龍先生就認爲："詩歌作爲强勢文體，對其他各種文體都有程度不同的浸染滲透。"②"以詩爲文"在駢文中主要體現爲駢文對詩句的化用；駢文對詩的句式以及聲律的模仿；以及駢文對詩的情韻與意境的移植這幾個方面。

錢穆在分析了姚鼐《古文辭類纂》與李兆洛《駢體文鈔》之後認爲："文有駢散，而根源皆在詩。"③駢文發源於詩，而詩對駢文産生顯著滲透的過程可以追溯到魏晉時期。魏晉時期文人在對佛經的翻譯中發現了漢字的四聲之説，從而導致了永明體的出現，而永明體則在偶對、聲韻、平仄等方面影響到了駢文。到了唐代，由於詩的影響力趨大，詩對駢文的影響也進一步加深了。唐代文人雖然使用了"以詩爲文"的文體滲透方式，但他們却并没有清晰地意識到這一種滲透，直到宋代，"以詩爲文"這一概念才被黄庭堅、陳善在品評杜甫文章時正式提出④，可以説，唐代文人，包括李白的"以詩爲文"所體現出的更多是一種無意識的結果。儘管没有提出"以詩爲文"這一概念，唐代諸多長於文章的詩人已然把詩歌的創作方式和手法運用在了文章上。早在唐代，司空圖《題柳柳州集後序》就率先提到了李白以詩爲文的駢文創作理念，曰："嘗睹杜子美《祭太尉房公文》，李太白佛寺碑贊，宏拔清厲，乃其詩歌也。"⑤清童能靈《詩大小序説》則更進一步論證道："李白之文正如其詩。"⑥李白的詩歌創作達到了非常高的水準，被譽爲"詩仙"，他的詩雄奇飄逸、真率自然、不拘泥於格律，具有濃厚的主觀浪漫主義色彩。而李白的這些詩歌創作理念，也自然會被他應用於駢文創作中。楊景龍先生在探討這一問題時也特别提到了李白："唐代著名文學家多是著名詩人……《春夜宴桃李園序》的李白……出自他們之手的文章皆

① 莫道才《以詩爲文：駢文文體詩化特徵論》，《廣西師範大學學報》1997年第2期。
② 楊景龍《試論"以詩爲文"》，《文學評論》2010年第4期。
③ 錢穆《中國文學論叢》，九州出版社2019年版，第149頁。
④ 楊景龍《試論"以詩爲文"》，《文學評論》2010年第4期。
⑤ (清)董誥編《全唐文》，上海古籍出版社1995年。
⑥ (清)童能靈《冠豸山堂全集》，福建巡撫采進本。

近於詩。"[①]

李白是唐代最負盛名的詩人之一,他不僅有大量膾炙人口的詩歌傳世,還創作了很多高品質的駢文。清王琦《李太白全集》存留了李白的賦一卷、表書一卷、序一卷、記贊頌一卷、銘碑祭文一卷,這些文章的總數接近七十篇,李白文不僅數量多,并且在品質上也達到了非常高的水準。而李白現存的文章大部分都屬於駢文的範疇,熊禮匯先生就認爲:"(李白)今存文章60多篇,絶大多數都是駢體文。"[②]作爲一個文才出衆的大詩人,李白不僅深諳詩歌的創作方法,而且他還"以詩爲文",將詩歌的創作技巧和創作理念應用在了他的駢文之中。

二、李白駢文對詩句化用

李白詩的成就很高,具有非凡的藝術價值,而他在駢文創作中常常化用自己的詩句,使得李白駢文擁有了類似於李白詩的高度藝術性,以及詩化的美感。實際上,化用自己的詩句是李白在文章創作中的一種慣用手法,以《劍閣賦》和《蜀道難》爲例。《劍閣賦》云:

> 前有劍閣横斷,倚青天而中開。上則松風蕭颯瑟颶,有巴猿兮相哀。旁則飛湍走壑,灑石噴閣,洶湧而驚雷。送佳人兮此去,復何時兮歸來?望夫君兮安極,我沉吟兮嘆息。視滄波之東注,悲白日之西匿。鴻别燕兮秋聲,雲愁秦而暝色。若明月出於劍閣兮,與君兩鄉對酒而相憶![③]

《蜀道難》云:

> 上有六龍回日之高標,下有冲波逆折之回川。黄鶴之飛尚不得過,猿猱欲度愁攀援……問君西遊何時還?畏途巉巖不可攀。但見悲鳥號古木,雄飛雌從繞林間……蜀道之難,難於上青天,側身西望長諮嗟!

《劍閣賦》等句使用了諸多不甚標準的對仗,祝堯據"前後……上則……"等句認爲李白此賦摹斂了《上林賦》《兩都賦》等駢體大賦的鋪叙體格[④]。雖然《劍閣賦》的一些對仗非

---

① 楊景龍《試論"以詩爲文"》,《文學評論》2010年第4期。

② 熊禮匯《試論李白駢文的美感特質》,《廣西師範大學學報》2017年第9期。

③ 以下李白作品皆出自詹锳《李白全集校注汇釋集评》,百花文艺出版社1996年版。

④ (元)祝堯《古賦辨體》,江蘇巡撫采進本。

常肆意，平仄、虚實以及字數并不一定相同，但其所表達的意思仍然是對仗的，這種對仗方式被稱爲意駢，所以熊禮匯先生認爲："（李白）多用意思對偶而語句未必的對的'駢儷'句……其文仍可視爲駢文。"[①]《劍閣賦》中的駢句占比超過六成，馬積高先生認爲李白《劍閣賦》在駢賦的基礎上又有散文的氣勢，揮灑自如[②]。可以看出《劍閣賦》雖然對仗肆意，但仍不失爲一篇出色的駢文。《劍閣賦》和《蜀道難》同爲李白爲送好友王炎入川而作，它們不但在内容以及意境等方面展現出了高度的一致性，而且李白在《劍閣賦》中還直接和間接地化用了《蜀道難》的詩句。如《劍閣賦》中"前有劍閣横斷，倚青天而中開。上則松風蕭颯瑟颼，有巴猿兮相哀。旁則飛湍走壑，灑石噴閣，洶湧而驚雷"的排比結構就化用了《蜀道難》裏"上有六龍回日之高標，下有冲波逆折之回川"一句的結構。而《劍閣賦》和《蜀道難》還使用了相同的意象來描寫蜀道的艱險，如《劍閣賦》的"巴猿"與《蜀道難》的"猿猱"，再如《劍閣賦》的"鴻"與《蜀道難》的"黄鶴""悲鳥"。不僅如此，《劍閣賦》中的"送佳人兮此去，復何時兮歸來"一句更是對《蜀道難》中"問君西遊何時還？"的直接化用。除此之外，《劍閣賦》和《蜀道難》在結尾都表示了對蜀道艱險的感嘆，《劍閣賦》的"與君兩鄉對酒而相憶"與《蜀道難》的"側身西望長咨嗟"兩句在意境上是相似的。

再如《溧陽瀨水貞義女碑銘》和《游溧陽北湖亭望瓦屋山懷古贈同旅》。《溧陽瀨水貞義女碑銘》云：

> 卒使伍君開張闔閭，傾蕩鄢郢。吴師鞭屍於楚國，申胥泣血於秦庭。我亡爾存，亦各壯志，張英風於古今，雪大憤於天地……伍胥東奔，乞食於此。女分壺漿，滅口而死。聲動列國，義形壯士。入郢鞭屍，還吴雪恥。

《游溧陽北湖亭望瓦屋山懷古贈同旅》云：

> 子胥昔乞食，此女傾壺漿。
> 運開展宿憤，入楚鞭平王。

《溧陽瀨水貞義女碑銘》是一篇以四言和六言對仗爲主，兼以部分三言、五言、七言對仗以及少量散句的駢體銘文，文中的駢句占比超過六成，它與《游溧陽北湖亭望瓦屋山懷古贈同旅》所描述的内容，引用的典故，以及所表達的情感都基本一致。如《溧陽瀨水貞義女碑銘》中的"伍胥東奔，乞食於此"相比《游溧陽北湖亭望瓦屋山懷古贈同旅》"子胥

---

① 熊禮匯《試論李白駢文的美感特質》，《廣西師範大學學報》2017 年第 9 期。

② 馬積高《賦史》，上海古籍出版社 1987 年版，第 297 頁。

昔乞食”更完備地刻畫了伍子胥向東朝吴國奔走,在途中遇到史貞女之事,顯然是對《游溧陽北湖亭望瓦屋山懷古贈同旅》的擴充性描寫,而《溧陽瀨水貞義女碑銘》和《游溧陽北湖亭望瓦屋山懷古贈同旅》的其餘部分中還有多處亦是如此。牛寶彤先生認爲:“《溧陽瀨水貞女碑銘》,詩曰《游溧陽北湖亭,望瓦屋山懷古,贈同旅》,兩者内容一致,句式近似。”①不僅如此,他還認爲:“《爲宋中丞請都江陵表》和《朝發白帝城》無論從内容上、意境上,還是風格、語言上看,都是十分相近的…再如《天門山銘》和《天門山》《望天門山》兩首詩……三者息息相通,異曲同工……”②可見李白在駢文中常常化用自己的詩句,使得他的駢文和詩歌在很多方面擁有了異曲同工的效果。明王志堅認爲:“太白文肅散流麗,乃詩之餘。”③李白化用詩句爲文的這一種“以詩爲文”的方式,不僅使得李白駢文文本的藝術價值得到了提升,而且還使李白駢文擁有了一份李白詩所特有的豪氣和才情。化用詩句爲文這一“以詩爲文”的方式在李白的賦、序、表、書、記、贊、頌、碑、銘、祭文等文體中均有體現,是李白對“以詩爲文”手法最廣泛的使用方式。

三、李白駢文與詩相同的句勢與格律

李白駢文的文風被稱爲“清雄奔放”。“清雄”指的是李白駢文飄逸、奔放的句式;“奔放”指的是李白在駢文創作中不拘泥於板滯的格律和對仗,常常駢散兼行,但能產生獨特的節奏、聲律之美。李白駢文“清雄奔放”的句式與格律同其詩一致,是從李白詩中脱胎而出的。李白的詩飄逸瀟灑,且不喜講求格律,在對仗上也非常肆意,例如在李白所寫的近體詩七絶、七律、五律、五絶中,不合律的詩就有一一六首,占比高達百分之四十。李白駢文清雄奔放的句式與格律正是從李白的詩中一脈相承的,而他筆下清雄奔放的駢文,也從李白詩之外的另一個方面,展現出了雄厚的盛唐氣象。李白《上安州裴長史書》記載了安州郡督馬正會向長史李京之稱贊李白文章的話,總結了李白駢文的特點,云:“諸人之文,猶山無煙霞,春無草樹。李白之文,清雄奔放,名章俊語,絡繹間起,光明洞徹,句句動人。”李白爲人豪爽奔放、不拘於時,這樣的性格不僅影響了李白詩歌的句式與格律,也體現在了李白的駢文之中,展現出了濃厚的盛唐氣象。明宋濂在《送鄭千之序》中同樣認爲李白駢文在氣勢上取得了突出的成就,曰:“(李白)風神蕭散鳳鶱千仞之表,其發於文章,豪宕不拘而天機自協。”④金吴澄《丁暉卿詩序》亦云:“(李白駢文)間氣神

① 牛寶彤《清雄奔放李白文》,《殷都學刊》1989年第3期。
② 牛寶彤《清雄奔放李白文》,《殷都學刊》1989年第3期。
③ (清)黄宗羲編《明文海》629卷,上海古籍出版社2000年版。
④ (清)黄宗羲編《明文海》629卷,上海古籍出版社2000年版。

俊,超然八極之表。"[①]于景祥先生更是稱贊李白駢文是盛唐氣象的傑出代表,他認爲:"李白、杜甫的作品更雄視兩漢,規模揚馬。李白的駢文一方面如'清水芙蓉',自然清新,不假雕琢;另一方面又飄逸豪放,昂揚奮發,是盛唐氣象最突出的代表。"[②]

以《春夜宴從弟桃花園序》爲例:

> 夫天地者,萬物之逆旅也;光陰者,百代之過客也。而浮生若夢,爲歡幾何?古人秉燭夜遊,良有以也。況陽春召我以煙景,大塊假我以文章。會桃花之芳園,序天倫之樂事。

《春夜宴從弟桃花園序》以雜言復聯型句式作爲開頭,文中雜有六言、七言對仗,駢句占比接近七成,是李白最具代表性的駢文之一,王先謙收此序於《駢文類纂》卷八。《春夜宴從弟桃花園序》以駢爲主,但駢中夾散,顯得清麗流暢,故清王符曾認爲此序"未脱六朝駢儷習氣,然與堆砌者殊異"。[③] 清張久鐔《書李集後》稱贊李白駢文中不拘一格而又渾然天成的對仗和格律,曰:"李太白爲人天真流逸,志氣高邁。所爲文多直舉胸臆,不假雕飾,而咳唾珠玉,氣韻天成,蓋能脱去六朝初唐排比縻曼之習,而風氣將變之機也。"[④]他認爲李白清雄奔放的駢文,不但擺脱了漢魏六朝時期駢文句式和聲律的限制,還影響到了其他的駢文作者,推動了駢文句式以散入駢以及愈加靈活暢達的發展趨勢,是對唐代駢文發展方向的成功探索。《春夜宴從弟桃花園序》充分展現了李白駢文清雄的句式,不拘一格的聲律和對仗方式,與李白詩如出一轍。李白以"天地""光陰"作爲文章的開頭,奔放飄逸的氣勢從文章第一句就奔湧而出,而李白對文中"天地""光陰""浮生""陽春""大塊"等恢弘意象渾然天成地運用,不僅體現出了他駢文清雄的句式和氣勢,也展現出了他高超的駢文技巧,更將李白"以詩爲文"的駢文創作理念展現得淋漓盡致。就如李白《江上吟》一詩所云:"興酣落筆摇五嶽,詩成笑傲凌滄洲。"他通過對五嶽、滄州等意象的運用,將自己作詩時的場面描寫得十分恢弘壯闊,李白駢文的句式與格律直接繼承了他清雄的詩風,展現出了清雄奔放的風格。因此,清東方樹稱贊李白清雄的句式時説:"太白當希其發想超曠,落筆天縱,章法承接,變化無端,不可以尋常胸臆揣測。"[⑤]除了清雄之外,李白奔放的格律和對仗也在文中展現得很充分。如"況陽春召我以煙景,大塊假我以文章"二句中"煙景"和"文章"的相對就屬於異類對,"萬物之逆旅""百代之過客"二句中"之"與"之"的相對,以及"況陽春召我以煙景,大塊假我以文章"二句中"我以"

① (金)吴澄《吴文正公集》,四庫全書本。
② 于景祥《唐宋駢文史》,遼寧人民出版社1991年版,第241頁。
③ (清)王符曾編《古文小品咀華》,廣東人民出版社2000年版,第64頁。
④ (清)張九鐔《笙雅堂集》,清光緒十九年刻本。
⑤ (清)方東樹《昭昧詹言》,人民文學出版社1961年版,第161頁。

與“我以”的相對則屬於重對。而文中的八言單聯對仗，以及三言和七言的雜言復聯型對仗等多變的對仗方式，再加上文中夾雜的散句和頓挫無致的平仄格律，使得《春夜宴從弟桃花園序》遠不如魏晉、初唐駢文那樣整飭，但李白清雄的文筆和奔放的格律，却讓這篇文章呈現出了渾然天成的氣韻和恢弘的氣勢。

再以《餞副大使李藏用移軍廣陵序》爲例：

> 我副使李公，勇冠三軍，衆無一旅。橫倚天之劍，揮駐日之戈，吟嘯四顧，熊羆雨集。蒙輪扛鼎之士，杖干將而星羅，上可以決天雲，下可以絶地維。翕振虎旅，赫張王師，退如山立，進若電逝，轉戰百勝，殭屍盈川，水膏於滄溟，陸血於原野。一掃瓦解，洗清全吴，可謂萬里長城，橫斷楚塞。不然，五嶺之北，盡餌於脩蛇，勢盤地蹙，不可圖也。

《餞副大使李藏用移軍廣陵序》是一篇以駢爲主，駢散兼行的送序，序中的對仗以四言爲主，兼以少量五言、六言，駢句占比超過六成，熊禮匯先生認爲此序是李白具有代表性的一篇駢體送序①。該序展現出了李白駢文如同李白詩一般不拘一格的聲律，以及慷慨激昂的氣勢。錢基博認爲：“李白集中《送蔡十序》，有‘朗笑明月，時眠落花’一聯，《送張祖藍監丞序》，有‘紫禁九重，碧山萬里’一聯。大抵涉筆成趣，不待規削而自圓。唐之駢文，間以散文，猶漢之散文，間以駢文耳。”②他對李白駢文中渾然天成的氣韻大加贊賞，并且還認爲李白駢文中駢散兼行、清雄奔放的行文風格體現出了唐代駢文發展的階段特點。王勃的《滕王閣序》是初盛唐駢文的代表，其聲律自始至終都圍繞着“平、仄、仄、平”這一規律而循環變化。這種起伏有致的聲律變化，能够呈現出整飭、清麗的美感，故而在當時受到衆多駢文家的追捧。而李白《餞副大使李藏用移軍廣陵序》中這一部分的聲律呈現出的却是“平、平、仄、仄、平、仄、仄、仄、平、平、平、仄、平、仄、仄、仄、平、平……”的不規律分布。相較於《滕王閣序》那種起伏有致的聲律，李白駢文不拘一格的聲律則更像是穿行高山和深壑之間，雖然缺少了一些整飭，但也使他的文章擺脱了駢文裏很多條條框框的束縛，從而擁有了一份不可多得的壯麗和慷慨，能够對讀者的心靈産生直接地衝擊，使讀者得以更容易地對文章的内容感同身受。再看李白七律《登金陵鳳凰台》：“鳳凰臺上鳳凰遊，鳳去台空江自流。吴宫花草埋幽徑，晉代衣冠成古丘。”在列舉的這短短兩聯詩中，就出現了失粘、拗救、重字多處出律，但《登金陵鳳凰台》也正是借此展現出了李白奔放的格律，廣受世人贊譽。可以看出，李白駢文中不拘一格的聲律使用方式，和李白詩是如出一轍的。《餞副大使李藏用移軍廣陵序》一文叙述李藏用武藝高

① 熊禮匯《試論李白駢文的美感特質》，《廣西師範大學學報》2017 年第 9 期。

② 錢基博《駢文通義》，上海古籍出版社 2012 年版，第 73 頁。

超、所向披靡,不僅展現出了李白對李藏用這等英雄人物的欽佩之情,而且還表達了李白對於朝廷不能重用李藏用的憤慨,這使得《餞副大使李藏用移軍廣陵序》的基調慷慨激昂,氣勢也十分充沛。即便拋開文本内容,這篇文章在聲律上也足以展現出李白豪情萬丈的境界,故而宋濂稱贊李白不拘於聲律的駢文爲“天機自協”①。胡適總結李白駢文不拘於對仗和聲律的特點説:“(李白)文筆恣肆,不受駢偶的束縛。”②李白駢文與李白詩相同的清雄奔放句式與格律主要體現於他的賦、書、表、序、記、贊、碑、祭文這些文體之中,李白駢文中“以詩爲文”的手法是李白賦、書、表、序、記、贊能展現出清雄奔放的句式與格律的重要原因。

四、李白駢文與詩相通的感染力

莫道才先生認爲:“駢文不僅具有詩的某些外在形式特徵,往往也如詩一樣飽含濃郁的情思,所以,其作品也往往具有感染讀者的藝術魅力。”③李白駢文“以詩爲文”的一個重要表現就是李白駢文與其詩具有相同的感染力,李白在駢文中對詩句的化用,以及李白駢文對李白詩句式和格律的繼承,使得李白駢文擁有了與李白詩相同的高度感染力,因此可以説李白駢文中高度的感染力正是從李白詩中一脈相承的。李白的詩歌具有强烈的主觀情緒、大膽生動的想像力以及不拘一格的行文方式,這些極富浪漫主義的寫作方式,使他的詩歌擁有了强烈的藝術感染力,杜甫就曾稱贊李白詩的感染力達到了“筆落驚風雨,詩成泣鬼神”④的高度。而在感染力這一方面,李白的駢文與李白的詩歌相比毫不遜色,唐任華《寄李白》云:“古來文章有奔逸氣,聳高格,清人心神,驚人魂魄,我聞當今有李白。”⑤他認爲李白駢文的格調和奔逸之氣能够“清人心神,驚人魂魄”,具有强烈的藝術感染力。

以李白《大鵬賦》爲例:

> 乃蹶厚地,揭太清。亘層霄,突重溟。激三千以崛起,向九萬而迅征。背業大山之崔嵬,翼舉長雲之縱横。左迴右旋,倏陰忽明。歷汗漫以夭矯,羾閶闔之崢嶸。簸鴻蒙,扇雷霆。斗轉而天動,山摇而海傾。怒無所搏,雄無所争。固可想像其勢,髣髴其形。

---

① (清)黄宗羲編《明文海》327卷,上海古籍出版社2000年版。
② 胡適《白話文學史》,上海古籍出版社2019年版,第165頁。
③ 莫道才《以詩爲文:駢文文體詩化特徵論》,《廣西師範大學學報》1997年第2期
④ (清)仇兆鼇《杜詩詳注》,中華書局2015年版,第660頁。
⑤ (清)彭定求編《全唐詩》261卷,中華書局2018年版。

《大鵬賦》的句式較爲混雜，行文以駢爲主，駢散結合，賦中駢句占比接近八成。馬積高先生認爲李白駢賦"從未脱離駢儷之習，但都能以散禦駢，故麗而不靡"①，可見《大鵬賦》體現出了唐代駢賦在發展中的一種散化傾向，同時展現出了李白駢文在氣勢和聲律上與李白詩歌如出一轍的感染力。駢文講究對仗，追求音韻美，和詩歌的文體特徵有着異曲同工之妙，莫道才先生曾指出："'以詩爲文'正是駢文文體本質特徵之所在。"②西晉到初唐是駢文的繁盛期，這一時期的駢文在聲律上愈加規整、協律。不同於魏晉、初唐駢文在聲律上規整的平仄變化，李白的《大鵬賦》在聲律上不拘泥於既有的格調，顯得没有那麼整飭，却展現出了獨特的抑揚頓挫之感，也反映出了盛唐駢文變異的部分特點。這些句子的聲律雖然頓挫無致，但氣勢如虹，使人嘖嘖稱奇，極富感染力。而賦中超凡脱俗的大鵬意象更是體現出了李白駢文的豪放氣勢，具有高度的感染力。李白詩《上李邕》創作時間早於《大鵬賦》五年，該詩已經刻畫了李白心中昂揚的大鵬形象，《上李邕》云："大鵬一日同風起，扶摇直上九萬里。假令風歇時下來，猶能簸却滄溟水。"可以看出李白駢文中的大鵬意象與李白詩中的大鵬意象是完全一致的，李白詩文中昂揚的大鵬其實是他高昂的人生理想的體現，也是李白詩文共有的豪情與感染力的展現。李白駢文極富浪漫主義的寫作方式，與他的詩歌創作相一致，不僅展現出了他積極昂揚的人生態度，而且還展現出了李白駢文高超的感染力和盛唐氣象，給讀者留下深刻的印象。元祝堯認爲："蓋太白天才飄逸，其爲詩也，或離舊格而去之，其賦亦然。"③李白的駢文不僅在聲律和對仗上使用了和他的詩歌相同的技巧，使得李白駢文擁有了充沛的氣勢以及和他的詩歌相同的感染力，而且在情感和境界上亦是如此。在情感上，《大鵬賦》和李白的詩一樣，不僅使人看到了他豐富的想像，還使人看到了他"仰天大笑出門去，我輩豈是蓬蒿人""安能摧眉折腰事權貴，使我不得開心顔"這樣意氣昂揚、傲視權貴的人生態度。在境界上，李白駢文的境界也正與他詩歌境界相仿，一方面展示出了他高遠、開闊的人生境界，另一方面也展現出了雄厚的盛唐氣象，富於高超的藝術感染力。

再以《春於姑熟送趙四流炎方序》爲例：

> 辭高堂而墜心，指絶國以摇恨。天與水遠，雲連山長。借光景於頃刻，開壺觴於洲渚。黄鶴曉别，愁聞命子之聲；青楓暝色，盡是傷心之樹。然自吴瞻秦，日見喜氣。上當攫玉弩，摧狼狐，洗清天地，雷雨必作。冀白日迴照，丹心可明……吾賢可流水其道，浮雲其身，通方大適，何往不可？何戚戚於路岐哉！

---

① 馬積高《賦史》，上海古籍出版社1987年版，第301頁。

② 莫道才《以詩爲文：駢文文體詩化特徵論》，《廣西師範大學學報》1997年第2期。

③（元）祝堯《古賦辨體》，江蘇巡撫采進本。

《春於姑熟送趙四流炎方序》通篇以四言、六言、四六言的對仗爲主,駢句占比接近七成,是一篇較爲整飭的駢文,該序將李白駢文和詩共有的由積極人生態度所展露出的感染力展現得淋漓盡致。《春於姑熟送趙四流炎方序》雖然在句式上顯得比較整飭,然而在聲律上却和李白的大部分駢文作品一樣頓挫無致,即使是在向趙四表達同情,也依然充滿了氣勢,這與李白詩歌中對離别的描寫是非常相似的。在情感上,《春於姑熟送趙四流炎方序》表達了李白對友人趙四被流炎方的同情,以及離别時的傷感。但正如李白早前在聽聞好友王昌齡被貶龍標後,在《聞王昌齡左遷龍標遥有此寄》一詩中要將"愁心與明月"一齊寄給王昌齡的豪邁態度類似,他在向趙四表達同情的同時,仍然對友人的未來充滿了積極的態度,他認爲朝廷平定安史之亂指日可待,趙四無需多日就能重返江南。無論是描寫順境還是逆境,李白的駢文都能展現出積極的態度以及高度的感染力,莫山洪先生就認爲:"李白之文也正是憑藉這種感染力去影響他人,吸引他人。"①這種積極奮發的感染力,也正是李白在詩歌中所展示出的昂揚精神和浪漫主義色彩。李白駢文與詩相通的感染力主要體現於他的賦、書、表、序四類文體之中,駢文與詩感染力相通的"以詩爲文"方式也是李白賦、書、表、序能展現出高度感染力的重要原因。

五、李白駢文"以詩爲文"的原因和意義

李白"以詩爲文"的一個重要原因是因爲駢文文體的本質特徵即是"以詩爲文",因此,駢文作者在創作駢文時或多或少會將詩中的一些元素滲透到駢文之中,而當駢文作者同時也是詩人時,他們在駢文創作時"以詩爲文"的滲透就會更加顯著。莫道才先生在談論駢文文體本質特徵時認爲:"駢文家同時多是詩人,或者説往往是詩人兼作駢文家,著名者如齊梁之徐陵、庾信、沈約,唐之王勃、楊炯、盧照鄰、駱賓王、李白、李商隱等,這些在詩歌藝術上造詣極高的詩人怎能會不將詩的技巧、情思與意境帶到駢文中去?"②李白以詩人名世,他的文學作品絶大多數都是詩,因此,他在駢文創作時也自然會將作詩的技巧與情思融入到駢文之中。

李白"以詩爲文"的深層次原因在於他在駢文創作中對建安風骨的自覺繼承。李白在詩歌創作中崇尚建安風骨,是自初唐陳子昂以來繼承建安風骨的又一位文壇大家,他自云:"梁陳以來,艷薄斯極,沈休文又尚以聲律,將復古道,非我而誰歟?"而復古道最好的方法就是摒棄六朝以來盛行的綺靡之音,轉而學習建安時期或更早的具有風骨之文學,故而李白自云:"自建安以來,綺麗不足珍。"因此,他的詩歌在"感時""述志""尚情"

① 莫道才《駢文觀止》,文化藝術出版社 1997 年版,第 337 頁。

② 莫道才《以詩爲文:駢文文體詩化特徵論》,《廣西師範大學學報》1997 年第 2 期.

"唯美"[①]等方面反映出了對建安風骨的繼承。李白在駢文創作中,同樣反對魏晉時期繁縟的文風,對建安風骨展示出了强烈的推崇。

初唐時期,四傑的駢文在始於隋文帝的反浮華風潮的影響下,展現出了清麗、流暢的文風,對唐代的駢文創作産生了很大的影響,再加上陳子昂等一衆文壇大家對風骨的提倡,到了開元時期,很多文學家展現出了對建安風骨的追求,而立志"復古道"的李白自然是其中之一。清沈曾植《海日樓札叢》提到了盛唐時期文人追求建安風骨的現象,曰:"開元文盛,百家皆有跨晉宋追兩漢之思……燕、許宗經典重,實開梁、獨孤、韓、柳之先。李、杜、王、孟,包晉宋以跂建安,而元、白、韓、孟實承其緒。"[②]其中重點提到了李白對建安風骨的繼承和追求。李白一方面反對魏晉駢文的綺麗之風,另一方面也反對在駢文創作中追求崎峭、幽深的境界,以達到他"復古道"的目的。所以他在《古風五十九首(其一)》認爲:"自從建安來,綺麗不足珍。"又在《與賈少公書》中稱:"恥振玄邈之風。"這些語句直接表達了李白對魏晉以來駢文家崇尚繁縟藻飾,亦或是在行文上喜好崎峭、幽深的輕視,而對建安時期慷慨風骨的追求。

李白在駢文創作中對建安風骨的追求在李白早年對《文選》的模擬中已經有所體現。唐段成式《酉陽雜俎》記載了李白三擬《文選》的史實,曰:"李白前後三擬《文選》,不如意輒焚之,惟留《恨》《别賦》。"[③]江淹的駢賦繼承了建安風骨的傳統,在藝術風貌上呈現出一股慷慨、勁健之氣,一掃盛行於魏晉以後文壇的靡靡之音,完全不同於《文選》中占據主流地位的綺靡之作。而李白之所以燒毁自己三擬《文選》的絶大部分作品,唯獨留下《擬恨賦》和《擬别賦》的一個重要原因就在於李白《擬恨賦》《擬别賦》與江淹《恨賦》《别賦》相同的建安風骨。李白《擬恨賦》在辭藻和氣勢上不同於魏晉、初唐駢賦的浮華艷麗,展現出的是類似江淹《恨賦》中,所帶有的建安風骨的慷慨之感。李白不僅在駢賦中模擬建安風骨之作,他在詩中早已常常直接使用或化用建安文人的詩句,如創作時間早於《擬恨賦》的《白馬篇》就對曹植《白馬篇》展開了模仿,李白詩文中共有的對建安風骨作品的模仿,也從一個側面體現出了李白駢文的"以詩爲文"。李白駢文還繼承了建安風骨感時的特點和强烈的個性,如《奉餞十七翁二十四翁尋桃花源序》云:"昔祖龍滅古道,嚴威刑,煎熬生人,若墜大火,三墳、五典,散爲寒灰……則桃源之避世者,可謂超升先覺。夫指鹿之儔,連頸而同死,非吾黨之謂乎!"《奉餞十七翁二十四翁尋桃花源序》的句式變化多端,不拘於對仗,且頓挫無致,用語也率真自然,展現出了李白駢文的强烈個性,以及偏重精神氣質的風骨。莫山洪先生認爲:"(《奉餞十七翁二十四翁尋桃花源序》)句式變化繁多,并采用長駢句,或三言,或四言,或七言,或九言,時夾以散句,任其自然,呈現出狂放

① 周曉佑《淺談李白對建安風骨的繼承與發展》,《學習與探索》1991年第1期。

② (清)沈曾植《海日樓札叢》,上海古籍出版社2009年版,第792頁。

③ (唐)段成式《酉陽雜俎》,上海古籍出版社2012年版,第183頁。

自由的特點,表現了李白狂放不羈的個性。"[1]李白《古風·其四十六》同樣描寫了玄宗後期的社會腐朽風氣,詩云:"王侯象星月,賓客如雲煙。鬬雞金宫裹,蹴鞠瑶台邊。舉動摇白日,指揮回青天。當塗何翕忽,失路長棄捐。獨有揚執戟,閉關草太玄。"對比《奉餞十七翁二十四翁尋桃花源序》與《古風·其四十六》,足可見李白駢文的風骨與李白詩的風骨同出一源。所以,李白駢文在化用詩句、句式、格律、感染力等方面的"以詩爲文",實際體現出的是李白在駢文與詩中所展示出的對建安風骨的共同追求和繼承,李白駢文的"以詩爲文"也并非僅僅是對李白詩的簡單模仿,而是李白駢文與詩在追求建安風骨時的不謀而合。

綜上所述,李白駢文中的"以詩爲文"主要體現在李白駢文中對詩句的化用;李白駢文清雄奔放的句式與格律;李白駢文展現出的高度感染力這三個方面。"以詩爲文"的創作手法和創作理念始終貫穿於李白的駢文創作之中,使李白駢文呈現出了類似李白詩的"清雄奔放"的句式與格律,也使李白的駢文展現出了同李白詩一樣的高度感染力。而李白駢文"以詩爲文"的深層次原因,則是他在詩文創作中對建安風骨的自覺繼承和追求。李白駢文"以詩爲文"的手法在賦、序、表、書、記、贊、頌、碑、銘、祭文等不同文體之中均有體現,但在不同文體的體現也有所不同,是李白在駢文創作中使用的重要手法。

錢基博認爲:"四傑之後,而不規於四傑之窠臼,則李、杜之駢文,亦足以自樹一幟矣!"[2]從傳世的駢文數量和質量來看,李白駢文堪稱盛唐駢文的一個高峰,而李白駢文的高度成就與他"以詩爲文"的手法密不可分。李白擁有唐代最爲豪邁高超的詩歌創作技巧與情思,李白駢文中"以詩爲文"的手法使李白駢文從李白詩中汲取了大量養分。李白駢文"以詩爲文"所體現出的對詩句的化用,"清雄奔放"的句式與格律,以及李白駢文高度的感染力,既對李白的駢文創作水準起到了積極推動的作用,也有力地推動了李白駢文成爲盛唐駢文的一個高峰。

作者簡介:

肖悦(1995—),廣西桂林人,廣西師范大學碩士研究生,研究方向爲唐代文學。

---

① 莫道才《駢文觀止》,文化藝術出版社 1997 年版,第 335 頁。

② 錢基博《駢文通義》,上海古籍出版社 2012 年版,第 75 頁。

蔣一葵《八朝偶雋》的駢文觀

楊婷玉

内容摘要:蔣一葵,字仲舒,江蘇武進人,是明代嘉靖萬曆年間頗有聲望的文學家、政治家,其作品著述甚多,在政治上也有功績。蔣一葵生活的嘉靖萬曆年間,是明代駢文發展的轉折時期。在此期間,涌現出了大量駢文選本,蔣一葵的《八朝偶雋》即爲其中之一。《八朝偶雋》全書七卷,以年代先後爲綫索,輯録六朝至元代的駢儷名句,蔣一葵還對選文加以評點,多有獨到見解。從《八朝偶雋》一書的命名及書中評點,可以一探蔣一葵的駢文觀。

關鍵詞:蔣一葵;《八朝偶雋》;駢文觀

蔣一葵,字仲舒,别號石原,明代文學家、政治家,生卒年不詳。其著作《八朝偶雋》,輯集歷代偶儷佳句、名士騷人文壇屬對,以及尋常應對俳語。選文始於魏晉六朝,止於元代,包括制、誥、箋、表、賦、序、啓、答各類文體,蔣一葵在文中略有點評,多爲事迹原委、篇章出處。通過對《八朝偶雋》輯録内容的範圍、書本的命名及蔣一葵對所選文章的評點進行分析研究,可以總結蔣一葵的駢文觀:選録六朝駢文,肯定六朝駢文價值;以"偶雋"命名駢文,對駢文文體有深入認識;對仗需對切精確,妥帖自然;聲韻需追求和諧,婉轉流利;典事應當精切合理,不見痕縫;藻飾應追琢有章,不應過度修飾。

一、輯録六朝文章

《八朝偶雋》一共七卷,輯録的文章涉及六朝(晉、宋、齊、梁、陳、隋)及唐、宋三個時期,合爲八朝,且唐、宋之後還分别附有五代、元代時期的一些内容。《八朝偶雋》以朝代先後爲序,輯集八朝以來制、誥、箋、表、賦、序、啓、札各類文體中之偶儷佳句。卷一爲"六朝",卷二、卷三爲"唐"(附"五代"),卷四至卷七爲"宋"(附"元"),每一卷中輯録的掌故文章亦是依據時間先後進行編排,文史結合,勾勒出清晰的時間脈絡。

蔣一葵在《八朝偶雋》中所摘名句不僅有唐宋,而且還有六朝,這樣的輯録是有開風氣作用的。駢文自先秦萌芽,經過秦漢時期的發展,逐漸走向繁榮階段,在六朝達到了鼎盛時期。六朝駢文在文學史上是不可逾越的高峰,彼時駢文大家雲集輩出,駢文名作層出不窮,這個時期的駢文取得了令人矚目的成就,在駢文發展史上有着重要地位。但隋唐之後,六朝駢文特別是齊梁文學因其綺靡繁麗的特點,飽受人們的嚴厲批判。統治者更是出於對政治教化的需要,從政治層面貶損、抵制六朝文學。即使在宋代,出現了不少以駢文爲專門研究對象的四六話著作,但仍無一着眼於六朝駢文,如北宋王銍的《四六話》、南宋謝伋的《四六談麈》、南宋楊囦道的《雲莊四六餘話》等等。當時學界對駢文成就最爲輝煌鼎盛的六朝時期置之不理,多少有輕視六朝駢文之意。隋唐至宋元,六朝駢文一直處於被否定的地位,其價值没有被客觀認識。這也體現了這些駢文話在收攬駢文時的局限性。

到明代中晚期,開始有學者注意到六朝駢文的價值與成就,客觀地肯定六朝文學及駢文作家,蔣一葵即其中的代表,蔣一葵在《八朝偶雋》中輯録六朝的文章,即表示了他肯定六朝駢文的態度,肯定六朝駢文的歷史地位。這對於一洗前代貶低六朝駢文的風氣有積極的作用。

蔣一葵《八朝偶雋》打破了宋代四六話只專注於宋代的狹隘格局,收録魏晉六朝至元代的優秀駢文作品,展現其通攬包容的眼光,堪稱明以前偶儷名句的一次大集結。這對明以前駢文作品的收集整理具有重要意義。

二、以"偶雋"命名駢文文體

《八朝偶雋》輯録的是歷代偶儷佳句、文壇屬對以及駢文俳語,蔣一葵將此類文體以"偶雋"冠之,在文體意識上有了很大的進步。自晚唐李商隱至明代,"四六"一直是駢文的主流名稱。蔣一葵不以"四六"命名,而稱"偶雋",這體現了蔣一葵對文體性質和表現特徵的深入認識,同時對晚唐以來駢文即四六的觀念提出了挑戰。

"四六"從晚唐至明清,一直是駢文的主流名稱,因其基本上以四字句和六字句爲主要對仗句式的特點而得名。柳宗元在《乞巧文》中提出的"駢四儷六,錦心繡口"①,就是對駢文句式這一特點的高度概括。自從李商隱的文集題爲《樊南四六甲乙集》後,後世多沿用"四六"作爲駢文的稱謂,用"四六""四六文"來代稱這種形式的文章,相關文集也多以"四六"命名。如唐人崔致遠《四六》、南宋真德秀《翰林詞草四六》、南宋李劉《梅亭先生四六標準》、南宋李廷忠《橘山四六》、南宋王子俊《格齋四六》、南宋楊萬里《四六膏馥》等。還有在宋代出現的對駢文進行研究批評的四六話著作,如王銍的《四六話》、謝伋的《四六談麈》、楊囦道《雲莊四六餘話》、祝穆的《新編四六寶苑群公妙語》等,也都以"四

① (唐)柳宗元《柳河東集》,上海古籍出版社 2008 年版,第 316 頁。

六”名之。直到明清時期,“四六”仍作爲騈文的主要名稱流傳。

但是,騈文除了四字句、六字句之外,還有其他字數的句式句型。如將騈文統稱“四六”,則有將四六字句之外的句式排除之嫌。這一名稱對於不是四六句式的騈文文章而言,并不適用。因此以“四六”命名騈文并不恰當準確。蔣一葵正是意識到這一點,因而打破幾百年來的傳統,不落窠臼,别出心裁將騈文命名爲“偶雋”,在騈文的稱謂上有了新的創舉。

“騈文”之“騈”在《説文解字》釋爲:“騈,駕二馬也。從馬,并聲。”①反映了騈文對仗的特點。騈文在語言形式上追求對稱與均衡之美,而對仗則是實現這種和諧美感的基本因素。因此對仗是騈文的最基本的要素,否則便不称其爲騈文。“偶”即“耦”,《説文解字》:“耕廣五寸爲伐。二伐爲耦。注:古者耜一金兩人併發之……此兩人併發之證。引伸爲凡人耦之偁,俗借偶。”②蔣一葵提出的“偶雋”之“偶”即突出體現了騈文句式對稱對仗的特點。

騈文是注重表現形式美的文體,除了講究文字對仗,藻飾亦是騈文體現形式美的重要方面,主要强調詞采之美、語言華麗,即所謂“抽黄對白”“錦心繡口”。“偶雋”之“雋”在《説文解字》中解釋爲:“鳥肥也。……注:蒯通著書,號曰《雋永》,言其所説味美而言長也。”③“雋”字原意爲鳥肉肥美,後引申爲意味深長,耐人尋味。騈文行文要求雋永綺麗、引人入勝,體現言有盡而意無窮的審美效果。蔣一葵用“雋”字將其特點一言括之,高度凝練了騈文煉字雕辭,造句琢章,聲采俱茂,餘味悠長的形式美特點。

綜上,“偶雋”一詞高度精煉了騈文四大修辭形態中對仗、藻飾的兩個方面。“四六”的命名更多側重於文章格式的形式,而“偶雋”不僅在形式上,在内容特性上、美感上都進一步體現了其具體要求,比“四六”更能反映騈文的形態特徵,直觀地體現了騈文獨具的特質。蔣一葵用“偶雋”來稱呼其所評點的文章,以“偶雋”作爲文集名稱,説明他充分關注、認識到騈文句式對偶、語句華麗的内在性質,而不是僅局限於文章的外在形式。“偶雋”這一命名,雖然没有被後世采納而廣泛使用,但仍然體現了蔣一葵對騈文的深入認識,體現了他的騈文觀念,對後世學者深入認識騈文文體有一定的啓發作用。

三、對仗——天巧絶妙,對切精確

劉麟生在《騈文學》中説:“騈文之最大原素爲對偶,此不容有異辭。”④莫道才先生在

① (漢)許慎《説文解字》,中華書局2013年版,第199頁。
② (漢)許慎《説文解字》,中華書局2013年版,第87頁。
③ (漢)許慎《説文解字》,中華書局2013年版,第71頁。
④ 劉麟生《騈文學》,商務印書館1934年版,第33頁。

《論駢文的形態的特徵與文化内藴》一文中有言簡意賅的總結:"對仗是駢文的最基本要素,是判斷駢文的依據。駢文就是主要由對仗文辭構成的文章。"[①]因而對仗藝術水準的高低關係着駢文創作是否優異。

蔣一葵在評價文章對仗時用得最多的評語是"對切""精確",由此可見他對對仗水準高低的評價標準。

> 李巘詞科趙彦中《代進國史列傳表》云:"録公卿而爲世本,肇自有熊;傳臣子而易編年,俶繇司馬。"高崇奎《辭免内相兼修史表》曰:"玉堂揮翰,譽殊乏於令狐;金匱紬文,才當延於司馬。"一則詞臣令狐绹,一則太史公司馬遷,不惟事精,又且對切,視彦中詞科表以有熊對司馬,此又勝焉。[②]

"有熊"原指古代中原古老氏族的首領少典,因爲這個氏族以"熊"爲圖騰,故稱有熊氏。黄帝是少典之子,名軒轅,號有熊氏。關於有熊氏的文獻記載,多是在記述炎帝、黄帝時提到的。班固《白虎通·號》:"黄帝有天下,號曰有熊。有熊者,獨宏大道德也。"[③]《國語·晉語》云:"昔少典氏娶於有蟜氏,生黄帝、炎帝。"[④]《史記·五帝本紀》:"自黄帝至舜禹,皆同姓而異其國號,以章明德。故黄帝爲有熊……帝禹爲夏後而别氏,姓姒氏。"《史記·五帝本紀》云:"黄帝者,少典之子,姓公孫,名曰軒轅。"《集解》徐廣曰:"號有熊。"唐代司馬貞注曰:"號有熊者,以其本是有熊國君之子故也。"唐代張守節《正義》案曰:"黄帝有熊國君,乃少典國君之次子,號曰有熊氏。"這些記載都是圍繞黄帝有熊氏的。因此可以説《世本》作爲輯録古代帝王公卿的史書,記載的淵源應自有熊始。而司馬遷創作的《史記》中的"本紀",以朝代或帝王爲主,用編年體的方法記事,按年月記其大事,是全書的總綱。"録公卿"對"傳臣子","爲世本"對"易編年","有熊"對"司馬",對仗不可謂不整飭有工。此外還有:

> 唐竇叔向上《正懿皇后哀挽詩》有"命婦羞蘋葉,都人插柰花"之句。《晉史》:成帝時,三吴女子相與簪白花,望之如素柰。傳言,天宫織女死,爲之着服。已而,杜后崩。紹興五年,寧德皇后訃音自北庭來,知徽州唐輝使休寧尉陳之茂撰祭文,有云:"十年罹難,終弗返於蒼梧;萬國銜冤,徒盡簪乎白柰。"是時,正從徽宗蒙塵,其對偶精確如此。[⑤]

---

① 莫道才《駢文學探微》,廣西師範大學出版社 2017 年版,第 44 頁。

② (明)蔣一葵《八朝偶雋》卷七,國家圖書館藏明木石居刻本。

③ (漢)班固等撰《白虎通》,中華書局 1985 年版,第 25 頁。

④ (戰國)左丘明《國語》,上海古籍出版社 2008 年版,第 164 頁。

⑤ (明)蔣一葵《八朝偶雋》卷七,國家圖書館藏明木石居刻本。

此文對仗精刻考究,"十年"對"萬國","罹難"對"銜冤","終弗"對"徒盡","蒼梧"對"白柰",從數字、詞性、顏色各個方面一一對仗,可見其别具匠心,因而蔣一葵誇贊"精確如此"。

除了注意到對仗的形式,蔣一葵對對仗的内容也有一定的理解。

> 夏英公(竦)《辭免起復奉使契丹表》略云:"頃歲先人没於行陣,春初母氏始棄孤遺。義不戴天,難下單于之拜;哀深陟屺,忍聞禁佅之音。"又云:"王姬築館,接仇之禮既嫌;曾子回車,勝母之遊遂輟。荷兩宫之大庇,戴三事之昌言。退安四壁之貧,如獲萬金之賜。"不拜單于,用鄭衆事,而《公羊》謂夷樂曰禁佅。此以生事對熟事也。歐陽公(修)甚稱之。後作《歸田録》,改云:"義不共天,難下穹廬之拜;禮當枕塊,忍聞夷樂之聲。"是時文章,方掃除五代陋習,故英公此等語見稱於時,自是而後,四六之工,蓋什伯於此矣。[①]

天聖三年(1025),夏竦"起復知制誥,爲景靈宫判官、判集賢院",仁宗命他奉使契丹,但夏竦因爲父死於契丹入侵,不願拜見契丹國主,因而上表堅決推辭不肯前去。夏竦在表中引用了東漢經學家鄭衆的典故。"義不戴天,難下單于之拜"指的是鄭衆曾持節出使匈奴,單于强使鄭衆下拜,鄭衆堅決不屈從。"哀深陟屺"出自於《詩經·魏風·陟岵》:"陟彼岵兮,瞻望父兮。父曰:嗟!予子行役,夙夜無已。上慎旃哉,猶來無止!陟彼屺兮,瞻望母兮。母曰:嗟!予季行役,夙夜無寐。上慎旃哉,猶來勿棄!"[②]詩前有小序説:"《陟岵》,孝子行役,思念父母也。國迫而數侵削,役乎大國,父母兄弟離散,而作是詩也。"禁佅之音,指的是少數民族的音樂,出自《春秋公羊傳》。《公羊》謂夷樂曰"禁佅"。服兵役者思念家鄉父母,抒發親子之情的咏嘆與少數民族的音樂作對比,顯得悲壯感人。"王姬築館,接仇之禮既嫌;曾子回車,勝母之遊遂綴"用的是王姬和曾子的典故。"王姬築館"見於《春秋》:"秋,築王姬之館於外。"[③]《公羊傳》云:"何以書,饑。何幾爾?築之禮也。於外,非禮也。"[④]"曾子回車"見於《史記》:"故縣名勝母而曾子不入,邑號朝歌而墨子回車。"[⑤]蔣一葵評價上述兩聯是生事對熟事,用典皆允切得當。夏竦將生典與熟典交互運用,使得行文不至意晦辭艱、文意不明,同時兩則典故都貼切精當,將自己的身世與契丹的恩怨表達得明白通達,如鹽入水,表明了自己堅定的立場與堅決的態度。

---

① (明)蔣一葵《八朝偶雋》卷四,國家圖書館藏明木石居刻本。

② 程俊英、蔣見元《詩經注析》,中華書局 1991 年版,第 920 頁。

③ 楊伯峻注《春秋左傳注》,中華書局 1981 年版,第 156 頁。

④ 李宗侗注譯《春秋公羊傳今注今譯》,(臺灣)商務印書館 1983 年版,第 87 頁。

⑤ (西漢)鄒陽《獄中上梁王書》,見《史記》卷八十三,中華書局 1959 年版,第 2478 頁。

除此之外,還有:

> 李丞相綱罷,京師士民伏闕撾鼓,乞復用綱,欽宗遣内侍宣諭,衆尚未退,暨召綱入,仍令綱面諭遣之,乃退。浮溪有啓賀曰:"士訟公寃,競舉首而集闕下;帝從民望,令免胄以見國人。"蓋故事以配今事。汪嘗舉以謂人:"作四六,要當如此。"[①]

"作四六,要當如此",可見汪藻對用事對仗的技巧頗爲重視,認爲駢文創作就是要講究對仗工整嚴謹。蔣一葵通過對汪藻評論的摘録,説明他對這個觀點相當肯定。

除此之外,蔣一葵還評價洪景盧《辛已親征詔》與《賀誅虜亮表》"語壯而對切",周益公的《余禮部侍郎誥》"組織之工,已并天巧矣",可以看出他對對仗巧妙整飭的要求與肯定。蔣一葵提倡對仗需天巧絶妙、對切精確的駢文觀,能够促進駢文進一步實現平衡對稱美。

四、聲韻——探其源流,追求和諧

聲韻,即聲音的調諧對仗,是駢文的重要特徵之一。聲韻一般指駢文中對偶句節奏點上的字,一句之中平仄相間,一聯之内平仄相對。在聲韻上,駢文通過協調語音的高低、輕重、緩急等方面,從而創造出既抑揚起伏,又和諧有致的節律,營造出鏗鏘頓挫的音樂美。

王應麟《辭學指南》引吕祖謙語云:"凡作四六須聲律協和,若語工而不妥,不若少工而瀏亮。"[②]清人阮元在《文韻説》一文中也曾指出,就句中平仄而言,"是以聲韻流變而成四六……四六乃有韻文之極致"。[③] 劉師培在其《中國中古文學史講義》中説永明聲律論"影響所及,迄於隋、唐,文則悉成四六,詩則别爲近體,不可謂非聲律論開其先也。"[④]姜書閣綜觀駢文全部的發展過程,對駢文形成的論斷是:"一、興起於東漢之初,始成於建安之際;二、變化於南齊永明之世沈約等人的文章聲病之論;三、完成於梁、陳、北齊、北周,而以徐陵、庾信所作爲能造其極。"[⑤]由此可見,聲韻是駢文創作的必要條件之一,失去聲韻,駢文就失去完整性,也就無所謂駢文了。

關於聲韻理論最早的記載是《南齊書·陸厥傳》:"永明末,盛爲文章,吴興沈約、陳

---

① (明)蔣一葵《八朝偶雋》卷六,國家圖書館藏明木石居刻本。

② (宋)王應麟《辭學指南》,見曾棗莊著《中國古代文體學》卷一《先秦至元代文體資料集成》,上海書店出版社 2012 年版,第 215 頁。

③ (清)阮元《揅經室續集》,商務印書館 1935 年叢書集成初編本,第 127 頁。

④ 劉師培《中國中古文學史講義》,上海古籍出版社 2006 年版,第 92 頁。

⑤ 姜書閣《駢文史論》,人民文學出版社 1986 年版,第 15 頁。

郡謝朓、琅邪王融以氣類相推轂。汝南周顒善識聲韻。約等爲文皆用宫商,以平上去入爲四聲,以此制韻,不可增減,世呼爲永明體。"[①]隨着詩文創作的進一步發展,文人愈加重視語言的音樂美和形式美,希望通過聲律和對偶的精工雕琢,以實現文章華美燦然。沈約和謝朓作爲研究聲韻規律的代表,將平、上、去、入四聲運用於詩文創作,講究聲調的和諧,避免聲病,世稱"永明體"。封演《封氏聞見記》中對沈約在促進文章律化中所起作用也有所記載:"永明中,沈約文詞精拔,盛解音律,遂撰《四聲譜》,文章八病,有平頭、上尾、蜂腰、鶴膝,以爲自靈均以來,此秘未睹。時王融、劉繪、范雲之徒,皆稱才子,慕而扇之,由是遠近文學轉相祖述,而聲韻之道大行。"[②]

但是并非永明體産生了才意味着人們開始有意識地追求聲韻,蔣一葵也認識到了這一點,因此,在卷一六朝第一則中就輯録了荀隱、陸雲等人清言中的兩聯妙對:

> 晉魏間,尚未知聲律對偶。荀鳴鶴(隱)、陸士龍(雲)二人會張茂先(華)坐,張以其并有大才,可勿作常語,陸舉手曰:"雲間陸士龍。"荀答曰:"日下荀鳴鶴。"張撫掌大笑。後釋道安自北來荊州,與習鑿齒相見,道安因自通曰:"彌天釋道安。"習答曰:"四海習鑿齒。"此四公相謔之辭,當時指爲的對,乃知此體自然,不待沈約而能也。舊不解"四海""彌天"爲何語,因讀《高僧傳》,《鑿齒與道安書》云:"天不終朝而雨六合者,彌天之雲也;弘淵源而潤八極者,四海之流也。"兩人摘其語以爲戲耳。[③]

蔣一葵評價"此體自然,不待沈約而能也",明確提出聲律對文學創作的影響早在沈約"四聲八病"前的觀點,可見他獨到、通攬的眼光。除了探究聲韻淵源,蔣一葵在輯録偶對時還闡發了一些聲韻的概念,如:

> 王元謨問謝莊:"何者爲雙聲,何者爲疊韻?"莊答曰:"'互護'爲雙聲,'磝碻'爲疊韻。"按:《毛詩》"蝃蝀在東",又,"鴛鴦在梁",此雙聲之所由起;古詩"月影侵簪冷,江光逼履清",此疊韻之所由來。[④]

雙聲疊韻最早用於詩歌,盛起於六朝,伴隨音韻學的發展,引起詩人們的注意。雙聲疊韻是古漢語中常見的語音現象,是音韻學中很重要的概念。雙聲系指兩個或幾個相連的

---

① (梁)蕭子顯《南齊書》,中華書局1974年版,第898頁。
② (唐)封演《封氏聞見記》,中華書局1985年版,第15頁。
③ (明)蔣一葵《八朝偶雋》卷一,國家圖書館藏明木石居刻本。
④ (明)蔣一葵《八朝偶雋》卷一,國家圖書館藏明木石居刻本。

字,其聲母相同。按字之發聲彼此同類者,謂之雙聲字。如玲瓏、芬芳、忸怩、參差、淒清之類皆是。雙聲可以强調字聲的音響效果,偶對中往往借助雙聲字增强表現力。疊韻是指兩個或幾個相連的字聲母不同,韻母相同。如爛熳、連環之類。所謂韻相同,就包括聲調相同在内,而不論介音是否相同。疊韻用得恰當,也可以發揮韻響的藝術表現力。在這兩聯詩句中,“侵簪”“逼履”,是疊韻。這則記載可證南北朝時已有“雙聲疊韻”的概念,但是它還不爲大多數人所知,所以王元謨才向謝莊請教。王元謨的詢問也説明音韻作爲一個新生的事物,其發展却也達到了引起一介武人關注的地步,可見當時追求聲韻之風氣極盛。

聲韻作爲一種形式美的規律,通過發掘和運用,可以極大增强駢文的美感。關於聲韻方面的評點蔣一葵所作不多,但是通過所輯録的幾則内容,可以感知他對駢文聲韻的看法,對於駢文自覺地把漢字聲韻的審美特性研究發揮到了極致的要求,他是肯定并贊同的。

五、典事——確當精切,不見痕縫

用典作爲駢文主要文體特徵之一,如何運用是一篇駢文是否出色的重要評判標準。因而蔣一葵在輯録《八朝偶雋》時,對駢文用典的問題給予密切關注,在選録文章中多有評點,認爲用典精當是最基本的要求。蔣一葵在書中引用了王銍父親汝陰先生的言論:“四六,須只當人可用,他處不可使,方工。”即要求所選取的典故材料應當要符合當下創作的狀況,方能切合語境。所選典故不僅應剪裁得當,而且需依據所要表達的内容選擇典故,這樣才能用典精確,合乎情理,方能動人。

在卷一第二則内容中,蔣一葵輯録了《平兖青州露布》,并對此文進行了高度評價。此篇露布幾乎句句用典,但不顯艱澀腫滯,全因用典自然,蔣一葵評價“通篇緝經史如綴狐白裘,燦然一色,不見痕縫”,用典實在精當,不露痕迹。蔣一葵更是肯定“徐方既同”“江寧神璽”“匹馬觭輪”“齊變至魯”這幾聯的妙處。“徐方既同”出自《詩經·常武》:“徐方既同,天子之功。”[①]《常武》篇描寫的事件是周宣王率軍平定徐方的事迹,以宣揚周天子的武功。“江寧神璽”是指晉元帝時有白玉麒麟神璽出於江寧,其文曰“長壽萬年”,日有重暈,皆以爲中興之象焉。“匹馬觭輪”出自班固《漢書》:“遂要崤厄,以敗秦師,匹馬觭輪無反者,操之急矣。”[②]《公羊傳·僖公三十三年》:“晉人敗秦師於郩,匹馬只輪無返者。”[③]一匹戰馬,一輛戰車,形容微不足道的一點兵馬裝備。匹馬只輪無存,引伸爲全

① 程俊英、蔣見元《詩經注析》,中華書局 1991 年版,第 920 頁。
② (東漢)班固撰《漢書》,中華書局 2007 年版,第 250 頁。
③ (漢)何休注,(唐)徐彦疏《春秋公羊傳注疏》,上海古籍出版社 2014 年版,第 501 頁。

軍覆滅。作者使用這個典故,表示我方戰役的絶對勝利,展現了我方軍隊的威武强壯,實在貼切且極其鼓舞人心、振奮人心。"齊變至魯"出自《論語・雍也》子曰:"齊一變,至於魯;魯一變,至於道。"指的是孔子的政治理想。"齊"指代的是春秋亂世,"魯"爲西周時的太平小康社會,"道"指的是大同的太平盛世。因而孔子的政治理想,是希冀社會由亂世發展至小康,再由小康發展至太平盛世,實現天下大同。作者引用這個典故,表現了時人對太平盛世的嚮往,同時展現了國家實現這個目標的信心與實力。通過這幾個典故,一個實力超群興旺强盛的國家形象躍然紙上,令人讀完此文後備受鼓舞。《平兗青州露布》雖句句用典,句句寫實,但毫無堆砌板滯之弊,得益於作者叙事用典精當貼切,使古事今情,如鹽入水渾然一體,達到了"借古語申今情""用先典明近理"的目的,故蔣一葵盛贊其"不見痕縫"。

除了强調典事自然,蔣一葵還重視用典簡約:

> 王荊公在金陵,有中使傳宣撫問,并賜銀合茶藥,令中外各作一表,既具稿,無可於公意者,公遂自作,其詞云:"信使恩言,有華原隰。寶奩珍劑,增賁丘園。"蓋五事見四句中,言約意盡,衆以爲不及。①

蔣一葵評價王安石引用典故"五事見四句中",自然典重厚實,"言約意盡",以最精練的語言表達自己的真意,富於文采。充分説明合理使用典實,既可以極精簡的語言喻明事理,又可啓示讀者産生更多的聯想,使其感受更爲具體充實。

再如庾信《謝滕王賚馬啓》:

> 庾開府《謝滕王賚烏騮馬啓》云:"柳谷未開,翻逢紫燕。臨源猶遠,忽見桃花。流電争光,浮雲連影。張敞畫眉之暇,且走章臺;王濟飲酒之歡,長驅金埒。"②

蔣一葵評價其啓"精煉",并不僅僅因爲用語清麗,更因爲其用典精切。"紫燕"是古代駿馬之名。梁簡文帝有詩云:"紫燕躍武,赤兔越空。""桃花"亦是名馬,指的是毛色白中有紅點的良馬。庾信在此引用以答謝滕王賚馬,十分恰當。此外,"紫燕""桃花"的字面意義與"柳谷""溪源"構成了一派生機盎然的春光景象,同時將典故代入這精美雅致的畫面中,自然貼切,相得益彰。

雖然有的駢文用典没有達到"精煉"的標準,但是如果使用得當,蔣一葵也會表示肯定,如張鷟的"龍筋鳳髓"判文。《龍筋鳳髓判》大量用典,洪邁在《容齋隨筆》將其視爲弊

① (明)蔣一葵《八朝偶雋》卷四,國家圖書館藏明木石居刻本。

② (明)蔣一葵《八朝偶雋》卷一,國家圖書館藏明木石居刻本。

病并批評:"《唐史》稱張鷟早惠絶倫,以文章瑞朝廷,屬文下筆輒成,八應制舉,皆甲科。今其書傳於世者,《朝野僉載》《龍筋鳳髓判》也。……《百判》純是當時文格,全類俳體,但知堆垜故事,而於蔽罪議法處不能深切,殆是無一篇可讀、一聯可味。"[①]洪邁譏諷其"堆垜故事""無一篇可讀、一聯可味",對這些判文持譏貶的態度,因其以"蔽罪議法"的功用來衡量《龍筋鳳髓判》的文學價值,認爲此判應是司法定罪的法律應用文。蔣一葵對此反駁:"洪景盧見謂堆垺,不切於蔽罪議法,遂云無一可讀,似非至當之論。"[②]并認爲"數條字字有來歷,雖疊用故事,不厭其多"。[③]《龍筋鳳髓判》文中幾乎每一條都有大量的典故,雖然張鷟通篇用典,但是這些典故各有所指,并没有因爲多而顯得牽强附會。這些典故的運用不但靈活多變,而且恰到好處地表達了作者的意圖。張鷟通過對典故的合理運用實現思想感情的表達,將同類事件進行比較,作爲判斷的參考依據,也使讀者意會,感受含蓄又無窮的餘味。既有典雅質樸的語言形式,又有深厚寬廣的人情道理,這樣的效果是一般的白描句式所不能達到的。《龍筋鳳髓判》事事有來歷,引經據典,分條縷析,行文合理得體,因而蔣一葵反對洪邁的觀點,贊其得當。

綜上可以總結蔣一葵對於駢文典事的觀點,用典貴在簡約,自然妥貼,應確當精切。

六、藻飾——追琢有章,工簡有致

駢文是追求美的文體,是以濃艷爲特色的美文。而藻飾是駢體形式美的重要方面,主要强調詞采之美。駢文十分注重語言的富麗,寫景咏物,鋪采摛文,至爲華美,通過華麗的詞藻、優美的語言來狀物抒情。

然而歷代以來,駢文因爲語言華美、風格纖濃的藻飾形態被人們所抨擊。世人對駢文的印象亦片面,認爲其内容上輕艷綺靡,題材上限於風月艷情,形式上注重追求華美艷麗,偏重華麗文字與柔聲曼調帶來的感官享受。但蔣一葵并不完全否定駢文藻飾。分析書中蔣一葵對駢文藻飾的點評,可探知其觀點。

丹陽《上庸路碑》亦徐孝穆(陵)撰,詞頗雋蔚,其文曰:"濤如白馬,既礙廣陵之江;山曰金牛,孰辨梅湖之路。專州典郡,青鳧赤雁之船;皇子天孫,鳴鳳飛龍之乘。莫不欣斯利涉,玩此修渠。乍擁楫而長歌,乃樅金而鳴籟。"[④]

---

① (宋)洪邁著《容齋隨筆》,上海古籍出版社2015年版,第197頁。

② (明)蔣一葵《八朝偶雋》卷二,國家圖書館藏明木石居刻本。

③ (明)蔣一葵《八朝偶雋》卷二,國家圖書館藏明木石居刻本。

④ (明)蔣一葵《八朝偶雋》卷一,國家圖書館藏明木石居刻本。

“濤如白馬”,“山曰金牛”,氣象磅礴,蔚爲大觀,“青晃赤雁之船”“鳴鳳飛龍之乘”,形式華美,辭藻繁麗。因而蔣一葵贊譽“詞頗雋蔚”。

周明帝、武帝并好文學,庾子山(信)特蒙恩禮,趙王(招)、滕王(逌)周旋欵至,有若布衣之交。信有《謝趙王賚米》二啓,俱極秾艷。一云:“上林紫水,雜藴藻而俱浮;雲夢清池,問芙蓉而外發。珍踰百味,來薦畫盤;恩重千金,遂沾菲席。凌霜朱橘,愧此開顔;含露蒲桃,慚其不餌。”一云:“丹烏銜穟,既集西周;黄雀隨車,還蜚東市。漬而爲種,不無霜雪之精;取以論兵,即有山川之勢。某陋巷簞瓢,櫛風沐雨。剥榆皮於秋塞,掘蟄燕於寒山。仰賚國租,遂開塵甑。非丹竈而流珠,異荊臺而炊玉。東方朔之捧米,既息長饑;西門豹之墾田,方慚此齎。”①

“上林紫水”“藴藻”“雲夢清池”“芙蓉”“百味”“千金”“凌霜朱橘”“含露蒲桃”這些詞語琢練精美,形色俱佳。雖刻意專研凝練,但没有鋪排藻飾的弊病,因而達到“俱極秾艷”却又不失風采的效果。

庾開府《謝滕王賚烏騮馬啓》云:“柳谷未開,翻逢紫燕。臨源猶遠,忽見桃花。流電争光,浮雲連影。張敞畫眉之暇,且走章臺;王濟飲酒之歡,長驅金埒。”同時王司空(褒)有《謝馬啓》亦精練,爲時所稱。啓曰:“漢時樂府,偏愛權奇。晉世桑門,特憐神駿。黄金作勒,足度西河;白玉爲鐙,方傳南國。倘逢漢帝,仍駕鼓車;若值魏王,應驚香氣。”②

在庾信的《謝滕王賚烏騮馬啓》中,用詞清麗,“流電争光”“浮雲連影”,既有形態,又有光色,境界脱俗。王褒的《謝馬啓》在鋪藻用詞上也用心陳飾,既精美華麗,又不顯得過濃過艷、華而不實,恰到好處,文質彬彬。雖然没有脱離六朝駢文喜用黄金珠玉的習氣,但用語簡練形象,使其雕琢細緻却精美動人,因而蔣一葵誇贊其精煉。再如:

賓王《揚州看競渡序》:“臨波笑臉,艷出浦之輕蓮;映渚蛾眉,麗穿波之半月。能使洛川回雪,猶賦陳思;巫嶺行雲,專稱宋玉。”錦心繡口,落筆自是不凡,然而比於淫矣。③

① (明)蔣一葵《八朝偶雋》卷一,國家圖書館藏明木石居刻本。
② (明)蔣一葵《八朝偶雋》卷一,國家圖書館藏明木石居刻本。
③ (明)蔣一葵《八朝偶雋》卷二,國家圖書館藏明木石居刻本。

"笑臉""輕蓮""蛾眉""半月""洛川回雪""巫嶺行雲",用詞清麗,精工巧致,字字輕巧秀美,不流於空虚塗飾,達到藻飾以增添文辭形式美的效果。

> 王介甫《賀生皇子表》云:"鳧鷖之雅,媚於神祇;芣苡之風,燕及黎庶。弓韣嗣燕禖之報,旐旟仍羆夢之祥。無疆惟休,永保桑苞之固;有室大競,方觀椒實之繁。"此數語驟而視之,如布帛菽粟,只在目前,徐而察之,若規矩範型,不可增減,所謂風行水上,不求文而自文者。[1]

"布帛菽粟"比喻極平常而又不可缺少的東西,蔣一葵用此語評價王安石用語,可見其雖樸素自然却必不可少。"風行水上,不求文而自文者",贊美其行文流暢,不矯揉造作。蔣一葵對王安石的賀表評價之高,可以看出王安石駢文創作的精妙之處,這段文字語言精練,不可增減,雖體現了其錘煉工夫,但行雲流水,自然熨帖,不露痕迹。雖有人工藻飾辭采,但如鬼斧神工,自然造化。

除此之外,蔣一葵還高度贊揚張鷟書判"辭章藻麗,頗多可采","判"作爲一種嚴肅的公文文體,蔣一葵也贊同其文辭華麗,提倡實用與審美相結合。可見,他既推崇"自然會妙"的自然樸素之美,又肯定"潤色取美"的人工雕飾之美。

雖然蔣一葵肯定、欣賞駢文辭藻華麗,但是他不認可一味追求語言的極致雕琢。

> 徐彦伯爲文,多變易求新,以"鳳閣"爲"鵷閣",以"龍門"爲"虯户",以"金谷"爲"銑溪",以"玉山"爲"瓊岳",以"芻狗"爲"卉犬",以"竹馬"爲"篠驂",以"月兔"爲"魄兔",以"風牛"爲"飆犢",後進效之,謂之"澀體"。[2]

蔣一葵輯録這一則,反映他反對堆砌辭藻、濫用文采的態度。徐彦伯爲文求新,但義晦語澀,雖令人驚俗,可生造了一種艱澀難解、詰屈聱牙的表述,令人難以理解,對接受、欣賞造成了一定影響。可見用僻字澀句,以矜其博,使人讀之,胸臆間格格不納,殊不爽朗,適得其反。

因而蔣一葵提倡雕琢藻飾應遵循一定法度,方爲文辭相宜,文情得當。

> 沈休文《爲安陸王謝荊州章》有云:"身班帝穆,爵首藩圭。好禮慚河,敦詩愧楚。"江文通(淹)《爲建平王拜荊州刺史章》有云:"襲禮炫衷,迎恩震色。"又爲《建

---

① (明)蔣一葵《八朝偶雋》卷四,國家圖書館藏明木石居刻本。

② (明)蔣一葵《八朝偶雋》卷二,國家圖書館藏明木石居刻本。

平王慶登祚章》有云:"魂泣江郊,心泫京國。"詞極追琢有章。[1]

此文雖有窮力雕琢之態,但仍有自然流轉之致,因此蔣一葵評論"追逐有章"。六朝以來,駢文因其華麗的語言和華美的形式一直飽受批判。然而在蔣一葵的理論中,他主張有針對性地看待,并不因駢文華麗的特點徹底否定其價值。以上文章雖鍛煉之極,顯見雕琢精工之匠氣,但仍有法度,不時其文氣,蔣一葵亦有贊賞。

綜上可見蔣一葵對駢文定義的内涵外延有着清晰的認識。蔣一葵輯録六朝駢文,肯定六朝駢文的價值;别出心裁將歷來駢文的名稱"四六"命名爲"偶雋",推翻前人"駢文即四六"的刻板觀念,從命名上賦予文體更貼切合理的定義,體現了蔣一葵的駢文觀。除此之外,蔣一葵對駢文四要素也提出了具體合理的要求:對仗需對切精確,才能妥帖自然,達到天巧絶妙的境界;聲韻需追求和諧,婉轉流利;典事應當精切合理,不見痕縫;藻飾應追琢有章,不應過度修飾,才能工簡有致。蔣一葵的駢文觀把駢體創作的要求充分而恰當地表達出來,可爲駢文創作之規範。

作者簡介:

楊婷玉(1993—),廣西師範大學文學院研究生,桂林市國龍外國語學校教師。

① (明)蔣一葵《八朝偶雋》卷一,國家圖書館藏明木石居刻本。

蔣士銓的駢文理論與創作實踐

宋昭

内容摘要：蔣士銓《評選〈四六法海〉》以王志堅《四六法海》爲底本選録而成，是對選本的再評點，其列于王志堅評語之後的總評，集中體現了蔣士銓的駢文觀，尤其是在駢文創作論、駢文史論、駢散關係論等方面提出了自己獨特的見解。他崇尚對偶古質，藻飾宗經的寫作方法；提出藻飾應適度，聲律應匀適的看法；對於駢文史，他認爲六朝至唐朝爲鼎盛期，自宋代開始衰落；於駢散關係上，他推崇駢散同源、地位平等的觀點。蔣士銓的駢文作品雖然不多，但是他的文章恰當地將其駢文理論融會其中，以理論指導實踐，形成自己獨有的駢文風格，在駢文史上獨樹一幟。

關鍵詞：蔣士銓；駢文；駢文批評；駢文實踐

乾嘉時期漢學興盛，法網嚴密，學者重視考據之學，在强大國力的基礎上，清代駢文"超宋邁唐"[①]成績斐然，實現了駢文的復興。蔣士銓是乾隆年間的重要文人，他工於詩歌、戲曲，其駢文寫作也是大手筆，雅正有法，沉博絶麗，并於駢文創作方法處有獨到見解，他不僅在多篇古文中提到駢文的寫作，而且在王志堅編選的《四六法海》基礎上選取魏晉至宋代駢文二百六十六篇加以評點，作《評選〈四六法海〉》。近年來對蔣士銓的創作研究多集中在詩、曲方面，如蔣寅《蔣士銓詩學觀念的轉向》(《蘇州大學學報》2013 年第 1 期)、杜桂萍《從"臨川四夢"到〈臨川夢〉——湯顯祖與蔣士銓的精神映照和戲曲追求》(《文學遺産》2016 年第 4 期)等。對《評選〈四六法海〉》的研究僅有一篇文章：鍾濤、岳贇贇《蔣士銓〈忠雅堂評選四六法海〉評點芻論》(《青海師範大學學報》2017 年第 4 期)。蔣士銓駢文理論與創作方面很少受到學界重視，但其駢文批評的豐富精善與他的駢文創作相得益彰，是駢文研究的重要資料，因此需要多加關注。

一

蔣士銓推崇六朝駢文，認爲六朝駢體是駢文正宗，評點時最喜以徐陵、庾信作參照。

① 朱洪國《中國駢文選》卷首，四川文藝出版社 1996 年版。

他在評點《謝平原内史表》時認爲:“作時四六當以六朝爲底本,不當僅覓路于崔李也。”①總論“四六至徐庾,可謂當行”②“氣體古質,善學者參以徐庾,則善之善矣。”③就對偶而言,蔣士銓同樣提倡師法六朝,如《晉書后妃傳論》後評:“排偶中獨饒古質,四六家不可不知此種。”④他在《貞觀年爲戰陣處立寺詔》認爲該文“古質處猶近六朝”⑤,由此可見“古質”一詞也是根據六朝文風而提出的。就《后妃傳論》文章内容看:“夫乾坤定位,男女流形;伉儷之義同歸,貴賤之名異等。若乃作配皇極,齊體紫宸;象玉床之連后星,喻金波之合羲璧。……四人并列,光於帝嚳之名;二妃同降,着彼有虞之典。”⑥是標準的六朝文法。六朝駢文講究句式整齊,平衡對稱,對偶精工,形式美觀,并在對偶中加入色彩,更適應人們審美需要。對偶是駢文的第一要素,對偶藝術水準的高低是駢文水準高低的重要標志。⑦ 對偶按内容可分爲言對、事對,按藝術手法可分爲正對、反對、色彩對、數位對等。蔣士銓對偶提倡師法六朝,其駢文寫作以六朝爲宗,如其《代江西士子謝加科牒文》:“燭炳三條,花攢壽字;日懸五色,華换秋暉。既移踏月之梯,用展摶風之翅。榜開薇省,諸生竟坐槐蔭;筵列仙簧,鳴鹿忽來桃岸。……銀蟾霜淺,新題淡墨之箋;金粟香濃,大啓曲江之宴。馬蹄得意,長安轉看秋花;雁塔書名,霄漢真排鴻字。”⑧又《仁壽鏡賦》:“煙嵐半拂,似香霧之輕蒙;苔繡交縈,儼菱花之回互。玲瓏石骨,未須巧匠之刳;皎潔金精,不等玄冥之鑄。文成疊篆,日中之王字雙鈎;體并連珠,江底之雁行斜駐。”⑨其中“踏月之梯”對“摶風之翅”,“香霧之輕蒙”對“菱花之回互”,以言對爲主,白戰而不持寸鐵,言對精巧。“馬蹄得意”化用“春風得意馬蹄疾,一日看盡長安花”的語典,寫金榜題名的得意之態,對以“雁塔題名”的典故,士子們逸興遄飛,意氣昂揚的姿態就躍然紙上。以事對事,允當自然,與所要表達的情理妙合無間。反對主要指事義相反的對仗。“霜淺”對“香濃”,以淺、濃作對比,在視覺與嗅覺上給人以美的感受,理殊趣合。其他對偶如數字對“三條”對“五色”以簡單的數字構成精美的駢語,色彩對如“銀蟬”對“金粟”以顔色名詞形容,更給人視覺上的美感。從句式上看,蔣士銓多用四六輕隔對與本句對,詞不單設,語必雙行,匀稱協調,形式美觀,恰當地反映了其“古質”的審美要求。

用典是借古事、古語表達今意的手法,其中包括用古事與用成辭兩個方面。蔣士銓在對《四六法海》選文的評價中,不止一處涉及用典,雖然前代已有人對用典進行過探討,

① (清)蔣士銓《評選四六法海》卷一,上海文瑞樓民國十六年印行。
② (清)蔣士銓《評選四六法海》卷一總論,上海文瑞樓民國十六年印行,第1頁。
③ (清)蔣士銓《評選四六法海》卷一總論,上海文瑞樓民國十六年印行,第1頁。
④ (清)蔣士銓《評選四六法海》卷六,上海文瑞樓民國十六年印行,第29頁。
⑤ (清)蔣士銓《評選四六法海》卷一,上海文瑞樓民國十六年印行,第3頁。
⑥ (清)蔣士銓《評選四六法海》卷六,上海文瑞樓民國十六年印行,第28頁。
⑦ 于景祥《文心雕龍的駢文理論和實踐》,中華書局2017年版,第50頁。
⑧ (清)蔣士銓著,邵海清校,李夢生箋《忠雅堂集校箋》,上海古籍出版社1993年版,第2434頁。
⑨ (清)蔣士銓著,邵海清校,李夢生箋《忠雅堂集校箋》,上海古籍出版社1993年版,第2416頁。

但是蔣士銓在具體如何運用典故上又提出了自己獨到的見解。在用典的語言技巧上,他首先在《評選〈四六法海〉總論》中提到:“圓活是四六上乘。”[①]其中“圓活”當指用典的語言技巧,他在其後解釋道:“隸事之法,以虛活反側爲上,平正者下矣。”[②]都講究一個“活”字,具體到相關文章點評中,他在任昉《爲蕭揚州作薦士表》的後評中提出:“用事不顯是彦昇長處。”[③]我們可以看出,他提倡用事應毫無斧鑿痕迹,追求圓融的境界。其次,在庾信《謝趙王賚米啓》後評中提到:“庾氏父子隸事,既無淺綴之迹,復免板重之譏,但覺靈氣盤旋彩雲上下。”[④]他認爲,庾肩吾、庾信父子,在寫作用典上,没有雕飾痕迹且避免了滯重的弊病,因而文章得以靈動渾圓。最後,蔣士銓在庾信《謝滕王賚馬啓》後評中又提出“用事纖而不巧,下筆柔而不弱,允爲神品”[⑤]的觀點,用典纖秀而不雕刻求巧,運筆柔和而不體式軟弱,這便是駢文寫作的最高標準。在用典内容的選擇上,蔣士銓於《江蘇布政司檄士子應觀風試文》中提出:“選材於典茂。”[⑥]典茂當指典雅、典麗,取材的典麗當出於蔣士銓“宗經”的思想。從他的《江蘇布政司檄士子應觀風試文代》:“闡聖賢之精蘊,切戒浮靡;發道義于微詞,尤芟詭僻。傾群言之液以出,方能卓爾可傳;約六經之旨而成,自必斐然有物。”[⑦]可以看出他提倡闡釋聖賢書辭,提煉六經旨意進行創作,文章才能斐然成章、卓爾不群。蔣士銓的駢文寫作在用典方面進行了成功的嘗試,如《進江西省祝嘏詩文表(代)》:“竊惟祝嘏尚文,天保賦九如而獻爵;敷揚有體,豳風咏萬壽以稱觥。卷阿賡受命之長,更述王多起士;雲漢美爲章之倬,載歌壽考作人。”[⑧]從内容上看,用典可分爲語典、事典兩類。這段文章的主體是由典故構成的,均爲事典,《豳風》屬於《詩經》十五國風之一,《天保》《卷阿》《雲漢》皆是《詩經》中的篇目,此段用典同出《詩經》。《丁酉春秋同門公宴啓》:“事則以文會友,象爲同人於門。而況星符廿八,尾方退舍,而井即移躔;因而卦衍十三,離取重名,而夬徵合契。”[⑨]“以文會友”語出《論語·顔淵》:“曾子曰:‘君子以文會友,以友輔仁。’”[⑩]“象爲同人”語出《周易·同人卦》:“初九,同人于門,無咎。”[⑪]剛出門口就能和同於人,必無咎害。即有出門便廣泛與人和同之象,故獲“無咎”。兩處均爲語典。就用典藝術而言,可分爲明用、暗用兩類。“離取重名”“離”指“離卦”。

---

① (清)蔣士銓《評選四六法海》卷一總論,上海文瑞樓民國十六年印行,第1頁。
② (清)蔣士銓《評選四六法海》卷一總論,上海文瑞樓民國十六年印行,第1頁。
③ (清)蔣士銓《評選四六法海》卷一,上海文瑞樓民國十六年印行,第22頁。
④ (清)蔣士銓《評選四六法海》卷三,上海文瑞樓民國十六年印行,第10頁。
⑤ (清)蔣士銓《評選四六法海》卷三,上海文瑞樓民國十六年印行,第11頁。
⑥ (清)蔣士銓著,邵海清校,李夢生箋《忠雅堂集校箋》,上海古籍出版社1993年版,第2440頁。
⑦ (清)蔣士銓著,邵海清校,李夢生箋《忠雅堂集校箋》,上海古籍出版社1993年版,第2431頁。
⑧ (清)蔣士銓著,邵海清校,李夢生箋《忠雅堂集校箋》,上海古籍出版社1993年版,第2431頁。
⑨ (清)蔣士銓著,邵海清校,李夢生箋《忠雅堂集校箋》,上海古籍出版社1993年版,第2448頁。
⑩ 楊伯峻《論語譯注》,中華書局2006年版,第148頁。
⑪ 黄壽祺、張善文《周易譯注》,中華書局2016年版,第110頁。

《周易·離卦象傳》:"明兩作,離;大人以繼明照于四方。"①"離卦"是上離和下離相疊的卦象,取卦名爲"離",正是"離取重名"之意。"夬"象徵决斷。均爲明用。蔣士銓在宗經思想的指引下,隸事常引用"六經"典故,準確精煉、恰如其分;水乳交融,如同己出。與其提倡的典雅之旨相契合。廖炳奎在《忠雅堂文集跋》中這樣評價:"若行以勁氣,出以深情而又雅正有法,不能不爲先生首屈一指。"②可以説是恰如其分。

二

駢文是講究形式美的文體,作爲四要素之一,藻飾追求的便是語言上的色澤之美,給人視覺上的美感。在駢文創作中,藻飾是一個重要環節,對於如何把握好這一環節,蔣士銓首先在總論中提出:"詞非過重則過輕,色非過滯則過艷。四六不可無雕琢,然慮其爲雕琢所役;四六不可無藻飾,然慮其爲藻飾所晦。"③他認爲藻飾在駢文的創作中占有重要地位,但是藻飾還需要掌握一個度,這個度是關鍵,詞、色的使用都要恰到好處,就如同他在《南昌志局約言》説:"言能傳事,不必盡工。"④語言只要能傳達具體事件即可,不必溺於雕鏤,這樣文章才可以"文不滅質,博不溺心"。其次他又在總論中提出"典雅是四六正法"⑤,於《江蘇布政司檄士子應觀風試文》中又寫道:"植幹于清真雅正……雕鏤實大雅所嗤,金粉濃纖,未免朝榮夕萎。"⑥雕鏤是雅正文章所鄙棄的,過分藻飾雕刻的作品只能是曇花一現,無法流傳千載,所以就藻飾而言,他還是將雅正作爲駢文寫作的正宗。最後,蔣士銓闡釋了文與情之間的關係問題。關於文與情的關係,劉勰《文心雕龍》已經作了相對全面的探討,他在《情采篇》寫道:"故情者文之經,辭者理之緯,經正而後緯成,理定而後辭暢,此立文之本源也。"⑦《物色篇》:"情以物遷,辭以情發。"⑧蔣士銓繼承劉勰的觀點,他認爲"苟襲貌而遺情,是還珠而買櫝""惟冀凝思渺慮,體物緣情;考辭就班,選義按部"⑨。寫作的根本要求當以情爲主,以辭彩爲輔,就具體創作而言要"體物緣情"即觸景生情,情由景生,有了情性再加上文采才是美文。從創作實踐上看,蔣士銓的駢文,既講究藻飾,又有充實的思想內容,結合經典,符合其雅正的審美追求。藻飾具有多

① 黄壽祺、張善文《周易譯注》,中華書局 2016 年版,第 223 頁。
② (清)蔣士銓著,邵海清校,李夢生箋《忠雅堂集校箋》,上海古籍出版社 1993 年版,第 2504 頁。
③ (清)蔣士銓《評選四六法海》卷一總論,上海文瑞樓民國十六年印行,第 1 頁。
④ (清)蔣士銓著,邵海清校,李夢生箋《忠雅堂集校箋》,上海古籍出版社 1993 年版,第 2455 頁。
⑤ (清)蔣士銓《評選四六法海》卷一總論,上海文瑞樓民國十六年印行,第 1 頁。
⑥ (清)蔣士銓著,邵海清校,李夢生箋《忠雅堂集校箋》,上海古籍出版社 1993 年版,第 2440 頁。
⑦ (梁)劉勰著,范文瀾注《文心雕龍注》,人民文學出版社 2014 年版,第 538 頁。
⑧ (梁)劉勰著,范文瀾注《文心雕龍注》,人民文學出版社 2014 年版,第 693 頁。
⑨ (清)蔣士銓著,邵海清校,李夢生箋《忠雅堂集校箋》,上海古籍出版社 1993 年版,第 2441 頁。

樣化的類型,可分爲色彩藻飾、形態藻飾、比擬藻飾、鋪排藻飾等。如《仁壽鏡賦》:"煙嵐半拂,似香霧之輕蒙;苔繡交縈,儼菱花之回互。……契樂山之旨,仁原似山之静;誦如山之詩,壽乃同山之固。……周穆王白石雪月交輝,宋文帝青州池波飛注。"[①]煙嵐比香霧,苔繡作菱花,仁似山静,壽同山固,本是比擬藻飾,比喻切至,生動形象。後又出之"白""青"兩色,色彩藻飾,詞色鮮明,運用自然。《江蘇布政司檄士子應觀風試文(代)》:"劉子政藜光映彩,秘書留在枕函;陳孔璋椽筆驚人,飛檄草於盾鼻。枚生七發,皋能繼握丹鉛;張氏五龍,鏡獨丕揚鱗爪。三俊連鑣于江左,二陸并軌於雲間。……劉夢得既獨探驪珠,葛文康亦世摛鳳藻。……范文正獨品重儒林,米南宫實芳流藝院。"[②]此段恰當地運用鋪排藻飾之法,列舉劉向、陳琳、枚乘、枚皋、張鏡、"三張""二陸"、劉禹錫、葛勝仲、范仲淹、米芾等文人,具體説明"後覺皆崇儒術"的看法,效果甚佳,單句對中夾有輕隔對,氣勢非凡。

清朝的科舉考試雖以考經義(八股文)爲主,鄉會試均不試賦,但翰林院庶吉士的經常考試和散館考試,自雍正以後即以賦爲考試項目之一,乾隆以後定制一賦一詩。[③] 其中賦指的是律賦。律賦雖然在科舉中不受重視,但却是進士及第後入翰林爲庶吉士再晉升爲翰林官的必學之體。據《槐聽載筆》記載:"乾隆二十二年丁丑科庶吉士散館,《仁壽鏡賦》,'賦得和闐玉得珍字'八韻,第一名蔣士銓。"[④]蔣士銓在散館考試中以《仁壽鏡賦》獲第一名,可見他能够熟練掌握韻律,并將韻律運用在具體寫作中,并能達到爐火純青的水準。從文學史上看,駢體文從産生的時候起,便與聲律有不解之緣,漢末文學家在進行創作時就已經注意到了聲韻和諧之美,晉代駢文家在寫作上進一步注意聲律的講究,劉宋至齊梁時期,聲律的講究達到極致。蔣士銓在吸取前人成果的同時又提出了自己的見解。在李商隱《爲滎陽公賀老人星見表》後評中他認爲:"聲調匀適清婉而和,佳處在此。"[⑤]匀適就是要求文章的上下句之間要相互搭配,關鍵之處兩兩相比,搭配得當,就李商隱這篇文章而言,確實做到了這一點:

伏惟皇帝陛下昭明《老》契,游泳《莊》衮,
　　　　　　　——　|　|　—|　—　—
式是中秋,呈兹上瑞。
|　|——　——　|　|

① (清)蔣士銓著,邵海清校,李夢生箋《忠雅堂集校箋》,上海古籍出版社 1993 年版,第 2416 頁。
② (清)蔣士銓著,邵海清校,李夢生箋《忠雅堂集校箋》,上海古籍出版社 1993 年版,第 2439 頁。
③ 馬積高《歷代辭賦研究史料概述》,中華書局 2001 年版,第 149 頁。
④ (清)蔣士銓著,邵海清校,李夢生箋《忠雅堂集校箋》,上海古籍出版社 1993 年版,第 2417 頁。
⑤ (清)蔣士銓《評選四六法海》卷一,上海文瑞樓民國十六年印行,第 38 頁。

送元燕于梁間，傷時自切；望白榆於天上，厥路無由。[1]

丨— 丨——— ——丨丨 丨丨———丨 丨丨——

以上對句，末尾收字都注意異音相從，平仄協調，一經誦讀感到起伏抑揚，有和諧婉轉之美。除去律賦創作必須嚴格押韻外，蔣士銓認爲在創作時："但求工於聲律字句間，而昧其咏歌之本，性情日媮，粉飾益僞"[2]。只一味的講究聲律未免捨本逐末，違背創作的本源，因此他在吴均《與朱元思書》後評提到："妙在筆底有間韻。"[3]押韻確實讓文章讀起來有鏗鏘悦耳的效果，句句押韻不免板滯，間隔用韻確是妙不可言。於是他推崇"節奏跌宕"，認爲"王楊鏗鏘悦耳。"在蔣士銓的文集中《仁壽鏡賦》與《江漢朝宗賦》皆爲律賦，押韻嚴格，鏗鏘悦耳。其他諸作如《代謝賜篆書盛京賦》："天縱聖以多能，藻思睿發；帝以臣同喜起，寵錫紛披。赤文緑字之奇，儼授圖於天老；玉檢金泥之秘，驚携篆于龍威。曩者賦天作于高山，揚昭代陪京之盛；肆懿德于時夏，美聖朝開國之隆。"[4]在連續三個對句中，句末收字都是異音相從，"發"爲入聲字當爲仄聲，平仄搭配，抑揚頓挫。《覆山左李大中丞清時書》：

大明湖上，酒澆亭榭荷香；四照樓中，衣染鵲華秋色。

丨——丨 丨——丨—— 丨丨—— —丨丨——丨

錦屏山摺，龍洞淙淙；趵突泉飛，雲濤滚滚。

丨——丨 —丨—— 丨丨—— ——丨丨

素絲可組，不能羈逸騎之心；紅豆雖香，未足轉翔禽之志。[5]

丨—丨丨 丨——丨丨—— —丨—— 丨丨丨———丨

以上對句，平仄基本相對，關鍵之處更是"并轆轤交往，逆鱗相比"，搭配得當，達到了其提出的"匀適""清和"的要求。

三

蔣士銓除了在駢文創作上進行點評外，還常從史的視角來做評點，特别是在文章後

---

① (清) 蔣士銓《評選四六法海》卷二，上海文瑞樓民國十六年印行，第39頁。

② (清)蔣士銓著，邵海清校，李夢生箋《忠雅堂集校箋》，上海古籍出版社1993年版，第2002頁。

③ (清)蔣士銓《評選四六法海》卷四，上海文瑞樓民國十六年印行，第19頁。

④ (清)蔣士銓著，邵海清校，李夢生箋《忠雅堂集校箋》，上海古籍出版社1993年版，第2430頁。

⑤ (清)蔣士銓著，邵海清校，李夢生箋《忠雅堂集校箋》，上海古籍出版社1993年版，第2445—2446頁。

評中,他將衆多文章貫穿起來,形成了一條駢文的發展脈絡。蔣士銓對駢文的興起未做説明,而是先將南北朝至唐朝列为駢文的鼎盛時期,并對徐陵、庾信、謝朓、"燕許"作出了較高的評價,他説:"四六至徐庾,可謂當行。""(謝朓)遒宕温麗高壓輩流。""唐自'燕許'、崔融、李嶠而外,無高出其(王勃)右者。"其次,在演變期與衰退期的界定上,蔣士銓則獨樹一幟提出自宋代起駢文的品質、水準已經跌入谷底,他明確地指出宋代駢文不足以備選,并在原序眉批中先提到:"此不過於宋體中細分得兩派耳,其實蘇、王均以議論勝,相去不遠也。"[①]蘇軾、王安石皆以議論見長無需分爲兩派,皆是宋體,所以在選文時蔣士銓選蘇、王二公的文章僅6篇而已,整個宋代駢文選録上也是寥寥無幾,并且選文年代即截止到宋朝。

蔣士銓在點評文章時,也論及到駢散關係的問題,他從駢、散文的創作方法切入,認爲二者同質不同文,首先《評選〈四六法海〉》總論中就提到:"作四六,不過即散行文字稍加整齊大肆烘托耳,其起伏頓挫,貫串賓主,整與散無以異也。今人言著駢偶,便以塗澤撏撦爲工,即有善者,亦不過首尾通順,無逗補之迹,求其動宕遒逸,風味盎然於楮墨之間者,吾未之見也。"[②]從創作手法上看,駢文即散文大加藻飾後以偶句的形式表現出來,其抑揚頓挫之感與主旨思想表達上,與散文没有不同,只是使用了不同的形式,在抒發感情上二者殊途同歸。蔣士銓又説:"古文如寫意山水,儷體如工畫樓臺,寫意非通人莫辦,工畫則匠手可勉,然如小李將軍、徐熙手筆,又豈工人之所能爲乎"[③]在蔣士銓眼中,古文和駢文各有千秋,古文似寫意山水畫,以意境爲勝,駢文如工筆樓臺畫,以細膩從優,寫意非通達之人不能畫,工筆則匠人可勉强爲之,但是如李昭道和徐熙的工筆作品又豈是匠人手筆所能及的。蔣士銓將駢散二體比作工筆畫和寫意畫,清晰明瞭地説明了兩者并無上下高低的區分,各有所長,并不尊駢抑散也無尊散抑駢的傾向,評價也較公允。

《評選〈四六法海〉》刊行後,流傳較廣,受到許多學者的喜愛,如譚獻在其《復堂日記》中就稱贊道:"閱蔣心餘《評選〈四六法海〉》以頓挫跌宕爲主,視原選精嚴矣。"[④]譚獻認爲蔣士銓的評點,以其提倡的"頓宕"爲主,較王志堅原選更爲精當嚴謹。蔣士銓在原選目録的評點中提出"《文心雕龍》宜全選入"的建議,對於此點譚獻也很贊同,他説:"閱《文心雕龍》,童年習熟,四十後始識其本末,可謂獨照之匠,自成一家……蔣苕生論儷體,言是書當全讀,固辭人之圭臬,作者之上駟矣。"[⑤]對《文心雕龍》在文學史上的地位都高度重視。此外該書確實是王志堅《四六法海》的傳播功臣,駢文選本的獨創之舉,并能在駢文選本中占有一席之地,可風後來。

---

① (清)蔣士銓《評選四六法海》卷一原序,上海文瑞樓民國十六年印行,第1頁。
② (清)蔣士銓《評選四六法海》卷一總論,上海文瑞樓民國十六年印行,第1頁。
③ (清)蔣士銓《評選四六法海》卷一總論,上海文瑞樓民國十六年印行,第1頁。
④ (清)譚獻《復堂日記》,河北教育出版社2001年版,第65頁。
⑤ (清)譚獻《復堂日記》,河北教育出版社2001年版,第85頁。

蔣士銓《評選〈四六法海〉》在保留王志堅原有評論的基礎上又加以自己的見解，於駢文創作論、駢文史論、駢散關係論上頗有建樹，在駢文創作上，他詳細論及對偶、用典、藻飾、聲律等必要創作手法，在駢文發展史上，尤重徐陵、庾信并强調宋人駢文不可取之處，在駢散關係論中，更是推崇駢散同源之説，總的來説其評點面面俱到，細緻入微。蔣士銓的創作實踐對於其駢文觀有充分展露，二者相輔相成，在駢文理論和駢文創作上都有重要影響。

作者簡介：

宋昭(1995—)，山東濟南人，中國海洋大學在讀博士生。研究方向爲中國古代文學。

粵西駢文考論*

王正剛　江朝輝

内容摘要：粵西駢文可溯源到唐代韋敬一的《智城碑》，清代鄭獻甫爲其傑出代表。蔣冕、戴欽、馮敏昌、陳宏謀、高熊征、蘇宗經、蔣琦齡、張培仁、黄佐槐等皆有駢文作品傳世。創作形式上，粵西駢文序、書、啓、記、碑、銘、祭文等各體齊備，以壽序、墓志銘、祭文爲主；内容上或贊美粵西山水風光，或議論説理探討學術，或記事言情，或酬唱應和，擴大了粵西文學的内涵；風格上，受清代駢散關係的影響，表現出明顯駢散交融合一的特徵。這也是清代駢文復興由江浙核心地區向湖廣邊地延伸的自然結果。

關鍵詞：粵西；駢文；鄭獻甫；駢散交融

粵西古代文學從先秦一直到明代均難以比肩中原地區，清代廣西蘇時學總結清代以前的粵西文學是"一個高僧兩名士，二千年内見三人"。其中高僧是指北宋的契嵩，兩名士是唐代的曹鄴、曹唐。[①] 清代尤其是晚清，粵西文學逐漸走向繁榮，臨桂詞派甚至成爲晚清詞壇的主力軍，清代號稱"復興"的駢文在粵西也展現出前所未有的局面。但由於駢文研究向來非學界熱點，加之人們對粵西駢文的忽視，導致粵西駢文研究成果薄弱。目前僅有莫道才先生的《從上林唐碑〈大宅頌〉和〈智城碑〉看唐代中原文風對嶺南民族地區文化的影響》、《從盧藏用〈景星寺碑銘〉看唐代中原文化與駢體文風在嶺南地區的影響》、《初唐時期北方駢體文風在嶺南地區的接受》，莫山洪的《論鄭獻甫的駢文》、《論壯族文人鄭獻甫的駢文理論》、《從鄭獻甫駢文用典看清中葉中原文化在嶺南的傳播》以及吕雙偉的《鄭獻甫的古文、駢文批評及其文學史意義》幾篇論文論及粵西駢文。研究對象集中在鄭獻甫和駢體碑文上，可見駢文學界對粵西駢文整體觀照不够。粵西駢文可溯源到唐代韋敬一的《智城碑》，清代鄭獻甫爲其傑出代表，但蔣冕、戴欽、馮敏昌、陳宏謀、高熊征、蘇宗經、蔣琦齡等皆有駢文作品傳世。當然，不要説相比江浙等駢文創作的核心地域，就是相鄰的湖湘地區駢文成就也明顯勝過粵西駢文。如湖湘駢文現存駢文選本兩種，粵西無駢文選本；湖湘駢文有别集五種，與散文合集但標明駢文卷的三種，粵西駢文

---

* 本文是 2020 年教育部人文社科項目"文學批評史視域中的清代乾嘉駢文思想研究"、2017 年廣西哲學社會科學規劃項目"廣西石刻詩文研究"成果之一。

① 王德明《廣西古代詩詞史》，廣西師範大學出版社，2009 年版，第 1 頁。

僅有别集三種;做爲收録清代駢文家最多的《清代駢文研究》(昝亮:杭州大學 1997 年博士論文),收録湘籍駢文家過十人,而粤西駢文家僅鄭獻甫一人,這種現狀符合社會歷史文化發展的趨勢,是清代駢文復興由江浙核心地區向湖廣邊地延伸的自然結果,也是邊疆地區認同和接受中原文化的歷史慣性。但粤西駢文自有其可取之處,在創作形式上,粤西駢文序、書、啓、記、碑、銘、祭文等各體齊備,以壽序、墓志銘、祭文爲主;内容上或贊美粤西山水風光,或議論説理探討學術,或記事言情,或酬唱應和,擴大了粤西文學的内涵;風格上,受清代駢散關係的影響,表現出明顯駢散交融合一的時代特徵,是粤西文學的有力組成部分。本文擬在整體上對粤西駢文作者,駢文的創作形式、内容、風格等加以探討考論。

一、粤西駢文作家群

在粤西駢文作家群中,處於核心地位的是象州鄭獻甫。鄭小穀(1801—1872),字獻甫,有"粤西儒宗"之稱。張舜徽曾言:"故在今日考論近世桂學之盛衰,要必推斯人(鄭獻甫)爲最通博焉。"①晚清名家陳澧在《五品卿銜刑部主事象州陳君傳》中説:"國朝二百餘年,儒林、文苑之彦迭出海内。及風氣既衰,而鄭君特起於廣西,學行皆高,可謂豪傑之士矣。"②鄭獻甫詩、詞、文、文學批評各方面皆成就斐然,駢文創作和批評更是獨樹一幟,有論者認爲他的文學批評不僅是廣西壯族文人的代表,也堪稱晚清的代表。除鄭獻甫外,上林韋敬一、全州蔣冕(1462—1532)、馬平戴欽(1493—1526)、岑溪高熊征(1636—1706)、臨桂陳宏謀(1696—1771)、欽州馮敏昌(1747—1806)、玉林蘇宗經(1793—1864)、全州蔣琦齡(1816—1875)、賀縣張培仁、合浦黄佐槐等皆有駢文作品傳世。可惜的是,有些粤西作家有明確文獻記録其駢文創作,但駢文文獻目前一時難以搜尋,如全州蔣啓揚(1795—1856),蔣琦齡在《行述》中評價蔣啓揚"府君之詩,三先生之言盡之矣,抑所言不獨詩也,古文牘札及駢體時藝,擅長勝概,論者謂皆與詩同"③;桂平黄體正(1766—1845),據民國九年本《桂平縣志·卷四五》記載"《小簡》一卷,黄體正著。爲《帶江園小草》之一種。中間與袁醴庭、潘紫虚、梁佩亭及房師謝素亭之書爲多,文體散行而兼寓四六,規撫宋人而時有六朝氣味"④;可惜"晚年擇存具删爲四卷,小簡、時文各一卷,皆先後梓行,卒毁於兵燹。⑤"但翻閲黄體正别的文集如《帶江園雜著》,僅有《暢巖洗惡詩檄》、《思靈山移石賦》兩篇駢文而已。又宣化鍾德祥(1849—1904),據《謝鍾西耘祝

① 張舜徽《清人文集别録》,中華書局,1963 年版,第 477 頁。
② (清)陳澧《東塾集》,沈雲龍主編《近代中國史料叢刊》,臺北:文海出版社,1970 年版,第 296 頁。
③ (清)蔣琦齡《問梅軒文稿偶存·行述》,同治九年本。
④ 黄占梅修,程天璋纂《桂平縣志》卷四五,民國九年(1918)排印本。
⑤ (清)黄體正著,劉洋校注《帶江園詩文集校注》,廣西大學碩士論文,2001 年,第 211 頁。

太夫人壽書》:"以老親生日見賜録屏,而同鄉諸公亦皆錫以難老之辭,複托椽筆藉垂不朽,感激之餘欣幸無似。駢體諒爲高才所不經意,而亦清新若此,彌嘆以餘力爲之亦非人所能及也。"[①]此文爲蔣琦齡感謝鐘德祥爲其母親寫駢體壽序而做,并稱其駢文"清新若此""非人所能及",不管是否爲友人間過譽之言,但至少説明鐘德祥能寫也寫過駢體壽序,但翻閲《鐘德祥集》,却一篇壽序都未收録。

現存粤西駢文别集有三人,其中鄭獻甫的《補學軒文集·駢體文》二卷 90 篇,咸豐十一年刊本;《補學軒文集續刻·駢體文》二卷 41 篇,同治十一年本,共四卷合計 131 篇駢文。另有《補學軒文集外編》,光緒八年本,不分駢散。另張培仁有《金粟山房駢體文》二卷,清同治八年(1869)刻本,現藏湖南省圖書館。李元度有《金粟山房駢體文序》,稱其文"遒逸似穀人,遒峭似稚存,源本經術似淵如、孱軒,高而不槬,華而不縟,知其探源于東京六朝者富矣。"[②]黄佐槐有《静遠齋駢體文》三卷。[③] 其他作家的駢文是和散文甚至是詩文合刊,如《湘皋集》、《戴欽詩文集》、《劍虹居古文詩集》、《郢雪齋纂稿》、《培遠堂偶存》、《小羅浮草堂文集》、《問梅軒文稿偶存》、《慎動齋文集》、《空青水碧齋文集》等,其中駢文數量從幾篇到幾十篇不一。從整體上説,毋庸諱言,粤西駢文比之詩歌、古文創作要單薄很多。原因在於一是粤西文學相對中原文學長期以來的弱勢;二是駢文創作要求作者學殖豐贍,語言上華麗綺靡,追求對偶形式美,創作難度較高;三是清代駢文復興由江浙核心地區向湖廣邊地延伸,這本是粤西駢文迎頭趕上的良機,但無奈此時中國封建社會已日薄西山,連文言文都很快就被白話文取代,皮之不存,毛將焉附? 粤西駢文尚未迎來大發展,而文言文已走到了歷史的盡頭。

二、描繪粤西山水,展示社會人生

宋代粤西駢文以全州蔣冕爲代表,其《湘皋集》有數十篇駢文,形式多爲奏、章、表、疏、祭文,内容集中於朝廷公文,上下應對,文中多《再辭恩蔭奏》中"拜稽疏闊於殿陛之下,而臣每苟禄如常;警蹕傳呼於郊野之間,而臣猶安居如故"、《懇辭恩命奏》中"臣待罪内閣,尸位素餐。出入禁垣,足不履邊塞苦寒之地;討論文墨,身不任戎馬馳驟之勞"[④]之語。總的説來,是較典型的宋四六文,典故成語運用得還算貼切,對仗工巧而又穩妥,風格也比較典重渾成。而到清代,駢文的表達範圍大爲拓展,而粤西駢文主動融匯古代各類文體并在寫作模式上有所創新。

---

① (清)蔣琦齡著,步蕾英校注《空青水碧齋文集校注》,廣西大學 2005 年碩士論文,第 200 頁。

② (清)李元度《天岳山館文抄》卷二十四,清光緒六年刻本。

③ 廣西民族學院圖書館編《廣西歷代文人著述目録》,1983 年版,第 41 頁。

④ (清)蔣冕著,梁穎稚校注《湘皋集校注》,廣西大學 2004 年碩士論文,第 86、94 頁。

創作形式上，粵西駢文各體齊備，但最具學術價值的是以駢體論學論文的書、序等，如《與李秋航論四六文書》《爲張眉叔論四六文述略》；二是粵西駢文中有大量的壽序、祭文、墓志銘等應酬之文，比例遠遠高於其他地方的駢文家。如鄭獻甫《補學軒文集續刻·駢體文》二卷 41 篇，其中壽序有 34 首，還有祭文 3 首。馮敏昌的《小羅浮草堂文集》中有駢文近 20 篇，多爲祭文、告詞、啓文。作爲學術研究，此類文章價值不高，但作爲一種獨特的文化現象却值得注意。"就是一位大詩人也未必有那許多的真情和新鮮的思想來滿足'應制''應教''應酬''應景'的需要，於是，不得不像《文心雕龍·情采》裏所謂'爲文而造情'，甚至以文代情，偷懶取巧，羅列些古典成語來敷衍了事，於是，爲皇帝作詩少不了找出周文王、漢武帝的軼事，爲菊花做詩免不了要扯進陶淵明、司空圖的名句。"①爲文而造情之事自古皆有，而壽序、祭文、墓志銘等應酬之文也是駢文爲數不多的能在普通民衆中流行的書寫樣式，壽序、祭文的書寫模式、文體特徵、結構經營、用辭特點、文化影響、社會意義還是值得研究的。存在即有其合理性，"這些文章的大量出現，客觀上説明壯族地區的人們在生活上也有追求典雅之處，或者説是向漢民族學習，體現出中原文化對少數民族文化的影響"②。這種駢文創作既體現粵西駢文在清中葉繁榮的延續，也體現了乾嘉以來"不拘駢散"論在嶺南地區的影響，更體現了廣西文人取得的不可忽視的文學成就。

特定區域的政治、文化、思想和民俗等影響着當地的文學創作，在粵西駢文裏，駢文家們用駢文來贊美粵西風光，突顯粵西特色。長期以來，嶺南尤其是廣西一帶一直被視爲政治、經濟、文化的邊緣地區，唐宋時期大量的貶謫官員來到嶺南，但多數人對嶺南的印象并不好，"海畔尖山似劍芒，秋來處處割愁腸"（柳宗元《與浩初上人同看山寄京華親故》、"知汝遠來應有意，好收吾骨瘴江邊"（韓愈《左遷至藍關示侄孫湘》）等作品就可見一斑。但在土生土長的粵西本籍作者眼中，廣西獨特的喀斯特地貌是天下美景，他們懷着對粵西家鄉的熱愛之情，在駢文中描寫獨特的粵西山水。如最早的韋敬一《智城碑》中，"懸巖墜石，（奔）羊伏虎之形；落澗翻波，掛鶴生虹之勢""靈芝挺秀，葛川所以登遊；芳桂藂生，王孫之以忘返"③，粵西山水本就以山青、水秀、洞奇、石美之著稱，"巖""石""澗""波"等是粵西山水中常見的自然風景，而"葛川""芳桂"則因歷史名人葛洪和八桂大地的傳説深深的打上粵西的烙印。《智城碑》向世人展示粵西的美景和社會進步狀況，"《大宅頌》和《智城碑》反映了唐王朝在走向興盛時的邊疆的社會狀況。從碑中的記載來看唐代上林民族地區并非環境荒僻野蠻落後，人民愚昧，而是物産豐庶，文化心態崇尚

① 錢鍾書《宋詩選注》，人民文學出版社，1989 年版，第 42 頁。

② 莫山洪《論鄭獻甫的駢文》，《廣西師範學院學報》（哲學社會科學版），2014 年第 6 期，第 36 頁。

③ ［日］户崎哲彦《唐代嶺南文學與石刻考》，中華書局，2014 年版，第 319 頁。

儒雅。"①又如鄭獻甫的《游白龍洞記》,白龍洞爲宜州名勝之一,明代徐霞客對這奇觀勝景作了翔實的記載。粤西喀斯特地貌多山多洞,洞内多鐘乳石,石壁多摩崖,這些粤西山水風光特點均在此文中展現的淋漓盡致。白龍洞内石道險峻,曲折幽邃,更有一條乳白色的小石龍,鱗甲宛然,栩栩如生,白龍洞因此而得名。鄭獻甫形容爲"蜿蜒在地,蹴爾不起;蹲踞向人,赫然欲飛。首尾相糾,鱗翼自動"。洞外老樹枯藤,盤根錯節,遮壁垂掛。"薜蘿在眼,雲霞蕩胸。樹老石上,不粘寸土"。石壁上,有唐、宋以來歷代摩崖石刻六十餘幅,當時多爲苔藤掩蓋,鄭獻甫除苔讀詩:"徐子治軒挾梯,陳子寶田載筆。余執帚遍摩崖文并剔苔字,皆前明來遊者,始耳有嶽君和聲,五言磨於東崖;又有劉君彦直,七古磨於西壁。"此外,的《湞水紀行》記録湞水至韶州的沿途風景:"峨峨者山,旁張兩屏;浩浩者水,中束一帶"。"峨峨"形容山勢出自顔延之描寫桂林獨秀峰的"未若獨秀者,峨峨郛邑間,"乃粤西山水名句之一,可以默認爲粤西山勢的標志詞語。《白崖山寨記(爲松如林子作)》記其友林松如"修白崖山寨"一事:"昔魏冰叔辟翠微峰,卒保易堂諸子;今松如修白崖山,以保鹿寨鄉人。"②歷代戰亂匪患,各地百姓紛紛結成山寨以自衛亦是粤西一景,文中的"白崖山寨"今已不存,但廣西多"寨"現今依然是粤西特色,柳州現今還有"鹿寨""波寨"等地名。

"自清初陳維崧、吴綺和章藻功以來,駢文範圍大爲拓展,超越了晚明四六,抒情性、藝術性和審美性也遠超宋元明的四六"③,在此時代大背景影響下,粤西駢文中産生了不少議論説理、探討學術的駢文。議論説理以戴欽的《玄鶩子問答》爲代表,全文將近2000字,是粤西駢文中篇幅較長的作品。文章假借洪玄子和時鶩子二人,就功名利禄展開辯論,表達了作者淡泊名利,虚静無爲,逍遥人生之情。作者借時鶩子之口描繪權勢富貴:

> 尚將抗節功名之會,馳英富貴之場,登君金華之省,倚君白玉之堂。入相出將,走貴叱權,乘堅策肥,衣錦食鮮,田園連野,甲第倚天。輿馬僕從,極聲色之所養;子女玉帛,窮心志之所樂。一食千金,一呼百諾。鼻息所吐,上干虹霓;唾涕所出,下生珠璣。

洪玄子則以老、莊天道自然,禍富相依,名利乃清心之累,富貴是寡欲之敵的清静無爲觀進行批駁:

---

① 莫道才《從上林唐碑<大宅頌>和<智城碑>看唐代中原文風對嶺南民族地區文化的影響》,《民族文學研究》2005年第4期,第5頁。

② (清)鄭獻甫《補學軒詩集、補學軒文集、補學軒文集續刻、補學軒詩集續刊、補學軒文集外編》,沈雲龍主編《近代中國史料叢刊續編》第二十二輯,臺北:文海出版有限公司,1975年版,第1283、1285、1308、1291頁。

③ 吕雙偉《晚清湖湘駢文的崛起》,《求索》2016年第2期,第151頁。

夫倚勢尚權,奔走名利,是不明天道盈虚、陰陽倚伏、禍福無門、吉凶同域也。子不觀蘭茗翡翠與清廟之犧牛乎?毛羽之美,身體之累也;芻豆之肥,刀斧之地也。人將采其英以充首飾,剥其皮以登鼎俎矣。……子胥鴟夷,韓彭菹醢。吴起伏劍而死,商君車裂以殉。非獨上人之少恩,實乃功名之爲患也。

老子和莊子看到的是"名""利""私""欲"與文明帶來的遮蔽,因而主張通過修養功夫以祛蔽,進而臻于與道合一的境界,從而獲得了無掛礙的精神自由。故真正的人生理想是"斂子之博,歸子之約;謝子之華,返子之樸;去子虚名,近子真樂。履無形之體,樂無聲之樂。含德之要,咀道之實。主静行中,委順抱一"。[①] 最終達到"致虚""抱一"的境界,只有返歸本然的虚静,無欲無知,才能洞察萬物的本相與規律。文中大量采用老子、莊子相關的典故,行文氣盛辭華,層層遞進,邏輯性强,雖然論點、論據是老生常談的老莊之言和歷史典故,但却是駢文史上也難得一見的長篇駢體論説文。駢體學術論文以鄭獻甫的《與李秋航論四六文書》《爲張眉叔論四六文述略》《洪子齡大令涫則齋駢體文序》等爲代表,早已爲學界關注,在此略過。

粤西駢文中篇幅最多的是壽序、墓志銘、祭文這種應酬甚至是賣文之作,戴欽、馮敏昌、蘇宗經等人的駢文創作多是如此,"四六駢儷,于文章家爲至淺,然上自朝廷命令詔册,下而縉紳之間箋書祝疏,無所不用"[②]。的確,這類應用性的駢文面向下層文人和百姓生活,且多爲受托而寫,表達贊美、慶賀、哀悼之意,不少作品只爲求一時之應景,故詞多溢美,通套頌詞,内容空洞,如《祭唐母文孺人文》:"其氣局寬大,山水清奇,闤闠駢闐而繁盛,人物斌鬱而能爲,無怪乎數百年來富貴綿延不絶。"[③]一個平凡的母親能讓整個家族"數百年來富貴綿延不絶",這也太過誇張!然而這種駢文又是駢文走向民間,使之日常生活化所不可避免的。蘇宗經在《慎動齋文集序》中總結爲:"弱冠之後,喜六朝之華麗,愛駢體之妖妍。鄉黨之間,建造凶善之事,偶命爲之,高興揮毫,順情以應。在己固以富麗爲工,在人亦以才華見許"。[④] 從傳播的角度來説,鄉黨之間,順情以應,在民間展示自己的才華,改變文人在民間曲高和寡的形象,又能拓展了駢文社會應用的廣度,使這種文體不至於僅僅存在于文人間的陽春白雪。"五代時期,對聯的形成和在生活中的廣泛運用,證明駢文對大眾生活的影響,使藝術生活化和生活藝術化具有了普遍性。"[⑤]藝術生活化和生活藝術化是不分階層地域的,晚清粤西文學趕上了中原,大量駢體壽序,祭文的出現亦是明證。更難得的是,一些粤西壽序、祭文并非全是盲目的溢美之辭,作者有

---

① (清)戴欽著,滕福海、石勇校注《戴欽詩文集校注》,巴蜀書社,2014 年版,第 54、55 頁。

② (宋)洪邁《容齋隨筆》,上海古籍出版社,1996 年版,第 505 頁。

③ (清)蘇宗經《慎動齋文集》,《清代詩文集彙編》,第 582 册,上海古籍出版社,2010 年版,第 514 頁。

④ (清)蘇宗經《慎動齋文集》,《清代詩文集彙編》,第 582 册,上海古籍出版社,2010 年版,第 359 頁。

⑤ 莫道才《駢文學探微》,桂林:廣西師範大學出版社,2017 年版,第 11 頁。

意識地在文中真實的記録了主人的生平事迹，以點帶面，展現出廣闊的社會生活圖景。如《慶遠太守張粵卿觀察壽序》記張粵卿在慶遠撲滅土匪：

咸豐五年乙卯七月，慶遠守土者員缺。豺狼當道，乃在城中；潢池弄兵，競來野外。官無卧閣，人盡跳梁。……則我觀察粵卿先生實往焉，車方下而雨來，扇甫揚而風定。胸藏精甲，膽落孔壬。初則阱檻不施，盡伏傅昭之虎；繼則封疆不域，潛收卓茂之蝗。兵氣既銷，書聲大起。説者謂武可號爲定秦，文亦幾於化蜀焉。越明年三月，以事晉省。①

記載了咸豐五年，張粵卿擢升慶遠知府。剿平土匪王得勝等，擢左江道，調署右江道一事，這是張粵卿生平得意之事，平定匪患，在當時亦可算利國利民之舉。

又如《誥授奉直大夫四川營山縣知縣俞公石村墓志銘》，記載四川人"停葬"風俗：

蜀中山川阻深，風土殊異。公累署雙流，昭化、墊江、東鄉、遂寧數縣事，昭化俗好輕生，猿嘯狐嗥，希圖索賄；東流俗多停葬，青磷白骨，露處滿野。……時達州白蓮匪滋事，營山地與之距，議者恃夔子甚遠之路，忘莒人甚惡之城。公力持不可，謂蜀道雖難，楚氛甚惡。顔真卿之城平原，只如常事；田將軍之守即墨，亦用鄉人。布馬藏灰，火牛礪刃。已而劬勞成疾，以其年夏去營山，賊即以其年冬至營山；環之三重，攻者五日；頻折墨子之箸，莫拔考叔之蝥。解爾四圍，全吾萬輩，民感之爲立生祠巷祝。②

俞廷舉歷任數縣，若一一記載則重點不明顯。作者以駢句記載俞廷舉在四川昭化、東流改風易俗，在達州清剿白蓮教等事，功事顯赫，亦可從中可管窺清晚期四川社會眾生相。《劉小山先生告祭文》《鎮安府太守麋次泉先生六秩壽序》等文皆類似之。

三、駢散交融

清中晚期，無論是寫《四六叢話》的孫梅，或者是桐城晚學梅曾亮，都有駢散融合的思想言論，梅曾亮就主張無論駢文還是古文，都要叙事明白、表達意思暢達："文貴者辭達

---

① (清)鄭獻甫《補學軒詩集、補學軒文集、補學軒文集續刻、補學軒詩集續刊、補學軒文集外編》，沈雲龍主編《近代中國史料叢刊續編》第二十二輯，臺北：文海出版有限公司，1975年版，第1308—1309頁。

② (清)鄭獻甫《補學軒詩集、補學軒文集、補學軒文集續刻、補學軒詩集續刊、補學軒文集外編》，沈雲龍主編《近代中國史料叢刊續編》第二十二輯，臺北：文海出版有限公司，1975年版，第1580—1581頁。

耳,苟叙事明,述意暢,則單行與排偶一也[①]",駢散之争在整體上趨向于駢散合一和駢散交融。粵西駢文緊跟時代步伐,明顯體現了駢散交融合一的特徵,第一表現在駢文批評;第二表現爲粵西駢文創作實績;第三是表現在文集的編排出版;第四表現爲選本評注本的選文。

粵西駢文批評以鄭獻甫爲主,他既是廣西壯族文人駢文批評的代表,在某種意義上説甚至堪稱晚清駢文批評的代表。鄭獻甫多次表達了駢散交融的主張,"在駢散之争較爲激烈的嘉道之交,主張駢散交融,或者駢散并行的觀點已成爲文壇的主要思想。……鄭獻甫……認爲散體和駢體儘管面貌不同,但縱横使氣、跌宕取資、悠揚審音和變化立格等神骨相同。"[②]總的説來,鄭獻甫《與李秋航論四六文書》《爲張眉叔論四六文述略》《洪子齡大令湆則齋駢體文序》《答友人論文書》《自訂散體駢體文序》等文在堅持不拘駢散的前提下,深入探究了駢文的創作特徵,點評駢文名家的風格特色,對駢散流變有精到的論述:"散"與"駢"在鄭獻甫看來,只是語言表達形式的不同,實質上二者交融共生,早已有之。兩漢濫觴,六朝成熟。鄒陽、枚乘道夫先路,徐陵、庾信拓其疆土。漢魏六朝并没有人爲劃分散體或駢體,到唐代張説、蘇頲,體才放肆,至李商隱更爲雋永,才有《樊南四六》出現,盛唐以前的文章,是無所謂駢散之分的。到歐陽修、王安石大變唐體,形成四六,南宋汪藻最爲精工。元代四六衰微。應該説,鄭獻甫對漢魏六朝至宋元文章發展的概括形神兼備,重點突出,脈絡清晰,反映了他對文章、對四六和駢散之争的深刻理解。故有論者認爲鄭獻甫"兼工駢散,不滿於桐城派古文'統''派'之争,更針對世人'貴散而賤駢'的觀念,撰文極力主張兼通駢散。……這樣的通達之見,已然越軼阮元"[③]。畢竟阮元是爲駢文争正統而發聲,有些觀點明顯偏向駢體,不如鄭獻甫這般通達中正。

在駢文創作中,粵西駢文整體上説是通融駢散,文章以對句爲主,少用典故,適當使用散句虚詞進行議論説理,風格較流暢自然。如馮敏昌《州巡檢使劉公聞遠祭文》記其出使安南:"及張公之往江坪,緝捕匪也,五司隨進,君更當先,入安南之腹地,招夷官而面傳,小邦用讋,天威是宣。斯使命之不辱,尤眾論之胥賢者也。"[④]同時相比江浙、湖湘駢文,粵西駢文較少用典故,這也是駢文發展的歷史要求。用典是駢文的一大特徵,但若只重典故,亦是矯枉過正。鄭獻甫曾對駢文的過度用典提出了批評,"硬語盤空,不求妥帖;成語集襲,不加剪裁"[⑤]。清代駢文的復興有一個大致的時間綫索,就是越到晚清,人們越推崇時代更遠的前代駢文。簡單的説就是清初學唐宋駢文的主流,晚清則是學六朝駢

---

① (清)梅曾亮《馬韋伯駢體文序》,《柏梘山房文集》,《續修四庫全書》,集部1513册,第650頁。

② 吕雙偉《清代駢文理論研究》,人民出版社,2011年版,第315—316頁。

③ 楊旭輝《清代駢文史》,人民出版社,2013年版,第446頁。

④ (清)馮敏昌《小羅浮草堂文集》,《清代詩文集彙編》,第418册,上海古籍出版社,2010年版,第304頁。

⑤ (清)鄭獻甫《補學軒詩集、補學軒文集、補學軒文集續刻、補學軒詩集續刊、補學軒文集外編》,沈雲龍主編《近代中國史料叢刊續編》第二十二輯,臺北:文海出版有限公司,1975年版,第1525頁。

文爲主流。如六朝文那樣少用典，合理的運用虛詞的確能令文氣充足而舒緩，弦律更爲搖曳生姿，於四、六之外别生韻味。"吴山尊學士嘗謂余曰：四六之文，不難於用實，而難於用虚。"[①]作者以虚詞入句，使句勢舒緩，情感抒發更爲深沉。又《公祭玉林剌史鄒心畬文》作者抒發議論：

> 天之運有否泰，人之氣有盛衰。命既由於默定，人安得而前知，此劉伯倫所以荷鍾相隨，視富貴而藐之也。然而没世無稱，君子豈甘庸碌？傳名不朽，功德能立爲奇。故論人當求大節，不必索微小之瑕疵。[②]

除却對偶的特點，這段文章遣詞行文，氣勢結構一與散文同，使用大量的虚詞來起承轉合。甚至有的駢文只以四言句式爲主組成，不强調對偶之工整如否，只是如六朝文那樣要求上下字數相等即可。這樣的文章，其文意并不是傳統駢文那種横向重複渲染，而是象散文那樣前後連貫，層層推進，這是駢散交融形成的以散行之意，運排偶之文的駢文。如《贈鎮上人玉淵説》：

> 今夫淵，渟涵淪漣，周遍静深。汪洋演浥，冲淡清止。光潜靈藴，空闊洞達。虚中受物，爽外絶塵。粹乎淵之廣德也，水孰與京焉！今夫海擊則震，河汎而黄。江鼓風而波，川走石而怒。類皆觸動括静，乘流失灥。天一至真之體喪，而洚洞無涯之流放矣。淵期不然也。鑿開冰潤，天朗雲浴。澄之不清，撓之不濁。明月夜耀則静爽金浮，列星倒羅，川光碧鏡，燦然珠輝，瑩然玉照。[③]

在一些寫景叙事的駢文中，粵西駢文則基本上依照叙事用散，寫景用駢的模式。而叙事抒情的駢文則采用叙事用散，抒情用駢的模式。前者如《湞水紀行》寫景的駢句："薜荔雨餘，菰蘆風定，草木之翠，格外垂青。雲日之光，空中曳白。游楚中者有空舲峽之感，居粵中者又有理定峽之思焉。"描寫在嶺南很常見的，因多雨而形成的"薜荔""菰蘆"等水生、藤蔓植物。因嶺南四季如春，故有"草木之翠，格外垂青"之感。而叙述則用散句："蓋羊城去吾鄉千里而遥，此行去羊城又千里而近矣。計自初十日泛棹，行六日始過英州；又二日，始過韶州；又一日，始抵仁化。"[④]這是記行程日期，用散句更爲清晰明瞭。叙事抒情的駢文如《與曾滌生節相書》，抒情用駢語："忠賢萃於一門，名位同時競爽。求

---

① (清)謝堃《春草堂全集》，《清代詩文集彙編》第544册，上海古籍出版社，2010年版，第172頁。

② (清)蘇宗經《慎動齋文集》，《清代詩文集彙編》第582册，上海古籍出版社，2010年版，第523頁。

③ (明)戴欽著，滕福海、石勇校注《戴欽詩文集校注》，巴蜀書社，2014年版，第69頁。

④ (清)鄭獻甫《補學軒詩集、補學軒文集、補學軒文集續刻、補學軒詩集續刊、補學軒文集外編》，沈雲龍主編《近代中國史料叢刊續編》第二十二輯，臺北：文海出版有限公司，1975年版，第1580—1581頁。

之前代,玠磷慚其文事,魯衛亦遜武功。蓋邁古震今,爲邦家之大慶,雖形雅成頌,非文字所能摹。"以歷史上的人物比擬曾國藩的功績,頗有與前人比高之意味。而叙事則用散句:"自乙卯之秋肅奉短啓,爾後顛僕于兵戈道路,行蹤無定,而台衡嚴重,亦未敢以無謂之寒暄輕瀆聽覽。比族兄石棣令世奇晉謁時,仰蒙垂詢鄙狀。"[①]交待寫作書信的時間和原因。這種句式的使用符合晚清文章演變的基本情態,也更能充分發揮駢散句式的特長。駢文叙事如果不用散句,則文氣壅塞,叙事也難以清晰。而且晚清以來,駢文和古文交融互動,二者不約而同地選擇了語言精煉,風格雅潔的魏晉文作爲典範,喜以四言行文,少用六言,尤其是少用四六隔句對的句式,行文但求整齊但不求嚴格對偶,從粵西駢文的實際創作情況來看,此時粵西駢文已能緊跟時代潮流了,也從某個角度説明粵西文化對中原文化的較徹底的認同和接受。

在文集編排出版上,鄭獻甫的文集有散文、駢文分開成集,亦有混編的。"余亦嘗自爲之,其中有用韻者,有不用韻者,有用駢者,有不用駢者,并刻而存之,且雜而厠之。按年而不分體,猶夫詩也,較之于古,爲遠爲近?"[②]而其他粵西駢文家基本上都是不拘駢散,把駢文和散文混編。選本以陳宏謀輯的《古文説解評注》爲例,其在序言點評中重風格而輕文體:"古人每構一藝,其筆力詞氣,或雄渾、或婉秀、或奔放、或簡峭,體制雖殊,而要旨皆其生平積學宏富薈萃而成者也。"[③]注本收文以散文爲主,兼收駢文如《出師表》《陳情表》《蘭亭序》《滕王閣序》,可見其有意在古文這個概念下統合駢散之争。

總之,粵西駢文成就固然比不上江浙、湖湘駢文,也不如同時期的粵西詩文,《智城碑》是否爲韋敬一所寫也還有待考察研究[④]。但明清時期隨着社會政治、經濟的發展,粵西在政治經濟文化方面開啓全面追趕中原的步伐,以科舉爲例,清代 268 年 112 次進士科舉(其中恩科 25 次),共録取進士 26921 人。其中粵西 585 人,占全國的 2.17%,而明代廣西進士占全國的比重只有 0.96%。而且這還是清初粵西地屬南明,晚清是太平天國的發源地,因而有 12 次鄉試未能舉行,也就是説粵西士人缺席了清代 12 次科舉考試的情況下所得的[⑤]。到晚清,粵西文學異軍突起,可謂振起百代之衰,詩有杉湖十子,詞有臨桂詞派,古文如王先謙編《續古文辭類纂》,粵西占 5 家,僅次於江蘇的 13 家和安徽的 8 家。且據廣西民族學院圖書館編《廣西歷代文人著述目録》,粵西在清代之前的文人作品集有 101 種,而清代則達 999 種,清代粵西文學的大發展,亦有駢文的一份,尤其是清中晚期粵西湧現出一批駢文家是毋庸置疑的,并非只有鄭獻甫一人。對粵西駢文開展初步

---

① (清)蔣琦齡著《步蕾英校注:空青水碧斎文集校注》,廣西大學 2005 年碩士論文,第 200 頁。

② (清)鄭獻甫《補學軒文集外編》《清代詩文集彙編》608 册,上海古籍出版社,2010 年版,第 448—449 頁。

③ (清)陳宏謀《古文説解評注 · 序》,乾隆七年本。

④ 莫道才《從上林唐碑<大宅頌>和<智城碑>看唐代中原文風對嶺南民族地區文化的影響》,《民族文學研究》,2005 年第 4 期,第 10 頁。

⑤ 資料參見陳茂同《中國歷代選官制度》,華東師範大學出版社,1994 年版。

的整理和研究，探討其駢文創作和理論所取得的成就，初步還原粵西駢文真相，對於西南民族地區文學起到了填補空白的作用。粵西駢文在某種程度上反映了中原漢文化書寫話語模式在西南民族地區的廣泛傳播，"初唐時期嶺南地區對北方駢體文風的受容，正是嶺南地區對中華主流文化接納與認同的一個重要的時間節點。從此嶺南文化越來越多地進入到中華民族大家庭的視野。"①這是長期以來粵西對中原文化的認同、歸屬、學習的結果，説明嶺南地區民族融合進入到一個新的階段。

附：粵西駢散文合集中主要駢文作家作品統計表

	作者	作品集	駢文名稱	校注版本
1	蔣　冕	《湘皋集校注》	1.乞放歸養病奏；2.辭免加少傅.謹身殿大學士.改户部尚書奏；3.陳乞歸田奏；4.辭封爵疏；5.再辭封爵疏；6.辭爵第三疏；7.辭爵第四疏；8.求退疏；9.代文武百官賀登極表；10.海南周遠指揮；11.同年程宗魯乃林像；12.先祖考贈少傅；13.同年祭費老夫人文；14.祭王應和川大尹文；15.代祭涯翁文正李公文；16.衆同年祭胡世榮文；17.祭封少保.大學士楊公文；18.祭劉仁徽文；19.祭姻家文；20.同年祭潘以正；21.少師石齋楊公繼室喻夫人祭文；22.祭南京光禄少卿唐仁夫文；23.修省詔 73；24.自陳乞休奏；25.辭免兼文淵閣大學士内閣辦事奏；26.再辭恩蔭奏；27.請駕還京疏；28.懇辭恩命奏；29.自陳衰病乞休奏	梁穎稚校注
2	戴　欽	《戴欽詩文集校注》	1.玄鷟之問答；2.壽上人本拙序；3.儲待用字説；4.贈東臺上樑文；5.贈鎮上人玉淵説；6.睽離賦；7.秋夜聞笛賦；8.石泉賦	滕福海、石勇校注，巴蜀書社 2014 年版
3	高熊征	《郢雪齋纂稿》	1.祭婦翁張公文；2.代邑人祭唐副戎文；3.娶軾兒媳啓	清代詩文集彙編 168 册
4	陳宏謀	《培遠堂偶存》	1.謝朱批諭旨詳；2.謝賜聖祖制文集詳；3.請告示通報詳；	清代詩文集彙編 280 册

① 莫道才《初唐時期北方駢體文風在嶺南地區的接受》，《民族文學研究》，2021 年第 1 期，第 153 頁。

續表

	作者	作品集	駢文名稱	校注版本
5	馮敏昌	《小羅浮草堂文集》	1.州巡檢使劉公聞遠祭文;2.征君陳君曉齋祭文;3.文學施君希堯祭文;4.處士李翁大年新阡祭文;5.引方相神祠;6.考塋工竣告詞;7.墓碑立成告後土神詞;8.規侄入學率祭翠屏山后土詞;9.題明經劉翁秋涯像;10.題檢討勞君立亭遺照;11.上複製軍百公菊溪大開府啓;12.合建高廉會館捐資啓,13.婚啓;14.繡山書屋上樑文;15.覩風文	清代詩文集彙編 418 册
6	蔣琦齡	《問梅軒文稿偶存》	1.城隍廟祈雨文;2.重建鬱孤台勸捐序	同治九年本
7	蘇宗經	《慎動齋文集》	1.祭唐母文孺人文,祭金母應贈安人家姐文;3 祭封翁梁體幹先生文;4 公建賓興館上樑文;5 代新寄州東門外郵士民建醮祭神文;6 公祭玉林刺史鄒心畬文	清代詩文集彙編 582 册
8	黄體正	《帶江園詩文校注》	1.暢巖洗惡詩檄;2.思靈山移石賦	劉洋校注
9	趙柏巖	《趙柏巖文集校注》	1.自行在致岑堯階觀察;2.致宋芸師;3.復趙次珊爾巽前輩書;4.辭薦肅政史書;5.佐陸武鳴起義檄湖南父老書	孫改霞校注
10	蔣琦齡	《空青水碧齋文集校注》	1.與用之舅父書;2.與是庵書;3.與曾滌生節相書;4.上王雁汀先生書;5.與王子壽書;6.祭西堂外兄文;7.祭同坡文;8.悼孔姬文;9.募修青龍庵引	步蕾英校注

作者簡介:

王正剛(1978—),湖南邵陽人,廣西科技師範學院副教授,文學博士,研究方向爲駢文。

江朝輝(1978—),湖南婁底人,廣西科技師范學院副教授,文學博士,研究方向爲石刻文學。

饒宗頤駢文中的儒釋道美學思考

何祥榮

内容摘要:饒宗頤爲當代香港駢文大家,既有駢文研究,亦躬行創作實踐。現存饒師所作駢文約十九篇,大多收録於《固庵文録》。其所爲駢文,藴合豐富的文化内涵,從中除可窺其性情襟抱外,更可考察其學術思想,皆因其所作篇章,不少是爲一些學術專書作序,從而牽涉饒師對某種類型學術的看法,諸如道學、敦煌學、佛學、書畫藝術、詞學等。又由於涉及不少藝術成份,故而無形中亦包含其藝術美學思想。此外,文章亦有不少贈别友人之作,其中涉及對某些人的品評流露了饒師的美學思考。故本文主要探討的問題,是饒師在其駢文創作中,體現的美學思想到底如何?本文發現其美學思考中,多有與儒釋道三者有密切關係。故本文主要從其駢文篇章,考察其中所體現的儒釋道美學思想,從而對當代香港駢文史,以至饒學研究,作一些貢獻。

關鍵詞:當代香港駢文;儒釋道;美學;道器交融;周行不殆

一、儒家美學

(一)善於解答問題、强學、博學

儒家教育思想中有以善於解答問題、强學及博學爲美。《禮記·學記》:"善待問者如撞鐘,叩之以小者則小鳴,叩之以大者則大鳴,待其從容而後盡其聲,不善待問者反此。"①學者如能學養淵博,則隨時隨地可回答問題,而且從容不迫,回答清晰有力,猶如撞鐘之後,引發很大迴響,在天空中飄蕩。"强學"也是儒學觀念,《禮記·儒行》:"席上之珍以待聘,夙夜强學以待問,懷忠信以待舉,力行以待取。"孔疏:"席,猶鋪陳也;珍,謂美善之道。"②提到求學者,應早晚勤奮向學,發掘和預備解答問題。再者,儒家美學以爲學者應能博學,《禮記·儒行》"君子之學也,博",孔疏:"君子之學也博者,言遍知今古之事也。"③

---

① (清)阮元校刻《十三經注疏》,中華書局1991年版,第1524頁。
② (清)阮元校刻《十三經注疏》,中華書局1991年版,第1668頁。
③ (清)阮元校刻《十三經注疏》,中華書局1991年版,第1668頁。

《送羅元一教授榮休序》"待問則應若鳴鐘,强學則鑒無滯賾",此聯包含儒家教育思想中兩個觀念———是善於發問及解答問題;二是求學態度——强學。《外丹黄白術四種序》亦云:"得非博闞群言,沉研鑽極者乎。兹之造述,力邁前修。"贊頌《外丹黄白術四種序》作者陳國符先生,勤學不倦,博極群書,鑽研深入。故饒師的審美觀中包含了儒家美學中的强學、博學觀。

(二)仁者樂山,智者樂水

儒家思想中多有以從山水中取得審美愉悦的表述。《論語·雍也》云:"知者樂水,仁者樂山;知者動,仁者静;知者樂,仁者壽。"此語有數解,其中一種認爲智者以山爲樂;仁者以水爲樂。[①] 不論是智者、仁者,都是儒家美學思想中的理想人物,他們以流連山水爲樂,以致身心得到益處,智者得到愉悦的情志,仁者得到長壽的性命。此亦符合中醫學及現代養生理論,喜愛遊歷山水的人,往往能抛開壓力煩惱,使大腦分泌使人愉悦的神經遞質,從而最終達致長壽。饒師也從儒家的山水審美觀照切入,作爲評賞戴密微教授[②]的準則之一。《戴密微教授八十壽序》"企石以挹飛泉,攀林而摘卷葉",語出山水詩人謝靈運《從斤竹澗越嶺溪行》"企石挹飛泉,攀林摘葉卷";又云"覽溟漲之無涯,悟虚舟之有托。"據《選堂自注》:戴教授1970年著有《謝靈運之生平與作品》,成爲饒師頌美的元素;"晚歲傾心康樂,恨足迹之未及永嘉",據饒師《臨海道中懷故法國戴密微教授用大謝廬陵王墓下韻》序:"戴密微治謝康樂詩,譯述至富,年七十餘時,嘗申請赴華,作上虞、永嘉之游而不果,終生引爲憾事。君歿已近十年,余頃自杭州來雁蕩,所經多是謝詩山水之鄉,感君此事,用志腹痛之戚。"可見醉留山水,觀照山水之美,亦爲饒師所崇尚。

(三)忠言直諫

忠言直諫,本爲儒家美學特徵,《孔子家語·辯政》[③]記載孔子歸納了忠臣諫諍的五大類型:"孔子曰:'忠臣之諫君,有五義焉。一曰譎諫,二曰戇諫,三曰降諫,四曰直諫,五曰風諫。唯度主而行之,吾從其諷諫乎。'"可知,孔子美學思想中包含忠臣諫諍,作爲人格美的審美理想。饒師也甚爲贊賞獨排衆議,敢於直言之人格美,《廷鞫實録序》[④]:

> 大明際逆瑾懷異之日,城王出封,先王當儲事諱言之秋,獨議復典。

---

① 楊伯峻《論語譯注》,(香港)中華書局1984年版,第62頁。

② 戴密微(1894—1979),法國漢學家,敦煌學重要學者,法蘭西學院院士。治學嚴謹,學識淵博,尤長於中國哲學、語言學、古典詩歌、敦煌學,在漢學界享有盛譽。

③《孔子家語》爲中國古代記述孔子思想及生平之著作,《四庫全書》中歸入子部儒家類。然其著者及言論之真確多有争議。自出土文獻成果出現,有謂《孔子家語》之價值不在《論語》之下。今姑從《四庫》作爲與儒家思想相關之典籍。

④ 廷鞫,指在朝廷上審訊。《廷鞫實録》記述明朝薛侃在廷上受審的事迹。1932年,饒師在廣東潮州城南書店得到明本薛侃所著《圖書質疑》,上附《廷鞫實録》。由於饒師對薛侃頗有研究,見此書大喜,遂於1936年寫下此序,并將是書整理發行,以表彰鄉賢。

清楚指出薛侃[①]曾於明嘉靖十年秋任正七品的行人司司正期間，針對皇位繼承問題，上疏奏請嘉靖帝稽舊典，定皇儲，擇賢者居京師，以待他日皇嗣之生，但因其時嘉靖帝急於祈求子嗣，見疏大爲震怒，因以觸犯忌諱而被革職，薛侃確有敢諫直言，不懼禍殃之本性。據《選堂薛中離年譜》亦可證之："同月二十六日，上復'舊典以光聖德疏'乞擇親藩賢者居京師，慎選正人輔導，以待他日皇嗣之生，帝方祈嗣，諱言之，震怒。立下先生獄廷鞫，究交通主使者。"可證薛侃爲人忠言直諫，不惜犯禁，甚至令龍顏震怒，故深得饒氏賞識。

（四）儒家美學語言

饒師亦有用儒家經典中的美學語言，作爲頌美他人的藻飾。如《戴密微教授八十壽序》"夫道廣者邁種宏德"，語出《尚書・大禹謨》"皋陶，邁種德"，原用以頌美皋陶德行之美，於此則贊美戴教授亦爲修德守道之人。又如《世説新語校箋序》："旁鳩衆本，探賾甄微，網羅古今，數易寒暑。義藴究宣，勒成三卷。"旁鳩，語出《尚書・堯典》"共工方鳩僝功"。孔傳："鳩，聚。"於此用以贊頌楊東波先生用力研治《世説新語》甚勤，能以纂輯不同的版本，搜集古今注釋。

（五）易學美學思想

1.道器交融論

《易經》美學最早提出"道"與"器"的概念。《易經・繫辭傳》闡述道、器之前，首先揭示了乾坤的理念。乾坤既對立又統一，易理也藴藏其中。故《易繫辭》云：

> 子曰："書不盡言，言不盡意。"然則聖人之意，其不可見乎？子曰："聖人立象以盡意，設卦以盡情僞，繫辭焉以盡其言，變而通之以盡利。鼓之舞之以盡神。乾坤，其易之緼耶？乾坤成列，而易立乎其中矣。乾坤，則無以見《易》。《易》不可見，則乾坤或幾乎息矣。是故形而上者謂之道，形而下者謂之器。化而裁之謂之變，推而行之謂之道，舉而錯之天下之民謂之事業。

聖人設置象、卦、辭，主要目的還是爲了表達聖人的心思用意，從而最終達致變易萬物的目標。而變易萬物之理，也埋藏於天地，剛柔、陰陽等既對立又統一的元素之中。其中也包括道與器。道的特徵是抽象的，是肉眼看不見，較有形的事物具有更高層次，故云形而上；器代表着世間所有有形的事物，能以眼目身手感觸以判斷事物的器物，層次較爲低下，故謂形而下。加以道、器的論述承接乾坤而來，可知，二者也隱含上天下地之意，即天位於上，地位於下，故分爲形上、形下。然而，二者雖爲對立，但仍可統一，而且功用同等

---

① 薛侃（1486—1545），字尚謙，號中離，世稱中離先生。明代揭陽龍溪人。明武宗正德二年中進士，專學王陽明理學。著有《中離集》。

重要,均可體現易學中變化無窮的道理。故道器實可相融,交互爲用。陰與陽必須適切地交融,方能發揮巨大效用。饒師亦以《周易》美學,以評鑒羅元一教授。《送羅元一教授榮休序》"道之不離乎器,猶影之不離於形",語出《文史通義·原道》:"易曰:'形而上者謂之道,形而下者謂之器。'道不離器,猶影不離形,後世服夫子之教者自六經,以謂六經載道之書也,而不知六經皆器也。"可知,章學誠之語,源出於《周易·繫辭上第十二章》"形而上者謂之道,形而下者謂之器"。章實齋慨嘆很多學者"離器言道",實已入歧途,而羅元一教授則道、器兼具,相互交融,符合《周易》美學中的審美理想。故序云:"易掌春官,禮自宗伯。性與天道,曠罕乎聞。六經爲書,器已可睹。故章實齋致於後賢離器言道之非。君曩在楚亭,即誨人以道器交融之論,以參稽爲驗,秉是非之尤。"

2.大業日新

《戴密微教授八十壽序》"公期頤在望,大業日新",也是以《周易》的審美觀,頌美戴教授美德,蓋"大業日新",是《周易》中理想的境界,語出自《易經·繫辭上》:"盛德大業,至矣哉！富有之謂大業,日新之謂盛德。"要成就偉大的事業,貴乎能每日更新其知識、品德修養與思考層次,達至易學中生生不息,變化無窮之理。戴密微教授得享期頤高壽,亦能符合易經美學中善於融匯貫通,遇到困難,能多所變通更新。

3.剛柔相推,變在其中

饒師又以《周易》美學中之語言,隱含對戴密微教授之評價,其總體學問,即使以文辭載録之,也説明不盡其深意,兼且蘊含無限變化之理在其中,《戴密微教授八十壽序》云:"縱丹青畫矣久而彌鮮,使繫辭命之,言而不盡云爾。"語出《易經·繫辭》:"剛柔相推,變在其中矣。繫辭焉而命之,動在其中矣。"《易經》美學强調以善於變化爲美,正如陰陽剛柔互相推衍,便已包含天地萬物的變化。再配以文辭的闡釋,人們所有的舉動都可包括在其變動之中。戴密微教授即能達至這點。

4.精意神融通

饒師的書畫藝術審美,包含易學中,以"精、意、神"三者融通的審美觀。《説勢序劉海粟翁書畫》頌美劉海粟先生,"貴能倏然而往,精意入神,棼緼蟲篆,勢似凌雲",語出《易經·繫辭》"精意入神,以致用也"。人的精氣,配合意識運用,再融入神韻之中,定能發揮人體内在精神極大的效用,不論在處事或養生方面,均大有助益。精氣原是人體活動能量,將之注入書畫的神韻中,更能相得益彰,更具感染力。劉海粟先生的書畫作品,便是精氣與神韻結合的最佳明證。

5.圓神以智,藏往知來

《易經》美學思想中,有所謂"圓神以智,藏往知來",《繫辭傳》:"蓍之德,圓而神;卦之德,方以智;六爻之義,易以貢。"《易經》的占卦,實際上就是推演人類知識,由上至天文宇宙(圓而神),下至一般知識(方以智),再到具體知識(易以貢)。蓍草的莖是圓的,圓形象徵變化無窮,非常神奇;故《周易》美學以爲,人的理想素質,貴乎圓神以智,憑一己智慧,達致六六無窮的變化妙境。此外,真正懂《易》之人,也貴乎對未來有所預見,對以往的事物,心有體會。《易經·繫辭傳上》:"聖人以此洗心,退藏於密,吉凶與民同患。神以知來,知以藏往,其孰能與此哉。"聖人用蓍草卜卦,目的是要與民衆一起趨吉避凶,同甘共苦,因此必須具備知往藏來的素質。饒師亦以此審美觀,評鑒戴密微教授。《戴密微教授八十壽序》"圓神之智,足藏往而知來",正是語出《易經·繫辭傳》中,對圓神以智,知往藏來的美學觀照。此乃頌美戴教授治學精勤,學識淵博,知識面廣,上至天文,下至一般知識,再到具體的專業知識,他都有涉獵而掌握於心中,故能與易學相配。

6.黄中通理

《易經》美學中有以"黄中通理"爲人生至美的境地。《易經·坤卦》六五爻辭:"君子黄中通理,正位居體,美在其中而暢於四支,發於事業,美之至也。"黄色居中,而兼有四方之色。從養生學角度看,黄色屬脾,脾居中焦,故"正位居體",清沈金鰲創"脾統四臟"之説,以爲脾統血,負責輸布氣血供給五臟,故脾氣充盈,則四臟皆得煦育,反之,四臟皆病。脾氣充盈,亦輸布氣血於肌膚腠理,使四肢得到氣血充分的濡養,故"美在其中而暢於四支",人的軀體也達至健康境地,從而有了充足的資本,以發揮事業,使事業有成。故能"發於事業,美之至也",是至美的人生境界。南懷瑾《易經雜説》也是從中醫養生學切入,他認爲"黄中,是指人的内部腸胃;理是指皮膚毛孔,即中醫所言腠理。修養够了的人,内部通了,外部亦通了,每個毛孔都開了,這時天人合一的境界到達身體來了。面上都有光彩。"《戴密微教授八十壽序》亦以此爲審美準則,其頌美戴教授之言曰"環得其倫,庶黄中以通理。"

二、佛學美學思想

(一)易、道、佛之融通

饒師美學思想中,有着易學、道學與佛學融通之處。《戴密微教授八十壽序》云"因道通禪",其所云道,乃承接上文"道廣者邁種弘德",出自《尚書·大禹謨》之論道德,"皋陶邁種德";以及"環得其倫"出自《莊子·齊物論》的道家之道。故其道實包含儒道與老莊之道,與禪也有可融通之處。《洛陽伽藍記校箋序》云:

> 夫教宿於理,理存乎業;理生無朕,業形於迹。理得則業可忘,迹消而理難泯。理之所在,與覺海而同深;迹之永淪,賴空文以垂遠。井識之徒,但求理於迹,徒掎摭其文,是何異隔重壁而窺旻天,限寸心以量滄海。

當中揭示了"理、業"兩種審美元素,其性質與易經美學中的"道、器"一致。"教宿於理"概指佛教的根在義理之中,其中的義理則存在於佛教事業中。理,是抽象的,没有形體可觸,故曰"理生無朕",意即没有迹象或先兆,其性質相等於周易美學中的"道",也是形而上,無有形迹;事業則有蹤迹可循,故曰"業形於迹"。"理得則業可忘",此又與《莊子》"得意而忘言"之意相通。《莊子·外物》"蹄者所以在兔,得兔而忘蹄。言者所以在意,得意而忘言",可見,饒師實揭示了儒、釋、道美學的融通之處。

《戴密微教授八十壽序》又云"淵默雷吼,斷取莊嚴",上句用《莊子·在宥》語"尸居而龍見,淵默而雷聲",淵默,即深沉静默,亦道家守静篤之義;下句用佛學中"四種莊嚴"之語,佛教謂以福德等净化身心,有戒、三昧、智慧、陀羅尼四種莊嚴,(《大集經卷一》)饒師把道、佛二家之思緒融於一聯,似亦有道、佛融通之意味。

(二)佛學語言

饒師以佛家語頌美戴密微教授。1.《戴密微教授八十壽序》"識深者妙植睿根",頌美戴教授智慧深睿,渺不可測。"睿根"一語,雖非源出於佛典,然亦出自佛教文獻,爲佛學語言。王僧孺《禮佛唱導發願文》"增此睿根,成斯妙值"[①]。所謂"唱導"蓋指"法會或齋會時,宣説教理以開導衆心。與演説、説教同義,然爲一種較淺近之教導方法"。(佛光大辭典)故王僧孺之文乃屬佛家文獻。《説文》"睿,深明也";睿根,即深刻透徹領悟佛理的天資智慧。隋《大乘義章》卷四"於法觀達,目之爲根,慧能生道,故名慧根"。[②] 2.《戴密微教授八十壽序》又云"故知玄嘿契畫水之隨合,靈府窺鏡月之虚衒",頌美戴教授把清静無爲之心,寄托於静水幽山之中;心靈也像窺望水中月,鏡中花的靈鏡一樣能體悟虚幻之理。"鏡月虚衒",顯然爲佛家思想中,對虚幻人生之比擬,其語亦出自南朝佛學文獻——王僧孺《禮佛唱導發願文》:"悟蕉蘆之非實,知鏡月之虚衒。信乗電之不留,默畫水之隨合,惟宜照之智炬,灌以寶瀾。"

(三)以精研佛學爲美

饒師又以精研佛學爲頌美之源。《戴密微教授八十壽序》云:"早發大乘起信之疑,晚證臨濟語録之髓。"先生贊賞戴教授從事佛學研究,"大乘起信"據《選堂自注》即戴教授之著作《大乘起信論之真實性》[③];而"臨濟語録之髓",據《選堂自注》,即戴教授之著作《臨濟語録》[④]。此外,戴氏又精研佛家頓悟與漸悟之理念及《壇經》;另有佛學著作《拉薩僧諍記》《栗特文楞枷經注》及《剌桐雙塔記》等,故《戴密微教授八十壽序》又云"方便通頓漸并育之津,壇經究心性直指之法",據《選堂自注》,戴教授有著作《慧能之壇經》,

---

① (清)嚴可均輯《全上古三代秦漢三國六朝文》,中華書局 1991 年版,第 3252 頁。

② 劉禹錫《送密上人歸南山草堂寺因詣河南尹侍郎》詩:"宿習修來得慧根。"

③ 陳偉注《饒宗頤辭賦駢文箋注》,暨南大學出版社 2016 年版,第 78 頁。

④ 陳偉注《饒宗頤辭賦駢文箋注》,暨南大學出版社 2016 年版,第 78 頁。

作於1944—1947年。[①]“又復稽拉薩禪法，抉唐蕃宗派之分殊；蒐粟特殘經，轉梵輪天北而不殆”，據《選堂自注》，即戴教授於1952年之著作《拉薩僧諍記》。[②]“蒐粟特殘經”據《選堂自注》：1940年戴教授曾著《粟特文楞伽經注》；“中歲橐筆華夏，孥舟刺桐。雙塔甫登，伽藍有記”[③]據《選堂自注》1953年戴教授著有《刺桐雙塔記》。刺桐，即泉州；雙塔，即泉州名勝開元寺中的東塔、西塔，故與佛教文化有關。[④]戴密微教授於1925—1927年間，在厦門大學任教，并到泉州考察東西雙塔之建築、雕刻，深受其建築之美吸引，促使戴教授鋭意廣泛搜集資料，精研泉州雙塔。可見，饒師實以熟精佛學爲美。

饒師又以佛家語頌美戴密微教授。《戴密微教授八十壽序》云“轉梵輪天北而不殆”，“轉梵輪”本爲梵語 dharma-cakra-pravartana，其中 cakra 一詞本爲印度古代之戰車，以迴轉戰車，即可粉粹敵人，用以比喻佛陀所説之道理可在衆生中迴轉，即可解脱衆生的迷惑，聖王轉動金輪，可降伏怨敵；而釋尊亦以之降伏惡魔。《大智度論》：“是輪無能轉者，是輪持佛法，以是故名轉梵輪。”“不殆”語出《詩經・商頌・玄鳥》“商之先後，受命不殆”，高亨注“殆，通怠”。可知，戴密微教授能以善於運用佛陀之理，以解衆生迷惑，絲毫没有懈怠。

饒師又於《戴密微教授八十壽序》贊美戴密微教授曰“出入隱顯，懸判深微”，“懸判深微”一語，雖非直接於佛典，然與佛教文化有直接關聯，語出柳宗元《南嶽般舟和尚第二碑》，頌揚日悟和尚盡得師道，研究佛學深入細微，“究觀秘義，乃歸傳教。不視文字，懸判深微”。饒師實運用了柳宗元之語典，兩者皆以頌美精研佛學之人。又贊美戴教授的佛學著作《法寶義林》堪比佛學中的《爾雅》，《戴密微教授八十壽序》：“義林豈佛爾雅之比，非法雲之可攀。”“法雲”亦爲佛家語，意指佛法如雲，能覆蓋一切，《華嚴經・入法界品》：“深入菩薩行，樂聞勝法雲。”

三、道家美學思想

（一）推尊老子

饒師對老子特爲推崇，從其對道教之評價可見一斑，亦成爲饒師善以道教思想作爲審美標準之原因。《老子想爾注校箋》爲饒師研究道教之力作，1956年於香港出版。據《饒宗頤辭賦駢文箋注》：“選堂爲當代研究漢代天師道《老子想爾注》之第一人。是書出

① 陳偉注《饒宗頤辭賦駢文箋注》，暨南大學出版社2016年版，第78頁。

② 陳偉注《饒宗頤辭賦駢文箋注》，暨南大學出版社2016年版，第78頁。

③ 陳偉注《饒宗頤辭賦駢文箋注》，暨南大學出版社2016年版，第79頁。

④ 陳偉注《饒宗頤辭賦駢文箋注》，暨南大學出版社2016年版，第79頁。

版後,引起學界之大震動。"[①]《老子想爾注校箋序》"夫三元八會之説,四輔七籤之編。玄哉邈乎""三元"乃道教泛指宇宙及道經之起源,《雲笈七籤》:"原夫道家由肇,起自無先,垂迹應感,生乎妙一,從乎妙一,分爲三元。又從三元分爲三氣。又從三氣變生三才。三才既滋,萬物斯備。"三元加以金木水火土,合共八會。《雲笈七籤·三洞經教部》:"三元既立,五行咸具,以五行爲五位。三五和合,謂之八會。"蓋倉頡造字以前,天空中由雲氣凝結而成的文字,用以顯示原始的經典。"四輔七籤"蓋指道教類書《雲笈七籤》,北宋真宗天塔年間張君房編,有小道藏之稱,其分道書爲"三洞四輔",包括洞真、洞玄、洞神、太玄、太平、太清、正一,合共七部,即"七籤"之意。

道教的玄妙深奥,恍惚窈冥是饒師頌美的精粹所在。故又云:"歷離日月,雖遠溯於軒轅;象物窈冥,終建言於苦縣。""窈冥"是《老子》的重要觀念,"恍惚窈冥,道之爲物,惟恍惟惚,萬物以始以成,而不知其所以然。故曰恍惚中有物,惚恍中有象;窈冥中有精,冥窈中有信。自古及今,其名不去"。《老子想爾注校箋序》亦廣用《老子》語典,"閲衆甫而不去,先天地以自生",上句出自《老子》"自古及今,其名不去,以閲衆甫",下句出於《老子》"有物混成,先天地生";"是以玄覽之士,知所折衷",語出《老子》"滌除玄覽,能無疵乎"等。饒師得知敦煌石窟中發現古本《老子想爾注》,欣喜尤甚,故曰:"淹中佚禮,竟隨橐駝而西徵;化胡遺經,亦逐青牛而東指。天寶舊卷,足辨分毫;玄英問題,復資發覆。尤喜想爾殘注猶新。"可見,饒師特爲推崇道教經典,作爲審美標準,亦復自然。

(二)周行而不殆的治學精神

饒師之治學態度,亦以道家美學爲極則。《老子想爾注校箋序》:"頤以庸淺,敢樂虚無。未絶學而生憂,惟周行而不殆。"饒師講課之餘暇,曾沉潛於道家以至道教思想中,而且依循道的周而復始,永不言息的精神,作爲其治學的圭臬,此即《老子》云:"有物混成,先天地生,寂兮寥兮,獨立而不改,周行而不殆。"又以莊子"鑿破混沌"的美學精神,作爲其研治道學的綱領:

> 爰以講席閑時,廣事稽覽,短識與寸陰争晷,駑馬同頹影競馳。稠適上遂,奚以白心。天地將傾,欲問黄繚。循誦此書,良資先覺;游目棲神,薄有微悟。稍爲診發,共數十事。導彼渾灝,等鑿竅於混沌;申其詰屈,肆雌黄於亥豕。

"等鑿竅於混沌",語出《莊子·應帝王》:"南海之帝爲儵,北海之帝爲忽。中央之帝爲渾沌。儵與忽時相與遇於渾沌之地,渾沌待之甚善。儵與忽謀報渾沌之德,曰:'人皆有七竅,以視聽食息,此獨無有,嘗試鑿之。'日鑿一竅,七日而渾沌死。"儵與忽日鑿七竅,甚勤

① 陳偉注《饒宗頤辭賦駢文箋注》,暨南大學出版社2016年版,第79頁。

勞之極,用以表達先生對治學之熱誠與勤毅的態度。可見其對老莊美學的重視。

(三)環得其倫

《戴密微教授八十壽序》對戴教授的贊美也符合道家美學的審美標準,"圓神之智,足藏往而知來;環得其倫,庶黄中以通理","環得其倫"語出《莊子・齊物論》:"彼是莫得其偶,謂之道樞。樞始得其環中,以應無窮。"郭象注:"夫是非反復,相尋無窮,故謂之環。環中,空矣;今以是非爲環而得其中者,無是無非也。無是無非,故能應夫是非。是非無窮,故應亦無窮。"因此,以環中爲核心,便可變化無窮。"道樞",即大道關鍵所在,莊子認爲彼和此是事物的對立面,若彼和此都失去了對立性質,便是齊物的關鍵,也是道的樞要,一切歸於虚無,也就能應付萬事萬物無窮的變化。"環中"即圓環的中心,凡事掌握好事物的核心,亦即道的精義,一理通,百理明,便可應對無窮變化的人事、物理。故"環得其倫"意謂抓住事物之要害,掌握道之精義。戴教授即藴含此種美質。

(四)以心捐道

饒師於《戴密微教授八十壽序》中又以莊子美學贊揚戴教授"戴密微先生,以心揖道,因道通禪","以心揖道"。"揖"挾也;持也。《尚書大傳》卷四:"八十者杖於朝,見君揖杖。"鄭玄注"揖,挾也",故以心揖道,即贊頌别人以心智抱持大道。此亦莊子理想中的"真人"的素質。《莊子・大宗師》:"古之真人,不知説生,不知惡死。其出不訢,其入不距。翛然而往,翛然而來而已矣。不忘其所始,不求其所終;受而喜之,忘而復之。是之謂不以心捐道,不以人助天,是之謂真人。"真人并不會以心智損害大道,反之能抱持大道,順應道而行。戴教授即能達至這點。

(五)出入隱顯,懸判深微

《戴密微教授八十壽序》也贊頌戴教授"出入隱顯,懸判深微","出入隱顯"較早爲《道藏》中形容吕洞賓之出神入化,元趙道一《歷世真仙體道通鑒》卷四十五"吕巖"條載吕洞賓得道後"時降人間,化度有緣學仙之士,出入隱顯不可測識,其先後遊戲人間"。《列仙全傳》卷六:吕洞賓得道後,"隱顯變化四百餘年,常遊湘潭岳鄂及兩浙汴譙間,人莫之識"。此外,亦爲用於外丹之術,得此術者,猶如出入隨意隱形或顯現之水仙,宋白玉蟾《修仙辯惑論》:"夫水仙之道,能出入隱顯者也,中士可以學之。以氣爲鉛,以神爲汞,以午爲火,以子爲水,在百日之間,可以混合,三年成象,此乃中品煉丹之法,雖有卦爻,却無斤兩,其法甚妙,故以口傳之,必可成也。"故戴教授實有着道家"出入隱顯"的素質,已臻出神入化的理想境地。

(六)卮言

饒師亦以莊子語言美學,作爲審美戴教授之準則之一。《戴密微教授八十壽序》云"格義非遥,玄奥是尚。漆園之卮言日出,時亦和之以天倪",語出《莊子・寓言》"卮言日出,和以天倪"。成玄英疏:"卮,酒器也。日出,猶日新也。天倪,自然之分也。和,合也……無心之言,即卮言也。是以不言,言而無繫傾仰,乃合於自然之分也。”“卮”,即酒器,任人傾注,空則盛,滿則溢,以喻自然、不定,“卮言”即隨心表達,没有成見的言論。“日出”,即天天更新之意。“天倪”即大自然的分界。隨心表達的言詞,能以天天變化更新,與大自然的區分相吻合,結果能“因以曼衍,所以窮年”,能以循變化無盡的方向發展,因此能持久延年。《莊子·寓言》中揭示了莊子語言美學中的三種語言,“寓言十九、重言十七,卮言日出”,“寓言”即寄寓的言論,寄寓的言論十句有九句讓人相信;“重言”,即引用前輩聖哲的言論,十句有七句讓人相信;“卮言”即隨心表達,無成見的言論,天天變化更新,符合順應自然之理。可知,三種語言中,以“卮言”最符合道家順應自然的核心思想。故饒師特以之頌美戴教授,可悟其原因所在。

(七)壺子德機

饒師又以莊子美學中的理想人物,作爲頌美的依據。《戴密微教授八十壽序》“壺子之杜吾德機,鄉且示之以地理”,語出《莊子·應帝王》“壺子曰:‘鄉吾示之以地文,萌乎不震不正,是殆見吾杜德機也。嘗又與來。’”陳鼓應注:“杜德機,杜塞生機。”《應帝王》篇載,壺子爲列子之老師,亦爲得道高人。鄭國有一巫師名叫季咸,能預知人之生死存亡,所預卜的年、月、旬、日,都甚準確,鄭人都以之爲神人。鄭國人每每見到他,都因擔心他説自己死亡的時刻、凶禍,爲怕影響情緒而逃避他。列子遇見他,却深受折服,并改變原以爲壺子乃道行至高的得道高人的觀念,以爲季咸才是至高無上。及後,經過四天,列子帶同季咸往見壺子之後,列子最終收回以季咸爲最高尚的評價。壺子以層遞手法,把道由低層次逐步提升至高層次。例如第一天壺子示之以“地文”;第二天示之以“天壤”;第三天示之以“太冲莫勝”;第四天示之以“未始出吾宗”:

> 然後列子自以爲未始學而歸,三年不出,爲其妻爨,食豕如食人。於事無與親,雕琢復樸,塊然獨以其形立,紛而封哉,一以是終。

從此列子對於過去的雕琢和華飾已恢復至原本的質樸和純真,像大地一樣,雖涉入世間的紛擾,却能固守真一,并且終生不渝,可見其深受壺子之薫陶。而壺子過去所示“地文”,意即大地上的紋理,引伸爲寂然不動的心境之意。“萌”,“茫”也,“不震”指寂然不動;“不正”,不止之意。故地文的境界,實爲道家理想中寂然不動,以蘊蓄無限生機的高妙境界。一般人會誤以爲這種寂然不動,是閉塞的生機,但在壺子看來,却是道的妙境。因此,饒師謂“壺子之杜吾德機,鄉且示之以地理”,實以壺子爲道學中的得道高人,爲道家美學中理想人物的體現,并以之比擬戴密微教授,同爲得道高人。

(八)以正存思,以期振采

饒師在頌美戴密微教授之同時,亦揭示了其政治的審美理想,并把其政治理想轉化爲治學之理想。《戴密微教授八十壽序》云"老子有言,以正治國,以奇用兵,以無事取天下",語出《道德經》第五十七章"以正治國,以奇用兵,以無事取天下。吾何以知其然哉?"道家的理想活動,是以誠信爲本位,信賞必罰,另一方面,以奇謀運用於戰爭之中,在治理天下之時,做到不多生事端。老子的"正""奇"觀念,同樣適用於學術研究。《戴密微教授八十壽序》又云:"而學人者,以正存思,以奇振采,以無誤信天下。管籥所在,中外一揆,於先生見之。"把老子之言應用於學術,意謂學者應具備誠信、端正的本質以思考各種學術問題;并以奇特的構思,鋪排運用精美的藻采,以嚴謹的治學態度,取信於天下。由此可見,饒師除了掌握道家政治美學,亦能窮變則通,應用於文藝美學。

(九)莊子語言

1.淵默雷吼

饒師亦以莊子美學中的語言,頌美戴教授,《戴密微教授八十壽序》:"晚證《臨濟語録》之髓,淵默雷吼,斷取莊嚴","淵默雷吼"語出《莊子·在宥》:

> 故君子苟能無解其五藏,無擢其聰明,尸居而龍見,淵默而雷聲,神動而天隨,從容無爲而萬物炊累焉。吾又何暇治天下哉。

莊子審美理想中的君子,實亦得道真人,倘能不顯露心中的靈氣,不表明自己的才華和智巧,深藏不露,反倒雖安然不動却可精神騰飛;又或像深淵深沉静默,却能像雷吼一樣,撼動人心。"尸"意指一動不動貌,"尸居"即受祭之活人,一動不動地坐着,却能像飛龍騰達;"淵"即深水,寂静不動,看似無力,却藴藏無窮動力,蓄勢待發,待其爆發,便如天打雷轟,鋭不可擋。得道的人,掌握真正的無爲而治,便可無所不爲,兼且以静藏動,表面看似静寂,實則暗藏無窮動力也,此即道家美學奥妙之處,而爲饒師揭而用之。

2.爝火、南溟

饒師又喜以莊子語言之美,轉化成自己的駢句。《戴密微教授八十壽序》:"爝火宵出,奚足以擬東井之光;學鳩投枋,又安識南溟之廣。"四句之中,三句均出自《莊子·逍遥遊》。"爝火宵出",轉化自"日月出矣,而爝火不息,其於光也,不亦難乎"成玄英疏"爝火,猶炬火也,亦小火也";"學鳩投枋"轉化自"蜩與學笑之曰:我決飛而起,槍榆枋而止,時則不至而控於地而已矣,奚以之九萬里而南爲?";"南溟之廣"則轉化自"鵬之徙於南溟也,水擊三千里,摶扶摇而上者九萬里,去之以六月息者也。"於此又可見饒師之語典運用,非徒囿於字面之轉化,抑且善用語典作對比,從而加深文意之表達。"爝火不息"一典,原意是帝堯意欲讓位給許由,許由本乃日月之光,光芒萬丈,帝堯相對只是普通的火把。饒師亦以火炬比喻自己,微不足道;戴教授反倒是東井之光。《禮記·月令》:"仲夏之月,日在東井。"東井即二十八宿之一,以之比擬戴教授亦如無比燦爛之星光,其形象更鮮明深刻;"學鳩投枋"亦以比喻自己不過像見識淺薄的蜩以及學鳩鳥,自謙之情,更形深刻。"南溟之廣"則以無邊際的汪洋,比喻戴教授的學問,亦如海量無邊,喻意更爲深刻。可見,饒師能善用莊子美學中的語言,以增進文意表達力。

(十)翛然而往

饒師又以道家美學,説明書畫藝術的審美理想。《説勢序劉海粟翁書畫》:

> 文固因情而成勢,以言書畫,理有同然。貴能翛然而往,精意入神,棼蘊蟲篆,勢似凌雲。

饒師美學認爲書畫藝術與文學一樣,均應重視"勢"的美感創造。文學可因爲情感的流露,影響其氣勢的流露。而三者共通之處,在於均應達致自由奔放,豪無窒礙拘束。"翛然而往"語出《莊子·大宗師》:"翛然而往,翛然而來而已矣。"成玄英疏:"翛然,無繫貌也。"於此可知"勢"實爲文、書、畫三者共通的美學元素,而此勢側重於道家之曠達、灑脱,逍遥自得。故《説勢序劉海粟翁書畫》云:"時似鳴蟬之過枝,或如蓮花之重累;見若眉睫之間,神游霄壤之外。"饒師認爲書畫的筆勢,有時可像鳴蟬遷移至别枝時,那樣輕快;有時可像蓮花層層疊疊,顯出立體之美。筆勢中應蘊藏神韻,就像人的眉目眼神中,往往可流露内在的神氣。"見若眉睫之間"語出《莊子·庚桑楚》:

> 老子曰:向吾見若眉睫之間,吾因以得汝矣。今汝又言而信之。若規規然若喪父母,揭竿而求諸海也,女亡人哉,惘惘乎!汝欲反汝情性而無由入、可憐哉!

此乃南榮趎往見老子後,老子説出的評價,老子表示剛才看到南榮趎眉目間色,便得知他的心意。可知,莊子認爲人的眉目眼神,實可露内心的神韻與心思,以至氣勢。《列子·仲尼》①亦云:"遠在八荒之外,近在眉睫之内。"《説勢序劉海粟翁書畫》又云"泠然善矣,能事畢矣",語出《莊子·逍遥游》"夫列子御風而行,泠然善也",本以形容列子的逍遥縹緲,饒師則以之闡釋書畫美學中,理想中之"勢"之内涵,應如列子般縹渺自得。

(十一)斷鼇立極

道家美學思想中,包含創新之思維,以創建偉業爲最高理想之一。饒師亦用以頌美其門人楊東波所著《世説新語校箋》,符合"斷鼇立極"之審美理想。《世説新語校箋序》:"斷鼇立極,孰謂鋭志於短書;集腋成裘,待昭剩義於它日。"

"斷鼇立極"語出《列子·湯問》:"然則天地亦物也,物有不足,故昔女媧氏鍊五色

---

① 《列子》又名《冲虚經》《冲虚真經》,爲道家重要經典。

石,以補其闕,斷鼇之足,以立四極。”古代神話中,女媧氏曾斬斷巨龜的脚,用以樹立天空的四條巨柱;後因以喻開創新局面,創建偉業,樹立最高準則。學術研究貴乎創新,故與道家美學相對應。

(十二)有無相生,難易相成

饒師亦把道家美學應用於書畫審美中。《説勢序劉海粟翁書畫》曰:“翁曾與余書,謂老子有無相生,難易相成,長短相形,高下相傾,音聲相和,前後相隨,可移作書畫之法。”語出《老子》第二章:

> 天下皆知美之爲美,斯惡矣;皆知善之爲善,斯不善已。故有無相生,難易相成,長短相形,高下相傾,音聲相和,前後相隨。是以聖人處無爲之事,行不言之教。萬物作焉而不辭。生而不有,爲而不恃,功成而弗居。夫惟弗居,是以不去。

饒師在文中指出,書畫美學必須重“勢”,而勢之變化,須順應自然之變化而變化。自然之變化,則往往有兩極相對的觀念,因而,有了美的絶對標準,便會衍生醜惡的審美標準;有了至善的標準,也就會有至惡的準則出現;由此推衍,有了高的概念,便會有下的概念;换言之,有與無;難與易;長與短;高與下;不同音階的聲音;前與後,均可以隨意變化或互相融合,書畫藝術要具備“勢”之美感,便須注意兩極觀念的融通與變化。故《説勢序劉海粟翁書畫》又云“虚實無端,行止隨分”;當中的“虚”與“實”,亦爲相對之兩極觀念,亦非一成不變。“行”與“止”雖語出《孟子・梁惠王下》:“行或使之;止或尼之,非人所能也。”行步與止息,即動與定,也是相對的勢態,與老子的觀念一致。“隨分”,即依從人的本性,亦爲道家順應自然本性的美學思想。饒師亦從道教美學思想切入,贊美其門人陳國符先生,掌握了道教變化多端、天人合一的精義。《外丹黄白術四種序》云:

> 覽赤天黄素之方,窮紫雲丹鳳之記。九變十化,各探其門;五嶽三皇,并綜其義。曩撰《道藏源流》之篇,極天人道術之變。

道家以變化無端爲美,故其道術有一轉至九轉之法,堪稱博大精深。“紫雲”,古代方士以爲仙藥,乃外丹之法;“丹鳳”蓋指以人體爲爐鼎,精氣神爲藥的内丹之法。當中均須經歷九變十化,方臻至高妙境界,亦爲道教審美理想。此外,陳先生亦符合《莊子・齊物論》“天地與我并生,萬物與我爲一”的天人合一的理想境界。故曰“曩撰《道藏源流》之篇,極天人道術之變”,對陳先生的頌美,亦依據了莊子的美學思想。

結論

饒宗頤是當代一位不可多得的學者、文學家、駢文家，從其駢文創作可見，其學識淵博，尤其體現在其用典之精闢，典源範圍之廣泛。本文只是截取其儒家、道家、佛家的美學體現，即可發現其學養的淵博。饒師對人物、事物的品評，亦多牽涉儒、釋、道三教，甚至有三教融合的特徵。儒學中的强學論、忠諫論、樂山水論、道器交融論；佛學中的因道通禪、妙植睿根、鏡月虚銜；道家中的環得其倫、出入隱顯、卮言日出、壺子德機、以正存思、淵默雷吼、倏然而往、斷鼇立極、有無相生等，均有豐富的意涵。可見，饒宗頤駢文實蘊含豐盛的藝術美。

作者簡介：

何祥榮（1965— ），1997 年取得北京大學文學博士學位，曾師從國學耆宿饒宗頤及袁行霈教授，現爲香港樹仁大學中文系教授。主要研究方向爲駢文學、辭賦學、詩經學、楚辭學及文學批評等。代表著作有《南北朝駢文藝術探賾》《四六叢話研究》《漢魏六朝鄴都詩賦析論》《詩經邶鄘衛風考論》等。

20世紀初文化轉型視角下馮淑蘭之駢散觀*

莫山洪

内容摘要:20世紀初是中國文化轉型的重要時期,文章理論在這個背景下發生了較大變化。馮淑蘭的駢散觀念,融合了西方文化思想,運用心理學社會學理論對駢散文的産生和形成以及發展作了較全面地探討,提出駢文的産生和形成與人的心理有密切關係,社會的變革是駢散文發展中的重要因素。馮淑蘭對駢散文的歷史演變作了較全面地探討,尋求其中的變化規律,揭示駢散文發展的内外原因,具有一定的價值。馮淑蘭的駢散觀念,體現了文化轉型視角下新一代學人中西融合的思想觀念。

關鍵詞:駢散文研究;馮淑蘭;文化轉型

駢散問題是古代文章發展中關鍵的形式問題,自中唐韓柳以來,古文即與駢文相争,後人謂韓愈"文起八代之衰",主要是就韓愈古文成就而言。韓柳的古文,一改六朝以來文章駢儷習氣,推出奇句單行、不講對仗的散體形式,在一定程度上確立了文章新的形式。由此,文章駢散兩者一直并行發展,此起彼伏,争論也時有發生,尤其是進入到清代中葉,更是引發了桐城派古文和駢文派的斗争。進入乾嘉之後,文章領域逐漸走上一條不拘駢散的道路,像梅曾亮、劉開等人,都是既能作古文,又能作駢文的文人。只是如何認識駢散這兩種形式及其相互之間的關係,一直成爲學人關注的話題。

20世紀初,隨着西方文化的湧入,現代學術體系的建立逐步走上正軌。傳統文化與西方文化的碰撞,在這一時期尤爲突出。在文化轉型視角下,文章駢散問題也再度引起關注,不過學者們大多還是持融合駢散的觀念。當時的學者,對駢與散的演變,也都作了相應的探討,如陳競有《駢散之争述評》①、曾了若有《隋唐駢散文體演變概觀》②等,都對文章駢散的問題進行了相關研究。馮淑蘭作爲一位女性學者,對這一問題也進行了深入的探討。

---

* 本文系國家社科基金2019年度一般項目"文化轉型視角下的20世紀駢文理論發展研究"(19BZW078)階段性成果。

① 陳競《駢散之争述評》,原載《廣大學報》1937年創刊號上,《駢文研究》第二輯整理再刊。

② 曾了若《隋唐駢散文體演變概觀》,原載《國立中山大學研究院文科研究所歷史學部史學專刊》1935年第1卷第1期,《駢文研究》第三輯整理再刊。

馮淑蘭(1900—1974)是近現代著名的女學者,著名文史專家陸侃如先生的妻子,兩人合著有《中國詩史》《中國文學史簡編》等。馮淑蘭早年就讀於女子高等師範學校,畢業後進入北京大學國家研究院攻讀國學研究生,後在法國巴黎大學獲得文學博士學位,先後在金陵女子大學、河北女子師範學院、東北大學、山東大學等學校任教。在《北京女子高等師範文藝會刊》1919年第10卷第9期上,馮淑蘭發表了《歷代駢文散文的變遷》[①]一文,系統闡述了她在文章駢散問題上的看法。其時馮淑蘭尚爲北京女子高等師範學校的學生,年僅19歲,能作此文,確實體現出其深厚的基礎和不凡的才華——此文的發表,尚在曾了若、陳競之前,可謂開創先河了。

一、駢文的形成及駢散存在的原因

爲什麼在中國文章領域會有駢散二體?無論是駢文還是散文,其産生到底有什麼内在原因,或者説,駢散形式的存在是否與中國傳統文化精神有着必然的内在聯繫?這是研究駢文和散文的學者不可迴避的問題。

對於這些問題,正如馮淑蘭在《歷代駢文散文的變遷》中所提到的,駢文家和古文家各有其不同的觀點,劉勰《文心雕龍》認爲"駢文爲天然生成的",曾國藩《送周荇農南歸序》則"以駢散同爲文章的起源",這就可以看出中國古代對於駢散文的起源,一方面是追蹤到自然方面,如駢文講對仗,兩兩相對稱爲"駢",自然界中似乎也存在這樣的現象。另一方面則注重變化,奇正相生,是爲自然,所以駢與散均自此出。這種傳統的駢散生成的觀點,對於過去的文章觀有着很大的影響。即使馮淑蘭之前的謝無量,在其《駢文指南》一書中,也基本延續了這樣的觀點:"遠溯駢文之起原,實本奇偶自然之理。"[②]

馮淑蘭對此并不否認,但她在認同的同時,又指出,駢文的産生,還有心理因素的影響:"據心理學家的研究,人類審美的感情有簡單和複雜的分别。簡單的美只限於感情,複雜的美則必爲觀念和美感并行。所以物體各部分之間有一定的距離,或左右相對以排列,皆可以引起吾人的美感。"從美學的角度出發,以心理學的理論爲依據,認爲"左右相對"的形式可以引起人們的美感。顯然,這是用西方心理學的觀點來分析駢文的産生。北京女子高等師範學校在辦學期間,聘請的教師大多有海外留學經歷,"特别是司教人員,學歷層次頗高,大學學歷者占80%,其中海外留學背景者占50%"[③],這就爲學生了解

---

① 馮淑蘭《歷代駢文散文的變遷》,《北京女子高等師範文藝會刊》1919年第10卷第9期。本文所引馮淑蘭文字,均出自此文,不另出注。

② 謝無量《駢文指南》,上海中華書局1925年版,第10頁。

③ 張紅艷《民國時期的女子高等教育——以北京女子高等師範學校为例》,《樂山師範學院學報》2011年第3期。

和學習西方理論提供了幫助。馮淑蘭作爲該校的學生,自然在一定程度上接受了這些教育,運用心理學的觀點來分析駢文的産生,可以説是她學術上的一種嘗試。這一嘗試,在很大程度上幫助我們更全面地了解駢文産生的内在因素。

對於駢文的形成問題,馮淑蘭還運用了社會進化的理論加以分析。她以古代的祝盟文章爲例,"祝詞的辭藻,加上藝術的修飾,這是祭祀和駢儷文章的第一層關係","在辭章的美以外,再加上聲音的美,這是駢儷文章和祭祀的第二層關係",從功用的角度,指出祭祀活動所需要的音節、節奏以及修飾,正是駢文與祭祀相對應的地方,也是駢文之所以形成的原因。駢文的形成,與社會發展不無關係。駢文的整齊句式,本身就便於記誦,傳達信息相對較準確。同時,駢文的音節、節奏及平仄配合,都適合於記誦。在没有方便的書寫工具之前,這種整齊的文體,自然很容易爲人們所接受。從這一意義上説,駢文的形成確實也體現了社會進化的特點。這一點,馮淑蘭在討論駢文形成的社會功用時也給予了一定的關注,稱"書寫既然如此困難,所以要奇偶相生,聲均相叶的文章。以其便於傳寫,便於記憶的緣故",看到了駢文在功用上的特點。這也是符合駢文産生發展的規律的。當然,便於記誦的原因,前人也多有論及,阮元《文言説》就提到:"古人以簡策傳事者少,以口舌傳事者多;以目治事者少,以口耳治事者多,故同爲一言,轉相告語,必有愆誤,是必寡其詞,協其音,以文其言,使人易於記誦,無能增改,且無方言俗語雜於其間,始能達意,始能行遠。"①不過,馮淑蘭加以社會進化的理論,就使得這種論述有了新的詮釋。

駢文的産生與形成,確實有其多方面的原因。對於駢文存在的理論分析,雖然有很多種理由,但是,運用西方心理學及社會學的理論進行分析,探討其形成的心理因素和社會因素,無疑比起此前的自然論等觀點來説,更加全面,也更加能讓人接受。這是 20 世紀初文化轉型背景下,受到西方文化影響的一代新人對於傳統文化的一個新的認識,體現了文化融合的特點。馮淑蘭在文章中曾經引用了周作人《歐洲文學史》中的一段話,可以看出其受到了周作人等留學歸來人員的影響。周作人曾留學日本,接受了西方思想的影響。周作人又曾於 1918 年後在北京大學任教,馮淑蘭受到他的影響,自然也在情理之中。

二、駢散的歷史演變

文章的發展演變,伴隨着駢散形式的變遷。自文章出現,即有形式上的奇偶現象存在。駢文的發展,也伴隨着散體的發展。對於駢散文的發展,馮淑蘭也給出了自己的

① (清)阮元《揅經室集》,中華書局 1993 年版,第 605 頁。

認識。

首先是駢文的形成時間。馮淑蘭以爲,六朝以前没有純粹的駢文,先秦兩漢的文章,只是有了“趨於藻麗的傾向”。關於駢文正式形成的時間問題,歷來也頗多争議。李兆洛《駢體文鈔》以李斯的《諫逐客書》爲“駢體初祖”,謝無量《駢文指南》則稱:“晉宋以降,至於永明之間,而後駢文之體格大成耳。”錢鍾書《上家大人論駢文流變書》中則稱“漢代無韻之文,不過爲駢體之逐漸形成而已”,“駢文定于蔡邕,弘于陸機也”①。顯然,對於駢文的定型,或者説對於駢文的正式形成,當時還是存在着一定的争議。馮淑蘭在分析陸機的《演連珠》時稱:“駢體自經東漢曹魏二百多年的培養薰陶,到此時才大告厥成。”將駢文的形成界定爲陸機時代,這與相關學者的論述還是相同的。

在對駢文發展階段的描述中,作者大致以六朝、唐宋及清代作爲描述的三個階段。每個階段都有其特點,作者也都分别給予了相應的論述,基本上與各家的説法一致,即六朝是駢文的興盛時期,唐宋尤其是宋代,駢文出現了新的變革,清代則是駢文復興的一個階段。馮淑蘭對於駢文在六朝的發展,也作了比較細緻地研究。她將六朝駢文的發展分爲兩個階段:西晉到劉宋時期及南朝時期。這兩個階段,尤其是第二個階段,因爲國勢的原因,那些聰明的人,“不是遁入佛老,去談那虚無不可思議的理論,便驕奢淫侈,去弄那‘雕蟲小技’的辭章”;同時,“吴越一帶,氣候温和,山水明秀,生活豐足,人材聰穎。文學界經了這番潤色,自然容易變爲清新曼俊的格調”,而且“當時文人多身仕兩朝——借以消磨歲月的,惟有琴酒詩賦”,加上君主的提倡,駢文在那個時候尤其興盛,出現了許多優秀的駢文作家,尤其是徐陵和庾信。從地理因素到政治因素,從時代變遷到人的因素,對於駢文在特定時期的興盛發展,馮淑蘭作了非常全面的分析,這種分析也更能體現出作者對於文學形式的認識。對於唐宋元明的駢文,馮淑蘭認爲,實際上是從唐代陸贄開始的,初唐四傑等人的駢文,還是延續了六朝的餘緒,不能算是真正的唐宋駢文。陸贄的文章,“議論委婉,理致遥深,不學燕許的牙慧,不拾徐庾的唾餘。雖然是組纂輝華,協和宫商,但能在排偶裏面運以通達流暢的气勢。以後的四六如蘇軾諸人的文章,都是他的末裔”,充分突出了陸贄在駢文發展中的重要地位,符合駢文發展的歷史軌迹。至於宋代及元明時期的駢文,馮淑蘭雖然也認可了駢文在南宋的發展,但是她强調,“從此以後,駢文的功用,不過是做一點游戲文章,或是啓奏詔令各樣東西”,所以,對於這一階段的駢文,并未給予重視。清代是駢文的復興時期,馮淑蘭雖然對清代駢文的發展論述不多,但對於清代駢文八大家,以及陳維崧、吴綺、章藻功、袁枚等人,還是給予了充分肯定。

因爲馮淑蘭論述的是歷代駢文散文的變遷,所以,在她的文章中,她不僅論述了駢文的演變情況,還論述了散文的發展演變情況。對於散文的發展,馮淑蘭則主要探討了唐宋散文發展的情況,其中又將唐宋的散文發展分爲三個階段,即古文運動時期、古文運動

① 錢鍾書《上家大人論駢文流變書》,《光華半月刊》1933 年第 1 卷第 7 期,《駢文研究》第一輯整理再刊。

後的散文發展及宋代的散文。馮淑蘭認爲，散體的發展，雖然號稱源自韓愈的改革，但是在韓愈之前，陳子昂已經倡導復古，只是因爲當時還有燕許大手筆一類人物的存在，因而没有發揮出積極的效果，後來的蕭穎士、李華、元結等人出現，唐宋文章的體制才大致定型。宋代的散體發展非常發達，其原因無外乎政治、科舉、學術等三個方面。

在梳理了駢文和散文的發展後，馮淑蘭對於駢文和散文的發展作了全面概括，將駢散文的發展界定爲兩個大的階段：散文駢文自身的變遷、散文和駢文盛衰的變遷。她明確地指出，隋唐是文章發展的重要階段，"前乎此者，是駢文盛行的時代，後乎此者是駢文衰落的時代"，"六朝駢文雖盛，但是散文衰微，宋時散文可算發達，而駢文又復式微。所以散文和駢文并行的時代，只有隋唐兩代"，這樣的論述，可以説看到了文章發展變化的關鍵，爲人們研究駢散文的變遷，提供了非常重要的參考因素。

值得注意的是，馮淑蘭在這一部分的論述中，使用的"散文"概念比較寬泛。在她的論述裏，不但有古文方面的内容，還有"小説"——這一點，就頗有點先秦歷史散文的味道了。中國古代文學的分類，在先秦的時候，有歷史散文和諸子散文之分，兩者其實又幾乎是歷史著作或哲學著作，這也是中國古代文學文史哲不分的一個表現。不過，自"小説"形成之後，"小説"基本就不會被列入散文或者説"古文"之中。馮淑蘭的這一做法，顯然還是對散文概念的把握不够準確，這也是其作爲學生所存在的一些不足。在談到明代小説的時候，馮淑蘭有一句話，或可以作爲其將小説列入的一個解釋："明代小説之盛，雖然不及元代，但很有關係於國家治亂興亡的，也是散文的一特色。"在談論唐宋散文特色的時候，又分别以小説、語録、記事文和時文爲例，可以看出，馮淑蘭這個時候的散文概念，是比較寬泛的。

三、各階段駢散起伏的原因

中國文學史上駢散起伏更替的原因比較複雜。一般認爲駢散的正式對立，出現在中唐韓愈、柳宗元時期，他們以古文替代駢文，其目的，用韓愈的話來説是"本志乎古道"，是爲了學習古道而學習古文，學習古文是爲了掌握古道。因此，這樣的駢散對立就多少帶有一點儒學復興的影子。清代中葉的駢散對立，則是又一次比較明顯的駢散相争。由於論争雙方學術身份的問題，這一次的駢散對立，則有漢學與宋學争正統的意味。代表漢學的阮元一再强調駢體的形成，遠在孔子《文言》之時，以此表明駢體的歷史悠久①。在當時桐城派古文幾乎一統天下的格局下，阮元提出這種觀點，當然有争奪地位的意圖。

馮淑蘭對於各階段駢散起伏變化的原因也作了比較深刻的探討。這些原因當中，尤

① 詳見阮元《文言説》，《揅經室集·揅经室三集》卷二，中華書局 1993 年版，第 605—606 頁。

其值得注意的是她對駢散文都取得一定成就的清代的研究。她把清代駢散文興盛的原因歸結爲三個方面:政治、學術、學會。從政治的角度説,清王朝爲空前統一的帝國,所以其文章也大多"宏奥淵穆",但清王朝爲加强統治,一方面實行科舉,另一方面又大興文字獄,"一時才人除從泛濫辭章外,没有發揮天才的地方,故文學能度越前代"。從學術的角度來説,清代學術以漢學和宋學爲主,兩者均很發達,"漢學的毛病在瑣碎,宋學的毛病在空疏,漢學的功用在樸實,所以駢文多屬於治經學的,宋學的功能在澈悟,所以散文多屬於治理學的。清承宋明之後,理學極其發達,而以宋學的反動,研究漢學的也先後不絶,所以駢文散文都是很發達"。此論是否確切,尚不得而知,但漢學家多作駢文,宋學家多作古文,却也是當時的一個事實。馮淑蘭的這一觀點,雖没有過多論述,但從現象來看,當是不錯的。再從學會的角度看,文學社團對文學發展的影響,自古而然。清代也是一個社團衆多的時代,這種風氣,自明末即已經展開,"燕京陷後,明社播遷於江南,而復社、幾社、豫章社,還是興高彩烈地討論學問。其餘的像西湖八子、西湖七子、南湖九子、易堂九子、雪園六子,清初名流,幾幾乎没有不參與其間",其帶來的結果,當然就是"使文學界上也大有可觀"。可以説,馮淑蘭對於清代駢散文興盛原因的探討,所介入的層面也是人們多不關注的。尤其像社團對於文章發展的影響,這是人們在研究駢散文尤其是駢文的發展時不太重視的地方。馮淑蘭的這一做法,拓寬了文學研究的領域,具有較開闊的視野。

當然,在探討歷代駢散文的變遷原因時,馮淑蘭還是關注到這樣幾個方面的原因,如君主的喜好問題。在提到駢文衰落、散文興起的隋唐時期時,馮淑蘭一方面關注到君主對於駢文衰落的因素,指出隋文帝等人在打擊駢文方面的重要作用;另一方面,在解釋駢文并没有在唐代被完全取而代之時,認爲君主在其中也發揮了很大作用,"唐初君主,還是好駢儷之作"。君主的作用,在她談到六朝駢文興盛的時候,也有所提及,稱"專制時代,人君有移風易俗的權勢,建安之際,曹氏父子都是彬彬有文的",所以,她在論及駢散文的興盛時,都將君主的因素考慮在内。這是文學發展外部的原因。文學自身發展的原因,也是馮淑蘭關注的一個話題,她指出,駢文自身的問題也是導致駢文逐步衰落的原因。這種從文學内外去探討文章發展變遷的研究方法,可以説更能全面深刻地揭示駢散文發展變遷的歷史,有助於人們對文章發展的把握。

駢散文興盛的原因當然是多方面的,并非一兩點就可説清楚。馮淑蘭的研究,在一定程度上拓寬了當時人對文學研究的認識,也爲現代學術的發展找到了一條明確的道路。這種思維模式,當然也是受到了西方文化一定的影響的。

馮淑蘭的《歷代駢文散文的變遷》一文雖然在行文上還稍顯稚嫩,論證也存在不够嚴謹之處,但是這畢竟是女性學者第一次表現自己的駢散觀念,而且這畢竟是出自一位19歲女子之手,且是在著名的五四運動爆發之後出現的文章,無論從哪個角度來説,這都是一篇很有意義的文章。在文化轉型時期的20世紀駢文理論發展中應該有其一席之地。20世紀初期的文化轉型,一方面是由有留學經歷的學者們在國外學習了西方文化,并與中國傳統文化相結合,他們是帶來西方文化的主要力量。另一方面,則是在國内接受了前述學者們的教育,對西方文化有了一定的了解的學生,他們中的很多人,既有一定的國學基礎,又接受了教師們的教育,接觸到西方文化。但是,他們在一定程度上也受到了地域的限制,没有直接接觸西方文明。因而,在運用西方理論闡釋中國傳統文化時,或多或少還存在一些不足。隨着時間的推移,他們或者到歐洲留學,或者進一步學習西方文化,逐漸將西方文化與中國傳統文化結合起來,從而逐步建立起具有中國特色的現代學術理論體系。這是20世紀文化轉型背景下,中國學術發展的一個必然階段。因此,馮淑蘭的駢散觀,頗能體現中國現代學術體系建立的過程。馮淑蘭的觀點,也體現了那個時代知識分子的開放的思想,正如她自己所説:“駢體散體,不過是文章上一種形式,不是文章的精神。二者之中,各有所長,也各有所短,本没有什麽争論的價值。況且現在當東西兩大陸思潮混合的時代,還汲汲於那徐庾韓柳的得失短長,也未免太隘了。”既不受制於任何一種具體的形式,也不斤斤計較於駢散的價值,而應該在時代的潮流中勇於接受外來文化的挑戰。

作者簡介:

莫山洪(1969—),廣西忻城人,文學博士,南寧師範大學文學院教授。研究方向爲駢文學、唐宋文學。

20世紀初新生力量的駢文研究
——以莫沛鎏《研究駢文一得之商榷》爲例

梁觀飛

内容摘要:莫沛鎏《研究駢文一得之商榷》發表於1934年,是校園刊物《京中期刊》刊載的關於駢文研究的學生論文,其涉及駢文的始祖和分代、駢文的體裁、駢文的文法和作法等問題的研究和探討,作者吸收了歷代駢文文話和民國時期駢文論著的精華,在駢文文法、作法等方面也有不少較爲精闢的理解。論文在新舊交替、中外衝突的時代背景下,也體現了駢文研究的新特點、新變化。

關鍵詞:莫沛鎏;民國駢文研究;期刊文獻

一

早在1917年,胡適發表了《文學改良芻議》,其後不久陳獨秀又發表了著名的《文學革命論》,在文學革命派的呼號和鼓動下,駢文大有被冷落、批判甚至是消滅的趨勢。在這一時期,駢文受到了巨大的衝擊,生存空間和話語權不斷減少,一方面,駢文被劃爲傳統文化的糟粕,指爲貴族、陳腐、艱澀的文學;另一方面,外國文化的傳入,國人的思想觀念和價值取向發生了巨大變化,産生了崇洋媚外、抵觸傳統的心理。民國初期,教育領域也有新的嘗試和改革,在課程學習上,課程趨於多樣,改變了過去以學習經典爲主的課程設置。在新文化運動的衝擊和影響下,尤其是1920年北京政府教育部通令規定,國民學校廢止所用的文言文教材,用現代語體文代替,到1922年,停止使用一切文言文教科書,國學教育由固守傳統的改良型轉變爲摒棄傳統的激進型,古代優秀篇目在教材中所占比重持續減少,文言文寫作教學則愈加邊緣化、小衆化。從社會文化、教育改革等衆多領域來看,駢文的生存不容樂觀,但這并不意味着駢文學習和研究由此停滯。相反,在很長的時間内,駢文雖然備受奚落却仍有一定的發展和進步,甚至還能與白話文學相抗衡,出現不少優秀的成果。到20世紀30年代,駢文研究進入一個黄金時期,湧現了大批的駢文專著書籍。與駢文論著出版交相輝映的是,當時不少期刊報紙也發表不少駢文作品和有關駢文研究的論文。這時期仍有部分報紙設有發表駢文作品的專欄,如1936年在上海創刊的國學刊物《麗澤藝刊》就設有"騈散文"一欄。中學、大學的校刊更是頻頻能够見到騈文研究的相關文章,《河南大學校刊》1933 年第 9 期第 10 期連續發表了李培林的《騈文在歷史上之變遷》[①]《騈文在歷史上之變遷(續)》[②]、《國立中央大學日刊》1936 年第 1753 期發表了劉新魯的《騈文之變遷論》[③]、1937 年《正風文學院叢刊》第 1 期有唐克浩的《清代騈文論略》[④]等等,數不勝數,其中以錢鍾書 1933 年發表于《光華大學半月刊》的《上家大人論騈文流變書》[⑤]最爲著名。這時期,中學、大學生學作騈文和研究騈文的成果主要發表在各學校的校園刊物上,這些現象表明,在此期間,仍有部分中學、大學生致力於騈文創作和研究,其中一些文章觀點有一定的創見,值得今天騈文研究者參考和注意。

二

莫沛鎏的《研究騈文一得之商榷》發表於 1934 年《京中期刊》第 1 卷第 6 期。《京中期刊》是廣州市私立南京中學創辦的校刊,從現存文獻來看《京中期刊》主要發表學校師生的時事評論、學術論文以及文學作品。該校刊對待新舊文學較爲寬容,發表的詩歌作品既有白話新體詩又有傳統的五律、七律;在文藝評論方面也涉及廣泛,有包容并蓄的胸襟,比如有如暄的《對於提倡讀經的我見》《從中國現在一般文藝説到三民主義文藝》,李德權的《關於演説的一點管見》等等。根據自述,《研究騈文一得之商榷》的作者應爲廣州市私立南京中學學生,從 1934 年第 1 卷第 6 期《京中期刊》來看,莫沛鎏發表了《感時》《月夜獨酌》《登中山紀念碑遠望懷故鄉》三首七律,一篇政論《明刑弼教論》,一篇文學評論《研究騈文一得之商榷》,可見他在古典文學方面確實有較爲扎實的功底,有比較全面系統的傳統文化知識儲備。《研究騈文一得之商榷》是其學習騈文的心得,他在學習《文心雕龍》《四六話》《四六談塵》《四六金針》以及當時的諸多騈文論著時,有自己的理解和感悟,他認爲這些論著引證和論述比較深奥,不適合騈文初學者,於是就自己的理解,寫出這篇比較簡明易懂的學習體會,供騈文初學者參考。

《研究騈文一得之商榷》雖然爲中學生學習騈文的心得,但是從引證和其論述來看,莫沛鎏能够自如地引用《文心雕龍》《四六金針》等論著以及歷代諸家的經典騈文,對於前人的觀點和方法,他不是一味簡單地搬用、摘録,而是或引申或完善或根據時代的特點

① 李培林《騈文在歷史上之變遷》,《河南大學校刊》1933 年第 9 期,第 5—6 頁。
② 李培林《騈文在歷史上之變遷(續)》,《河南大學校刊》1933 年第 10 期,第 5—6 頁。
③ 劉新魯《騈文之變遷論》,《國立中央大學日刊》1936 年第 1753 期,第 3812 頁。
④ 唐克浩《清代騈文論略》,《正風文學院叢刊》1937 年第 1 期,第 177—185 頁。
⑤ 錢鍾書《上家大人論騈文流變書》,《光華大學半月刊》1933 年第 7 期,第 12—13 頁。

提出新的觀點。莫沛鎏從駢文的始祖與分代、駢文的體裁、駢文的文法、駢文的作法四大方面闡述其心得體會,既有繼承前人駢文研究的理論,也有對當時文學研究成果的吸收和個人新觀點的闡發,部分論述受到當時國内外社會狀况的影響,在西學入侵、文學革命風起雲湧之時,有保存本國文化、保護國粹的意識,也對當時的傳統文化的傳承表示擔憂,并呼籲國學有志者積極參與其中,促進本國文學的復興。

三

莫沛鎏在引言中論及駢散的關係,他認爲駢散在唐前并没有嚴格的區分,駢散的區分和名稱的確定從唐代開始,特别唐朝之後,駢文在聲律方面嚴格要求,這樣,駢散才變得涇渭分明,難以混淆。他還認爲,駢文的特點是秀麗繁華、深妙而有美術之性,主要用於書啓序跋等文體。在駢文散文地位和價值的問題上,莫沛鎏認爲駢散文同源而異流,不能"偏於彼而失於此"。他引用時人的觀點:"文章但求達意,奚必窮經鑄史,煉成排偶,滿篇文墨,而令人不得其意者乎?"從人類社會生活的層面闡述了駢文是複雜人類生活的一個體現,駢散文具有同樣的價值、地位和研究必要性。在新舊交替之際,研究駢文、保護國粹是非常有必要的。

關於駢文的始祖,莫沛鎏認爲孔子創駢文先例,他引用了大量《易傳》的例句,説明駢詞儷語觸目皆是,當然他還指出,孔子時期的文章,没有駢散之分,雖然駢文起源於孔子,當時駢文却還没有成爲單獨的文體。六朝爲駢文的鼎盛時期,莫沛鎏認爲沈約精研聲律,王融、謝朓把聲律用在駢文是駢文體制盛行一時的標志,六朝的駢文具有風骨,不同於一般的形式豐縟的駢文。莫沛鎏還將唐代駢文發展劃分爲三段,唐前期四傑獨成一派,中唐古文運動興起、代替駢文,唐代後期古文衰而駢文復盛。宋初駢文則有五代駢文的浮靡習氣,就宋代而言,莫氏以爲駢文是隨同古文一起進步的,這個過程中歐陽修起到重要作用。元明兩代没有能文的名家,是駢文的衰落期。清代駢文復興,清初有名家陳維崧、毛奇齡,乾嘉時期駢文各種文體具備,是駢文最興盛的時期。莫沛鎏的孔子爲駢文始祖之説并非始創,《易傳》中多駢儷句的看法,早在劉勰的《文心雕龍》即有提及:"易之文繫,聖人之妙思也。序乾四德,則句句相銜;龍虎類感,則字字相儷;乾坤易簡,則宛轉相承;日月往來,則隔行懸合;雖句字或殊,而偶意一也。"①歷代駢文家亦多有涉及和發揮,其中以阮元《文言説》最爲著名。關於駢文的分代以及各個時期駢文發展的輪廓和特點,莫沛鎏描述較爲全面,與當時駢文研究主流觀點基本一致,最爲突出的是對於清代駢文的評價,莫氏認爲清代是"有駢文以來最盛之時代"。20 世紀 30 年代對清代駢文的地

① (梁)劉勰著,范文瀾注《文心雕龍注》,人民文學出版社 1958 年版,第 588 頁。

位和評價,各家多有不同,有認爲清代駢文占有一定的地位、可與前代相比較的,如謝無量《駢文指南》:"於是清之駢文,其高者率駕唐宋而追齊梁,遠爲元明所不能逮。然則清初之爲駢文者,其影響被於一代,不爲小也"①;有認爲清代駢文有"中興""復興"之勢,如劉麟生認爲"清代文學稱盛者,職此之由。其所爲駢文,亦往往能推陳出新,儼然有中興之勢焉"②;瞿兑之認爲"到了清的季年,方才有一種回復到六朝文體之運動"③。把清代駢文的地位稱爲最盛的,莫沛鎏屬於少數,但他從"各有特色""無體不備"的角度來考察清代駢文,具有一定的參考意義。

關於駢文的體裁,諸家各有觀點,李兆洛的《駢體文鈔》根據駢文的作用分爲廟堂之制奏進之篇、指事述意之作、緣情托興之作三大類;孫梅《四六叢話》則分爲十八體;陳維崧則又分爲三目;從莫沛鎏在引言所説看來,他是熟悉前人的種種分法的,然而他認爲前人過於繁縟,并且在當時民國早已廢除詔誥等新變化下,舊的體裁分法已經不符合駢文的現實情況,於是提出駢文分爲"氣機體"和"詞華體",二體又細分爲"古體""時體""賦體"三類的分法。其中,"氣機體"不尚華麗,句調淺明,是整齊化的散文,注重文章的"氣",多用於公牘;"詞華體",則比較注重用典、聲韻、詞藻,應用範圍更廣,但創作較易。莫沛鎏以駢文的"氣"和"詞"劃分駢文的體裁,實際上體現了其對於兩種風格駢文的不同態度,因此,他在前文提到"此外如汪藻、洪適、陸游、楊萬里、周必大等,所爲駢文,不尚詞華,以議論證據勝,所謂氣機體也。"顯然,對於二者,他更偏向"氣機體"。"氣機體""詞華體"分爲三目,"古體"不拘聲律,主要用四言句,六朝駢文多爲"古體";"時體"則有一定的格律,清代至民國通行的都是"時體";此外"賦體"的明顯特點是雙句押韻,多用四言,也有用四六的。莫沛鎏二類三目的劃分主要根據駢文詞、氣的偏重,是否講究格律,講究格律的嚴格程度,與傳統的以文體分類的分法有所不同,他的分法强調詞氣的關係,有一定的創見。當然,由於駢文詞、氣的側重并非絶對區别的,因此,莫氏的分法界限比較模糊,部分駢文不能明確劃分體裁,具有一定的局限性。

莫沛鎏根據當時學者總結的文章文法,提出了駢文必備的五大文法,即托出法、比例法、比喻法、陪襯法、照影法。托出法隱藏作者本意,讓讀者去猜測,類似於猜謎;比例法是在行文中用相對等的事物對舉,事物内涵的範圍具有類似性,比例法在駢文中最爲常見;比喻法是以事物的性質相對舉,以事物的含義對事物的含義;陪襯法有强烈的主賓區别,賓襯主的表現方法突出;影照法以與本題相象的事物,用雙關語照射全題。關於駢文的行文方法,古人少有論及,如莫氏所言:"然若問其文法,則茫然不知。只能以心靈悟覺,不可以言語傳授。是故數千年來:曾未有若何文法書本。"陳維崧的《四六金針》提到

① 謝無量《駢文指南》,中華書局 1918 年版,第 79 頁。

② 劉麟生《中國駢文史》,商務印書館 1936 年版,第 123 頁。

③ 瞿兑之《中國駢文概論》,世界書局 1934 年版,第 117 頁。

的"四六制"也僅提出四六的大概結構，對於駢文的行文没有進行相應的系統的介紹。莫沛鎏根據漢語文法歸納的駢文常用的五大文法，從五大方面介紹了駢文的行文和結構，并引用了大量相關的文章、句子，點面結合，形成較爲清晰、系統的文法體系，抓住了駢文行文的主要規則。

關於駢文的作法，古代相關論著論述得較爲簡單和模糊，劉勰《文心雕龍》提出"四對"并就四對的内涵和難易進行了區分："言對爲易，事對爲難，反對爲優，正對爲劣。言對者，雙比空辭者也；事對者，并舉人驗者也；反對者，理殊趣合者也；正對者，事異義同者也。"[①]但對駢文如何對偶、對偶的要求没有進行詳細的闡釋；清代陳維崧的《四六金針》提到用典之法"於是以用事親切、屬對巧的爲精妙，變而爲法凡六：曰熟，曰剪，曰截，曰融，曰化，曰串"[②]，至於如何具體使用這些方法，陳維崧未提及。民國時期，駢文作法研究的相關論著則比較興盛，專著主要有鄒弢《駢文速成捷徑》、金茂之《四六作法駢文通》、王承治《駢體文作法》等，此外劉麟生的《駢文學》等論著部分章節也有相關闡述。在莫沛鎏《研究駢文一得之商榷》一文中關於駢文作法，他提出六個方面，即命意、句法、對法、聲律、用典、描寫。莫氏認爲，駢文謀篇之法首在命意，并且駢文的命意比較含蓄；駢文的句法分爲偶句和排句兩種，偶句爲二句相對，排句爲二偶相疊成對，此外，還有在文章起段、章末等處使用的散文句。莫沛鎏認爲駢文的對法，并不是非常嚴格，只求整齊；關於駢文的聲律，莫沛鎏提及同聲相頂之法，認爲駢文的聲律要求雖然不是非常嚴格，但是建議今天的駢文作者還是應當注意聲調韻律的協調，達到聲情和諧、易於諷誦。在用典的方法上，莫沛鎏借鑒吸收了陳維崧的《四六金針》，他把典故分爲書典和史典，書典可以原本照抄或稍加增删，史典則需要運用剪裁之法，加以鎔鑄運化，對此他給出詳細的辦法和例子，并提供了駢文初學者應具備的參考書目"如《佩文韻府》《駢字類編》《淵鑒類函》《子史精華》《事類統編》等書，案頭宜備。以便思索不達時，藉兹參考，此在詞章家皆然，非獨初學者而已也"，相對陳維崧之言，無疑是大大的完備了。此外，莫沛鎏還提醒創作駢文應當注意描寫方法的使用，以達到風雅自然，特别是情景的關係，强調情從景出、觸景生情。在學習駢文作法上，莫氏建議多閱讀和學習古人的優秀作品，注意平時的諷誦和玩味，學作駢文還要掌握四聲和對偶，然後從駢文的造句和學寫段落開始練習，循序漸進，不能急於求成。莫沛鎏關於駢文作法的心得，是從駢文用典、聲律、對偶等幾方面展開的，所羅列的方法與當時諸多駢文作法論著有一定的類似，但其在介紹方法論時注重輔以大量經典駢文的事例，使讀者易於理解、掌握。六大方法中的"描寫"一法尤其强調情和景的關係，是其他駢文作法論著没有特别加以注意的。

① (梁)劉勰著，范文瀾注《文心雕龍注》，人民文學出版社 1958 年版，第 588 頁。

② (清)陳維崧《四六金針》，上海涵芬樓 1920 年據六安晁氏聚珍版影印本。

四

《研究駢文一得之商榷》是中學生關於駢文研究的論文,發表在校園期刊上,雖然作者學歷尚淺,但是文章體現出的作者的駢文理論水準和洞察力并不低,甚至在一些問題上極富創見,非常值得駢文研究者注意。廣大大、中學生參與駢文創作和研究,取得可觀的成績,并且得到有關刊物的承認和刊載,這表明社會、學校仍然有學習駢文、創作駢文的氛圍。尤其從刊載駢文論文、鼓勵學生參與駢文學習的現象來看,部分學校作爲官方機構對於駢文研究抱有肯定的態度,與當時的文化運動和教育改革保持相對獨立的態勢。

莫沛鎏的論文,基本涵蓋了駢文研究的主要方面,篇幅較短,論證舉例淺顯易懂,適合駢文初學者學習和參考,該論文既有駢文基本知識的闡釋,又有創作方法論上的指導,雖然這是中學生駢文學習的心得體會,却與當時駢文作法論著一樣,具有明顯的駢文創作的指導性和普及性。這説明民國時期,駢文創作仍是文學創作的一個重要方向,學校甚至是社會上仍有相當數量的人在參與駢文創作,這既有駢文本身文體特性的原因,也是因爲中華優秀傳統文化的巨大魅力。

從莫沛鎏的《駢文研究一得之商榷》我們還能看到,駢文研究在民國時期的新任務新變化新特點。駢文研究在民國時期的西方文化進入中國、國人趨於追慕外國文化、鄙夷本國精粹的現實情況下,被一些有志氣有責任的青年學生、知識分子加以理解和創造,變成保護我國優秀傳統文化、保持民族自信的武器。莫沛鎏在第一章文末就提到"蟹文侵入,一般青年學子,居然爲夷所變,舍國粹而弗究,正始固渝忘殆盡",他對青年學生媚外忘祖的行爲表示擔憂,并警告如此下去"國將危矣"。對於文章的興廢,莫沛鎏明白是時運使然,而後文他提到的"復興"實際上并非單指駢文而是以駢文爲代表的中華民族優秀文化傳統。當然,外國語言的輸入,也給駢文研究提供了新的角度和方法,莫沛鎏駢文五大文法的總結,從"英文中之納氏文法"得到一定的啓示,這是中外語言交流的成果,是駢文研究在中外文化交流下體現的新特點、新變化。

由於衆所周知的原因,大量校園刊物中的駢文研究文獻没來得及系統整理,甚至部分文獻没能完好地保存下來,這當然是民國時期駢文研究的巨大損失,但是,從現存的文獻我們已經能够窺見,在新舊交替、中外衝突强烈的情况下,駢文創作和研究在青年學生中仍有較好的市場并取得不俗的成就,駢文研究理論體系也已經初具規模。雖然新文化運動有其巨大的影響力,但是并未能够用白話文學徹底取代古典文學,新文學在取代舊文學的過程中多有反復,乃至於在此期間古典文學研究仍能出現一個黄金時期。從校園期刊刊載的大量駢文論文可以發現,新文化運動開始後,駢文研究隊伍并未迅速衰落、凋零,他们仍然十分活躍,特别是其中年輕一代的大、中學生,因此,民國時期的駢文學史仍需要進一步考察和研究。

作者簡介:

梁觀飛(1995—),廣西玉林人,南寧師範大學文學院古代文學專業碩士研究生,研究方向爲唐宋文學、駢文學。

朝鮮後期駢文的兩個流派*

[韓]朴禹勛撰　肖大平譯

内容摘要：壼谷南龍翼是朝鮮時期重要的駢文批評家，其駢文思想主要反映在《壼谷漫筆(三)·儷評》一文中。壼谷自幼年時期即十分喜愛徐陵與庾信的文章，創作過不少駢文，同時編有駢文選本《儷選兩體》，《儷評》即寫在此書的編纂之後。在這篇文章中，壼谷將朝鮮時期的駢文分爲"徐庾體"與"館閣體"兩派，認爲徐庾體的特徵是"以格調高華爲宗，以音響清楚爲主"，館閣體的特徵是"以典重記實爲宗，以懇到寫情爲主"。同時將疏庵任叔英視作徐庾體的代表作家，將澤堂李植視作館閣體的代表作家。本文中選取任叔英的《統軍亭記》《練光亭記》，與李植的《甲申討逆後頒赦中外教書》《昭顯世子謚册文》《王世子册封後頒赦中外教書》等文，分别作爲徐庾體與館閣體的代表作品，對這些作品文體特徵進行了分析。認爲，壼谷提出的"徐庾體"與"館閣體"的二分法是可以爲我們接受的。

關鍵詞：南龍翼，《儷評》，徐庾體，館閣體，駢文

一、前言

駢文①具有形式上的獨特性，在韓國漢文學史上具有十分重要的地位，高麗末期崔瀣的《東人之文四六》就能證明這一點。駢文在中國和韓國，由於過於重視修辭和格式、内容貧乏，因此受到否定性的評價。直到今天，韓國學界對於駢文的這種否定性評價依然未能進行省察，仍然認同這種看法。然而，即使駢文是象徵統治階級符號的文章種類，但爲了揭示韓國漢文學的總體性，我們也必須對韓國漢文學的所有方面進行檢討。即便是從對前人給予否定評價的文學(駢文)進行反省的角度來説，也不可否認對駢文的研究也是十分必要的。

中國學界對於駢文的研究較爲深入。比如劉麟生的《中國駢文史》(1965)、張仁青

* 本文原載於忠南大學校人文科學研究所《論文集》1992年總第19輯。

① 駢儷文一般被稱之爲駢文、四六文、儷文、駢偶文等，韓國古代使用最爲頻繁的是四六。(參照《芝峰類説》卷八《文章部一》)本文中除了特殊情況以外，統一使用"駢文"這一概念。

的《中國駢文發展史(上下)》(1979)、金秬香的《駢文概論》(1980),類似關於駢文史和駢文概論的著作相繼問世。[①] 儘管如此,從這些著作的内容上來看,尚有一些不周密之處,特别是過於偏重於駢文形式的討論,對於一些個别作品的研究還有繼續深入的必要。由於有專門對駢文進行評論的王銍的《四六話》、謝伋的《四六談麈》等著作,因此中國學界的駢文研究較韓國更容易進行。雖然取得了一些成果,但從方法論的角度來看,截至目前來看,還有一些有待繼續開拓。

韓國的駢文研究更爲不足,其中趙忠業先生的《百濟時代漢文學的傾向》(1975)、李英徽的《新羅與高麗時期駢文研究》(1990),可謂是領先的研究成果。由於韓國研究界的駢文研究歷史并不長,對個别作品的檢討還很不够。

韓國學界對於以駢文寫作的個别作品的真正研究未能展開,一方面與對駢文仍然持否定性認識有關,同時也因爲未能認識到駢文研究的必要性。然而較之這兩種原因,更爲重要的是,不僅駢文本身很難閲讀,而且研究者們大多認爲前人未留下有關駢文的評論。[②] 因此筆者認爲,對於韓國駢文的研究,首先必須從整理芝峰李晬光的《芝峰類説》、壺谷南龍翼的《壺谷漫筆》卷三中的《儷評》以及幾種駢文集開始。

基於以上認識,本文中以壺谷南龍翼的《儷評》爲依據,對朝鮮後期(具體而言乃 17 世紀後期)韓國駢文的兩種流派進行考察。文中首先對將壺谷南龍翼的《儷評》視爲韓國駢文發展座標的這種看法的可靠性進行考察,接着通過對實際作品的考察,確認朝鮮時期駢文發展的兩種流派,最後對當時人們對這兩種發展流派的態度進行考察。

二、壺谷對駢文兩種流派的把握

(一)壺谷南龍翼對駢文的興趣及其駢文造詣

本文中所謂駢文的兩種流派,即徐庾體與館閣體,是壺谷南龍翼《壺谷漫筆》卷三[③]

---

① 除了以上這些著作以外,其他著作可參考張仁青《駢文學》(下)中的《歷代駢文書目舉要》。

② 對於駢文的難以理解性,有如下的一些評論。(1)“比如徐陵《玉臺新咏序》……千多年來就没有人知道它的出處。”(王力主編《古漢語通論》,中外出版社 1976 年版,第 155 頁);(2)“王勃的作品用事還不算多,然而用起事來,竟有唐朝人都不能瞭解的。”(瞿兑之《駢文概論(外一種駢文學)》,海南出版社 1994 年版,第 79—80 頁);(3)“今《桂苑筆耕》多有不解處,恐當時氣習如此。或東方文體未能如古也。”([高麗]徐居正《筆苑記上》,見趙鍾業編《韓國詩話叢編》第一册,(首爾)東西文化院 1989 年版,第 315 頁。以下《韓國詩話叢編》統一簡稱爲《叢編》);(4)“沈潛玩者累載,始認古人用事多有微難解。”([朝鮮]柳近《儷文注釋序》,載《儷文注釋》,韓國國立中央圖書館藏抄本);(5)“由於駢文的難以理解,於是出現了一些對作品進行注釋的著作問世。”([朝鮮]柳近《儷文注釋序》,載《儷文注釋》,韓國國立中央圖書館藏抄本)

③ [朝鮮]南龍翼《儷評》,見《壺谷漫筆》卷三,韓國學中央研究院藏書閣藏抄本,第 43—48 頁。該文作於 1690 年春,由《詩評》《詩話》《儷評》三部分組成。以下爲了便於行文,將《壺谷漫筆》簡稱爲《漫筆》。

中收録《儷評》中所使用的概念。[①] 下文中將多次提到壺谷的這種看法,因此我們首先需要對壺谷的這一種説法的可信度進行考察。[②]

壺谷一生先後經歷過仁宗與肅宗兩朝。除了晚年以外,他的一生在動蕩不安的政治環境中過着比較順利的生活[③],這一點也可通過其述懷之作窺知一二。南龍翼并不主張黨論,與他人亦無衝突,對於自身所稟賦文學才能十分自負。幼年時期,比起性理學而言,更爲重視科舉文方面的學習,喜歡寫作制述類文章,因此在科舉考試場上可謂一帆風順。[④] 他熱愛文學,青年時期即開始對他人文章品評短長,也批評自己所寫的文章。這些批評文章先後結集爲《壺谷集》《扶桑録》《李氏連珠集》《箕雅》《壺谷漫筆》《律家警句》《儷選兩體》等著作。

以上諸著作中,最爲獨特的是《壺谷漫筆》卷三中收録的《儷評》。這篇《儷評》最爲鮮明地展示了南龍翼對駢文的獨特興趣與造詣。由於南龍翼自幼就對駢文十分感興趣,"余自少時,酷愛徐庾婉語,或於忘形之際,多有效顰之作"[⑤]。他對駢文的學習過程、對自己所創作駢文的自負、以及當時的文風,通過下面這段文字可窺知一二:

> 一日出示同年朴安期,則朴曰:"句法是矣,律法未精矣。"余初怪而不信矣。及見疏庵諸作,以溯四傑,其言果信。自此一遵其韻以爲之,如《送耽羅李御史序》《梅鶴亭序》《思歸引》《温泉行》《幸閣序》《磻巖書院上樑文》《箕子廟碑銘序》等作,或不無可觀,而舉世既不尚此體,故不敢示人。[⑥]

上文中所提到了壺谷著作中的《儷選兩體》一書,該書的編撰是爲了爲後學提供駢文寫作的典範,書名中所謂"兩體"指的就是徐庾體與館閣體。雖然我們無法斷言,但從《儷評》中所提到的文人來看,《儷選兩體》一書中也收録了中國人的作品,在《儷選兩體》

---

① 徐庾體與館閣體的用語用作對駢文性格的限定,除了壺谷的著作以外,尚未見到其他著作中有使用這兩個概念的用例。

② 對於壺谷著作的整體情況,請參考[韓]朴禹勛《壺谷南龍翼的文學論研究》,《語文研究》1988 年總第 17 輯。

③ "决科則知易而不知難,居家則知樂而不知憂,立朝則知榮而不知辱。"見[朝鮮]南龍翼《儷評》,《壺谷漫筆》卷三,韓國學中央研究院藏書閣藏抄本,第 56 頁。

④ 參考[韓]朴禹勛《壺谷南龍翼的文學論研究》,《語文研究》1988 年總第 17 輯。

⑤ "余自少時,酷受徐庾婉語,或於忘行之際,多有效顰之作。"見[朝鮮]南龍翼《儷評》,《壺谷漫筆》卷三,韓國學中央研究院藏書閣藏抄本,第 48 頁。

⑥ [朝鮮]南龍翼《儷評》,《壺谷漫筆》卷三,韓國學中央研究院藏書閣藏抄本,第 48 頁。另外還能發現其他類此的敘述:"儷文則最愛徐庾、四傑文,詞命外多用此體。科未第時,《賦送青湖(李公一相)錦城序》,人頗稱道,而律法猶未盡精。中年爲李伯宗(東溟)作《梅鶴亭序》,東溟(斗卿)見之,稱以最奇。語載其集中。以此頗自負,而世不崇尚此體,不欲示人也。"見[朝鮮]南龍翼《壺谷漫筆》卷一,韓國學中央研究院藏書閣藏抄本,第 15 頁。

一書編纂完成之後,南龍翼在此基礎之上寫作《儷評》一文。[①]

《儷評》一文所占篇幅,不過11個半頁[②],雖然篇幅短小,但對中國與韓國駢文發展的整體情況作了簡明扼要的總結。從六朝時期徐庾體開始,到唐代的"四傑",宋代的館閣體(蘇東坡、劉克莊),再到韓國新羅時期的崔致遠與高麗時期的朴寅亮、李齊賢,以及朝鮮時期的任叔英、李植等人,做了一網打盡式的總結與討論。最後將駢文分成徐庾體與館閣體,并描述了作者心中理想駢文的形態。

文章從總體上來看,討論了駢文的形成及其文體特徵,并對各時代駢文的特性以及作家的作品進行了討論。根據不同情況,列舉兩類不同作家作品中的駢句進行對比批評。試看如下評述:

> 東坡《到英州表》曰:"瘴癘炎鄉,去若清涼之地;蒼顏白髮,誰憐衰暮之年。"吕惠卿《到建寧軍表》曰:"龍鱗鳳翼,已絶望於攀援;蟲臂鼠肝,一冥心於造化。"兩句之精妙、悲涼,一也。而蘇無心、吕有意。[③]

以作家的意思在文章中是否得到了露骨性的表現爲標準,南龍翼對蘇東坡的作品較之吕慧卿而言給予了更高的評價。由此可以看出,南龍翼在對文學性進行評價時,更加重視意義傳達的含蓄性。

對於韓國駢文,他認爲由於韓國十分重視事大,很少有讓人感到滿意的作品。南龍翼從高麗朝與朝鮮朝進行比較的角度,對朝鮮時期的駢文給予了這樣的評價:認爲朝鮮時期作家雖衆,精工不足,遜色於高麗。對於高麗時期的作品,選擇代表性的駢文家及其作品中的警句,認爲李其賢的表文"精妙",金坵的啓文"汪洋奇健"。

南龍翼在《儷評》中提到了朝鮮時期的作家金安國、張玉、車天輅、趙纘漢、任叔英、李植、李明漢、李再榮、黄慎等人,特别是對疏庵任叔英和澤堂李植給予了高度評價。試看南龍翼對金安國作品的評價:

> 金慕齋《賀嘉皇帝誅内逆表》:"天網恢而不漏,既服赤族之誅;日蝕既而無虧,復明黄道之照"一句極精切,而高低似不甚叶。事大表文不可不極精故也。[④]

評金安國的作品爲"精切",同時又指出文中平仄大多不符的事實,認爲以事大爲目

---

① "余嘗作《儷選兩體》二卷。一曰徐庾體,而以疏庵繼之;一曰館閣體,而以澤堂繼之。"見[朝鮮]南龍翼《儷評》,《壺谷漫筆》卷三,韓國學中央研究院藏書閣藏抄本,第48頁。

② 奎藏閣本與藏書閣本《壺谷漫筆》卷三中收録《儷評》的篇幅相同。

③ 見[朝鮮]南龍翼《儷評》,《壺谷漫筆》卷三,韓國學中央研究院藏書閣藏抄本,第44頁。

④ 見[朝鮮]南龍翼《儷評》,《壺谷漫筆》卷三,韓國學中央研究院藏書閣藏抄本,第46頁。

的寫作的表文必須具備精切的特點。通過壺谷對於駢文的這種慧眼,可以看出,以上的評語雖然是針對一篇文章,却達到了言及表文普遍性的水準。

另外壺谷也致力於駢文的創作,壺谷駢文創作的能力也得到了東溟鄭斗卿等周圍人的認可。[①]《壺谷集》卷七中收録了課制録、應制録等 18 篇駢文,由這一點可以看出其駢文創作的能力。

上文中提到,壺谷自幼就對駢文十分感興趣,創作了很多作品。在韓國的批評家中,很難找到像《儷評》這樣專門針對駢文進行批評的文字。這也充分説明他的駢文造詣與衆不同。他將駢文分爲徐庾體與館閣體,將疏庵視作徐庾體的代表,將澤堂視作館閣體的代表。這種看法,對於我們把握駢文的發展趨勢十分有益。

(二) 徐庾體的性格

中國文獻中對於"徐庾體"這一概念有如下説明:

> 指南朝梁徐陵父子與庾肩吾、庾信父子的詩風、文風。[②]
>
> 既有盛才文,并故世號徐庾體焉。[③]
>
> 既而徐陵、庾信復極力推揚聲律之波,競以馬蹄韻,行文且以四六句平仄相間作對,世因稱之爲徐庾體。[④]

從以上引文來看,徐庾體指的是南朝時期徐陵與庾信爲中心的文人所創作詩歌的詩風和文風,壺谷對於這一概念的使用範圍更廣。由"綺艶""推揚聲律之波"等評語中可以看出,徐庾體具有追求形式美的特徵。徐庾體對於形式美的追求代表了南朝唯美文學的屬性,在詩歌的技法上,與精密的對偶、調和的韻律、多用典故、華麗的修辭等觀念同軌。[⑤] 以上引文中出現的四人既是宫體詩的倡導者,同時也是重要的作家。徐庾體的這種性格在這一事實中表現得非常鮮明。[⑥] 形成於南朝梁朝時期的詩風,由於主要在於反映君主與貴族的放蕩生活,因此内容上淫蕩、奢侈,且注重詞句音律和用典。[⑦] 徐庾體的

---

① "儷文則最愛徐庾、四傑文,詞命外多用此體。科未第時,《賦送青湖(李公一相)錦城序》,人頗稱道,而律法猶未盡精。中年爲李伯宗(東溟)作《梅鶴亭序》,東溟(斗卿)見之,稱以最奇。語載其集中。以此頗自負,而世不崇尚此體,不欲示人也。"見[朝鮮]南龍翼《壺谷漫筆》卷一,韓國學中央研究院藏書閣藏抄本,第 15 頁。

② 程興業等編《中國古代文學詞典》第一卷,廣西教育出版社 1986 年版,第 386 頁。

③《北史・周書・庾信傳》。轉引自金振邦編著《文章體裁辭典》,東北師範大學出版社 1986 年版,第 222 頁。

④ 張仁青《駢文學》(上册),(臺北)文史哲出版 1984 年版,第 258 頁。

⑤ 張仁青《六朝唯美文學》,(臺北)文史哲出版 1980 年版,第 35—94 頁。轉引自[韓]許世旭《中國古代文學史》,法文社 1986 年版,第 195 頁。

⑥ 趙則誠等編《中國古代文學理論辭典》,吉林文史出版 1985 年版,第 311 頁。"是宫體詩的倡導者和重要作家。"

⑦ 程興業等編《中國古代文學詞典》第一卷,廣西教育出版社 1986 年版,第 382 頁。

主導性人物，衆所周知是徐陵和庾信[①]，《隋書》中對於此二人有如下評述："其意淺而繁，其文匿而采，詞尚輕險，情多哀思。"[②]趙則誠在《中國古代文學理論辭典》中評價稱："亦多奉和，應制之作，清艷浮靡，内容空泛，缺少真情實感。"[③]從對這種重教化主義或者實用主義的立場進行的評價中，我們能再次看到其作品内容貧弱的特性。

上文中提到，徐庾體是南北朝時期以徐陵和庾信爲中心的一種文風，由於過度追求形式美，因此作品内容上顯得較爲貧乏，這可以説是徐庾體的主要特徵。

南龍翼所使用的"徐庾體"這一概念，與上文中我們考察的特性相通。儘管如此，從其對駢文進行限定使用的角度來看，存在一定的差異。壺谷云：

> 文自六朝，流於綺麗，病於偶對，仍變爲駢儷之體，而徐庾昉之。至唐而王楊盧駱振之，蓋其體以格調高華爲宗、以音響清楚爲主，作句轉排，自有程限；隔字高低，有同律詩。此所謂徐庾體也。[④]

由這一段話可以看出，南龍翼對駢文的文體特徵的理解是非常深刻的。爲了實現"格調高華，音響清楚"，必須在"作句轉排"與"隔字高低"上下功夫，壺谷將這種流派的駢文視作徐庾體。格調可謂之詩文的格律與聲調[⑤]，骨格構成詩歌的外形。如果將之分爲"格"與"調"，那麼可以説，所謂"格"指的是作家純粹的經驗與美的真義，按照語言以及與語言相伴的音律進行有機組合而成的，是爲"格"也。所謂"調"指的是，通過"格"形成自我，并通過旋律化使之變得生動，是爲"調"也。[⑥] 所謂"格調"指的是關於詩歌的表現格式與音調等詩歌的形式與外在要素，即詩歌寫作方法與技巧。[⑦] 如果能理解這一説明，那麼也就能容易地理解"格調"這一概念。從以上我們對"格調"這一概念進行的分析可以看出，所謂"格調"，包括了音響的作用，"音響"這一概念并不作爲與"格調"相區分的概念來使用，也不從側重於"格調"中的"格"的角度来使用。總之，所謂"格調"與"音響"的概念是在考慮駢文的組織與音樂性時使用的概念。

接下來要討論的"作句轉排"指的是，對於駢文而言，"對偶"與"四六"中的"隔字高低"指的是平仄的問題。對此不妨具體説明一下，一般而言，駢文中大多使用四字句與六

---

① 金振邦等編《文章體裁辭典》，東北師範大學出版 1986 年版，第 222 頁。"徐庾，徐陵、庾信也。"

②《隋書·文學傳序》。轉引自金振邦等編《文章體裁辭典》，東北師範大學出版社 1986 年。

③ 趙則誠等編《中國古代文學理論辭典》，吉林文史出版社 1985 年版，第 311 頁。"亦多奉和應制之作，輕艷浮靡，内容空泛，缺少真情實感。"

④［朝鮮］南龍翼《儷評》，《壺谷漫筆》卷三，韓國學中央研究院藏書閣藏抄本，第 43 頁。

⑤ 中文大辭典編纂委員會編《中文大辭典》，（臺北）中國文化大學出版部 1976 年版。

⑥［韓］崔信浩《韓國漢文學論的發達過程之研究》，檀國大學校 1977 年博士學位論文，第 30—31 頁。

⑦［韓］丁範鎮、河正玉《中國文學史》，學研社 1982 年版，第 294—295 頁。

字句,在構成對偶句時必須考慮上下聯各句的平仄。爲了實現"格調高華、音響清楚"的效果,駢文必須如同律詩一樣遵守法式,壺谷所謂"徐庾體"這一用語并非僅僅用來指稱駢文,而是指稱更廣範的作品的特性。壺谷借用已經使用過的"徐庾體"這一名稱,考慮到徐陵與庾信的駢文,於是將之命名爲"徐庾體"。

一般而言,徐陵與庾信的駢文聲律精密,結構嚴整,是六朝時期的集大成之作,對後來初唐四傑的出現産生了十分重要的影響①,徐陵與庾信對於推動此前的駢文的變化,厥功至偉。具體而言主要有如下的一些功績:(1)以四言爲主,將上句與下句的相對,改變爲使用四六句的隔句對;(2)爲實現平仄的互相協調,制定了"字協平仄,音調馬蹄②"的規範;(3)試圖變化四六句式,使句式顯得靈動;(4)大量使用典故。③ 這些功績,大部分與駢文組織的緻密性與音韻的調和相關。徐陵所謂"更用妍美之聲調,……使人百讀不厭,甚至忘却其爲駢偶矣"④、"咀嚼英華,饜飫膏澤"⑤等評語,也體現在其作品中音響的調和、華麗以及富餘上。這樣,通過對於徐陵與庾信的駢文的先行研究,我們可以看出,在徐陵與庾信的駢文中都具備壺谷所謂"徐庾體"的構成要素。

(三)館閣體的性格

在瞭解館閣體之前,我們先看"館閣"的含義。"館閣"這一用語,首先出現在提及中國宋代的制度時。試看以下引文:

> 宋代以史館、集賢院、昭文館爲三館。又有秘閣及龍圖、天章諸閣,統謂之館閣。⑥

由上面這段引文可以看出,"館閣"是編纂歷史著作、管理圖書或重要文書、保管國王所寫的文章、文集、譜録等機關的統稱。"處其中者,皆文學儒臣,爲一時清選"⑦。另外"館閣"一詞也用作對上述機關的尊稱——臺閣。⑧

---

① 張仁青《中國駢文發展史》(下册),(臺北)中華書局1970年版,第392頁。

② 所謂"馬蹄"意爲每一句的最後一個的平仄必須爲"仄平仄平"或者"平仄仄平"。張仁青《駢文學》(上册),(臺北)中華書局1970年版,第284頁。

③ 張仁青《駢文學》(上册),(臺北)中華書局1970年版,第393—396頁。

④ 張仁青《駢文學》(上册),(臺北)中華書局1970年版,第397頁。"更用美之色澤聲調……使人百不厭,甚至忘却其爲駢偶。"

⑤ 張仁青《駢文學》(上册),(臺北)中華書局1970年版,第407頁。

⑥ (宋)林逋著、沈幼征校注《林和靖集》,浙江古籍出版社2012年版,第35頁。

⑦ 同上。

⑧ 中文大辭典編纂委員會編《中文大辭典》,(臺北)中國文化大學出版部,1976年版。"臺閣體"條:"明時楊士奇、楊榮、楊溥久處館閣,制誥碑版多出其手,相率博大昌明之體,雍容閑雅之作,以謳歌太平,海内宗之,號臺閣體。"

從韓國的《補閑集》①與尹紹宗(1345—1393)的《勸經筵書》②來看,韓國古代所謂館閣指的是藝文館、春秋館以及弘文館這些承擔朝廷制撰和詞命的機關。即便到了朝鮮時期,館閣也未能擺脱這一含義。例如:

集賢殿副提學鄭麟趾等上言:臣等竊稽宋唐之制,館閣之職,所以待天下英才之地也。……本朝置集賢殿、修文殿、寶文閣以待文臣,即唐宋之制也。③

教曰:館閣之稱,昉於宋時。而我朝館閣會議之時,以春秋館權稱館閣矣。設閣以後,始備館閣之制。④

對此我們可以從以上引文中發現,館閣既包括負責朝廷制撰和詞命的藝文館、春秋館、弘文館等機構,也包括負責正祖以後御批和御制的保管,經筵的講論、教化等職能的奎章閣。同時館閣的意義擴大,也用作指稱與"在野人"這一概念相對的官僚。⑤

中國方面的文獻中,對於指稱一種文風的"館閣體"的説明十分混亂。不過對於館閣有這樣的解釋"謂文章典雅莊重而近俗套"⑥,我們從這一解釋中能窺知館閣體的性格。上文中提到,在中國對於館閣與臺閣并不作嚴格區分,因此我們可以從以下對臺閣體的説明中窺知何謂"館閣體"。

明初上層官僚集團之間形成的一種文風……其代表人物楊士奇、楊榮、楊溥,時稱"三楊"……錢謙益《列朝詩集小傳》評楊士奇:"……今所傳東里詩集,大都詞氣安閑,首尾停穩。不尚藻辭,不矜麗句,太平宰相之風度。"可以想見,三楊除撰寫朝廷詔令奏外,還寫了大量的應制、頌聖、應酬、題贈的詩歌,其形式典雅工巧,陳陳相因,内容多歌功頌德粉飾太平。⑦

從以上引文來看,中國人所謂臺閣體或稱館閣體,作爲一種文風,包含以下五方面含義:第一,形成於上層官僚集團之間;第二,詞氣安閑,首尾安定;第三,藻詞不專門用於麗

---

① [高麗]崔滋《補閑集》中,文憲書院 1933 年版,第 17 頁。"館閣諸君,以陳詩清壯爲優,李詩語雖清寒,瑣屑爲劣,陳詩逸。""史館"與"玉堂"即出自以上的句子,"史館"於 1308 年(忠烈王 34)併入文翰署,兩部分合爲"藝文春秋館",到了朝鮮太宗元年(1401),"藝文春秋館"分爲藝文館與春秋館兩館。

② [朝鮮]尹紹宗《勸經筵書》,《東文選》卷五三《奏議》,韓國國立中央圖書館藏朝鮮中宗元年(1506)刻本。

③ [韓]國史編纂委員會編《朝鮮王朝實録 · 世宗實録》第 3 册,(首爾)國史編纂委員會,1970 年版,第 179 頁。

④ [韓]國史編纂委員會編《朝鮮王朝實録 · 正祖實録》第46 册,(首爾)國史編纂委員會,1970 年版,第526 頁。

⑤ [朝鮮]南龍翼《儷評》,《壺谷漫筆》卷三,韓國學中央研究院藏書閣藏抄本,第 14 頁。"金梅月、南秋江、宋峰山、林三傑、鄭湖陰、盧蘇齋、黄芝川,館閣三傑。"

⑥《文史辭源》第四册,(臺北)天成出版社 1984 年版。

⑦ 趙則誠等編《中國古代文學理論辭典》,吉林文史出版社 1985 年版,第 342 頁。

句;第四,形式典雅、工巧;第五,從内容上來看,主要是歌功頌德、粉飾太平。

在韓國,館閣體成爲一時文衡,始於權近。經過卞季良、金守温、徐居正、金宗直、成俔等人[①],到了朝鮮中期,以李廷龜爲代表的四大家的出現,標志着館閣體的最終形成。[②]南龍翼、李敏叙等人緊隨其後。到了朝鮮後期,南九萬、金錫胄等人的館閣體作品成爲館閣體的典範。[③]

爲了把握館閣體的性格,我們必須對館閣文人特别是四大家的文章,以及直接對館閣體進行評價的記録予以留意,對於月沙李廷龜的文章有如下評價:

> 《月沙集》大抵是菽粟之文,館閣之體……[④]
>
> 李月沙之文,醇厚博茂,看不甚有味,而讀之逾久,令人不厭。[⑤]

這段評價中,評象村曰:"闡其精奥。"[⑥]評溪谷曰"典雅通暢","詞理具備"[⑦]。評澤堂曰:"結構精密。"[⑧]"醇厚薄茂""精奥""典雅通暢""詞理具備""精密"等這類評語,就明確表現出館閣體的性格。由這些評語可以看出館閣體具有如下四方面特點:第一,便於理解,追求修辭和内容的調和。第二,文章規模較大,方向明確。第三,遵守法則,優雅。第四,有條不紊,理致深邃。

對於館閣體性格的如上這些評論,大部分評者對於館閣體都給予了肯定性的評價。館閣體自身也存在一些問題,對此有如下的一些看法:

> 蓋才不無焉,皆局於聞見,所得多館閣體,而畏縮不敢出遊局外,掀動造化,日就卑卑而已。[⑨]
>
> 館閣之體多出於應制酬酢,故雖鉅公鴻匠亦不無邊幅組織之疵。[⑩]

---

① [朝鮮]正祖《日得録》(一),見《弘齋全書》卷一六一。"我國館閣,肇自權陽村,而伊後如卞春亭、徐四佳輩,亦以此雄一世。近古則李月沙、南壺谷、李西河又相繼踵武,各體俱備。"[朝鮮]正張維《簡易堂集序》,《谿谷集》卷6。"國朝文章盛矣。唯占畢、乖崖、四佳、虚白三四公稱大家,數虚白、四佳,通敏利用,館閣之豪。"

② [朝鮮]鄭玉子《朝鮮後期文學思想史》,首爾大學出版部1990年版,第5—6頁。(首爾)大東文化文化研究所編《國語國文學辭典》,(首爾)新丘文化社1981年版,第98頁。

③ [朝鮮]正祖《日得録》(三),《弘齋全書》卷一六三。"概息庵策論之豪邁雄健,藥泉疏札之明白剴切,當作館閣之指南津。"

④ [朝鮮]正祖《日得録・文學(一)》,《弘齋全書》卷一六一。

⑤ [朝鮮]正祖《日得録・文學(三)》,《弘齋全書》卷一六三。

⑥ [朝鮮]正祖《日得録・文學(一)》,《弘齋全書》卷一六一。

⑦ [朝鮮]金昌協《雜識・外篇》,見《農巖集》卷三四,韓國國立中央圖書館藏肅宗35年(1709)刻本,第16頁。

⑧ 同上注。

⑨ [朝鮮]李德懋《嬰處雜稿・瑣雅》,見《青莊館全書》卷五,首爾大學校古典刊行會1966年版。

⑩ [朝鮮]申欽《晴窓軟談》,見《象村集》卷五二。譯者案:朴禹勛先生論文原文中注出處爲《象村集》卷60,經查當出卷五二,今更正。

認爲館閣體無法很好地表現出作者胸中之意，同時也認爲館閣體未能擺脱已有的束縛。①

壺谷南龍翼所使用的"館閣體"這一用語，雖然與以上我們考察的"館閣體"在意義上一脈相通，但是南龍翼所使用的"館閣體"這一概念僅僅是用來指稱駢文性格的一種狹小的概念。壺谷云：

> 宋朝諸學士始變體格，以典重記實爲宗、以懇到寫情爲主。表詔則蘇軾、汪藻獨步，牒啓則劉克莊、李劉巨擘，此所謂館閣體。②

這裏所謂"典重記實，懇到寫情"這類評語，主要是針對宋代的駢文來説的。南龍翼將此類駢文命名爲館閣體。

宋代文章的寫作風格有散文化的傾向，這種現象在駢文創作中表現得更加鮮明。③因此宋代的駢文雖然與古文相對，但實際上仍然未能免除受到古文的影響。④ 這既是宋代駢文的長處，同時也是其短處。宋代駢文的特徵有：使用範圍縮小，主要用作寫作詔、制、表、啓等文體時，在文章中能自由發表議論。⑤ 宋代文章的議論性不光表現在駢文中，議論性可以説是宋代文章的總體特徵。這一特色的前者，與以上引文中的"表、詔、牒、啓"密切相關，後者則是與重視法式的徐庾體相區分開來的重要因素。

歐陽修一掃宋初追求裝飾性的文風，人們對於歐陽修給予的這樣的評價，認爲在駢文寫作上擺脱了華麗，追求内容的實質，開啓了駢文的散體化，厥功至偉。經過此後蘇軾等人的努力，駢文逐漸向追求淡雅的方向發展。⑥ 南龍翼對於南渡以後的駢文作家汪藻，用了這樣一些語言進行評價："深厚雅健""淹雅""悲壯""比擬適切""感動人心"。同時對於李劉和劉克莊二人的作品評價稱："措辭明暢""瘦淡自然"。由這些評語我們可以窺知這些宋代駢文的特徵。

從以上分析可以看出，宋代的駢文與駢文作家的性格與特色，與南龍翼所謂"典重記

---

①《日得録》中有"未免於館閣矣。"（見［朝鮮］正祖《日得録·文學（一）》，《弘齋全書》卷一六一）與"非近世館閣畫葫手段"（見［朝鮮］正祖《日得録·文學（一）》，《弘齋全書》卷一六一）兩句。一般認爲這兩句指出了館閣體的問題，但是在筆者看來，這兩句話應該視作正祖對當時文壇的弊端的指責。

②［朝鮮］南龍翼《儷評》，《壺谷漫筆》卷三，韓國學中央研究院藏書閣藏抄本，第 44 頁。

③ 劉麟生《中國駢文史》，商務印書館 1980 年版，第 95 頁。

④ 張仁青《中國駢文發展史》（下册），（臺北）中華書局 1979 年版，第 502 頁。

⑤ 張仁青《中國駢文發展史》（下册），（臺北）中華書局 1979 年版，第 503 頁。彭元瑞的《宋四六選》中僅選了詔、制、表、啓、上樑文、樂語等文體，由此可以看出當時駢文的使用領域。這與魏晉南北朝與初唐時期駢文被廣泛運用到諸多文體有明顯的差别。

⑥ 張仁青《中國駢文發展史》（下册），（臺北）中華書局 1979 年版，第 538 頁。關於汪藻、李劉、劉克莊的叙述，參考了該書第 540—558 頁。

實、懇到寫情"的館閣體是一致的。

三、通過作品分析以確認兩種流派

上文中我們提到，壺谷南龍翼將重視音樂性、遵守法式的南北朝時期的駢文命名爲"徐庾體"，將"典重記實、懇到寫情"的宋代駢文命名爲"館閣體"，并且分别以疏庵任叔英和澤堂李植二人作爲徐庾體與館閣體的代表作家。[①] 我們在對駢文具有較高造詣的南龍翼的其他著作中，也可以找到他對任叔英和澤堂李植創作能力的肯定。[②] 他將任叔英視作徐庾體代表作家，將李植視作館閣體代表作家，這種看法也可以通過對其作品的分析進行確認。對作品進行分析時存在一個問題，那就是應該選擇怎樣的作品？本文中以壺谷在《儷評》中提到的疏庵的《統軍亭序》與《練光亭序》，李植的《甲申討逆頒赦中外教書》《昭顯世子謚册文》《王世子册封頒赦中外教書》等作品爲考察對象。之所以選擇這些作品作爲考察對象，是因爲壺谷提到過這些作品，這意味着他對這些作品的認可。同時，這些作品充分代表了作家的文風。尤其是疏庵的以上兩篇作品，在當時就廣爲流傳[③]。

對於以上這些作品的考察，我們主要聚焦於疏庵任叔英和澤堂李植的作品在多大程度上體現了徐庾體和館閣體的特徵。因此，我們在考察作品内容的同時，也注意構成駢文要素的對偶、平仄這些情况。

駢文在齊梁之後，格式走向完備，平仄的規則在節奏點上極爲嚴格。[④] 張仁青考察了歷代駢文作家，關於平仄，他認爲必須遵守如下規則：第一，各句最後一字的平仄必須相對。第二，上一聯的最後一字與下一聯的第一個字的平仄必須相同。這第二條規則，被稱之爲"相粘"。[⑤] 在一個新的段落開始時，或者在兩句之間不構成對偶的散體文中，則

---

① "余嘗作《儷選兩體》二卷。一曰徐庾體，而以疏庵繼之；一曰館閣體，而以澤堂繼之。"［朝鮮］南龍翼《儷評》，《壺谷漫筆》卷三，韓國學中央研究院藏書閣藏抄本，第48頁。

② "公之文長於四六。"（［朝鮮］李植《疏庵言行録》，見《澤堂先生别集》卷之十，韓國國立中央圖書館藏朝鮮哲宗元年（1849）刻本，第47頁，藏書編號한古朝46—가63—141—2）"（任叔英）爲文章操筆立成，尤長於四六。"（［韓］國史編纂委員會編《朝鮮王朝實録·仁祖實録》第33册，（首爾）國史編纂委員會，1970年版，第556頁）"溪谷之詞，澤之駢儷，又足相當。"（［朝鮮］金昌協《雜識·外篇》，見《農巖集》卷三四，韓國國立中央圖書館藏肅宗35年（1709）刻本，第16頁）"澤堂於行文、儷文，無不兼該。"（［朝鮮］趙德潤《别本東人詩話》，見蔡美花主編《韓國詩話全編校注》第5册，人民文學出版社2012年版，第4179頁）

③ "《統軍亭序文》流入中朝。"（［朝鮮］李植《疏庵言行録》，見《澤堂先生别集》卷之十，韓國國立中央圖書館藏朝鮮哲宗元年（1849）刻本，第46頁，藏書編號한古朝46—가63—141—2）"所作《統軍亭序》見稱於中朝，學士以爲千年絶調。"（［韓］國史編纂委員會編《朝鮮王朝實録·仁祖實録》第33册，（首爾）國史編纂委員會1970年版，第556頁）

④ 王力主編《古漢語通論》，中外出版社1976年版，第150頁。

⑤ 張仁青《駢文學》（上册），（臺北）中華書局1970年版，第282頁。

無需遵守這些規則。這是因爲,即便這些規則違反一兩次,作家也不會十分在意。如果過於嚴格地遵守這些規則,反而會有害於作家心靈的表達,使讀者失去閱讀的興趣。[①] 因此,原則上來講,即使不處在節奏點的位置上,但如果那個字是比較重要的動詞,或者是比較重要的詞語的最後一字的話,那麼這個字就會成爲字眼,就必須考慮這個字的平仄。[②]

(一) 徐庾體:疏庵的《統軍亭序》與《練光亭序》

疏庵的駢文文風接近徐庾體,對此芝峰李睟光評價稱:"(疏庵)駢儷則專學六朝體。"[③]我們從壺谷南龍翼所選擇的句子中就可感知一二。如《藏拙窩上樑文爲鄭德餘作》中的句子"深秋菊氣,香襲衣裳;薄暮松聲,寒侵几杖",以及《送睦參議長欽序》中的句子"疏雲欲雨,負海而窮陰;古木多風,連山而肅氣"。[④]

《統軍亭記》以此前文人多次吟咏過的義州的某一亭子爲背景,該亭子由李弘胄(1562—1638)於光海君 4 年(1612)在義州府尹任上建造。全文分爲四段,第一段中稱,雖然"西山石室"與"南海金堂"是傳説中的地名,然而"統軍亭"是現實中存在的勝地。第二段中對於統軍亭的華麗評價稱:"重簷複霤,交陰横碧磴之前;鏤檻文槐,發秀被紅巖之側。"對於義州的位置,文中稱:"皇慈霧洽,居四郡而先沾;神化風宣,在三韓而首被。"第三段中,對李弘胄的才能、治績以及在統軍亭舉行的盛大的宴會、周圍的景致等進行了描寫。最後一段中,以叙述參加這次盛大宴會的疏庵任叔英寫作此文結束全篇。縱觀全文,似乎并没有什麽要表達的内容,只是羅列了一些文辭優美的詞句。如果要尋找本文内容上的意義的話,我們必須將與統軍亭或者義州相關的那些雜多且細緻的事項悉數動員起來才能發現。可以説,這就是徐庾體類駢文的特徵。

徐庾體的特徵表現在對法式的遵守上。爲了對這篇文章形式上的特徵進行考察,以下引用文章的部分内容進行説明。

(1)

<table>
<tr><td>西山石室</td><td>韜福地於霞岡</td><td rowspan="2">雖復</td><td>雕甍亘嶺</td><td>終非視聽之鄉</td><td rowspan="2">然則</td><td>珍臺閑館</td></tr>
<tr><td>南海金堂</td><td>祕靈區於霧壑</td><td>畫棟凌波</td><td>竟謝舟車之域</td><td>列榭崇軒</td></tr>
</table>

① 張仁青《駢文學》(上册),(臺北)中華書局 1970 年版。

② 張仁青《駢文學》(上册),(臺北)中華書局 1970 年版,第 283—284 頁。"張其珊網,爲建國期得人;貢之玉堂,勗乘時以宣力。"(成惕軒《高闈四十年酬唱集序》)以上的"張"字與"貢"字雖并非處在節奏點上,但由於是文中非常重要的字眼,因此也入了平仄。(○表示平聲,×表示仄聲)

③ [朝鮮]李睟光《文評》,見《芝峯類説》卷八,韓國國立中央圖書館藏刻本,第 35 頁,藏書編號한古朝 91—50。

④ [朝鮮]南龍翼《儷評》,見《壺谷漫筆》卷三,韓國學中央研究院藏書閣藏抄本,第 46—47 頁。

窮宇內之規模　可以　寄心寥廓　冥搜包上下之殊　獨爲遊觀之美者,其惟統軍亭乎![1]

極人間之制度　　　　延首城池　曠望括華夷之會

《統軍亭記》全文 42 句,皆以對偶句構成,其中駢文最基本的句式——四六四六句在文中共出現 17 次,所占比重爲 40.4%,十分頻繁。另外,從總字數的角度來看,不構成對偶的字數(引文中的"雖復""然則""可以""獨……乎"等,這些是對偶句前使用的"散字")爲 49 字,在全文 883 字中,所占比重爲 5.5%。可以看出,全文的字數中有 94.5%從屬於對偶句中。

衆所周知,駢文追求對仗精巧,容易構成精巧對仗的是數字對與顏色對。如果精巧對仗的要求走向極致,則有時會要求所對的是否是同義詞。如:

(2)

三階八户　憑[2]顯敞而盤基

萬拱千櫨　襲高明而沓勢

(3)

青鲂赤鯉　珠籃登丙穴之魚

紫柱蒼梧　玉椀薦洪梁之酒

在第一聯中,"三"與"萬"、"八"與"千"是數字對,第二聯中"青"與"紫"、"赤"與"蒼"是顏色對,第三聯中的"終"與"竟"、"窮"與"極"、"包"與"括"是同義詞對。從全文來看,數字對有 6 句,出現在 7 處;顏色對有 8 句,出現在 11 處;同義詞對則出現在 12 處。同義詞對由於在某種程度上看屬於意義的重複,因此被人們認爲是駢文的弊端。[3]我們在欣賞這篇作品時,一方面能感受到文章絢爛、詞采華麗,同時也能感受到文章中不少地方存在意義上的重複,新鮮度較低。之所以会有這種感受,主要是因爲是文中使用了過多的同義詞對偶句的原因。特别是在追求對仗的過程中,反復地使用了上文中提到的"着""紫"等字,更是加重了"行文重複"的這種閱讀感受。

我們從平仄這一現象能確認遵守法式的館閣體。這篇作品中,誠如在以上的例句(1)中所看到的那樣,可以説十分完美地遵守着平仄法則。違背"在節奏點必須嚴格遵守平仄"原則的句子有 5 處("陽烏御日,臨反宇而回翔;仙鶴乘雲,歷飛梁而墜翼")等,

① ○與×標示的字爲節奏點字。○表示平聲,×表示仄聲。

② 譯者注:韓文論文原訛作"凴",今據改。

③ 王力主編《古漢語通論》,中外出版社 1976 年版,第 144 頁。

共有 42 句,在全文中所占的比重爲 11.8%,占全部對偶句的 90%。構成對偶句的最後一字(例句 1 中的“崗”與“壑”,“鄉”與“域”,“模”與“度”,“殊”與“會”)的平仄必須相反的原則的僅見兩處(“庾元規之談咏,早合流連;許玄度之才情,尤堪賞契”,“河源經月,即降張騫;益部指星,常勤李郃”),在全文 42 句中占 4.7%,可見對偶句的 95%嚴格遵循規則。另外,在以上所引第一聯中,上聯的出句的末字(室)與下聯對句的末字(壑),上聯的對句末字(崗)與下聯出句的末字(堂)的平仄本該相反,這裏却相粘,與這一原則相違背的有 5 處,這表明 90%的句子遵守了規則。①

南龍翼在《儷評》中評《練光亭序》道:“走筆席上而語皆精工。”②《練光亭序》以平壤大同江邊的德巖城上的練光亭爲空間背景,文章的表現方法與進行順序,與上面提到的《統軍亭記》幾乎相同。不同之處是,在《練光亭序》這篇文章中,讓庶尹李弘胄與觀察使朴寅亮一起在文章中出現。另外從篇幅上來看,《練光亭記》要明顯長於《統軍亭記》。

這篇文章由 74 個對偶句構成,其中四六四六句式共出現 26 次(占全部對偶句的 35.1%),從字數上來看,散字有 55 字,占全文字數 1185 字的 4.6%。換言之,總字數的 95.4%從屬於對偶句。另外,與《統軍亭記》相同的是,上聯中如果出現數字或者表現顔色的字的話,下聯中則會相應地出現與之對應的字,以構成對偶,這種數字對有 12 句,出現在 14 處。顔色對有 4 句,出現在 4 處。另外如“携朋接黨,當時置驛職賓;嘯侶命儔,仲舉題輿之客”等以同義詞構成對偶句的,有 19 處。與《統軍亭記》相比,《練光亭記》中顔色對的數量不如《統軍亭記》,但數字對的數量要多於《統軍亭記》。

從平仄的角度來看,違背平仄規則(1)的有 7 處,占全文 74 句的 9.5%,對仗工整的占全文的 90.5%。違反平仄規則(2)的只有 1 處,即“盡府君之體度,化既同矣;得此事之歡欣,風既協矣”,在全文所有對偶句中所占比重爲 1%,99%的句子遵守了規則。另外,違背規則(3)的有 3 處,大概 96%的句子遵守了規則(3)。

(二)館閣體:澤堂的《甲申討逆後頒赦中外教書》《昭顯世子謚册文》《王世子册封頒赦中外教書》

接下來要討論的幾篇文章③都與歷史事件密切相關,這些文章都比疏庵任叔英的駢文要長一些。《甲申教書》涉及的是參與仁祖反正、一等功臣沈器遠(? —1644)於 1644 年(仁祖二十二年,甲申)在追戴懷恩君德仁爲王不久遭到逮捕且被誅殺的事件。《謚册文》與《册封教書》關涉的事件是:仁祖的幼子昭顯世子(1612—1645),在與鳳林大君(孝宗,1619—1659)一道結束在瀋陽作爲清朝俘虜的生活回到朝鮮不到兩個月後病死,於是

① 爲了行文的便利,對於“節奏點上必須遵守的平仄規則”“構成對偶的各句的最後一字平仄相反的規則”,“平仄相粘”的規則,分别記作規則(1),規則(2),規則(3)。

② [朝鮮]南龍翼《儷評》,見《壺谷漫筆》卷三,韓國學中央研究院藏書閣藏抄本,第 46 頁。

③ 爲了行文的便利,對於三篇作品分别簡稱爲《甲申教書》《謚册文》《册封教書》。

朝廷頒布對昭顯世子的謚號,同時告知天下鳳林大君成爲王世子。這幾篇文章就是在這種背景之下寫作的。

《甲申教書》一文中對偶句有 20 句,散字有 33 字,在全文 429 字中占 7.6%,總字數的 92%都是對偶句。數字對只有一處(“謂名流五十輩,即擬芟夷;指將相一二臣,先期撲剪”),顔色對則缺失。將該文與上面我們分析的疏庵的駢文進行比較的話,可以看出,《甲申教書》中不重視對仗的精巧,對於上聯中的的數字,下聯中并不執着於追求數字上的相對,如“履霜堅冰,非一朝一夕之故;詬天吠日,是不奪不饜之心”,“幸賴三靈之共扶,詎容大憝之敢越”。同義詞對仗僅見一處:“山城守禦之兵,畀親戚爲外應;禁垣環衛之卒,换褊裨以内圖。”

從平仄規則遵守的程度來看,并不遵守規則(1)的有 16 處,占全文句數的 76%。换言之,全文僅 24%的句子遵守了規則(1)。違反規則(2)的有 3 處,占全文句數的 14%。違反規則(3)的有 5 處,即全文中有 24%的句子破格。

從内容上來看,《甲申教書》與其他另外兩篇文章(《昭顯世子謚册文》《王世子册封頒赦中外教書》)相比,對人情的表現不如後者切實。原因是,後兩篇文章中對於父子之間的感情作了露骨的描寫,而《甲申教書》是在對叛逆之徒進行討伐之後頒布的,因此行文上顯得更加正式。該文由四段組成,第一段中寫道:時運黑暗,逆賊蜂起,社稷靈長,這些逆賊的暴動很快就會被鎮壓。第二段與第三段中,寫聖心“納污棄瑕而不疑”,而逆魁沈器遠等却心懷叵測、發動起義,文中對沈器遠的種種罪行悉數列舉。最後,第四段中寫道:幸有上天垂憐,惡人遭到嚴懲,以“和澤旁流,尤貴更新之化”結束全篇。

這篇文章中李植所强調與信奉的是王的自省與社稷的悠久。爲討伐逆賊頒布教書,“丕示喜懼之衷”之“懼”中即暗示王應該具備的心理狀態,以“予以寡昧之資,叨承艱難大之業”這一表達與此相連接。另外,站在王的立場所説的“年難省愆,增予懷之内訟”這句話,直接提到了王應該具有的心理狀態。另外,對社稷綿長十分確信,時運雖然黑暗,但“社稷靈長,鯨鯢悉就於齊斧”,即使有什麽黑暗,也能最終消除。我們在這篇文章的開頭部分能窺知作者的這種信念。經過“三靈之共扶,詎容大憝之敢越”的暗示之後,文章的結尾部分以“天道或陂而平”進行了直接表現。

《謚册文》全文有 16 句對偶句,散字共有 19 字,在全文 267 字中占 7.1%,全文總字數的 93%由屬於對偶句中。數字對有 1 處,全文中不使用顔色對與同義詞對。違反平仄規則(1)的有 7 處,占全部對偶句 16 句的 44%,换言之,全文 56%的對偶句嚴格遵守了平仄規則(1)。另外,全文中無一處違反平仄規則(2)與平仄規則(3)。

《謚册文》全文可分爲三段,文章第一段從世子的去世寫起,寫世子去世,國家無法按照既有法度運行。第二段中,寫世子的素養、在清朝經歷的痛苦、世子周圍人與百姓對世子的期待,以及世子突然去世的凄慘。最後一段中叙頒布謚號,并對所頒布謚號進行解釋。

這篇文作品中表現出禮儀性與感情上的節制性,同時也表現了作爲天倫的父子之情,令人印象深刻。雖然世子突然死亡,但"國有彝章,宜備憧終至禮",以及在謚號頒布之後,"儀形已亡,雖莫追於泉壤;行迹可紀,尚有征於簡編"這些文句看出禮儀性與感情上的節制性,後者正如壺谷所指出的①,從"父子相逢,曾未數月;幽明永隔,奄及一朝。拉血拊心,忘疾疹之在己;殷憂永念,若懵昧之非真"這一句可以看出。特別是對於人情作了曲盡其妙的描寫,對身爲父親的仁祖在面對兒子的死亡這一厄運時的悲痛作了真切的描寫。

以上我們討論了《謚册文》,接下來我們討論一下《册封教書》。該文中的散字有22字,占全文總字數286的7.6%,换言之,全文92%的字從屬於對偶句。數字對有1處,無顏色對。從遵守平仄規則的角度來看,19聯對偶句中有63%(即12聯)并未遵守規則(1),完全無視這一規則。另外并不遵守規則(2)的有2處,占11%,并不遵守規則(3)的有4處,占21%。

《册封教書》全文的寫法與《謚册文》基本相似。雖然遭受了厄運,但不能一直哀痛下去,因此必須册封鳳林大君爲王世子,文章中講述的就是重新册封王世子的這種必要性。對於這種必要性,文中先是解釋道"嗣孫稚藐,既未卜其長成。國勢危疑,恐難保於朝夕。理有變則必通,經非權則莫濟",具有很强的説服力。在應對具有恒常性的"經"的同時,也認識到具有"可變性"的"權"的重要,因此提出必須積極順應變化的主張。雖然當時昭顯世子有幼子,但還是可以將昭顯世子的弟弟——鳳林大君册封爲王世子的,文章中對於這種主張提供了充分的依據。此外,該文中有類似於"斯爲國論之公,豈非天意所在"之類并不對仗的句子,表現出駢文的散文化傾向,值得特别注意。

澤堂的如上三篇文章,從整體上而言,我們認爲與其從對仗精巧等形式的層面來看,不如説作者更注重在意義的傳達方面的努力。三篇文章中皆引用了《周易》中的部分内容,通過這一點也可以看出作者追求文章内涵上的深遠化的努力。

對於"徐庾體"與"館閣體"的差異,通過以上我們舉疏庵任叔英與澤堂李植的代表作品進行分析考察,充分地感受到了二者之間差異。爲了進一步更深入細緻地瞭解這種差異,以下我們再從作品的形式層面進行考察。請看下表:

① 壺谷在《漫筆》中對於"父子相逢……若夢寐之非真"一句評價稱,曲盡其妙地描寫了人情。

作家	作品名/事項	散字率(散字/總字數)	平仄(1)遵守率①	平仄(2)遵守率②	平仄(3)遵守率③	數字對的數量	顏色對的數量	同義詞對的數量
疏庵任叔英	《統軍亭記》	6(49/883)	90(37/42)	95(40/42)	90(37/42)	7	11	12
	《練光亭記》	5(55/1185)	91(67/74)	99(73/74)	96(71/74)	14	4	19
	★★★	5(104/2068)	90(104/116)	97(113/116)	93(108/116)			
澤堂李植	《甲申教書》	8(33/429)	24(5/21)	86(18/21)	76(16/21)	1	0	1
	《諡册文》	7(19/267)	56(9/16)	100(16/16)	100(16/16)	1	0	1
	《册封教書》	8(22/286)	37(7/19)	89(17/19)	79(15/19)	1	0	0
	★★★	8(74/982)	36(21/56)	91(51/56)	84(47/56)			

★對於遵守平仄規則(3)的比率很難統計,不過可以很充分地展示遵守平仄規則(3)的程度。

★★★這一符號所在的一欄所表示的是各統計比率的平均值。

從以上的圖表來看,在散字率方面,疏庵的作品更低;從平仄規則遵守率、數字對、顏色對以及同義詞對的使用情況來看,疏庵的作品更高。從駢文追求形式的情況來看,應該少用散字或者根本不用散字④,疏庵的作品中散字較少的事實,就證明了這一點。即使從文章的長度來看,疏庵與澤堂文章中的數字對、顏色對、同義詞對的使用情況,對於我們考察作家關注對偶精巧的程度,也是很值得重視的依據。疏庵所謂必須嚴格且精確地遵守駢文法式的説法⑤,也體現在其作品中。上文中考察的澤堂的作品,與疏庵的作品比較而言,有人説澤堂的作品篇幅更爲短小,因此更容易遵守平仄。但事實上并非容易之事,澤堂文章中對平仄的遵守率要較之疏庵低。這一現象的出現是因爲,比起追求形式上的美感而言,在澤堂看來更爲重要的是作品所要傳達的意義。⑥ 壺谷曾指出慕齋的作

① 遵守平仄規則(1)的句子總數/全文對偶句總數。

② 遵守平仄規則(2)的句子總數/全文對偶句總數。

③ 遵守平仄規則(3)的句子總數/全文對偶句總數。

④ 王力主編《古漢語通論》,中外出版社1976年版,第145頁。

⑤ "公於四六,法律精嚴。"([朝鮮]李植《疏庵言行録》,《澤堂先生别集》卷之十,韓國國立中央圖書館藏朝鮮哲宗元年(1849)刻本,第46頁,藏書編號한古朝46—가63—141—2)"觀斯集者,於排律大篇可以見其富,於駢偶諸作,可以見其精。"([朝鮮]張維《疏庵集序》,見《谿谷先生集》卷之七,韓國國立中央圖書館藏仁祖二十一年(1643)刻本,第13頁,藏書編號:한古朝46—가260)

⑥ 壺谷對於澤堂李植的某一句也有類似的看法:"……等句,曲盡人情,雖未顧格律,可爲後學模範。"見[朝鮮]南龍翼《儷評》,《壺谷漫筆》卷三,韓國學中央研究院藏書閣藏抄本,第48頁。

品:"一句極精切,而高低似乎甚叶,事大表文,不可不精故也。"①壺谷所指出的這一事實與此正所見略同。

以上我們對追求"格調高華""音響清楚"的徐庾體與"典重記實""懇到寫情"的館閣體的考察,并不是從何者更好的優劣論的角度進行的,對於騈文的這兩種流派,應該考慮到當時寫作的場所、處境以及作家的個性,然後對騈文的這兩種流派進行把握。以下我們對能展開對論述這一問題的有意義的説法作進一步的考察。壺谷在將騈文分爲徐庾體與館閣體之後,接着有如下説法:

掌詞命者,當取則於蘇汪諸賢,而音律亦不可不精。治散文者,當効法於徐庾四傑,而實際亦不可不顧。如或艷詞於閣奏庭麻,則是饗繁聲於宗廟之祀也。典語於别筵華構,則是進傖父於王謝之門也。②

以上引文中,壺谷稱同時應該考慮騈文的音律。作品必須根據用途以及情况的不同而做出調整,如在官衙與朝廷中使用的十分正式的文章必須寫得典雅,在宴會或者盛大的聚會的場合寫作的文章必須寫得比較華麗。在上面這段引文中,壺谷針對徐庾體與館閣體,對最爲理想的騈文的狀態以及各作品的内在特徵、創作背景等進行了概括性的説明。

四、前人對騈文的態度

朝鮮後期人們對於騈文的認識,我們可以從壺谷"舉世既不尚此體,故不敢示人"③這句話中看出,是一種否定性的評價。對騈文的這種評價,主要是因爲騈文過於重視修辭,因此産生了一些弊端。④ 過於遵守格式,反而有害於作家思想與情感的表達。高麗時期的崔滋稱:

今人以四六别爲作家,抄摘古人語多至八字或十餘字,幸得其對,自以爲工,了

---

① "……一句,極精切,而高低似不甚叶,事大表文不可不極精故也。"見[朝鮮]南龍翼《儷評》,《壺谷漫筆》卷三,韓國學中央研究院藏書閣藏抄本,第46頁。

② 見[朝鮮]南龍翼《儷評》,《壺谷漫筆》卷三,韓國學中央研究院藏書閣藏抄本,第48頁。引文中的"散文"從文脈上來看,并非是與"韻文"或"騈文"相對的概念,應該視作在并非正式場合、更加自由的情况下使用的一類文章。

③ [朝鮮]南龍翼《壺谷漫筆》卷一,韓國學中央研究院藏書閣藏抄本,第15頁。

④ "騈偶之文源,始於東京……然過於雕刻,文弊亦甚。"[朝鮮]李睟光《文章部・文體》,見《芝峯類説》卷八,韓國國立中央圖書館藏刻本,第8—9頁,藏書編號한古朝91—50。

無自綴之語。況敢有新意耶?[①]

從上面這段引文可以看出,當時的文壇上人們追求對仗工巧,在文章的意思上難以表現出新意。因此以駢文寫作的文章,被認爲是"辭蔓而不精實,意迂而不真切"[②],再或者是認爲駢文"浮華不切若是"。[③] 前人的著述中,明代的帝王認識到這種弊端,於是禁止在奏疏表文的寫作中使用駢文,而提倡以典雅的文風寫作此類文章。這一事實與此類評價是一脈相通的。[④] 另一方面,由於科舉考試中要求使用駢體文寫作,因此也有一些人擔心者會造成對經書的疏忽與萎靡文風的盛行。[⑤]

對於駢文的否定性的態度,即使是在徐庾體的代表性作家疏庵任叔英那裏[⑥],抑或是在將自己寫作的460篇駢文纂集成《洌水文簧》一書的茶山丁若鏞那裏,也可以看出這種否定性的評價。[⑦] 事實上,這種否定性的評價是當時整個時代的風氣。編纂《儷文集成》的竹泉金鎮圭(1658—1716)對前人的駢文觀有如下的概括:

專乎綺麗,而欠爾雅,失古六藝之遺旨耳。[⑧]

雖然駢文有如上的一些問題,但從與中國的外交關係十分重要的韓國的立場來看,絶對不能無視駢文,也不能改變慣例(譯者案:即以駢文寫作事大文書的慣例)[⑨]。因此

---

① [高麗]崔滋《補閑集》下,文憲書院1933年版,第10頁。

② 同上。

③ [高麗]徐居正《總評》,《筆苑雜記》卷上,韓國國立中央圖書館藏仁祖二十年(1642)刻本,第79頁。

④ "大明高皇帝諭群臣曰:近代制表章之類,仍蹈舊習,殊異古體,且使事費浮文所蔽,自今凡奏疏表文,毋用四六對,悉從典雅。"([朝鮮]李睟光《文章部·文體》,見《芝峯類説》卷八,韓國國立中央圖書館藏刻本,第8—9頁,藏書編號한古朝91—50)"皇明太祖一禁儷文,只今韓柳之作爲式,明則無儷。"([朝鮮]南龍翼《儷評》,見《壺谷漫筆》卷三,韓國學中央研究院藏書閣藏抄本,第45頁)"明帝禁四六文……明皇帝深燭雕蟲斵喪之害,將有以革新也。"([朝鮮]李瀷《詩文門·四六》,見《星湖僿説》卷三十,韓國國立中央圖書館藏英祖三十六年(1760)刻本,第51—52頁)

⑤ "我英廟朝學業者,從事駢儷,不行經書。"([朝鮮]權鼈《海東雜録》卷四)"自講書廢,制述取人,學學業者,從事駢儷,不中行経書,講書之議始起。"([朝鮮]許筠《海東野言》卷二,見蔡美花主編《韓國詩話全編校注》第2册,人民文學出版社2012年版,第860頁)"近來士子輩,才辨魚魯,則輒汩汩於科場儷之體,至於經學,率皆茫昧。"([朝鮮]正祖《日得録·文學(三)》,見《弘齋全書》卷163)"近來科場,專尚四六,文體漸至委靡。"([韓]國史編纂委員會編《朝鮮王朝實録·肅宗實録》第40册,(首爾)國史編纂委員會,1970年,第508頁)

⑥ "自四六之體行,識者病之,爲其厚於文而薄於質也……是不足學也。"見[朝鮮]任叔英《贈朴瑞卿序》,《疏庵集》卷四。

⑦ "儷之文,雖亦人各殊詣,要之皆巧書也。"見[朝鮮]丁若鏞《洌水文簧自序》,《與猶堂全書補遺·洌水文簧》。

⑧ [朝鮮]金鎮圭《儷文集成序》,《儷文集成》,韓國國立中央圖書館藏刻本,第1頁。藏書編號:韓古朝44—가2。

⑨ "詞命之用駢儷非古也,雖然事大交隣已成式例,今不可猝變。"[朝鮮]丁若鏞《文體策》,《與猶堂全書》卷八《對策·文體策》。

人們一方面在遵守駢文的格式的同時，一方面盡可能地追求文章的典雅與切實[①]。朴寅亮《陳情表》的内容"事理明確，語套懇切"[②]，崔岦(1539—1612)"奏文敷陳情实，既悬切委曲"[③]，類似這樣的肯定性的評價就是具體的例子。

筆者在上文中説過，本文的寫作并不是爲了將徐庾體與館閣體分出優劣來。而是爲了指出，對於駢文的流派的把握，要充分考慮到文章的寫作背景與作家的個性。然而，大多數前代批評家對於徐庾體與館閣體各自的存在價值所持的并不是一種均等的看法。他們認爲駢文的問題是"專乎綺麗，而欠爾雅"，駢文應該追求"典雅"與"切實"的效果。雖然我們從此類評語中可以看出前人對待駢文的態度，但爲了更深入地展開論述，下文中我們擬對前人對宋代駢文以及對徐陵、庾信、初唐四傑等人的駢文觀進行考察。

壺谷對於繼館閣體之後的文人李植有如下評價：

> 四六之文亦有古有今，古四六學之難而無所用，欲學制誥之文，須以歐王蘇吕大家爲主。精采汪劉克莊李劉文山數子之作爲準的。古四六徐庾爲上，四傑次之，取其宏大絶妙者，人各二三篇以助藻麗之氣。雖學今文，不可廢也。[④]

他將駢文分爲古四六與今四六，以徐陵、庾信、初唐四傑等人的駢文爲古四六，以宋代的駢文爲今四六。他認爲，古四六的學習非常困難，且在現實生活中很少使用。若學習制誥等文章的話，則應該學習宋代駢文大家的文章。在壺谷看來，較之古四六，今四六——即宋代的駢文水準更高，上文中我們考察過的壺谷的文章就是以宋代駢文爲典範而寫作的。

宋代對朝鮮在多個方面都産生了重要的影響。[⑤] 前人對待駢文的態度，認爲駢文發展到宋代才最終趨向完備，稱：

> 大抵文至於西京而特盛，詩至於唐而大成，四六至於宋而尤備。[⑥]

---

① "四六以典雅爲貴，復元(車天輅)則駁雜麤疏。"([朝鮮]許筠《總評》1，《鶴山樵談》第17頁，第527頁)[高麗]徐居正《筆苑雜記》卷一。

② [高麗]徐居正《總評》，《筆苑雜記》卷上，韓國國立中央圖書館藏仁祖二十年(1642)刻本，第6頁。

③ [朝鮮]金昌協《雜識・外篇》，《農巖集》卷三四，韓國國立中央圖書館藏肅宗35年(1709)刻本，第17頁。"簡易諸奏文，敷陳情實，既懇切委曲"。

④ [朝鮮]李植《作文模範》，《澤堂先生别集》卷之十四，韓國國立中央圖書館藏朝鮮哲宗元年(1849)刻本，第20頁，藏書編號한古朝46—가63—141—2。

⑤ [朝鮮]正祖《日得録・文學(一)》，《弘齋全書》卷一六一。"我朝立國規模專仿有宋，非但治法之相符，文亦然。"

⑥ [朝鮮]李睟光《文章部・文體》，《芝峯類説》卷八，韓國國立中央圖書館藏刻本，第9頁，藏書編號한古朝91—50。

"亦皆治之辭職美,而不背於理......氣候汪真劉李繼出,而成臻其妙,儷文之工,至此無餘恨矣。"[①]從這一看法中,我們更能確認這一事實。駢文到了宋代才趨於成熟的這種觀點,從駢文創作的角度來看,使得人們在從事駢文創作時會對宋代的駢文産生興趣。茶山丁若鏞在《儷範指南·小記》中稱:

> 四六之生熟,專係於虛字。虛字者,每短句之頭字、及長句之腰字也。生疏則不用,木强則不用,此必熟讀宋儷,始得其雅馴之法。[②]

丁若鏞在以上的引文中指出了駢文創作的具體方法,認爲在從事駢文創作時,應該以宋人的駢文爲典範。崔滋與金鎮圭也有與之類似的主張,崔滋認爲"古四六龜鑒,非韓柳則宋三賢"[③],金鎮圭也有類似看法[④]。前人將那些駢文寫得好的古代韓國駢文作家與宋代的汪藻、洪適相提并論,由此亦可窺知宋代駢文在前人心目中的地位。[⑤]

與這種對待宋代駢文所持的肯定性的評價不同的是,青莊館李德懋(1741—1793)有不同看法:"唐興,文章承徐庾餘風,駢儷秾縟,子昂橫遏頹波,亟回正派,李杜以下咸宗之。"[⑥]李睟光也對那些對學習庾信文風的王勃給予高度評價的批評家持懷疑態度[⑦],引用了對徐陵與庾信的文章進行貶低的王通(584—614)的文章。[⑧] 從這一事實來看,前人對待徐庾與初唐四傑的駢文,尤其是對待徐庾的駢文,所持的是否定的、批判的見解。

可以看出,前人對駢文所持的這種否定性的見解,是從較之館閣體,徐庾體先入爲主的觀念出發的。對徐庾體的大家疏庵的述懷文的考察,有助於我們進一步明確這一點。疏庵在寫給其年下朴瑞卿的書信中,在對朴瑞卿的能力作一番稱贊之後,有如下的文字:

> 顧爲文獨好四六,是不足學也。余識有所試矣。嘗識徐庾之文,愛其雕琢之手,

---

① [朝鮮]金鎮圭《儷文集成序》,《儷文集成》,韓國國立中央圖書館藏刻本,第1頁。藏書編號:韓古朝44—가2。

② [朝鮮]丁若鏞《儷範指南·小記》。

③ [高麗]崔滋撰、朴性奎譯注《補閑集》,(首爾)寶庫社2012年版,第429頁。

④ [朝鮮]金鎮圭《儷文集成序》,《儷文集成》,韓國國立中央圖書館藏刻本,第1頁。藏書編號:韓古朝44—가2。

⑤ [朝鮮]許筠《成均生員申公墓志銘》,《惺所覆瓿稿》卷一七《文部》14《墓志》,韓國國立中央圖書館藏抄本,藏書編號한貴古朝46—가1880。"尤工於四六,人方之汪洪,傳者數百篇,後生悉誦法焉。"

⑥ [朝鮮]李德懋《詩觀小傳》,《青莊館全書》卷二四《編書雜稿(四)》,首爾大學校古典刊行會1966年版。

⑦ [朝鮮]李睟光《文章部·古文》,《芝峯類説》卷八,韓國國立中央圖書館藏刻本,第27頁,藏書編號한古朝91—50。"庾子山《華林賦》:'落花與文蓋齊飛,楊柳共春旗一色。'齊梁間此格甚多,不可盡數。王子安'落霞與孤鶩'之句實出於此。而當時以爲奇才,後世因以膾炙,何也。"

⑧ [朝鮮]李睟光《文章部·文評》,《芝峯類説》卷八,韓國國立中央圖書館藏刻本,第11頁,藏書編號한古朝91—50。"文中子曰……徐陵、庾信,古之誇人也,其文誕……即此觀之,文出於其人之性情,審矣。"

頗有所模仿，當時不自知其非矣。及今觀之，其文浮艷不實，蓋文字之中尤不足學也。今君亦未知四六之害也。若知之，其悔之也必矣。[①]

在如上的書信中，疏庵稱自己非常喜歡徐陵與庾信的文章，自己早年寫文章時極力模仿二人的文章，後來才意識到了徐庾二人文章只有華麗一端，對於自己曾經熱衷於學習徐庾體十分後悔。疏庵在認識到徐庾體的弊端之後，書信中稱："雖然余能悔之，不能改之，往往應俗，不能不作四六之辭，安在其悔也？悔者果如是乎？是不知不悔也。故書此以贈君，又一自警焉。"[②]評價疏庵道："或疑茂叔行太高，論太峻，學太多，文太奇。"[③]疏庵到了晚年熱衷於濂洛之學，并致力於發掘王陽明理論中的矛盾處。[④] 從這一點上來看，徐庾體的大家疏庵任叔英在其晚年的作品創作活動中，與以上書信中疏庵的述懷所呈現的駢文觀念是一致的。可以説這一事實是向我們展示前人對待徐庾體態度的一個極好的例子。[⑤] 另外，上文中引用的壺谷的陳述中，所謂"不尚此體"中的"此體"應該指的是駢儷體，結合"一遵其聲韻""律法猶未盡精"等上下文來看，所謂"此體"可能指的是範圍更爲狹小的徐庾體。

以下我們來看一下前人對於駢文寫作中必須遵守的平仄規則是如何看待的。駢文的聲律，到了徐陵與庾信才形成"字協平仄、音調馬蹄"的規範。[⑥] 一般而言，在韓國并未遵守嚴格的聲律規則。我們從茶山丁若鏞的批評中可以得知這一事實。茶山道："儷文聲律，與律詩無異，字字調叶。（關山難越，誰悲失路之人。萍水相逢，盡是他鄉之客。）唐宋儷文，如《滕王閣序》《益州夫子廟碑》《乾元殿頌》，以至送别餞飲之序，謝賀表箋，起居存問之啓，莫不皆然。近見流求國[⑦]《賀正表文》，亦皆調叶。唯獨我邦舊有訛傳，乃曰：'上衣下裳，唯其蹄字（句絶字）叶律，其餘無律。'承訛襲謬，遂爲痼疾。"[⑧]青莊館李德懋在其文章中稱，唐宋時期的駢文遵守平仄如同律詩；接着李德懋還説，只有朝鮮不遵守平

---

① ［朝鮮］任叔英《贈朴瑞卿序》，《疏庵集》卷四。

② 同前揭書。

③ ［朝鮮］李植《疏庵言行録》，《澤堂先生别集》卷之十，韓國國立中央圖書館藏朝鮮哲宗元年（1849）刻本，第47頁，藏書編號한古朝46—가63—141—2。

④ ［朝鮮］李植《疏庵言行録》，《澤堂先生别集》卷之十，韓國國立中央圖書館藏朝鮮哲宗元年（1849）刻本，第46頁，藏書編號한古朝46—가63—141—2。"公晚好濂洛書，研究多自得。每言王陽明，雖博辯善遁，吾觀其語脈自有破綻難掩處，欲著論而明之，亦不及。"

⑤ "儷文則最愛徐庾、四傑文，詞命外多用此體。科未第時，人頗稱道，而律法猶未盡精。中年爲李伯宗（東溟）作《梅鶴亭序》，東溟（斗卿）見之，稱以最奇。語載其集中。以此頗自負，而世不崇尚此體，不欲示人也。"見［朝鮮］南龍翼《壺谷漫筆》卷一，韓國學中央研究院藏書閣藏抄本，第15頁。

⑥ 張仁青《駢文學》（上册），（臺北）中華書局1970年版，第251—252頁。

⑦ 譯者按：即"琉球國"。

⑧ ［朝鮮］丁若鏞著，金誠鎮編《牧民心書》，《典禮》六條"課藝"。轉引自劉永奉《四山碑銘研究序説》，《韓國漢文學研究》1991年第14輯。譯者按：經查原詩文獻出處如下：［朝鮮］丁若鏞《典禮》六條《課藝》，《與猶堂全書》第五集《政法集》第二十三卷《牧民心書》卷八，（首爾）新朝鮮社1938年版，第8—9頁。

仄的規則，由於發送給中國的賀表文章中不遵守平仄，甚至成爲一時笑柄。[①] 茶山在其文章中，先是提到了中國的駢文大家，接着提到了朝鮮肅宗時期的駢文家林、趙、李等人，在茶山看來，這些駢文作家"唯明陵盛際，林趙兩李諸家，蔚然并興，雖俯趁時規，不拘拘於格律，而淘滌鄙俚"，我們從這些評論中就可以看出這一點。

上文中我們提到，朴安期起初對"句法雖正，律法猶未盡精"的説法不以爲然，在對疏庵與初唐四傑的作品進行考察之後，才意識到這句話的正確性。[②] 這表明人們對聲律的誤解并未一般化。這裏所謂"律法猶未盡精"中的"律法"，具體而言，筆者以爲指的可能就是平仄規則(1)，即有關節奏點的平仄的規定。理由是，規則(1)并非歷代駢文家的共識、且并不屬於必須遵守的規則[③]，我們從上文中所列舉的疏庵與澤堂作品中平仄規則遵守統計表來看，館閣體作家李植的駢文中基本上對於規則(1)持無視的態度。對於遵守規則(1)的這種現象，在筆者看來，這是除了徐庾體類的作品之外在其他駢文中普遍存在的一個現象。另外，從表格中的數值來看，在前人看來，首先應該遵守的是規則(2)，接着是規則(3)，最後才是規則(1)。

五、結論

本文對壺谷南龍翼(1628—1692)《儷評》中所提及的朝鮮後期(具體而言是指17世紀以後)駢文的兩種流派進行了把握。以下對本文的觀點做如下概括：

第一，壺谷是肅宗時期的人物，反對黨論，對於自己的文學才能極爲自負，較之性理學的學習而言，更重視與科舉相關文章的學習，熱衷於撰述，在科場中嶄露頭角。壺谷自幼即十分喜愛徐陵與庾信的文章，模仿二人的文風創作了不少駢文，且編選過《儷選兩體》這一駢文選本，旨在爲後學提供學習駢文寫作的典範。在完成這一選本的編選之後，寫作了《儷評》一文。

《儷評》一文中對中國與韓國駢文的整體情況作了簡明扼要的叙述，在韓國的批評家中我們很少能見到像《儷評》這樣專門針對駢文的論述文章，壺谷在這篇文章中充分展示了他對駢文的興趣與與衆不同的造詣。壺谷將駢文分爲"徐庾體"與"館閣體"，將疏庵任叔英視作徐庾體的代表作家，將澤堂李植視作館閣體的代表作家，這對於我們把握朝

---

① [朝鮮]丁若鏞《與猶堂全書》卷8《文體策》。"但臣竊觀唐宋間文，平仄相間，一如律詩之法…不拘平仄者，惟我東有之，此亦僻陋之一端。臣觀燕京賀表賀箋等文字，一一皆然。我國表箋之見笑於彼人必矣，不亦可恥之甚乎？"

② "儷文則最愛徐庾、四傑文，詞命外多用此體。科未第時，人頗稱道，而律法猶未盡精。中年爲李伯宗(東溟)作《梅鶴亭序》，東溟(斗卿)見之，稱以最奇。語載其集中。以此頗自負，而世不崇尚此體，不欲示人也。"見[朝鮮]南龍翼《壺谷漫筆》卷一，韓國學中央研究院藏書閣藏抄本，第15頁。

③ 張仁青《駢文學》(上册)，(臺北)中華書局1970年版，第282頁。

鮮時期的駢文的流派頗有幫助。

第二,一般而言,徐庾體指的是南朝時期的徐陵與庾信爲中心的詩風與文風,其特徵在於十分追求形式上的美感。徐庾體的這種性格與南朝文學的屬性可謂之同軌,後人評徐庾體稱:"意淺而繁,詞尚輕險。"壺谷所使用的"徐庾體"這一概念,與徐庾體的這一特徵相通,但僅限定在駢文領域,壺谷對於徐庾體的特徵評價道:"以格調高華爲宗,以音響清楚爲主。作句轉排自有程限,隔字高低有同律詩。"壺谷的評語中指出了徐庾體在駢文的結構與音樂性上的比重,以及必須像律詩一樣嚴格遵守對仗與平仄規則的事實。壺谷的這些評語,指出了此前衆多作品的性格,借用此前所使用的名稱,以"徐庾體"這一概念來指稱以徐陵與庾信爲代表的的駢文的一個流派。從壺谷對徐陵與庾信的評語來看,壺谷所命名的"徐庾體"的構成要件,在二人的駢文中皆是具備的。

第三,所謂館閣體,可以從以下的五個方面來理解:(1)形成於上層官僚集團之間;(2)理解起來較爲容易,修辭與内容和諧;(3)文章規模較大;(4)遵守法則,文風优雅;(5)有條理,且表現出深刻的理致。壺谷所使用的"館閣體"這一概念與如上五方面的内涵相通,但却是作爲指稱駢文的性格的、更爲狹窄的一個概念。壺谷對於宋朝以來體格變化的駢文——館閣體的特徵,概括道:"以典重記實爲宗,以懇到寫情爲主。"這裏所謂"典重記實"與"懇到寫情",與以散文化爲特徵的宋代駢文與駢文家的一般性格、特性是一致的。

第四,壺谷編選的《儷選兩體》中的"兩體"指的就是徐庾體與館閣體,前文中提到,壺谷將疏庵任叔英與澤堂李植分别視作徐庾體與館閣體的代表作家。我們通過對作品的檢討、確認,認爲這種觀點是可以爲我們接受的。在對任叔英與李植的作品進行檢討時,我們分别選取了疏庵的《統軍亭記》《練光亭記》,李植的《甲申討逆後頒赦中外教書》《昭顯世子謚册文》《王世子册封後頒赦中外教書》等文章爲考察對象,這幾篇文章也是壺谷《儷評》中提到的幾篇文章。

在對作品進行檢討時,我們同時注重對内容與對偶、平仄等形式上特徵的考察,疏庵的作品中并無明確想要傳達之意,僅僅追求詞句的優美,散字率低,對仗精巧。另外,從平仄遵守的情況來看,亦可看出作者對於文章形式美的追求上的極大興趣。

第五,與此相反的是,澤堂李植的文章大多與歷史事件相關,表現出强烈的作者意識。特别是,《謚册文》與《册封教書》兩文中對於仁祖與昭顯世子的父子之情作了曲盡其妙的表現。另外,澤堂文章的篇幅小於疏庵的文章。此外,我們還對李植文章中的散字率、對仗的精巧程度以及平仄規則的遵守情況進行了考察,發現李植的文章中這些情況都遜色於疏庵。這種情況的造成與李植的認識密切相關,在李植看來,比起形式上的美而言,文章所要傳達的意思更加重要。

以上的這些考察表明,將疏庵視作"徐庾體"的代表作家,將澤堂李植視作"館閣體"

的代表作家這種做法是可以爲我們接受的。對於徐庾體與館閣體的這種分類,并不能從優劣論的角度來看,而是應該從文章的寫作背景與作家的個性等角度進行把握。

第六,我們由壺谷的"舉世不尚此體"這一評語中可以發現,朝鮮後期人們對待駢文所持的是否定性的態度。這種看法因時人將目光多集中在徐庾體上而形成。我們考察前人對待宋人以及徐陵、庾信以及初唐四傑的駢文的態度,亦可得出這一結論。以徐庾體大家疏庵的述懷文章爲代表的一類文章,就是反證這一點的極好的例子。

另外本文還對前人對平仄遵守的認識進行了考察,在前人看來,在創作駢文時首先需要遵守的規則是規則(2)(即一聯中各句末字的平仄必須相反),然後是規則(3)(即"相粘"的規則),最後才是規則(1)(即對於節奏點的平仄的要求)。

第七,以上我們以部分作品爲對象進行了考察,由於是部分作品,因此考察并不全面。"徐庾體"與"館閣體"是否確如壺谷所言,是韓國駢文史上的兩個流派?對此後需要進一步的研究以證明這一觀點。

作者簡介:

朴禹勛(1956—),韓國忠南大學漢文系教授,出版有《(震澤)申光河的散文》等著作。

譯者簡介:

肖大平(1984—),現爲暨南大學博士後。有譯著《紅樓夢在韓國的傳播與翻譯》等。主持中國博士後基金面上資助項目1項、廣東省社科基金項目1項。

朝鮮時期僧侶文集文體與内容上的特徵*

[韓]李大炯撰　肖大平譯

内容摘要:朝鮮時期自17世紀開始,僧侶文集刊印十分活躍,爲此前少有。這可以説是與儒家文集的傾向并行的朝鮮時代佛教史的特徵之一。從文集中收録的文章的特點來看,整體上與儒家文集類似,同時也有一些與儒家文集不同。

僧侶文集與儒家文集類似,文集中首先收録的是漢詩,雖然内容上有一些差異,但詩歌的形式與儒家文集并無多大差别。然而,"文"的情况則不同,僧侶文集中收録的"文"中,其中不少具有獨特的文體。首先要注意的是勸善文與祝疏,特别是祝疏。僧侶因爲要頻繁施行齋戒,在進行齋戒的同時,要朗讀賦予齋戒意義的文章,因此此類文章的寫作十分頻繁,其中代表性的就是"祝疏"。爲了朗讀,那麼就需要文章具備有規則的節奏感,因此此類文章的寫作常常使用四六駢文。四六駢文形式嚴格,寫作并不容易,因此最能見僧侶的才華。類似《枕肱集》《無竟集》《兒庵集》這些文集中,我們能找到大量的四六駢文。除了以四六駢文寫作的祝疏以外,上樑文與勸善文、書簡文等也可以在僧侶文集中經常見到,遊山記與人物傳等文章亦常見,而這些在儒家文集中很少。

從思想的角度來看,僧侶文集中常爲人所矚目的是儒佛禪三教會通論。僧侶文集中,關涉與儒生交遊的詩文大多表現出三教會通的思想,特别是在《兒庵遺集》所收《鍾鳴録》中,這種思想傾向尤爲突出。這其中,如同17世紀的東溪敬一禪師(1636—1695)和19世紀的應雲空如禪師(1794—?),其道教性的傾向這一點也值得特别關注。除此以外,另有從經濟與文化的角度進行關注的價值。

關鍵詞:朝鮮時期;僧侶;駢文;文體特徵

一、前言:朝鮮時期的佛教史與文集

我們回顧21世紀初期朝鮮時代佛教史的研究會發現,對朝鮮時期佛教史的研究未能取得一定進展。原因在於:第一,我們有先入之見,認爲朝鮮時期佛教未能獲得發展。

---

* 韓文論文原載於韓國《東嶽語文學》2016年總第69輯。

第二,資料的收集和整理未能進行。① 有人對過去10年截至最近的研究有如下評價,認爲學界從新的角度、對不同的主題進行了研究,并編纂了一些文獻資料②;同時也發表了對朝鮮時期佛教史相關資料的種類與特點進行概括的文章。③ 從對朝鮮時期佛教史的檢討來看,筆者認爲朝鮮時代佛教衰落的這種殖民地史觀,與朝鮮時期僧侶屬於賤民的這種大衆性認識,都應該被修正。朝鮮時期佛教在王室的支持下繼續成長,同時我們也能看到朝鮮時期的佛教通過"私記"和"禪"的論争展開的情况。僧侣雖然也從屬於必須從事苦力的下層,但由於僧侣是可以發放護牌的對象④,因此不能説他們都屬於下層民衆。另外,從僧侣常與兩班階層進行交往的角度來看,可以説他們的身份也是多樣的。顯然,朝鮮時代佛教多彩的形象與此前大衆對之的認識有很大區别。朝鮮時期佛教發展的真實面貌,還需要進一步發掘相關資料進行研究。

對於佛教史相關資料的研究,東國大學佛教學術院受文化體育觀光部的資助,正在進行佛教記録文化遺産檔案的編纂工作。⑤ 檔案編撰工作繼承了此前東國大學出版的《韓國佛教全書》第1册(1979)至第14册(2004)的成果。⑥ 對韓國編撰的佛教相關資料進行收集整理并翻譯出版,收集對象包括寺志和"私記"等各種資料。朝鮮時代的資料,截至目前來看出版最多的是文集。

朝鮮時代僧侣文集主要收録在《韓國佛教全書》第7册至第12册中。《韓國佛教全書》中所收録的324種文獻中,朝鮮時代僧侣文集共有92種。比起高麗時代僧侣文集11種⑦而言,朝鮮時期僧侣文集數量更多。從高麗時期文集類的題名來看,語録類文集有4種。除此以外,還使用了"文集""外集""詩集""後集""録""歌頌"等名稱。語録類主要是口語性的文章,收録的主要是禪師的行迹、言行、説教與法文等相關内容。⑧ 在收録法語與詩的文集中,一般會先收録法語,在此之後收録詩歌。由這一順序可以看出,比起詩歌而言,更受重視的是法語。與高麗時期語録相比,朝鮮時期名爲語録的只有1種,即

---

① [韓]金相賢《朝鮮佛教史研究的課題與展望》,《佛教學報》2002年總第39輯。

② [韓]金容太《朝鮮時期佛教研究的成果與課題》,《韓國佛教學》2013年總第68輯。

③ [韓]孫成弼(音,손성필)《朝鮮時期佛教史資料的種類與性格》,《佛教學研究》2014年總第39輯。譯者按:譯文中對於不能確定的韓語姓名的翻譯取"音譯+標注韓文"的辦法進行。以下皆同,不重複説明。

④ [韓]李聖林(音,이성임)《16世紀地方郡縣的立役體制與僧侣的賦役:以慶尚道星州安峰寺爲中心》,《韓國佛教史研究》2015年第8輯。

⑤ 事業團網址 http://kabc.dongguk.edu/中可以看到進行狀況與相關資料。

⑥ 對於《韓國佛教全書》的性格與價值,參考了東國大學佛教學書院佛教記録文化遺産檔案事業團編纂《〈韓國佛教全書便覽〉解説》([韓]金鍾真撰),《韓國佛教全書便覽》,東國大學出版部,2015年。

⑦ 11種的目録如下:《大覺國師文集》《大覺國師外集》《曹溪真覺國師語録》《無衣子詩集》《萬德山白蓮社第二代静明國師後集》《萬德山白蓮社第四代真净國師湖山録》《海東曹溪第六世圓鑒國師歌頌》《白雲和尚語録》《太古和尚語録》《懶翁和尚語録》《懶翁和尚歌頌》。

⑧ 對於語録參考[韓]裴圭範《朝鮮時期佛佛家文學研究:以壬亂記爲中心》,(首爾)寶庫社2001年版,第38頁。

《無競室中語録》①。由於受到與儒士交涉的影響,又將"語録"更名爲"集",同時内容和體制上也有很大的變化,其中收録的勸善文、上樑文、記、疏等文體受到關注。②

過去學界對於朝鮮時期僧侶文集主要是從漢詩的角度展開研究。清虚休静與艸衣意恂,以及四溟惟政、虚應普雨、逍遥太能等禪師的文集受到關注。另外,得通己和、静觀一禪、鞭羊彦機、蓮潭有一、白谷處能等僧人,也受到一定關注。除此以外,大多數僧人作家未受到關注。另外這些僧人的文集中,除了漢詩以外,同時收録了其他各種文體的文章。這些不同文體的文章,同樣具有關注的價值,然而學界對此認識還很不充分。③

爲了對朝鮮時期僧侶文集的總體特徵進行考察,本文將在此前的研究基礎之上,首先概括僧侶文集的歷史發展軌迹,接着對僧侶文集的特徵從文體和内容兩個方面進行考察。

二、朝鮮時期僧侶文集的特徵

(一)僧侶文集的歷史發展軌迹

朝鮮時期族譜按照血緣進行編纂,個人文集則按照學緣進行編纂。從其數量和規模來看,文集在朝鮮時期所出現的所有典籍中占 40%左右。因此,文集是理解朝鮮時代最爲重要的文獻,然而對此的研究還處於初步的階段。對於僧侶文集的研究,比起儒家文集而言更不充分。按照以往的研究,我們在對儒家文集按照不同時期進行區分時,會發現 16 世紀的文集有 308 種,17 世紀的文集有 750 種,是前者的兩倍多。到了 18 世紀,則達到 820 種。19 世紀達到 958 種,呈現出逐漸增加的趨勢。與 17 世紀相比,并未表現出很明顯的差别。17 世紀以後出現的朝鮮後期的文集占文集總數的 86%。④

至於僧侶文集的情況,自朝鮮肅宗時期開始佛教界就逐漸出現了很多變化,其中之一就是僧侶文集的刊行。到了 18 世紀,僧侶文集快速增加,刊行過 33 位僧侶的文集。⑤

---

① 對於《無競室中語録》,學界評價稱該語録堅持了語録的格式。同時也有相反的評論,認爲并非如此。認爲堅持了此前的語録的寫作格式的這種觀點的根據是,相關文獻中僅收録了偈頌。而反對者(參考成再憲(音譯,성재헌)《解題》,《無競室中語録》,東國大學出版部 2013 年版,第 5 頁)的根據是,這些文章中維持了法語與舉揚等已有的格式。《無競室中語録》由上下兩卷組成,第一卷中收録的是詩歌,第二卷中收録的是散文。與第一卷相比,第二卷的份量較短小。筆者以爲卷二中可能有散失的部分,根據原本卷二的比重,可判斷是否維持了既存語録的格式。

② [韓]李晉吾《韓國佛教文學的研究》,(首爾)民族社 1997 年版,第 320—321 頁。

③ 提到散文研究必要性的文章有[韓]李晉吾《朝鮮時期佛家漢文學研究的課題與展望》,《韓國民族文學》2003 年第 22 輯。

④ [韓]辛承雲《儒教社會的出版文化:以朝鮮時期的文集編纂與刊行爲中心》,《大東文化研究》2001 年第 39 輯。

⑤ [韓]鄭炳三《18 世紀僧侶文集的性格》,《韓國語文學研究》2007 年總第 48 輯。

僧侣文集的刊行與儒家文集刊行的傾向,在時期上來看有一定差别。然而從相關研究所提示的目録來看,冲虚旨册(1721—1809)、鏡巖應允(1743—1804)、華嚴知濯(1750—1839)、澄月正訓(1751—1823)等人可歸入19世紀。此外,楓溪明察(1640—1708)、雪巖秋鵬(1651—1706)、石室明眼(1646—1706)等人可歸入17世紀。從這一點來看,18世紀的文集與17世紀19人的文集,并無很大差别。17世紀僧人文集開始大量刊行的事實,與一般文集的狀况相比并無很大區别。在清虚休静以後、截至19世紀末期,佛教漢文學的活動比起其他時期而言更加活躍,一直持續了三個世紀。這一事實也印證了這一點。[①] 在清虚休静之前文集被刊行的僧侣,15世紀的只有得通己和(1376—1433)與雪岑金時習(1435—1493),16世紀的只有碧松智嚴(1464—1534)與虚應普雨(1509—1565)。將15與16世紀文集被刊行的僧侣人數與17世紀相比,也會發現有着顯著的差距。如果將這一差距和17世紀與18世紀的差距進行比較,會發現并没有什麽特殊的含義。

清虚休静是朝鮮佛教史上留下了濃墨重彩一筆的人物,僧侣文集的刊行也始於清虚休静。因此,在《清虚堂集》之後刊行的文集歸入朝鮮後期文集。下面我們對僧侣文集的内容和體裁等問題進行概括性的考察。首先提示相關目録,在此之後對《韓國佛教撰述文獻總録》、文集以及其他著作的數量進行比較。經過比較,我們發現文集在全部著作中所占的比重不到一半。對於留下著作的個人而言,文集是他們的代表性著作方式。[②] 如果以《韓國佛教全書》爲對象對清虚休静以後的著述進行統計,能發現有176種,其中文集有85種,與儒家文集所占的比重基本相似。朝鮮時期199種僧侣文獻中,文集有92種,作者有84人。

文集一般是在作者死後由其弟子編纂刊行。蓮潭有一(1720—1799)的情况比較特别,他的文集是自己在生前就編纂刊行了。之所以這樣,原因之一就在於他對於文集的出版有着明確的目的意識,蓮潭的自序中有如下記載:

> 余惟孔子曰:"杞宋不足徵也,文獻不足故也。"吾道之玄機妙旨,非文字所可模寫,而亦非文字不足徵也。故余非能文,而區區爲此者,或可因此而庶窺玄妙之筌蹄也。又閑談雜著,與道不相關者,并表而録之,或可因此而爲拒外難禦侮之一術也。則一録所載,有精有雜,有緊有歇,而畢竟同歸於扶顯吾道也。[③]

在蓮潭看來,文集的出版在表現佛教的理致上能提供一些方便。即便是那些與佛教

---

① [韓]李晉吾《韓國佛教文學的研究》,(首爾)民族社1997年版,第227頁。

② 同上。

③ [韓]蓮潭有一《蓮潭大師林下録》,《韓國佛教全書》第10册,(首爾)東國大學出版部1986年版,第215頁。對於該文的價值,參考了[韓]裴圭範《朝鮮時期佛家文學研究:以壬亂記爲中心》,(首爾)寶庫社2001年版,第36頁。

的理致没有很大關系的詩文,在"拒外難禦侮"上也是有效的。這段引文中提到了儒教社會看不起佛教的這種態度,表明了僧侶們寫作各種詩文是爲了在儒教社會中便於堂堂正正的立足。

18 世紀文集的刊行,西山系中尤其以鞭羊(1581—1644)門下的門生最多。這顯然反映了門派盛行的一種趨勢。這一時期文集活躍刊行,原因有二:第一,僧侶們與儒生密切交流,詩文唱和是當時的一種普遍性的風潮。第二,僧侶們的門派意識非常强烈,將文集的刊行視作擴大門派影響的一種手段。學者認爲僧侶文集中所收録的散文的種類并不多,同時提到了其中一些具有思想特徵的文集中的散文①,但實際情况并非如此。

僧侶文集中所收録的散文,與儒家文集中收録的散文明顯不同,有其獨特的價值。對於朝鮮後期僧侶文集的變化,勸善文與上樑文、記、疏等文體重新受到關注。有學者認爲,這些文章一般的寫作按照"思想——實施——祈願"的順序展開。② 因此,我們必須對相關的具體情况進行考察,同時對其價值進行評價。

(二)文體與内容上的特徵

1.文體上的特徵

僧侶文集中收録的諸多文體中,禪詩是知名度最高的。③ 學界對僧侶文集的研究成果也主要集中在這一方面,因此本文中對此進行省略,只是略微提及雜體詩。《虚静集》中收録了回文體、東坡體、數詩體、屈曲體等詩歌。《好隱集》中收録了藏頭體、回文體、陽關曲、雜言體等作品。④《兒庵遺集》中收録了漁家傲、菩薩蠻、長相思、如夢令、水調歌頭、浪淘沙等詞作。可以看出,收録文章的種類非常複雜多樣,這表明了僧侶們擅長寫作各種不同題材詩歌的能力。這可以説是僧侶們與儒士持續交遊而産生的一種效果。留下文集的僧侶中,人們對大多數僧侶給予了禮貌性的稱贊,不僅如此,還對他們文章的寫作能力高度稱贊。這些人物有:清虚休静、枕肱懸(1616—1684)、白谷處能(1617—1680)、無竟子秀(1664—1737)、兒庵惠藏(1772—1811)。

對於清虚休静,在《西厓集》别集第四卷《雜著·僧人能詩》一條中稱,清虚休静不僅學問高深、備受贊譽,而且擅長詩歌寫作,在"僧人能詩"條中就收録了他的《登香爐峰》一詩。⑤

僧侶文集中的"文",最值得關注的特徵是那些以四六騈文體寫作的祝疏與上樑文之

① [韓]鄭丙三《18 世紀僧侶文集的性格》,《韓國語文學研究》2007 年第 48 輯。裴圭範也有類似評價:進入朝鮮後期,文集成爲佛家出版的主流,這些文集與儒家的文士的文集并無很大的差别,一方面盡可能地遏制這些文集的佛教色彩,另一方面聚焦於文學性的追求上。裴圭範,前揭書,第 40 頁參照。

② [韓]李晉吾《韓國佛教文學的研究》,(首爾)民族社 1997 年版,第 323—328 頁。

③ 對於佛教文學的發展,可參考[韓]金鍾真《朝鮮後期佛教文學研究史的檢討與展望》,《國際語文》2015 年總第 67 輯。

④ 對於這些多種詩歌體裁的特徵,參考了[韓]裴圭範《佛家雜體詩研究》,知創知出版社 2010 年版。

⑤ "今世僧人中有休静,頗解禪家學,有聲於緇流,且善詩,自號清虚子。嘗在香山有一絶云(以下省略)。"

類文章。① 關於駢文，丁若鏞感嘆道：駢文有不得不使用之時，但能按照正確的體制寫作駢文的人却并不多。② 丁若鏞對兒庵惠藏的《大芚寺碑閣茶禮祝文》一文，給予了如下的高度評價：

> 此篇是館閣大手，能嗣李潤甫林彝好之絶響。余每山庵小醉，爲之擊節高唱，覺字字跳蕩，句句聳竦，非復蔬筍口氣。③

對於兒庵惠藏這篇以形式繁縟的駢文寫成的文章，丁若鏞給予了毫不吝嗇的稱贊。④兒庵惠藏之所以擅長寫作駢文，這與佛教中人經常用駢文寫作文章有關。佛教徒經常舉行祭祀活動，在舉行祭祀活動時，駢文寫作非常適合。因此我們很容易在僧侶文集中找到駢文。

以上的祝文是敬獻給佛祖的祝疏中的一種，這種文章與儒士上呈國王的上疏比較時，可看出一定的差别。儒士的上疏經常以“伏以”二字開頭來表達自己的見解。以“伏願”二字來表達希望獲得主上的處理意見，以此結束全文。儒生的上疏文一般分爲這樣兩段。與此相比，在祝疏文中一般按照三段展開，即：思想、實施和祈願。在思想部分，主要對於佛事相關的思想進行壓縮性表述，一般以文采優美的句子來進行寫作。奇巖法堅(1552—1634)的《松雲大師百齋疏》一文的開頭部分就采取了對仗的形式，具體如下：

> 凈圓覺身，本絶去來之相；大悲願體，常饒接引之方。
> 欲達繫珠之因，須假銷礦之力。
> 肆殫愚悃，敢設癡齋。⑤

這篇文章是奇巖法堅在長他 10 歲的前輩僧人惟政圓寂 100 天後舉行祭祀時寫作的文章。所謂“癡齋”這一用語，包含了如下一些含義：祭祀的行爲對舉行祭祀的當事人的心靈能予以安慰。這是因爲，對於覺醒者而言，是否舉行祭祀關係不大。覺悟了的佛祖并無生死的煩惱，祭悼衆生是爲了爲衆生提供方便之門。這表現了對祭悼所持的希望的

---

① 對於朝鮮時期駢文的整體性格，參考[韓]李英徽《朝鮮朝駢儷文研究》，忠南大學 1994 年博士學位論文。

② [朝鮮]丁若鏞《禮典六條・課藝》，《牧民心書》卷八。

③ [朝鮮]金斗再《兒庵遺集》，東國大學出版部 2015 年版，第 96 頁。

④ 關於兒庵與丁若鏞的交遊，可參考：(1)[韓]金石泰《兒庵惠藏的思想指向與詩文學的樣相》，《韓國詩歌文化研究》2006 年總第 18 輯。(2)[韓]鄭瑉《茶山與惠藏的交遊——兼及兩封〈見月帖〉》，《東亞文化研究》2008 年總第 43 輯。

⑤ [朝鮮]法堅《奇巖集》，《韓國佛教全書》第 8 册，東國大學出版部 1986 年版，第 166 頁。圓覺即圓滿的覺悟，乃佛祖的覺悟；悲願，即慈悲的願望。“繫珠”用來比作各自本有的佛性，“銷礦”則爲獲得黄金必須經歷的過程。“繫珠”與“銷礦”二詞皆用來比喻爲獲得佛性而付出的努力。

心態。

這些内容按照四六句式寫成,且意義相對,同時具有很强的節奏感。祝疏是以朗讀爲前提的一種文章,因此較之其他文章而言,更加重視韻律美。因此在寫作時經常使用駢文這種文體。

以駢文寫作祝疏,有高麗時期僧侣釋無畏以金字抄寫的《寫成金字法華經疏》《書寫法華經疏》,以及爲薦舉圓慧爲國統而寫作的《薦法兄圓慧國統疏》,圓鑒國師冲止(1226—1293)的《定慧入院祝聖夏安居起始疏》與《請上堂疏》等等。二人在僧侣社會不斷寫作祝疏,其寫作的文章得到了這樣的評價,被認爲是"文章家的大手筆"。朝鮮時期擅長駢文寫作的僧侣,有枕肱懸辯與無競子秀等人。無競子秀的散文集《無竸集文稿》(現韓國國立中央圖書館藏有木刻本)與一般散文有别,他的評論中將構成對仗句的上下兩句并行編排。從他在文章編排上表現出的這一特點可以看出,他是十分重視駢文形式特徵的。

如同祝疏一樣,采取駢文的形式寫成的上樑文中,好隱有璣(1707—1875)的文集值得關注。《好隱集》中收録了很多關於重建慶尚道琵瑟山與伽倻山一帶寺刹的記録,這部文集中收録的大多數是上樑文。卷二中收録了《海印寺鳳凰門上樑文》等10篇,卷三中收録了《湧泉寺冥府殿樑間録》等以"樑間録"爲名的上樑文三篇。樑間録與上樑文的區别是,樑間録并非以駢文寫成,且文章中没有"六偉頌"。《瑜伽寺大雄殿樑間録》中對於不采用"上樑文"而采用"樑間録"這一名稱的原因進行了説明,具體如下:

> 余曰:"俊師乎,知其抛梁之作乎?其文昉於元明,而其體雖孅,其才亦難。近來短學之家效其一颦,則拘於簾,束於偶,全沒實迹,徒尚浮説。是可藏樑乎?樑雖無言,反顧諸心,寧不愧乎?凡作文之法,格反則奇,辭達則清。今以直語筆之,命名樑間録。未委師心政如何?①

上樑文應該以駢文形式寫作,如果按照這一形式進行寫作的話,則無法囊括相關建築的實際内容,於是很多文章都借鑒此前已有的程式化的表現方式。文辭雖極爲華麗,却遭到人們的批判。因此,即便不符合形式,也應該在文章中囊括實際的内容。這就是不以"上樑文"而以"樑間録"爲名寫作的原因。通過改變名稱,突顯了作者在寫作中更加重視實際情况的寫作意圖。

《湧泉寺冥府殿樑間録》中稱,"六偉頌"和上樑文并非是對事實進行記録的古文,文辭雖然華麗,然而内容却十分空洞,上樑文表面粗糙而且内容晦澀難懂。在《地藏寺僧堂樑間》中,對上樑文批評道:上樑文晦澀難懂,且缺乏格調。由這些批評來看,正確地寫作

---

① [韓]金鍾真《好隱集》,東國大學出版部2015年版,第165—166頁。

駢文并不容易。對上樑文的批評、對以古文寫作樑間録的主張,表明了當時人對待上樑文的一般態度,值得引起我們注意。①

儒家文集中一般没有勸善文,而這在僧侣文集中則是不可或缺的一種文體。這些勸善文中包括對一些重要歷史事件進行記載的文章,比如《奇巖集》中收録的《壬辰年江華府鑄銃筒及殫②子勸善文》(1592),壬辰倭亂時期,僧侣們對於鑄造槍炮彈藥做出過很大貢獻。從這篇文章就可以看出這些僧侣做出了怎樣的貢獻,這是這篇文章的價值。③

書信從展示當事人的交遊關係的角度來看,是值得重視的一種文體。如同漢詩一樣,在儒家文獻和佛教文獻中皆受到重視,是文集中不可或缺的一種文體。僧侣書信中最受重視的是秋波泓宥(1718—1774)的《秋波手柬》。《秋波集》中收録了 29 封書信,《秋波集》中未收録的另外 91 封書信被編成《秋波手柬》一書刊行,由這部書信集可以看出作者在生前寫過多少書信。書信往來的對象,最多的一般被認是同道中的僧侣、官員以及儒生。由《秋波手柬》的内容來看,作者不僅有世俗的家庭;即使在出家以後,也一直與世俗家庭保持聯繫。另外在《月城集》中所收録的月城費隱(1710—1778)的書信與《與快演長老全州成造赴役》,記載了僧侣參與城郭建造的事實。

如果説上面我們考察的祝疏和勸善文是僧侣文集中一種獨特的樣式,而上樑文和書信是共通的樣式的話,那麼僧侣文集中難得一見的文體,則有遊山記和遊山録等紀行文。④

僧侣文集中紀行文稀少的原因在於,由於僧侣們的生活空間是在山中,行動軌迹不過是山中日常,因此没有寫作紀行文的必要。在這種情況下,留存下來的幾篇紀行文,由於文章本身具有的某種特徵,才得以流傳下來。雪潭自優(1709—1770)的文集《雪潭集》中所收録的《夢行録》,記載的就是他於 1763 年的冬天利用一個月的時間,探訪忠清南道大芚寺和邊山之後寫作的紀行文。除了《夢行録》以外,還有虚静法宗(1670—1733)所寫的《遊金剛録》《續香山録》與秋波泓宥的《遊俗離記》、混元世焕(1853—1889)的《金剛録》。大體上來看,這些表現出對包括佛教故事在内的佛教文化的興趣,與儒家的遊山記有明顯不同。

佛教遊山記中,如果説虚静與泓宥的遊覽僅限於名山的話,那麼雪潭自優的遊山記則以自己所居住的一帶爲基準,一個月期間足迹所及之處主要位於湖南與忠清道一帶。這是二者的差别。雪潭在文章中寫道,自己開始旅遊的原因是爲了通過山水遊覽獲得文

---

① 關於樑間録,參考了[韓]金鍾真《好隱有璣的文學世界》,《佛教學報》2013 年總第 65 輯。

② “殫”字是“彈”字的誤字。

③ [韓]李大炯《17 世紀僧侶奇巖法堅散文研究》,《列上古典研究》2010 年總第 31 輯。

④ 遊山記以 1243 年真静國師天頙寫作的《遊四佛山記》爲代表,在高麗時期就已經出現了僧侣寫作的遊山記,但以對山行的體驗進行記録的意識寫作的遊山記則在進入朝鮮朝後才真正出現。[韓]金臺俊《韓國的旅行文學》,梨花女子大學出版部 2006 年版,第 47 頁。

章寫作時的氣勢。這種意識與遊覽者在遊覽記中表現出的遊覽目的不同。法宗的《遊金剛録》結尾中這樣寫道:"今某徒以子長之遊,役於山水之景,却忘吾門行腳事,其於古賢,大有慚焉。"[①]如果説這是忠實於僧侶本分的立場的話,那麼雪潭的遊山記中則表現出更爲强烈的儒家文人的取向,可以説表現了僧侶寫作的多種面貌。[②]

人物傳是對於某一特定人物的行迹從褒貶的角度進行立傳的文章。從高麗末期開始,這類文章就被收録到儒士的文集之中,被認爲是記載儒家意識形態的重要文學題材。到了朝鮮後期,通過對表現自我意識的藝術家進行立傳,反映當時社會的面貌。[③] 人物傳在僧侶文集中是較難看到的一種文章體裁。僧侶文集中目前所能看到的人物傳有對龍巖慧彦(1783—1841)進行立傳的《龍巖傳》(該文被收録在《應雲空如大師遺忘録》中),《吴孝子傳》《朴烈婦傳》《硯滴傳》三篇人物傳則收録在《鏡巖集》中。對於龍巖慧彦,《東師列傳》中收録了《龍巖禪伯傳》一文,然而較之此文,《龍巖傳》所記載的行迹更加詳細,具有很高的史料價值。《朴烈婦傳》與燕巖朴趾源的《烈女咸陽朴氏傳》中所記載的是同一人物,很早以來就受到國文學界的注意,這篇文章被收録在《文集所載資料集》[④]第六卷中,很早以來就是學界研究的對象。[⑤] 鏡巖的以上這些人物傳中,作者從會通三教的立場出發,表現了作者思想上的特徵,認爲這些傳記中的佛教觀念是對儒教理念的變奏。[⑥]

向國王上呈的上疏文,在高麗時期的僧侶文集中就能看到很多。然而到了朝鮮時期,僅見於《大覺登階集》中收録的《諫廢釋教疏》,以及《默庵集》中收録的《廢紙上疏》。《諫廢釋教疏》一文是白谷處能(1617—1680)出於反對孝宗時期彈壓佛教的政策而寫作的一篇的擁護佛教的著名文章。[⑦] 默庵最訥(1717—1774)的《廢紙上疏》一文則主要是表達對將紙張製作的任務全部交給僧侶表示不滿。這兩篇上疏文,一方面展示出佛教遭到鎮壓的歷史現狀;另一方面,通過這兩篇文章,我們可以看到當時朝鮮後期社會經濟整體的問題,以及朝廷爲了解決這些問題所采取的措施,應該説具有很高的價值。[⑧]

---

① [韓]法宗《虛静集》,《韓國佛教全書》第9册,東國大學出版部1986年版。

② 對於《夢行録》,參考[韓]李大炯《佛家遊山録——〈夢行録〉的文人取向與佛教性格》,《冽上古典研究》2016年總第50輯。

③ 對於人物傳,可參考:(1)[韓]趙泰英(音譯,조태영)《〈傳〉文體發展史之研究》,首爾大學1983年碩士學位論文;(2)朴熙秉《韓國古典人物傳研究》,한길사出版社,1992年版。

④ [韓]金均泰《文集所載傳資料集》,(大邱)啓明文化社1986年版。

⑤ [韓]朴熙秉《朝鮮後期"傳"類小説的性向研究》,成均館大學大東文化研究院1993年版。

⑥ [韓]李大炯《鏡巖應允及其"傳"之研究》,《韓國禪學》2010年總第27輯。

⑦ 1976年東國譯經院"韓國高僧"篇第九則中將之與《圓鑒國師集》一起進行了翻譯,大概因此《白谷集(外)》(東國譯經院1984年版)中漏收了此文,給讀者帶來了混亂。韓文本《韓國佛教全書》中收録了《大覺登階集》(林在完翻譯,東國大學出版部2015版)。

⑧ 對於《諫廢釋教疏》的歷史價值,可參考[韓]吴京厚《朝鮮後期佛教動向史研究》,文絃出版社2015年版,第88頁。

2. 内容上的特徵

從思想的角度來,朝鮮後期的佛教界一方面盛行華嚴學[①],同時也流行着三教會通的理論。僧侣文集中有很多文章都表現出三教會通的思想傾向,代表性的作品有《兒庵遺稿》卷三中收録的《鍾鳴録》。這篇文章中,將《周易》《論語》和《楞嚴經》放在一起,師生之間圍繞這三部經典以問答的方式展開討論。對於儒教文獻,僧侣們之間展開了深入的學問性的討論。像這樣記載師生之間學問談論的文章,在文集中很少見。記載師生之間學問方面的問答,也表明了作者對自身學問水準的自負。兒庵曾與茶山丁若鏞進行過學問討論,兒庵在 40 歲時就圓寂,丁若鏞在爲兒庵所寫的挽詩《挽兒庵》中寫道:"無人説與伏羲事。"[②]兒庵的詩歌甚至流傳到清朝,受到翁方綱等人的稱贊。[③] 無論是對儒教文獻的理解,還是詩文的創作,兒庵的水準皆不遜色於儒士。

應雲空如(1794—?)的《應雲空如大師遺忘録》中收録了會通三教的《三教養真寶鑒序》《三教事迹論》《三教性命説》《五戒配五常説》等文章。值得注意的是這些文章表現出道教的傾向。在《七星殿佛糧稧序文》《山神閣勸善文》《七星閣勸善文》等文章中,我們可以看到對於七星閣的言論,而這些在此前的文集中很難看到。這些展示出朝鮮後期佛教中人的道教傾向。[④] 七星殿將本屬於巫俗和道教信仰對象的"北斗七星"稱作"七星如來",賦予了其佛教的性格。然而在僧侣文集中提到七星殿的文章并不多。《七星殿佛糧稧序文》中寫道:"惟吾信心稧員,求七星經讀之,無敢忽諸。"提到了閱讀具有道教性格的《七星經》之事。與《七星經》相關的文獻有:大藏經中收録的《佛説北斗七星延命經》《七星如意輪秘密要經》,以及道教的經典《太上玄靈北斗本命延生真經》與《太上北斗二十八章經》等等。佛教與道教的七星系統文獻都記録了七星的名稱、本命星的内容與符籍。不同之處在於,佛教的七星文獻中,佛祖以勸人往生極樂世界爲説法的目的。而道教的七星經文獻系統中,太上老君論道的目的在於引導人進入神仙世界。一方面主張儒佛禪三教的一致;另一方面,站在佛教的本位展開論述。這雖然是朝鮮時期佛教徒的一般性的傾向,但在這一過程中,又表現出勸人閱讀道教文獻這種對於道教所持的積極肯定的態度,這是特别值得我們注意的。[⑤]

---

① 對於朝鮮時期重視華嚴學的傾向的研究,可參考[韓]金容太《朝鮮後期佛教史研究》,新丘文化社 2010 年版,第 253 頁。

② 兒庵惠藏與丁若鏞的討論,主要圍繞《周易》展開。[韓]鄭瑉《茶山與惠藏的交遊——兼及兩封〈見月帖〉》,《東亞文化研究》2008 年總第 43 輯。

③ [朝鮮]兒庵惠藏著、金斗再譯《蓮坡老師遺集跋》,《兒庵遺集》,東國大學出版部 2015 年版,第 195 頁。

④ 關於山神閣的記録見於如下文章:(1)[朝鮮]仁嶽義沾(1746—1796)《隱寂庵山靈閣記》,《韓國佛教全書》第 10 册(《仁嶽集》卷 2),東國大學出版部 1872 年版,第 412—413 頁;(2)[朝鮮]梵海覺岸《隱寂庵山神閣創建記》,《梵海禪師文集》,(海南)大興寺 1921 年版。山神閣的建立當始於朝鮮時期。[韓]金炯佑《韓國寺刹的山神閣與山神儀禮》,《禪文化研究》2013 年總第 14 輯。

⑤ [韓]李大炯《解題》,《應雲空如大師遺忘録》,東國大學出版部 2014 年版,第 11 頁。

在應雲空如之前，也并不是没有像他這樣表現出道教傾向的僧侶。東溪敬一(1636—1695)的《東溪集》即表現出鮮明的道教傾向。他的詩文重在表現仙佛合一與無爲自然。從整體上來看，較之"禪"而言，"仙"的傾向更爲明顯。《伽倻津龍王堂奇遇録》一文即是對道教思想的小説化，受到關注。《伽倻津龍王堂奇遇録》一文所寫的内容是：洛東江一帶遭遇旱情，某一浪蕩子進入龍宫面見龍王，在寫作一篇祈雨詩之後，玉皇大帝受到感動，命龍王下雨。對此有這樣一種解釋，認爲在現實生活中的統治之下，無法克服現實，通過道教天人感通的思想，對17世紀的社會進行批判，提出了强烈的改變社會現實的要求。①

從經濟的角度來看，土地問題是當時僧侣們所面對的主要問題，《鏡巖集》中就收録了很多關於此類問題的記録。②《鏡巖集》中有七言律詩《奉賀兩寺僧和訟押前韻》，雖然我們無法得知詩中關涉事件的具體情况，但可以確定的是關涉的一定是寺刹之間的紛争。從七言律詩《聞北客罷夢虚祀畓訟寄贈》一詩的題目就能看出，土地問題引起了訴訟。鏡巖在寫給花林的信中寫道："聞失田憂憤，爲慰。"由這封書信可以看出，花林在土地訴訟中失敗，失去了土地。記載"爲舉行祭祀必須準備農田"的雜著《華峯和尚位畓録後》一文，也表明土地問題是當時十分重要的問題。

從文化的層面來看，《無競集雜稿》中所記載的繪製佛像③與製作佛像的事實吸引了我們的注意。在七言律詩《悼錦花》與《焚葬祭亡弟子錦花文》文中都提到了一位名叫錦花的弟子。無競的《行狀》中寫道，1731年無競令其弟子先後爲静觀一禪(1533—1608)、任性冲彦(1596—1675)、圓應志勤、秋溪有文(1614—1689)四位禪師畫像，這些畫像都安置在龍湫寺④中。1734年，又命弟子古鏡爲芙蓉靈觀(1485—1571)與秋溪有文等五位禪師畫像，這些畫像安放在松廣寺。

可以看出古鏡是一位擅長畫人物肖像畫的僧侣，古鏡的老師善於製作佛像，這些佛像皆被安置在很多寺廟中。

> 入山殘煞之聖像，除非守財；
> 三妹德格之妙功，莫不自肯！(《代古鏡師亡師闋服别疏》)

上面這段引文應該視作對老師的一種禮贊，由很多寺院皆有侍奉的話來看，古鏡的

① [韓]金承鎬《太虚堂的〈伽倻津龍王堂奇遇録〉研究》，《古小説研究》1999年總第7輯；(2)金承鎬《敬一文學中的道仙傾向及其意義》，《語文研究》2006年總第34輯。

② 17世紀僧侣們的田畓思維是非常普遍的，個人中心的經濟意識非常强烈。[韓]金淳碩(音譯，김순석)《朝鮮後期佛教界的動向》第2002年總第99輯。

③ 對於佛教畫像，可參考[韓]張姬貞《朝鮮後期的佛教畫像與畫師研究》，(首爾)一志社2003年版。

④ 龍湫寺位於咸陽，這裏指的是位於丹陽秋月山的寺院。

老師應該是一位頗有實力的人物,至於具體的情况則無法得知。另外頭陀僧時策善於畫佛像的事實,記載在《回門山萬日寺事迹詞》中。無競周圍有很多僧人擅長繪製佛像和製作佛像,無競對這些人都非常重視。以上這些記録中對於朝鮮時期從事佛像繪畫與製作的僧侶這些事實的記載非常簡短,但從展示了事實的角度來看,具有一定的價值。

《枕肱集》中所收録的《上堂及六色掌祝願》一文中,將這些擅長繪製佛像的僧侣稱之爲"畫員比丘",這也是一篇記載僧人承擔佛像繪製任務的文章。過去學界對於佛像的研究,大多以佛畫中所記載的内容爲根據展開。① 爲進一步深化對佛畫的研究,僧人文集中留下的這些記録亦值得我們重視。

三、結論

在討論朝鮮時期佛教的特徵時,應該説壬辰倭亂以後,僧侣文集的大量刊行是其中較爲突出的一個特點。學界對於僧侣文集賦予了很多積極的意義,從當時社會發展趨勢來看,17 世紀以後僧侣文集的刊行,要遠遠多於 17 世紀以前。僧侣文集在 17 世紀以後大量出現,表現出與儒家文集相似的趨勢。文集中所收録的文章與儒家文集相比,整體上而言也比較類似,同時也表現出與儒家文集不同的特徵。

如同儒家文集一樣,僧侣文集中也是首先收入漢詩。考慮到漢詩此前就頗受重視,本文中省略了對僧侣文集中所收録漢詩的討論,主要對收入的"文"的特徵進行了考察。在儒家文集中,我們很難看到勸善文和祝疏,這兩類文章的收録可謂是僧侣文集的特徵之一,尤其是祝疏。這是因爲,僧侣們頻繁從事祭祀活動,祭祀時就需要朗讀記載了相關含義的文章,這就需要有人頻繁寫作此類文章,這類文章的代表性文體就是祝疏。爲了朗讀,具有規則的節奏感就非常重要,這樣就使得僧人在寫作祝疏文時經常使用四六駢文。四六駢文格式非常嚴格,寫作起來非常困難,從駢文的寫作中能見出僧人的才能。

從以《枕肱集》《無競集》《兒庵集》爲代表的僧人文集中,我們能找到很多四六駢文。《無競集》中僅收録了"文",《無競集文稿》一書曾刊行。在這部文稿中,對於各篇文章中出現的對仗句以雙行并列的方式進行排列,由此可以看出作者對於文的形式特徵有着明確的認識。

除了祝疏以外,僧侣文集中還能看到上樑文、勸善文以及書信等各種不同文體。在書信類文體中,《秋波手柬》頗受重視,《秋波集》中也收録了不少書信。那些不爲《秋波集》所收録的書信,則另外收入《秋波手柬》中,由此可以看出作者生前寫過多少書信。信件的收件人以與作者有交往的同道僧侣、官員和儒士爲主。由《秋波手柬》來看,作者

① [韓]文明大《韓國的佛教畫像》,悦話堂出版社 1997 年版,第 166 頁。

不僅有世俗的家庭,即使在出家以後也與世俗家庭一直保持着持續不斷的聯繫。

從思想内容的角度來看,僧侣文集中受到注意的是儒佛禪三教會通的理論。僧侣集中所收録的僧侣與儒士交遊的詩文,都表現出三教會通的思想立場。特别是收録在《兒庵集》中的《鍾鳴録》一文中,這種思想傾向更加鮮明。此外,僧侣文集中表現出的道教傾向這一特徵也值得注意。在 19 世紀,應雲空如的《三教性命説》等文章中就表現出三教會通的理論,同時在《七星殿佛糧稧序文》中也表現出道教的傾向。17 世紀的東溪敬一也表現出道教的取向。對於這一傾向背後的意蘊與發展趨勢,有待我們將來做進一步的研究。

作者簡介:

李大炯(1966—),東國大學佛教學術院教授。在《冽上古典研究》《韓國漢文學研究》《佛教學研究》(韓國)等刊物上發表論文多篇。另外有漢籍韓文譯著多種。

栢谷金得臣儷文研究*

[韓]李英徽撰　肖大平譯

内容摘要：栢谷金得臣(1604—1684)是朝鮮時期重要的駢文作家，在其《栢谷集》所收作品中專門分出"儷文"一類，收録其所創作的65篇駢文。本文以集中所收《教京畿監司鄭再任書》《右相金北渚鎏不允批答》《本朝冬至賀箋》《東方祈雨祭文》《草堂上樑文》《謝友人送酒啓》《寄再從弟金子紹書》等文章爲例，對栢谷駢文的内容與形式特徵進行了分析。從内容上看，前四篇文章繼承了此前駢文以記事内容爲中心的寫作模式，後三篇更多的側重於表現作者自己的思想與感情，這表明了朝鮮後期駢文被用作文藝性文章寫作的事實。從形式上來看，栢谷的駢文以四字句與六字句爲中心，重視對偶、平仄與典故的運用，這表明栢谷的駢文雖然出現在朝鮮後期，但仍然没有擺脱駢文的固定形態。

關鍵詞：金得臣；儷文；内容；形式；特徵

一、緒論

學界對於漢文學研究，從文體論、作家論、作品論、批評論等多個角度展開，取得了令人刮目相看的成果。其中，學者們的興趣主要集中在作家論、作品論、批評論。作家論與作品論的情况，刊行數量衆多的個人文集作爲資料寶庫，這些資料給我們留下了諸多課題。除此以外，代表作家、作品成爲研究的主要對象。近來學界對於漢文學的興趣濃厚，對於過去從未研究的新資料以及過去研究中被忽視的部分進行了重點研究。

雖然取得了如上的發展成績，但同時我們也應該看到，伴隨着大量資料與作家的出現，學界尚缺乏對這些作家和資料進行整體的綜合性的研究。其中首先需要指出的是，本應對使用文體的概念進行定位、對其特徵與代表性作品進行分析，但這一方面的研究還十分不足。當然在漢詩與漢文中，對於漢詩的研究要多於對文的研究。不僅漢詩研究的對象多種多樣，而且在繼作家論與時代論之後，逐漸湧現出綜合論之類的研究。對於詩的研究可以分爲作品論與批評論，這其中作品論取得了令人刮目相看的成就，逐漸呈現出比較文學研究的國際化趨勢。

---

* 韓文論文原載於韓國《語文研究》1991年第21輯。

另外,被排除在批評論之外的散文,對其研究可分爲古文研究與駢文研究兩類。這兩種研究,截至目前還處於萌芽狀態。其中古文論以及對於古文的研究還很不足,仍處於以作家論與作品論爲中心的研究。作爲與古文相對概念而存在的駢文,或者在少數的論文中僅僅作爲一種概念被提到,或者乾脆直接接受中國學界的看法。① 截至目前才出現對駢文的特徵發展流變進行研究的成果。② 儘管如此,對於駢文作家與作品的研究,以及歷史性的考察還很不足。爲解決這些問題,同時也作爲對韓國駢文進行綜合性研究的一環,本文將對栢谷金得臣的駢文進行分析,對作家中心的駢文文體以及作品進行考察。

截至目前對於栢谷的研究十分零散③,這些零星的研究又大多集中在對其詩論的研究上。對於其生平的研究,或者僅提及基礎部分④,甚至連生卒年代都未能形成定論。⑤ 被人們認爲記載栢谷生平最爲詳細的《栢谷集影印序》,即被視作作詩的一種逸話。⑥

因此,本文將首先對栢谷的生平進行簡略梳理,繼而對《栢谷集》的構成體制進行考察。在考察中以其駢文作品作爲主要研究對象,對其文體特徵進行把握。作品分析部分,首先通過形式分析,對其駢文具有怎樣的特徵進行把握,特别是將栢谷駢文與正格的駢文形式進行比較,對其駢文的發展變化進行把握,并指出其作爲瞭解朝鮮後期駢文特性的資料價值。

二、栢谷金得臣的生平

以往的研究對於栢谷的生平略有言及,⑦然而這些論文中大多以栢谷的部分著述爲中心展開,或者將其作爲批評的一個階段進行把握。本文將通過對其出生與死亡、成長過程以及求學相關逸話,通過對其學習文章寫作階段的考察,將這些用作理解其詩文的輔助性資料。

金得臣字子宫,號栢谷、龜石山人,本籍安東。祖父是忠武公金時民,⑧父親是副提學

① [韓]文璿奎《韓國漢文學》,(首爾)二友出版社 1987 年版;[韓]金學主《中國文學概論》,新雅社 1987 年版;[韓]殷茂一《駢文的特性與興衰小考》,《圓光漢文學》1985 年第 2 輯。

② [韓]趙鍾業《百濟時代漢文學的傾向》,《百濟研究》1975 年第 6 輯;[韓]李英徽《羅麗代駢儷文研究》,忠南大學校大學院 1990 年碩士學位論文;王中《百濟文學》,《百濟研究》1982 年第 14 輯。

③ [韓]許敬震《〈終南叢志〉研究》,《延世語文學》1978 年第 11 輯;[韓]鄭大林《金得臣的詩論》,《李朝後期文學的再照明》,創作與批評社 1983 年版。

④ [韓]鄭大林《金得臣的詩論》,《李朝後期文學的再照明》,創作與批評社 1983 年版,第 201—202 頁。

⑤ [韓]許敬震《〈終南叢志〉研究》,《延世語文學》1978 年第 11 輯。

⑥ [韓]李家源《栢谷文集序》,《栢谷文集》,太學社 1985 年版,第 1—6 頁。

⑦ [韓]鄭大林《金得臣的詩論》,《李朝後期文學的再照明》,創作與批評社 1983 年版。

⑧《栢谷集》附録中收録的《行狀草》載:"曾祖諱忠甲,文科,持平,贈左贊成,上洛君。祖時晦,文科,富平都府使,贈弘文館典翰。有弟諱時敏,武科,策宣武,封上洛府院君,謚忠武公,贈領議政,於王考爲養祖也。"由此可知,金時敏乃栢谷之養祖,時敏之兄時晦乃栢谷祖父。

安興君金緻,母親貞敬夫人是泗川睦氏。栢谷生於宣祖三十七年(1604)。

其仕宦生涯,始於陰補參奉,宣宗三年(1662)增廣文科丙試及第,宣宗十年任掌令,後升爲嘉善大夫,襲封安豐君。肅宗十年(1684)8月30日(一作29日),在忠清道槐山被火賊殺害,享年81歲。

栢谷幼年時期稍微顯得魯鈍,後經過自身努力,建構了自己的詩文創作體系。這一點可通過其墓碣銘和行狀草中反映出來。

> 幼而魯,十歲始就學。《十九史略》首章僅二十六字,而三日不能口讀。[①]
>
> 異日必以詩大鳴於世矣。自兹以後,大肆力於文墨,發憤忘食,諷讀不休,殆二十年。尤工於詩,體格必遵乎老杜。雖隻字片言,皆祖述古語而作之,非自己創出而用之。贄見澤堂李尚書植。澤堂曰:"聞名久矣。今見詩與文,可爲當今之第一。"由是文名大振。[②]

由於意識到自己的魯鈍,因此在文章受業上不斷精進。由其讀書記來看,文中具體提到了他的努力過程。

> 余性魯鈍,所讀之工倍他人。若馬韓柳皆抄讀至萬餘篇,而其中最喜《伯夷傳》之一億一萬三千番,遂名小齋曰"億萬齋"。[③]
>
> 壬午司馬益勤咿唔之業,班馬韓柳歐蘇,《戰國策》《庸學》《南華經》,及杜律、唐律等詩,讀至數萬,而《伯夷傳》則億。故名其小齋曰"億萬齋"。[④]

另外他在《古文三十六首讀書記》中記録了其所讀作品,其中不記録未讀過一萬遍的作品(譯者案:即言所記皆爲讀過一萬遍以上的作品)。由這些記録來看,雖然多少有些誇張,但充分反映了他刻苦讀書的事實。

因爲讀書勤勉,栢谷的詩文在當時卓然成爲一家,這一點可以通過其外舅梅溪睦叙欽與澤堂李植的問答中獲得證明。

> 梅溪公見澤堂曰:"當今詩文,誰爲第一?"答曰"令公之甥侄金某之詩,爲當時第一"云。[⑤]

---

①《栢谷集》附録《墓碣銘》。

②《栢谷集》附録《行狀草》。

③[韓]趙鐘業《中、韓、日詩話比較研究》,學海出版社1984年版,第255—256頁。

④[朝鮮]金得臣《行狀草》(金行中),《栢谷集》(附録)。

⑤《栢谷集》附録《行狀草》。

被時人譽爲文章四大家之一的澤堂李植也對栢谷的詩文給予高度評價。

栢谷的多讀與精讀,從一方面來看是因爲認識到了自己的魯鈍,然而從另外一方面來看,正是因爲這種魯鈍,他閱讀起作品來尤其細緻,寫起文章來努力追求準確無誤。另外從栢谷所閱讀的作品中可以找到他本人作品中那些數量衆多的典故的來源,特别是由《行狀草》中"雖隻字片言,皆祖述古語而作之"一語來看,他在寫作中有大量使用典故的主觀創作傾向。同時由於多讀,他將那些晦澀的典故作爲駢文寫作中的修辭手法,在詩文與駢文創作上取得了聲名。

他因這些詩文成名,在此之前他從其父安興君南峰金緻與外舅睦梅溪修學。弱冠之後,則通過自學獲得學問。栢谷通過勤勉讀書克服自身的魯鈍,其《行狀》中寫道:"平生述作,積成卷軸。失於丙子亂,餘存僅千篇。"由此來看,他雖然創作了很多作品,但在丙子胡亂期間遺失不少,留存下來的只有千餘篇。這些殘存的千餘篇作品收録在現存的《栢谷集》中。除了《栢谷集》之外,他還有《終南叢志》這一詩話著作。該書體系完備,在朝鮮後期詩話史上占有獨特地位。

栢谷因詩文與詩話成就斐然,與之交遊的人物都是當時文壇的代表性人物,比如他與東溟鄭斗卿、休窩任有後、晚州洪錫箕、玄墨子洪萬宗等人是忘年之交,與久堂朴長遠亦爲莫逆之交。爲官時不失大意,追求詩酒風流,隱居山村,安度晚年。

三、作品分析

(一)資料

現存《栢谷集》版本有二:一是成均館大學圖書館所藏 5 卷 1 册木刻本,二是太學社以單行本形式影印的 7 卷 7 册抄本。成均館大學藏本中收録詩歌 416 首,抄本中由詩、文、駢文構成,附録部分分别收録了墓碣銘、行狀草以及《終南叢志》。

以下對本文的重點研究對象 7 卷 7 册的抄本的構成體制進行簡單考察。首先,卷之一中先後收録了李家源的序,以及松谷李瑞雨、西溪朴世堂的序文。自此後截至第四卷皆收録詩歌,其中第一卷(第一册)收録五言絶句 143 首、六言詩 3 首,卷 2(第 2 册)收録七言絶句 346 首,卷三(第三册)收録五言律詩 328 首、五言排律 14 首、五言古詩 14 首,卷之四(第四册)收録七言律詩 214 首、七言古詩 30 首。卷之五與卷之六收録的都是文,其中卷之五(第 5 册)收録序 46 篇、記 19 篇,卷之六(第 6 册)收録跋文 4 篇、墓志銘與墓碣銘 11 篇,論、説、策 14 篇,書 7 篇,行狀 3 篇,傳 3 篇,其他 5 篇。卷之七(第 7 册)收録駢文共計 65 篇,具體而言有:教書 8 篇,批答 10 篇,赦文 4 篇,表文 2 篇,箋 3 篇,記文 5

篇(其中包括其祈雨祭文2篇),上樑文14篇(包括奉安文1篇),序10篇,啓1篇,書6篇,勸善文1篇,涵蓋11種文體。

從整體上來看,收録詩歌1092首、文章112篇、駢文65篇,其中詩所占比重最大。但從文與駢文所使用的文體種類多樣性的角度來看,可知栢谷詩、文皆擅。特别是從他將文和駢文進行區分收録這一點來看,可知他對駢文有着清醒的認識。

本文中對於以上這些詩文中卷七中的駢文予以關注,對這些駢文的内容與形式進行分析。對於這些駢文的形式與内容特性的分析,對於我們把握朝鮮後期駢文的特徵十分必要。同時本文中將對這些作品進行分析,這些作品皆爲館閣文,以記事爲中心,即便是那些稱之爲記事的内容,由於是爲曲盡其妙地表現自己的思想,文章的修辭和論理也十分突出,因此是我們考察朝鮮後期駢文内容的重要作品。另外,通過對駢文形式特徵的考察,以及對這些特徵如何變化的考察,不僅可以把握栢谷駢文的特徵,還能整體上把握朝鮮後期駢文的特徵。

(二)内容分析

駢文自三國時代[①]始就被使用,直到統一新羅時期的孤雲崔致遠,才將駢文發展成爲一種形式完備的文體。由於高麗時代漢文學的發展以及科舉制度的實行,駢文成爲代表性的文體。然而到了高麗中葉以後,隨着古文運動的興起,駢文的使用範圍和頻度較之以前大幅度縮小,文壇的潮流逐漸轉向以古文爲中心。然而由於與中國保持外交文書交换的原因,駢文在館閣文學中仍然保持着主流地位。在駢文最爲興盛的高麗時期,大部分散文采用的是駢文的形式。這種傾向,到了朝鮮時期使用的文體也未發生很大變化,駢文依然保持着文壇主潮流的地位。

《栢谷集》中所收録的駢文,也未能擺脱當時文壇的這種潮流。其駢文,内容豐富、文體多樣。本文中將要考查的《教京畿監司鄭再任書》一文中反映的是如下這些内容:當時時代艱難,停止了使臣派遣,由於缺乏人才,(國王)夜晚無法入眠,百姓之間怨聲載道,饑饉持續不斷,國家情勢日趨困難,因此在這篇文章中提出了要努力實施善政的主張。這篇駢文具備了駢文一般性的形式特徵,内容簡潔,然而多用典故對文章進行修飾,同時多用對偶句作爲主要的文學表現手段。又像《右相金北渚鎏不允批答》一文,金鎏辭職右相,朝廷對此下達批答,不允許金鎏辭職。這篇駢文的主要内容是:北渚金鎏文章與謀略兼備,時人譽之爲有將相之才。因此文中從務要鎮壓世俗的輕薄并拯救國家危機的方面出發,認爲需要北渚的幫助。另外文章中還説,右相一職目前無人堪當此任,怎能辭掉右相?北渚辭右相一事事關國事,然而此文并非以强壓態度展開,而表現出私人書信的性格。《本朝冬至賀箋》一文,如同箋文的一般性格,將自己的心情表露在外一樣。這篇作

① 譯者案:指高句麗、新羅、百濟。

品中,作者因爲未能直接參與迎接本朝的冬至節,只能心向北闕,并稱頌今日之中興乃因天子之德。《東方祈雨祭文》則是一篇四言體文章,對於祈雨的精誠與恭敬進行了簡潔但曲盡其妙的表現。《草堂上樑文》首先講述了準備隱遁與仙居場所的原因,接着對草堂的地理位置、周邊秀麗的環境,使用各種典故進行比喻。另外,以蘇子亭與柳侯堂建造之後寫作的記文爲例,説明對於草堂的建造也須寫作記文進行祝願。上樑文可以説這樣一種文體:雖然與其他祝辭的樣式一樣,也是按照先後順序進行記述,但同時也是在文章中也能表現自己的感情、具有很强文學性的一種文體。《鶴棲庵夜遊序》一文中先後對鶴棲庵的位置、與友人的交遊、夜遊的醉興等進行了描寫。特別是從内容的展開與修辭的角度來看,文中使用了多種修辭手法,此爲本文的一大特徵。《寄再從弟金子紹書》是一篇私人信件,由於該文屬於私人信件,因此可以瞭解與之交遊的對象,或者文章所傳達的思想、文學觀,以及私人性質的内容,收録的範圍十分廣泛。在篇文章中,作爲發送給再從弟的信函,主要以一些教訓性的内容爲中心展開,特別是多圍繞讀書的問題展開。本文中由栢谷"儷文律詩制又幾於百首"一句來看,栢谷平時對儷文也十分關注,是我們研究其騈文的重要資料。

以上我們考察的栢谷騈文按照内容可以分爲兩類:一類是以比喻與切適的典故對單純的事實進行展開的文學作品,一類是對於自己的思想、感情以及對事物的興趣,以洋洋灑灑的文章進行表現的純文學性的作品。特別是,前代的新羅、高麗時代的騈文大部分都具有很强的記事傾向。栢谷的騈文與之不同的是,如果説這些作品皆以紀事爲文章的主幹的話,那麼栢谷的騈文則多通過典故的使用,按照作者的創作意圖展開比喻,作爲文學作品,表現出更高的文學價值。其中《草堂上樑文》《鶴棲庵夜遊序》《寄再從弟金子紹書》等文章,若從内容上進行比較,采取的是可以不受形式束縛的古文的形式。至於書信,不僅有特定的書簡文體,爲了追求文章之美,在兼顧内容的同時,極力追求修辭的極致這種形式上的美,從這一點上可以看出栢谷文章寫作的技巧。從这一角度可以看出,我們從朝鮮后期的儷文中發現,在反映作家自由的思想、發揮文學的感性的同時,也努力追求内在的内容上的美與外在的形式上的美。

(三)形式分析

騈文的形式大體上分爲4個方面:一,四六;二,對偶;三,平仄;四,典故。這四方面的特徵在統一時期崔致遠的作品中就已經十分完備。到了高麗時期,多種形態的特徵得以展開。比起内在意義上的美,騈文更重視形式上的美。因此有必要對其形式作詳細考察。另外,考慮到對於騈文形式進行精確的概念設定還十分不足,因此有必要對這些形式上的特徵各自進行區分并詳細討論。① 因此,下文中將以上文所提及的四方面特徵爲

① [韓]李英徽《新羅高麗時期騈儷文研究》,忠南大學大學院1990年碩士學位論文。

中心進行考察，對考察作品以四六形式進行分析，考察對偶的相關性，指出平仄的節奏點以及典故使用的示例，以此作爲論文主旨展開的依據。首先以如上這些特徵爲中心，對各作品進行分析如下。①

(1)《教京畿監司鄭再任書》:

設官治理而共國蓋重　卿又按節於王畿　當此王欽之際　念慈八路之凋殘

王若曰—

分閫委寄而得人尤難　予乃簡才於宰秩　致其教諭之勤　最甚三輔之疲弊

乙夜無寐　使介不絶於頻年　需索難辦　徒有怨讟之聲

—加以暵乾之極甚　憫此—

丙枕多憂　供給殆盡於列郡　惠澤未施　固乏拯濟之策

饑饉之連仍　在擔堂而竭力　然則蘇息之方　當責於利器

—民命之將保—　—惟卿

國勢之可支　係區劃而善謀　是以觀察之任　必求其前人

素節精忠　際先王之注眷　雖已盡職分所爲　拮据需應　必解寡昧之憂虞　此外弛張

清名儁望　逮今日之臨朝　亦可務承宣之化　長養寬舒　當期原濕之勞悴　亦皆變通

之道　曾所熟諳　公其黜陟益勵卿之初心。

—於戲

之宜　何用多誥　并以恩威克體予之至意。

(2)《右相金北渚鎏不允批答》:

惟予聽納之時　而卿盡悴之日　宜圖共貞　巍然國器　謀略宏深

王若曰—　—惟卿—

豈無怠慢之習　遽投辭退之章　亦勿牢讓　卓爾文章　志槩磊落

自許經綸大業　不但鎮　厭世俗之浮輕　非卿曷能協贊　多少浮言　何用概念

人稱將相全才　亦已拯　濟幫國之危急　而予實所倚毗　記憶細故　恐非寬弘

際此時運之艱屯　災荒溢目而物力疲弊　政合瞿然而憂　莫以時事　已非爲避

尤甚國勢之杌隉　剥割多門而民生殿屎　奚可色斯而退　莫以天命　已去自安

肆當難危而棄予　苟不思於盡節　察務圖治　非寡昧之獨善　眷注方深

—於戲

敢望終始之共國　將何賴於濟時　納言補過　捨輔相則誰當　僞謙毋執

協心同德　休戚已係於一身　須體委任之至意

論道經邦　治平可期於今日　函回引退之遐心

① 本文中以○表示平聲，以×表示仄聲，以下皆以這種方法標示，不贅注。

(3)《本朝冬至賀箋》:

齊璇璣至七政　屬復亨之辰—神人葉慶—恭惟　德合乾坤—勵政圖治　軫宵旰之憂虞—
調玉燭之一元　届泰來之運　動植均懽　　　功參造化　轉災爲祥　致家國之鞏固
日又南至—伏念　職忝東隅—蓬萊五色雖阻虎扒之班
世方中興　　　心懸北極　嵩岳三呼敢獻鼇忭之賀

(4)《東方祈雨祭文》:

……(前略)……顧予何恃—妙運陰機—以潤焦枯—洽其靈惠
惟汝是靠　霈下甘澤　以膏稼穡　蘇我東場。

(5)《草堂上樑文》:

棄官如弊屣　如遂栖遁之心—雖眼力之狹也—如我主人　身世多艱—敢望玄石醉千日—
發地結輕茅　自得安閑之所　而客膝之足焉　　　　　命道益舛　自燐馬卿病三年
楊侍即之泊如　可甘寂寞—遇楊意之何時—搆一間之堂宇—看盡吟詩　孰能以浼—
庚開府之蕭瑟　每嘆平生　值鍾期之無日　專萬壑之風煙　尋花問柳　自可遣懷
過客繫馬柴門—雖隔醉默堂之敞豁—瞰長江之逶迤　霽色磨鏡—黃鳥兼翠禽而飛飛—
隣僧飛錫苔逕　亦近開香山之幽深　臨小塘之潋灔　細文如羅　沙鳩與野鳧而泛泛
聊侘與於物外—蘇子亭成作記不避　少住郢斤齊聽巴唱……(中略)……伏願上梁之後
欲安分於静中　柳侯堂築爲文何嫌
愁鎖蕙帳—槐峽長春—對清樽而酩酊
夢斷塵寰　桑田無改　仰老星之光芒

(6)《鶴棲庵夜遊序》:

寺在層厓—飛棟插青空而突兀—地本清高—日轉西岳　蘸金烏於天倪—金生叔侄
窓臨積水　斜簷與白雲而峥嵘　人宜遊賞　月出東山　蘸玉兔於波面　朴公弟兄

比肩而來—成會此夜—揮玉麈於梵筵—偷閑雄辯　寧知皓首之心—照肝膽於年老
接踵而至　知有前期　對綠尊於禪榻　乘醉高歌　誰和白雲之調　縱捭闔於夜闌

交意益孚—老夫元是賤質—相對團欒　不覺星斗之轉—以南北之孤蹤—可慕 李白之痛飲
歡情已恰　諸君莫非英姿　同樂喧聒　全忘軒冕之榮　極日夜之豪興　　謝朓之吟詩

—宜追 掛殘月於樓頭　對照夜之燈影
散宿禽於林抄　聽報曉之鐘聲。

(7)《謝友人送酒啓》:

惟公 蓬壺秀氣　苑青霞而稟精—吐白鳳於楊夢　詞源不窮—某 早附驥尾—近隔風儀
蘭玉英姿　與朗月而爭彩　退赬鯉於禹門　命途多舛　風侘難盟　長懷玉樣

丁丁吟伐木之句 于時 火傘張天—竊慕玄石　醉之千日—素乏紅友之交期—臥床元亮
依依望停雲之心　雨脚牧野　自憐馬卿　病之三年　安得青州而托契　枕糟劉伶

驚白衣於門前—豈比蘭亭之味—浹骨淪肌　喜今夕之痛飲—百盃寧辭
忽青眼於盃上　絶勝洞庭之春　滌愁排悶　感故人之深情　再拜以謝。

(8)《寄再從弟金子紹書》:

音徽絶矣—班馬韓蘇　何書讀也—勿作遊遨　况秋科之已定—玆辰永懷—一年相阻
寢啗安耶　表策詩賦　何文緝乎　無費歲月　著功程之可勤　何日能訪　兩眼頻穿

夢落青艸池中—余 身已衰老—静裏甘眠—葛源伍被讀　已畢於三春—槐人稀識字
望入白雲天際　齒赤動揺　閑中有味　儷文律詩製　又幾於百首　柏翁廢論文

翃菀何言—適因一介
愉快敢望　聊寄數行。

以下以這些作品爲中心,對其各自特徵進行具體考察,同時對這些特徵與正格的駢文形式之間存在怎樣的差异、以及又是如何變化的進行把握。特别是關於四六與平仄、對偶,通過對以往學者們所指出的駢文的基本形式和種類的簡略考察,指出栢谷駢文的特徵。

1.四六

大部分駢文各句的字數有限制。四字句與六字句是基本句型,句數則不受限制。本文中將要分析的對象作品,大部分也是由四字句或者六字句搆成,不過有時也能看到從5至10字之間的句子的出現。

對於全文中的四六語調,王力先生有如下的說明:

> "四六"的基本結構有五種:(1)四四;(2)六六;(3)四四四四;(4)四六四六;(5)六四六四。這五種基本結構是由對仗來决定的:四字句和四字句相對爲四四;六字句和六字句相對爲六六;上四下四和上四下四相對爲四四四四;上四下六和上四下六相對爲四六四六;上六下四和上六下四相對爲六四六四。①

王力先生將駢文的句式基本結構分爲五種,對駢文的特徵特别是四六句調做了詳細的説明。同時將駢文中的五七字句與詩歌中的五言七言做了如下的區分説明:

> 駢文之中除四六以外,還有五字句和七字句,駢體文的五字句和詩句的節奏不同。詩句的節奏一般是二三,駢體文五字句的節奏一般是二一二,或一四;駢體文的七字句也和詩句的節奏不同,詩句的節奏一般是四三,駢體文七字句的節奏一般是三四,三一三,二五,四一三,二三二等等。②

王力先生進行區分的依據是節奏的不同。

本文中對以上四六的基本句式,以及在這些基本句式之上擴大起來的栢谷儷文,按照不同作品進行了分析。經過分析,我們發現大體上是以四字句和六字句爲中心。如果不是按照不同作品的具體情况進行區分、而是從整體上進行考察的話,會發現四四句式的有28句,五五句式的有2句,六六句式的有19句,七七句式的有7句,八八句式的有4句,九九句式的有3句,十十句式的有1句,以及四四四四句式的6句,四六四六句式的12句,六四六四句式的4句,六五六五句式的2句,六六六六句式的1句,七四七四句式1句等等。這一時期的駢儷文在四六調上維持着定型性,同時也能看到一些發展的情况,即散文化的傾向,結構有所擴大。特别是從整體上進行配對的同時,有很多具有四六句句式的部分,從形式的角度來看,保持了整體上的定型性。這種定型性從整個句數的角度來看,四四、六六、四四四四、四六四六、六四六四、六六六六等句式所占的比重,在全文97句中有70句,占70%以上,這反映了栢谷駢文規則的嚴謹。

---

① 王力《古漢語通論》,中外出版社1976年版,第146頁。

② 王力《古漢語通論》,中外出版社1976年版,第148—149頁。

2.對偶

駢文的特徵中,最爲關鍵的是對偶,對偶對於其他文學體裁也産生了重要影響。對偶意味着兩兩相對,字意與駢字相通。所謂"兩兩相對",適用於字詞句節等多種形態。因此這一功能的幅度相當廣泛,對於對偶的用法與對偶的功能研究[①]中,從意味内容上可分爲12種;從形式上,根據位置的不同可分爲六種;根據聲韻的不同可分爲五種,加上其他兩種,共計25種。《韓國漢文學》[②]中根據内容分爲四種,根據形式分爲三種。雖然這種對偶的用法并不是適用於所有的駢文,但可以説很多種類的對偶用法是適用的。本文中以對偶的種類中、特别是在駢文中經常被使用的對偶種類爲中心進行考察。因此從形式上分爲:當句對,雙句對,隔句對。同時也按照意義分爲名對、同類對,异類對、意對等4類進行考察。

從形式上來看,隔句對有"莫以時事,己非爲避;莫以天命,己去自安"與"金生叔侄,比肩而來;朴公弟兄,接踵而至"等,共有35句。雙句對[③]如"以潤焦枯,以膏稼穡"等,共有65句。較之這些對句更爲發展的句中對有"協心同德,論道經邦","黄鳥兼翠禽,沙鳩與野鳧","浹骨淪肌,滌愁排憫"等。從意義的角度來看,首先,具有反對意味的名對,如"日轉西嶽,月出東山""火傘張天,雨脚牧野""委任"與"隱退"等等;第二,作爲同類語、具有類似性的同類對,如"凋殘"對"疲敝","乙夜"對"丙枕",在名詞句對中尤爲常見。第三,意思不同的異類對,如"殘月"對"宿禽"等等。第四,從意義上構成對仗的"意對"的情况,見於除了以上的這些句子以外的所有對偶句中,以對偶爲中心。

誠如上文所言,對偶法從形式上來看,有一半以上屬於雙句對與隔句對,重視文章寫作技巧的同時又表現出很强的散文化傾向。從内容上來看,名對、同類對、異類對、意對等皆有相關用例,其中意對的用例逐漸頻繁起來。到了朝鮮後期,從表現技巧的方面來看,這一資料向我們展示了發達形態的駢文的創作情况,同時也意味着作爲一種文體的確立。

3.平仄

在正格的駢文中,形式上的特徵中最爲明顯的是平仄的規則。平仄的使用主要源於朗誦的需求,平仄的使用能營造出適合朗誦的句子,因此平仄主要用在韻文的寫作上。然而,駢文同時具有散文與韻文的特徵,從平仄的規則性的角度來看,駢文作爲韻文的特徵更加突出。另外,平仄規則性是駢文與散文得以區分的最爲决定性的要素。平仄的使用能營造出節奏感,一些人將之作爲音樂的要素進行把握,於是出現了將駢文視作吟咏

① [韓]趙鍾業《對偶功能的研究》,《韓國言語文學》第6、8、9輯合併號,1969年、1970年。

② [韓]文璿奎《韓國漢文學》,(首爾)二友出版社1987年版。

③ 譯者按:這裏作者所謂"雙句對",相當於"單句對"的概念。以下不贅注。

之文的觀點。[①]

對於平仄的規則，文璿奎説："駢文每句的最後一字按照'平—仄·仄—平·仄—平·平—仄'的規則，通過平仄的交替運用，使上下句顯得韻律協調。"[②]金學主則指出了如下的三個法則，簡述如下：

第一，每一句平仄配列上的法則。在四字句中，第二個字如果是平聲，那麼第四個字必須是仄聲；相反的，如果第二個字是仄聲，那麼第四字必須是平聲。這樣的話，文章讀起來就顯得抑揚頓挫。這種音韻上的抑揚頓挫，在四字句以外的其他句式中也有相同的法則。

第二，在隔句對中，如果出句的前一句的（最後一字）音調爲平聲，後一句（最後一字）音調爲仄聲，那麼對句的音調則須與之相反，即：對句的前一句（最後一字）的音調須爲仄聲，後一句（最後一字）的音調須爲平聲。即呈現出正反相對的配列關係。

第三，平仄相粘，即一聯的出句中相應字的平仄必須與上一聯對句中相應字的平仄相同[③]。以上的這些觀點是對駢儷文的平仄規則性的基本理論，至於更加具體詳細的解釋，王力先生將四六與對偶關聯起來論述，認爲平仄的規則發生時期爲齊梁時期，形成於盛唐時期，將平仄視爲後期駢儷文的特徵。另外，將對四六語句式對偶進行關聯的這種規則性，王力先生在《古漢語通論》[④]中標示了節奏點，對四字句、六字句、三五七字句有如下的説明：

（1）四字句

（A）甲式：平平仄仄，仄仄平平

例句：馮唐易老，李廣難封

（B）乙式：仄仄平平，平平仄仄

例句：敢竭鄙誠，恭疏短引

（2）六字句：

（A）二四甲式：平平—仄仄平平，仄仄—平平仄仄

例句：（老當益壯）寧知白首之心—（窮且益堅）不墜青雲之志。

（B）二四乙式：仄仄—平平仄仄，平平—仄仄平平

例句：坐昧先幾之兆—必貽後至之誅

（C）三三甲式：平仄仄—仄平平，仄平平—平仄仄

例句：窮睇眄於中天，極娛遊於暇日

① ［韓］金學主《中國文學概論》，新雅社 1987 年版，第 165 頁。

② ［韓］文璿奎《韓國漢文學》，（首爾）二友出版社 1987 年版，第 65—66 頁。

③ ［韓］金學主《中國文學概論》，新雅社 1987 年版，第 162—164 頁。

④ 王力《古漢語通論》，中外出版社 1976 年版，第 146—155 頁。

(D)三三乙式:仄平平—平仄仄,平仄仄—仄平平

例句:酌貪泉而覺爽,處涸[1]轍以猶歡。[2]

上文所述四六句的五種基本結構,其平仄都可以由此推知。節奏點的平仄是最嚴格的:四字句的第二、第四字是節奏點;六字句如果是二四式,第二、第四、第六字是節奏點;如果是三三式,第三、第六字是節奏點。五字句和七字句也可由此類推,五字句如果是二一二式,節奏點就是第二、第五字;如果是一四式,節奏點就是第三、第五字;七字句如果是三四式或三一三式,節奏點就落在第三、第七字;如果是二五或二三二式,節奏點就落在第二、第五、第七字;如果是四一二式,節奏點就落在第二、第四、第七字。[3]

引文中對於基本結構與擴張結構進行了説明。這一觀點是對於駢文平仄規則的所有説明中最爲合理、最詳細的説明。

但不能説王力先生有關平仄規則性的理論是我們應該全部接受的。本文中將以王力先生的理論爲基礎理論,擴大規則性的範圍,對栢谷駢文進行分析。對於四字句,在王力先生提出的甲種四字句與乙種四字句之外,筆者提出了第三種四字句。這樣的話,共有三種關於四字句的法則:(1)上句的第二、第四字如果是平聲,那麼下句的第二字與第四字可以爲仄聲;(2)第二種規則與第一種規則相反。(3)若上句的第二字爲仄聲,第四字爲平聲,那麼下句的第二字爲仄聲,第四字爲平聲,試舉數例説明如下:

(1)四字句:

A ○平○平,○仄○仄

(例句)火傘張天,雨脚牧野(《謝友人送酒啓》)

B ○仄○仄,○平○平

(例句)日又南至,世方中興(《本朝冬至賀箋》)

C ○仄○平,○仄○平

(例句)身世多艱,命道益舛(《草堂上樑文》)

以上的三種法則在駢文中出現過很多例子。對於六字句的情況,王力先生分爲:二四甲

① 譯者按:韓文論文原文中筆誤作"凋",今更正。

② 王力《古漢語通論》,中外出版社1976年版,第149—150頁。

③ 王力《古漢語通論》,中外出版社1976年版,第150頁。

式、二四乙式、三三甲式、三三乙式等四種法則。除此以外,還有六種規則。[①] 兹舉例説明如下:

(2)六字句

(A)二二二式

(a)○仄○仄○平,○平○仄○仄

(例句)然則蘇息之方,是以覼察之任(《教京畿監司鄭再任書》)

(b)○平○仄○平,○平○仄○平

(例句)寧知皓首之心,誰和白雪之調(《鶴棲庵夜遊序》)

(B)三三式

(a)○○平○○平,○○仄○○仄

(例句)菀青霞而稟精,與朗月而争彩(《謝友人送酒啓》)

(b)○○仄○○仄,○○平○○平

(例句)非寡昧之獨善,捨輔相則誰當(《教京畿監司鄭再任書》)

(c)○○仄○○平,○○仄○○平

(例句)以南北之孤蹤,極日夜之豪興(《鶴棲庵夜遊序》)

(d)○○平○○仄,○○平○○仄

(例句)瞰長江之逶迤,臨小塘之瀲灩(《草堂上樑文》)

從以上所列舉的資料來看,除散句外,構成對偶的共有 130 句,其中 84 句符合平仄的規則。其中,特别是《教京畿監司鄭再任書》與《右相金北渚鎏不允披答》《本朝冬至賀箋》等文章中,平仄的定型性更加突出,而在其他的文章中則部分保持着平仄。由此看來,隨着館閣文學的傾向愈强烈,可以説其形式上的比重也越來越高。然而在《鶴棲庵夜遊序》《謝友人送酒啓》《寄再從弟金子紹書》等表現感性與私人化情感的文章中,經常出現破格的情況。因此,可以看出栢谷的駢文中的平仄,與其説作爲館閣文學的一種、文體上堅守着嚴格的規則,不如説其駢文中那些以感興爲主的作品及相關文體大體上來看受到了散文的影響,表現出非規則的傾向。

4.典故

使用典故,一方面具有一種比喻的功能,同時也是一種重要的文學表現手法,是作家充分展現自身學養的重要手段。駢文中典故的使用作爲一種修辭特徵,對於文章的含義有着進一步深化的作用。但是在不少文章中典故的使用反而使得文章顯得散漫,在作爲

---

① 關於平仄的節奏點的標識,在本論文之"形式分析"部分有説明。本文中對於新提出的 9 種新的規則,對其節奏點也采用了相同的標示方法。3、5、7、8、9 字句等句式中,對於以上規則的適用,與王力的節奏點標示方法相同。當然,可能還會有一些其他的規則,但本文以例子中出現的規則爲中心進行考察。下文中對於平仄的規則性的綜合考察,結合所整理的規則的可能的例句,將進一步擴大考察的範圍。

獨創性的文章、對作者自己的思想與感情采用合適且充分的手段進行表現時，由於使用了典故，效果反而適得其反。儘管如此，典故的恰當運用是營造文章的含蓄、典雅、精煉、修飾之美的重要因素。駢文作家們爲了盡可能的擴大典故的這種優勢，經常會使用一些技法。栢谷也在其駢文作品中使用了這些技法，舉例説明如下：

(1)《教京畿監司鄭再任書》：

A 念玆八路之凋殘——最甚三輔[①]之疲弊

B 徒有怨讀言之聲——固乏拯濟之策

C 饑饉之連仍——國勢之可支

D 然則蘇息之方——是而觀察之任

E 雖已盡職分所爲——亦可務承宣之化

F 必解寡昧之憂虞——當期原濕之勞悴

G 公其黜陟益勵——并以恩威克體

(2)《右相金北渚鍙不允披答》：

A 惟予聽納之時——豈無怠慢之習

B 謀略宏深——志概磊落

C 際此時運之艱屯——尤甚國勢之杌隉

D 災荒溢目而物力疲弊——剥割多門而民生殿屎

E 眷注方深——撝謙毋執

F 須體委任之至意——函回引退之遐心

(3)《本朝冬至賀箋》：

A 齊璇璣之七政，屬復亨之辰——調玉燭之一元，届泰來之運

B 蓬萊五色，雖阻虎扒之班——嵩嶽三呼，敢獻鼇忭之賀

(4)《東方祈雨祭文》：

A 妙運陰機，以潤焦枯，洽其靈惠——霈下甘霖，以膏稼穡，蘇我東埸

(5)《草堂上樑文》：

A 棄官如弊屣，始遂棲遁之心——發地結輕茅，自得安閑之所
　雖眼力之狹也——而容膝之足焉

B 敢望玄石醉千日——自憐馬卿病三年

C 看書吟詩，孰能以浼——尋花問柳，自可遣懷

D 瞰長江之逶迤，霽色磨鏡——任小塘之瀲灧，細文如羅

(6)《鶴棲庵夜遊序》

---

① 原注：辭彙上的標示是筆者任意標示的，僅爲圈出使用了典故的部分。譯者注：原文中在作者認爲的用典文字上方以圓圈圈出。爲便於録入與編輯，玆將原文中標識用典處的圓圈改爲雙行下劃綫。

A 飛棟揷青空而突兀——斜簷與白雲而峥嶸

B 日轉西嶽,翥金烏於天倪——月出東山,蘇玉兔[1]於波面

C 揮玉麈於梵筵——對緑尊於禪榻

D 寧知皓首之心——誰和白雪之調

照肝膽於年老,交意益孚——縱捭闔於夜闌,歡清已恰

E 相對團欒,不覺星斗之轉——同樂喧聒,全忘軒冕之榮

F 可慕李白之痛飲——謝朓之吟詩

(7)《謝友人送酒啓》

A 惟公　蓬壺秀氣,菀青霞而稟精——蘭玉英姿,與朗月而争彩

吐白鳳於楊夢,詞源不窮——退頳鯉於禹門,命途多舛

B 某　早附驥尾——夙侂鷄盟

C 於時　火傘張天——雨脚收野

D 竊慕玄石,醉之千日——自憐馬卿,病之三年

E 豈比蘭亭之味——絶勝洞庭之春

(8)《寄再從弟子金子紹書》[2]

A 謀略宏深,自許經綸大業——志槩磊落,人稱將相全才

B 際此時運之艱屯——尤甚國勢之杌隍

C 災荒溢目而物力疲弊——剥割多門而民生殿屎

D 眷注方深——撝謙毋執

E 須體委任之至意——函回引退之遐心

從以上這些例子來看,栢谷的作品中使用的典故大多數出自中國的歷史著作或者經傳,也有前人的名字在文章中直接出現的一些情況。通過這些典故,可以表現自己的立場與觀點,典故對修辭樣式上的特徵進行了最大化。即:在作爲典故的表現法受到節制的語言體系内,在文章意味所具有的多層的、多元化的複數意味中,如要尋找包含最爲合適的意味的語言媒體,可以説,典故是堪称極致的表現修辭法。因此,從另外的角度來看,以上這些例子作爲被压缩的驅使語言的手段,具有使文章簡潔化的功能,同時也展示出在發揮整齊的形式美方面適切的面貌。

典故的使用方面有一個特徵,那就是,典故之間互相構成對仗。自然,并非所有的典故都是如此,這種情況在以上(1)中的B句、D句,(2)中的B、F句,(3)中的A、B句,(4)中的A句,(5)中的B、D句,(6)中的E、F句,(7)中的A、B、C、D、E句,(8)中的A、E句等例子中皆有反映。另外,從典故使用的頻率的角度來看,前代的典故(即統一新羅時

① 譯者注:論文原文中作“王免”,經查,當爲“玉兔”,今改。

② 譯者案:以下例句皆出自《右相金北渚瑬不允批答》,論文原作者皆誤作《寄再從弟子金子紹書》中句。

期、高麗時期)的使用并不算少;比起館閣體而言,在非館閣體的作品中,很多作品使用了典故。

四、栢谷駢文的特徵

栢谷與當時文壇的代表人物東溟、休窩、玄默子、久堂等人交遊唱和,留下了不少詩文,他最擅長的是詩歌的寫作。他的文集中專門收録駢文,可以看出他對駢文的寫作亦有着濃厚的興趣。栢谷對於詩、文、駢文、詩話皆有作品,可以看出他的眼光和水準,而這是其不斷努力的結果,這一點可以從其讀書記中窺知一二。另外,多讀與精讀的讀書經歷成爲了他在駢文寫作中大量使用的典故的來源。另外,從其所讀作品的文體來看,可以看出,其駢文創作不僅僅只是表現出他興趣之所在,更是其重要作品活動之一。

過去人們認爲朝鮮時代的駢文,不過是作爲館閣文學而存在。我們通過對栢谷駢文的考察發現,到了朝鮮後期,駢文并非是用作館閣文章,更多的是用作一種文藝性的文章。

本文的研究中以栢谷文集的影印本爲底本,該影印本中收録詩歌 1092 首、文 112 篇、駢文 65 篇,其中詩歌所占的比重最大。然而值得注意的是,在栢谷文集中對駢文做了專門分類收録,而這是在其他文集中很難看到的收録體制上的特徵。特別值得注意的是,收入駢文的文體并没有停留在某一個特定文體上,而是收録了文體多様的不同作品。通過這一資料,我們可以看到朝鮮後期駢文的使用範圍。

對這些作品中的代表作,按照内容和形式進行分析後,我們發現有如下一些特徵:

第一,内容上來看,《教京畿監司鄭再任書》《右相金北渚鎏不允披答》《本朝冬至賀箋》《東方祈雨祭文》等作品,繼承了此前駢文以記事内容爲中心的寫作模式。而《草堂上樑文》《謝友人送酒啓》《寄再從弟金子紹書》等文章,比起記事而言,更多的側重於表現作者自己的思想與感情,運用了很多修辭手法。爲了更加含蓄準確的表現自己的觀點,使用了對偶、比喻等文學技巧,這是這三篇文章的一個特徵。可以説這一事實向我們展示了朝鮮後期駢文被用作文藝性文章寫作的事實。

第二,從形式上來看,在四六與對偶方面,與駢文興盛的統一新羅與高麗時期相比,并無很大差别。金得臣的駢文以四字句與六字句爲中心,同時從内容與形式上來看,多以對偶句構成,散句較少,并未擺脱駢文的形式束縛。值得注意的是,其駢文中散文的性格强烈,表現在隔句對的增加與字數的增加上。在其駢文中,對偶的各種特徵都表現出來。通過金得臣的駢文可看出,即使是進入這一時期,人們使用的也是表現技巧發達形式的儷文。關於平仄,本文在參考王力先生的觀點的同時,對於四字句與六字句,另外提出了 9 種新的規則。結合栢谷的駢文進行考察後,我們發現,栢谷的館閣體駢文中嚴格遵守了這些規則;而在非館閣體的駢文中,大體上來看受到了散文的影響,表現出非規則性的傾向。

典故具有驅使含蓄性語言以及比喻的功能,栢谷駢文中典故的來源主要來自前代,即高麗與統一新羅時期,其典故使用中的一個特徵是,典故之間互相構成對仗,具有進一步深化文章含義的作用,使用了更含蓄的文章寫作技巧。

從以上的分析來看,栢谷的儷文雖然出現在朝鮮後期,但仍然没有擺脱駢文的固定形態。由此可以窺知,在朝鮮後期其他駢文作家的作品中,使用的也是這種遵守規則的、定型的駢文。

五、結論

以上我們對朝鮮後期的駢文作家栢谷金得臣及其駢文作品進行了考察。栢谷金得臣(1604—1684)留下了詩、文、駢文、詩話等很多作品。他深知自己性格與學問的魯鈍,通過不斷的努力,最後給我們留下了《栢谷集》與詩話集《終南叢志》。

《栢谷集》中將駢文與"文"進行區分,專門收録了駢文,從這一點上可以看出其對駢文寫作的濃厚興趣。另外,這些駢文并非以單一的某種文體寫作,而是采用了多種文體,由這些文體我們可以窺知朝鮮後期駢文的適用範圍。

栢谷共創作了65篇駢文,本文中按照文體,對其代表作進行了分析。我們發現,朝鮮後期的駢文并不僅僅存在於館閣文學。栢谷在這些駢文中表現出自己的感情,表達對事物的感受與興趣。過去我們認爲,朝鮮時期的駢儷文不過存在於館閣文學中,從内容上看,文學性很弱。通過對栢谷駢文的分析,筆者認爲應該糾正這種既有觀念。朝鮮後期的駢文反映了内容與形式上的美、以及作者對事物自由的思考,同時也十分重視文章寫作的技巧。

栢谷的多讀與精讀,是使得他在文章寫作中能够大量使用典故的根本原因。從其讀書生活來看,駢文的創作是其重要作品活動之一。在内容上,《鶴棲庵夜遊序》《謝友人送酒啓》《寄再從弟金子紹書》等文章,表現出作者十分豐富的思想與情感,并且使用了修辭的技巧,是其駢文的代表作。從形式上來看,栢谷的駢文中散句較少,四六句占百分之七十以上,使用了正格的駢句。

四六與對偶以四字句與六字句爲中心,體現出遵守定型的規則性。特别是頻繁使用隔句對,使用的是表現技巧較爲發達的儷文。

對於栢谷駢文中的平仄,本文在王力先生的理論基礎上經筆者的總結,另外歸納出9種規則。運用這些規則對栢谷的駢文進行分析後,我們發現栢谷館閣體的文章嚴格遵守規則性。相比之下,栢谷寫作的文藝性的文章,大體上受到了散文的影響,表現出很强的非規則性的傾向。栢谷騈文中典故的使用與騈文發展繁盛期的典故使用并無二致,栢谷騈文中典故使用上表現出的特徵是,這些典故互相之間構成對仗。

從以上的這些情況來看,栢谷的騈文可以説是表現出騈儷文的各種特徵的、定型的騈文,在多種文體的使用以及文章的内容等方面,從文藝性文章的運用這一角度來看,我們可以或多或少瞭解朝鮮後期騈文的使用範圍及其特徵。

作者簡介:

李英徽,忠南大學文學博士。在韓國《語文研究》《韓國語言文學》等上發表有《淵齋宋秉璿的學脈與作品世界》《北軒金春澤詩論研究》《醇庵吴載純文學論研究》等論文。

益齋李齊賢表文小考:以謝表爲中心*

[韓]明平孜撰　肖大平譯

内容摘要:益齋李齊賢的表文雖有"精巧"之評價,然而并没有能對此進行論證的實質性的研究。本研究中嘗試對益齋李齊賢謝表的"精巧性"與"定型性"進行確認,對李齊賢的五篇謝表進行了考察。表文是臣子向國王上呈的文章,格式固定,内容充實。不能使用非常規的、過於華麗的修飾語,而需使用簡潔的語言,按照明確的意圖,表達臣子的真心,且需具有説服力。同時,需使用清新的語言表現出美學效果,展現出文采。益齋的五篇謝表(《謝聖旨表》《謝御衣酒表》《謝功臣號表》《謝銀字圓牌表》《孛兀兒紮宴後謝表》)是代高麗國王所作,進呈元朝皇帝。這五篇文章屬於表達謝意的謝表。當時高麗與元朝的關係并不是平行關係,而是垂直關係。我們通過這些表文的内容能窺得高麗王朝只能在元朝的勢力構圖以内活動的現實。表文從形式上可以看出高麗王朝的處境,即通過比喻與修辭,使元朝皇帝安心,借此確保高麗的安寧與利益。表文作爲駢文,以對偶與平仄爲重要的構成要素。益齋的表文以四字句或者六字句,特别是四四句、六六句、四六四六句的對偶句爲主調,數對明顯,全文中對偶率達94.2%。另外,在平仄方面,嚴格遵守平仄的規定。通過對益齋表文的分析,我們發現,益齋李齊賢并不從優劣的角度看待駢文的形式與内容,而是從調和的角度來看待,在其表文中追求嚴格遵守格式的精巧。

關鍵詞:李齊賢;表文;謝表;駢文;格式

一、序論

益齋李齊賢(1287—1367,忠烈王13年—恭愍王17)被認爲是朝鮮三千年第一大家、古文倡導者。同時他也是小樂府與長短句的作家,著有《櫟翁稗説》一書,因此也被認爲是批評家。

由金宗直(1431—1492)所著《青丘風雅》一書的序文來看,益齋李齊賢被認爲是在高麗末期的文學史上的先驅者。

---

* 本文原載於韓國語文研究會《語文研究》2014年總第79輯。

東人詩名家者不啻數百。而其格律,無慮三變:羅季及麗初,專襲晚唐;麗之中葉,專學東坡;迨其叔世,益齋諸公稍稍變舊習,裁以雅正以迄於盛朝之文明,猶循其軌轍焉。①

以上的引文中提到,益齋改變了高麗末期的文章寫作的"舊習",成爲後來朝鮮朝文章的先驅。益齋并不拘泥於某一種文體,而是根據文章寫作時所需要的文體進行寫作,有各種作品,如詩歌、古文、駢儷文、批評以及歷史著作等等,受到後人高度評價。

從這一點上也可以看出,益齋在駢文寫作上亦有追求典雅的意識。壺谷南龍(1628—1692)的《儷評》中對高麗時期文人的駢文多有稱贊,其中在評價朴寅亮、林椿、金坵等人時,也對李齊賢的表文有"精妙"之類的好評。② 然而,學界不僅缺乏對於益齋表文的這種評價與認識,而且也缺乏直接的研究。

本文中將通過對益齋的謝表的分析,把握表文的類型與特徵,以《東文選》中所收録的益齋的五篇謝表爲中心,對這五篇謝表的内容與文章結構進行分析、以此確認其文章的"精妙"之處,在此基礎之上,對其謝表所具有的定型性進行考察。

二、表文的類型與特徵

表文在文體分類上屬於奏議類散文。奏議類散文作爲正式場合所使用的公文的一種,主要是朝中大臣對於當時的一些懸案向皇帝進行報告時而寫作的一類文章。劉勰的《文心雕龍》認爲此類作品最早的是《上書》中的《伊訓》《太甲》與《史記·殷本紀》中的《太甲訓》等作品,"敷奏以言""陳謝可見"③。在戰國時期,向君主上奏的建議被稱之"上書",到了秦代初期,"書"字被"奏"字替代。到了漢代,由於形成了完備的制度,上呈皇帝的文章有四類文體:章、奏、表、議。④

徐師曾在《文體明辨》中稱,漢代儀禮固定,主要有四種,其中第三種即表文。然而表文僅用在陳請時。到了後來,表文的使用範圍才逐漸擴張,用在論諫、請勸、陳乞、進獻、推薦、慶賀、慰安、辭解、陳謝、訟理、彈劾等各種情況之下,由於用途已經發生了變化,因

① [朝鮮]金宗直《青丘風雅序》,《青丘風雅》,第1页,韓國國立中央圖書館藏成宗16年(1485)刻本。

② [朝鮮]南龍翼《壺谷漫筆》三《儷評》:"高麗朴寅亮《請還疆界表》曰:'歸汶陽之故田,撫存褊邑;回長沙之拙袖,抃舞昌辰。'《謝通州守啓》曰:'望斗極而乘槎,初離海國;指桃源而迷路,誤到仙鄉。'等句見稱於中國。李益齋之表亦精妙,金坵之啓汪洋奇健,如'孟東野半夜悲歌,驥足白日;莊南華一生大志,鵬背青天'之句,好矣。然去四傑蓋遠。林椿亦其亞匹。"

③ (梁)劉勰著、周振甫注釋《文心雕龍》,燕山出版社2015年版,第143頁。

④ 同上。"降及七國,未變古式。言事於王,改稱上書。秦初定制,改書曰奏。漢定禮儀,則有四品。一曰章,二曰奏,三曰表,四曰議。"

此所使用的語言自然也發生了變化。這一段評述表明了表文被用在各種情况的這一事實。

徐師曾在《文體明辨》中將表文按照形式分爲古體與唐宋體兩類,具體如下:

> 漢晉多用散文,唐宋多用四六。而唐宋之體又自不同。唐人聲律時有出入,而不失乎雄渾之風,宋人聲律極其精切,而有得乎明暢之旨,蓋各有所長也。①

這裏所謂的"古體"指的是漢晉時期的散文體,而唐宋體指的是四六體。四六體雖然可以分爲嚴格遵守聲律的宋體與在聲律方面相對較爲自由的唐體兩種,但這種分類并非絶對。

至於韓國的情况,高麗後期崔滋(1188—1206)曾有這樣的評述:"凡箋表限四六簾對者,欲謙檢而不越也,以辭約義盡爲優。"②在古代韓國,唐宋體駢儷文形式的表文是主流,很難找到古體的作品。③

表文由於是臣子上呈皇帝、國王的文章,因此十分重視格式上的嚴整與内容上的忠實。按照劉勰的《文心雕龍》中的説法,"表以陳情","必使繁約得正,華實相承,唇吻不滯,則中律矣。"④因此,表文僅具有皮相、僅注重修辭的話是不行的,必須使用簡潔的語言,傳達出明確的意圖,表現出臣子的真心,另外同時也需要注意使用那些清新的語言,以營造出文采斐然的美學效果。

表文同時也承擔着國家之間的外交文書的功能。寫作表文的臣子以權力的所有者皇帝與皇室爲對象,以表文作爲談論富含政治内容的手段。雖然表文被用作國家之間的外交文書,由於高麗與元朝之間并非平等的平行關係,而是上下向的垂直關係,因此,表文必須如此寫作:高麗從臣國立場出發,以絶對權力的所有者——元朝的皇帝國與皇室爲文章的接受對象,爲確保國家的利益,用各種不同的辦法進行稱頌與誇張,試圖説服對方,通過修辭與比喻,有效地表現出真實情况。

《東文選》中將表文分爲七類:嘉表、謝表、陳情表、請表、乞辭表、讓表、進表。《東文選》中收録的表文共有 462 篇,其中謝表有 180 篇,嘉表有 90 餘篇,在全部表文中占較大比重。

---

① 孫克强主編《中國歷代分體文論選》(上),北京交通大學出版 2006 年版,第 285 頁。

② [高麗]崔滋撰、朴性奎譯注《補閑集》,(首爾)寶庫社 2012 年版,第 429—431 頁。

③ [韓]金鍾澈《韓國奏議類散文的文體特徵——以表文爲中心》,《東方漢文學》1999 年第 16 輯。

④ (梁)劉勰著、周振甫注釋《文心雕龍》,燕山出版社 2015 年版,第 144 頁。

三、益齋李齊賢謝表的内容與文章結構

表文作爲事大文書的代表性文體,主要以駢文寫成。韓國的表文,誠如上文中提到的,主要的是采用四六體中的唐宋體。

益齋在表與箋的寫作中,主要是以四六文的形式進行寫作,文章寫作時追求形式上的美感;在内容方面使用一些美麗的詞句對對方進行誇獎,同時使用一些謙辭對自身進行貶低。上呈給中國皇帝的文章稱之爲表,上呈給高麗王與元朝皇太子的文章稱之爲箋,按照這樣的方式區分進行寫作。

壺谷在其《儷評》中寫道:"本朝作者亦非一二。而較其精工,頗讓於勝國。"①對益齋李齊賢的表文評價稱"精妙"。以下我們對《東文選》一書收録的益齋的五篇謝表所具有的"精妙"的特點進行考察,這五篇謝表分别是:《謝聖旨表》《謝御衣酒表》《謝功臣號表》《謝銀字圓牌表》《孛兀兒紥宴後謝表》。

(一)内容分析

《東文選》中所收録的益齋的表文皆是代表高麗國王上呈元朝皇帝的文章。

《謝聖旨表》的寫作背景是:高麗王"垂髫北上,三年别荷於眷憐;銘骨東歸,一日何忘於請祝。"②元朝皇帝向高麗國派遣使臣,下達訓誡的教旨。這篇文章就是爲這篇教旨表示感謝而寫作的。文章中對元朝皇帝極力稱頌,將之比作舜與湯,同時在文章中盟誓稱:對於元朝給與的維持了高麗王朝的正統性命脈、并且能够讓高麗王對於昇遐的父王予以祭祀這些恩惠,高麗王朝將没齒不忘。由《謝聖旨表》前段部分的《起居》部分的内容可知:高麗的世子很小就作爲俘虜去往了元朝,截至其父王昇遐、自己回到高麗繼承王位,在元朝先後滯留了三年的時間。同時也可看出,高麗人曾有過這樣的擔憂:擔心元朝不會讓世子繼承高麗的王位、而是元朝皇帝自己直接取而代之。③

《謝御酒表》的寫作背景是:元朝皇帝向高麗派出使臣,送給元朝國王名爲九醖的名酒,以及一件元朝宮廷所使用的絲綢衣物,這篇文章就是對此表示感謝而寫作的。該文僅20句,篇幅短小,文章中對於高麗國王在元朝朝廷與元朝皇帝親切會面,以及此前元世祖將元朝公主下嫁給高麗王這兩件事進行了强調。文章中稱,對於所受元朝皇帝之恩十分感念,將忠實於元朝所給予的這一恩惠。

---

① [朝鮮]南龍翼《儷評》,《壺谷漫筆》三,韓國國立中央圖書館藏抄本。

② [高麗]李齊賢《謝聖旨表》(《起居》部分),《益齋亂稿》卷八,第1頁,韓國國立中央圖書館藏刻本,館藏編號:韓古朝46—가45—2。

③ [高麗]李齊賢《謝聖旨表》,《益齋亂稿》卷八,第1頁,韓國國立中央圖書館藏刻本,館藏編號:韓古朝46—가45—2。"臣畏總角之年,親奉垂衣之化。顧遭家之不幸,恐無地以自安。"

《謝功臣號表》的寫作背景是：元朝皇帝册封高麗國王爲功臣，本文就是對於册封文中的12字表示感謝而寫作的一篇謝表。文章中强調稱，高麗王自幼就在元朝宿衛，且有勤王的行爲。同時對元朝讓自己未能建立寸功却繼承高麗國的王位、未有寸功却獲得了功臣的封號表示感謝，對於將功績鐫刻於鐘鼎之上的恩惠表示感謝，同時表示對於元朝將竭忠盡力。這篇文章中使用了很多的謙辭，表現出徹底服從元朝的面目，由此我們可以看出高麗王朝在政治力量上的劣勢。

《謝銀字圓牌表》的寫作背景是：元朝皇帝通過高麗使臣向高麗國王送出親筆書寫的璽書[①] 6軸，同時收到了元朝賜還的高麗先王的銀字圓牌[②]，這篇文章就是對此表示感謝而寫作的表文。筆者猜測，高麗王朝或許曾向元朝皇帝請求過歸還先王的銀字圓牌。元朝皇帝在接到這一請求之後，將銀字圓牌還給了高麗王。他因報告軍情毫不遲疑，效法先王，接受了元朝皇帝親筆書寫的璽書，表示此後將履行諸侯的職責。

《孛兀兒紮宴後謝表》一文的寫作背景是：元朝的公主成爲了高麗的王妃，誕下世子，元朝皇室派遣貴戚與重臣作爲祝賀使臣，携帶食物、黄金與絲綢作爲賀禮前往高麗。這篇文章就是對此事表示感謝而寫作的一篇謝表。文章中稱，有坤順之德的元朝公主下嫁給高麗王并生下世子，元朝皇帝與世子成爲了舅侄關係。還稱，高麗與元朝有永遠割捨不斷的血緣關係，此事乃夷人與中華皆無比羡慕之事。

以上的五篇表文皆用駢儷文寫成，以四六中的唐宋體爲基本句式，通過典故的使用，對元朝皇帝的恩德與文治武功進行稱頌。

益齋的表文有一個共同的主題那就是對元朝皇帝的功德極力稱頌，對於元朝給與高麗的恩惠表示感謝，并表示將忠實於元朝，這些内容都極具時代色彩。特别是文章中經常抬高元朝，經常提及元朝皇室與高麗王室之間的婚姻事實，通過對這些事實的提及，要求獲得特别的待遇。通過這些内容我們可以看出當時高麗處於這樣的政治環境之中：當時高麗在元朝的勢力版圖中處於不容移易的政治現實，遂通過這些表文使得元朝皇帝安心，以確保高麗的安寧。

（二）文章結構

謝表主要在除授官職或者接受物品賞賜表示感謝時使用。

從謝表的文章寫作結構來看，主要有這樣幾個環節：（云云）——破題——（中謝）/（伏念）——自述/（此蓋云云）——頌聖/（臣謹）——盟約——（云云）。[③] 其中"云

---

① 指的是皇帝向諸侯國或者屬國頒賜的、以皇帝玉璽蓋章的詔敕或者親書。

② 銀字圓牌指的是用銀泥製作的圓形牌子，國王在因緊急事件需要下達詔書時，令臣子持此牌。

③ 參考：（1）[韓]沈慶昊《漢文散文美學》，高麗大學出版部2005年版，第387頁。（2）[韓]金鍾澈《韓國奏議類散文的文體特徵——以表文爲中心》，《東方漢文學》1999年第16輯。

云——中謝[①]伏念——此蓋云云——臣謹——云云”是謝表的常用套語。不妨以文章開頭常使用的“云云”爲例,“高麗國臣某言云云”,與後面出現的“高麗國臣某某月某日”一起表明的是文章寫作人的身份,文章中間所使用的的“云云”則根據不同的情况,或者可以删除或者可以添加。套語的用語中的“伏念”有時可以换成“伏惟”“恭惟”“欽惟”等用語,“此蓋云云”則可以换成“玆蓋”或者“玆蓋伏遇”,“臣謹”可以换成“臣敢”。

一般而言,謝表的實質性内容主要由四方面組成:破題——自述——頌聖——盟約。第一段的破題主要是對表文的題目的要旨進行分析與説明,常以“中謝”或者“云云”之類的套語結束。第二段的“自述”部分常常叙述的是自身的感情,這一部分常以“伏念”“伏惟”“恭惟”“欽惟”之類套語起頭,對於自身的真情實感進行詳細且懇切的表述。第三段“頌聖”部分,常以“此蓋云云”“玆蓋”“玆蓋伏遇”等套語起頭,對於給予恩惠的君主表示感謝之意。最後第四段“盟約”部分則以“臣謹”或者“臣敢不”之類的套語開頭,表達對接受君主之意、盡臣子職分進行盟誓,最後結束全篇。

然而謝表并非一定要嚴格按照以上的套路來寫,有時也節略爲三段,或者爲“破題——自述·頌聖——盟約”,或者爲“破題——自述——頌聖·盟約”。

①《謝聖旨起居表》:

諄諄之命,用示恩威。眇眇之資,徒增感愧/云云/。在衡若舜,弛罟如湯。/克類克明,參兩儀而立極[②]。以寬以簡,一四海之歸心。/臣/猥將總角之年,親奉垂衣之化[③]。/顧遭家之不幸,恐無地以自安/特降鳳綸,委以蕃宣之寄。載馳龍節,申其策勵之辭。/豈惟臣庶之舉欣,實是宗祧之攸賴。/玆蓋/義敦柔遠。孤/念齊桓尊王[④]之功,欲存後裔;使蔡仲繼父之業,以蓋前愆。/臣敢不/當夙夜以欽遵,庶生成[⑤]之永賴。[⑥]

②《謝御衣酒起居表》:

起居:父臨普率,恩偏濱海之封;嬰慕寬仁,心切後天之祝。

① “中謝”是謝表中經常使用的套語,意爲“誠惶誠恐頓首頓首”。另外,賀表中經常使用“中賀”的套語,表達“懽誠忭頓首頓首”之意。

② 人與天地(兩儀)合爲三才,意爲建立人極與人道之意。

③《周易》云:“堯舜垂拱而天下治。”

④ 春秋時期齊桓公爲五霸之首,諸侯聽其號令。

⑤ 周成王時王之叔父蔡叔叛亂而死,王封其子蔡仲,令其對蔡叔進行祭祀。

⑥ [高麗]李齊賢《謝聖旨表》,《益齋亂稿》卷八,第 1 頁,韓國國立中央圖書館藏刻本,館藏編號:韓古朝 46—가 45—2。

皇華傳命,示寵賚之非常。弱質踰涯,抱感情之罔極。/欽惟/奉先惟孝,字小以仁。/記勤王於聖武之朝,惠鮮遠俗;念尚主於世皇之日,保祐孱孫。/特宣密勿之言,兼致殊尤之錫。/仙壺九醞,濃含雨露之香;宫錦一封,爛吐雲霞之彩。/浹洽自天之澤,懽呼滿國之榮。/臣敢不/每思醺骨之恩,庶盡糜軀之效。[①]

③《謝功臣號起居表》:

起居:聞九奏於鈞天,猶尋一夢;效三呼於嵩嶽,每祝萬年。

千載一時,欣戴自天之命;四方萬國,聳聞稀代之榮。/銘骨何忘,粉身難報。/欽惟云云。/以簡臨下,惟精執中。[②] /率祖攸行,不怒而威,不言而信;順帝之則,所過者化,所存者神。/至如草木之生成,皆是乾坤之休養。/伏念/爰從弱歲,獲覲清光。/充宿衛於龍樓,既乏絲毫之補。/襲蕃宣於鰈域[③],亦微尺寸之功。/何圖十有二字之褒[④]謬,及百無一能之品。/玆蓋伏遇/記累世勤王之效,憐愚臣戀主之誠。/特垂綸綍之言,用比鼎鍾之刻。[⑤] /臣謹當/志求仁而務惠於物,身服義而願忠於君/保遠民蠢蠢之情,嚴上國明明之訓。/庶幾致於安靖,敢不奉以周旋。[⑥]

④《謝銀字圓牌起居表》:

起居:表東海以爲封[⑦],會叨寵命;拱北辰之居所,庶效忠誠。

聰聽必卑,天豈鶴鳴之相阻。睿恩偏重,山非蚊負之可勝。/惟一國之感銘,實四方之欽慕。/伏念/遭逢盛旦,宿衛多年。/言苦言歸,雖輟趨蹌之列;而康而色,每容敷奏之辭。/適因賤介之還,迴與先臣之賜。/璽書[⑧]六軸,承使命以有憑。銀字三符,報軍情而無滯。/玆蓋伏遇/簡臨寬御,厚往薄來。/推博愛於邊氓,視同内地;記微勞於上世,撫及後昆。/臣敢不率祖攸行。/述侯所職,□□天子之休;夜寐夙興,

① [高麗]李齊賢《謝御衣酒起居表》,《益齋亂稿》卷八,第1—2頁,韓國國立中央圖書館藏刻本,館藏編號:韓古朝46—가45—2。

② 舜禪位於禹時云:“惟精惟一,允執厥中。”

③ 東海産鰈,韓國遂被稱之爲“鰈域”。

④ 册封功臣時的公文中有十二字的“勛號”。

⑤ 對國家做出了巨大的貢獻,以文章記載這些貢獻,并將文章鐫刻在鐘鼎上。

⑥ [高麗]李齊賢《謝功臣號起居表》,《益齋亂稿》卷八,第9—10頁,韓國國立中央圖書館藏刻本,館藏編號:韓古朝46—가45—2。

⑦ 有“天高聽卑”一詞,意爲土地之上的所有之言語悉皆聽聞之意。

⑧ 即皇帝或國王蓋章後的親書。

請祝聖人之壽。①

⑤《孛兀兒粊宴後謝起居表》：

起居：父臨普率，旁推一視之仁；嬰慕聖明，心貢三呼之祝。

乾坤邈矣，敢期呼顧之聞。草木微哉，忽致恩榮之沐。/感驚交至，蹈舞不知。/云云/體禹儉勤，躋湯聖敬。② /遵祖宗之興禮，雖舊惟新。擁廟社之休祥，於斯爲盛。/兼屈聽卑之鑒，克敦字小之仁。/眷言出日之邦，生我俔天之妹。/美鍾坤順，遵母儀於六宫。慶毓離明，固邦本於萬世。/於是/降璿源之貴戚，馳玉節之重臣。/陳飲食以賜歡，賁金繒而將意。/既醉以德，爲永好於舅甥。不顯其光，想歆觀於夷夏。/臣敢不/念其卵翼，報以粉糜。/專述職於箕封，每輸誠於華祝。③

四、益齋謝表的定型性

對於駢文的特徵，雖然有各種不同的見解，但"對偶"與"平仄相對"被認爲是駢文最爲重要的兩個要素，用典與修辭被認爲是駢文的特徵。④ 因此，以下以四六對偶與平仄的節奏點爲主，對益齋的謝表的定型性進行考察。

①《謝聖旨表》：

諄諄之命—用示恩威 云云 在衡若舜—克類克明 參兩儀而立極 臣 猥將總角之年—
眇眇之資　徒增感愧　弛罟如湯　以寬以簡　一四海之歸心　親奉垂衣之化

顧遺家之不幸　特降鳳綸　委以蕃宣之寄—豈惟臣庶之舉欣 兹蓋 義敦柔遠—念齊桓
恐無地以自安　載馳龍節　申其策勵之辭　實是宗祧之攸賴　仁撫恤孤　使蔡仲

尊王之功　欲存後裔 臣敢不 當夙夜以欽遵
繼父之業　以蓋前愆　庶生成之永賴

① [高麗]李齊賢《謝銀字圓牌起居表》，《益齋亂稿》卷八，第5頁，韓國國立中央圖書館藏刻本，館藏編號：韓古朝46—가45—2。

②《詩經・長發》云："聖敬日躋。"

③ [高麗]李齊賢《孛兀兒粊宴後謝起居表》，《益齋亂稿》卷八，第5頁，韓國國立中央圖書館藏刻本，館藏編號：韓古朝46—가45—2。

④ [韓]朴禹勛《駢儷文與韻文、散文的關係》，《語文研究》2002年第40輯。

②《謝御衣酒表》：

皇華傳命　示寵賚之非常　欽惟　奉先惟孝　記勤王於聖武之朝　惠鮮遠俗　特宣密勿之言
弱質踰涯　抱感情之罔極　字小以仁　念尚主於世皇之日　保祐孱孫　兼致殊尤之錫
仙壺九醞　濃含雨露之香　浹洽自天之澤　臣敢不　每思醺骨之恩
宮錦一封　爛吐雲霞之彩　懼呼滿國之榮　庶盡糜軀之效

③《謝功臣號表》：

千載一時　欣戴自天之命　銘骨何忘　欽惟云云　以簡臨下　率祖攸行　不怒而威
四方萬國　聳聞稀代之榮　粉身難報　惟精執中　順帝之則　所過者化
不言而信　至如草木之生成　伏念　爰從弱歲　充宿衛於龍樓　既乏絲毫之補
所存者神　皆是乾坤之休養　獲覲清光　襲蕃宣於鰈域　亦微尺寸之功
何圖十有二字之褒　玆蓋伏遇　記累世勤王之效　特垂綸綍之言　臣謹當　志求仁而務惠於物
謬及百無一能之品　憐愚臣戀主之誠　用比鼎鍾之刻　身服義而願忠於君
保遠民蠢蠢之情　庶幾致於安靖
嚴上國明明之訓　敢不奉以周旋

④《謝銀字圓牌表》：

聰聽必卑　天豈鶴鳴之相阻　惟一國之感銘　伏念　遭逢盛旦　言苦言歸　雖輟趨蹌之列
睿恩偏重　山非蚊負之可勝　實四方之欽慕　宿衛多年　而康而色　每容敷奏之辭
適因賤介之還　璽書六軸　承使命以有憑　玆蓋伏遇　簡臨寬御　推博愛於邊氓　視同內地
廻與先臣之賜　銀字三符　報軍情而無滯　厚往薄來　記微勞於上世　撫及後昆
臣敢不率祖攸行　述侯所職　□□天子之休
夜寐夙興　請祝聖人之壽

⑤《孛兀兒紮宴後謝表》

乾坤邈矣　敢期呼籲之聞　感驚交至　云云　體禹儉勤　遵祖宗之興禮　雖舊惟新
草木微哉　忽致恩榮之沐　蹈舞不知　躋湯聖敬　擁廟社之休祥　於斯爲盛

兼屈聽卑之鑒—眷言出日之邦—美鍾坤順　遵母儀於六宮　於是　降璿源之貴戚—
克敦字小之仁　生我俔天之妹　慶毓離明　固邦本於萬世　馳玉節之重臣

陳飲食以賜歡—既醉以德　爲永好於舅甥　臣敢不　念其卯翼—專述職於箕封
賁金繒而將意　不顯其光　想歆觀於夷夏　報以粉糜　每輸誠於華祝

(一)四六對偶

駢文各句的字數受到限制,基本句式有四字句、六字句,句數不受限制。以下我們根據不同的作品對益齋表文中的句式作如下的分析。

第一篇:4□4　4□4/4□4/4□6　4□6/6□6/6□6/4□6　4□6/7□7/4□4/7□4　7□4/6□6

第二篇:4□6　4□6/4□4/8□4　8□4/6□6/4□6　4□6/6□6/6□6

第三篇:4□6　4□6/4□4/4□4/4□8　4□8/7□7/4□4/6□6　6□6/8□8/7□7/6□6/8□8/7□6　7□6

第四篇:4□7　4□7/6□6/4□4/4□6　4□6/6□6/4□6　4□6/4□4/6□4　6□4/4□6　4□6

第五篇:4□6　4□6/4□4/4□4/6□4　6□4/6□6/6□6/4□6　4□6/6□6/6□6/4□6　4□6/4□4/6

從整體上分類的話,四四句(11句)、六六句(14句)、四四四四句(1句)、六六六六句(1句)、四六四六句(11句)、六四六四句(2句)、七七句(3句)、七四七四句(1句)、四七四七句(1句)、八四八四句(1句)、四八四八句(1句)、八八句(2句)、七六七六句(1句),四字句與六字句是主要的句式,四四句、六六句、四四四四句、六六六六句、四六四六句、六四六四句的句式在全文50句中有40句,所占比重達到80%,由此可以看出,益齋的表文非常嚴格的遵守了四六的典型性。

以上益齋五篇謝表中的散字率分别爲:第一篇,8字/152字(約5.3%);第二篇,5字/201字(約2.4%);第三篇,13字/203字(約6.4%);第四篇,13字/153字(約8.3%);第五篇,7字/171字(約4.1%)。從整體上來看,散字律爲46字/882字(約5.2%),换言之,以上五篇謝表中,94.8%的文字皆屬於對偶句中文字。

另外,我們在益齋的謝表中能經常看到數字對數字的數字對。如:

①克類克明,參兩儀而立極;以寬以簡,一四海之歸心

②仙壺九醖,濃含雨露之香;宮錦一封,爛吐雲霞之彩

③—1　千載一時,欣戴自天之命;四方萬國,聳聞稀代之榮

③—2　何圖十有二字之褒，謬及百無一能之品

④—1　惟一國之感銘，實四方之欽慕

④—2　璽書六軸，承使命以有憑；銀字三符，報軍情而無滯

⑤美鍾坤順，遵母儀於六宮；慶毓離明，固邦本於萬世

例①中的"三"對"一"，"兩"對"四"，例②中的"九"對"一"，例③—1 中的"千"對"四"，"一"對"萬"，例③—2 中的"十"對"百"，"二"對"一"，例④—1 中的"一"對"四"，例④—2 中的"六"對"三"，例⑤中的"六"對"萬"等等，在這五篇謝表中，有十處可看到數字對。我們可以看到益齋通過頻繁使用數字對，試圖造成严整的句式，表現出對對偶之精巧性的追求。

（二）平仄相對

是否遵守了駢文的格式，其中另一個判斷的依據是平仄。張仁青對於平仄的遵守規定有如下的説明："其一，每一句的最後一個字的平仄需相反；其二，上聯末句的最後一字與下聯首句的最後一字需相同。"[①]按照這一規定，益齋的謝表文在多大程度上遵守了這一規則呢？以下我們以表格的形式進行考察。

文章名	散字律（散字/文章總字數）（%）	平仄規則（1）遵守率（遵守平仄的句數/總對仗句數）（%）	平仄規則（2）遵守率（遵守平仄的句數/總對仗句數）（%）
《謝聖旨表》	8/152（約 5.3）	28/28（100）	28/28（100）
《謝御衣酒表》	5/201（約 2.4）	10/10（100）	10/10（100）
《謝功臣號表》	13/203（約 6.4）	16/16（100）	16/16（100）
《謝銀字圓牌表》	13/155（約 8.3）	14/14（100）	14/14（100）
《孛兀兒紮宴後謝表》	7/171（約 4.1）	16/16（100）	16/16（100）
	46/882（約 5.2）	84/84（100）	84/84（100）

除去散字以外，在以構成對偶的節奏點爲中心進行考察時，我們會發現，益齋的謝表中十分嚴格地遵守了規則（1）與規則（2）。

益齋的表文中之所以對構成駢文的這兩大要素——對偶與平仄會如此嚴格的遵守，筆者以爲有兩方面的原因。

首先，是由於事大表文具有必須嚴格遵守對偶與平仄規則的性格。表文必須運用傑

① 張仁青《駢文學》（上），（臺北）文史哲出版社 2003 年版，第 282 頁。

出的修飾對思想情感按照正確的意圖進行陳述,以此來說法對方。因此,只有内容懇切、形式和諧,文章才具有説服力。通過表文,在對外關係中可建立國家的自尊心。由於表文作爲外交文書,具有能够爲國家創造出更大利益的功能,因此再怎麽重視形式的遵守程度也不爲過。

第二个原因我們在緒論部分已經提及,那就是:益齋認識到當時文壇的弊端,主張寫作典雅的文章。光宗以後實施的科舉考試中僅寫作詩、賦、頌之類文章,而不寫作策問。益齊對這種浮華的文風進行了批判,提出在選拔官員時要考察官員寫作策問的能力,以此來發掘人才。益齋的這種實用主義的觀念,雖然與古文的宣導一脈相承,但同時也提出了必須寫作避免浮華、融入精神的文章。這與提倡不以追求格式工穩的文體寫作駢體文的主張有着截然的區别。益齋所提倡的并不是不能寫作駢文,他主張的是在寫作文章時必須采用適合的文體寫作。換言之,文章寫作時不能單純地追求文章的華美,而是同時也要追求内容(即道、精神)上的的充實。益齋并不是從優劣的角度來看待文章的形式與内容,而是從調和的角度來看待二者的關係。這可以説與表文必須具有的要件一致,益齋的表文嚴格的遵守了表文的格式,是促使其追求"精妙"文風的又一重要因素。筆者認爲,内容與形式上的調和實際上就是益齋所謂的"典雅"。

五、結論

以上我們對表文的特徵與益齋的表文進行了考察,可得出如下的結論。

第一,表文作爲奏議類文章的一種,是臣子上呈皇帝的正式文書。表文源於《尚書》與《史記》,經過戰國時期與秦代的發展,到了漢代,"表文"的名稱發生了變化,出現了很多不同的命名。表文的文體可以分爲古體與唐宋體,古體指的是秦漢時期的散文體,而唐宋體指的是四六體。韓國古代的表文的主流是唐宋體(四六體)。

謝表一般按照"(云云)——破題——(中謝)/(伏念)——自述/(此蓋云云)——頌聖/(臣謹)——盟約——(云云)"的格式進行寫作。其中"云云——中謝/伏念——此蓋云云——臣謹——云云"等是謝表寫作時的常用套語,在内容上一般按照"破題——自述——頌聖——盟約"四段論的順序進行寫作。

第二,《東文選》中收録益齋的表文五篇:《謝聖旨表》《謝御衣酒表》《謝功臣號表》《謝銀字圓牌表》《孛兀兒紮宴後謝表》,皆是其代替高麗國王寫作、呈給元朝皇帝。分别對元朝皇帝下達的訓誡性的教旨、元朝皇帝下賜美酒與絲綢衣物、元朝皇帝册封高麗王爲功臣、歸還先王的銀字圓牌、派遣元朝使臣祝賀高麗世子降誕等表示感謝而寫作。

第三,益齋的謝表大多爲四字句或六字句,特别是四四句式、四六句式、四六四六句式占大多數,表文中經常出現數字對,其中94.2%的文字從屬於對偶句中。另外,在平仄方面,嚴格遵守了平仄規則,充分表現了騈文的定型性。

益齋是高麗末期文學史上先驅性的人物,主張擺脱高麗末期文章寫作中的舊習,追求雅正的文風,對於朝鮮時期文章寫作産生了重要影響。益齋重視文體上遵守文章格式,同時也重視在文章中融入精神(即所謂的"道"),益齋的表文就是這樣,在内容與形式兩方面皆堪稱典範,表現出典雅的極致。我們通過對益齋表文的分析,可以看出壺谷南龍翼對其表文"精妙"的這一評語是非常準確的。

作者簡介:

明平孜(1969—),韓國忠南大學漢文系講師。在《漢文學論集》《韓國思想與文化》等刊物上發表有《圭南魏伯珪〈海遊詩書〉研究》《錦帶李家焕"傳"的特徵研究》《牛溪詩歌象徵性心象考察》等論文多篇。

由《補閑集》看崔滋的四六文批評*

張玲玉撰　肖大平譯

内容摘要:高麗時期,較之古文,四六文更爲盛行。"四六"這一名稱始見於中國唐代李商隱的《樊南四六》,包含表、狀、啓、箋等各类公文。"四六文"較之後世出現的"駢儷文""儷文"等名稱,所指的範圍相對較窄。隨着四六文的盛行,高麗時期不僅出現了很多四六文作品,在詩話與詩文评《補閑集》中亦收録了有關四六文的理論。崔滋在《補閑集》中稱,四六文起源於中國魏晉南北朝時期;到了隋唐,受到律赋的影響,逐漸定型。按照崔滋的觀點,四六文可以説是起源於魏晉南北朝時期,成型於唐代。另外,他還主張,高麗時期的四六文經過柳和等文人的改造,文章句子變長,且四六文寫作中有抄録前人陳句的倾向。同時崔滋認爲金富軾是高麗時期四六文創作者中的典範,他反對模仿、學習林宗庇、鄭知常的四六文與李奎報的表文。崔滋在對具體的四六文作品進行評價時,不僅主張所寫内容必須符合事實,而且同時提到了文章的叙事。其四六文批評與當時其他批评家的四六文批評存在差異。通過對崔滋《補閑集》中有關四六文的批評的分析,可以看出,高麗文人已經形成了一套有體系的關於四六文的認識與理論。

關鍵詞:《補閑集》;駢儷文;四六文;四六文批評;文章批評

一、前言

駢儷文在高麗時期一般被稱爲四六文。它作爲興盛於中國魏晉南北朝時期一種文學形式,通常采用華麗的語言與精緻的文章結構,因此經常被用於教書、詔令、表、狀、啓等文章的寫作中。在經歷了唐代韓愈(768—824)與柳宗元(773—819)主導的古文運動之後,駢儷文的風光稍減。儘管如此,到了晚唐時期,在李商隱(813—858)與温庭筠(821—866)等人的影響之下,追求綺麗的四六文風再次成爲一時之盛。① 崔致遠(857—?)渡海留學唐朝并在唐朝活動的時期就是駢儷文再次興盛的晚唐時期。因此,這些留學唐朝的新羅文人學習了晚唐的四六文,他們對韓半島文學的影響一致持續到高麗

---

* 韓文原文載於韓國《大東文化研究》2019 年總第 107 輯。

① 于景祥《駢文的蜕變》,《文學評論》2003 年第 5 期。

初期。

隨着四六文的盛行，雖然對於四六文有一些“浮華無實”之類的批評意見，但在整個高麗時期，四六文是文章寫作的主流文體。① 這一點可以從當時四六文選集《東人之文四六》的編纂中可窺知一二。隨着四六文的流行，詩話、詩文評中也出現了一些四六文評論。崔滋（1188—1260）在其《補閑集》中對於駢儷文的起源與文體分類就有諸多評述。

編號	中心内容	出處
1	對姜邯贊策文進行稱贊	卷上 5
2	對睿宗時期崔瀹“雕蟲鎸刻”之文風提出反對意見	卷上 17
3	稱贊權適的文章，并提及權適曾對林宗庇的四六文進行過批評的事實	卷上 20
4	提及金富軾諷惠素《金蘭叢石亭記》如律詩的軼事，强調文體的重要性	卷上 38
5	引用冬至節尚州牧向晋陽公上呈的賀狀，并極力稱贊此文	卷中 1
6	世人評林椿的文章稱“有古人之體”，崔滋對此這一評價提出反對意見	卷中 18
7	稱贊安置民的《毅王寫真贊》，并指出該文文體上的特徵	卷中 34
8	引李允甫的話對場屋文學的風氣提出批評	卷中 46
9	關於文之氣、骨、意、辭、體的相關論述	卷下 13
10	評述誥文的起源與變化	卷下 14
11	指出誥文的諸多體制，并説明高麗時期誥文的特徵	卷下 15
12	對尚州牧所寫八關表與冬至表予以稱贊	卷下 16
13	對尚州牧所寫的賀冬至狀予以稱贊	卷下 17
14	對尚州牧所寫的賀狀予以稱贊	卷下 18
15	指出四六文的典範之作，對李奎報的蒙古表提出批評	卷下 19
16	引用金之岱的賀狀，并對該文的優劣進行評價	卷下 20
17	對柳和的四六文進行批評，并指出了當時流行的四六文所存在的問題	卷下 21

《補閑集》中所載文評

以上表格是對崔滋《補閑集》中所載文論的情况進行的整理。除第 2、4、6、9 條之外，其他的 13 條記録，皆涉及對四六文的批評。此外，第二條中崔滋視崔瀹之文爲“雕蟲篆刻”，第四條中金富軾（1075—1151）嘲諷惠素記文如作律詩，這些内容也可視作是對四

① ［韓］金乾坤《高麗時期的古文意識》，《漢文學研究》2003 年總第 17 輯。

六文風進行的批判。[①] 換言之,17 條文評中除 6、9 兩條以外,其餘 15 條皆涉及四六文批評。

在一本詩話集中,對四六文的批評占有如此比重,可以説數量是相當可觀的。然而學界對於崔滋《補閑集》中所載的這些四六批評缺乏關注,大部分研究都是針對其詩歌批評的。即便學界有人提及過其四六文批評,也多從古文的發展或古文倡導的角度出發,僅僅對批判四六文以及科舉文的部分予以了强調。[②] 筆者以爲,對於《補閑集》中的四六文批評的具體的整理與分析還十分不足。

不僅如此,高麗時期主要使用的是"四六"這一概念,而到了朝鮮時期主要使用的是"儷文""儷體""駢儷"等概念,這些概念與今天主流學界使用的"駢文"這一概念在範圍上存在一定的差異,但一般認爲其所指是一致的。

本文中將首先對四六文這一概念在高麗時期具體是指的哪些文章進行確認,同時對《補閑集》中所收録四六文批評進行整理、分析,并籍此對崔滋的四六文觀,以及其四六文觀與其他批評家的四六文觀之間存在怎樣的差異進行考察。

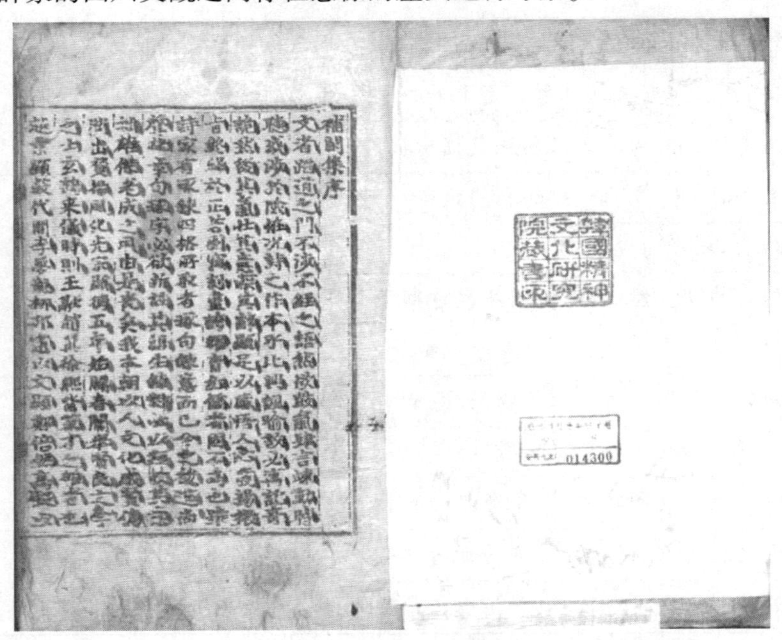

韓國學中央研究院(原韓國精神文化研究院)藏本崔滋《補閑集》書影

(譯者案:論文原文本無,此爲譯者增入)

① [韓]金乾坤《高麗時期的古文意識》,《漢文學研究》2003 年總第 17 輯。

② (1)[韓]許永美《〈補閑集〉的文學性格》,慶北大學 1982 年碩士學位論文;(2)[韓]沈浩澤《〈補閑集〉的結構》,《語文論集》1996 年總第 35 輯;(3)[韓]金乾坤《高麗時期的古文意識》,《漢文學研究》2003 年總第 17 輯;(4)[韓]朴禹勛《韓中反駢文觀》,《東亞人文學》2003 年第 4 輯;(5)[韓]朴禹勛《駢儷文研究的現狀》,《大東漢文學》2008 年總第 28 輯。

二、四六文與駢儷文

駢儷文存在多種不同的稱呼。如:今體、時文、四六文、儷體、駢體、偶體等等,這些概念被用在不同的歷史階段用以指稱駢文。今天韓國學界一般稱駢文爲“駢儷文”,中國學界則將“駢體文”簡稱爲“駢文”。然而,駢儷文并非只有一種文體,而是對賦①、序、表、狀、啓、箋這些以駢體寫作的文章的總稱。駢儷文因爲具有這種形式上的特徵,因此韓國學界與中國學界對於駢儷文這一概念的外延尚未達成共識。② 在各個不同的時期,駢儷文的名稱在不斷地變化,其外延也在不斷變化,因此很難對駢儷文的外延做出明確的限定。

駢文最初興盛於中國魏晉南北朝時期,對偶、藻飾、用典等等是當時文章的一般性的特徵,因此,當時稱駢文爲“今體”或“時文”。到了晚唐時期,李商隱將駢文命名爲“四六”。到了清代,由於文章辯體意識的發達,四六文的外延又表現出與唐宋時期四六文外延的差異。③ 至於韓國的情況是,在高麗時期主要使用“四六文”這一概念,朝鮮時期駢文選本的書名一般使用“儷文”這一概念。④ 由於駢文的名稱與外延的不斷變化,因此很難對駢文有一個明確的理解。因此在對《補閑集》中所收關於四六文的批評正式進行考察之前,筆者先擬對高麗時期所使用的“四六”或“四六文”這一名稱産生的過程以及“四六”具體包含了哪些文章進行考察。

四六文中的“四六”有四字句與六字句之分,中國南北朝時期的劉勰在其《文心雕龍》中最早言及四字句與六字句,具體如下:

> 若夫章句無常,而字有條數,四字密而不促,六字格而非緩。或變之以三五,蓋應機之權節也。⑤

劉勰主張文章寫作時,基本字數有四字句與六字句。南北朝時期是駢文的全盛期,這一時期寫作的文章大多是駢體。四字句與六字句也是在這一時期成爲駢文句式的基本形態,劉勰的《文心雕龍》中所討論的那些文章也采用的是當時流行的駢文的形式。按照劉勰的説法,章句的變化并無一定之規,但各句的字數則經常是一致的。四字句雖然

---

① 對於駢賦與律賦是否屬於駢文、學界存在争議。筆者本文持駢賦與律賦屬於駢文的立場。

② 龍正華《再論駢文的界定》,《廣西科技師範學院學報》2017 年第 2 期。

③ 何詩海《清代駢文正名與辨體》,《文藝研究》2018 年第 4 期。

④ [韓]朴禹勛《韓國駢文集研究》,《國語國文學》1995 年總第 114 輯。

⑤ (梁)劉勰撰、范文瀾注《文心雕龍注》,人民文學出版社 1958 年版,第 572 頁。

簡短，但韻律并不急促；六字句雖然相對較長，但韻律也并不散漫。三字句與五字句雖然也偶爲人所用，但也只是因時、因需而變。

劉勰雖然討論了四字句於六字句，但還并未以“四六”指代駢文。這一時期對於駢文没有一個統一的名稱，僅稱之爲“今體”或“時文”，意指當時正流行的文章。在韓愈倡導古文運動之前，人們似乎未感受到對駢文另賦他名的必要性，駢文不過是作爲當時流行的文章一種形態而存在，并不是作爲漢文文體的一種而存在。在古文運動開展之後，駢文被視作與古文相對的一個概念。到了中晚唐時期，在柳宗元與李商隱的努力之下，“駢儷”這一概念才正式産生，同時也出現了“四六文”的概念。

> 眩耀爲文，瑣碎排偶。抽黄對白，啽哢飛走。駢四儷六，錦心綉口。宫沈羽振，笙簧觸手。[①]

以上引文中，柳宗元首次對駢文的歷史發展以及駢文的特徵進行了全面的描述。[②]當時主流的駢文追求結構的嚴整、語言的華美。在律詩形成之後，對對偶和格律的要求更加嚴格，因此出現了表現顔色的詞彙必須與表現顔色的詞彙相對這種要求。然而，由於對仗過於嚴格，因此使得文章的氣勢有所衰減，文章也顯得極爲瑣碎。在句式上，四字句與六字句仍是主體，與南北朝時期句式上的差異，也僅體現爲對格律的要求更加嚴格而已。

柳宗元同時提及了駢儷與四六這兩個名稱。《説文解字》中釋“駢”字爲“二馬并駕”，對此清代學者段玉裁(1735—1815)稱：“凡二物并曰駢。”[③]“儷”字也有相同的含義。柳宗元對於駢文中四字句與六字句交替出現的這一特徵稱之爲“駢四儷六”。這在駢文名稱的擴大上具有十分重要的意義。表現字數的“四六”這一名稱也是自此時才出現。

雖然這一時期四六與駢儷文這兩個概念同時出現了，但直到李商隱的《樊南四六》問世之後，人們才開始明確的用“四六”或“四六文”來指稱駢文。《樊南四六》雖未傳世，但序文却保留了下來。其序文中稱：

> 得四百三十三件，作二十卷，唤曰樊南四六。四六之名，六博格五四數六甲之取也。[④]

---

① (唐)柳宗元《乞巧文》，《柳河東全集》卷18，中國書店1991年版，第214頁。

② 莫山洪、余恕誠《“四六”的定名及其意義：從柳宗元到李商隱》，《廣西師範大學學報》2007年第5期。

③ (清)段玉裁《説文解字注》第十篇上，經韻樓藏本，第10頁。

④ (唐)李商隱《樊南甲集序》，《李商隱文編年校注》，中華書局2002年版，第1713頁。

李商隱稱自己是從六博、四數等遊戲中獲得靈感,將當時流行爲文體命名爲“四六”的。如果“四六”一詞出現在李商隱之前的話,則無需再次説明。① 因此,“四六”這一名稱可以説是肇始於李商隱,在李商隱生活的那個時代才開始爲人們所使用。②《樊南四六》中到底收録了哪些文章? 對此我們不得而知,但根據《直齋書録解題》的記載,可知所收録的可能是表、狀、啓、牒等文體的文章。③ 换言之,皆是駢體公文。

自晚唐至明代,文人們使用的主要是四六這一概念。據南宋時期鄭樵的《通志》與清代《欽定續通志》,自唐至明,以四六命名爲駢文文集共有 29 種。④

再來看韓國的情况,最早的四六文集是《新唐書》中所記載的崔致遠的《四六》一卷。然而,這部文集與李商隱的《樊南四六》一樣,已無法確認到底收録了那些文章。但是從《樊南四六》中主要收録了表、狀、啓、牒等四六文的情况來看,崔致遠的《四六》或許也收録了與之類似的一些文章。

到了高麗時期,崔瀣(1287—1340)編纂了四六文選本《東人之文四六》。《東人之文四六》中收録了“事大”表狀、册文、麻制、教書、批答、祝文、道詞、佛疏、樂語、上樑文、陪臣表狀、表、箋、狀、啓、詞疏、致語等 17 種文體的文章。這些文體大部分具有公文性質,除去册文中收録的幾篇哀册文與金富軾的《進三國史記》表文以外,其他皆采用的是駢文的形式寫成。崔瀣在三篇哀册文的第一篇《靖王哀册》一文的前面寫有這樣一句話:“哀册非四六,姑從類附之。此後他文,亦仿此。”⑤按照《文心雕龍》的説法,哀册文類似於誄文,文體又與頌文相似。⑥ 從形式上來看,哀册文比起四六文更接近韻文。可能是爲各種册文匯總於一處,因此崔瀣將哀册文收録在了其中。金富軾的《進三國史記》旁也標注了其“非四六”⑦,在“事大”表狀、陪臣表狀與表等等這些不同形式的表文中,只有金富軾的《進三國史記》這篇表文不是以四六文寫成。從收録并非駢文的《進三國史記》這一點來看,可以説崔瀣有明確的“表文應從屬於四六文”這種文體分類的意識。當時高麗文人對四六文的認識也應大體與其相似。

---

① 王水照編《歷代文話》第九册,復旦大學出版社 2007 年版,第 8425 頁。“四六之名,當自唐始。李義山樊南甲集序云:‘作二十卷,唤曰樊南四六。’知文以四六爲稱,乃起於唐,而唐以前則未之有也。且序又申言之曰:‘四六之名,六博格五四數六甲之取也。’使古人早名駢文爲四六,義山亦不必爲之解也。”

② 莫山洪、余恕誠《“四六”的定名及其意義:從柳宗元到李商隱》,《廣西師範大學學報》,2007 年第 5 期。

③ (宋)陳振孫《直齋書録解題》卷 16,上海古籍出版社 1987 年版,第 483 頁。“甲乙集者,皆表章啓牒四六之文。”

④ 莫道才《“四六”指駢文之形成與接受過程考述》,《廣西師範大學學報》,2011 年第 3 期。

⑤ [高麗]崔瀣《東人之文四六》卷 5《册文 · 靖王哀册》,《高麗名賢集》第 5 册,(首爾)成均館大學大東文化研究院 1973 年版,第 55 頁。

⑥ (南朝梁)劉勰撰、范文瀾注《文心雕龍注》,人民文學出版社 1958 年版,第 177 頁。“是以義同於誄,而文實告神,誄首而哀末,頌體而祝儀。”

⑦ [高麗]崔瀣《東人之文四六》卷 10《進三國史記》,《高麗名賢集》第 5 册,(首爾)成均館大學大東文化研究院 1973 年版,第 125 頁。

然而中國自晚唐至明代以及韓國的高麗時期所使用的“四六”這一名稱,與今天中國學界經常使用的“駢文”這一概念,以及韓國學界經常使用的“駢儷文”這一概念,是否具有相同的含義? 筆者對此表示懷疑。例如,中國魏晉南北朝時期大部分都以駢文形式寫成,這些文章不被包含在後代的四六文中。唐人王勃的《滕王閣序》雖堪稱駢文中的名文,但幾乎從未被人們以四六文稱呼過。金富軾的《仲尼鳳賦》也是駢體的賦作,但是很難被視作四六文。四六文與駢儷文二概念所涵蓋的範圍是否相同? 爲了解決這一問題,需要對後代駢文選本中收録的作品的範圍進行考察。

朴禹勛在《韓國的駢文集研究》中對朝鮮時期的六種駢文選本進行了考察,其中五種都收録了庾信的《哀江南賦》與王勃的《滕王閣序》。① 由這一事實可以看出,朝鮮時期對於駢儷文的主流認識是,不僅將《滕王閣序》之類的文章視作一般駢儷文,而且還將駢賦也納入到駢文的範圍之内。儘管如此,這些文章要麼未能收録到四六文集中,要麼并不被視爲四六文。换言之,“四六文”并非單純是駢文異稱,與駢文的内涵也并不完全相同。

那麼四六文與駢儷文的範圍究竟該如何劃定?《補閑集》中,或者高麗時期所謂“四六”這一概念所包含究竟是哪些文章? 最直接的證據是,筆者在上文中列舉過的《東人之文四六》中收録大多是公文性質文體的文章,而朝鮮時期的駢文集中幾乎不收録的序、賦等非公文性質的文章。總而言之,四六文主要用作公文的寫作,這是當時高麗與宋代文人的共同認識。較之四六晚出的駢儷文以及儷文這些概念所指稱的範圍較之四六文所指稱的要廣,包含了常用駢儷句寫作的大部分序、書、賦等文章。例如,根據後世的駢儷文的概念,上文中提及的金富軾的《仲尼鳳賦》應該屬於駢儷文,然而不能將此文視作四六文。因此,《補閑集》中在提及四六文時,大部分時候指稱的是表、狀、啓、箋等文章,有必要將之與後世的駢儷文批評區别開來。

三、崔滋的四六文批評

(一)關於駢文起源與流變的評述

若要對某種文體的特徵進行把握,首先需要考察這種文體的起源及其變化發展的過程。關於四六文或者説駢儷文的起源,有多重不同的説法。清代學者阮元(1764—1849)堅持駢儷文的正統地位,爲了對抗古文,在其《文言説》一文中將韻律調和、多用對偶的孔子的《文言》視作駢儷文的起源,或者説視作“千古文章之起源”。② 現在學界大多認爲駢

① [韓]朴禹勛《韓國駢文集研究》,《國語國文學》1995 年總第 114 輯。

② (清)阮元《文言説》,《揅經室集》《揅經室三集》卷 2,中華書局 1993 年版,第 605—606 頁。“孔子於乾坤之言,自名曰文,此千古文章之祖也。爲文章者,不務協音以成韻,修詞以達遠,使人易誦易記,而惟以單行之語,縱横恣肆,動輒千言萬字。不知此乃古人所謂直言之言,論難之語,非言之有文者也,非孔子之所謂文也。”

儷文起源於中國漢代,盛行於魏晉南北朝時期。[①] 然而這種主張皆是對駢文起源的論述,對於範圍相對駢文而言稍微狹窄一點的四六文的研究,反而多集中在對其名稱的産生過程及其變化上。[②] 中國最早的四六文批評是南宋初年王銍的《四六話》,此書中對於四六文的起源多有論及。根據王銍的觀點,箋、表、題、啓等四六文皆源自於詩、賦。[③] 特别是在科舉考試中經常使用的律賦對於四六文的形成與發展産生了重要的影響。[④] 雖然不能確定這種觀點是否是當時中國文人關於四六文起源的普遍認識,但至少可以説是較具代表性的看法。

崔滋的《補閑集》中也有關於四六文起源的相關論述,這些論述是現存韓國最早的關於四六文起源的論述。與王銍一樣,崔滋在《補閑集》中也認同四六文與場屋文學的關係,但對於四六文的産生時間與本質文體,《補閑集》的理解較之《四六話》更加深入。試看《補閑集》如下論斷:

> 世以四六詩文爲别,或云:"某工詩,某工文,某工四六,而不可兼得。"是未入文章之室者,各從門户窺一班之説耳。大手之下無施不可,豈别有工拙哉?况四六非别出於文,蓋魏晉間著述者,爲文上長,欲其覽之易也,章分句斷駢四儷六,以爲箋表啓狀。此亦文之爲耦對者。後因變爲簾角音律之賦行於場屋,欲試其代言奏章之才也。[⑤]

崔滋指出,當時文壇上將四六文與詩、文區分看待。特别值得注意的是,對於時人"四六文不屬於文"的這種普遍性的看法,崔滋提出了不同的意見。换言之,在崔滋看來四六文的本質是文,這與中國宋代王銍提出的"詩賦起源説"有着根本的差别。詩賦起源説中包含着這樣一層意思,即:四六文的本質并非"文"。而崔滋的主張則與之不同,他將四六文的起源與本質視作"文"。此外,崔滋的這一主張不僅與中國對於四六文的看法不同,與高麗時期的其他文人的認識也有明顯的差别。與崔滋活動時期相近的俞升旦(1168—1232)在爲金克己的文集所寫的《金居士集序》中這樣寫道:"而先生遺藁首被搜訪,凡得古律詩四六雜文共一百三十五卷。"[⑥]主要活動時期較崔滋幾乎晚一百年的崔瀣

---

① 莫山洪《駢文學史論稿》,廣西師範大學出版社 2017 年版,第 18 頁。

② (1)莫山洪、余恕誠《"四六"的定名及其意義:從柳宗元到李商隱》,《廣西師範大學學報》2007 年第 5 期;(2)莫道才《"四六"指駢文之形成與接受過程考述》,《廣西師範大學學報》2011 年第 3 期;(3)張作棟《從四六到駢文——論駢文的名稱演進與文體辨析》,《廣西師範大學學報》2015 年第 3 期。

③ 王水照編《歷代文話》第九册,復旦大學出版社 2007 年版,第 5 頁。"世所謂箋題表啓,號爲四六者,皆詩賦之苗裔也。"

④ 涂春芬、徐小明《淺論王銍的四六源流説》,《文教資料》2012 年第 12 期。

⑤ [高麗]崔滋撰、朴性奎譯注《補閑集》卷下,(首爾)寶庫社 2012 年版,第 436—438 頁。

⑥ [高麗]徐居正《金居士集序》,《東文選》卷 83,(首爾)民族文化推進會 1975 年版,第 608 頁。

在其《東人文序》中稱:"得詩若干首,題曰五七;文若干首,題曰千百;併儷之文若干首,題曰四六。"[①]顯然到了高麗後期爲止,都有將四六文從"文"中分離出來的傾向。然而,崔滋將文與詩等而視之,將四六文視作"文"的下一級文體(genre)。换言之,較之將四六文視作既非詩、亦非文、而是另外一種文學樣式的這種看法,崔滋主張四六文與古文一樣皆從屬於文。

由於崔滋主張將四六文納入文中,因此,對於四六文的的起源,只能從文而非詩賦中尋找。在崔滋看來,中國魏晉南北朝時期文人在向上官上呈文書時,爲了便於上官閱讀,而以四六文的形式寫作了這些上呈文章。他試圖從文學的實用性角度出發,尋找四六文產生的原因。另外,當時即便不是上呈上官的文章,也常多用對偶句式。站在後世的觀點來看,這些文章大部分屬於騈文。這樣一來,崔滋提出了這樣判斷,認爲:四六文起源於魏晉時期上呈上官時所寫的文章,那些多用對偶的序、賦、書等文章不包含在四六文中。

對於四六文的起源,雖然可以從魏晉時期尋找,但實際形成時期則是在隋唐科舉制度産生之後。考察向皇帝上呈的奏章寫作能力的場屋文學——律賦的寫作中要求格律嚴謹,這對於四六文的格律也産生了重要影響。對於四六文的這種變化,崔滋説:"隋唐以前,肆言無簾律,自唐以降,有對儷有簾律。"[②]對韻律的講究在四六文形成的過程中非常關鍵。對於這一主張,後世的評論家在評論四六文的起源問題時,也大多持相同看法。星湖李瀷(1681—1763)認爲,高麗時期的四六文的盛行與律賦有着密切關係。[③] 李睟光(1563—1628)認爲,唐宋以後的公文大部分采取騈文的形式寫作。[④]

《補閑集》中在討論四六文起源的同時,也探討了高麗時期四六文的變化以及這一變化帶來的問題。具體如下:

> 今人以四六别作一家,抄摘古人語多至七八字,或十餘字,幸得其對,自以爲工。了無自綴之語,况敢有新意耶。眉叟以林宗庇"昆崙岡上"之對,載於《破閑》,吾不取焉。及第柳和流南島,寄京洛諸友云:"風生震澤,雨入松江,帆初飽漸肥之水;雪擁藍關,雲横秦嶺,馬不前何在之家。"秉筆小兒樂其體效之。由是辭蔓而不精實,意迂而不真切。[⑤]

---

① [高麗]徐居正《東人文序》,《東文選》卷 84,(首爾)民族文化推進會 1975 年版,第 621—622 頁。

② [高麗]崔滋撰、朴性奎譯注《補閑集》卷下,(首爾)寶庫社 2012 年版,第 429—430 頁。

③ [朝鮮]李瀷《四六》,《星湖僿説》卷 30《詩文門》,(首爾)民族文化推進會 1977 年版,第 93 頁。"四六之文,盛自唐之王楊,至宋李劉而極焉。我俗自高麗之中世争尚此,蓋由律賦爲試士之程故也。"

④ [高麗]李睟光《文體》,《芝峯類説》卷 8。"騈偶之文……唐宋以後,則凡誥勅表箋書啓檄文露布上樑疏語,莫不用此爲式。"

⑤ [高麗]崔滋撰、朴性奎譯注《補閑集》卷下,(首爾)寶庫社 2012 年版,第 436—440 頁。

崔滋稱,當時駢文多模仿前人的文章,有時甚至抄襲前人文章中的十數字。他以柳和的文章爲例,柳和文章最明顯的特徵就是依樣畫瓢般模仿前人。從引文中的"風生震澤,雨入松江,帆初飽漸肥之水"這句話來看,來源於蘇軾的"風來震澤帆初飽,雨入松江水漸肥"[①],只不過將順序作了些微的調整。而"雪擁藍關,雲横秦嶺,馬不前何在之家"這一句則來源於韓愈的詩句"雲横秦嶺家何在,雪擁藍關馬不前"[②],幾乎原封不動抄襲了韓愈的詩句。當時文人崇尚、學習柳和的這種文風,産生了兩個弊端。一是由於抄襲前人的文句,缺乏新意。另一個問題是,喜好長聯,使得語句散漫,文章也就顯得缺乏誠摯與簡略性。按照目前的材料,我們對於柳和的所知十分有限,但崔滋强調了其在四六文文風變化中發揮的轉折性作用,這一點是很清楚的。

崔滋在《補閑集》中説,《破閑集》中提到了林宗庇的"昆侖崗上"的對句,但自己并不願意采納這一對句,我們在《破閑集》中却看不到林宗庇的這一句話。從李仁老之子李世黄所作的跋文來看,《破閑集》最早刊行於1260年。[③] 從《破閑集》的序文來看,崔滋當在1254年完成此書的寫作。[④] 因此崔滋所參考的《破閑集》當是現行版本刊行之前的本子,與現行的版本有別。現在我們能看到的《破閑集》中雖然未收録林宗庇所作"昆侖崗上"的對句,但却在《東國李相國集》中能看到李奎報(1168—1241)對此對句的評價,李奎報評論説對句優美。具體如下:

> 因高卑别其名耳,要其體未始不同。今之人於表箋則頗或仿古人體,於啓事則率張大其詞,多用古人之文之長且蔓者爲屬對,然後謂佳,不爾必唾而棄之矣。此習林宗庇始倡之矣,故林公獻某官啓曰"落落高才,昆崙岡上千金難價之美玉;昂昂勁節,峨嵋山西萬歲不長之孤松。"此則不甚長蔓,而詞亦信美,其多至二十許字,而詰屈難句斷者亦衆矣。[⑤]

李奎報與崔滋一樣,對於過長的對偶句的寫作也持批判的態度。然而,與崔滋不同的是,李奎報稱,最早在向縉紳進獻的文章啓文中使用較長的對偶句的是林宗庇。從引文中所引林宗庇的對偶句來看,長的對偶句,單句字數達到11字。另外林宗庇的"昂昂

① (宋)蘇軾著、陶文鵬編《一蓑煙雨任平生·蘇軾集》,河南文藝出版社2015年版,第120頁。

② 孫昌武《韓愈詩文選評》,上海古籍出版社2017年版,第300頁。

③ [高麗]李仁老撰,朴性奎譯注《破閑集》,(首爾)寶庫社2012年版,第293頁。"庚申三月日,孽子閣門祗候世黄謹志。"

④ [高麗]崔滋撰,朴性奎譯注《補閑集》,(首爾)寶庫社2012年版,第30頁。"時甲寅四月日,守太尉崔滋序。"

⑤ [高麗]李奎報《東國李相國全集》卷26《與金秀才懷英書》,《韓國文集叢刊》第1—2册,民族文化推進會1982年版,第559頁。

勁節，峨嵋山西萬歲不長之孤松"一聯直接來源於蘇軾。[①] 對於林宗庇的"昆侖崗上"的對句，李奎報評價稱雖然這一聯較長，但并不散漫，文詞優美。這種看法顯然崔滋與所謂"不取林宗庇對句"的看法是相反的。李奎報與崔滋雖然都對長聯持否定態度，但是很明顯，崔滋對"簡略"的要求更爲嚴格。不僅如此，雖然李奎報并不十分反對原封不動的引用前人文句，但崔滋對這種做法持明確的、强烈反對的態度。另外，對於林宗庇與柳和二人的具體生平雖然難以調查清楚，但基本可以確定他們是稍早於李奎報的高麗前期的人物。[②]

對於因模仿柳和之流的四六文風而產生的弊病，我們可以從以下的引文中窺知一二。

> 以至入翰林詞疏於佛天者，例以繁言蕪辭，非特辭語繁蕪，或臆論佛神報應，國家災祥，戎狄指趣，以敍事弘長，爲己之才，是欺佛妄人也。古人詞疏，必以言約者，豈其才不足爲弘長。蓋去浮虛取悃愊，表宣事由而已，作者慎之。[③]

在以上的引文中，崔滋提到了四六文風的變化所造成的詞疏的問題。按照崔滋的觀點，詞疏需如古人，約言略詞，但求與事實相符。然而，翰林院中的翰林们在模仿柳和的四六文風寫作詞疏時，往往有這樣一些問題：行文往往顯得十分複雜，臆測因果報應，以叙事的方式寫作駢文。

崔滋在《補閑集》中，主張應從中國魏晉時期上呈上官的"文"中尋找四六文的起源。這一主張不僅有别於高麗時期其他文人對於四六文的認識，還與相近時代的中國批評家的觀點有明顯的差異。此外，崔滋還説，在隋唐時期律賦的影響之下，産生了講究格律的四六文。另外，對於高麗時期四六文的發展，崔滋稱，在柳和之類的高麗時期的文人的影響之下，高麗時期的四六文形成了這樣一種文風：好用長聯，而且喜歡原封不動的摘抄前人陳句用在四六文寫作中。喜用長聯，與其説是四六文發展過程中出現的一個特徵，不如説是當時四六文寫作中存在的一個問題。實際上，在相似的時期，宋代人的四六文中也有使用虛辭、長聯的傾向。[④] 這可以説是高麗時期與宋代四六文發展過程中共同出現的一個特徵。

---

① (宋)蘇軾《歐陽少師令賦所蓄石屏》，《東坡全集》卷2，文淵閣四庫全書本。"不畫長林與巨植，獨畫峨嵋山西嶺上萬歲不長之孤松。"

② 林宗庇乃林椿的大伯，《東文選》卷45中收録有其上呈座主權適(1094—1147)的《上座主權學士謝及第啓》一文。

③ [高麗]崔滋撰、朴性奎譯注《補閑集》，(首爾)寶庫社2012年版，第437—440頁。

④ 施懿超《宋四六研究略述》，《文學遺産》2004年第2期。

（二）展示四六文典範

詩話的作者一般會選出那些有學習價值的作品或者是當時時代的典範之作。四六文的批評也是如此。較之李仁老等其他詩人的詩歌，崔滋在《補閑集》给予了李奎報更多的稱揚之詞。但是，他對李奎報的四六文，尤其是上呈蒙古皇帝的表文，却给以了“不法”的評價，表現出否定的態度。試看如下評論：

> 文順公以逸氣豪才，驅文辭必弘長。至於箋表，必約辭短章，不愆簾律。比者蒙古帝，詔責我國，條條意曲。公爲表，不可以一二章敍答，故間或散其辭，而簾律尚存。其後爲蒙古表者，例散其辭，以至讓謝官職者，漸效之，尤爲不法。凡箋表限四六簾對者，欲謙檢而不越也，以辭約義盡爲優……爲對儷荒長尚非禮，况散其辭，而無簾律，是不恭也。[①]

在崔滋看來，表文應該對仗工穩、遵守格律。上文中已經提到過，崔滋認爲四六文源自於魏晉時期上呈給上官的公文，雖然皇帝下達的詔令不必嚴格遵守四六文的形式來寫作[②]，但上呈上官的表狀則必須嚴格遵守對仗工整、格律嚴謹的要求。

李奎報的表、箋通常也寫得十分簡略，且按照簾律進行寫作。然而他在回復蒙古皇帝的詔書時，却寫得冗長且文句多不對仗，散句偏多。李奎報寫給蒙古皇帝的諸多表文中有《蒙古行李齎去上皇帝表》這樣一篇。該文在陳述事情時，既無格律，亦乏對仗，基本上是古文的形態。試看：

> 云云。自天降責，無地措躬。舉國震驚，同音號籲。（中謝）伏念臣猥將蕞品，僻在偏方。曾荷大邦之救危，完我社稷，切期永世以爲好，至於子孫。寧有貳心，敢孤厚惠。忽承下詰，深疚中懷。事或可陳，情何有匿。其著古與殺了底事，實隣寇之攸作，想聖智之易明，彼所經由，亦堪證驗。其再來人使著箭事，前此哥不愛僞作上國服樣，屢犯邊鄙，邊民久乃覺其非。今春又值如此人等，方驅逐之，俄不見人物，唯拾所棄毛衣帛冠鞍馬等事。以帛冠之故，雖知其僞，尚疑之藏置縣官，將俟大國來人，辨其真贋。今以此悉付上國大軍，則無他之意，於此可知也。又阿土等縛紐事，初不意結親之大國，乃無故加暴於小邦。擬寇賊之來侵，出軍師而方戰。忽有二人突入我軍，癡軍士不甚考問，捕送平州，平州人恐其逋逸，略加鎖杻，申覆朝廷。朝廷遣譯察視，以其語頗類上國，然後解械慰訊，兼贐衣物，隨譯前去。則初雖不明所致，其實

---

① ［高麗］崔滋撰、朴性奎譯注《補閑集》，（首爾）寶庫社 2012 年版，第 429—431 頁。

② ［高麗］崔滋撰、朴性奎譯注《補閑集》，（首爾）寶庫社 2012 年版，第 436 頁。“如代王言，雖散辭無對亦可。”

亦可恕之。又哥不愛人户於我國城子裏入居事,此等人嘗與我國邊人迭相侵伐,其爲冤讎久矣。邊民雖愚,豈容讎敵與之處耶?事漸明矣。言可飾乎。其投拜事,往前河稱紮剌來時已曾投拜,今因華使之來,申講舊年之好,伏望云云。乾坤覆露,日月照臨。鞠實察情,苟廓包荒之度,竭誠盡力,益輸享上之儀。云云。①

以上的表文即李奎報的《蒙古行李齎去上皇帝表》。劃綫部分都是散句。從這篇表文的開頭部分"自天降責"可知,這篇文章是當時寫給蒙古皇帝的回信。該表文除開頭與結尾部分一些禮節性的句子以外,在陳述事實的部分,基本上都是散句。《東國李相國集》卷28中收録的對蒙古的外交文書來看,在《陳情表》②一文中亦有散句出現,緊接着《陳情表》之後收録的《同前狀》一文甚至全部都是散句。③ 李奎報雖然對於表、啓、箋等等這類上呈上官的文章不能説没有明確的文體意識④,但他以散句寫作這些上呈蒙古皇帝的表、狀文却是無可置疑的事實。這可能與這樣一些因素有關:當時的蒙古并不熟悉漢文與中國式的文書制度,僅重視文章的内容,因此對於文章的形式并無十分嚴格的要求。⑤

在李奎報的這些表文之後,上呈蒙古皇帝的此類表文大部分不按四六文的形式寫作,這甚至成爲了一種寫作的風氣,以至一些辭讓官職的表文中也出現大量散句。崔滋評價此類表文爲"不法"。表文應謙遜謹慎,因此須有對偶與格律的約束。唐代以前的箋文與表文并不嚴格遵守對仗與格律,但唐代以後則變得十分嚴格。⑥ 因此,如果將表文寫得散句多如古文,且不遵守簾律,則會被認爲是對上官的不恭。

如果模仿李奎報寫給蒙古皇帝的表文來寫作的話,寫出來的文章則會成爲一篇滿紙散句的四六文。那麽,我們要提出的問題是,從崔滋的觀點來看,四六文的寫作應該以何人爲典範呢?值得視作典範的四六文到底是怎樣的?

古四六龜鑒,非韓柳則宋三賢。不及此者,以文烈公爲模範可矣……予少時嘗

---

① [高麗]李奎報《東國李相國集》卷28《蒙古行李齎去上皇帝表》,《韓國文集叢刊》1—2册,(首爾)民族文化推進會1982年版,第583頁。

② [高麗]李奎報《東國李相國集》卷28《陳情表》,《韓國文集叢刊》1—2册,(首爾)民族文化推進會1982年版,第587—588頁。

③ [高麗]李奎報《東國李相國集》卷28《同前狀》,《韓國文集叢刊》1—2册,(首爾)民族文化推進會1982年版,第588—590頁。

④ [高麗]李奎報《東國李相國集》卷26《與金秀才懷英書》,《韓國文集叢刊》1—2册,(首爾)民族文化推進會1982年版,第559頁。"夫啓者,欲與人有所賀謝陳請,或敍情而爲之者,與表箋同體。獻於上則曰表,於太子王侯則曰箋,贄於搢紳士大夫則曰啓,因高卑别其名耳,要其體未始不同。"

⑤ [韓]鄭東勛《高麗時代外交文書研究》,首爾大學2016年博士學位論文,第325頁。

⑥ [高麗]崔滋撰、朴性奎譯注《補閑集》,(首爾)寶庫社2012年版,第429—430頁。"隋唐以前,肆言無簾律,自唐以降,有對儷有簾律。"

頌貞肅公場屋賦，願一效嚬。及登第後，慕林宗庇鄭知常之爲四六，竊欲畫虎焉。迺今反視從前所作，皆生澁荒虛，反類狗也。恨不當時畫鵠於三賢及文烈公，雖未得寫真，庶可彷彿於鶩也。①

在崔滋看來，四六文的典範作家是中國的韓愈、柳宗元、歐陽修、王安石、蘇軾與韓國的金富軾等人，而他列舉的這些中國文人都是古文大家。即，崔滋將古文大家視作四六文寫作的典範作家。雖然這些古文家所寫作的古文大多誕生在其仕宦生涯中，但也不能完全避開這些古文家所寫作的四六文。特别是歐陽修、王安石、蘇軾的四六文，對於宋代四六文風格的形成産生了重要的影響。宋代的四六文，從對偶與格律等形式的角度來看，比起前面的時代這方面的要求更加嚴格，但用典不多，且喜用虛詞與議論來增加文章的氣勢。這些其實都是古文影響下形成的特點，②而崔滋是提倡這種駢文文風的。

金富軾也是古文大家。滄江金澤榮在《麗韓十家文抄》一書中，將金富軾與李齊賢二人視作高麗時期古文代表作家。然而除了《三國史記》以外，金富軾流傳下來的文章大多是四六文。另外，在《東人之文四六》中收録文章最多的也是金富軾的文章，甚至還收録了當時金富軾文集中未曾收録的文章。③《東人詩話》中也將金富軾、鄭知常、李奎報、金克己、金仁鏡等人看作擅長寫作四六文的作家。④ 换言之，即使到了朝鮮初期，比起古文家的身份而言，金富軾更重要的一個身份是四六文寫作的大家。

崔滋在金富軾之外，同時樹立了一些反面教材，崔滋稱：若模仿金仁鏡、林宗庇、鄭知常等人的四六文寫作的話，文章會顯得生硬、虛荒。崔滋所列舉的這些人都是高麗時期擅長詞賦寫作的大家，特别是金仁鏡，其因詩賦在後世頗有聲望。至於林宗庇，上文中我們已經略有言及，他是當時學習四六文寫作的文人大多會極力模仿的對象。林宗庇的四六文中句子都較長，且熱衷於摘抄前人陳句，受到崔滋的批判。鄭知常的《謝賜物母氏表》是其代表性的表文，在這一表文中幾乎每一句中都使用了典故，且使用很多或華麗或艱澀的詞語。⑤ 由於以上諸人皆存在各自的弊端，因此崔滋反對將金仁鏡、林宗庇與鄭知常等人的四六文視作四六文寫作的典範。

---

① [高麗]崔滋撰、朴性奎譯注《補閑集》，(首爾)寶庫社 2012 年版，第 429—431 頁。

② 施懿超《宋四六研究略述》，《文學遺産》2004 年第 2 期。

③《東人之文四六》卷 12 中收録金富軾的《上疏不報辭職表》與《三辭表》二文後以小字寫有“集無”二字。

④ [高麗]徐居正《東人詩話》卷下，《韓國詩話總編》1，東西文化院 1989 年版，第 228 頁。“由是俗尚詞賦，務爲抽對。如樸文烈寅亮，金文成緣，金文烈富軾，鄭諫議知常，李大諫仁老，李文順奎報，金内翰克己，金諫議君綏，俞文安升旦，金貞肅仁鏡，陳補闕澕，林上庠椿，崔文清滋，金英憲之岱，金文貞坵，尤其傑然者也。”

⑤ [高麗]徐居正《謝賜物母氏表》，《東文選》卷 34，(首爾)民族文化推進會 1975 年版，第 699 頁。“臣幼被母教，來投學庠。有如司馬之題橋，慷慨而遊上國，所慕買臣之衣錦。富貴而歸故鄉。而由齟齬十餘年閑，漂泊一千里外。田園荒没，親戚别離。掘井而未及泉，功幾中廢，爲山而不虧簣，心或無忘。適丁睿廟之右文，遽辱賢科之第一。驟蒙玉色臨軒之奬，始慰霜髮倚門之思。”即便是從該文前面的幾句話就可以知道，出自司馬相如與朱買臣的典故，以及《孟子》與《論語》中的句子。

（三）四六文批評的實際

崔滋不僅在前人中選出金富軾作爲四六文學習的榜樣，還對於金富軾同時代的若干篇四六文給與了很高的評價。他在《補閑集》中多次稱贊尚州牧使的賀狀。現在雖然我們很難確認崔滋所稱贊的這位尚州牧使是何人，但通過崔滋的評語，我們可以窺之其所寫作的四六文的特徵。試看崔滋的評價：

> 金政堂敞，以金牓第三人，爲晉陽門下上客，日以薦賢助國爲務。無幾何拜相位，連年掌試。同年進士韓惟善登第於門下，是年冬至尚牧賀狀云："白布登名於成均，牓同牓奈今門生，青衫爲客於晉陽，公與公竝時相國。"今諸州牧賀表狀，類多模奪舊本，此尚牧表狀，無一二章畵葫蘆，皆即事但辭不圓熟耳。①

以上引文是崔滋對於晉陽公崔怡（？—1249）執政時期當時尚州牧使的賀狀的評價。尚州牧使的具體身份雖然難以確認，但《補閑集》中却將其賀狀視作諸牧使中第一等之作，由此可見，尚州牧使當是當時一位非常长擅长寫作四六文之人。② 當時晉陽公的門客金敞（？—1256）升任平章事，在掌管科考之後，其同年進士韓惟善成爲其門生。尚州牧使於是寫作了這篇表文對此事表示祝賀。崔滋對於這篇表文評價道："無一二章畵葫蘆，皆即事，但辭不圓熟耳"。這一評語我們可以從三個方面來看：第一層意思是，并無依樣畫葫蘆之處。"依葫蘆畫瓢"一語來自於這一典故：宋太祖見翰林學士陶谷（903—970）摘抄前人陳句、略作改動成文，於是人們嘲笑陶谷照着葫蘆的模樣畫葫蘆。换言之，當時牧使們在寫作賀表時常常模仿前人文章寫作，而尚州牧使則并不模仿此類文章，因此崔滋認爲值得重視。這一點我們在上文中已經提到過，崔滋對於時人摘取前人陳句、寫作散漫的風氣不滿，給與了否定性的評價，而對於并不照抄前人的尚州牧寫作的表文使則給與了高度評價。

> 今人以四六別作一家，抄摘古人語多至七八字，或十餘字，幸得其對，自以爲工。了無自綴之語，况敢有新意耶？③

第二層意思是，崔滋對於當時四六文大多抄襲前人陳句缺乏新意這一問題進行了强

① ［高麗］崔滋撰、朴性奎譯注《補閑集》，（首爾）寶庫社 2012 年版，第 428—429 頁。

② ［高麗］崔滋撰、朴性奎譯注《補閑集》，（首爾）寶庫社 2012 年版，第 183 頁。"元正冬至，諸牧都護府，例修狀賀相府。尚州牧上晉陽府狀云……公摠諸州牧府賀狀，使門下文人科第之，尚牧皆爲第一，以其實録。"崔滋撰、朴性奎譯注，前揭書，421 頁。"元正冬至八關及聖上節日，兩界兵馬諸牧都護府上賀表，下中書，第其高下以牓之。舊時尚州牧，上八關表云……一時牓出，二表皆居第一。"

③ ［高麗］崔滋撰、朴性奎譯注《補閑集》，（首爾）寶庫社 2012 年版，第 436—438 頁。

調。然而,尚州牧使的賀表却不存在這方面的問題。因此,崔滋評語的第二方面的意思是以“即事”一詞來表明反對模仿前人寫作的態度。“即事”意爲對眼前所見之景與發生之事進行記録。尚州牧使的賀表中對於晉陽公、金敞與韓惟善三人的關係作了如實的反映。“白布登名於成均,牓同牓奈今門”這句話中指出了金敞與韓惟善二人的關係,在“青衫爲客於晉陽,公與公竝時相國”一句中又指出了晉陽公與金敞的地位及其關係。不僅如此,尚州牧使的這篇賀表較爲遺憾的是,在崔滋看來有“不盡圓熟”的不足。這是崔滋評語的第三層含義。詩文只有圓熟才能無生硬之感,達到平易的效果。换言之,在崔滋看來尚州牧使的這篇賀表一定程度上存在難解之處。“不模仿”“即事”“圓熟”等等這些評語常用在詩歌批評中。崔滋雖然認爲四六文從屬於“文”,但在進行實際的批評時反而使用了很多本用在詩歌批評中的辭彙。由於四六文中較多的使用對仗與典故這一特徵,因此崔滋使用了這些詩歌批評的用語。雖然存在這種可能性,但也存在擺脱僅僅針對對偶進行批評的情況。例如,他對於金之岱(1190—1266)的文章,有如下的評價:

> 丁未春,國家因胡寇備禦,以三品官爲鎮撫使,分遣三方。時金壯元之岱,以刑部侍郎,爲東南路按廉使兼副行,及正朝狀賀鎮撫使云:“制外威名,二年魚鳥渾相識;安邊功業,萬國笙歌醉太平。”隔兩日除書到,以鎮撫使爲右僕射。金又修狀致賀云……此狀雖有推美過實處,其立語敘事精詳。唯萬國笙歌之對,浮誕可笑。①

《補閑集》中引用了金之岱的兩篇賀狀,限於篇幅這裏不引用全文,主要以崔滋的評語爲主進行考察。崔滋對於金之岱的文章的長短優劣各有一句的評語。其文章的不足之處是:對於鎮撫使的功勞過分贊美,與事實相左。其文章的長處是:在陳述事實時,用語精密、詳細。這一評語與上文中提到的“即事”的評價基本相似。在崔滋看來,在爲文時,以叙述對象爲中心展開,不允許游離於事件或事實之外。叙事精詳雖好,但若違背事實則會成爲弊端。因此,誠如“萬國笙歌醉太平”這句詩所言,對事實作言過其實的誇張陳述,也是應該批判的對象。

誠如上文所言,崔滋在《補閑集》中在對四六文具體進行批評時,使用了很多本來用在詩歌批評中的用語。儘管如此,《補閑集》中對於叙事之類的寫作技法并非隻字未提。這可以説與幾種針對對偶進行批評的高麗時期的其他四六文批評存在一定的差異。然而,崔滋强調在寫作對偶句時,所寫的内容應該與事實相符。這一點與其他四六文的批評則是一致的。對此可以通過《破閑集》《櫟翁稗説》等詩話與詩文評中收録的少量四六文批評的比較中可窺知。試看:

---

① [高麗]崔滋撰、朴性奎譯注《補閑集》,(首爾)寶庫社 2012 年版,第 431—436 頁。

A:仁王卜得中興大華之勢於西都,新開龍堰閣。鳳輦西巡,置群臣宴。命學士李之氐作口號,其略云:"帝出震以乘乾,雖曰應時之數;王在鎬而飲酒,固當與衆而同。"……對偶精切,固無斧鑿之痕。①

B:"劉蕡不第,我輩登科",則有"雍齒且侯,吾屬無患"。"我見魏徵殊嫵媚",則有"人言盧杞是姦邪"。文未嘗無對也,然而用之失實,亦奚足尚哉?林宗庇投權學士啓云,"乘船歸上國,北方學者莫之先;衣錦還故鄉,東都主人喟然嘆。"崔文清以爲,宋,西也,謂之北方,謬矣。②

引文 A 是李仁老在《破閑集》中對李之氐的《西京大花宫大宴致語》一文的評語。李仁老對於李之氐的文章評價説:"對偶精切,固無斧鑿之痕。"所謂"對偶精切"是指,出句與對句不僅文字互相成對,而且内容適切,與事實相符。這與崔滋對金之岱的文章違背事實的評價可以説是一脈相通的。然而,李仁老却未能擺脱關於對偶的評價。

引文 B 是《櫟翁稗説》中益齋李齊賢對對句的使用問題的評述。李齊賢在寫作這篇文章時,顯然也認可對偶的重要性,但反對"用之失實"的對仗句。他以崔滋對林宗庇《上座主權學士謝及第啓》一文中相關句子的批評爲例進行了説明。他指出"北方學者莫之先"這句話化用自《孟子・滕文公》中的"北方之學者,未能或之先也"這句話。"東都主人喟然嘆"這句話出自班固(32—92)的《東都賦》。所列舉的這兩句皆出自前人,是將前人的陳句改造後入對的。以東都主人來指稱高麗國王,但由於宋朝位於高麗的西邊,因此"北方學者"這一説法就顯得不符合事實。《補閑集》中對於林宗庇的這句話有這樣的評價,稱:"拘文失實,白圭一玷。"崔滋引用了權適的評語。③ 只爲實現對仗的精巧,而不惜寫出與事實相違背的句子,這樣的文章也是有問題的。

誠如上文所分析的,通過將《補閑集》中的四六文批評與《破閑集》與《櫟翁稗説》中所收録的少量的四六文批評的比較,也不難看出,崔滋的看法與李齊賢、李仁老相似,認爲那些不符合事實的對偶句是存在問題的。但崔滋并未僅僅停留在對對仗的批評上。其《補閑集》中甚至還論及敘事,這與他將四六文視作"文"之一種的觀念是一致的。

四、結論

以上我們對高麗時期四六文的概念、使用範圍,以及以《補閑集》中所收録的四六文

① [高麗]李仁老撰、朴性奎譯注《破閑集》卷中,(首爾)寶庫社 2012 年版,第 116—118 頁。

② [高麗]李齊賢撰,朴性奎譯注《櫟翁稗説》後集 2,(首爾)寶庫社 2012 年版,第 279—281 頁。

③ [高麗]崔滋撰、朴性奎譯注《補閑集》,(首爾)寶庫社 2012 年版,第 92 頁。"門下秀士林宗庇,獻詩引略云'乘航歸上國,北方學者莫之先;衣錦還故鄉,東都主人喟然嘆。'……公覽之,美其引曰:'舉前言敍今事甚的,又對屬甚善。但宋西也而言北方,是謂拘文失實,白圭一玷耳。'"

的批評爲基礎對崔滋的四六文觀念進行了考察。以下對本文的觀點做如下的總結：

高麗時期四六文較之古文更加盛行。四六文這一名稱依中國唐代的李商隱而産生，包括表、狀、啓、箋等各種文體，與後世所使用的駢儷文、儷文等名稱相比，所包含的範圍相對較狹窄。高麗時期四六文作品相對較多，因此，詩話、詩文評《補閑集》中也收録了不少文論中大多也關涉四六文。

崔滋在《補閑集》認爲，四六文源自於魏晉時期上呈給上官的公文，到了隋唐時期，由於受到律賦的影響，四六文遂逐漸定型。崔滋的這一觀點，與後來的李瀷與李睟光等人的觀點并無很大的差别。另外，對於高麗時期四六文的文風，崔滋認爲柳和之類文人所寫作的四六文，不僅句子很長，而且多摘抄前人的陳句。同時他還将金富軾視作高麗時期四六文寫作的典範作家，對於時人模仿林宗庇、鄭知常與李奎報的表文持反對態度。

崔滋將金之岱與晉陽公崔怡執政時期尚州牧使所寫四六文視作代表性的作品，并對這一作品有簡短的評價。通過這些評價，可以看出，在崔滋看來，在寫作四六文時決不能爲了追求對仗而寫出一些違反事實的句子。這一主張與《破閑集》與《櫟翁稗説》中李仁老與李齊賢的主張是一致的。特别值得注意的是，李齊賢爲了證明這一觀點，在其《破閑集》中引用了《補閑集》中的内容，由此可見李齊賢對崔滋的觀點持接受的態度。然而，崔滋的觀點較之李仁老與李齊賢的觀點又深入了一層，《補閑集》中不僅有針對對仗的批評文字，還有針對“叙事”的批評文字。

本文對《補閑集》中收收録的崔滋的四六文品評進行了分析，籍此對高麗時期的代表性文學評論家崔滋的四六文觀念進行了考察。儘管如此，對崔滋的四六觀進行考察時仍有一些不足之處。特别是，本文中對於崔滋反對的李奎報的表文僅作了簡單的提及，另外對於被崔滋視作高麗時期四六文典範的金富軾的文章也未作細緻的分析。這些遺憾只能留待將來以作進一步的探討了。

作者簡介：

張玲玉（1989— ），韓國學中央研究院博士研究生，發表有《由〈補閑集〉看崔滋的四六文批評》等論文。

四六駢儷文的去向*

[日]大曾根章介撰　蒙顯鵬譯

内容摘要：平安時代的文章以駢儷文爲主，且有多種作文指南書。平安時代的《作文大體》對文章的"發句""傍字""長句""隔句"等各要素進行了解析。《王澤不竭抄》則觸及了段落安排等具體作法。室町時代的《文筆問答抄》將《作文大體》的句型解説與《王澤不竭抄》的文章段落説明相結合。鐮倉之後的禪林文人多以笑隱大訢的《蒲室集》爲行文典範，産生了諸多如《江西和尚四六口傳》的四六文作法書，對疏文有了更爲具體的格式與内容要求。江户時代駢儷文受到排斥，仍有少數作家如林梅洞仍堅持駢儷文的寫作。

關鍵詞：四六駢儷文；《作文大體》；《王澤不竭抄》；《文筆問答抄》；《江西和尚四六口傳》

一

平安時代的文章以華麗的對句爲中心構成，通常被稱爲四六駢儷文。然而其特徵并非僅在於以四字六字句爲主的構造，除此之外，音律選取上的和諧、表現上的種種技巧，以及使用藴含典故的辭句等，皆是駢儷文顯著的特色。毫無疑問，這受到了中國駢儷文的影響。從當時的文話可以看出，當時的文人在作文章時無不苦心孤詣。這是由於他們的活躍範圍被限定在逐漸狹小的文壇，自然不得不通過詩文來求出人頭地；再則，當時的公文書都以駢儷文寫成。博士所作願文、申文等，也與中國的《文選》《白氏文集》一道，爲人們所稱道(《枕草子》八八段、二一二段)。然而遺憾的是，被稱贊的并非文章的全體，而是其中的對句，它們被單獨抽出、鑒賞。通過當時逐漸流行的"朗咏"，日本人的佳句被廣爲傳唱。試翻開《和漢朗咏集》即可知，所收録的長句與詩句不同，主要以平安時代的文人爲中心，并且大多數是對句(大部分是隔句對)。另外，當時的文話絶大多數也是圍繞對句的文人軼事。

由於當時的文章以對句爲中心而構成，毋庸置疑，對仗的工拙關係到文章工拙的評

* 譯者注：本文原發表於《文學・語學》季刊(第70號，1974年1月)。内容摘要、關鍵詞爲譯者所加。

價。文人在一字的置换、一句的構思上費盡心思。這樣的創作態度在現代看來,也許會顯得喧賓奪主,但由於文章的價值在於對仗的工拙,并且無法避免被同時代的人批評鑒賞,這也是无可奈何的事。藤原明衡所編纂《本朝文粹》收録的就是以這樣的態度而創作的文章之精粹。編者的意圖是搜集當世的美文并確立後世作文的範本。并且,由於佳句因朗誦而膾炙人口,不難想象到後世將其放在案頭并作爲創作的行文規範。本文的目的在於研究以《本朝文粹》文章爲典型的平安時代駢儷文在後世是如何被品讀以及如何變遷的。

二

平安時代的學者爲童蒙教育而撰寫了各類作文指導書。人們熟知的有菅原是善的《東宫切韻》,大江朝綱的《倭注切韻》,源順的《作文大體》和《新撰詩髓腦》等書,而這些書籍想必大部分是關於文(詩)的,幾乎無從瞭解其全貌。至於院政時期藤原宗忠撰的《作文大體》,則是關於文與筆(文章)的解説。對其中文章的相關條目進行歸納,可分爲“筆大體”和“文章對”兩部分,前者是對構成文章的句型解説,後者則是關於句子對屬種類的説明。爲了後文的説明,這裏先列舉一下《筆大體》(觀智院本)[①]。

> 發句:施頭。夫。夫以。(中略)如此類言皆名發句也。或一字二字。或三字四字。無對。
>
> 壮句:三字有對。發句之次用之。但賦及序未必用之。隨形施之。可調平他聲。
>
> 緊句:四字有對。或施胸或施腹或施腰。賦多可施胸云云。可調平他聲。
>
> 長句:從五字至九字用之。或云十餘字。有對,可調平他聲。或施頭施腹。賦或猶見可施腹也。
>
> 隔句:有六體。輕重疏密平雜也。輕重爲勝。疏密次之。平雜次之。六體同可調平他聲。
>
> 輕隔句:上四下六。重隔句:上六下四。
>
> 疏隔句:上三,下不限多少。
>
> 密隔句:上五已上,下六已上。或上多少,下三有體。
>
> 平隔句:上下或四或五。
>
> 雜隔句:或上四,下五七八。或下四,上亦五七八。

① 本文文本采用小澤正夫博士的《作文大體的基礎性研究》(《説林》十一號)的《校訂作文大體》。

漫句：不對合。不調平他聲。或四五字、七八字、或十餘字也。或施頭，或施尾。或代送句。

送句：施尾。者也、而已（中略），此等類言皆名送句也。或一字或二字。無對。或云：詩有對筆不對。

傍句：且。就中等也。如傍句。

這些句子經過適當的排列而構成一篇文章，從當時的文章可知，對句就是文章的生命（特别是隔句對）。换言之，可以把做文章看作是以對句爲中心、插入發句和傍句的創作。《作文大體》是文句的運用排列的範本，載録紀長谷雄的《仁和寺圓堂供養願文》《畫虚空藏菩薩贊序》、兼明親王的《御筆御八講問者表白》、慶滋保胤的《石山奏狀，請被降宣旨停止寺前用釣網狀》四篇文章。這些文章由於文體各有不同，在文章的形式上多少會有差異，但都是與佛事相關的，并且作者都是《文粹》與《和漢朗咏集》中收録作品的當代代表性的文人。這也表明《文粹》成爲了作文的模範，并且在佛事供養興盛的背景下，這些文章更是順應了社會的需求。

隨着時代的變遷，《作文大體》也逐漸增加了條目内容，特别是在《諸句體》和《文章對》中的傾向尤爲顯著。在《諸句體》（東山文庫本和成簣堂文庫本）中，關於隔句對列舉了從"上三下六"到"上十三下七"的五十二個用例（多是《文粹》的文章），并云"已上隔句其體甚多，然而世之所用，大略不可過斯也"。由此可見隔句對在作文中的被重視程度。此外，《文章對》也從東山文庫本的八對增加到柳原文庫本及類從本的十二對，這也可以説反映了人們在對屬技巧上苦心經營。正是受到這一潮流的影響，弘安十年了尊編撰了《悉曇輪略圖抄》[①]。其卷七《文筆事》里列舉了發句、傍字、長句、輕、重、疏、密、平、雜、壯句、漫句、送句的句型和例句（無説明），有些與《作文大體》的引例相同，其他的例子也大多從《文粹》中引用。這是因爲當時的僧侶爲了寫禱文與表白，需要掌握駢儷文的知識。

實際上從平安時代開始到鐮倉時代，已經産生了僧侶創作的表白與願文的類聚。《澄憲作文集》和《言泉集》《海草集》《轉法輪抄》等就是其中具有代表性的作品，所收録的文章幾乎都是駢儷文。這些文章與《文粹》等收録的作品相比，篇幅小且帶有很强的和臭味[②]。然而作爲平民啓蒙，僧侶們以通俗易懂爲目標，因此也可以認爲这是理所當然的事情[③]。但是這些文章時以平安時代的駢儷文爲範本，不單是對其中佳句加以潤色，也將原文收録其中。例如《言泉集》的《亡息悲嘆》條收録了大江朝綱的《爲亡息澄明四十九

① 《大正新修大藏經》第八十四卷所收。

② 譯者注：和臭味，指漢文帶有日語特徵。

③ 在山岸德平先生的《澄憲及其作品》《海惠僧都的海草集》（《日本漢文學研究》所收）中有詳細敘述。

日願文》,《亡妻夫婦儀》條收録了其《爲重明親王家室四十九日願文》的一部分;《無常事》裏記載着慶滋保胤《勸學院佛名回文》的文章;《澄憲作文集》中《五七日善》條録朝網的"生者必滅,釋尊未免栴檀之煙",以及《老苦相》條録大江匡衡的"太公望之遇周文,渭濱之波疊面"等佳句,均是從《和漢朗咏集》中采録而來的①。雖然這些都是爲了對平民進行説教而使用的,但是其重點却在於適合朗咏唱導的對句。這在作文中也會遇到相同的情況,試翻閲一下對藤原通憲的文章進行整理分類的《筆海要津》便可知道。

《作文大體》中,主要説明如何由各種不同的句型經過適當排列而構成文章,但是對應當如何寫、前後的章段之間的關係并没有觸及。以段落爲中心闡述文章内容的作文指南書,則要數完成於鐮倉時代的《王澤不竭抄》。該書上卷言文(詩)下卷言筆(序和願文),是作者對以往的文章進行分析歸納後形成的一種文章論。詩序(詩宴的序)分五段進行説明,第一段有"美亭主之敏思名譽""賦地形之勝絶奇異""述時節之勝他時""咏景物之超異物"四類,都需要根據時節場所的不同進行區分使用;第二段承接前段描寫景物,第三段用華麗的詞句點題,第四段是贊美詩宴盛會的佳句,第五段一般會以序者的謙辭作爲結尾。其中,第三段和第五段在形式上需要嚴格遵守,其他段落則無此規定,但需要進行適當的取捨安排以連綴秀句。另外,願文(追善供養的願文)分十項進行解説,第一項有"世間無常""孝行儀""佛法贊嘆""悲嘆哀傷"四類情況,二是聖靈存生之態,三是生病之態,四是逝去之態,五是相關人員悲嘆之態,六是從死去到追善的天數,七是修善佛經的内容,八是時節景物,九記録往昔因緣,第十項以迴向語結尾。當然,願文有長有短,并不是所有的願文都必須具備這十項内容,需要根據不同的情況進行條目的取捨和詞句的增減②。只不過該書的作者把《文粹》卷十四中菅原輔正的《元融院四十九日御願文》作爲願文的典型收録進來,項目的沿襲以及章段的劃分都充分顯示了《文粹》作者的文章已經成爲了範本。將平安時代後期文人的文章作爲和歌序的範文刊載其中,并且願文各條目的例句也引用《文粹》願文的章句,由此可見,平安時代的駢儷文在支配着當時的文章。

之後,室町時代印融所著的《文筆問答抄》,則是將《作文大體》的句型解説與《王澤不竭抄》的文章段落説明相結合,摘取《文鏡秘府論》中關於句端的記述,并就其他文體的文章構成進行廣泛論述。印融通曉内外典籍,寫下了六十部龐大著述,在文章作詩法上有濃厚的興趣③,已經執筆完成《三教指歸文筆解知抄》,全文按句型分類,對空海的駢儷文進行解讀。該書的文章論,除了從《王澤不竭抄》引用的願文説明外,其他的文體全都是按句型分類的。由此可見,即使引用的例文有所不同,也能够知道他的文章觀是基

---

① 拙稿可參照《本朝文萃對後代作品的影響(下)》(國語和國文學,昭和三六年二月)。

② 拙稿參照《關於平安時代的駢儷文》(《白百合女子大學研究紀要》第三號)。

③ 有關印融的事迹在伊藤宏見的《印融法印的研究》中進行了詳細的敘述。

於平安時代的駢儷文的産物。這種文章觀也在元和九年伊予松山的報譽無住寫的《諷誦指南集》里留下了痕迹。

在公家的世界里，官方的文章一般都用駢儷文書寫，從他們對典章故實的尊重姿態來推斷，不難想象駢儷文受到特別的重視。《實隆公記》（永正三年六月廿六日，享禄二年十月五日）關於《文粹》講義的記載，也顯示着平安時代的駢儷文已成爲公文書寫作的範本。并且，將詞句熟語進行分類編纂的《文鳳抄》《擲金抄》等，在撰寫文章時毫無疑問地起到了類書的作用。這樣一來，平安時代的駢儷文成爲貴族和僧侶的官方文章自不必説，還成爲了唱導書的規範。而且其中的佳句，通過朗咏和唱導廣泛地滲透到庶民之間，同時也影響了中世的假名文學。

三

從鐮倉末期到室町時代，文化的中心有集中於禪林的傾向，禪僧們效仿宋元的禪林風潮，創作了許多優秀的文章。林羅山關於禪林文章的變遷有如下記載：

> 至足利氏領天下兵馬之權，洛陽五山諸師之以文字禪名于時者，間出也多矣。於是乎天下之文章，皆流於禪，更無言儒者。悲夫！南禪寺信義堂、相國寺津絶海，草創之裨諶乎？少林巖惟肖、建仁派江西，討論之世叔乎？嚴東沼、澤天隱、三横川，修飾之子羽乎？村庵、雪嶺、月舟、常庵，潤色之子産乎？於是乎禪林之文章，集大成者也。禪者之文章内，莫難於疏。所謂“四六八六，錦上添華”者是也。善疏者莫過於此諸作。設使訢蒲室再生不能絶也。（《羅山文集》卷六十六）

由此可知，室町時代的學問文章全部流向禪林，可以這麼説，其文章是由義堂周信、絶海中津草創，經惟肖得巖、江西龍派的摸索，由東沼周嚴、天隱龍澤、横川景三加以修飾，更有村庵靈彦、雪嶺永瑾、月舟壽桂、常庵龍崇的潤色後最終完成的。其次，在禪林文章中，由四六句構成的“疏”是最難的。出自他們之手的疏文，其華麗之處，甚至可以説是凌駕於創作出《蒲室疏法》的笑隱大訢之上，稱這爲最高級的贊美也不爲過吧。這評價也與安積澹泊的一段話相符：

> 虎關、中巖、義堂、絶海、夢巖、雙桂諸大老，皆以文字禪名於一世。其餘雪村、蘭室、村庵、瑞溪諸老宿，亦能維持文衡，雄處騷壇。四六之工，頡頏宋元，北磵、蒲室恐不足多也。（《澹泊齋文集》卷五《寄但州興國寺住持百拙和尚書》）

可知禪林的詩僧工於四六文,特别是"禪林之華"的疏文。疏是從下往上提交的公文書,分入寺疏(關於住持新任的疏)、淋汗疏(每年盛夏募緣入浴費用的疏)、幹緣疏(化緣簿)三類[①],但只要翻閱《蒲室疏》即可知,入寺疏是占絶大多數的。這些文章幾乎都是用四六駢儷文體寫成的,疏文的巧拙可以反映作者的文才。但是由於當時的禪林引進、閱讀的是韓柳和歐蘇的文集,所以一般認爲受到宋代文章觀的支配。這一觀點也可以從虎關師錬給藤丞相的回信(《濟北集》卷九)中得到證實。

> 夫文者有散語焉,有韻語焉,有儷語焉。散語者,經史等文也。韻語者,詩賦等文也。二語共見虞夏商周以來諸書焉。儷語者,表啓等文也,出於漢魏之衰世矣。劉子曰:"文章與時高下。"因此而言,儷語卑矣。漢末以降,三國兩晉用偶語,至南北朝尤盛焉。唐興而改南北之弊,故斥楊王盧駱之儷語,復韓柳之古文。古文者,雅言也。雅言者,散語也。唐亡而爲五代,又用偶語焉。宋興而救五代之弊,故又斥西昆之儷語。復歐蘇之古文。故知散語者,行於治世;儷語者,用於衰代焉。又夫散語有韻有偶,韻語有散有偶。儷語闕焉,崇古文卑四六者是也。

虎關師錬將散語、韻語分開,分别討論各自文體的變遷歷史,散語行於治世,儷語行於衰世,因而前者更勝。洪邁云"舊説以紅生白熟,腳色手紋",認同散語中的對偶,也肯定了人們尋求文章對偶美的感情,這是指自然的對偶,區别於刻意賣弄的駢儷文。虎關師錬論及日本的駢儷文,由於遣唐使渡海求學的時代在初唐四傑之後、韓柳出現以前,其習氣一直傳到了後世。虎關師錬認爲文章之妙處在於天然渾成,推崇格調韻雅(《濟北集》卷十二《清言》),立足於韓愈文章爲貫道之器的文章觀(同上卷十二《通衡》),贊美孔孟道德溢餘之文,輕蔑游夏仁義外餘之文章(《禪儀外文序》)。《隨得集·學窗吟》説龍湫周澤以"去陳言、文章求真去僞"爲座右銘,與此異曲同工。虎關師錬深知禪林疏榜必不可缺,因此四六文也是必要的。爲啓蒙疏榜的法格體裁,他編纂了《禪儀外集》。另外,《虎關四六法》[②]最體現對於四六文的關心。該書對句型的説明幾乎與《作文大體》的《筆大體》《諸句體》相同。并且隔句對的例子多與《作文大體》一致(雖然都是《文粹》的章句),可知他是以《作文大體》爲樣板的。虎關師錬似乎將平安時代作當作禪林四六文的規範(雖然實際上是參考了宋代的駢文)。關於他的四六文,正如後來仲芳圓伊的《四六法》[③]所説:"中古以來盛行之(筆者注,四六文)。率用宋朝文法。是故關翁《禪儀外文》擇而載之。三四十年來,稍用大元法度。"桃源瑞仙《蒲室抄》云:"日本上古無疏之物

---

① 玉村竹二氏《五山文學》一四一頁。

② 收録在《天隱和尚四六圖》(彰考館藏)中。

③《蒲室抄》及《鼇頭箋注蒲室集》(均藏於尊經閣)的卷首可見。

也。始於中古虎關之時代也。此時學宋之四六也。”與後世的四六文劃清界綫。瑞仙《史記抄》(卷六)云：

凡日本《文粹》中所録皆佳文也,如何今者零落如斯!

與其説這是在稱贊《文粹》是作文的典範,倒不如將之理解爲對《文粹》華麗對屬的贊美更爲合適。創作四六文需要有豐富的古典知識和卓越的文筆能力,因此詩僧們孜孜不倦,慘淡经营。瑞溪周鳳作四六文一定請惟肖得巖披閲(《卧雲日見録拔尤》,享德元年五月五日),太白真玄每每製疏都尋求师父絶海中津的講解(同上,寬正三年十二月五日),綿谷周瓞因平生多病而没有創作四六文(《禪林僧傳》卷二),江西龍派言,每得出一個對句就要參考《蒲室集》(《蒲室抄》),都表明了當時詩僧們對四六文的態度。

正如景徐周麟所述,“蓋禪四六之盛行於世也,始於蒲室”(《翰林葫蘆集》卷八《四六後序》),禪林的四六文以笑隱大訢的《蒲室集》爲行文典範。他的疏榜書法由渡海的絶海中津帶回日本,其門下名僧碩德輩出,代代繼承。惟肖德巖、太白玄真、仲芳圓伊等,以《蒲室疏》爲基礎而别出機杼衍生出新的流派,出現了如江西龍派、心田清播、瑞溪周鳳等作手,空前鼎盛[①]。其文章可以稱得上“其體格也,有蒼老而敷腴者。其句法也,有勁正而婉娩者”(《四六後序》)[②],足以成爲典範。詩僧們充滿熱情創作四六文的同時,還撰寫四六文作法書,積極推進傳播啓蒙。仲芳圓伊《伊仲芳四六之法》、江西龍派《江西四六説》、天隱龍澤《天隱和尚四六圖》、常庵龍崇《常庵和尚四六轉語》等就是其中具有代表性的作品。一方面,《蒲室集》講義也在進行,成書的有《江西蒲室四六講時口傳》和月舟壽桂《蒲根》[③]、桃源瑞仙《蒲室抄》等。

江西龍派將疏的構成分十段進行説明(《江西和尚四六口傳》)。第一部分的蒙頭使用隔句,以輕隔句爲佳。第二部分的結句爲直對,連接蒙頭,下面寫“共”“惟”二字。第三部分的“八字稱”以四言一對爲主,贊頌新命和尚的品德。第四部分的“師承”以隔句一聯描述其人。第五部分的“和句”为直對,字數不定,用以承接上下的理法。第六部分的“實録”用隔句一聯,將事實如實陳述。第七部分再現用和句(没有亦可)。第八部分的“自叙”寫直對一聯,以八字爲主,謙卑地描述自己。第九部分的“隔句”要求將前面寫的自叙與之後該人的事迹構成對聯。第十部分的“祝語”以直對結尾[④]。雖然關於疏的

---

① 依據瑞溪周鳳的《四六後序》和桃源瑞仙的《蒲室抄》等,并參照芳賀幸四郎博士的《中世禪林學問以及有關文學的研究》三六五頁,玉村氏《五山文學》一六九頁。

② 該文章是基於無文道粲的《雲太虚四六序》(《蒲室抄》收録)中的“勁正而婉娩,暴白而停蓄,蒼老而敷腴,叙事無剩詞,約理無遺意”。

③ 未見。或與月舟的《鰲頭箋注蒲室集》有關係。

④ 參考小西甚一博士的《文鏡秘府論考研究篇下》一五〇頁。

内容和用字有着各種各樣的規定①,但是可以看出,其中將直對和隔句對適當搭配,以達到文章對稱協調、抑揚頓挫的目的。從他的解釋來看,禪林四六文在構成上與平安時代性質迥異。首先隔句對不能連續使用,直對雖然可以連用但原則上不能超過三對。另外,八字稱以下筆力弱者以二對隔句對爲宜,也同樣禁止使用相同的隔句對,且要求避免全文達到九對以上。這與《江西蒲室四六講時口傳》的句型説明幾乎一致。由此可知,禪林四六文最先使用發句,長句只限八字句,禁用三對,原則上不用漫句、送句。此外,四字直對的八字稱還要求調整第二字的平仄。由於禪林四六文的中心在隔句對,在此引用其説明文字。

> 隔句中有六科。輕句、重句、疏句、密句、平句、雜句,有此六科。
>
> 輕隔句上四字,下六字,此本也。開頭可用輕隔句。
>
> 重隔句上六字,下四字也。
>
> 疏隔句上三字,下多至七字八字九字。今不用此。
>
> 密隔句上多至七字八字九字,下三字。
>
> 平隔句上下六字之句。
>
> 雜隔句上三字,下多至十二三四字;上十二三字,下三字。又上八字,下四字,又上四字五字,下八字九字。
>
> 今用雜隔句、輕隔句、重隔句三種。
>
> 上已用四字,且下又用四字,無法度也。
>
> 今之四六,九字以上多不可用。

將之與前述的《作文大體》對比可知,平隔句和雜隔句的内容有所不同,也有不使用的句型。如《文心雕龍·章句第三十四》所述,"四字密而不促,六字格而非緩",自古以來駢儷文就被認爲四字句和六字句得緩急之宜,而禪林則尤其重視音律方面。因此最忌諱上下字數均等的平隔句,這也是可以理解的。

在此我想列舉一下禪林四六文和平安時代的作品之間主要的差異。第一,如前述的虎關師鍊的書簡所云"儷語者表啓等文也",四六文是官方文章,僅限諸如疏和榜(從上至下傳遞的文書)、啓札(禮儀性的書翰)②等文體,而普通的文章則基於宋代以後的文章觀,使用散文來書寫。《臥雲日件録)(享德元年五月五日)云:

> 予永享乙卯歲。作《松鷗齋記》,呈雙桂,頗美之。四六則每作無不呈雙桂。至

① 玉村氏的《五山文學》中有詳細叙述。

②《江西和尚四六口傳》(《天隱和尚四六圖》所收)云:"凡啓札十對也,十二十三對法也,十四五無法度也。"

於散語,則只兩篇耳。《松鷗記》其一也。

由此可見一斑。與平安時代駢儷文幾乎波及到所有文體不同,從這點來講,可以説這是一個以散文爲中心的時代。

第二,四六文的構成有一定的規矩。平安時代的駢儷文,無論文體如何,都以對句爲中心,通過各種句式的排列而成文章,對於句子的位置没有嚴格的要求。諸如辭表或奏狀這樣的公文在書寫方式上有一定的規則,正如《王澤不竭抄》所示,序和願文記載的内容和順序也有隱形的規範,但句型和句式并無限定條件。然而,禪林四六文,如上所述,在文章的段落和應使用的句型,甚至在内容和用語上都有嚴格的限制,需要更高更巧妙的技法。第三,關於對屬的看法有很大不同。不用説,對句相對應的句子不僅要字數相同,對應句中的各詞也必須由同一詞性構成。而禪林四六文却没有嚴守這一規則,在《蒲室抄》中對《珠龍淵住碧雲行院疏》的隔對句"七閩知識有巖頭雪峰,赫如杲日;臨濟法道至首山風穴,危若懸絲"有如下論述:

"七"字與"臨"字不對也。蕭云:"七"字爲附字,"閩"字爲本。"臨"爲臨"濟"之施動,此"濟"字亦爲本,以本字爲對。舟云:無此事,隨意對也。

七閩指福建省,爲地名。臨濟爲寺院名,是宗祖義玄居住過的地方,所以成對。而"七"與"臨"的位置是要求成對的。關於這一點,不得不説蕭庵(正宗龍統)的解釋近乎詭辯。先輩尊宿認爲《湛堂法師住上竺江湖疏》的八字稱"道之行矣,其在玆乎",其中"道"與"其"不對仗,而村庵云"蒲室等之字對不可論也",月舟則云"蒲室等之字對不瑣細",反駁《東嶼和尚住靈院行宜政院疏》的村庵評,與其相通。當然,這不是後學值得效仿的地方。與句型音律的嚴格戒律相比,字對就没有産生那麽多的問題了。相比平安時代的詩話文話多是關於字對的,會使人産生一種截然不同之感。與此相關,禪林四六文的對句種類很少,完全不見前人技巧性、遊戲性對屬的影子。

第四,關於引用古典的態度存在差異。原本駢儷文的特色就在於使用典故古語,追求表現的華麗典雅。王銍的《王公四六話》云"四六尤欲取古人妙語以見工耳","須要古人好語,换却陳言",都表明了剪裁古語在四六文創作中的不可或缺。謝伋的《四六談塵》云"四六經語對經語,史語对史語,詩語对詩語",甚至連辭句的出處都作明確規定①。衆所周知,五山詩僧閲讀量龐大,古典知識相當廣泛②,但他們在創作四六文時,却比以前

① 從《鰲頭箋注蒲室集》卷首的《王公四六話》《四六談塵四六談塵》《辭學指南》(本書由《玉海》引用)中摘録了關於四六文的句子,但也暗示了禪林的詩僧們熟讀宋代文學論并以之爲參考。

② 在芳賀幸四郎博士的《東山文話的研究》中有詳細叙述。

的人更爲細心。《蒲室抄》云：

> 凡疏語，可用醫書巫筮之書或當世之書。當世書之語可用也，當世書之故事不可用也。五經之語當以五經對，不可以詩語對。試看荊公對云，漢書以漢書對，梵語以梵語對。
>
> 凡疏以五經、史漢文選等之語爲本。若論以何書爲宜，僻書之語不可取，今古皆同。

可見他們對於剪裁古典的態度。但是，禪林文章在性質上須要特殊用語，如佛祖語和禪語。隨着時代的變遷，其比重也隨之增大。《瑛石室住昌國州隆教寺杭諸山疏》解説云：

> 雙桂之時，喜文語而少禪語。其後江西、心田以來，定文語、禪語各半之制。雖然，而文語尚多。不宜全用禪語，亦不宜全用文語。凡應平分，諸老皆如此。

由此可見一斑。禪林四六文不同於普通駢儷文，有其特殊性。

第五，提出平仄的問題。據平安時代的作文指南書記載，駢儷文只對句末的字有平仄要求。這在禪林四六文也是一樣的，只是更爲重視八字稱的肩聲（第二個字的平仄）。《蒲室抄》云：

> 古尊宿仲芳等，極重八字稱之聲律也。言第二字也。

雖然老作手也有不讲聲律的作品，但同时勸誡初學者絶對不能無視聲律。而且，如果在更後面的直對（自序）也是緊句的話，就更要求平仄。若是長句，則可放鬆要求。本來中國的駢儷文就要求每兩個字便有明確平仄要求，這是因爲重視朗讀時聲音的抑揚。由於日本不用漢語朗讀，所以從重視詩病轉移到重視句末的平仄形式。從這一點來看，禪林四六文可以説比前代更爲重視音調的抑揚。

如此看來，禪林四六文與平安時代相比，更需要高度的技巧。它與前代的四六文毫無關係，只在禪林這一特殊世界裏流行，正如前文所闡明的，禪林四六文是《蒲室集》的四六文爲基礎而形成的。那麼，大顛梵千的《四六文章圖》，將之與儒家四六文進行區别説明，這應當是較爲妥當的。

禪林的四六文創作日漸繁盛所帶來的負面結果，正如瑞溪周鳳所感嘆："今時四六，唯以對偶爲好。故意不到者，十而八九也。"（《卧雲日件録拔尤》，文安五年二月十二日）

景徐周麟則諷刺云:"近代學者不古,割截百蜀錦,補綴梅花衲,以欲衒賣於人之耳目。而天吴顛倒,不可甚見。"(《四六後序》)無視内容、注重形式的陋習出現已經成爲不可否認的事實,所引起的風潮日漸盛大。不過,透過舊東寺觀智院藏《翰林辭》(寬文十三年寫)、江户初期的《四六文章圖》和《文林良材》等可知,禪林四六文的創作方法作爲後世的作文指南書被繼承下來,其影響的範圍雖然狹小,但也波及到了禪林以外的地方。

四

到了江户時代,形勢大變,四六文遭到了否定。隨着朱子學説的興盛,載道主義開始被廣泛信奉,文章只剩下了彰顯道德的價值,先秦的文章以及復興先秦文學的韓柳文章受到重視。藤原惺窩評議駢儷文"大抵四六文辭等,雖非志道學者之所必,古今之變亦因焉"(《惺窩文集》卷十一),只承認它在考察文章變遷中存在一定資料價值,輕視《文粹》中的文章,以爲"其所見則不足言"(《羅山文集》卷三十二)。林羅山曾教導作文要以古文爲師(同上卷六十六)。其子林鵞峰虽然在日本古典上造詣頗深,并且较为宽容,但是對此的態度也没有改變。在他給人見卜幽的信件(《鵞峰文集》卷十九)中云:

> 顧其文之爲體,則以駢儷爲要。而一類一體,蓋窺六朝之藩籬者乎?想夫此時韓昌黎集未行於本朝,故不知學古文乎。(中略)若使此輩見韓文,則此惑亦可少解乎?可以惜焉。

盛行于六朝的駢儷文是從政治道德中獨立出來的,而平安時代的駢儷文不以經世裨益爲目的,遭到否定也是理所當然的結果了。

然而,當時依然有愛好駢儷文并爲之努力的儒者,即林鵞峰才華横溢却英年早逝的嫡子林梅洞。林家的學者作爲官學的總帥,受幕府之命編纂《本朝通鑒》,接觸日本古典的機會很多。梅洞也爲了修史而進行文獻的收集和摘録校訂,在閑暇之餘仍努力練習駢儷文。《國史館日録》(寬文五年二月十七日)記載了其中情况:

> 信也(梅洞)筆記之暇,一周覽《本朝文粹》加朱句了。匪啻便於記事,論其文章。故逼日駢儷之文,漸漸進步。可喜。

鵞峰在品隲《本朝一人一首》的作品,而事實上收集資料的却是梅洞。他自己也著有《史館茗話》,收集王朝詞人軼事。所以,關於平安時代駢儷文的知識,在當時他可以説是首屈一指的。他還把古人的文章作爲自己駢文創作的典範。在悼念亡父林鵞峰的《西風淚露》中如此稱贊其駢文創作的才能：

> 且好駢儷體。頃歲修史之次，讀《本朝文粹》。見菅江先輩之作。參之於六朝之群作，而能長其體，巧作其語。

《梅洞文集》（卷九）收録以《駢儷雕蟲》爲題的自創對句（隔句對），是其他儒者的作品所無的獨特類型。他的存在與衆不同，不得不説是他的嗜好才能與環境的使然。

除他以外，江户時代的儒者對駢儷文進行徹底攻擊排斥的例子不勝枚舉。元政在《古文真實諺解大成》叙（《草山集》卷一）云："若夫王楊盧駱之儷語，既非古文之雅言，豈足以傳道也哉。"安東省庵也曾痛駡駢儷文是"無用之言，妨真害道"。（《省庵遺集》卷五）

此外貝原益軒論日本文章云：

> 顧其所作，皆是以浮華妝飾爲工，以彫章績句爲務。其所志不過乎艷麗其辭賦，媚其句而取悦於人之耳目而已。非爲論道記事之精明質實而作也。（《自娱集》卷二）

極論軟弱俗文有失雄健古澹淡之趣。不單是朱子學派的儒者持這一態度，就連注重修辭的古文辭學派也毫無差别。例如在平野金華給安積澹泊的書簡（《金華稿删》卷五）中痛斥六朝駢儷文"悉皆束之高閣，瓦石不顧"，山縣周南在《作文初問》中將駢儷文比喻爲施鉛粉之妝的婦女。即使是有些善意的儒者稱贊平安時代漢詩文興盛，他們也不能接受駢儷文。友野霞州在《熙朝詩會》的序中攻擊駢儷文的弊端：

> 菅江二氏，世濟其美彬彬焉，可謂盛矣。然爾時文崇駢儷，詩崇白傅。末流之弊，終於萎薾不振。

賴山陽也在《拙堂文話序》（《山陽遺稿》卷九）中云：

> 寧樂平安之盛，文在公卿，而敗於唐初駢體。

嘆息駢儷文給日本的文運興盛沾上了污點。松本奎堂也曾在給友人的書簡（《奎堂文稿》卷二）中提到王朝的文章：

駢四儷六，斗靡競華。隋李諤所謂風雲之狀，月露之形者，於是乎在焉。雖至連篇累牘，亦無資於治乱之理，經濟之業也。

强調其缺乏政治貢獻的缺點。

當時的儒者多如伊藤仁齋《文式序》(《古學先生文集》卷一）所述，將文章分爲儒者之文（古文）與文人之文（駢儷文），持非此即彼的嚴厲姿態。而且，他們以經世濟民爲第一要義，絶對不允許輕視内容而注重文章修飾的做派。只要他們堅持這樣的態度，駢儷文被否定也就是理所當然的事了。自古以來日本的駢儷文也不能免於他們的責難。縱使平安時代的文章受到贊美，那也是對在當時的社會環境之下，儒者積極引進和品味中國文學的努力而言的。并且，與中世以後文運衰退相比較，他們的態度也許就更加明確了。駢儷文站在歷史的角度上看是被認可的，但在文章的本質上却被劃上了一條無法容忍的綫。回溯日本文章的變遷，儘管駢儷文在相當長的一段時間裏被廣泛地傳播，但終究是躲不過滅亡的命運。而且，正是因爲曾經綻放過絢爛華麗，所以當其衰微瓦解之時不禁使人産生一抹凄凉之感。

作者簡介：

大曾根章介（1929—1993），畢業於東京大學文學部，1971 年獲文學博士學位。歷任東京大學助手、共立女子短期大學教授、中央大學教授。著有《王朝漢文學論考》《日本漢文學論集》。

譯者簡介：

蒙顯鵬（1988— ），畢業於日本九州大學，現爲廣西師範大學師資博士後。從事宋代文學研究、域外漢籍研究。

本朝文粹的文章*
——以駢儷文爲中心

[日]大曾根章介撰　蒙顯鵬譯

内容摘要:平安時代的漢詩文非常興盛,人們通過"朗咏"來欣賞這些作品。《本朝文粹》聚集了平安時代的秀句,通過探討《本朝文粹》的文章特點,可以更立體地觀照被廣爲朗咏的日本秀句的性質。與《文選》駢文以四六單對爲主不同,《本朝文粹》以四六隔對爲中心,是受到了唐代賦的影響。《本朝文粹》的對句可以借用《作文大體》與《文鏡秘府論》中提到的色對、物對、同對、異對、數對、疊對、聯綿對、正對、音對、傍對、義對、雙對等十二種對來分析。《本朝文粹》的文章由於多受到天子、大臣的要求而作,因此才華被束縛在駢儷的狹小世界之中,絢爛華麗的同時也產生了類型化的弊端。

關鍵詞:《本朝文粹》;駢儷文;朗咏;《作文大體》;《文鏡秘府論》;對屬

一

《江談抄・長句事》(卷六)有如下記載:

> 谷水洗花汲下流,而得上壽者三十餘家;地血和味湌日精,而駐年規者五百箇歲。(《群臣賜菊花序》紀納言)
>
> 高五常序,有似此序之作。古人傳云,五常作後,以言被稱。自餘頗催此序,可到佳境,以仍此序云云。

紀納言指菅原道真高徒中納言紀長谷雄。此章句見於《和漢朗咏集》與《本朝文粹》,自從高岳五常模擬長谷雄的詩序之後,模仿的人便多了起來。這則軼聞不僅稱贊長谷雄的文才,更是説明平安中期以後日本先輩的文章已經成爲模範的一個例子。正如清少納言所云"文則《文集》《文選》",當時的縉紳文人們作詩文以《文選》與《白氏文集》爲

* 譯者注:本文原發表於《國語と國文學》第三十四卷第十號,1957年。内容摘要、關鍵詞爲譯者所加。

典範。《文選》與《爾雅》在考課令中成爲進士必讀書目,《續日本紀》(寶龜九年十二月庚寅)記載唐人袁晉卿因精通《爾雅》《文選》而被任命爲大學音博士。衆所周知,《懷風藻》《萬葉集》深受《文選》影響。到了平安時代,宫中屢屢舉行《文選》的竟宴①,《本朝文粹》也是仿效此而被編纂。另一方面,《白氏文集》傳到日本不久便席捲翰林界,帶來這樣一種風潮:假如不學《白氏文集》便會被當作缺乏知識教育的下民而被嘲笑。菅原道真得到"菅家之詩體勝白樂天"的御制絶贊,風光一時無兩(《菅家後草》),大江匡衡以江家三代文集侍讀而自豪,君臨儒門(《江吏部集》)。清少納言捲簾之機智②、紫式部于中宫講讀樂府之榮光,都從中可見《白氏文集》流行的一端。不僅漢詩文,甚至對和歌、物語的影響也不勝枚舉。

然而到了平安時代,從延喜、天曆的和歌隆盛期開始,漢詩文和文化的傾向十分顯著,《文選》中所見六朝的雄大莊重、難解拗硬的文章變得不受歡迎。《白氏文集》被人們所模仿,因而"承和以來,言詩者皆不失體裁矣"(後中書王《和高禮部再夢唐故白大保之作》,《本朝麗藻》)。然而除了其中的詩,在文章上并非人們所必讀。試看《和漢朗咏集》,《文選》僅采録屈指可數的三首,占了唐人詩句半壁江山的白居易之作,文章也只有四小段,其中膾炙人口的也僅"狂言綺語"一首而已。取而代之的是前文所述日本文人的文章。紀家、都家、橘家、藤家等都是在翰林界舉足輕重的鴻儒,將菅原、大江一系列儒門的文章刊刻出來。這些文章爲縉紳文人所誦咏,成爲後世的典範。後世的小説作品多有誇示其才能的軼聞,其慘澹經營、如吐珠玉的秀句,説是與揚馬潘謝之輩爲伍、元白之再生也不爲過。

知足院傳關白藤原忠實所撰《朗咏九十首》叙述了朗咏的由來。左大臣源雅言感動於命菅原文時所作辭表中的秀句,將之作爲秘曲來朗咏,這是最初的由來。該辭表作於貞元二年六月十四日,見録於《本朝文粹》卷四,卷末云:

> 根本源家所咏朗咏
> 極樂尊　第一第二　羅綺重衣　八月九月　春過夏闌　傳氏巖嵐　德是北辰
> 私注:謂之根本七首朗咏歟

後世綾小路敦有著《郢曲相承次第》記云:

> 朗咏者與從詩之咏聲。上古纔七首也。號之"根本七首"。

---

① 譯者注:竟宴,平安時代宫中進講或敕撰集的撰寫完畢后所舉行的宴席。

② 譯者注:清少納言捲簾之事見於其所著《枕草子》。中宫爲試探清少納言的文才,於是問"香爐峰雪如何?"清少納言於是高捲簾幕。其背後的詩句對應白居易"遺愛寺中欹枕聽,香爐峰雪撥簾看"(《重題》其三)。

根本朗咏七首中的唐人句皆是白居易之作,即“第一第二”(《五絃彈》)與“八月九月”(《聞夜砧》)。其他五首都是日本人的長句:“極樂尊”(《紀齊名《詩序》)、“羅綺重衣”(菅原道真《詩序》)、“春過夏闌”(菅原文時《辭表》)、“傅氏巖嵐”(同上)、“德是北辰”(大江朝綱《詩序》)五小段都是《本朝文粹》的章句,僅“德是北辰”收録於《新撰朗咏集》,其他四段收於《和漢朗咏集》。這些日本邦人的秀句在調和着人們的感情。如《朗咏九十首抄》所説,若將源雅言作爲朗咏之祖,那麼可以想像,到了長德、寬弘前後日本本國文人的秀句已經被人們廣爲吟咏。這也可以在《枕草子》《源氏物語》中得到印證。那麼當時貴族們所愛吟咏的章句有怎樣的特點,這就成爲了需要解决的問題。

二

《本朝文粹》編者由藤原明衡所編撰,承襲宋姚鉉編《唐文粹》之書名。編纂體例、門類則明顯仿效《文選》,關於這點。岡田正之博士(《日本漢文學史》)、柿村重松(《本朝文粹注釋》)已有論述。只是二者有十分大的差異:《文選》有四百四十三首詩,與之相對,《本朝文粹》則有二十八首雜體詩,且有《文選》所無的願文(二十七篇)、諷誦文(六篇)等,顯示出《本朝文粹》編纂者的獨創性。由於同一作品也見於《菅家文草》《都氏文集》《江吏部集》,可知藤原明衡在編纂《本朝文粹》時,是參考了諸家文集的。而不選録當代流行的七言絶句、律詩以及奈良時代至平安初期的五言詩,是因爲之前已經有過詩的編纂了。《凌雲集》《文華秀麗集》《經國集》三敕撰詩集撰成百餘年後,村上天皇命大江維時選録承和至延喜年間的律詩,編成《日觀集》二十卷。之後紀齊名編《扶桑集》九卷,收録七十六人的詩作,高階積善編《本朝麗藻》二卷則有詩家三十四人。藤原明衡不選詩的重要原因,當是由於《本朝文粹》作者六十八人中,三十七人見於《扶桑集》,十一人見於《本朝麗藻》,并且藤原明衡本人已編成《本朝秀句》五卷(《江談抄》《本朝書籍目録》),收録了詩賦麗句。總之,藤原明衡編纂《文粹》時將文章作爲重點。并且《文粹》的作者從弘仁横亘長元二百年,以村上天皇、兼明、具平親王爲首,加上菅江二家鴻儒以下,藤、橘、紀、善家等知名詩人學者共計六十八名。正如林羅山云“摭其英華,捃其精粹”,《文粹》聚集了平安時代的秀逸,通過解明其文章,可以更立體地觀照被廣爲朗咏的日本秀句的性質。

三

平安時代的詩人、文人苦其心力、殫精竭慮地創作詩文。由於《隴山雲暗》的長句,菅原文時家的厲鬼不得不避開;由於《簞瓢屢空》的駢儷,橘直幹補民部大輔之闕。(《江談抄》)。因爲詩句文章之秀逸可以實現官位高升、揚名萬世。因此,産生了源爲憲常携囊以臨文場、紀齊名被大江以言擊敗鬱鬱而終(《江談抄》)的軼事,他們的精進努力是可歌可泣的。他們這樣精心製作的文章的特色,一言以蔽之,在於其對屬。和歌的枕詞、緣語相當於漢詩文的種種對屬。對屬之妙可使文章大放異彩,因此,流麗雅趣的章句適合朗咏,而除去對屬,則完全不能成立。《文心雕龍》云:

> 造化賦形,文體必雙;神理爲用,事不孤立。夫心生文辭,運裁百慮,高不相須,自然成對。(《麗辭第三十五》)

這可以説是肯綮之言。

對句最簡單的稱爲單對,甲乙兩句分别字數相同,上下句各字分别詞性相同。例如:

> 華實蔽野,黍稷盈疇。(王粲《登樓賦》)

這是四字單對。

> 體金精之妙質,含火德之明輝。(禰衡《鸚鵡賦》)

這是六字單對。以四字、六字爲對句的文章即四六駢儷文,盛行於東漢末至六朝。閲讀《文選》六十卷後想必誰都會注意到這一點。另外,還要提到隔句對,它充分體現了對句的精巧優美。隔句對有四個句子,第一句與第三句、第二句與第四句分别對仗。例如:

> 海鳥鶢居,避風而至;條枝巨雀,逾嶺自致。(張華《鷦鷯賦》)

這是四字句的隔對。

> 情舒放而遠覽,接軒轅之遺音;慕老童於騩隅,欽泰容之高吟;顧兹梧而興慮,思假物以托心。(嵇康《琴賦》)

這是六字句的隔對。不用説其他五字、七字種種字數的對句也是存在的。《文心雕龍》云:

若夫筆句無常，而字有條數。四字密而不促，六字格而非緩；或變之以三五，蓋應機之權節也。（《章句第三十四》）

六朝以來四字六字成爲章句的中心。四字句六字句的隔對成爲四六駢儷的典型。這裏以賦爲中心來比較《文選》與《本朝文粹》的不同點。

第一，《文選》中的四六隔對非常少。五六篇賦中只有以下二例：

寒谷豐黍，吹律暖之也；昏情爽曙，箴規顯之也。（左思《蜀都賦》）

藻扃黼帳，歌堂舞閣之基；璇淵碧樹，弋林釣渚之館。（鮑照《蕪城賦》）

與之相反，《文粹》中四六隔對是中心，貫穿了十五篇賦的所有作品。菅三品、源英明《纖月賦》借鑒謝莊《月賦》、紀納言《春雪賦》借鑒謝惠連《雪賦》，紀納言《風中琴賦》與嵇康《琴賦》、前中書王《菟裘賦》與賈誼《鵩鳥賦》有叙述形式、字句的顯著相似性，儘管如此，以四六單句爲主軸的《文選》雄勁的駢文，與以四六隔對爲生命的《文粹》流麗的駢文之間大相徑庭。

第二，《文粹》對賦的押韻有嚴格限制，規定了押韻的韻數多少、平仄、次序，這是《文選》所無的。十五篇賦中只有《菟裘賦》一篇無押韻具體限制。《纖月賦》《河原院賦》等定下"依次用之"的押韻順序，也規定了二百字以上（《秋湖賦》）、三百字以上（《風中琴賦》）。這意味着賦在當時的詞壇環境下，是應天子與槐門的要求而作的（本朝官吏任用考試未采用賦）。《菅家文草・九日侍宴重陽細雨賦應制》（卷七）是其中的旁證。之所以《菟裘賦》押韻不受限制，從其創作動機也可看出來。本朝之賦早見於《經國集》，對仗、音調已經完備，雖然没有韻字和韻數的限制，但是也適用押韻的規則。基於以上兩點，可知《文粹》與《文選》兩者的不同之處。鈴木虎雄博士將中國的賦區分爲騷賦、古賦、駢賦、律賦、股文賦等六個時期，駢賦爲六朝時代，律賦爲唐宋時代。并且論騷賦時代的四六隔對如下[①]：

此期文章，駢文中主四六體，多用隔對。然賦於初則四字六字之單對爲多，隔對則否。至梁時曾入北周之庾信，始見於賦中用四六隔對。以齊梁四六文之盛，謂於賦亦多四六對者，恐止想像之詞。徐陵、庾信雖特併稱，然陵之賦，現存殆稀，且其中不見有四六對者，賦中四六，寧入唐而後多。（已上如開始所述，是關於賦的考察，《玉台新咏集序》《文選序》中見有四六隔對，在此省略）

---

① 譯者注：此段文字引用自鈴木虎雄著，殷石臞譯《賦史大要》，山西人民出版社 2015 年版。

如果將目光從《文選》轉到《文粹》,可見其隔對甚多。如:

瑶臺之美,不可以刑萬國;土階之陋,不可以儀天下。(李華《含元殿賦》)

峥嵘嶒嶷,粲宇宙兮光辉;崔嵬赫奕,张天地之神威。(李白《明堂賦》)

借鈴木博士之言,白居易的賦可謂尚"音律諧協,對偶精切",不僅是四字六字,也在自由驅使長隔句、短隔句。而且正如"以賦者古詩之流爲韻"(《賦賦》)、"以隨物成器,巧在其中爲韻"(《大巧若拙賦》)所示,押韻是由限制的。白居易貞元十六年省試所考《性相近習相遠賦》爲"以君子之所慎焉爲韻依次用限三百五字已上",韻字數量、平仄、次序都已規定。如前文所述,《本朝文粹》的賦有押韻的字數、順序等的限制,從這點來看,應當是受到了唐代賦的影響。從當時人們傾倒於白居易來看,他的賦在無形之中產生了影響。筆者本應詳細地論述賦以外的對策、序、奏狀等的駢文特點,但是由於篇幅所限,只好留待他日。這裏不作具體論述而僅簡單給出結論:這些都是模仿學習六朝至唐代的。

四

關於對屬論最早見於《文心雕龍》(麗辭第三十五),唐代以後對屬的研究十分興盛,出現了元兢的《詩髓腦》、皎然的《詩議》、崔融的《唐朝新定詩格》等的詩論著作。《文鏡秘府論》東卷的二十九種對是以這些詩論爲基礎的。這些對屬論已十分完備,但由於只是詩的對屬論,無法等同於文章的對屬。《和漢朗咏集》的日本長句一〇六首中有九十一首見於《文粹》,《新撰朗咏集》的長句九十五首中六十八首采録自《文粹》。并且,《文粹》的詩句僅有三首被《和漢朗咏集》《新撰朗咏集》采録,因此,也可以説《文粹》的生命正在於其長句。這裏不得不説到藤原忠憲的《作文大體》,它代替《文鏡秘府論》,將詩文論轉移到日本人手中。其中將隔對分類如下:

有六體,輕重疏密平雜也。輕重爲盛,疏密次之,平雜次之,六體可同調平他聲。(觀智院本)

關於這個例句,觀智院本、東山文庫本、叢書類從本各有不同。概言之,觀智院本最爲簡單,叢書類從本據《和漢朗咏集》而補足,東山文庫本具體指出例句中所有日本作品的出典。六隔句是根據上下句的字數來分類的,如下所示。

輕隔句(上四下六)

朧山云暗(他),李將軍之在家(平);
潁水波閑(平),蔡征虜之未還(他)。
重隔句(上六下四)
東岸西岸之柳(他),遲速不同(平);
南枝北枝之梅(平),開落已異(他)。[①]
疏隔句(上三下不限多少)
山復山(平),何工削成青巖之形(平);
水復水(他),誰家染出碧潭之色(他)。
密隔句(上五已上,下六已上,或上多少,下三,有對)
山桃復野桃(平),日曝紅錦之幅(他);
門柳復岸柳(他),風宛麴塵之絲(平)。
平隔句(上下或四或五或六)
羅綺之爲重衣(平),妬無情於機婦(他);
管絃之在長曲(他),怒不關於伶人(平)。
雜隔句(或上四下五七八,或下四上五七八)
青苔鋪設(他),自展七净琉璃之茵(平);
紅葉亂飛(平),暗成千花錦繡之帳(他)。

從以上的示例可知,當時根據字數來對隔對進行分類、尋求文章的的變化。然而,對屬分類上最關鍵之處在於表現内容上的分類。我們來看一下《作文大體》文章十二對的分類。《類從》本的《文章有十二對》舉色對、物對、同對、異對、數對、疊對、聯綿對、正對、音對、傍對、義對、雙對,觀智院本無此項,東山文庫本記色、物、同、異、數、疊、音、義八對。類從本的十二對或許是後來補充的。并且這些分類基於怎樣的標準尚有諸多難解之處。第一"色對"條所舉"遠近"也見於第四"異對",第三"同對"中的"内外""表裏"也見於"異對"。第二"物對"云"有情非情等也",從例句來看,與其他的對屬分類基準也不相同。色對與異對屬於同一範疇,傳爲大江朝綱所撰詩句的三對(色對、數對、聲對)的説明云"色對者,上句用丹青,下句用黑白之類等是也",限定色彩與對仗,又當時詩文中這樣的例子是不勝枚舉的,因此强行分爲一類。其他的對屬分類上的不合理、杜撰之處很多,這裏參照《文鏡秘府論》的二十九種對來對《本朝文粹》的駢儷對屬進行分類。

第一,色對。異對的一種,由青黄、赤白等色彩對形成各相反概念,對仗細分到單字。

① 此例句是破格。《類從》本題注云"上三下一,多少不定。去平他聲。又未必去之"。此句爲大江澄明《弁山水》章句,《和漢朗咏集》在收録時,改"形"爲"石"、改"色"爲波。"石"爲入聲,"波"爲平聲,平仄是合適的,而類從本的抄寫者從《和漢朗咏集》轉抄過來時,主觀性地加入"去平他聲"云云的説明。

如前所述,這是限定於色彩的對仗,在《本朝文粹》中色彩對非常之多,體現出詩人們的趣味。例如:

書契之道,蒼精開其遙源;
言事之官,黄神垂其勝迹。(紀在昌《北堂漢書竟宴》)
迎冬獨青,欲笑彼千秋之紅葉;
經霜彌緑,自立此一庭之白沙。(藤篤茂《賦修竹冬青》)

第二,物對。"有情非情也",但不是字句上的對仗,而是關於内容的。没有給出例字,但是有例句"驚魚浮水面,飛蝶上花心",下面的章句或許與此相符:

漁人棹而高歌,江波水潔;
莋馬嘶而欲惑,野草霜深。(紀齊名《賦望月遠情多》)
歸谿歌鶯,更逗留於孤雲之路;
辭林舞蝶,還翩翻於一月之華。(源順《賦今年又有春》)

第三,同對。《文鏡秘府論》也有相同的名稱,從例字"山岳""海潮"來看,應是同類的字對。例如:

李將軍之守邊,胡人不敢南下;
楊大尉之在鎮,敵國亦以子來。(前中書王《新羅賦勅符》)
獨對寒窗,恨日月之易過;
孤卧冷席,嘆長夜之不曙。(野相公《奉右大臣書》)

第四,異對。水火、天地等最基本的、顯著的對偶,相當於《文鏡秘府論》的名對(又稱正名對)。不用説,這占據了《本朝文粹》對屬的大部分。

雞人曉唱,聲驚明王之明;
凫鐘夜鳴,響徹暗天之聽。(都良香《漏刻策》)
漢皓去秦之朝,望礙孤峰之月。
陶朱辭越之暮,眼混五湖之煙。(江以言《視雲知隱賦》)

第五,數對。異對的一種,顧名思義,數字成對。與色對一樣,例子衆多。例如:

三壺雲浮，七萬里之程分浪；
五城霞峙，十二樓之構插天。（都良香《神仙策》）
長安十二衢，皆蹈萬頃之霜；
高宴千萬處，各得一家之月。（善相公《賦映池秋月明》）

第六，疊對，即疊字對句。例如：

居席暮深，五柳門之煙裊裊；
行衣曉薄，稠桑驛之月蒼蒼。（江以言《詳春秋》）
春花面面，闖入酣暢之筵；
晚鶯聲聲，與參講誦之座。
（後江相公《鎮西都督大王讀史記序》）

《文鏡秘府論》的賦體對中還舉了其他重字的疊韻、雙聲。疊韻指字不同而韻部同，雙聲是指子韻相同的字重疊。《本朝文粹》中疊韻如：

欲謂之水，則漢女施粉之鏡清瑩；
欲謂之花，亦蜀人濯文之錦粲爛。（源順《賦花光水上浮》）

雙聲如：

計其星霜，已踰十祀；
求其誠節，未得一端。（後江相公《爲貞信公辭關白第三表》）

疊對最宜於朗咏。

第七，聯綿對。"一句之中有同字，上下不同，離讀之"，《作文大體》給出的例句有"看山山遠眇眇，思水水深清清"。《本朝文粹》中無相應的例子，但是有幾例句中有同字的雙擬對：

知往知來之臣，謝空桑而輔主；
多材多藝之聖，諫刻桐而導君。（紀齊名《陳德行》）

第八，正對。高低、男女等對字在同一句中，相當於《文鏡秘府論》的互成對。正對的例子有很多：

應對易迷，汗浹於周勃之背；
陰陽難理，牛喘於邴吉之前。（後江相公《爲貞信公辭攝政第二表》）
喪馬之老，委倚伏於秋草；
夢蝶之翁，任是非於春叢。（前中書王《菟裘賦》）

第九，音對。“一二三對先專朽，謂先字千音也。專字又千音也，朽亦九聲也，故謂之。又午五音也，質字七音等也”，應是數對的一種。例如：

兔園之月光臨，五雲之轅漸動；
鴻都之風禮畢，泗水之衿各分。（江以言《賦松聲當夏寒》）
生者必滅，釋尊未免栴檀之煙；
樂盡哀來，天人猶逢五衰之日。（後江相公《重明親王願文》）

第十，傍對。“春對西，春是東故。秋對東，秋是西故。金對東，金是西故（以下略）。”如上所說，是基於陰陽五行說、干支說的對屬。與前面的各種對屬在於字面本身不同，傍對以詞語的背後意義爲主體。例如：

漢四皓雖出，應曜獨留於淮陽之雲；
堯三徵不來，許由長棲於潁水之月。（江匡衡《左大臣辭表》）
梁元之昔遊，春王之月漸落；
周穆之新會，西母之雲欲歸。（菅三品《賦鳥聲韻管絃》）

第十一，義對。字的意義内容上的對仗，是十二對中最高級之對。如白對烏、雪對紅、名對黑等。例如：

問其夜學，則收寒雪而破眠；
聞其風情，亦知春花之隨手。（藤原行葛《源元忠贊》）

第十二，雙對。間隔多字而使用相同疊字之對，複雜程度類似於聯綿對、疊對。《作文大體》的例句有“華色遠依華色映，鳥音深和鳥音歌”，《本朝文粹》中無雙對，以下或許可算作雙對，但是從“間隔多字”的要求來看，似乎有些勉强：

紅葉亦紅葉,連峰之嵐淺深;
蘆花亦蘆花,斜岸之雪遠近。(源道濟《咏紅葉蘆花和歌序》)

至於文章對屬的關鍵,《文鏡秘府論》云:

文詞妍麗,良由對屬之能;筆札雄通,寔安施之巧。若言不對,語必徒申;韻而不切,煩詞枉費。

上文將《本朝文粹》的文章對屬分爲多類進行考察,可見《本朝文粹》具有高超技巧,絢爛華麗。驅使具有高度技巧的音對、義對、傍對等對屬,體現了當時文人的才能與關注點。然而一般的傾向還限制於一字一詞的對屬,没能升華到從章句全體作爲出發點,進而生出對偶的對屬境界,因此産生華麗有餘、餘韻不足之恨。之所以如此,首先應是由於在文章創作之際,相比於自我意志,更需要優先對應蓮幕槐門等的要求與命令,時間上、形式上都被種種規範所束縛。此外,在一定的規範之中,他們或許缺少要求更高級的創意工夫的文藝意識。反過來説,色對、數對等基本的對屬占絶大多數,即使不通曉專門的對屬論的人們也能輕易模仿,這對於朗咏也會有所幫助。

五

《枕草子・漂亮的事》(第八四段)云:

大學寮的博士富有才學,是很漂亮的,這是無需説的了。相貌很是難看,官位也很低,可是甚爲世人所重。走到高貴的人面前去,詢問有些事情,做學問文章的師資,這是很漂亮的事。寫那些願文以及種種詩文的序,受到稱贊,這也是很漂亮的。[①]

這體現了當時的貴族及女房等羡慕鴻儒、文人,頗有意味。在第二〇〇段《文》中將"願文、表、博士之申文"與《白氏文集》《文選》并舉。這些部類的作品都是禮儀性的、被形式規範所束縛,其中儒者們不得不發揮技巧才能,因而産生大量雷同之作,在片斷性的駢儷對偶上費盡心思,導致文章容易陷入類型化的窠臼。據《江談抄》等傳説,一對之駢文甚至可以决定作品的價值,或者關係到仕途升遷的名譽,或者指向隱遁悶死之路。這樣的對屬駢文不僅因朗咏而被唱誦,并且作爲形式上的文章典範,具有很强的實用性。

① 譯者注:清少納言著,周作人譯《枕草子》,中國對外翻譯出版公司 2001 年版,第 140 頁。

《中右記》的作者藤原忠憲想要辭去大納言之位,於是命大内記滕元忠光撰寫辭表草稿(大治二年正月五日)。裏書[①]的"近代大納言辭狀之句",列舉了當時鴻儒大江匡房、藤原敦基等所作十數篇辭狀駢儷,可知是以這些作品作爲辭狀的創作規範的。這雖然是孤證,但是不得不説,儒者們的文才是因他人的要求和實際運用而被限制了的。除了《本朝文粹》中如上所述的被規範所束縛的作品以外,還有近似於耳聞目睹的街談巷説的紀和傳。紀長谷雄的《白箸翁》、都良香的《富士山記》《道場法師傳》等,不受前人影響,興之所至,走筆而作,是他們獨特性的創作。因此,極少在對屬駢儷上下工夫,是平實的表現描寫,帶有濃厚的和臭味。作爲説話文學與往生傳的源流,這些作品或許值得注意,但是在當時却完全被人們無視。對當時的儒者才能的評判,局限在對屬駢儷的狹小世界中,這是非常不幸的。同時,他們在這樣狹小的世界中跼蹐而不得出,即使責備他們的怠慢也無濟於事。顔之推《顔氏家訓·文章第九》慨嘆六朝時代的文壇云:

> 文章當以理致爲心腎,氣調爲筋骨,事義爲皮膚,華麗爲冠冕。今世相承,趨末棄本,率多浮艶。

平安時代的翰林界完全是這樣的文壇趨勢的翻版。以紫式部、清少納言爲首的博學多才的閨秀作家登上文壇,假名文學終於隆盛,相比之下,漢詩文的作家被規範所束縛而沉滯,只能對她們甘拜下風,這也不是毫無理由的。本文曾反復提到儒者文人煞費苦心的章句因朗咏而被唱誦。這些章句直到中世的軍記物語、謡曲等被巧妙采用之后才真正發揮其價值,關於這點,留待他日再來探討。

① 譯者注:裏書,紙張背面的注記。

都良香的文章*

——以五臣注《文選》的影響爲中心

[日]大塚雅司撰　陸錦連譯

内容摘要:都良香深受《文選》的影響,五臣注傳入日本不久後,都良香便吸收《文選》五臣注而進行文章創作,這是十分值得關注的現象。本文通過具體的八處例子來證明這一點。另外,都良香重視達意的文章觀,他的文學中最有特色之處在於其散文精神。《都氏文集》反映了由駢賦轉向律賦的成果。作爲有才幹的官員,都良香還具有豐富的想象力與形而上的思索能力。

關鍵詞:都良香;《都氏文集》;五臣注《文選》;影響;律賦

一、五臣注《文選》的影響痕迹

奈良時代根據李善注本或無注本來吸收《文選》,平安時代五臣注本才新傳入了日本[①]。現有相當早期的五臣注抄本零卷存世。都良香將新傳入日本的《文選》用於自己的文章創作,爲喚起讀者注意而費盡苦心。都良香有如下的句子:

雖云經籍滿腹之儒,難逐文章隨手之變。(《都氏文集》卷五《辨論文章》)

該部分的出典來自《文選》卷十七陸機《文賦》。李善注本[②]作:

至於操斧伐柯,雖取則不遠。

(行間小注)此喻見古人之法不遠,毛詩曰:"伐柯伐柯,其則不遠。"注:"則,法也。"伐柯必用其柯,大小長短,近取法於柯,謂不遠也。

---

* 本文所引用《都氏文集》根據中村璋八、大塚雅司《都氏文集全釋》,汲古書院,1988年12月。譯者注:本文原發表於《駒澤國文》,第34號,1997年2月。摘要與關鍵詞爲譯者所加。

① 神田喜一郎《文選のはなし一吉備大臣入唐繪詞に關連して一》,《東洋大學文獻叢説》,1969年3月31日。

② 據《清胡克家重影宗熙本李善注文選》,藝文印書館1979年版。

若夫隨手之變，良難以辭逮。

（行間小注）言作之難也，文之隨手變改，則不可以辭逮也。《莊子》："輪扁謂桓公曰：'斲徐則甘而不固，疾則苦而不入。不疾不徐，得於手而應於心，口不能言也，有數存焉。'"

五臣注本作：

至於操斧伐柯，雖取則不遠，若夫隨手之變，良難以辭逐，蓋所能言者，具於此云爾。

（行間小注）翰曰：操，持也。持斧伐柯，雖得柯不遠，而文章隨手變易，則難以卒辭究逐，蓋述之者，具以後文也。

都良香作"難逐文章隨手之變"，用"逐"字，而李善注本"若夫隨手之變，良難以辭逮"作"逮"，五臣注本"若夫隨手之變，良難以辭逐"作"逐"。李善注本與五臣注本有文字差異。在行間小注方面，李善注本作"作之難也，文之隨手變改，則不可辭逮也"，五臣注本作"文章隨手變易，則難以逐辭究逐"。很明顯都良香的文本與有"逐"字的原文、注文有着繼承關係。熟悉李善注本《文選》的人對於"逮"和"逐"的區别是十分容易覺察到的。另外，《文選》該部分文本位於《文賦》的開頭部分，這是十分容易注意到的。都良香用"雖云經籍滿腹之儒，難逐文章隨手之變"來表明文章創作之難，試圖喚起讀者也即對策者的注意[①]。然而，該部分存在引用自類書的可能性，而《藝文類聚》卷五十六雜文部二賦《文賦》的引用、《初學記》卷二十一文章第五賦《文賦》的引用都省略了該部分[②]。那麼很明顯，都良香的句子是從五臣注本而來。

下面再看都良香另外的文章：

好之又好，嘲躝九華。圓體可愛，近人之栽。惠風及我，仁遠乎哉。（同上卷三《贈渤海客扇銘》）

此處出典來自《文選》卷三張衡《東京賦》。李善注本云：

惠風廣被，澤洎幽荒。

---

① 拙稿《『都氏文集』における『文選』の影響一『五臣注文選』攝取の上限について》，駒澤大學大學院文學會《論輯》第17號，1989年2月，第414頁。

② 同上注，414頁。

（行間小注）惠，恩也。洎，及也。幽荒，九州外，謂四夷。

五臣注本作：

惠風廣被，澤洎幽荒。

（行間小注）向曰：惠風，仁惠之風。洎，及也。幽荒，九州之外，言惠澤及遠。

都良香"惠風及我，仁遠乎哉"，不是來源於李善注，而是來源於五臣注，這是十分明顯的。①

下面再看：

至歲窮陰律，音入陽爻，群木榮於林，百卉秀於野。（同上卷三《辨薰蕕論》）

出典來自《文選》卷二十五劉琨《答盧諶詩》。李善注本作：

厄運初遘，陽爻在六。

（行間小注）言晉之遇災也。毛萇《詩傳》曰：遘，成也，陽爻在六，謂乾上九也。《周易》曰："上九，亢龍有悔。"盈不可久也。

五臣注本作：

厄運初遘，陽爻在六。

（行間小注）銑曰：遘，遇也。在六謂乾卦第六畫，是爻之上九也。《辭》云：亢龍有悔，喻天子運極，而有窮厄之災也。

都良香"歲窮陰律"的"窮"來自五臣注的"有窮厄之災"。另外：

紫蘭紅蕙，渾蕭艾而不分。……此或香或臭，……否則白藏九月，鷩飈加振擊之威。玄英三冬，嚴霜致殺伐之暴。……本臭者亦自臭，初香者亦自香。（同上卷三《辨薰蕕論》）

出典來自《文選》卷五十四劉峻《辨命論》。李善注本作：

① 同前注。

火炎昆嶽,礫石與琬琰俱焚,嚴霜夜零,蕭艾與芝蘭共盡。

(行間小注)《尚書》曰:"火炎昆罔,玉石俱焚。"又曰:"弘璧、琬琰,在西序。"傅玄《鷹兔賦》曰:"秋霜一下,蘭艾俱落。"毛萇《詩傳》曰:"蕭,蒿也。"

雖游夏之英才,伊顏之殆庶,焉能抗之哉,其蔽三也。

(行間小注)《史記》曰:"言偃,吴人,字子游。夏,子夏也。伊,伊尹也。顏,顏回也。《孟子》曰:"得天下之英才而教育之。"《易》曰:"顏氏之子,其殆庶幾乎。"王弼曰:"庶幾於知幾者也。"

五臣注本作:

火炎昆嶽,礫石與琬琰俱焚。嚴霜夜零,蕭艾與芝蘭共盡,雖游夏之英才,伊顏之殆庶,焉能亢之哉,其蔽三也。

(行間小注)向曰:礫,尾也。琬,琰玉也。零,落也。蕭艾,臭草也。芝蘭,香草也。游,子游。夏,子夏,有文學。伊,伊尹。顏,顏回也。謂其知幾也。言運命所遭難,雖文學之子,知幾之人,亦何亢禦也。

都良香的"紫蘭""蕭艾""嚴霜"是《文選》原文,"臭"與"香"據五臣注"蕭艾臭草也,芝蘭香草也"。此外:

若能杜絶鶗鴂之啄,令久其芬芳。鋤除良莠之根,無雜其穢惡。不同器而藏,當異處而種,美種香,惡種臭,可得而明焉。(同卷三《辨薰蕕論》)

出典來自《文選》卷五十四劉峻《辨命論》。李善注本作:

然則天下善人少,惡人多,闇主衆,明君寡。

(行間小注)《莊子》曰:"天下之善人少而不善人多。"《法言》曰:"聖君少庸君多。"杜篤《弔比干文》曰:"闇主之在上,豈忠諫之是謀。"

而薰蕕不同器,梟鸞不接翼。

(行間小注)《家語》:顏回曰:"聞薰蕕不同器而藏,堯桀不共國而治,以其類異也。"孫盛《晉陽秋》:王夷甫論曰:"夫芝蘭之不與茨棘俱植,鸞鳳之不與梟鴟同棲,天理固然,易在曉晤。"《西都賦》曰:"接翼側足。"

五臣注本作：

然則天下善人少，惡人多，闇主衆，明君寡，而薰蕕不同器，梟鸞不接翼。

（行間小注）濟曰，薰香草也，蕕臭草也，梟惡鳥也，鸞神鳥也，鳳皇之類。

都良香"無雜其穢惡，不同器而藏"源自《文選》原文的"惡人多……薰蕕不同器"，而"不同器而藏"則應是由於非常熟悉李善注而受到影響。然而都良香"美種香，惡種臭"來自五臣注"濟曰：薰，香草也，蕕，臭草也"。此外，李善注本"惡人多"與"不同器"之間有行間小注，五臣注本則將兩者置於同一段落中，這點需要注意。

此外还有：

龍淵湧乳，兔魄降精。耳尖鼻大……逸態難傾。青蒭充餧，紅粟養生。一朝價重，萬里蹄輕。莫言衆駕[①]，御之有程。（同上卷三《良馬贊》）

出自《文選》卷三十五張協《七命》。李善注本作：

大夫曰：天驥之駿，逸態超越。

（行間小注）天驥，天馬也。驥或爲機。傅玄《乘輿馬賦》曰：九方不能測其天機。《列子》：伯樂曰："九方皋之所觀，天機也。"

稟氣靈淵，受精皎月。

（行間小注）孔安國《尚書傳》曰：稟，受也，《遁甲開山圖》曰：隴西神馬山，有淵池，龍馬所生，《春秋考異郵》曰：地生月精爲馬，月數十二，故馬十二月而生。

五臣注本作：

大夫曰，天驥之駿，逸態超越。

（行間小注）銑曰：驥，馬也，奇逸之態，超越衆馬。

稟氣靈淵，受精皎月。

①《都氏文集》原文的"衆"字，三首文庫本、山口縣立圖書館藏本、東北大學附屬圖書館藏本、都立中央圖書館藏井上文庫本、京都大學附屬圖書館藏本、九州大學附屬圖書館藏本、群書類從本作"衆"。静嘉堂文庫藏日永本作"棒"，旁點作"衆"。都立中央圖書館藏加賀文庫本、静嘉堂文庫藏柳原本、内閣文庫藏紅葉山文庫本（甲本）、同上春齋一校本（乙本）、同上（丙本）、陽明文庫本、宮内廳書陵部藏本作"棒"。從文意來看，後者不通。《本朝文粹》身延山久遠寺藏本（汲古書院1980年9月複製本）作"覂"，京都大學附屬圖書館藏本作"衆"，左邊朱書"覂（方勇反）"。

(行間小注)向曰:靈淵,渥窪也。月精爲馬,皎明也。

都良香"龍淵湧乳"的"龍淵""龍"與"靈"讀音相近,《文選》原文作"靈淵",且李善注云"淵有池,龍馬所生",所以作"龍淵"。然而五臣注云"向曰:靈淵渥窪也",可能由於"渥"的讀音與"湧"字的訓讀"わく(waku)"相近,因此作"湧"。關於都良香的"莫言衆駕",《文選》原文在上面的引用部分後緊接着"沫如揮紅,汗如振血,秦青不能識其衆尺,方湮不能睹其若滅",五臣注云"銑曰:驥,馬也,奇逸之態,超越衆馬",因此用"衆馬"。此外,關於"衆馬",《本朝文粹》身延山久遠寺藏本與京都大學附屬圖書館藏本的文字都作"覂駕"。"覂"與"衆"字毛筆書寫體相似,意義上與"覂駕"相通。但是這裏應當也是基於五臣注的"衆馬"而作"衆駕"之語。

另外,關於都良香的"兔魄降精",《文選》卷十六江淹《别賦》如下。李善注本的原文作:

龍馬銀鞍,朱軒繡軸。

五臣注本的原文作:

龍馬金鞍,朱軒繡軸。

李善注本作"銀"字,五臣注本作"金"字。金是五行的木火土金水之一,其色配白。銀是白金,本應也具有白的性質,但這裏根據"金"字的性質,以偏白的"魄"字來寫月,因而使用月的别名"兔魄"之語。應當也是來源於五臣注本。

最後列舉下面的例子:

治亂之運,遞往遞來;文武之興,一彼一我。所以筆鋒時用,則兵刃徒銛;氣霧乍湧,則柔露空晞。弛張之决,請鼓言泉;先後之事,宜激樞電。馬鄭張蔡,短長奚談;程李韓彭,優劣未弁。(同上卷五《文武材用》)

出典於《文選》卷十七傅毅《舞賦》。李善注本作:

玉曰:小大殊用,鄭雅異宜。
(行間小注)《韓詩》曰:"舞則纂兮。"薛君曰:"言其舞應雅樂也。"
弛張之度,聖哲所施。

（行間小注）《禮記》：孔子曰："一張一弛，文武之道。"

五臣注本作：

王曰：小大殊用，鄭雅異宜。弛張之度，聖哲所施。

（行間小注）翰曰：小謂小雅，大謂大雅，謂淫聲也。弛，廢。張，用。度，法也。謂雅鄭之樂，廢用之法，聖人所施也。故用雅廢鄭者昌，用鄭去雅者亡也。

都良香的"弛張之决"來自《文選》原文的"弛張之度"，"文武之興，一彼一我"來自李善注"一張一弛，文武之道"。然而，關於"馬鄭張蔡"，《文選》原文作"鄭雅異宜"，或許"馬鄭張蔡"是來自五臣注的"雅鄭之樂"。"雅"與"馬"同韻，另外"雅"的偏旁"隹"與"馬"有些相似，或許因此而作"馬鄭"。

以上討論了《都氏文集》所體現的《文選》影響，特別是列舉了來源於五臣注本的具體例子。都良香根據《文選》來創作時，并不僅僅參考向來被人們所多習用、所熟知的李善注《文選》，而更用《五臣注文選》，在文章中對此着重强調，試圖唤起讀者的注意，從其中也可看到他對文章的鍛煉工夫。都良香之時，《五臣注文選》就是這樣被應用於創作的。

然而，都良香受到《五臣注文選》的影響，或許來自《文選集注》。《御堂關白記》云：

乘方朝臣，《集注文選》，并元白集持來，感悦無極，是有聞書等也。（長保六年九月二十一日條）[①]

《文選集注》在道長之時應已經被使用了。《文選集注》載有李善、抄、音决、五家、陸善經的注。"五家"即五臣。都良香對五臣注的利用，有來自《文選集注》中五臣注的可能性，但是這種可能性比較低。正如《文選》九條本的傍記所示，九條本參考了包含陸善經注與《文選抄》《音决》的集注，可見集注是被利用了的，但是相比於李善注和五臣注，其數量極少，且對於訓解的形成幾乎没有影響，很難説集注被普遍利用。[②] 另外，體現《五臣注文選》影響的地方，《文選集注》[③]殘本已不存，因此無法確認。相反，由於五臣注傾力於字句的訓解，常被用於《文選》訓解，因此，《文選》的閲讀者常常參照五臣注。

然而關於《五臣注文選》資料的最早記載，《日本國見在書目録》未著録，道長《御堂

① 斯波六郎《『文選集注』に就いて》，《支那學》第九卷，第 2 號，1938 年，第 190 頁。

② 中村宗彦《九條本文選古訓集》解説，風間書房 1983 年版，第 28 頁。

③《京都帝國大學文學部景印舊抄本》第三至九集所收。

關白記》[①]記録云：

《五臣注文選》《文集》等持來。（寬弘三年十月二十日條）

平安初期《五臣注文選》零卷今有存世，可見是很早就被利用了的，但是對作品的影響的實際情況如何，還要通過作品自身來尋求内証。上文論述的都良香文章中的《五臣注文選》的影響是十分確實、十分有系統的例子。

二、都良香的文章觀

都良香對文章的態度，在於對達意的重視：

文之無用者，雖美雖艷，略而剪之；義之有實者，雖米雖鹽，細而言之。（《都氏文集》卷五《辯論文章》）

這是關於對策文的論述，表達其戒無用之美文、貴實用之内在的態度[②]。而關於策文還有以下論述：

祖德在頌，架陸機於詞濤；家風著詩，没潘岳於筆海。（同上卷五《明氏族》）

認爲文章雖然需要盡力使用技巧來表達，但不能寫爲空虚之文。又云：

請分淄澠之味，莫以河漢其談。（同上卷五《明氏族》）

重視文章的明瞭性，認爲達意本身是相當重要的。又云：

頻枉野犢之詞彩。（同上卷四《答惟喬親王讓封敕書》）

又云：

① 據日本古本典全集本（1926 年 6 月）。

② 川口久雄《三訂平安朝日本漢文學史の研究》，明治書院 1975 年版，第 169 頁。

言貴在約。(同上卷五《分別生死》《辯論文章》的評定文)

這點在敕符中表達得更清楚:

必須事無巨細,委曲記録,令可知見。(同上卷四《勅符出羽國司,應早速討滅夷賊事》)

此外,從以不求技巧的敘述文體寫就的《道場法師傳》與《富士山記》[①]等文章也可看出都良香的姿態。都良香的散文精神有自由平實的傾向,超越了其文學中形成最大特色的四六。[②] 這些傳記明顯采用散文的典型文體,同時以事實的記述爲重點。這些作品不拘泥於内容與文學性,作者的深層意識中或許將之視作史書的範疇。[③]

這裏來看一下以都良香爲中心而編纂的《文德天皇實録》的卒傳[④]。《實録》傳記的範圍擴大到五位官員,通常以同情的態度寫成。撰寫者充滿憐愛,十分尊重人們的心情。[⑤] 衆多卒傳當中,要數小野篁傳最豐富多彩[⑥],都良香將之視作身邊十分畏敬的前輩文人[⑦],通過文章來傳達自己的内心。都良香在該卒傳中評價小野篁云:

凡當時文章,天下無雙。(《文德實録》仁壽二年十二月二十二日條)

因小野篁諢號"野狂"[⑧],也使人想起都良香所云"天下狂人都言道"(《本朝神仙傳》)。[⑨]

而都良香在編撰《文德實録》時表明的態度是:

愁斯文之晚成,忘彼命之早殞。注記隨手,亡去忽焉。(《文德實録》序)[⑩]

《文德實録》的書名也可反映出,這與以前的四國史編纂的意識不同,關於政治、法制

---

①《本朝文粹》卷十二。

② 川口久雄《三訂平安朝日本漢文學史の研究》,第176頁。

③ 大曾根章介《學者と傳承巷説一都良香を中心として一》,季刊《文學・語學》第52號,1969年6月1日,第8頁。

④ 譯者注:卒傳,類似於形狀一類敘述死者生平的文章。

⑤ 坂本太郎《六國史》,吉川弘文館1970年版,第219頁。

⑥ 大曾根章介《學者と傳承巷説——都良香を中心として一》,第3頁下。

⑦ 川口久雄《三訂平安朝日本漢文學史の研究》,第172頁。

⑧ 拙稿《篁冥官説話》,駒澤大學大學院國文學會《論輯》第13號,1985年2月,第16頁。

⑨《往生傳・法華驗記》,日本思想大系,巖波書店1974年版,第268頁。

⑩《文德實録》,國史大系本,吉川弘文館1981年版。

的記事減少,人物的傳記記事比其他要豐富。[①] 從比率上來説,是《續日本紀》6.2 倍、《續日本後紀》的 2.5 倍、《三代實録》的 1.8 倍。[②] 與其説都良香是具有嚴正批判性的歷史家,不如説他給人一種好奇心十分强烈的傳聞采録者的印象。[③] 這點以及在《道場法師傳》中對於人類拷問的意欲的萌芽[④],都是十分重要的地方。都良香精通《隋書》的内容,很有可能將雜傳與地志等視作史書一部分。[⑤]

此外,《文德實録》也記録靈異之事。變災與靈異是國家的政治與人民的生活緊密相連的,其記載也必不可缺。[⑥] 關於其寫法,都良香云:

何以書之,記異也。(《文德實録》)

這樣的寫法完全不見於其他的五國史,是《文德實録》獨特的寫法。這樣的作法在中國的古書中可以追溯到《春秋公羊傳》。都良香或許也精通《公羊傳》。[⑦]

下面來看都良香關於文辭表述的變化等觀點:

相如則腐毫,乃美思之緩也;枚皋則應機,可觀思之急也。思之緩者,其感至深;思之急者,其興微淺。赴於時用,宜有所施。(《都氏文集》卷五《辯論文章》)

認爲遲筆是因爲思考緩慢,但其思考深沉;下筆快速,是因爲思考也快,但容易流於表面。都良香以司馬相如和枚皋爲例,主張二者各有千秋,都應掌握。又云:

雖云經籍滿腹之儒,難逐文章隨手之變。(同上卷五《辯論文章》)

該文出典來自《文選》中《文賦》開頭一段的名句,之前已論及這是來自五臣注本的。都良香用該文來唤起人們的注意,强調即使學識豐富也很難隨心所欲地創作。擁有這樣觀點的都良香其實還有一個非常傾慕的文人盧思道:

案隋唐史論,盧思道居薛道衡之右。(同上卷五《分别生死》《辯論文章》的評

① 坂本太郎《六國史》,第 284 頁。
② 坂本太郎《六國史》,第 287 頁。
③ 大曽根章介《學者と傳承巷説一都良香を中心として一》,第 7 頁上。
④ 川口久雄《三訂平安朝日本漢文學史の研究》,第 175 頁。
⑤ 大曽根章介《學者と傳承巷説一都良香を中心として一》,第 7 頁下。
⑥ 大曽根章介《學者と傳承巷説一都良香を中心として一》,第 6 頁下。
⑦ 坂本太郎《六國史》,第 293、294 頁。

定文)

都良香認爲盧思道在才名遠揚的薛道衡之上。隨文宣帝崩時,衆多文人各創作挽歌十首,許多只被采録一兩首,盧思道却被選了八首。因此被稱爲"八米盧郎"("米"爲"采"之誤)。有表達對盧思道仰慕之思的《盧思道贊》。另外都良香受白居易影響極大,也有賞贊白居易的《白樂天贊》。都良香作爲詩人而名於世,據《扶桑略記》[①]延長四年五月十一日條,他的詩集通過興福寺的寬建法師而流布唐朝。

三、賦的變化與《都氏文集》的地位

《文選》對我國文學産生極大影響,其文章主要是四六單對爲中心的雄勁的駢文。在此影響之下平安初期《經國集》的賦也主要是以單對爲主的駢賦。與此相對,收録平安後期文章的精華的《本朝文粹》主要是以四六隔對爲活力的流麗駢文,設置《文選》所没有的押韻限制,規定押韻的韻數多寡、平仄、次序,這些與《文選》大相徑庭。[②] 我國從駢賦轉向律賦的變化發生在從《經國集》到《都氏文集》間的五十年間。《經國集》的隔對在十七篇賦中只有十對左右,但是《都氏文集》的賦中,用四字六字的輕隔句、重隔句、雜隔句等的隔對急劇增加。[③] 并且《都氏文集》的賦也設置了前人作品所無的押韻限制。《都氏文集》轉向律賦的變化應該是由於《白氏文集》的影響。[④] 都良香稱揚白居易文集云:

集七十卷,盡是黄金。(《都氏文集》卷三《白樂天贊》)

從此髣髴可見富於才情與氣魄的都良香的姿態,他以極度的渴望消化中國的文化遺産,同時他比其他人更深刻地感受到異國文藝思想的重壓,并以澎湃的激情試圖奮戰與超越。[⑤]

四、能吏良香

良香的《良馬贊》如此比喻良馬,并贊揚其能力:

---

① 《扶桑略記》,國史大系本,吉川弘文館 1965 年版。

② 大曽根章介《本朝文粹の文章—駢儷を中心として—》,《國語と國文學》1957 年,10 月,第 49 頁上。

③ 松浦友久《上代日本文學における賦の系列—『經國集』『本朝文粋』を中心に》,《國語と國文學》,1963 年 10 月,第 79 頁。

④ 松浦友久《上代日本文學における賦の系列—『經國集』『本朝文粋』を中心に》,第 82 頁下。

⑤ 川口久雄《三訂平安朝日本漢文學史の研究》,第 176 頁。

引身赴敵，蓄氣應兵。(《都氏文集》卷三《良馬贊》)

逐電飛影，嘶風送聲。(同上卷三《良馬贊》)

都良香用傑出的想象力來對待眼前的事物，在掌渤海客使、《文德實録》編纂的職務中起到中心作用。不僅是實務上，在形而上的問題上也顯示出明確的見識，展現了他思想之深邃：

去無之有，假何物以爲基楨；自有還無，指何處即爲桑梓。夫精氣漸盡，神識銷亡。既曰銷亡，則今識忘於昔識；亦云漸盡，則後身異於前身。何爲羊氏之童，乞金鐶於乳母；蔣家之子，求官職於慈親。(同上卷五《分別生死》)

在該策問中，論精氣與神識的關係，叩問異時肉體記憶所表現的現象，這是由於都良香有深刻見識才會提出的問題。又云：

形也者，無知之質也；神也者，有知之性也。當其生也，有知者使，而無知者役；及其死也，有知者去，而無知者留。實驗神爲遊散之賓，形即逆旅之館。(同上卷五《分別死生》)

都良香深諳人的肉體與精神，他決定了對策者面對這樣的問題時，解答的水平是否具有豐富的想象力。另外，都良香持有辨別優秀人才的信念：

觀夫草之有薰蕕，亦猶人之有賢愚。薰也，蕕也，生一園之中，共有技葉；賢也，愚也，居二儀之間，共有頭足。人或不辨，謂無異同。彼一賢一愚，而世不以爲異；此或香或臭，人猶以爲同。逐使賢愚一貫，曾無等差；香臭一氣，時有混亂。當此之時，能視者視之而別人之賢愚；能聞者聞之，而辨草之香臭。(同上卷三《辨薰蕕論》)

在衆人之中，都良香冷眼觀看周圍的世界；這篇文章也表現了都良香青年期自我認同的自負之心。

五、總結

本文列舉了《都氏文集》受五臣注《文選》影響的八個具體例子，明確了都良香時常將新傳入日本的《文選》用於自己的創作。可以明確地知道,都良香把五臣注《文選》用於自己的文章是在創作《辨薰蕕論》的齊衡元年(854)到《辨文章論》的元慶元年(877)之間。① 從《經國集》也可看出五臣注《文選》的影響痕迹②。然而《都氏文集》是個人家集,最能清楚看到五臣注《文選》的影響。

本文還確認了都良香重視達意的文章觀,論及都良香的散文精神是其文學中最有特色之處。此外,都良香承擔了《文德實録》的主要編纂任務,《文德實録》的人物記事極多,編纂十分有特色,我們看到都良香作爲傳聞采録者的這一側面,在此也看到了它與散文精神的重合。這樣的實録筆法,也可以確認都良香是精通《春秋公羊傳》的。

此外,論及都良香關於文章創作的快慢與思索的深淺關係的觀點,言及他對盧思道、白居易的傾倒。另外還揭示了《都氏文集》在駢賦到律賦的變遷時期的成果;有才能的都良香擁有豐富的想象力,在諸多職務中起到中心作用,對於形而上的問題也有着深刻思考。

作者簡介:

大塚雅司(1957—),駒澤大學博士。著有《都氏文集全釋》(與中村璋八合著,汲古書院,1988)。

譯者簡介:

陸錦連(1988—),畢業於桂林理工大學日語系。

① 《辨薰莸論》題下小注云"於時余弱冠入學,人皆矜伐,賢愚不分,故爲著篇",可知都良香二十歲入大學,應作於之後的齊衡元年(854)前後。據《三代實録》,渤海客使於日本貞觀十三年渡來日本,翌十四年(872)入京,《贈渤海客扇銘》是當時所作。《文武材用》爲貞觀十五年(873)作,從《類聚符宣抄》條記録該年五月二十七日條滋野良幹所作同題策問的記録可知。《辨文章論》作於元慶二年(878)以前,根據《三代實録》,菅野惟肖元慶二年八月作爲少内記,在宫中宴會上賦詩,惟肖的同題對策文章及第必定在此以前。

② 小島憲之《國風暗黑時代の文學》(中下Ⅰ),塙書房,1985年5月30日;同書(中下Ⅱ),塙書房,1986年12月10日。

彭元瑞《宋四六選》叙録

張作棟

内容摘要：彭元瑞《宋四六選》之編選頗得内廷藏書之便。體例上，按文體分類編次，共有詔、制、表、啓、上樑文和樂語六種文體。究選《宋四六選》之旨，約略有三：揭四六之價值，明宋四六之流變，示習四六之津梁。論者能够從駢文發展流變視域中審視宋四六，因而對宋四六有一個客觀中允的認識，進而準確評價《宋四六選》。《宋四六選》刊刻以來，傳布頗廣，刻本衆多。

關鍵詞：彭元瑞，駢文，四六，正變

《宋四六選》二十四卷，清彭元瑞選，曹振鏞編。彭元瑞（1731—1803），字芸楣，江西南昌人。乾隆二十二年進士，改庶吉士。由編修入直南書房，官至工部尚書，協辦大學士。元瑞以文學而被知遇，以達官而好問學，自定《恩餘堂經進稿》四十五卷，輯《宋四六選》二十四卷、《宋四六話》十二卷，道光初其孫邦疇裒其雜文及詩爲《恩餘堂輯稿》四卷。生平事迹見《清史稿》卷三百二十、《清史列傳》卷二六。曹振鏞（1755—1835），字儷笙，安徽歙縣人。乾隆四十六年進士，改庶吉士，授編修。嘉慶三年遷少詹事，十一年擢工部尚書，十八年調禮部尚書、協辦大學士。道光元年晉太子太傅，授武英殿大學士。歷事三朝，實心任事，學問淵博。工詩而不以詩名，著有《綸閣延輝詩文集》《話雲軒咏史詩》。生平事迹見《清史稿》卷三百六十三、《清史列傳》卷三二。

彭元瑞"内廷著録藏書及書畫、彝鼎，輯秘殿珠林、石渠寶笈、西清古鑒、寧壽鑒古、天禄琳琅諸書"，"無役不預"（《清史稿》），於乾隆四十年三月"充三通館副總裁"（《清史列傳》）。其《宋四六選序》自署"南書房翰林内閣學士總裁三通館南昌彭元瑞芸楣"，云"借秘書於四庫，攬别集者百家"，故《宋四六選》之選頗得内廷藏書之便。《續修四庫全書總目提要》（稿本）云："嘗搜輯兩宋耦語編爲《宋四六選》二十四卷，皆在四庫館所見諸家秘笈而成者。"彭元瑞於乾隆四十八年方回京充《四庫全書》館副總裁，《提要》云"四庫館"不确；"見諸家秘笈而成"，則不爲無據。雖得内廷藏書之便，彭元瑞仍"掺纂有年"，於乾隆四十年選定，授門人曹振鏞。曹振鏞編次成書，次年刻于翠微山麓。

體例上，《宋四六選》參仿《文苑英華》《播芳大全》《翰苑新書》，按文體分類編次，共有詔、制、表、啓、上樑文和樂語六種文體；表細分爲五類，啓細分爲七類，全書依次爲詔、

制、賀表、進表、謝除授表、雜謝表、陳乞表、賀除授啓、雜賀啓、謝除授啓、謝薦舉啓、雜謝啓、通啓、回啓、上樑文和樂語十六類。《宋四六選》録文凡765篇(曹振鏞《宋四六選題識》云"凡七百六十六首",不確),都爲24卷;前有彭兆蓀自序,序後爲總目,總目後有曹振鏞題識。選文數量上,由於宋"表啓最繁",故選入也多,表有203篇,啓有412篇;其次是制,選入101篇;其餘文體,詔選入25篇,樂語選入14篇,上樑文選入10篇。曹振鏞《宋四六選題識》特意交代他體不録的原因:"至於賦,乃有韻之文;誥、檄、國書、露布,詞科間有擬作;青詞、表本、疏、牓,於義無取;記、傳、碑、序傳,蓋尠矣,均不録。"可見選例之純。

究彭元瑞選《宋四六選》之旨,約略有三。首先,揭四六之價值。宋四六皆公私文翰,清代以來論家多視之爲駢文别調。在他們眼中,宋以至元明四六之弊約略有三點:一是局限于應用應酬,或爲官場公牘,或爲私人書啓;二是四六行文且全篇對偶,拘謹呆板;三是作品多缺乏"作家風韻"。而彭元瑞久處館閣,備受恩寵,"入直南齋,受高宗純皇帝之知遇,晚歲復膺仁宗睿皇帝之眷顧,數十年間,所作皆應奉文字"(陳用光《恩餘堂輯稿序》),故對以應用應酬爲鵠的宋四六給予充分肯定。其《宋四六選序》承認宋四六爲駢文之"别裁",然自有其價值。序云"是知詩裁元白,亦列正聲;詞出蘇辛,更添别調",以元白之詩、蘇辛之詞爲喻,説明作爲駢文别調的宋四六亦不可被抹殺;進而具體分析宋四六中制、詔、表、啓等常見文體"體各攸宜,情有獨到,制詔以宣上德,表啓以達内心",這些應用文字亦能有感人至深的效果;甚至於上樑文、樂語等文體,"未前聞焉,蓋當時之新制;本近俳矣,固無取乎古風","雖不登大雅之林,亦足窮小言之勝"。其次,明宋四六之流變。彭元瑞《宋四六選序》認爲儷體"風肇變于樊南,派大岐于趙宋",指出宋四六與此前駢文之不同。進而具體分析宋四六之轉變,"楊劉猶沿於古意,歐蘇專務以氣行",認爲楊億、劉筠與前代駢文更爲接近,而歐、蘇開宋四六以氣行文之先河。接着分析宋四六流變:"晁無咎之言情,王介甫之用古。開山有手,至海何人。洎乎渡江之衰鳴者,浮溪爲盛。盤洲之言語妙天下,平園之製作高禁中。楊廷秀箋牘擅場,陸務觀風騷餘力。尊幕中之上客,捉刀競説三松;封席上之青奴,標凖猶傳一李。後村則名言如屑,秋崖則麗句爲鄰。臞軒、南塘、篔窗、象麓,雄於末造。訖在文山。"論述精審,可以説是一部宋四六簡史。再次,示習四六之津梁。四六一體,在宋代漸成專門。因"楊劉猶沿於古意",不是代表性宋四六,彭元瑞于楊億四六僅選2篇,劉筠四六則根本未選。對此,郭象升《文學研究法》云:"宋初楊億、劉筠、胡宿及宋郊、祁兄弟,皆工駢體,至王珪尚不失風格,是以有至寶丹之誚。彭氏以此非宋代本色,故悉從刊落,專取當時體格,以成一書,名曰'四六',從其實也。"從選文數量上看,胡宿、宋郊作品未入選,宋祁四六入选6篇,王珪四六入选1篇。雖談不上"悉從刊落",但确实注重凸顯宋調四六。而對代表"宋調"的歐蘇以下宋四六名家作品,除王安石(2篇)、趙汝談(2篇)、陳耆卿(2篇)、戴象麓(未选)外,其餘各家選入均較多：歐陽修13篇、蘇軾23篇、晁補之7篇、汪藻45篇、洪適42篇、周必大27篇、楊萬里35篇、陸游20篇、王子俊15篇、李劉46篇、劉克莊32篇、方岳33篇、王邁13篇、文天祥20篇。另外還選真德秀、孫覿、李廷忠、樓鑰、洪諮夔、趙彦端、危昭德、熊克等130多位四六名家作品（全书中不具姓名或闕名作品61篇）。"三百年之名作相望，四六家之别裁斯在"，洵非虚言。《續修四庫全書總目提要》評曰"（録文）悉屬可傳之作"。這些作品，足以示習四六之津梁。梁章鉅《退庵論文》評："今欲爲四六專家，則當先讀……彭文勤公《宋四六選》，……則源流正變自可了然於胸。"

對《宋四六選》的評價，可謂毁譽參半。毁之者，多認爲選文體格卑下，然亦承認其易曉之長，如朱一新《無邪堂答問》云："彭文勤有《宋四六選》，其自作經進文亦多類此。體格雖卑，取其易曉。"孫學濂《文章二論》云："彭元瑞《宋四六選》，多不入格，可置毋論。"持此論調者，多對宋四六有成見在先，視之爲别調，于《宋四六選》自然難有好評。譽之者，如陸以湉《冷廬雜識》云："彭文勤公有《宋四六選》一書，又采諸家書爲《宋四六話》，名篇傑句，美不勝書。"王秉恩《駢文答問》云："（彭文勤）所選宋四六極善。"持此論調者多就文論文。在諸多論家中，最爲中允客觀的當屬郭象升與劉啓瑞。郭象升首先認爲宋四六有别于六朝、三唐駢文，其《文學研究法》云"故宋人駢文，非古之駢文也"，"李于麟論詩，以爲唐無五言古詩，而有其五言古詩。宋人駢體亦然，蓋無駢體，而有其駢體也"；在這個認識基礎上，郭象升認爲不當以六朝、三唐駢文標準來評價宋四六，"論駢文而至宋，當别具一副心力眼光觀之"；按照這個思路，他評價彭元瑞《宋四六選》"一代作者，約略具在"，"彭氏得之矣"。劉啓瑞"宋四六選"提要認爲彭元瑞《宋四六選》録文"悉屬可傳之作"；這個評價的基礎就是對宋四六整體的認識，"考宋世儷體，實異于唐，尤異於六朝；揆其風尚，自成一格"；基於此，認同《宋四六選》"三百年之名作相望，四六家之别裁斯在"，評價頗高。這種論調，能够從駢文發展流變視域中審視宋四六，因而對宋四六有一個客觀中允的認識，進而準確評價《宋四六選》。

《宋四六選》刊刻以來，傳布頗廣，刻本衆多。嘉慶八年，曹振鏞《宋四六話題識》云"《宋四六選》一書海内奉爲圭臬者廿有餘年"，清翁同書曾評點《宋四六選》，其流傳之廣可見一斑。其版本有乾隆四十一年曹振镛刻本、乾隆五十一年瑶翰樓刻本、同治四年連元閣刻本、同治四年青雲樓刻本和宣統二年南通州翰墨林書局鉛印本。

備考資料：

彭元瑞《宋四六選序》：懿夫儷體，尚矣六朝。風肇變于樊南，派大岐于趙宋。楊劉猶沿於古意，歐蘇專務以氣行，晁無咎之言情，王介甫之用古，開山有手，至海何人。洎乎渡江之衰鳴者，浮溪爲盛。盤洲之言語妙天下；平園之製作高禁中。楊廷秀箋牘擅場，陸務觀風騷餘力。尊幕中之上客，捉刀競説三松；封席上之青奴，標準猶傳一李。後村則名言如屑,秋崖則麗句爲鄰。臞軒、南塘、篔窗、象麓,雄於末造,訖在文山。三百年之名作相望,四六家之别裁斯在。夫其攄懷懇至,指事坦明,珠百琲以皆圓,玉一雙而爲玨。飛書走檄,不煩起草之勞;吮墨濡毫,自得粲花之妙。各有錦心繡口,全無棘吻鈎牙。錯落清言,名士揮其玉麈;剪裁成句,天孫織彼銖衣。出如隨地之原泉,對作翻車之流水。義窮而假借以起,旨遠則里諺皆工。襞績未成,不無補狗續貂之誚;爐錘稍弛,間致馬生弓硬之傷。王伯厚之《指南》,決科有法;洪容齋之《隨筆》,摘句成圖。裒選大備於《播芳》,體要力持于《文鑒》。匣諸譔述,具著權衡。然而限代者以徐庾畫壃,食古者謂王駱知味;賤諸任以不齒,黜臨濟爲别宗。不知世逝川波,文傳薪火。增冰積水,有遞嬗之風流;明月滿墀,得常新之光景。《蕭選》熟而無奇不偶,《韓集》起而有衡皆從。昔也矜儷事於典墳,今焉侈遣詞于經史。儷事久而文章或成糟粕,遣詞當而臭腐皆化神奇。若是班乎?其致一也!是知詩裁元白,亦列正聲;詞出蘇辛,更參别調。庶幾克盡乎能事,未容頓薄夫古人。又況體各攸宜,情有獨到。制詔以宣上德,表啓以達内心。父老山東,讀十行而泣下;故人天末,隔千里如面談。常衮之除書,楊炎之德音,斯兩美矣;子雲之筆札,君卿之唇舌,或一貫之。必欲摹古於正月始和之文,問奇於三歲不減之字,書銜五鳳,蟲定堪雕;袖置雙魚,獺皆欲祭。則將載五車而聽詔,繙三篋以開緘。殊非適用之宜,未盡修辭之要。至如抛修梁而落室,前宴席以排場。匠氏虹龍,齊唱兒郎之偉;參軍蒼鶻,雜勾弟子之班。未前聞焉,蓋當時之新制;本近俳矣,固無取乎古風。雖不登大雅之林,亦足窮小言之勝。僕掣鈐心窘,垂橐腹空。殊慚窺豹之斑,敢效集狐之腋。借秘書於四庫,攬别集者百家。凡駢四儷六之章,爲拔十得五之選。作者不難於讀者,寸心之得失何如?杭州錯認於汴州,一代之人文在是!願言大手,重與細論。南書房翰林内閣學士總裁三通館南昌彭元瑞芸楣叙。(《宋四六選》乾隆四十一年刻本,卷首)

彭元瑞《宋四六話序》:予撰《宋四六選》,泛觀宋人書,其中間及駢體,多一時典制,議論流利,屬對精切,愛不能割。輒抄付篋,積成巨帙,略以文體詮次,凡十二卷。意在集狐,匪供祭獺,還與儷笙共讀之。芸楣彭元瑞。(余祖坤《歷代文話續編》,鳳凰出版社2013年版,第129頁)

曹振鏞《宋四六選題識》:宋,詔多古體,制則古今體參半,惟表、啓最繁,家有數卷,上樑文、樂語,作者每工。右所輯六體,凡七百六十六首。至於賦,乃有韻之文;誥、檄、國書、露布,詞科間有擬作;青詞、表本(案:为釋道陳奏之詞)、疏(案:指道场疏、開堂疏之类)、牓(案:指道场榜一类),於義無取;記、傳、碑、序傳,蓋尠矣。均不録。芸楣先生掺纂有年,乾隆乙未以授門人(振鏞),參仿《文苑英華》《播芳大全》《翰苑新書》之例,編次成書。越明年,刻于翠微山麓。歙人曹振鏞識。(《宋四六選》乾隆四十一年刻本,卷首)

曹振鏞《宋四六話題識》:《宋四六選》一書,海内奉爲圭臬者廿有餘年。芸楣先生博覽群籍,凡有關於宋人駢體者,遍加捃采,所引書百六十九種,彙爲十二卷,曰《宋四六話》。片辭隻句，蒐括無遺，真可謂抗心希古者矣。制、詔、表、啓、樂語、上樑文六體，編次略依前選。餘皆補前所無，分類輯録，以見古人巧思濬發，妙義環生。攬各體之菁華，存一朝之典故，豈獨殘膏剩馥，沾丐後人云爾乎？嘉慶癸亥六月既望歙人曹振鏞儷生識。（余祖坤《歷代文話續編》，鳳凰出版社 2013 年版，第 130 頁）

凌揚藻《四六文》：我朝南昌彭文勤公元瑞嘗輯宋人四六，爲藝林傳誦。所著《恩餘堂集經進稿》中，亦多典重渾成語。（凌揚藻《蠡勺編》卷二十三，《續修四庫全書》1155 册，上海古籍出版社 2002 年版，第 427 頁）

梁章鉅《退庵論文》：宋四六無專家，各以新巧爲工。近南昌彭文勤公所輯《宋四六選》，已具崖略，本朝之章藻功似之。今欲爲四六專家，則當先讀蕭《選》及徐、庾二集，而參以初唐四傑集、李義山《樊南甲乙集》，彭文勤公《宋四六選》，以及陳檢討《四六》《林蕙堂集》《思綺堂集》，則源流正變自可了然於胸。（王水照主編《歷代文話》，復旦大學出版社 2007 年版，第 5173—5174 頁）

瞿鏞《鐵琴銅劍樓藏書目録》：姚氏（案：姚椿）謂："今彭南昌選宋四六集盛行於世，即取諸是書（案：《聖宋名賢五百家播芳大全文粹》）。"（瞿鏞編纂、瞿果行標點、瞿鳳起覆校《鐵琴銅劍樓藏書目録》，上海古籍出版社 2000 年版，第 665 頁）

陸以湉《冷廬雜識》：彭文勤公有《宋四六選》一書，又采諸家書爲《宋四六話》，名篇傑句，美不勝書。"（陸以湉《冷廬雜識》，中華書局 1984 年版，第 310 頁）

汪瑔《與門人》："應酬書牘，例用駢體，當以宋人四六爲法。宋人文集傳世者多，遍購固難，行篋中亦不便携帶。彭文勤公所輯《宋四六選》《宋四六話》，兩宋儷詞之淵海也，宜時時閲之。"（汪瑔《隨山館尺牘》卷下，《清代詩文集彙編》707 册，上海古籍出版社 2009 年版，第 208 頁）

朱一新《無邪堂答問》：彭文勤有《宋四六選》，其自作經進文亦多類此。體格雖卑，取其易曉。（朱一新著，吕鴻儒、張長法點校《無邪堂答問》，中華書局 2000 年版，第 90 頁）

王秉恩《駢文答問》：又應奉文字，當以彭文勤爲最，所選宋四六極善。（王秉恩《駢文答問》，廣東省立中山圖書館藏 1920 年抄本）

孫學濂《文章二論》：彭元瑞《宋四六選》，多不入格，可置毋論。（余祖坤《歷代文話續編》，鳳凰出版社 2013 年版，第 913 頁）

郭象升《文學研究法》：宋世詔令，掌於兩制，故駢儷之文亦盛。大抵宗法陸宣公，而對仗務工，平仄務調，且其體但行於表啓，其他碑狀、敘記，不復用是，此其異于唐以前者。故宋人駢文，非古之駢文也，而精微之處，亦不可廢。自徐鉉入北朝，士多從之受學。身勢絶類子山，然當時無能傳其文法者。丁謂、楊億、錢惟演、劉筠，詩效義山，文亦步趨唐軌。晏殊、夏竦、胡宿、王珪沿其風氣，皆工制誥。而歐陽永叔、王介甫、蘇子瞻三公，既長古文，兼精是體。宋世出納王言，必以四六兩制爲清要之選，故文人制之者多。……清彭

元瑞《宋四六選》，一代作者約略具在。（余祖坤《歷代文話續編》，鳳凰出版社 2013 年版，第 1999—2000 頁）

郭象升《文學研究法》：《宋四六選》爲彭元瑞所輯，僅詔、制、表、啓、上樑文、樂語六體，而文則多至六百六十六首。宋初楊億、劉筠、胡宿及宋郊、祁兄弟，皆工駢體，至王珪尚不失風格，是以有至寶丹之誚。彭氏以此非宋代本色，故悉從刊落，專取當時體格，以成一書，名曰"四六"，從其實也。李于麟論詩，以爲唐無五言古詩，而有其五言古詩。宋人駢體亦然，蓋無駢體，而有其駢體也。論駢文而至宋，當别具一副心力眼光觀之，彭氏得之矣。（余祖坤《歷代文話續編》，鳳凰出版社 2013 年版，第 2037 頁）

錢基博《駢文通義》：至前清彭元瑞有《宋四六選》；及其回翔禁林，所自作經進文，亦復依放爲之。體格雖卑，取易曉也。（錢基博《近百年湖南學風·駢文通義》，上海古籍出版社 2012 年版，第 112 頁）

《續修四庫全書總目提要》（稿本）"宋四六選二十四卷"：南昌彭元瑞選。元瑞字芸楣，乾隆十八年舉人，二十二年進士，改庶吉士，授編修，入直内廷。累遷侍講、江蘇學政、内閣學士、禮部侍郎、三通館總裁、四庫館副總裁、經筵講官、兵部尚書、太子少保、協辦大學士，謚文勤。少負儁才，多讀書，工詞翰，尤留意駢體文。嘗搜輯兩宋耦語編爲《宋四六選》二十四卷，皆在四庫館所見諸家秘笈而成者。都分類十有六：曰詔、曰制、曰賀表、曰進表、曰謝除授表、曰雜謝表、曰陳乞表、曰賀除授啓、曰雜賀啓、曰謝除授啓、曰謝薦舉啓、曰雜謝啓、曰通啓、曰回啓、曰上樑文、曰樂語。録文都七百六十有六首，悉屬可傳之作。至賦爲有韻之文，誥檄國書露布，詞科諸體，擬作原尠；青詞表本疏榜之文，於義無取；凡此傳碑序記之辭，亦近繁縟；凡此均不入録，以見選例之純焉。考宋世儷體，實異于唐，尤異於六朝。揆其風尚，自成一格。蓋儷體之興，始於六朝；風肇變于樊南，派大歧于趙宋。楊劉沿于古意，歐蘇專務以氣行，晁無咎之言情，王介甫之用古，開山有手，至海何人。洎乎渡江之衰鳴者，浮溪爲盛。盤州之言語妙天下，平園之製作高禁法。楊廷秀箋牘擅場，陸務觀風騷餘力。尊幕中之上客，捉刀競説三松；封席上之青奴，標準猶傳一李。後村則名言如屑，秋崖則麗句爲鄰。臞軒、南塘、篔窗、象麓，雄於末造，迄在文山。三百年之名作相望，四六家之别裁斯在。惜乎歐公標復古之風，南豐興格律之禁，後世狃於積習，誤認宋世多工古文，而多不考其文體之嬗變與諸家之文辭。蓋駢儷之工，固亦不減隋唐焉。文勤既潛心駢儷，留意盛□，慨人世之謬承，忘前賢之襞積。因選爲斯集，俾世之好古者有所取資。復輯《四六話》一十二卷與之相輔而行云。（《續修四庫全書總目提要（稿本）》28 册，齊魯書社 1996 年版，第 762 頁）

作者簡介：

張作棟（1978— ），山東臨沂人，桂林師範高等專科學校中文系副教授。

釋大訢《蒲室集》敘録*

沈如泉　王曼煒

内容摘要:《蒲室集》爲元代臨濟宗僧釋大訢的詩文别集,其中收録釋大訢撰禪林應用駢體文疏百餘篇。釋大訢研窮教典,旁貫百家,其禪宗四六應用文創作上承南宋,下開元明,堪稱元代文僧駢文代表。今傳元至元刻本《蒲室集》共十五卷,附《書問》一卷、《疏》一卷、《語録》一卷。除元刻本等國内流傳諸多版本外,該書尚有日本五山版、日本風月莊版等多種刻本與抄本存世。《蒲室集》東傳日本後,影響了日本五山文學發展。日本僧人以《蒲室集》爲模擬作文之典範,并對《蒲室集》加以箋注,其中以月舟壽桂《蒲室集抄》爲日本注本的代表。

關鍵詞:蒲室集;笑隱大訢;駢文;疏文;版本

《蒲室集》十五卷,元代臨濟宗禪僧釋大訢(1284—1344)撰。釋大訢,字笑隱,俗姓陳,南昌人。釋大訢詩文俱佳,尤長於四六疏文等禪林日用文書寫作。《蒲室集》爲其别集,後世有諸多版本流傳,其中以中國國家圖書館收藏元至元刻本爲善本。國圖藏元本《蒲室集》刊刻時間早,正文内容比較完整。此本正文十五卷,書前有虞集序一篇,書後附《書問》一卷、《疏》一卷、《語録》一卷。《疏》卷共收大訢禪林疏文 133 篇,釋大訢所作四六疏文主要集中保存在這一卷中。

一、釋大訢生平與《蒲室集》

釋大訢生於至元二十一年(1284),幼承慈訓出家爲僧。其《湯氏義門詩》云:"九江義門是吾族,流落四方困窮獨。幼承慈訓寄空宗,隻影江湖隨雁鶩。"①《送姪陳九萬道士序》云:"吾族由九江徙南昌,世爲士人。自吾從祖父、伯父與吾始學佛。"②據黄溍《有元

* 本文爲教育部人文社會科學研究規劃基金項目"宋代詩文傳習研究"(項目編號 18YJA751028)的階段性成果。

① 釋大訢撰《蒲室集》,邱高興、朱紅整理,董平主編《杭州佛教文獻文萃》第一輯第十一册,宗教文化出版社 2016 年版,第 5756 頁。(以下引用此版本《蒲室集》僅標頁碼)

②《蒲室集》,第 5805 頁。

太中大夫廣智全悟大禪師住持大龍翔集慶寺釋教宗主兼領五山寺訢公塔銘并序》(以下簡稱《塔銘》)所記,釋大訢幼依其伯父法雲上人入南昌水陸院爲僧,至元二十九年(1292)正式拜法雲弟子彰上人爲師,受具足戒。大德四年(1300),大訢前往廬山開先寺拜訪一山了萬禪師,被留掌内記。不久了萬禪師又推薦大訢去百丈山晦機元熙禪師處參學。晦機元熙對大訢也十分器重,將他留在身邊作侍者,且由内記陞居記室。釋大訢後經晦機元熙禪師點撥而悟道。至大元年(1308),晦機元熙受邀住持净慈寺,大訢也跟隨晦機一起到了杭州,仍爲書記。据虞集《大元廣智全悟大禪師太中大夫住龍翔集慶寺釋教宗主兼領五山寺笑隱訢公行道記》(以下簡稱《行道記》)所記,至大四年(1311),笑隱大訢受請住持湖州烏回寺,"祝香之次,諸山咸嘆晦機之得人矣"[①]。延祐七年(1320),杭州大報國寺因火災寺毁。諸刹尊宿皆推舉笑隱大訢住持重建,大訢辭請,經趙孟頫親自作疏勸請方從。在大訢主持下,大報國寺很快完成恢復重建。泰定二年(1325),[②]江浙行省丞相脱歡請大訢住持重建中天竺寺,自此"人無間言,而師名日起矣。"[③]天曆二年(1329),元文宗詔敕大訢爲大龍翔集慶寺開山第一代住持,賜號廣智全悟大禪師。[④] 至順元年(1330),元文宗下旨召笑隱大訢與守忠曇芳入京覲見。元文宗于奎章閣賜座召問,將中天竺寺賜名天曆永祚寺,大訢所居之庵堂賜名廣智庵,命虞集書寫匾額。後有旨敕令東陽德輝重編《百丈清規》,命大訢負責校正,定爲九章。至元二年(1336),《敕修百丈清規》頒行,詔四方叢林依此遵行。[⑤] 同年,大訢以年老病弱求退,但未獲允許,并加號釋教宗主,兼領五山寺。至正四年(1344)五月一日,笑隱大訢作書請守忠曇芳代自己主持大龍翔集慶寺,退居廣智庵。五月二十三日,命弟子將兩朝所賜金幣等盡賦寺僧,建萬佛寺,以報國恩。次日,釋大訢作偈而逝。世壽六十一,僧臘四十六。

釋大訢研窮教典,旁貫百家,又長期任寺院書記、住持等職務,與同時文學名流交際頻繁,一生創作詩文不少。據虞集《行道記》載,至順元年(1330)元文宗于奎章閣賜座召問笑隱大訢與守忠曇芳時,聽聞大訢著有《蒲室集》,便命昭孝寺法洪取見。由此可知,《蒲室集》至遲在至順元年(1330)年已经編成。唐代禪師陳睦州曾用蒲草編織草鞋奉養母親(見《五燈會元》卷四),釋大訢將别集命名《蒲室集》乃用本家孝道故事。《蒲室集》最初爲詩文集,大約只有今所見元刻本十五卷正文部分而不包含現在的附録部分。虞集《行道記》云"師四會説法,皆有語録、提頌叙説宗旨。外集詩文若干卷,即所謂《蒲室集》

① 《蒲室集》,第6018頁。

② 大訢住中天竺寺時間見《蒲室集》,第5952頁。

③ 《蒲室集》,第6019頁。

④ 事見(元)虞集撰《虞集全集》下,天津古籍出版社2007年版,第812頁。

⑤ 事見(元)德輝編,李繼武校點《敕修百丈清規》第3頁,盧海山、何慧婷主編《中國禪宗典籍叢刊》,中州古籍出版社2011年版。

者也。"[①]現在元刻本《蒲室集》中則收録了語録等内容。中國國家圖書館藏元本《蒲室集》内容如下：書前有虞集《序》一篇。第一卷爲古辭、四言古詩和五言古詩；第二卷爲七言古詩；第三卷、第四卷爲五言律詩；第五卷爲七言律詩；第六卷爲五言絶句、七言絶句和聯句；第七卷、第八卷爲序；第九卷、第十卷爲記；第十一卷爲碑銘；第十二卷爲塔銘；第十三卷爲説和題跋；第十四卷爲題跋、頌、箴、贊；第十五卷爲銘和祭文。《書問》卷共收書問50篇。《疏》卷共收疏文133篇，包括住庵疏73篇、化佛殿疏等40篇。《語録》卷包括門人中孚等編《中天竺禪寺語録》；門人崇裕等編《大龍翔集慶寺語録》；門人廷俊等編《笑隱和尚住湖州烏回禪寺語録》；門人慧曇等編《杭州路禪寺大報國寺語録》；笑隱大訢撰真贊、偈頌、銘、序、題跋；虞集撰《元廣智全悟大禪師太中大夫住大龍翔集慶寺釋教宗主兼領五山寺訢公行道記》；黄溍撰《元太中大夫廣智全悟大禪師住大龍翔集慶寺釋教宗主兼領五山寺訢公塔銘》。

《蒲室集》附《疏》卷所收各類疏文大多爲禪林四六文，間有駢散夾雜之作，其中尤以住庵疏文數量最多。住庵疏是廣泛應用于宋元禪林間的一種日用文書，一般由佛寺高僧、書記或當地政府官員撰寫，用於推薦、勸請、慶賀新住持入住佛寺。早期住庵疏多爲散體，宋室南渡以後，住庵疏則多用駢體寫就。禪林疏文主要用來配合完成各類叢林禮儀儀式活動，故歷來爲僧俗所重。釋大訢因其個人詩文素養高，加之師承有自且教内地位尊崇，雖不刻意爲文而自有文名。《蒲室集》東傳日本後，對日本五山僧人的疏文寫作也産生了極爲深刻的影響。《蒲室集》被日本五山禪僧視爲寫作經典範本，他們將笑隱大訢禪師疏文書寫格式稱爲"蒲室家法"。[②] 可以説日本五山文學作品中的禪林四六文寫作基本受到釋大訢疏文影響。

二、釋大訢文學成就與影響

釋大訢精通佛典外書，長於文學。同時及後世文學家對其詩文成就都有很高評價。如元代虞集譽其詩文"吸江海於硯席，肆風雲於筆端"，[③]又言"如洞庭之野，衆樂并作。鏗宏軒昂，蛟龍起躍；物怪屏走，沈冥發興。至於名教節義，則感厲奮激。老於文學者，不能過也"[④]。黄溍評價他的文章説："無山林枯寂之態，變化開闔，奇彩燦然。而議論磊落，一出於正，未嘗有所偏蔽。"[⑤]大訢曾代晦機元熙作《永嘉江心寺一山萬禪師塔銘》，晦

① 《蒲室集》，第6020頁。

② 見（日）景徐周麟《四六後序》，（日）上村觀光《五山文學集》卷四，（京都）思文閣1992年版，第421頁。

③ 《蒲室集》，第5734頁

④ 《蒲室集》，第5735頁。

⑤ 《蒲室集》，第6024頁。

機禪師請趙孟頫書寫,“公(趙孟頫)一見大驚異,以爲真得古文法”。[①] 朱右《洎川文集序》評價大訢:“近代僧家者流以文鳴者固多,要其不失軌範,充然有餘,在元貞則天隱至公,天曆則廣智訢公也。天隱之文雅正舒暢,廣智之文雄健超邁。”[②]明代不少文學家也非常推崇釋大訢詩文。如徐一夔《全室集序》曰:“廣智禪師訢公,學統儒釋,肆筆於文事,卓然成一家言,施之著作之廷而無媿。天曆至順間,光膺帝眷説法,金陵官寺緇素向往,得其片言隻字,以爲秘寶。馳騁出入,以應其請,如群飲於河,各滿所欲,聲譽赫然。”[③]宋濂在《故靈隱住持樸隱禪師元瀞公塔銘》中云:“大龍翔寺寺主廣智全悟訢公,精貫儒釋二家,行文爲世模範,不輕與人。”[④]練子寧稱:“笑隱禪師文章節行,卓立方外。”[⑤]陳師《禪寄筆談》道:“大訢笑隱者,住中竺,有學行,研窮教典,旁貫百家……《蒲室集》予常把玩,深解名理,雖援儒入墨,誠高流也。”[⑥]

虞集在《行道記》中称釋大訢“文詞語言流傳四方,震蕩耳目,亦顧眄雄睨於一時也”。所言不虛。《蒲室集》刊行後不久,即由日僧帶回東瀛,并不斷被翻刻、抄寫。大訢的駢體文在日本禪林文壇中産生了巨大的影響,其疏文的寫作技藝被日本五山禪僧稱爲“蒲室家法”。五山禪僧們將其疏文視爲寫作的教科書和範文,不斷注釋并模仿,占據五山文學半壁江山的禪林四六文基本都是在大訢疏文的影響下創作的。日本文學僧們將大訢住庵疏奉为圭臬:“叢林入院開堂,用駢儷之語勸請住持,濫觴于趙宋,蕃衍元明。……國朝諸師,初無此作,中古以來盛行之,率用宋朝文法,是故關翁(虎關)《禪儀外文》擇而載之。三四十年來,稍用大元法度,其端重典雅,縱横放肆,與造物者争变化者。龍翔(蒲室)製作,超拔先古四六之體,立宗門百世之法,是故天下翕然步趨之。而其文法,固非一例,學者宜反復究之。”[⑦]日僧常庵龍崇言:“古來文之本者,蒲室禪儀外文尤宜哉。”[⑧]此外,日僧景徐周麟還指出了大訢四六文承前啓後的文學史地位:“蓋禪四六文之盛行於世也,始于蒲室。蒲室出乎皇元之間,一手定其體格,整其句法,而自編其集,雅頌各得其所也。繼于蒲室者曰季潭、曰用章,皆有家法,而季潭開闔關鍵可觀焉。”[⑨]季潭和用章都是大訢高足,長於文學。季潭就是明代著名文學僧全室宗泐,徐一夔在其《全室集》序文中記載了大訢與宗泐間的詩文傳習情況:“泐公参請之餘,又得博其(大訢)聞見。凡六籍所存、百氏之所萃、名家巨集之所録,日務記覽,涵揉渟蓄,而後吐出其胸中之

① 《蒲室集》,第6018頁。

② 李修生主編《全元文》第五十卷,鳳凰出版社2004年版,第550頁。

③ (明)徐一夔撰,徐永恩校點《徐一夔集》,浙江古籍出版社2017年版,第328頁。

④ (明)宋濂撰《宋濂全集》新編本第五册,浙江古籍出版社2014年版,第1646頁。

⑤ (明)練子寧撰《練中丞集》,《金川玉屑集》卷六,明刻本。

⑥ (明)陳師撰《禪寄筆談》,萬曆二十一年(1583)自序刊本。

⑦ [日]北村澤吉《五山文學史稿》,(東京)富山房1941年版,第508頁。

⑧ 同上,第788頁。

⑨ [日]上村觀光《五山文學集》卷四,(京都)思文閣1992年版,第421頁。

奇。譬之築九仞之臺,其基既厚,何患其不崇且大也?"①

釋大訢是禪四六文從宋到元風格轉折發展過程中承上啓下的關鍵人物。釋大訢所作駢體疏文格律嚴謹。撰疏時講究句法和章法,語句的字數、對句的排列都有一定之規,不能隨心所欲。疏文的結構安排有條不紊,嚴正有序,但并不僵化刻板。大訢作文風格可以用"雄健超邁,變化開闔"總結。所謂"雄健超邁",是與南宋末期"雕琢過甚""體格卑弱"的駢文相對而言的。歐陽玄稱晦機元熙、笑隱大訢"倡斯文于東南,一洗咸淳之陋"②基本符合事實。大訢駢文雖屬對工切,結構井然,但也十分注意句法、文法的變化。此外,句中夾雜使用古語與今語,注重内典與外典的錯綜編排,先反語而後正説等手法也是大訢駢文體現"變化開闔"風格的重要原因。"蒲室家法"在創作時注重使用"機緣"與"實録"相結合的方法。"機緣"就是用内外典故來暗示或襯托書寫對象的品德資質、師承淵源與成就經歷等特點,所謂"實録"則是要像司馬遷撰寫《史記》一樣秉筆直書:"其文直,其事核,不虚美,不隱惡,故謂之實録。"③這種創作手法使得大訢疏文呈現出典重而不失流暢的特點。

大訢的文學成就主要得益於兩方面。首先與其師承法系有關。虞集指出:"其(大訢)説法之餘,肆筆爲文,莫之能禦,以予所知,自其先師北礀簡公、物初觀公、晦機熙公相繼坐大道場,開示其法,然皆有别集,汪洋紆徐,辨博瑰異,則訢公之所謂有來矣。"④大訢的曾師祖北礀居簡、師祖物初大觀,師父晦機元熙作爲臨濟宗大慧派的嫡傳弟子,受到宋代以來"文字禪"及"看話禪"的影響,他們衣缽相傳,以詩文闡佛説理。北礀居簡是臨濟宗大慧宗杲法嗣,博學多識,禪學造詣高深且熱愛文學,詩文成就頗高。居簡之徒物初大觀擅詩文、書法,著作甚多。其《物初賸語》中包含詩、疏、榜、謝表、上樑文、祭文、行狀、書信等各種文學體裁。晦機元熙曾爲其師物初大觀内記,曾謂大訢"昔雪竇、真凈(克文)及我妙喜以來,内自教乘,傍及儒老子百家之言,深入要眇,故其文言,浩乎如川至之不可禦也。"⑤大訢有感於此,於是益研教典,傍及儒道百家之説。因此虞集云"則訢公之所爲有自來矣。"⑥歐陽玄在《蒲庵集序》中也指出了這一現象:"由唐至宋大覺璉公、明教嵩公、覺范洪公,宏詞妙論,人盡嘆服。元初若天隱至公、晦機熙公,倡斯文于東南,一洗咸淳之陋。晦機之徒笑隱訢公,尤爲雄傑。"⑦

其二,元代禪林禮儀的規範化提高了禪四六的交際性。元代皇室崇佛,禪宗得到了

---

① (明)徐一夔撰,徐永恩校點《徐一夔集》,浙江古籍出版社 2017 年版,第 328 頁。

② (元)歐陽玄撰,魏崇武、劉建立校點《歐陽玄集》,吉林文史出版社 2009 年版,第 329 頁。

③ (漢)班固撰,(唐)顔師古注《漢書》第一册,中華書局 2013 年版,第 2740 頁。

④《蒲室集》,第 5734 頁。

⑤《蒲室集》,第 6018 頁。

⑥《蒲室集》,第 5734 頁。

⑦ (元)歐陽玄撰,魏崇武、劉建立校點《歐陽玄集》,吉林文史出版社 2009 年版,第 329 頁。

蒙古統治者的認可,逐漸建立起完備統一的禪林清規。元順帝曾敕令大訢同门東陽德輝重編《百丈清規》,大訢負責校正。大訢校定清規爲九章,每章冠以小序。此清規對書記等禪寺職務及各類禪林日用文書應用均有詳細規定。書記,又名書狀,執掌禪門書疏,負責禪林間及僧俗間書狀往來,如禪師入院開堂之時須由書記撰寫榜、疏之文,舉行祭供法事之時須撰祭文等。大訢先是做了多年内侍與書記,他執筆書事,"文士良史或莫過之"①。後奉詔住持大龍翔集慶寺時,身爲高階僧官,掌五山十剎,在江南地區十分受尊崇。由於需要解決的俗務較多,官場上的應酬來往也會較多。《蒲室集》中詩歌中有九成以上是交遊詩。序、記、碑銘、塔銘、字説、題跋、祭文、疏榜等類文章也大都與其日常人際交往有關,是典型的應用文體。

禪宗在宋代由"不立文字"發展到"不離文字","文字禪""詩禪"風行天下。越來越多的僧人參與到文學寫作中,他們好以詩文結交官僚和文士,與其交遊唱和,詩文風格也受當世文壇領袖的影響,越來越富有文學品格,并形成了較爲規範的文章範式。大訢在當時聲望甚高,文人學士多與交遊。《全室集序》中載:"當是之時,金陵亦東南都會,内而台閣名流,外而山林遺老,至其地者,莫不折節而與廣智交。"②黄溍和虞集都是元代文壇領袖,二人和浦江柳贯、豫章揭傒斯并称为元代"儒林四杰",佛教居士的身份使得他們又都與大訢有十分親密的關係。虞集"與訢公相知二十年",③在山中歸隱時得見《蒲室集》,親自爲其作序。大訢圓寂後,弟子廷俊奉狀遣人請黄溍爲大訢撰寫塔銘,黄溍"念師之告寂也,不遠千里,以所服玩,來識永訣。若有所屬,望於溍者,詛不得以衰退爲解。"④趙孟頫不僅和大訢有文學上的往來,在其住持重建報國寺的過程中,還給了大訢很大幫助。其間,趙孟頫書字數百幅給大訢作爲人事"以干施者"⑤;又寫信請中峰明本爲興復報國寺作疏。⑥ 臨終之日,"尚力疾爲予書鐘銘"。當晚,大訢夢見趙孟頫"從予索飯而别"。⑦ 可見二人感情之深厚。宋濂《净慈明辯正宗廣慧及公塔銘》:"訢公以文章道德傾動一世,如張文穆起巖,張潞公翥,危左丞素皆與之游,以聲詩唱酬爲樂,師微露文彩,珠潔璧光。"⑧張起巖、張翥、危素均官至翰林學士,兼國史院編修官,均是元代文壇重要人物。此外,鄧文原、袁桷、高彦敬、胡長孺、仇遠、楊載、杜本也都與大訢爲文學之友。

大訢能繼承自其師承法系,禪寺制度的發展使得其文章的交際性日益凸顯,與文士名流的交往又提升了他的文學品格,最終造就了大訢禪四六"超拔先古"的文學地位。

---

①《蒲室集》,第 6018 頁。

② (明)徐一夔撰,徐永恩校點《徐一夔集》,浙江古籍出版社 2017 年版,第 328 頁。

③《蒲室集》,第 5734 頁。

④《蒲室集》,第 6022 頁。

⑤《蒲室集》,第 6015 頁。

⑥ (元)趙孟頫撰,任道斌點校《趙孟頫文集》,上海書畫出版社 2010 年版,第 255 頁。

⑦《蒲室集》,第 6015 頁。

⑧ (明)宋濂撰《宋濂全集》(新編本)第五册,浙江古籍出版社 2014 年版,第 1608 頁。

三、《蒲室集》主要版本

《蒲室集》流傳較廣,明清目録多有著録。如明楊士奇《文淵閣書目》卷二著録:"僧笑隱《蒲室集》一部一册。"①明祁承㸁《澹生堂藏書目》、王圻《續文獻通考》亦有著録。清黄虞稷等《遼金元藝文志》、錢大昕《元史藝文志》均録《蒲室集》爲十五卷。此外,不少清代藏書家也著録了《蒲室集》抄本情況。如丁丙《善本書室藏書志》卷三十三:"《蒲室集》十五卷舊抄本,李伯雨藏書,此舊抄本有宣城李氏瞿硎石室圖書印記,……《蒲室集》十五卷王氏抄本,前有虞集序,又有小學樓一印,蓋蕭山王氏十萬卷樓抄本。"丁日昌《持静齋書目》、莫友芝《宋元舊本書經眼録·持静齋藏書記要》、鄧邦述《群碧樓善本書録·寒瘦山房鬻存善本書目》也記載了幾個清抄本。《四庫全書總目》著録浙江汪啓淑家藏本《蒲室集》十五卷。

《蒲室集》現國内外圖書機構也多有收藏。中國藏《蒲室集》主要版本有:中國國家圖書館藏元至元刻本《蒲室集》十五卷,附《疏》一卷、《書問》一卷、《語録》一卷②;大連圖書館藏《蒲室集》日本風月莊左衛門刊本十五卷(有附録)③;南京圖書館藏《蒲室集》清王氏十萬卷樓抄本(清丁丙跋)十五卷④;北京大學圖書館藏《蒲室集》清抄本六卷。⑤

《蒲室集》東傳日本後,經歷過數次翻刻、傳抄與箋注。日藏《蒲室集》刊本主要包括:日本東洋文庫藏妙葩刊五山版《蒲室集》十五卷(有附録);日本國立國會圖書館藏風月莊左衛門刊本《蒲室集》十五卷(有附録);日本東京大學人文社會研究所藏小川源兵衛刊本《蒲室集》十五卷附《蒲室書問》一卷。⑥ 抄本主要有:日本足利學校史迹圖書館藏中巖圓月《插注參釋廣智禪師蒲室集》(别名《蒲室集注釋》)六册⑦;日本駒澤大學藏月溪聖澄《蒲室疏抄》三册⑧;日本建仁寺兩足院、日本早稻田大學藏月舟壽桂《蒲室集抄》四册等。⑨

關於《蒲室集》的版本及流傳情況,學界已經有一些研究成果。車才良《〈蒲室集〉版

---

① (明)楊士奇等編《文淵閣書目》,中華書局 1985 年版,第 119 頁。
② 周謝清主編《元人文集版本目録》,南京大學出版社 1983 年版,第 35 頁。
③ 王寶平主編《中國館藏和刻本漢籍書目》,杭州大學出版社 1995 年版,第 487 頁。
④ 中國古籍總目編纂委員會編《中國古籍總目·集部》第一册,中華書局 2012 年版,第 481 頁。
⑤ 趙萬里主編《北京大學圖書館藏李氏書目》下册,北京大學圖書館 1967 年版,第 98 頁。
⑥ 據"全國漢籍データベース"數據庫:http://kanji.zinbun.kyoto—u.ac.jp/kanseki? query=
⑦ [日]森末益彰等編《國書總目録》卷七,(東京)巖波書店 1963 年版,第 327 頁。
⑧ [日]小川靈道主編《新纂禪籍目録》,(東京)駒澤大學圖書館 1962 年版,第 422 頁。
⑨ [日]木村省吾主編《大正新修昭和法寶總目録》第三卷,(東京)大正一切經刊會,第 984 頁。

本及其在日本的流傳》[①]大致梳理了中國與日本館藏《蒲室集》版本情況;《杭州佛教文獻集萃》[②]第一輯第十一册介紹了《蒲室集》幾個主要版本之間的關係;川瀨一馬《五山版的研究》[③]詳細著録了五山版《蒲室集》。

筆者在上述研究的基礎上,對包含疏類駢文的《蒲室集》版本擇要介紹如下:

1.元至元本《蒲室集》

該版是諸版本之源。共十五卷,八册,附《書問》一卷、《疏》一卷、《語録》一卷。原書内框高 19.5 厘米,寬 12.8 厘米,半葉 10 行 20 字。細黑口,四周雙邊,有界格。每卷次行題"豫章釋大訢笑隱"。卷内遇元帝尊號如"文皇""文考""先皇"等字樣,皆提行。以示尊崇。書内有"北京圖書館藏"朱方,"涵芬樓"朱方,"海鹽張元濟經收"朱方。書口下方左偏有記刻工姓或姓名"東""陳""朱""張""陳君佑""張弘毅""施"等。

從虞集序作於至元四年(1338)判斷,元刻本《蒲室集》大約作於此後不久。元至元本是現存《蒲室集》諸書中最早的版本,保存笑隱大訢作品相對完整。不足的是,根據《中華再造善本》影印版所見,該本疏文卷部分有大量文字缺失,甚至有幾篇疏文僅存標題於目録中,正文全篇丟失,且由於蟲蛀等原因有些字殘損,須輔以其他版本方可進行完整閱讀。中國國家圖書館藏有原版和縮微版,《中華再造善本》叢書有複製本。

2.妙葩刊五山版《蒲室集》

五山版《蒲室集》刊行于延文四年(1359),是日本現存最早的刊本,川瀨一馬《五山版的研究》對其有詳細的著録。該書共二十卷,十册,有附録。内框高五寸八分五厘(19.5 厘米),寬五寸九分(19.6 厘米),半葉十行二十字,四周雙邊,有界。疏文卷末有如下木記:

> 保壽、尼寺、檀越、菩薩、戒尼、大友、揔持施財,命工刊行此版,伏願人人肅清慧目,個個開悟靈心,恩有報資,怨親融接,延文己亥春雲居比丘妙葩題。

五山版《蒲室集》由日本五山天龍寺學僧春屋妙葩(1311—1388)主持刊行。春屋妙葩是日本南北朝時代五山文學的傑出代表,他精通佛學,兼通中國儒學和詩文,曾任日本首任僧録,在京都天龍寺熱心刊印書籍,由他住持刻印的書有"妙葩版"之名。春屋妙葩是主持刊行漢籍外典種類最多的五山僧,《蒲室集》又是五山僧較早刊刻的外典漢籍之一。[④]

---

① 車才良《<蒲室集>版本及其在日本的流傳》,《域外漢集研究集刊》2018 年第 1 期,第 401-411 頁。
② 邱稿興、朱紅整理,董平主編《杭州佛教文獻集萃》第一輯第十一册,宗教文化出版社 2016 年版,第 5727 頁。
③ [日]川瀨一馬《五山版の研究》,(東京)共立社昭和 45 年版,第 442 頁。
④ 見周清澍《元代汉籍在日本的流传和翻刻》,《文史知識》1998 年第 9 期,第 36—42 頁。

該版完本保存在日本三井家,不易得見。但有《蒲室集疏》單行本一卷藏于日本國立國會圖書館,可綫上閲覽。書中有"明治八年文部省交付"朱印,"東京書籍館"圓印。該本收入《日本五山版漢籍善本集刊》[①]與《五山版中國禪籍叢刊》[②]。據川瀨一馬研究,五山版《蒲室集疏》還有東洋文庫、大東急紀念文庫、小汀文庫、靈雲院藏本等多種版本。

一般認爲《蒲室集疏》是作爲疏文的作文參考而單獨刊行的,將國立國會圖書館藏《蒲室集疏》與元本疏文部分對比,可見二者體例、内容完全一致,甚至連元本刻工的名字都一併復刻,可以推測整部五山版《蒲室集》都是據元本的覆刻,值得注意的是,包括五山本在内的所有日本藏《蒲室集》疏文部分,文字内容均較為完整,無缺文脱漏等情况,學者可據此補元本之闕。

3.早稻田本《蒲室集抄》

日本早稻田大學圖書館藏永正十三年(1517)《蒲室集抄》是各注本中較爲詳細、完備的版本。該本共四册,綫裝。紙張發黄,有破損。每半頁20行,行22字,小字雙行。頁高32厘米。無界。每册封頁左上方書簽上題"蒲室集抄"四字,右上方有"海共四"書簽,右下方有圖書館印紙和書籍編號,一到四册分别爲"1021—1"到"1021—4"。扉頁有"明治四十年三月十九日"朱文圓印,第三頁有"早稻田圖書館"朱文方印。每卷均無序文、目録等。各卷均有朱批標示人名、書名、地名等專有名詞及句讀。天頭部分有小字注釋。

從該書卷末序文中可知,《蒲室集抄》是由月舟壽桂傳授蒲室家法時所講,由繼天壽戬執筆記録抄寫的講義。月舟壽桂(1460—1533),别號幻雲、中孚道人,日本臨濟宗僧,近江人。曾任京都建仁寺第二百四十六世住職。其爲人博學、工詩文,曾隨天隱龍澤、正宗龍統學習漢詩文。繼天壽戬(1495—1549),别號牧雲,日本臨濟宗僧,在京都建仁寺跟隨月舟壽桂學習佛法、四六文作法與聯句,天文六年在同寺任住持。

月舟壽桂的傳講課程從日本永正十年(1514)開始,永正十二年(1516)結束,共三十五回。次年(永正十三年,1517)由繼天壽戬整理成書。根據月舟壽桂和繼天壽戬的經歷可以推想,這次傳講課程很有可能是在建仁寺内發生的,因此該本又被收入《建仁寺兩足院藏書目録》。

該本第一册前有近三分之一的文字是從其他書中抄録和月舟壽桂講解時發散的内容,這些内容是《蒲室集》刻本中没有的,大致包括宋四六文相關理論及禪林四六句法、章法,禪林清規的介紹與笑隱大訢其人生平等内容。總體來説,《蒲室集抄》正文前抄録部分内容繁雜,似乎并無體例順序可循,三類内容也是混雜抄寫,甚至有些正文注釋也混入了抄録部分。

---

① 域外漢籍珍本文庫編纂出版委員會編《日本五山版漢籍善本集刊》,西南師範大學出版社2013年版。

② [日]椎名宏雄編《五山版中國禪籍叢刊》,(京都)臨川書店2013年版。

從第一卷的後三分之二部分開始，是五山僧對《蒲室集》住庵疏部分的注釋，共49篇，和元本《蒲室集》該部分比較，篇目和標題均有較大不同。

月舟壽桂箋注《蒲室集抄》極爲詳細，疏文中出現的辭藻、典故、名物、事迹等皆從内外典籍中鈎沉溯源，還指出了大訢作文時對前人語言的化用情況，所引古籍從儒家著作到佛教經典，從文集史傳到類書小説，不一而足。箋釋還常常針對段落和章節展開文意講解，并特别標注了值得模仿的錦言妙句，提示讀者着眼。此外，月舟壽桂在箋注中繼承總結了正宗龍統、村庵靈彦等文學僧對蒲室疏的説講和注釋，有助讀者參考各家之言，全面理解文章意義。

4.風月莊左衛門刊版《蒲室集》

日本江户時代承應二年（1653）初冬，京都書肆風月莊左衛門重新刊行了《蒲室集》十五卷，附《蒲室語録》一卷，《蒲室集書問》一卷，《蒲室疏》一卷，四册。半葉十行二十字，四周雙邊，無界格。收入《大藏經補編》第二十四册、《和刻影印近世漢籍叢刊》思想編第四編第三册。據《關於大谷大學所藏五山版諸本》一文，該版本爲元本覆刻，[①]這個判斷是不正確的，因爲該本不僅字體、版式等與元本相去甚遠，體例和也元本有較大不同。風月莊版《蒲室集》目録拆分附在各卷前而非第一卷首，《行道記》附在第十五卷末而非《語録》卷末。據卷末"承應二年初冬，風月莊左衛門刊行"字樣，該版很可能由書肆主人重新進行了雕版、印刷和製本，這在江户時代的京都是十分有可能的。

該版本現存傳本有五件。日本國會國立圖書館藏本《蒲室集》共十五卷四册，有附録，可綫上閱讀。有"帝國圖書館藏"朱印、"明治三九・七・七・購入"朱印、"瑞嚴圓光禪寺藏書"墨印。國立公文圖書館藏本《蒲室集》共15卷5册，有附録，可綫上閱讀。有"昌平阪學問所"墨方、"林氏藏書"朱方、"日本政府圖書"朱方、"淺草文庫"朱方、"内閣文庫"朱方。大谷大學藏本共15卷10册，有附録。大谷大學本每册順序與其他藏本略有不同：第一、二册爲語録部分，第三册爲書問部分，第四册爲疏文部分，第五册到第十册爲詩文部分。其中第四册疏文部分多有墨書與朱書。京都大學綜合圖書館西山文庫（西山五郎氏）藏15卷，有附録，4册。駒澤大學圖書館藏本共15卷7册。

除了上述諸本外，還有幾種值得注意的版本。大訢法侄中巖圓月曾受妙葩之請，爲五山版《蒲室集》作了箋注，書稱《插注參釋廣智禪師蒲室集》，該書也是《蒲室集》最早的注本，但注文并未包括附録部分。京都書肆興文閣小川源兵衛曾于承應二年（1653）刊行《蒲室集》共十五卷，另單獨刊行《蒲室書問》一册，《蒲室疏語》兩册，《笑隱和尚語録》兩册。

此外，今人邱高興、朱紅整理的《蒲室集》收入董平主編《杭州佛教文獻集萃》第一輯

---

① 聯合報文化基金會國學文獻館編《第一届中國域外漢籍國際學術會議論文集》，聯合報文化基金會國學文獻館1987年，第591頁。

第十一册，該本以元刻本爲底本，重新編目，參校四庫本與和刻本，較爲方便使用。遺憾的是，該點校本仍未能補完元本疏文卷缺失内容。宗教文化出版社 2016 年出版。

資料彙編：

（元）虞集《蒲室集序》：

天地之相感而文生焉，氣神周流，物象變化而不可窮已者，亦由文章之出乎人者矣。故夫以高下、厚薄、夷險、肥蹺、荒易之地，以通乎風雲、雷霆、霜露之用；摩蕩聚散，消息起伏，各因其所在而發焉。千態萬狀之迹，其可涯哉？是故必有聰明特達之材而充其周普融攝之識，觀乎天人古今之變，以達其浩博精要之理，而後足以爲文也。嗟乎，鮮矣！彼局促于呫畢之間，每不足以得之。而妙契心要於形骸之外者，庶幾言之而無礙，執之而無方，以縱横出入於當時者乎！南昌訢公，早有得于其宗，精神所及，六藝百家殆不足學也。故其説法之餘，肆筆爲文，莫之能禦。以予所知，自其先師北磵簡公、物初觀公、晦機熙公，相繼坐大道場，開示其法，然皆有别集，汪洋紆餘，辯博環異，則訢公之所爲有自來矣。

我文皇建大刹于潜邸之舊處，特起訢公居之。天縱神明，度越前代。取一士而表異之，冠乎東南之叢林。其遇合之故，尊禮之意，豈凡庸所得窺其萬一？訢公於是吸江海于硯席，肆風雲於筆端，一坐十年，應四方來者之求，則一代人物之交見乎篇章簡什者，殆無虚日，豈尋常根器之所能哉？予與訢公相知二十年，天曆、至順間，一再（解後）［邂逅］京師，殊未暇及兹事。歸卧山中五六載，方外之士相遭于淡泊時，得見其一二，已不勝其驚喜。高上人久從公遊，不鄙予之衰朽而來過焉，乃盡得所爲《蒲室集》者數巨帙。惜予有子夏、丘明之疾，危坐虚室，使善讀書者琅然誦之，如洞庭之野，衆樂并作，鏗宏軒昂，蛟龍起躍，物怪屏走，沉冥發興。至於名教節義，則感勵奮激，老于文學者不能過也。何其快哉！何其快哉！豈期寂寥遲暮之餘而有此獲也，故題其編末而歸之。

至元四年歲在戊寅四月八日蜀郡虞集叙。

（元刻本《蒲室集》卷首）

（明）徐一夔《全室集序》：

廣智禪師訢公，學統儒釋，肆筆於文事，卓然成一家言，施之著作之廷而無媿。天曆、至順間，光膺帝眷，説法金陵官寺，緇素向往，得其片言隻字，以爲秘寶。馳騁出入，以應其請，如群飲於河，各滿所欲，聲譽赫然。泐公既自得师，當是之時，金陵亦東南都會，内而台閣名流，外而山林遺老，至其地者，莫不折節而與廣智交。泐公參請之餘，又得博其聞見。凡六籍所存、百氏之所萃、名家巨集之所録，日務記覽，涵揉渟蓄，而後吐出其胸中之奇。譬之築九仞之臺，其基既厚，何患其不崇其大也？

（明・徐一夔《始豐稿》卷十二）

(明)陳師《禪寄筆談》:

大訢笑隱者,南昌人。住中竺,有學行,研窮教典,旁貫百家,所著有《蒲室集》。元文宗召赴闕,特賜三品文階。張伯雨贈之詩云:"繙經臺畔惜分携,華蓋峰前幾夢思。一席地分眠鹿草,三更月在掛猿枝。我書安能半袁豹,君才端倍十曹丕。上番相逢虞秘監,不嫌頻竄仰山碑。"一日,省相請笑隱看潮,其日寺火,時恩斷江住虎丘寺,同日災。有僧爲詩戲之曰:"欣哉笑隱住中峰,本是鴻儒學説空。羅刹江頭潮未白,稽留峰山下火先紅。青霄有路干丞相,紺殿無顏見大雄。若使斷江知此意,兩人握手泣西風。"可謂善滑稽而工諷咏者矣。若訢之《蒲室集》予常把玩,深解名理,雖援儒入墨,誠高流也。

(明·陳師《禪寄筆談》卷六)

《四庫全書總目提要》:

《蒲室集》十五卷,浙江汪啓淑家藏本。元釋大訢撰,大訢字笑隱,南昌陳氏子,居杭之鳳山,遷中天竺,又主建康集慶寺。是集詩六卷,文九卷。前有虞集序,謂其"如洞庭之野,衆樂并作,鏗宏軒昂,蛟龍起躍,物怪屏走,沈冥發興。至於名教節義,則感厲奮激,老於文學者不能過。"雖稱之少溢其量,然其五言古詩實足揖讓於士大夫間,余體亦不含蔬筍之氣,在僧詩中猶屬雅音。又文宗入繼大統,改建康潜邸爲集慶寺,特起大訢居之,授大中大夫。故雖隸緇流,頗諳朝廷掌故。若所著《王可毅尚書歷任記》,證以《元史·文宗本紀》,皆相符合。惟《本紀》謂至治元年五月,中政使耀珠(原作"咬住",今改正)告托歡徹爾(原作"脱歡察兒",今改正)等交通親王,於是出文宗居海南。而是記則謂"至治二年讒慝構禍,文宗遷海南",與本紀相差一年。或傳寫誤"元"爲"二",故與史異耶?集中多與趙孟頫、柯九思、薩都拉(原作薩都剌,今改正)、高彦敬、虞集、馬臻、張翥、李孝光往來之作,而第九卷中《杭州路金剛顯教院記》,第十二卷《金陵天禧講寺佛光大師德公塔銘》并注曰"代趙魏公作",則孟頫亦嘗假手於大訢,知非俗僧矣。

(清·永瑢等撰《四庫全書總目》卷一百六十七)

(日)中巖圓月《插注參釋廣智禪師蒲室集》序:

等持春屋禪師刻《蒲室集》版,既成,俾予解之,蓋以欲啓彼童者歟?抑又以予忝爲法門之姪,故見命也,寧可以不才爲解乎?凡古書故事、巷談俗諺,如有可與本文相類者,輒引而證之,用細字插之乃篇言辭之間爲注。又别出管見,以推考故事與本文之同異,取捨,或反而違之,或順而從之者,參而釋之,低書於章句之後稱釋曰,總而目之,曰《插注參釋廣智禪師蒲室集》。不敢出觀之大方,只可與初學兒輩,未解句逗者,略得進業之助爾。不覺紛擾,如衣壞絮入荊棘中,適自纏絆矣。且夫蒲室師伯者,吾先師之所畏也,乃以其文廣流布於吾海東之國,責當在吾也。然而春屋刊行,其能可已,深感於斯。

戊戌秋日本國利根郡吉祥寺姪中巖拜書。

(日本足利學校本《插注參釋廣智禪師蒲室集》卷首)

（日）月舟壽桂《蒲室集抄》序：

世講蒲疏者在前輩而亦爲少焉，龍山香梅屋屢求講之，予固辭曰："予才之短、學之淺、識之不明，何以塞其責哉？"梅請而不止，且曰："師平居有云：'吾聞諸蕭庵，蕭聞諸村庵，村聞續翠（江西也）之説，唯四篇也。'嘗一臠識鼎味，村之謂乎，然則師之所講諸老之義也，將何辭耶？"予輒應其命講其義，始於甲戌五月廿八日，終於丙子二月廿四日，凡三十五回也。學徒前後或有所聞或有所不聞，聞而全者，梅屋之外唯河清爾。戩子（繼天也）執筆侍側，印童（如月也，自號留雲）亦粗剽聞，可笑。

永正十三年二月幻雲（月舟）志

予寫幻師之本者，始于文癸巳正月十一日，終於同八月三日，牧雲子壽戩。

（日本早稻田大學本《蒲室集抄》卷末）

（日）仲芳圓伊《四六法》：

叢林入院開堂，用駢儷之語，勸請住持，濫觴于趙宋，蕃衍元明。其間諸師，覺範、北磵以下，至懶庵、全室等，發揮正宗之餘，博識雄才，遊戲翰墨，皆以化筆，緣飾斯道。凡以文章行於世者，咸有四六之作。其爲體裁，隨時沿革，出入古今，馳騁内外，吁，盛哉！國朝諸師，初無此作，中古以來盛行之，率用宋朝文法，是故關翁（虎關）《禪儀外文》擇而載之。三四十年來，稍用大元法度，其端重典雅，縱橫放肆，與造物者争变化者，龍翔（蒲室）製作，超拔先古四六之體，立宗門百世之法，是故天下翕然步驟之。而其文法，固非一例，學者宜反復究之。而諸師所制，亦不可不熟讀之。

（日・雪心素隱《文章源流》）

（日）景徐周麟《四六後序》：

禪四六文之盛行於世也，始于蒲室。蒲室出乎皇元之間，一手定其體格，整其句法，而自編其集，雅頌各得其所也。繼于蒲室者曰季潭、曰用章，皆有家法，而季潭開闔關鍵可觀焉。

（日・景徐周麟《翰林葫蘆集》卷八）

作者簡介：

沈如泉（1971— ），西南交通大學人文學院中文系副教授，博士，主要從事唐宋文學研究。

王曼煒（1992— ），西南交通大學人文學院研究生在讀，唐宋文學研究方向。

明清之際駢文總集叙録*

張明强

内容摘要:《明清之際駢文總集叙録》大致以傳世駢文總集刊行時間先後爲序,刊刻時間難以確定者,以編選者或刊刻者活動時間之先後爲序。收録範圍大致在明萬曆二十年(1592)至清康熙六十一年(1722)間,個别駢文總集超出這一時間段,但作爲與這一時期有關聯性的總集仍收入,以見駢文總集的演變歷程。駢文總集指明清之際專門選録駢文作品(駢偶句段)的駢文選本。叙録内容主要包括駢文總集的編纂、主要版本流傳存藏、編選者的簡略生平,以及駢文總集的收録情況和駢文批評。明清之際駢文總集甚夥,兹列36部,而明丘兆麟選注《學餘園類選名公四六鳳采》四卷、馮夢禎輯評《四六徽音集》四卷、周之標選輯《四六琯朗集》八卷等尚未寓目,這些總集叙録闕如,補編之成,俟之他日。

關鍵詞:明清之際;駢文總集;選本,叙録

1.《四六雕龍》八卷,明游日章著,明林世勤注,明萬曆十四年丙戌(1586)刻本。

游日章,字學絅,號南荊,明福建興化府莆田縣人。嘉靖三十八年己未(1559)進士,歷官江西臨川知縣、刑部主事,官至明廣東廉州府知府。生平詳見《(乾隆)廉州府志》卷十三本傳、《(民國)莆田縣志》卷三十二本傳①。

林世勤,字天懋,號脈望生,福建福州府閩縣人。福州府學生。林氏乃閩縣大族,曾祖父林瀚、祖父林庭機(一作廷機)、伯祖父林庭㭿、父林燫(1524—1580)、叔父林烴等皆爲顯宦,世勤與兄林世吉并有文名。撰《娱萱亭小草》《雕龍館集》等。生平詳見《明史》卷一百六十三《林瀚傳》②、林燫《林學士文集》附録③、葉向高《蒼霞草》卷十四《大宗伯肖泉林先生傳》④。

---

* 本文爲國家社會科學基金項目"明清之際駢文研究"(15XZW024)成果之一。

① 《(乾隆)廉州府志》,清乾隆十八年(1753)重修本,《故宫珍本叢刊》第204册,海南出版社2001年版,第264頁;《(民國)莆田縣志》,《中國地方志集成》之《福建府縣志輯》第17册,上海書店出版社2000年版,第728頁。

② (清)張廷玉等撰《明史》,中華書局1974年版,第4428—4431頁。

③ (明)林燫《林學士文集》,《四庫全書存目叢書》集部第115册,齊魯書社1997年版,第641—648頁。

④ (明)葉向高《蒼霞草》,《明别集叢刊》第四輯第62册,黄山書社2016年版,第361—362頁。

《四六雕龍》八卷,美國國會圖書館藏。卷首張獻翼和林世勤《四六雕龍序》,林世勤序末署"萬曆柔兆閹茂玄月哉生明",則序作於萬曆十四年丙戌(1586),書當刻於此時,《天一閣書目》卷三之二著録此書[①]。《駢文要籍選刊》第130—131册影印此刻本。《寶顔堂秘笈》之《亦政堂鐫陳眉公普秘笈一集五十種》收録林世勤注《駢語雕龍》四卷,《叢書集成新編》第7册和《四庫全書存目叢書》子部第179册皆影印該版本。《寶顔堂秘笈》本將書名改爲《駢語雕龍》,將《四六雕龍》之八卷合併爲四卷,每卷卷首題"駢語雕龍",且卷首張獻翼《駢語雕龍序》,將原《四六雕龍序》之"未及於四六"改爲"未及於駢語",這是編書者有意改動,以便和書名《駢語雕龍》合。隨着《寶顔堂秘笈》的流行,《駢語雕龍》成爲通行本。

此書卷一首頁署"琅琊王世貞元美選,莆陽游日章學絅著,晉安林世勤天懋注,太原王稚登百穀校",卷首張獻翼序提出"取其適用"的原則。全書選録對偶句并作注解,供寫作駢偶者使用。

2.《詞致録》十六卷,明李天麟輯,萬曆十五年丁亥(1587)刻本。

李天麟,大興人。萬曆七年己卯(1579)舉人,次年庚辰成進士。官至浙江巡按御史。是書卷首有李天麟和温純《詞致録序》,皆作于萬曆十五年,書當刻於此時。卷首《詞致録目録》首頁題:"巡按浙江監察御史古燕李天麟彙輯,杭州府知府豫章余良樞、兩浙都轉運鹽使司同知莆陽唐守欽、杭州府同知南郡姜奇方同校。"此刻本北京師範大學圖書館藏,《四庫全書存目叢書》集部第327册據以影印。

卷首載温純《詞致録序》云:"今國家文明郁郁,士習彬彬,自經疏史傳及方伎稗官,雖佛偈道詮與巷謡里曲,無難充棟,寧俟殺青。此文之備也。獨四六則無有品析而彙集之者,侍御李君仲仁心懷絡璧、囊累連珠,謂四六胡可無集也。……肇晉魏之原芳,逮唐宋之嗣彦。取長棄短,鱗次門分,首制詞,次進奏,次啓札,次祈告,次雜著。録成,以'詞致'名,取古致詞之遺也。"此書有三方面的特點,其一,此書是明末較早的一部前代駢文選本,温純《詞致録序》謂"獨四六則無有品析而彙集之者"云;其二,所選作品自魏晉至唐宋,爲典型的前代駢文總集;其三,所選門類有制詞、進奏、啓札、祈告、雜著,這些駢文門類正是當時社會所需駢文類别,反映了當時比較流行的駢文文類。《四庫全書總目》卷一九三《詞致録》提要云:"是集皆載詞命之文,……所采上自漢晉,下迄于宋,頗勝明末之猥濫。"[②]

---

① 范邦甸等撰《天一閣書目》,《中國歷代書目題跋叢書》第三輯,上海古籍出版社2010年版,第286頁。

② (清)永瑢等《四庫全書總目》,中華書局1965年版,第1755頁。

3.《宋四六叢珠彙選》十卷，明王明嶅、黄金璽輯，明萬曆間陳璧刻本。

陳璧，字道良，號瓊山。福建福州府福清縣(今福建福清市)人。萬曆五年丁丑(1577)進士，初授歸德府推官，後入京官刑科給事中、禮科給事中，忤權貴，萬曆十六年二月，外放爲南直隸太平府知府，升廣東提學副使，歷官湖廣参政、山東按察使，萬曆二十八年四月，升江右右布政使兼副使，旋乞歸。生平參見《(乾隆)福清縣志》卷十三《陳璧傳》[①]、《明實録》之《明神宗實録》卷一九五[②]。

王明嶅，字懋艮。福建泉州府晉江縣(今福建泉州市)人。萬曆七年(1579)舉人。萬曆十四年(1586)，官南直隸太平府當塗縣儒學教諭，二十年卸任，升浙江台州府仙居縣知縣，官至浙江寧波通判。生平詳見《(道光)晉江縣志》卷四十三《王明嶅傳》[③]、《(乾隆)太平府志》卷十七[④]。

黄金璽，字爾佩。福建福州府連江縣人。萬曆十三年(1585)舉人，萬曆十七年至二十一年，官南直隸太平府繁昌縣教諭，萬曆二十二年至二十八年，任廣西平樂縣知縣，官至户部員外郎。生平詳見《(民國)連江縣志》卷十四[⑤]、《(道光)繁昌縣志》卷十"明教諭"條[⑥]。

《宋四六叢珠彙選》十卷，五册，明王明嶅、黄金璽輯，國家圖書館、天津圖書館等藏，《四庫全書存目叢書》子部第172册據天津圖書館藏本影印。卷首王明嶅《宋四六叢珠彙選叙》云："宋季，葉氏采當代名家，彙集成編，名曰《四六叢珠》。……郡守荊山陳公政清刑理之暇，出是編以示小子明嶅，命與繁昌諭黄君金璽同校選之。……集成，凡十卷。公閲而可之，命曰《彙選》而付之剞劂氏。"據此可知，此書在南宋葉蕡編《聖宋名賢四六叢珠》的基礎上删減而成，且成于陳璧(荊山陳公)、王明嶅和黄金璽三人同在南直隸太平府任職之時，陳璧于萬曆十六年二月任太平府知府，而下一任知府顧汝學于萬曆二十年任[⑦]。據以上考證，王明嶅于萬曆十四年至二十年任太平府當塗縣教諭，黄金璽于萬曆十七年至二十一年官南直隸太平府繁昌縣教諭，則此書成于萬曆十七年至萬曆二十年間。

---

① (清)饒安鼎等修《(乾隆)福清縣志》，《中國地方志集成》之《福建府縣志輯》第20册，上海書店出版社2000年版，第327—328頁。

②《明實録》之《明神宗實録》，(臺北)"中央研究院"歷史語言研究所1962年版，第3673頁。

③ (清)胡之鋘主修《(道光)晉江縣志》，《中國地方志集成》之《福建府縣志輯》第25册，上海書店出版社2000年版，第698頁。

④ (清)朱肇基總裁《(乾隆)太平府志》，《中國地方志集成》之《安徽府縣志輯》第37册，江蘇古籍出版社1998年版，第214頁。

⑤ 曹剛等監修《(民國)連江縣志》，《中國地方志集成》之《福建府縣志輯》第15册，上海書店出版社2000年版，第139頁。

⑥ (清)張星焕增纂《(道光)繁昌縣志》，《中國地方志集成》之《安徽府縣志輯》第41册，江蘇古籍出版社1998年版，第151頁。

⑦ (清)朱肇基總裁《(乾隆)太平府志》，《中國地方志集成》之《安徽府縣志輯》第37册，江蘇古籍出版社1998年版，第202頁。

是書乃王明嶅、黄金璽從《聖宋名賢四六叢珠》(宋刻本)中輯録對偶句,編成《宋四六叢珠彙選》十卷,"可爲操觚含豪者之一助"。將南宋流行的對偶句選本加以遴選删節重新出版,預示着明代萬曆年間文風的轉變,南宋通俗駢文十分流行,萬曆二十年前後逐漸興起重視通俗駢文的審美追求和社會風氣,於是,《宋四六叢珠彙選》這種專門的駢文素材選本應社會需求雕刻行世。從某種意義上説,這是南宋駢文文風在明代後期的復興,這種復歸不是單純的重複,而是開啓了明末清初駢文復興的序幕。

4.《古今四六濡削選章》四十卷,明李國祥輯,明萬曆間刻本。

李國祥,字休徵。江西南昌人。明貢士。客居南京。李氏是明末著名的通俗駢文選家,也是著名的駢文家,其作品被選入衆多明末駢文選本。

《古今四六濡削選章》四十卷,包括《古今四六濡削選章》和增補,卷首有李國祥《古今四六濡削選章叙》,末署"萬曆辛丑秋孟哉生明題于秦淮客舍",叙作于萬曆二十九年辛丑(1601),《古今四六濡削選章》當刻於此時,而增補本或刻於其後。卷一首頁題"豫章李國祥休徵父選,兄李鼎長卿父校",卷二首頁題"豫章李國祥休徵父選注,門人高位伯起父校閲"。此書清華大學圖書館有藏,《四庫全書存目叢書補編》第29—30册據以影印。

是書爲啓類選本,與《啓雋類函》類似。選文按照職官分類,每種官職前有《官制考》,講述此官的源流。選録唐、宋、明人作品,以明人爲多。這部書的編排方式具有典型的明清之際駢文選本的特徵,即按照當時職官的設置情況分類選文,從宰執到儒學,每類之前有官職説明,即"官制考",最後面附帶婚姻、遺贈等日常應用駢文。這種選本編排思路和方法便於讀者模仿和借鑒選文進行寫作。選文以仕宦應酬爲主,兼顧日用。就所選明代人而論,以連繼芳、李國祥、張應泰等人入選作品爲多。當時名人如張佳胤、徐渭、汪道昆、屠隆、申時行、吴國倫、趙南星、湯顯祖等皆入選。

此書最大特點是李國祥作爲編選者將自己作品大選登録,據目録統計,李氏駢文有二百二十六首,爲入選作家作品數量最多者。

5.《鐫昭代名公四六類編》二十四卷、補遺一卷,明汪時躍輯,明萬曆四十二年(1614)刻本。

汪時躍(1547—?),字起潛,號震滄,安徽休寧人。萬曆四年(1576)舉人。編《舉業要語》不分卷、《鐫昭代名公四六類編》二十四卷、補遺一卷①。

是書今存萬曆四十二年刻本,浙江嘉興市圖書館(缺卷十九)、浙江圖書館、北京大學圖書館、華東師範大學圖書館藏。浙江圖書館藏本卷首載謝廷贊《四六類編引》、汪起元

---

① 汪時躍生平參考張劍《汪時躍及其所編文選、文話》,《銅仁學院學報》2018年第5期。

《四六類編後叙》,謝文述及汪時躍對當時駢文缺乏真情、傷於庸俗的不滿,汪文則稱其編纂通俗駢文選本富有經驗,在當時受到歡迎。該書專選明代書啓類文章,與俞安期等編《啓雋類函》相類。

6.《堯山堂偶雋》七卷,明蔣一葵輯,明萬曆間刻本。

蔣一葵,字仲舒,號石原,江蘇武進(今江蘇常州)人。萬曆二十二年(1594)舉人,官至南京刑部主事。撰《堯山堂外紀》一百卷等。

是書國家圖書館、北京大學圖書館等有藏,《四庫全書存目叢書補編》第45册據北京大學圖書館藏本影印。該本卷首載宜興吴宗儀《偶雋題辭》、曹日昌《叙》、蔣一梅《偶雋引》,皆無題署日期。又《堯山堂八朝偶雋目録》。每卷卷首題"堯山堂偶雋",署名"晉陵蔣一葵編著"。吴宗儀是萬曆二十二年舉人,與蔣一葵同年中舉,官至福建鹽運司運同。綜合《堯山堂外紀》有關蔣氏生平,蔣氏約生於嘉靖三十五年(1556),則此書刊于萬曆年間可能性最大。

該書專選對偶句子,加以注釋,作爲考試和駢文寫作材料。《四庫全書總目》卷一九七云:"是書取前人比偶之文,自六朝迄宋元,凡制、誥、箋、表、賦、序、啓、札中名雋之句及尋常應對俳語,次而録之,蓋王銍《四六話》之類,然摭拾未廣,所采亦不盡工。"①

7.《木石居精校八朝偶雋》七卷,明蔣一葵原纂,茅元銘重訂,明末木石居刻本。

茅元銘,字鼎叔,湖州歸安人。明末諸生。順治十八年(1661)歲貢,時年近六十。官朝邑知縣。因康熙元年(1662)湖州莊氏《明史》案被逮捕,獄决,被處死。生平參見《(光緒)歸安縣志》卷三十二②、楊鳳苞《秋室集》卷五《記茅元銘》③。

該書國家圖書館藏,《續修四庫全書》第1714册據以影印。卷首木石居主人《弁言》、吴宗儀《偶雋題詞》、未署名序(此序乃《堯山堂偶雋》卷首之蔣一梅《偶雋引》)。每卷卷首題"句吴蔣一葵仲舒父原纂,吴興茅元銘鼎叔父重訂",版心題"木石居藏板",内容上比《堯山堂偶雋》有所增益,據《堯山堂偶雋》重新修訂而成。茅氏生於萬曆三十一年(1603)前後,其重訂此書當在啓禎間,則書刻於明末。因此書是《堯山堂偶雋》修訂本,故編排於此。

此書仍然是對偶句選本,説明駢文流行的情況下,對駢文寫作材料的巨大需求。

---

① (清)永瑢等《四庫全書總目》,中華書局1965年版,第1804頁。

② (清)陸心源等修《(光緒)歸安縣志》,《中國地方志集成》之《浙江府縣志輯》第27册,上海書店1993年版,第623頁。

③ (清)楊鳳苞《秋室集》,《續修四庫全書》第1476册,上海古籍出版社2002年版,第63頁。

8.《新刻分類摘聯四六積玉》二十卷，明章斐然輯，明萬曆四十四年(1616)刻本。

章斐然，字華甫，浙江杭州錢塘縣人。明末諸生。《(康熙)錢塘縣志》卷二十四《章斐然傳》云："章斐然，字華甫，邑學生。……遂中直隸宣府武解元，是年爲天啓丁卯，授密雲縣中西二協副將。"[①]《四六積玉》每卷卷首題署"錢唐章斐然選輯"，兩人當爲同一人。

《新刻分類摘聯四六積玉》二十卷，萬曆四十四年刻本，國家圖書館藏。卷首陳所學《四六積玉序》，末署"萬曆丙辰菊月景陵陳所學題於浙之公署紫薇堂"。萬曆丙辰即萬曆四十四年。卷首《凡例》云："文武爵秩與稱呼、地名，及支干日月分義，作者欲無浮泛，尤所必需，故首列之集前，以便查考。"卷首載《文武爵秩》《稱呼》等駢文寫作常用的名詞。

此書是對偶句選本，這類選本是爲駢文寫作提供素材，在明末清初比較流行。卷首《凡例》云："是集不取連篇，惟爲摘句。"全書二十卷，將職官、自然現象、動植物等名稱羅列分類，附以摘聯，便於寫作駢文時檢索摘用。

9.《啓雋類函》一百七卷、《目録》九卷，明俞安期等編，萬曆四十五年丁巳(1617)刻本。

俞安期，字羨長。江蘇吴江人，居南京，以布衣終。有《翏翏集》四十卷。

該書卷一正文首頁題"東吴俞安期羨長彙編，豫章李國祥休徵輯撰，侯官曹學佺能始訂定"，則是俞安期等共同編定。是書爲通代啓文選本，每類分古體和今體。選録漢代至明代的駢文作品，以明代爲主，入選者有馬朴、王世懋、張應泰、朱錦、李國祥、連繼芳、王焞、謝汝韶、黄鳳翔、董應舉、許以忠、屠隆、于慎行、林世吉、馮時可、馮琦、徐渭、焦竑、蔡復一、陶望齡、曹學佺、潘季馴、劉國縉、汪道昆、王世貞、張佳胤、吴國倫、張燮、湯顯祖、吴明郊、孫鑛、趙秉忠、唐文燦、姜夔、王家屏、徐榛、費元禄、林繼志、王兆雲、諸葛昇等，其中登録李國祥、蔡復一等人作品較多。

《啓雋類函》有萬曆四十五年丁巳(1617)刻本，遼寧大學圖書館藏，《四庫全書存目叢書》集部349—351册據以影印。

卷首鄧渼《啓雋類函序》云："苟以適用爲美，奚必是古而非今哉。"提出"適用爲美"的審美理念。《四庫全書總目》卷一九三《啓雋類函》提要云："大旨皆爲應俗設也。"[②]《啓雋類函凡例十一則》多次闡述"切用"的選録原則，專門選録摘聯供學習者選用，其曰："諸王以下啓中有雋語可愛者，而通篇或不切用，止摘其一二聯以次編之，命爲'雋語摘句'，附於各官之末。"此書是明清之際通俗駢文選本的代表選本之一，選文規模甚大，有一百七卷。該書所倡導的"應世""切用"的駢文實用思想，以及"適用爲美"的審美理

① (清)魏嵋編纂《(康熙)錢塘縣志》，《中國地方志集成》之《浙江府縣志輯》第4册，上海書店1993年版，第438頁。

② (清)永瑢等《四庫全書總目》，中華書局1965年版，第1761頁。

念,對其後的通俗駢文選本的編纂影響深遠。

10.《古今四六古集》七卷、《古今四六今集》六卷,明張應泰輯,明萬曆四十六年(1618)刻本。

張應泰,字大來,號東山。明南直隸寧國府涇縣人。萬曆十年壬午(1582)舉人,萬曆二十年壬辰(1592)進士。初官江西泰和知縣,累官江西吉安知府,未上任而卒。有駢文集《溪南清墅集草》六卷,又《白門草》《藝葵園草》《史疑》等。生平詳見《(嘉慶)涇縣志》卷十八《張應泰傳》①。

《古今四六古集》七卷、《古今四六今集》六卷,萬曆四十六年序刻本。皆每頁9行,行21字,白口,四周單邊。共4册,國家圖書館藏,善本書號:05751。

《古今四六古集》七卷,卷首曹谷《古今四六叙》,末署"萬曆歲在著雍敦牂餘月,秀水愚公曹谷撰","著雍敦牂"指戊午,則序作于萬曆四十六年戊午四月。卷一首頁題"涇上東山張應泰大來父選集,侄求如張一卿次公父參訂,婿趙選　德先甫　葉天眷德因甫　侄趙迪　景哲甫　張一熊幼飛甫　男張一唯　張一耀　張一雝　張一瓘仝校"。其餘六卷卷首無題名。卷一序、書,卷二至卷五啓,卷六啓、露布、檄、碑,卷七疏、文、榜、銘。主要選録六朝唐宋之駢文。

《古今四六今集》六卷,卷首張一卿《古今四六引》,作于萬曆四十五年丁巳(1617),卷一首頁題名與《古今四六古集》同。卷一序,卷二至卷四啓,卷五疏,卷六帳詞、文、書、碑、露布、呈。選録明代駢文,包括張應泰、張一卿等編選者的作品。

張應泰是明末駢文家,有駢文集《溪南清墅集草》六卷,也是著名的駢文選家。這兩部選本只選駢文,無注釋、評論。選録文類以啓、序、書爲主,且選入編選者的駢文。這都是當時通俗駢文選本的典型特徵。

11.《恕銘朱先生彙選當代名公四六新函》十二卷、首一卷、《目録》一卷,明朱錦選,許以忠、王世茂校閱,明末刻本。

朱錦,字文弢,號恕銘。浙江餘姚縣人。父朱宇道,官至廣東順德知縣。萬曆二十年(1592)進士,初授江西撫州金溪知縣,官至河南按察司副使。輯《字學集要》四卷、《新刻旁注四六類函》十二卷、《恕銘朱先生彙選當代名公四六新函》十二卷、《古今紆籌》十卷。生平詳見《(光緒)餘姚縣志》卷二十三《朱錦傳》②。

---

① (清)洪亮吉纂《(嘉慶)涇縣志》,《中國地方志集成》之《安徽府縣志輯》第46册,江蘇古籍出版社1998年版,第379頁。

② (清)邵友濂、孫德祖纂《(光緒)餘姚縣志》,《中國地方志集成》之《浙江府縣志輯》第36册,上海書店1993年版,第860頁。

《恕銘朱先生彙選當代名公四六新函》十二卷、首一卷、《目録》一卷,有明末刻本,天津圖書館藏,卷首目録有殘缺。該書卷首載《四六品級》,分文職和武職;《兩京十三省郡名别號并人物附》。卷一首頁題"春穀許以忠君信甫　繡谷王世茂爾培甫　校閲,定遠徐榛邊實甫　姑孰虞邦譽茂實甫　旁注,宛陵沈御相　六飛甫　金陵張鍾福天錫甫　正梓",其他卷首題名同,只是有的將"定遠徐榛邊實甫"和"姑孰虞邦譽茂實甫"的位置互换,如卷八、卷九、卷十、卷十一。卷三和卷十二正文首頁無題名。

該書所選基本都是啓。主要以職官分類,後面兩卷爲日用啓,分爲雜啓和婚啓。選録許以忠、王兆雲、朱之蕃、焦竑、諸葛昇、劉國縉、瞿九思、吴明郊、王德乾等人文章較多,參編者許以忠、虞邦譽等人文章入選。總體上來看,這部啓類駢文選本以仕宦應用爲主,兼顧民間日用,這也是明末清初這類選本的普遍選録方式。

朱錦是明末駢文編選家,除了《恕銘朱先生彙選當代名公四六新函》十二卷外,還有《新刻旁注四六類函》十二卷,朱錦選,萬曆三十六年(1608)刻本,爲書啓類駢文選本,北京大學圖書館、美國哈佛大學圖書館等有藏;《車書樓選注當代名公新制四六明珠》八卷,朱錦選,明末金陵王鳳翔刻本,爲啓類駢文選本,北京大學圖書館藏;《車書樓彙輯旁注當代名公四六瑶函》六卷、首一卷,朱錦選,明萬曆四十七年(1619)金陵張少吾刻本,重慶圖書館、安徽師範大學圖書館藏。

12.《麗句集》六卷,明許之吉輯,明天啓間刻本。

許之吉,字伯隆,明江西宜黄縣人。

是書有明天啓刻本,《四庫全書存目叢書》子部第224册影印。卷首載婁堅《麗句集序》、傅汝舟《麗句集題辭》、謝于教《麗句集叙》、陳紹英《麗句集序》,卷一首頁署"宜黄許之吉選,秣陵廖孔悦定,寧都謝于教閲",其他各卷卷首題署同,唯閲者姓名不同。

該書選録前代對偶語句,分類彙聚,供寫作駢文、詩賦之用,類似楊慎編《謝華啓秀》而更爲實用。婁堅《麗句集序》云:"夫四六之文濫觴於後漢,而瀾倒於六朝,以故實爲鋪張,差得炫其浮藻;以援引爲規切,或未忤於褊衷。代以相沿,久而益敝。……嗟乎!文之敝於前代也,以浮以靡;而其敝於今日也,以贋以厖。獨四六之文,猶爲去之未遠,蓋其在儷偶音響之間乎!"婁氏以爲駢文起源于東漢,流行於六朝,明末駢文講究音律對偶,猶存古風。

13.《古今翰苑瓊琚》十二卷,明楊慎輯,孫鑛增輯,明天啓間刻本。

孫鑛(1543—1613),字文融,號月峰。浙江餘姚人。孫氏乃明末著名的《文選》批評家,從事駢文寫作和批評。

《古今翰苑瓊琚》選録尺牘和啓,有明天啓間刻本,吉林省圖書館藏,《四庫全書存目叢書補編》第 4 册據以影印。卷首《選入翰苑瓊琚書目》,所列書目 62 種,爲當時書啓類選本和專集,一些書已經散佚,從中可見當時書啓類選本的盛况。卷首天啓元年(1621)陳元素《古今詞命瓊琚序》、孫鑛《翰苑瓊琚序》。

《古今翰苑瓊琚》十二卷,由楊慎選、孫鑛評并增輯。前七卷署"蜀都楊慎選,浙姚孫鑛評,吴郡陳元素校",卷八署"浙姚孫鑛参選,吴郡蔣鐄校訂",卷九首頁署"浙姚孫鑛選,吴郡陳元素校",卷十、卷十一、卷十二首頁署"浙姚孫鑛評,吴郡陳元素校"。從選文内容看,卷七至卷十爲國朝。前十卷爲尺牘,多散文,卷十一、十二爲啓,啓大多爲明人所作(卷十一李劉一篇,宋代人作,見李氏《四六標準》卷十八)。就所選明文而言,選録較多者爲黄克纘、馬朴、劉國縉等,所選作品多本《啓雋類函》。

14.《(張夢澤先生評選)四六燦花》十二卷,明張師繹評選,明毛應翔詮釋,明天啓間毛氏金陵刻本。

張師繹(1575—1632),字克雋,號夢澤。明南直隸常州府武進縣(今江蘇常州)人。萬曆二十五年丁酉(1597)應天鄉試舉人,二十六年成進士,初授江西新喻知縣,丁父憂,去官,服闋,官北直隸大名府東明(今山東東明)知縣,旋自劾去。萬曆四十四年,遷湖廣常德府知府,天啓五年(1625),升江西按察使,不久辭歸。撰《月鹿堂文集》六卷,編選《(張夢澤先生評選)四六燦花》十二卷。生平詳見《月鹿堂文集》卷首黄嘉譽《明江西按察使司按察使夢澤張公傳》①。

《(張夢澤先生評選)四六燦花》十二卷,張師繹評選,毛應翔詮釋,明天啓間刻本,《故宫珍本叢刊》第 620 册據故宫博物院圖書館藏本影印,海南出版社 2000 年出版。該書還在臺灣"國家圖書館"、美國哈佛大學哈佛燕京圖書館有藏,其中臺灣藏本卷首有張師繹作於天啓三年癸亥的序。

該書包括仕宦、婚姻、雜用,爲書啓類駢文選本。卷一首頁題"蘭陵毛應翔　鳳卿甫詮釋,江寧卜豫吉　介甫甫　品定,毗陵莊起元中孺甫　批閲,檇李馮化化之甫参訂,白門牛從龍雲致甫論次,古鎮吴學夔章甫甫輯正",卷二首頁題"蘭陵毛應翔　鳳卿甫詮釋,江寧卜豫吉　介甫甫　品定,上元蔡屏周明藩甫批閲,金陵廖孔悦傅生甫参訂,盱眙李邦鉉士鼎甫輯正,武進毛元愷爾才甫編次",其他各卷署名不同。每篇文章後有評語。

《(張夢澤先生評選)四六燦花》選録蔡復一、徐渭、王世貞、唐順之、湯顯祖、屠隆、焦竑、曹學佺、馬朴、于慎行、袁宏道、鍾惺、沈一貫等當時名流駢文,也選録駢文選家兼駢文家的作品,如許以忠、卜豫吉、卜履吉、陳翼飛、王焞、徐榛、張師繹、吴明郊、虞邦譽、劉養聘、李國祥、馮化、毛應翔等。明末清初駢文選家大多兼寫駢文,形成一個以編選和寫作通俗駢文的駢文選家群。

---

① 張師繹《月鹿堂文集》,《四庫未收書輯刊》第 6 輯第 30 册,北京出版社 1998 年版,第 8—9 頁。

15.《岳石帆先生鑒定四六宙函》三十卷，明李自榮輯，明王世茂釋，明天啓五年(1625)刻本。

李自榮，字元白，生平不詳。明末駢文選家。

《岳石帆先生鑒定四六宙函》三十卷，有明天啓五年刻本，北京大學圖書館、北京師範大學圖書館、國家圖書館等藏。該書卷首有蔣時機《凡例》，封面左下方題"石渠閣藏板"，則此書當是蔣氏石渠閣刻。

是書選録章表箋啓，皆是明末十分流行的駢文文類。表和啓是明末駢文大宗，對科舉考試、日常交際和仕宦都有用。

李自榮還輯選另一駢文選本《車書樓選注名公新語滿紙千金》八卷，明天啓七年(1627)車書樓刻本，清華大學圖書館、中山大學圖書館藏，煙臺圖書館藏映旭齋印本，當是天啓七年刻本之後印本。

16.《四六法海》十二卷，明王志堅輯，明天啓七年(1627)王氏自刻本。

王志堅(1576—1633)，字弱生，更字淑士，一字聞修，號珠塢山農。江蘇昆山人。萬曆三十一年癸卯(1603)舉人，三十八年庚辰成進士。官至湖廣提學副使。志堅與王志長、王志慶爲三兄弟，皆有名。

是書爲前代駢文選本，有天啓七年丁卯(1627)王氏自刻本，《四庫提要著録叢書》集部第170册影印。臺灣商務印書館影印《文淵閣四庫全書》第1394册收録《四六法海》寫本，乃據天啓七年刻本抄録。

《四六法海》封面題"吴郡王衙藏板"，卷首有王志堅《四六法海序》，末署"天啓七年暮春佛説從解脱日珠塢山農王志堅題"，王志長《四六法海序》，末署"天啓丁卯清和提月王志長謹序"，王志慶《四六法海小引》，末署"天啓丁卯昴見之月王志慶謹題"，陸符《四六法海序》。又《編輯大意》《四六法海目録》。該書每卷卷首署名"吴郡王志堅論次，友張我城　弟志長　志慶參閲　男偲　偕　傚　編較"，正文每文後有相關人物背景介紹、字句釋義等。

該書是爲了科舉應試而編，然與當時諸多應試讀本不同的是，此書選文持擇甚嚴，力排俗學末流。卷首《編輯大意》謂："是編雖自爲一書，然大抵爲舉業而作，故入選寧約無濫。凡文體題目不甚相遠者，但存其尤，餘不得不忍情割愛。惟是俗學相傳，有一種議論謂'無用之書不必讀，無用之文不必看'，果爾，則腐爛後場之外，皆可束高閣乎？不知今人所規摹之程墨皆從古人陶鑄而出，熟讀古人書，不知有幾許程墨在也，夫棄阡陌而守囷倉，已爲愚矣。棄囷倉而守釜甑，棄釜甑而守殘杯冷炙，不亦愚之愚哉！凡吾同志，當相與力破此惑。"陸符《四六法海序》云："至于四六則更爲一書，上自魏晉，下迄宋元，詮類綜奇,搜攬悉備,題曰'法海'。"

《四庫全書總目》卷一八九《四六法海》提要評價甚高,其云:"至於每篇之末,或箋注其本事,或考證其異同,或臚列其始末,亦皆元元本本,語有實徵,非明代選本所可及。據其《凡例》,雖爲舉業而作,實則四六之源流正變具於是編矣。未可以書肆刊本忽之也。"①此書作爲明末駢文選本被收入《四庫全書》,但在當時似未廣泛流傳,蓋明末清初流行通俗駢文,比較高雅的駢文只是少衆需求,到了清代中葉,蔣士銓重訂此書,加以品評,成《忠雅堂評選四六法海》,可看做此書在清代的回響,亦可見文風之遞嬗。

17.《車書樓纂注四六逢源》六卷,首一卷,明曾汝魯輯注,明天啓七年(1627)周四達得月齋刻本。

曾汝魯,字得卿,湖廣麻城人。

《車書樓纂注四六逢源》六卷,首一卷,曾汝魯輯注,天啓七年周四達得月齋刻本,中國科學院圖書館藏,《四庫禁毁書叢刊補編》第43册據以影印。

是書封面右上側題:麻城曾汝魯先生類纂,中間題:四六逢源,左下邊題:得月齋周譽吾梓。卷首載田生芝《四六逢源引》云:"鎔環釧入爐,聚羽毛作翠。矧兹藝圃,可無華編。駢黄儷緑,雖曳玉敲金;沿支索流,終望洋泛海。魯國曾子,天壤王郎。久諳鏗鏘之音,兹成叢薈之帙。采它山之石,東西易面而不知;成一家之言,左右逢源而皆是。"末署:"天啓丁卯夏月之吉通政使司正卿楚人瑞陽田生芝□□題)。"丁卯即天啓七年(1627)。其後《車書樓纂注四六逢源目録》《四六逢源凡例》,又《文武爵秩》《通用起聯》《姓氏起聯》。每卷首署"麻城　曾汝魯　得卿甫　纂注,金溪　王世茂　爾培甫　參閲,友人鄧茂林　仲翔甫　鑒定,仲男　曾若鳳　子鳴甫　編次,金陵　周四達　譽吾甫　督梓"。

該書卷一表,其餘皆啓類,屬於表啓類選本。這部駢文選本很有特點,曾汝魯和王世茂作爲編選者將自己作品選入,其中卷一所録都是曾汝魯所作,卷二至卷六所選作品大部分爲曾氏所作。這部駢文選本基本上是曾汝魯自己作品,增補一部分他人作品而成。將自己駢文作品大量選録書中作爲典範,雖有追求利潤的因素,但自我經典化的意識是很明確的。

18.《幾社壬申合稿》二十卷,明杜騏徵等輯。明末小樊堂刻本。

此書有明末小樊堂刻本,《四庫禁毁書叢刊》集部第34—35册影印。

崇禎四年(1631),夏允彝、彭賓、陳子龍考進士落第歸,聚合社中諸子共研時藝,成《幾社壬申合稿》二十卷,分賦、騷、古樂府、五律、七律、序、論、説、表、檄、啓、彈文、書、箴、銘等四十類,該書《凡例》云:"文當規摹兩漢,詩必宗趣開元,吾輩所懷,以兹爲正。至於

---

① (清)永瑢等《四庫全書總目》,中華書局1965年版,第1719頁。

齊梁之贍篇,中晚之新構,偶有間出,無妨斐然。”又云:“昭明聚千載之英爲一集,才難之嘆,豈獨當今。若時僅期年,人止一郡,雖製作之美,有遜前賢,而篇什之多,或堪競爽矣。”[①]將是選與《昭明文選》相比,《幾社壬申合稿》乃仿《文選》而作,其擬作體裁幾遍《文選》所收文類。雖聲稱文法兩漢、詩趣開元,其實所宗尚在六朝駢儷。

明末興起《文選》熱,各種《文選》選注本、删評本、白文本等大量問世,但以仿作而成一部書的不甚多見,《幾社壬申合稿》具有代表性,表明當時不僅學習《文選》,且開始在創作上模仿之,并有創作實績。這種創作與當時流行的應酬性通俗駢文不同,指向一個新的方向:駢文的典雅化,對清初駢文品質的提高影響甚大。

19.《皇明表程文選》八卷,明陳仁錫輯,明崇禎六年(1633)刻本。

陳仁錫(1581—1636),字明卿,號芝台。蘇州府長洲縣(今江蘇蘇州)人。天啓二年(1622)進士,累官至國子監祭酒。

《皇明表程文選》八卷,與《皇明論程文選》六卷合刻,崇禎六年刻本,吉林大學圖書館藏,《四庫禁毁書叢刊補編》第51册據以影印。

卷首載陳仁錫《序》,以爲“自文體申飭於累朝,士無不斂而就格”,説明應試詩文與平時詩文區别,選録應試文字,以備學習模仿。末署“崇禎六年癸酉季夏既望經筵日講官左春坊左諭德兼翰林院侍講陳仁錫書于白松堂”。又陳仁錫《表選序》,末署“史氏陳仁錫題”。陳仁錫《論選序》,末署“史氏陳仁錫題”。

是書選録明代嘉靖至萬曆間的會試、鄉試所作的表,供士子學習。表皆駢文。

20.《文儷》十四卷,明陳翼飛輯,明末刻本。

陳翼飛,字元朋,福建平和縣人。萬曆三十八年(1610)進士。官江蘇宜興知縣。他是明末駢文選家兼駢文作者群的一員,其駢文被選入多種明末駢文選本,如曾汝魯輯注《車書樓纂注四六逢源》、毛應翔等輯《(張夢澤先生評選)四六燦花》等。

是書有明末刻本,南京圖書館藏,《四庫全書存目叢書補編》第25册據以影印。卷首載畢懋康《文儷序》和顧起元《文儷序》,皆駢文。卷一首頁題:“明閩中陳翼飛元朋删定,昆明傅宗龍仲綸較閲,新安畢懋康孟侯參訂。”其他各卷署名只有“明閩中陳翼飛元朋删定”不變,其他人員有所變化。

《文儷》録漢至唐文,皆以駢儷爲主,略依《文選》例,唯不載詩。所載文類包括賦、七、連珠、詔、璽書、敕、册文、制、令、教、策問、判、表、上書、啓、箋、書文、移文、檄文、露布、牒、序、銘、志。收録賦十九首、判十七首、表一百首、啓八十八首、書文九十首、序二十八

① 杜騏徵等輯《幾社壬申合稿》卷首,《四庫禁毁書叢刊》集部第34册,北京出版社1997—1999年版,第489頁。

首、銘二十首等,以書、啓、序、賦爲多,將賦作爲駢文之一類。

21.《簡遠堂輯選名公四六金聲》十卷、補遺一卷,明譚元春輯選,明馬世奇評釋,明崇禎間刻本。

譚元春(1586—1637),字友夏,明湖廣承天府竟陵縣人。天啓七年(1627)舉人。有《譚友夏合集》。

馬世奇(?—1644),字君常,號素修,江蘇無錫人。崇禎四年(1631)進士,官至左庶子。李自成破北京,世奇自縊死,弘光時,謚"文忠"。

《簡遠堂輯選名公四六金聲》十卷、補遺一卷,明譚元春輯選,明馬世奇評釋,明崇禎間刻本,10 册,國家圖書館藏。

《譚元春集》卷三十四"著者待考文",從《簡遠堂輯選名公四六金聲》十卷中輯録署名譚元春的六篇啓,以爲"從内容看,這類文章像是爲他人代作之文,其中《上操江唐都院啓》一文,題下原注'代作'。這幾篇四六文,也不排除僞托譚元春之名的可能。"①

22.《精選分注當代名公啓牘琅函》六卷,明許以忠輯,明虞邦譽注,明末金陵書坊王鳳翔刻本。

許以忠,字君信,號貫日,明南直隸南陵縣人。曾官户部主事。許氏是明末著名的駢文家和駢文選家。

《精選分注當代名公啓牘琅函》六卷,明許以忠輯,明虞邦譽注,明末金陵書坊王鳳翔刻本。《中國古籍善本書目》集部中册第 1731 頁著録此書,國家圖書館藏。該書封面右側題"春穀許貫日先生彙選",中間大字"啓牘琅函",左下題"金陵書坊王氏梓行"。

卷首載朱之蕃《叙啓牘琅函》云"(當時駢文選本)勦襲因仍,卑陋日甚……此養恬王君《啓牘琅函》之繇集也,王君知交半環海名英……王君自言懸而布之,定獲聲價,頃又得許君貫日爲詮釋",末署"金陵蘭嵎朱之蕃書"。又虞邦譽《啓牘琅函凡例》云"是集恕銘先生兼取啓牘,備博獵也""附以山川人物者,四六家所必需也",末署"茂實子識"。又《啓牘琅函末卷目録》,包括品秩、稱謂、人物、山川。其後是《精選分注當代名公啓牘琅函目録》,卷一招飲、新任、科第、賀壽。卷二通候,卷三答謝,卷四節令、迎任、謝薦、饋遺、婚媾、雜謝,以上皆駢文。卷五、卷六牘類,多散文。每卷卷首署名"春穀許以忠君信甫彙編,古繁虞邦譽茂實甫參注,定遠徐榛邊實甫閲次,新安吴明郊子野甫增訂,繡谷王世茂爾培甫校正,金陵王鳳翔寵之甫精梓。"

是書選録啓和牘,前四卷是啓,後二卷是牘,是一部駢散合選本。可以窺見當時對啓和牘的分工,即啓多用駢體,牘則用散體。就駢文而言,選録較多的作家有許以忠、吴明

① (清)譚元春著《譚元春集》,上海古籍出版社 1998 年版,第 935 頁。

郊、衛池、陸德龍、過庭訓等。

許以忠是明末著名的駢文選家,所輯選本仍有:《車書樓彙輯各名公四六争奇》八卷,許以忠選,萬曆四十八年(1620)刻本,啓類駢文選本,國家圖書館、南開大學圖書館、北京師範大學圖書館、重慶圖書館等藏;《車書樓彙輯皇明四六叢珠》四卷,許以忠選,萬曆四十八年(1620)金陵傅夢龍刻本,對偶句選本,國家圖書館藏;《車書樓選注當代名公四六天花》八卷,許以忠選,王世茂注,明末書林龔舜緒刻本,啓類駢文選本,國家圖書館、陝西省圖書館、北京大學圖書館藏。

23.《四六鴛鴦譜》十二卷,《四六鴛鴦譜新集》十二卷,明陰化陽、蘇太初輯,明崇禎間書林吕太如刻本。

陰化陽,字太乙,河南鄭縣(今河南鄭州)人。蘇太初,字紫蓋。

這兩部書有明崇禎間書林吕太如刻本,中國人民大學圖書館藏,《四庫禁毀書叢刊補編》第39—40册據以影印。

《四六鴛鴦譜》十二卷,封面右側題"彙輯諸名公繡句",中間題"四六鴛鴦譜",左側題"稽古齋梓"。奇數卷卷首有署名,偶數卷首無署名,奇數卷卷首署"東里陰太乙先生　東粤蘇紫蓋先生　彙輯,西郿綫領黄國翰　豫章養恬王世茂　參閲"。此書介紹四六寫作知識和一些常用聯語,每條標目下有常用詞語和出處、對偶句。卷首陰化陽《鴛鴦譜序》云"值江右養恬王先生……相與議曰:'詩句者,陶一己之情;四六者,通人己之情。縉紳家事上答下,尤爲急用,讀公四六集,知其情文俱暢。'……前刊《四六類函》《宙函》《津梁》等書",末署"時崇禎柒年歲次甲戌仲冬月上浣之吉鄭圃陰化陽太乙甫題",後有"奉政大夫""户部尚書郎陰"兩枚印章。

《四六鴛鴦譜新集》則選録通問啓類和表類駢文,目録稱《四六鴛鴦譜啓集目録》,每卷首稱《四六鴛鴦譜新集》,每卷卷首署名不同,卷一署"四六鴛鴦譜新集一卷,東里陰太乙先生　東粤蘇紫蓋先生　彙輯,豫章王養恬參注　書林吕太如較梓",卷二署"四六鴛鴦譜表集卷二,東里陰太乙先生　東粤蘇紫蓋先生　彙輯,王世茂爾培甫參閲　鄭經周緯之甫增補"。卷首載蘇太初《叙鴛鴦譜》,末署:東粤紫蓋蘇太初題于秣陵車書樓。後有"太初""大夫之章"兩枚印。

24.《捷用雲箋》六卷,明陳繼儒輯,明末刻本。

陳繼儒(1558—1639),字仲醇,號眉公。松江府華亭縣(今上海松江區)人。陳氏乃明末名流,不追求功名仕宦,以布衣終,然工詩善畫,名播宇内。有《陳眉公全集》等。

《捷用雲箋》有明末刻本,中國科學院圖書館藏,《四庫未收書輯刊》第03輯第30册據以影印。卷首張溥《捷用雲箋叙》云:"嗟嗟,尺牘爲士林羔雁。"末署"婁東天如張溥書”。據張叙,之前有《振雅雲箋》,而《捷用雲箋》更全備,便於使用。每卷卷首署“雲間陳繼儒彙輯”,不知此書是陳繼儒所輯,抑或托名,待考。

此書分慶賀類、婚姻類、賀壽類、遊賞類、委托類、請宴類、規勸類、贊揚類、闕約類、家書類等。所收作品皆駢文短札(段落),不署作者姓名,一些有答書,供寫作者采擇,十分切於實用。

25.《四六霞肆》十六卷,明何偉然輯,明胡正言十竹齋刻本。

何偉然,字仙郎,一字仙臞,浙江杭州人。與閔景賢合編《快書》五十卷,又編《廣快書》五十卷,輯《四六霞肆》十六卷。

是書有明末胡正言十竹齋刻本,《四庫全書存目叢書》子部第223册和《駢文要籍選刊》第133—135册影印該刻本。卷首載王錫袞《四六霞肆序》謂“爰有仙臞、曰從之藏本,加以三餘、道甫之編摩”,卷一首頁署“素公王先生訂定,西湖何偉然彙纂　錫山丁大任參閲　海陽胡正言較梓”。蓋由何偉然(仙臞)、胡正言(字曰從)、丁大任(字三餘)等人共同編輯而成。

《四六霞肆》乃對偶句選本,《四庫全書總目》卷一三八云:“是編采掇故實,撰爲駢偶之詞,分類編次,而總注於每門之後。”[①]明末編纂出版衆多對偶句選本,明刻本《縹緗對類大全》卷首題屠隆《叙》云:“文章之道有八股,内四股爲對。若進表獻賦、興詩作歌,無字無句非對。且其虚實死活,按律諧聲,不獨文人墨士宜習,即總角孺子,亦當早諭而熟習之者。”[②]道出了對偶在明末文人心中的重要地位。而《四六霞肆》所列對偶主要針對駢文。

26.《(李君實先生類編)四六全書》,明李日華輯,明魯重民補訂。明崇禎十三年(1640)刻本。

李日華(1565—1635),字君實,號竹懶、九疑,浙江嘉興人。萬曆十九年辛卯(1591)舉人,次年成進士。官至太僕少卿。一生淡于榮利,著述甚富,有《恬致堂集》四十卷、《六研齋筆記》四卷等。生平見譚貞默《明中議大夫太僕寺少卿李九疑先生行狀》[③]。

魯重民,字孔式,明末人。

《(李君實先生類編)四六全書》,明崇禎十三年刻本,豹變齋藏板,北京大學圖書館藏,《四庫禁毁書叢刊補編》第35—36册據以影印,題爲《四六全書五種四十二卷》。

---

① (清)永瑢等《四庫全書總目》,中華書局1965年版,第1176頁。

② 《縹緗對類大全》,《四庫全書存目叢書》子部第196册,齊魯書社1995年版,第647頁。

③ (明)李日華《李太僕恬致堂集》卷首,《四庫禁毁書叢刊》集部第64册,北京出版社1997—1999年版,第17—29頁。

此書封面有"金日生印"一枚,右上邊題"李君實先生類編",中間大字題"四六全書"。卷首李景廉《四六全書序》,闡述駢文之源流,指出此書有助於駢文寫作,提出"情信詞巧"説。末署"崇禎歲次庚辰秋仲,漢川李景廉筠圃氏撰"。錢喜起《四六全書序》,言駢體有其用處,不可廢。之前編輯的這類書不够完備,由李日華編輯,魯孔式、錢黼明增定的《四六全書》有助於駢文寫作,亦可存一代典制,序末署"庚辰秋仲之朔,錢喜起賡明父書于六有堂"。其後有李肇亨《刻四六全書述》,六有堂主人《凡例》。後面有五部分組成,《官制備考》上下卷,卷首馮士驊《官制備考序》;《輿圖摘要》十五卷,卷首劉士鏻《輿圖摘要序》;《姓氏譜纂》七卷(最後一卷爲補遺),卷首沈兆昌《姓氏譜纂序》,末署"東海沈兆昌聞大氏書";《時物典彙》上下卷,卷首來集之《時物典彙序》,其云:"然由博歸約,有適于用,斯足貴耳。"《四六類編》十六卷,爲駢文選本,卷一宗藩,卷二宰輔、宫僚、詞林,卷三吏部、户部、禮部,卷四兵部、刑部、工部,卷五都憲、侍御,卷六通政、大理、太常、光禄、太僕、鴻臚、尚寶,卷七給諫、中書、行人、國雍、京府、五城,卷八藩司、臬司,卷九運使、府屬、州屬,卷十縣屬、學博,卷十一座師、主考、科第、封翁,卷十二勛戚、武職、内相,卷十三祝壽、婚姻、子嗣,卷十四節序、詩文,卷十五候答、唁慰、宴集、餞别、饋贈,卷十六雜著。五種書每卷首頁署名皆爲"嘉禾李日華君實輯著,錢江魯重民孔式補訂、古臨錢蔚起黼明較定"。

《四六全書》出版於明末,編纂方式很特别,前面由《官制備考》《輿圖摘要》《姓氏譜纂》《時物典彙》構成,這四部分涉及到職官、輿圖(地理)、姓氏(人物)、時物(自然天氣、物種等),并且這些知識點後附有對偶句子,便於寫作駢文者采集使用,《四六類編》十六卷則是駢文選本,基本都是啓類,按照職官和具體功用分類,方便檢索和模仿。這是一部將駢文寫作材料和駢文範文綜合起來的駢文寫作參考書,也是一部對偶句選本兼駢文選本。通過這部書可以看到,當時流行的駢文文類是啓,駢文選本更加傾向於"有適于用"。

27.《四六新函》十二卷,明鍾惺輯注,明崇禎間吴門童湧泉刻本。

鍾惺(1574—1625)[①],字伯敬。明湖廣竟陵人。竟陵派的代表之一。

《四六新函》的輯注者雖署名鍾惺,但有諸多矛盾之處。鍾惺卒於天啓五年(1625),而此書卷一選録毛先舒、柴紹炳文章,毛氏生於明泰昌元年(1620)[②],柴氏生於萬曆四十四年丙辰(1616)[③],假定書編成於天啓五年,此時毛先舒六歲,柴紹炳十歲,而選本從確

① 鍾惺生卒年參見張業茂《鍾惺生卒年辨》,《中南民族學院學報》1986 年第 3 期;祝誠《鍾惺生卒年考辨》,《鎮江師專學報》1986 年第 3 期。

② (明)毛奇齡《西河文集》之《墓志銘》卷九,《清代詩文集彙編》第 88 册,上海古籍出版社 2010 年版,第 52—54 頁。

③ 柴氏生年據柴紹炳《柴省軒先生文抄》卷首周清原《崇祀理學名儒柴省軒先生傳》,《清代詩文集彙編》第 55 册,上海古籍出版社 2010 年版,第 6—7 頁。

定選文到編排注釋有一個過程,選文的搜集應早於天啓五年。此書輯注者當不是鍾惺,至少不是由鍾惺最終編定。當是書商托名鍾惺而爲。

由上面的辨析可知,《四六新函》當編刊於崇禎末年,托名鍾惺,實則書商所爲,復旦大學圖書館有藏,《四庫禁毁書叢刊補編》第44册據以影印。該書封面右上題:鍾伯敬先生分類注釋點定,中間題:四六新函,左上云"一名篇,一佳聯,一擇段,一典故"。左下題:吴門童湧泉梓行。其後載署名鍾惺的《四六新函序》,末署:"竟陵鍾惺伯敬題於隱秀軒。"後有"鍾惺之印""伯敬氏"兩枚印章。每卷卷首皆署"楚竟陵鍾惺伯敬選注"。

該書所選多書啓,還有散聯、對偶段。卷一選録姚希孟、徐汧、黄道周、夏允彝、陳廷會、柴紹炳、陳子龍、毛先舒、于慎行、樊王家、徐渭、許以忠、支大綸、蔡復一、馮時可、諸葛昇、李國祥、吴明郊等作家,卷二選録湯顯祖、唐順之、吴國倫、董應舉、梅鼎祚、瞿九思、朱之蕃、劉國縉、萬世德、焦竑等作家,卷三選録王焞、卜豫吉、文翔鳳、張應泰、黄克纘、申時行、馬朴、樊王家、王家屏等作家,卷四選録袁宏道、鍾惺、陳翼飛、唐文燦、姜夔、虞邦譽等作家,卷五選録朱錦、費元禄等作家,卷六選録王稚登、林世吉、曾光魯等作家,卷七至卷十二選録曾汝魯、毛一鷺、張師繹、王世懋、王兆雲、王焞、連繼芳、卜履吉、徐榛、魏大中、王世茂、劉養聘等作家。

此書有駢文範文,有散聯,有對偶段,是一部兼備駢文和對偶句的選本,對清初《叩缽齋應酬全書》等的編纂有所影響。

28.《今文選》八卷,清陳維崧、冒禾書、冒丹書同輯,清康熙元年(1662)刻本。

陳維崧(1626—1682),字其年,號迦陵。明南直隸常州宜興(今屬江蘇)人。崇禎十五年(1642)補諸生。明亡後,隨父隱居。自順治十五年(1658)至康熙四年(1665),寄居如皋冒襄家,其間與冒禾書、冒丹書合編《今文選》。康熙十七年(1678)夏,被薦舉參加博學鴻儒科考試,次年考取一等第十名,授翰林院檢討,預修《明史》。康熙二十一年(1682)五月,卒于京師。維崧才大氣雄,與吴兆騫、彭師度被吴偉業譽爲"江左三鳳凰"。其駢文和詞成就最著。迦陵詞"氣魄絶大,骨力絶遒,填詞之富,古今無兩"(陳廷焯《白雨齋詞話足本校注》卷四),開創清初陽羨詞派。著有《陳迦陵文集》五十四卷。生平參見周絢隆《陳維崧年譜》①。

《今文選》八卷,八册,陳維崧、冒禾書、冒丹書同輯,康熙元年刻本,國家圖書館藏。該書首頁右上題:陳其年(中間)、冒穀梁、冒青若三先生選,中間題:今文選。左下角題:本衙藏板。卷首載冒襄《今文選序》(戊戌冬杪),此序又見康熙間刻本《巢民文集》卷二。又陳維崧序云:或謂維崧曰:"子之爲《今文選》也,庶幾蕭《選》之遺裔歟?"維崧曰:"主臣僕則奚敢?夫蕭統以明兩之尊,挾維城之勢,踐青宫,履紫闥,漁畋藝苑,揮斥墨林。一時

① 周絢隆《陳維崧年譜》,人民出版社2012年版。

高齋十學士諸臣，皆品第通華，資制瑰麗，大官賜饌，令史給札，燃脂劈箋，裒有卷帙，猗歟休哉！矧乃天家骨肉，莫非令器，簡文湘東，亞于陳王，慷慨風流，古今未有也。今僕江表鄙人耳！間有幽憂之病，非典籍不足自娱，家貧不能隨計吏上京師，即有一二藝文，又不能差次鱗擴，甲丙有部，朱紫有别。今客以蕭《選》相儷，僕滋恧焉。雖然，是書本末不可不一爲上客言也。客坐，吾語汝：憶僕先世，頗登仕籍，崇禎時，一門丹轂者十數人，僕時年十四五，則已從大人先生游矣。戊寅、己卯間，天下文學之輩鵲起，於是陳華亭、吴貴池兩先生有《國瑋集》一選，抉幽剔隱，極其綜核，兩先生没後，稿本藏到劉廷鸞家，書不果出。崧以靈均弟子，元禮門徒，棲棲皇皇，蹭蹬吴越間，撫宿草以悲來，過寢門而霰集，常欲勒爲一書，續成先師遺志。……虞卿解相印而著書，蔡邕被吏議而請成漢史。僕之大指，蓋在數公。上客之談，毋乃刺謬耶?”客退，書以爲序。又載冒禾書序（今天下操觚家）、冒丹書序（辛丑秋，《今文選》成，丹書作而嘆曰）。其後《凡例》，末署“禾書、維崧、丹書同識”。每卷卷首署“新城王士禛阮亭　如皋冒襄巢民鑒定，宜興陳維崧其年　如皋冒禾書穀梁（更名嘉穗）　如皋冒丹書青若　同撰”。

該書卷首《凡例》末一條云：“凡云選者悉仿蕭梁太子，凡云抄者俱擬唐宋八大家。”知《今文選》模仿《文選》，是一部專門選録駢文的選本。卷一、卷二賦，卷三表，卷四教、疏、頌、啓、問等，卷五書，卷六書、序，卷七序，卷八序、誄、碑等。所録多爲明末清初抗清志士和明遺民之文，路工稱之爲：“明末忠烈的‘紀念册’。”[①]此書選賦、表、書、序、啓等亦較多，在陳維崧等人看來，駢文包括駢賦。

29.《聽嚶堂四六新書》八卷，清黄始輯評，清康熙八年（1669）刻本。

黄始，字静御，一字静怡，號東吴廡客。蘇州吴縣人。諸生。康熙十八年，薦舉博學鴻儒科，不遇。编選聽嚶堂系列駢文選本，影響甚大。

《聽嚶堂四六新書》八卷，卷首目録每卷卷首署“吴郡黄始静御選評，後學邵言珪端玉較輯”，有康熙八年刻本，蘇州大學圖書館藏，《四庫禁毁書叢刊》集部第135—136册據以影印。

是書卷首黄始《序》云：“文章之道亦然，西京而下暨唐宋諸大家之文，文之日星川岳也。魏晉而下，自六朝以迄唐初諸子比耦之文，文之雲霞雨露波濤草木也。龍門昌黎歐蘇諸家發其光華、彰其經緯，而無徐庾謝鮑王楊盧駱諸子爲之披拂焉，濡潤焉，縈洄而掩映焉，則文之體終未備，文之奇終未宣，文之精英光怪終未畢呈而暢露。故大家之文與比耦之文不可不并傳也。……莫不極天人之奥義，寫物類之妍思，則誠哉比耦之文與大家之文不得不相輔而并傳也。……康熙八年己酉春王正月吴郡黄始静御漫識。”黄氏認爲駢文和散文各有特點，各有章法，能够并傳於世。

① 路工《訪書見聞録》，上海古籍出版社1985年版，第135—136頁。

《聽嚶堂四六新書》八卷,分八集,即啓集、表集、詩文序集、文集、疏引集、書集、雜文集、賦集。此選有兩個突出特點,一是按照文類分類。另一個是選文文末有評語,一些評語用駢體寫成。所選作者爲明末清初人,且將作者本人的作品選入,承襲明末駢文選本選録編者之文的風氣。在具體選文上,與李漁輯《四六初徵》有重複,如宋琬《九日約同人登高啓》、吴偉業《宋尚木兄弟詞集序》、陳維崧《冒無譽詩集序》、吴偉業《琴河感舊小序》、錢謙益《唱和初集序》《嘯雪堂詩序》,皆兩書共載。

黄始在清初選録駢文系列選本,除《聽嚶堂四六新書》外,有《聽嚶堂四六新書廣集》八卷(康熙九年刻本)、《聽嚶堂新選四六全書》十八卷(康熙二十三年刻本,包括《聽嚶堂翰苑英華》六卷和《聽嚶堂仕林啓雋》十二卷),通過系列選本擴大影響,有利於圖書銷售和推廣,獲得商業利益。

30.《四六初徵》二十卷,清李漁輯,清康熙十年(1671)刻本。

李漁(1611—1680),字謫凡,號笠翁。浙江金華府蘭溪縣人。崇禎十年(1637)補諸生,明亡後,不求仕進,以布衣優遊公卿間。在南京創立芥子園書坊,刻印大量書籍。對清初通俗文學的發展頗有貢獻。李氏著述甚豐,浙江古籍出版社於 1991 年出版《李漁全集》(全二十卷)。

是書有康熙十年刻本,上海圖書館藏,《四庫禁毁書叢刊》集部第 134—135 册據以影印。該書卷首許自俊《四六初徵序》云:"駢體之作也,始於古文之衰。先秦兩漢詔、誥、册、命、書、啓、箋、表,俱不用俳偶,俳偶自《選》昉也。……則文生於情也。故文體至今日而衰,駢體至今日而盛耳。豈非後來者益工乎?李子笠翁彙近代名筆,……説者曰'古大儒不屑爲麗句,故司馬不習四六',不知温公以辭知制誥,非不能爲麗句也。唐宋明三代制誥表詔,式用四六,亦所以珍重絲綸,鼓吹墳典,豈作月露風雲、雕蟲剪綵哉。至今讀王僧虔勸進……何至以寒蛩之唧唧笑仙鳳之喤喤哉。即以是編爲《六經》、百史之筌簹可矣。時康熙十年孟冬朔日練川弟許自俊題。"

卷首沈心友《四六初徵凡例》云:"駢體之文始于漢魏,盛於六朝,踵事增華,由來尚矣。時至於今,文人韻士每因舊刻陳腐,遂視駢體爲餖飣,略而勿講。雖其間不無名作輩出,亦緣風氣所鄙,淹没不傳,以致此道中衰,知音絶響,殊爲可慨。""故文章之有駢體,猶臭饌之有山珍海錯,爲世所必需也。……是集概取典雅清新,凡舊刻陳言,一篇不載。""四六有二種,一曰垂世之文,一曰應世之文。垂世者字字尖新,言言刻畫,如與甲者,一字不可移易與乙是也。若應世者則流利可以通融,英華似乎肆射,其中扼要數聯,情深一往,其餘始末,得之者信手拈來,頭頭是道,觸類以至,盡可旁通是也。是集凡二十部,惟津要一部二美兼收,篇帙獨繁。……另辟康衢,用資廣攬。""凡徵輯名文,務求備體,……是以向刻《資治新書》盡載文移,不及四六,原欲另爲一帙,庶爲大觀。今四六專選裒然成書，用公宇内矣，是集内制誥表賦，不復彙入者，亦欲另刻成集，孤行於世，即宦牘不附四六之意也。”“芥子園新輯諸書，自《尺牘初徵》《四六初徵》《資治新書》，尚有《綱鑒會纂》《明詩類苑》《列朝文選》嗣出。”按，《資治新書》初集、二集，見《李漁全集》第十六、十七卷，浙江古籍出版社 1991 年版，此書乃明清時期案牘文獻彙編。

許自俊《四六初徵序》和沈心友《四六初徵凡例》都强調駢文（四六）之用，是朝廷和士大夫日常交際所必備，即“爲世所必需”。繼承了明末以來以“適用爲美”的駢文思想。

《四六初徵》分二十部，即津要部上中下（王公、宰輔、宫僚、詞林、六部，都憲、侍御、九卿、給諫、國雍、京府、典試主考、座師，三司、運使、各道、知府、同知、通判、司理、知州、知縣、學博、武職、科第、封翁、雜文）、藝文部、箋素部、典禮部、生辰部、乞言部、嘉姻部、誕兒部、燕賞部、感物部、節義部、碑碣部、述哀部、傷逝部、閑情部、饋遺部、祖送部、戲謔部、艷冶部、方外部。這種分類方便學者寫作參考。選録作家皆明末清初人，入選較多的駢文家爲陸繁弨、吴國縉、尤侗、宋琬、陸堦、徐汾、王嗣槐、陸圻等，陸圻、陸堦、陸繁弨等皆杭州人，這與李漁籍隸浙江有關，他與杭州作家交往較多，容易得到相關駢文文獻。此書選録吴偉業、錢謙益作品不少，吴、錢二人不以駢文名，其作品入選更重要的原因是二人爲名流，入選其作品容易提高圖書名氣和銷量。

總之，《四六初徵》繼承了明末駢文選本編纂思想，秉持駢文的“適用爲美”思想，進一步弘揚了通俗駢文。

31.《四六纂組》十卷，清胡吉豫輯，清康熙十八年（1679）刻本。

胡吉豫（1625—1695），字子藏，號墨園。浙江温州人，生於杭州。諸生。以游幕爲生。生平參見《上海圖書館藏珍本年譜叢刊續編》本《四本堂自撰年譜》①。

《四六纂組》十卷，清康熙十八年刻本，中國科學院圖書館藏，《四庫未收書輯刊》第 4 輯第 30 册據以影印。

該書卷首載沈荃《四六纂組序》云：“太上貴德，其次務施報，往來贈答間，辭命之不可已也，尚矣！故或以締交，或以修好，或以燕會，或以饋餉，或以送迎，或以慶賀，靡不藉有辭焉以通之。然漢魏以前，文多散體，六朝而後，兼用排聯，此四六之所由昉歟？四六之體貴協調、貴諧聲、貴秉經據典，貴推舊易新，庶令觀者相悦以解，苟非素爲揣摩，一旦操觚，謾誇白戰，蹈襲於汎濫迂疏，調不協，聲不諧，語不經，事不典，陳陳相因，粟紅貫朽而不適於用，則鄙甚矣。……復嚴核之，使辭不佻而合諸理義，由博而趨於約，岐門分類，開卷了然。命其名曰《四六纂組》。率皆調中宫商、聲諧金石，而且鎔經鑄典，理從故而生新，言澤新以化故。……時康熙十八年歲次己未冬十月年家眷弟沈荃繹堂氏拜題于長安官舍。”闡述駢文之特點和應用價值。又卷首胡吉豫《凡例》云：“詞家之四六，猶畫家之

---

① 周德明、吴建偉主編《上海圖書館藏珍本年譜叢刊續編》，國家圖書館出版社 2019 年版。

美人也,雖非矜貴,亦尚嫵妍。由來坊書最夥,大率皆選全篇,此刻摘段采聯,增新輯舊,既易翻閲,且便取裁,譬猶擷絲作繡,綴腋成裘,此纂組之義所由取也。”“作啓首重平仄,遞句轉换,務使諧聲,雖云四六,其間三字五字成句,七字八九字成句,或數句長聯,或兩句短對,總期駢偶工致、音韻鏗鏘。”“編中分門别類,或采舊聯,或出新構,聊取規模,用資料作。”“纂輯輿圖,曩刻多載人物名宦,纂輯姓氏,曩刻止載事迹大略,俱未編成偶語。玆不揣荒謬,一概綴以駢言,庶便斟酌采用。”“坊刻四六全啓,多用注釋。……玆集概不注釋。”胡氏把此書的功能説得很明確,作爲駢文寫作的材料(“用資料作”)。

此書專選對偶句子和段落,作爲寫作駢文的材料,是駢文寫作素材彙編。與崇禎間刻本《四六鴛鴦譜》相比,所選對偶句更方便檢索和采擇。也是通俗駢文市場需求的産物。康熙十八年春,舉行博學鴻儒科,此科考試一詩一賦,賦和賦序用駢體,此書編刊於此年冬,也是因應當時社會需求。

32.《聽嚶堂翰苑英華》六卷,清黄始輯評,康熙二十三年(1684)寶翰樓刻本。

黄始生平見前《聽嚶堂四六新書》條,此書南京圖書館有藏,《四庫禁毁書叢刊補編》第52册影印中國人民大學圖書館藏本,爲四卷本,只有前四卷。

該書卷首載黄始《翰苑英華序》,言所搜集作品新奇,末署“吴趨黄始静御漫題於長干旅舍”。又黄始《仕林啓雋小序》,言此集爲幕僚寫文之助,末署“時康熙甲子季夏静御黄始漫記”,將《仕林啓雋》定位爲通俗駢文選本,是供四六師爺寫作駢文而準備的範本。卷一目録題“聽嚶堂選翰苑英華卷之一目次”“吴郡黄始静怡選輯”,選詔、誥命、敕命、制、表、頌、教、議、送序、贈序、賀序、燕集序。卷一首頁題“聽嚶堂翰苑英華卷之一”,署“吴郡黄始　静怡評選”,其他卷署名同。全書選録尤侗、董以寧、錢謙益、姚希孟等人作品較多,文末有評語。

33.《叩鉢齋應酬全書》十六卷,清李之淜、汪建封輯,清康熙二十八年(1689)刻本。

李之淜,字静淵;汪建封,字貢五。兩人都是杭州仁和人,是清初著名的駢文選家。

《叩鉢齋應酬全書》十六卷,有康熙二十八年刻本,北京大學圖書館、南京圖書館等藏,《四庫禁毁書叢刊補編》第38册據北京大學圖書館藏本影印。

卷首載徐潮序,叙述此書的編輯情況,以爲收羅全備,能爲人津梁。末署:“時康熙二十八年歲次己巳蒲夏日上浣,錢塘徐潮書於燕邸官署。”後有“徐潮之印”“浩軒氏”兩枚印章。又李之淜、汪建封《凡例》,説明此書編纂目的和特點,爲了彌補之前駢文應酬選本之不足,特列摘聯,“作者以通用文爲經而以摘聯爲緯”,對選文詳加注釋。并云:“是集體制原期雅俗共賞,故詩取庾、鮑,文搜潘、陸。啓序尺牘,只收駢體,散文不與。所以供時采拾,辭達而已。其班馬文章,韓蘇大家,另集專選。”該書每卷卷首署“西陵　李之淜静淵、汪建封貢五　同輯”,惟校釋者姓名每卷有變化。

該書卷一津要啓,卷二嘉姻誕兒啓,卷三乞言啓,卷四年節啓,卷五通套文,卷六雜著(家禮附),卷七人事摘聯,卷八月令摘聯,卷九物類摘聯,卷十輿圖摘聯,卷十一姓氏摘聯,卷十二尺牘,卷十三四六名文(正文題“精選祭壽名文”),包括祭文和壽序,卷十四聯匾,卷十五家禮(寫作家禮文的格式等),卷十六詩(包括贈詩、賀詩、壽詩、輓詩,後面正文題《叩鉢齋應酬詩集》,共四卷)。

《叩鉢齋應酬全書》的最大特點就是選本和摘聯并重,這也是在駢文選本和對偶句選本不斷編選使用過程中逐步完善的結果,明末刻本《(李君實先生類編)四六全書》其實就包含了駢文選文和摘聯,只不過没有明確提出“摘聯”二字。《四六鴛鴦譜》十二卷(明崇禎間刻本)是對偶句選本,《四六鴛鴦譜新集》十二卷則是駢文選本。題鍾惺輯注《四六新函》所選包括駢文和對偶段(對偶句)。可以説市場上對通俗駢文寫作的大量需求,催生了這類選本的編纂出版,這類選本爲了能够擴大發行量和獲取利潤,把便於學習模仿作爲首要任務,從而導致駢文寫作輔導書編纂不斷創新方法,《叩鉢齋應酬全書》是對之前同類駢文寫作輔導書的總結,這種編纂方法更有利於學習駢文寫作、檢尋寫作素材。

康熙二十九年(1690),李之洲、汪建封輯《叩鉢齋纂行廚集》十七卷,在《叩鉢齋應酬全書》基礎上有所修訂,凡例題“《叩鉢齋增補應酬全書行廚集凡例》”,内容上,增加韓愈、蘇軾等人散文作品。

34.《叩鉢齋四六春華》十二卷,清李之洲、汪建封輯,清康熙二十九年(1690)刻本。

該書共十二册,南京圖書館藏。原東亞同文書院圖書館藏書,書名頁中間題“四六春華”,天頭題“康熙庚午秋新鐫”,右側題“西陵李静淵、汪貢五兩先生輯,典故詳注”,左側云:“駢儷一書,取其事之適用,貴乎種種無遺,若一類自成一刻,約收則得此漏彼,博收則難置行囊,此坊刻都無善本,是集分類備載,悉皆海内名家新構,識者珍之。”卷首載鄧錫璿叙,末署“時康熙二十九年庚午夏四月之朔,錢唐鄧錫璿蓉洲氏題於有竹書舍”。其後《叩鉢齋四六春華總目》。

每卷卷首署“西陵　李之洲静淵、汪建封貢五　同輯”,該書選録陸繁弨駢文最多,陸繁弨伯父陸圻、叔父陸堦的駢文入選亦較多。以卷一爲例,選録陸圻《徐坦齋雙壽序》《胡給諫雙壽序》《江太夫人壽序》,陸繁弨《洪衛武壽序》《吴錦雯壽序》《林峙寰壽序》《沈冠東壽序》《凌斐成壽序》《夏孺人壽序》《同生曲序》《祭黄庶常文》《陶誠吾壽序》《孫孺人壽序》《宋孺人壽序》《悼亡婦文》《洪貞孫哀辭》,陸陛《胡給諫雙壽序》《李夫人壽序》《祭諸麟倩文》《祭吴幼新文》,這卷共選 63 首,陸繁弨等三人就入選 20 首,又如章藻功《謝夫人壽序》《祭聶汝節文》《祭陸夫子文》《祭馮首川文》《祭嚴惠常文》《祭陳貞倩文》《募栽花柳引》《重建泮水亭》等 8 首選入，陸繁弨、陸圻、陸堦、章藻功等皆杭州人。由此可見，這部書的地域性很明顯，是以杭州籍駢文家的作品爲主的選本。當然，此書繼承《叩鉢齋應酬全書》體例，駢文和摘聯兼備。

35.《明文得》不分卷，清孫維祺輯評，清康熙四十七年（1708）兩衡堂刻本。

孫維祺，字以介，號起山。少聰穎，下筆千言立就。康熙二十九年庚午（1690）舉人，次年辛未成進士。歷官直隸河間、淶水知縣，辭官歸家，以著述自娱。著有《五經説文》《廿一史臨》等，輯評《明文得》[1]。

《明文得》是清初八股文選本，封面頁眉題“康熙戊子新鐫”，中間署“明文得”，左下方題“金陵兩衡堂梓”，右上方題“廬江孫起山評點”，即康熙四十七年兩衡堂刻本。北京師範大學圖書館藏，《四庫禁毁書叢刊》經部第 10 册據以影印。

該書卷首載孫維祺《明文得序》，云：“八股者，詩之遺也。”末署：“時皇清康熙戊子春王月朔古廬江孫維祺起山氏題於接斗樓。”《例言》若干條，闡述八股文源流，對八股文給予較高評價。選録明代時文并加以評點，分明代八股文爲初明、盛明、中明、晚明四個時期，所選作家包括歸有光、茅坤、陳子龍、吴偉業、湯顯祖、錢謙益等。《明文得》對八股文的看法和評點直接影響方苞《欽定四書文》的編纂。

36.《憑山閣增輯留青新集》三十卷，清陳枚輯，陳德裕增輯，清康熙四十七年（1708）刻本。

陳枚，字簡侯，錢塘人。陳德裕是陳枚之子。陳氏父子在康熙年間編輯出版了憑山閣系列圖書，是當時比較有影響的應世圖書品牌。《憑山閣增輯留青新集》三十卷，清康熙四十七年刻本，《四庫禁毁書叢刊》集部第 54—55 册影印。

該書封面天頭題“應酬全書”，右上側題“西泠陳簡侯選”，中間題“憑山閣增輯留青新集”，左下側題“本衙藏板”。卷首張國泰序、陳枚《留青新集例言》。

該書所選以應酬爲目的，包括駢文和散文，卷九至卷十一題“四六粹言”，專選啓類駢文，卷十二“四六錦聯”則選録對偶句子。可見駢文在應世方面的需求。選録陳維崧、章藻功、吴綺、尤侗、吴農祥、毛際可、陳枚等人駢文。

陳枚輯録憑山閣系列選本，在康熙年間影響很大。之前《憑山閣留青集選》十卷（康熙十一年刻本）、《憑山閣留青二集選》十卷（康熙十六年刻本，《四庫禁毁書叢刊》集部第

① （清）錢鑅主修《（光緒）廬江縣志》卷八《孫維祺傳》，《中國地方志集成》之《安徽府縣志輯》第 9 册，江蘇古籍出版社 1998 年版，第 277 頁。

155册影印)、《憑山閣留青廣集》十二卷(康熙十八年刻本,《四庫禁毀書叢刊補編》第53册影印)、《憑山閣彙輯四六留青采珍集》二十四卷(康熙四十二年刻本)等,此外仍有《憑山閣新輯尺牘寫心集》等。

作者簡介:

張明强(1985—),文學博士,貴州師範大學文學院副教授、碩士生導師,主要從事明清文學、駢文學研究。

歷代駢文散文的變遷

馮淑蘭著　曹文怡、楊兆涵整理

解題：本文原刊於《北京女子高等師範文藝會刊》1919年第10卷第9期。文章運用社會學、心理學等方面的理論對駢文產生的原因進行了探討，并對駢散文的演變發展及其原因作了比較詳細的研究，頗有中西合璧的特點。

文章的目的雖在發表思想、想像感情，其形式上所用的工具，則有駢體和散體的區別。故古人行文有用質言的，有用儷語的；試看歷代文學史上所謂某人"起八代之衰"，某人變"太玄之氣"，也不過是在文學形式上變幾個花樣，文章的目的，何嘗更變分毫？因此我的意思，以爲研究文學，不外考察文章在某時代，他的形式上有什麼變更，和他變更的原因；至於文章内容的變遷，在某時代是什麼趨勢，還是第二步。而中國文學的形式，又不出駢散兩派的範圍；可見駢散的研究，在文學上不是絶對没有價值的問題，試述之如下：

一、文章爲什麼有駢散的分别

二、駢散未分以前文章的情形

三、駢散既分以後文章的情形

(一)駢體的變遷

(二)散體的變遷

四、結論

一、文章爲什麼有駢散的分别

我們人類口裏講的話，除了少數文人之外，很少人注意他是奇是偶的。文章是言話的符號，當然也是出之於口，而後筆之於書。駢散的分别究竟從什麼地方起？很難下精確的判斷。考之過去的舊説，大約可分兩派：

劉勰《文心雕龍·原道》："夫玄黄色雜，方圓體分，日月疊璧，以垂麗天之象；山川焕奇，以鋪理地之文；……旁及萬品，動植皆文，龍鳳以藻繪呈采，虎豹以炳蔚凝姿，雲霞雕色,有踰畫工之妙,草木賁華,無待錦匠之奇;夫豈外飾,蓋自然耳。……夫無識之物,鬱然有彩,有心之器,豈無文歟? 人文之元,肇自太極,幽贊神明,《易》《象》唯先。庖犧畫其始,仲尼翼其終,而乾坤兩位,獨製文言,言之文也,天地之心哉?"

這是以駢文爲天然生成的一派。

曾國藩《送周荇農南歸序》:"天地之數,以奇生,以偶而成。一則生兩,兩還歸一。……一奇一偶,天地之用也。文章之道,何獨不然,六籍尚矣,自漢以來,爲文莫善於司馬遷。遷之爲文,其積句皆奇也必醇,氣不孤伸,有偶存焉。其他善者班固,固則明於用偶。韓愈則毗於奇,范蔚宗以下,潘陸沈任,皆師班者也,茅坤所稱八家,皆師韓者也。轉相祖述,愈遠而流益分,判然若白黑之不相類,於是美刺互興,尊赤非素。……"

這是以駢散同爲文章的起源一派。

以上兩派一個是駢文家的話,一個是散文家的話,都不免有些門户之見。而且他們對於文學的真精神,都没有徹底的研究,偏拉些不倫不類的宇宙論,是不可依據的。依我愚見,駢文發生的原因,不外三項:

(一)心理方面

據心理學家的研究,人類審美的感情有簡單和複雜的分别。簡單的美只限於感情,複雜的美則必爲觀念和美感并行。所以物體各部分之間有一定的距離,或左右相對以排列,皆可以引起吾人的美感。試看古今建築物,他的窗牖梁棁,臺榭階除,大半都是左右對稱的。文章也是美術之一,如何能不加一番剪裁,以求合人的美感。不過西洋的言語文字是拼音的,不能對偶;中國的言語文字大半是一字一義,一字一音,所以儷詞偶語特别發達,至於人類的心理,有聯想的作用,看見明月,想到清風;看見高山,想到流水。也是駢文發生的一個大原因。

(二)功用方面

1.邃古時代,文字未曾發明,大而朝廷發號施令,小而里巷間互通情愫,都賴口耳傳受。後來文字雖然發明,人民的生活還是很簡單,既没有筆墨,又没有竹帛,所謂文房四寶,也不過是木板鐵撾罷了。書寫既然如此困難,所以要奇偶相生,聲均相叶的文章。以其便於傳寫,便於記憶。這也是駢文在當時特别發達的一大原因。

2.社會進化的程序,是由神權而君權,由君權而民權。上古時代,人民思想界最占勢的就是宗教,不但一切政治都掌於巫史,史稱黄帝且戰且學僊,其臣風后力牧諸人皆通巫術,殷朝又有巫咸,詳見《世本》。就是一切學術也多半是巫史發明的,《抱朴子·極言篇》:"黄帝著體診則受歧雷,歧是歧伯,雷是雷公。"《莊子佚文》説:"雄黄曰,黔首多疾,黄帝立巫咸使黔首沐浴齋戒,以通九竅。"可見醫學一科是巫官發明的。《世本》黄帝使羲和占日,常儀占月,……可見天文音樂諸科,也是巫官發明的。古代的學問既然一一和宗教有特别關係,因而古代文章的功用,專在祈禱,文章的内容,不外歌頌鬼神的功德。

近周作人先生《歐洲文學史》有一段説是：

> 希臘古代文學，最古爲宗教歌頌，今已不存。……蓋儀式誦禱之作，出於一群心有所期，發於歌舞，以表祈望之意，本非以爲美觀，純依信仰而生。迨禮俗改易漸以變形，乃由儀式入於藝術。……

這段議論雖是説的西洋文學，也可做研究中國古代文學的參考。就是中國論文學的書中，也未嘗没人論到祝禱和文學發展的關係：

劉勰《文心雕龍·祝盟篇》："天地定位，祀徧群神。六宗既禋，三望咸秩。甘雨和風，是生黍稷。兆民所仰，美報興焉。犧盛惟馨，本於民德。祝史陳信，資乎文辭。昔伊耆始蜡，以祭八神，……舜之祠田云：'荷此長耜，耕彼南畝，四海俱有，……至於商履，聖敬日躋，玄牡告天，以萬方罪已，則郊禋之詞也。素車禱旱，以六事責躬，則雩禜之文也。及周之太祝，掌六祝之辭，是以庶物咸生，陳於天地之郊；旁作穆穆，唱於迎日之拜；夙興夜處，言於袝廟之祝；多福無疆，布於少牢之饋；宜社宜禡，莫不有文。'"

東周時代，社會上的文化，已經有很大的進步，而《周禮》六官，除天、地、秋、夏、冬五官外，春官一職，完全是掌邦禮的。其餘五禮之中，祭禮又占大半。詩呀，樂呀，都是用於祭祀的。——大司樂掌成均之法，以治建國之學政，而合國之子弟焉。……乃分樂而序之，以祭以祀。乃奏黄鐘，歌大吕，舞雲門，以祀天神。乃奏大簇，歌應鐘，舞咸池，以奏地示。乃奏姑洗，歌南吕，舞大聲，以祀四望。乃奏蕤賓，歌函鐘，舞大夏，以祀山川。乃奏夷小律，以享先妃。乃奏無夷，歌夾鐘，舞大武，以享先祖。太師教六詩，曰風曰賦曰比曰興曰雅曰頌，以六德爲之本，以六律爲之音。大祭祀瞽登歌合奏擊拊籥章，土鼓邠籥。中春，擊士鼓歙邠詩以逆暑。凡國祈年於田祖，歙邠雅。……太卜掌三易之法，一曰《連山》，二曰《歸藏》，三曰《周易》。……大祭祀則命高視龜。——而太祝一段，尤足以證明古代文學大半爲祭祀設的。——詳《周禮》太祝下——所以我們對於古代的文章，可以下兩個判斷。（一）古代的文章半用於祭祀。（二）就是用於人事的文章，也是掌於巫史之手。——《周禮》太祝作六辭，……鄭司農云："詞當爲辭，謂辭命也。《論語》所謂爲命裨諶草創之，誥謂《康誥》《盤庚之誥》之屬。會謂王宫之伯命事於會胥，命於蒲王，爲其命也。"今案《論語》下説："爲命裨諶草創之，世叔討論之，行人子羽修飾之。"可見春秋時代行人所掌的文學，在成周惠、襄時代，都是由太祝代操筆政。——凡祭祀的目的，不外求福避禍兩種。那麽，自然要把那祝詞的辭藻，加上藝術的修飾，這是祭祀和駢儷文章的第一層關係。試看現在野蠻民族祭神的時候，口裏唱着歌曲，手足做着舞蹈，人類進化，都是由野蠻而文明，故現在野蠻社會的情況，就是古代社會的小影和殘像。頌禱之詞既然和樂舞有不可分離的關係，自然要在辭章的美以外，再加上聲音的美，這是駢儷文章和祭祀的第二層關係。現在再將古代祈禱的祝詞,和占卜的繇詞,再舉幾篇出來,可見他們全是用的駢文。

《尸子》:"湯之救旱也,素車白馬布衣,身嬰白茅,以身爲犧牲,禱曰:'政不節與? 民失職與? 苞苴行與? 讒夫昌與? 宫室崇與? 女謁盛與?'"

《左氏》莊公二十二年《傳》:"初,懿氏卜妻敬仲,其妻占之曰:'吉。'是謂鳳凰於飛,和鳴鏘鏘。有嬀之後,將育於姜,五世其昌,并於正卿,八世之後,莫之與京。"

《左氏》僖公四年《傳》:"初晉獻公欲以驪姬爲夫人,卜之不吉,筮之吉。公曰:'從筮。'卜人曰:'筮短龜長,不如從長。'且其繇曰:'專之諭,公之羭,一薰一蕕,十年尚有臭。'"

《左氏》僖公十五年《傳》:"晉侯之入也,秦穆公屬賈君焉。……涉河侯車敗,詰之,對曰:'乃大吉也。'三敗,必獲晉君,其卦遇蠱䷑,曰,千乘三去,三去之餘,獲其雄狐。……初,晉獻公筮嫁伯姬於秦,遇歸妹䷵之睽䷥。史蘇占之曰:'不吉。'其繇曰:'士刲羊,亦無衁也;女承筐,亦無貺也;西鄰擇言,不可償也;歸妹之睽,猶無相也。震之離,亦離之震,爲雷爲火,爲嬴敗姬,車脱其輻,火焚其旗,不利行師。敗於宗丘,歸妹睽孤,寇張之弧,姪從其姑,六年其逋,逃歸其國,死於高粱之墟。'"

有這幾個原因,所以古代的文章,不是偶語,便是韻文。考之古籍,也可證明如下:

《吕氏春秋》:"神農之教,一穀不登,穀之法什倍。二穀不登,穀之法再什倍。第疏滿之,無食者予之陳,無種者貸之新,故無什倍之賈,倍稱之民。"

《易經·坤卦·文言》:"積善之家,必有餘慶;積不善之家,必有餘殃。"

《繫辭》:"天下一致而百慮,同歸而殊塗。尺蠖之屈,以求伸也;龍蛇之蟄,以存身也。"

太古时代的文章,不過略有點駢偶的傾向,後来的人,嗜好各有所偏,有喜歡散的,有喜歡駢的,遂將二者加以特别研究。分道揚鑣,各不相謀,一個生气相同的兄弟,後來竟析爨離居了。况且世界進化的程序,都由簡單而複雜,文章日趨於繁縟,也是應當的。梁昭明太子有言:"椎輪爲大輅之始,大輅寧有椎輪之質,層冰爲積水所成,積水曾微層冰之凛;蓋踵其事而增華,變其本而加厲,物既有之,文亦宜然。"這話實在不錯。

二、駢散未分以前文章的情形

(一)周秦以前的文章

駢散所以萌芽的原因,前段已經略述一二。至於駢散未分以前的情形,現在可用兩句話來概括。(一)三代兩漢時代,没有純粹的駢文,整飭的或對偶的。(二)但是由當時的情形觀察起來,是時已有趨於藻麗的傾向。何以證之? 現在分别解釋。

1.爲什么説六朝以前没有純粹的駢文？這個問題可用幾個證據來證明

(1)各派中的一家。如儒墨名法各家的文章,大半都以説理爲宗,惟有縱横家尚辭——近於駢儷。

《左傳》成公十三年:"文公躬擐甲胄,跋履山川,踰越險阻……文公恐懼,綏靖諸侯……殄滅我費滑,離散我兄弟。擾亂我同盟,傾覆我國家。……"

《戰國策》:"大王之國,西有巴蜀漢中之利,南有胡貉黔中之限,……以大王之賢,士民之衆,車騎之用,兵法之教,……"

造趙曰:"臣聞之,聖人不易民而教,知者不變俗而動。因民而教者,不勞而成功;據俗而動者,慮徑而易見也,……"

(2)一家中的一人。如道家的老子則偏於駢,莊子則偏於散。漢代史家,則司馬遷偏於散,班固偏於駢。

老子《道德經》:"故有無相生,難易相成,長短相較,高下相傾,……是以聖人處無爲之事,行不言之教。……"

(3)各人著作中的一篇。如李斯《諫逐客書》《莊子·秋水篇》、賈誼《過秦論》之類皆近於駢的。

李斯《諫逐客書》:"今陛下致昆山之玉,有隋和之寶,垂明月之珠。服太阿之劍,……太山不讓土壤,故能成其高,河海不擇細流,故能就其深。"

《莊子·秋水篇》:"北海者曰:'井鼃不可與語於海者,拘於墟也;夏蟲不可以語於冰者,篤於時也;曲士不可語於道者,束於教也。'……"

此外若《尚書》的《典謨》則駢詞居多,《殷盤》《周誥》則近於散行。

(4)一人的著作,有甲書偏於駢,乙書偏於散者。如周公的《周禮》——駢——《儀禮》——散——孔子的《繫詞》——駢——《序卦》——散。

《繫詞》:"是故履德之基也,謙德之柄也,復德之本也,……益德之損也。"

《説卦》:"乾爲马,坤爲牛,震爲龍,巽爲雞,……"

《周禮》:"小司寇掌外朝之政,一曰詢國危,二曰詢國遷,三曰詢立君。"

《儀禮·士喪禮》:"死於適室,幠用歛衣,一人以弁服着裳何之。扱領於帶,升自東榮,屋北面而招以衣曰:臯!某復,……"

(5)一篇之中,有幾句是駢的,有幾句是散的。

《詩經·柏舟》:"覯憫既多,受侮不少。"

《左傳》:"澗溪沼沚之毛,蘋蘩蕰藻之菜,筐筥錡釜之器,潢汙行潦之水。"

班彪《王命論》:"見善如不及,用人如由已;從諫如順流,趨時若響起。當食吐哺,納子房之策;拔足揮洗,揖酈生之説。"

2.爲什么説當時(魏晉以前)的文章有趨於藻麗的傾向

揚子雲説:"虞夏之書渾渾爾,商書灝灝爾,周書噩噩爾。"文章有趨於藻麗的傾向,於此可見一般。就實際上觀察唐虞的作品,雖然間有駢儷排比的地方,而文法上組織,依然是樸陋的、拙笨的、簡單的。春秋時代,則《左氏傳》、老子《道德經》《韓非子》、蘇張的書説,都是斐然成章的著作;兩漢則如司馬相如的《封禪書》《大人賦》、鄒陽的《獄中上吴王書》、班彪的《王命論》、班固的《典引》《兩都賦》,又豈是春秋以前的人所能夢想的? 總之,由簡及繁,乃世界事物進化的公例,文學何能違反這規則。——散文的範圍過廣,很難證實,就韻文説則古代歌謡,一變而爲三百篇,再變而爲"楚騷""漢賦""樂府",都可和散文的進化相印證。

三、駢散既分以後文章的情形

(一)駢文體裁的變遷

1.駢體的淵源和藴釀時代

駢文的成年,固然是在魏晉以後;但他的根本淵源,却遠植在戰國時代。當時各家,若儒墨名法,大概都是以説理爲宗,辭章不過其餘事。只有縱横家爲想動人聽起見,辭章上聞就不能不加些修飾。所以他的風神是抑揚往復的,涵蓄不盡的。筆丈是發揚踔厲的。他的辭章是藻采繽紛的。後來一變而辭賦,像屈原、宋玉、景差、唐勒諸人,——《漢書・藝文志》:"春秋之際,詩歌聘問,不行於列國,而後賢人失志,辭賦作焉。"可證騷賦是縱横變來的。——所作的《離騷》《招魂》各章,美人香草,蘭槳桂楫,真可稱斐然成章了。降到漢時,如司馬相如、枚乘之流,一脈相傳,凌雲高才,自然和他家不同,——司馬相如上書諫獵:"且夫清道而行,中路而馳,猶有銜橛之變,而況涉豐草,騁丘墟,前有利獸之樂,而内無存變之意? ……"——不過在這個時候,這種體裁僅僅占文學上的小部分,若司馬遷、董仲舒之輩,依然做那枝葉條暢的散文。直到白水真人再握乾機,此類文體——近於駢儷的——方纔大盛。現在將當時名作舉兩條出來:

馮衍《遺田邑書》:"蓋聞晉文出奔,而子犯宣其忠,趙武逢難,而程嬰明其賢;二子之義當之。今三王背畔,赤眉危國,天下蟻動,社稷顛隕,是忠臣立國之日,志士馳馬之秋也。"

建安以後,此風愈盛,書檄一體,則尚騁馳。——陳琳《爲袁紹討曹操檄》——論説一體,則尚名理。——阮籍《大人先生論》——奏疏一體,則尚質直,不援引經典。——《三國志》中各奏疏。——辭賦一體,則益事靡,不用訓詁。——曹子建的《洛神賦》、王粲的《登樓賦》。——所以劉勰的《文心雕龍》説:"自獻帝播遷,文學蓬轉,建安之末,區宇方輯。魏武以相王之尊,雅愛詩章;文帝以副君之重,妙善辭賦;陳思以公子之豪,下筆琳瑯;并體貌英俊,故儁才雲蒸。……傲才觴豆之前,雍容衽席之上,洒筆以成酣歌,和墨以藉談笑。"沈休文説:"三祖陳王咸蓄盛藻,甫乃以情緯文,以文被質。"像孔文舉的《薦禰衡表》、曹子建的《求自試表》,真可算"詞源倒瀉三峽水,筆陳橫掃千人軍","藻思綺和,清麗芊眠"了。

2.駢體的全盛時代

陸士衡《演連珠》:"臣聞日薄星廻,穹天所以紀物;山盈川沖,后土所以播氣;五行錯而致用,四時違而成歲;是以百官恪居,以赴八音之離,明君執契,以要克諧之會。"

這一段文字,我們看起來,都覺得他辭采艷麗,讀起來覺他聲調鏗鏘,原來駢體自經東漢曹魏二百多年的培養薰陶,到此時才大告厥成,《文心雕龍》關於這時代的批評:

> 晉雖不文,人才實盛,茂先搖筆而散珠,太冲動墨而橫錦,岳湛曜聯璧之華,機雲標二俊之采;應傅三張之徒,孫摯成公之屬;并結詞清英,流韻綺靡。

沈約的批評——《謝靈運傳論》:

> 及元康,潘陸特秀,律異班賈,體變曹王,縟旨星稠,繁文綺合,綴平臺之遺響,采南皮之高韻,遺風餘烈,事極江右。

我們由沈約的批評,可以得兩種判斷。

(1)由"律異班賈,體變曹王,縟旨星稠,繁文綺合"幾句看,足見晉代的文章,較東漢魏時格外艷麗。

(2)由"綴平臺之遺響,采南皮之高韻"兩句看,足見魏代是元康的根源,元康是建安的流裔。

晉初文章的精神,由上兩句可以觀其大概。但建安之際,是個偏安的局勢,是個兵革未息的時代;所以一時的作品,雖然是憐風月,狎池沼,而那種傷時憂國激昂慷慨的音節,常流露於字裏行間。元康之際,是個統一的局勢,是天下安寧的時代,所以一時的作品,都是免不了"優游歲月""聊以慰情"的意思。總而言之,建安文章是諷咏患難困苦的產物,元康詩文,是供娛樂的產物。

永嘉之亂,二帝北狩,兩京榛蕪;眼見得莊嚴燦爛的山河,被那些"金戈鐵馬"的胡羯,蹂躪得不成樣子。人非草木,誰無故國之思?無奈世局已是如斯,雖然劉琨"聞雞起舞",祖逖"擊楫中流",也是不中用的。所以一變而成消極思想,求精神上的快樂。其時又值佛學正盛的時代,文學界受了這個影響,遂起個大變化,造成一代的特色。一時的名著,孫興公《遊天台賦》、何敬宗的《遊仙詩》没有不含世外思想的。其餘像孫綽的《喻道論》以佛爲本,以儒爲用,折衷二者之間,以道體爲無爲。謝緒慶《注安般守意經》以意爲衆惡之萌,欲以欲念未起的時候,觀心的本體。慧遠的《詩序》謂"寂想專思,即爲三昧"。宗少文作《神不滅論》説:“玄神之於人,先形而生,不隨形而死。”簡直是注釋莊老的名著,自然非才識過人的人,誰能不受清談的影響。所以鍾嶸批評他説:“淡乎寡味。”(見《詩品》)《謝靈運論》上説:“在晉中興,玄風獨扇,爲學窮於柱下,博物止乎七篇,馳騁文辭,義殫乎此。自建武暨於義熙,歷載將百,雖比響聯辭,波屬雲委,莫不寄言上德,托意玄珠,遒麗之辭,無聞焉。”但是此時作者之衆,篇章之多,也不是他代所可及的。謂予不信,請看《文心雕龍》説的:

《時序篇》:“元皇中興,披文建學,劉刁禮吏而寵榮,景純文敏而優擢。明帝秉哲,雅好文會,升儲御極,孳孳講藝,練情於誥策,振采於辭賦,庾以筆才逾親,温以文思益厚,……及成康促齡,穆哀短祚,簡文勃興,淵乎清峻,微言精理,函滿元席,澹思濃采,時灑文囿。至孝武不嗣,安恭已矣,其文史則袁殷之曹,孫于之輩,雖才或躁淺,圭璋足用。”

《才略篇》:“劉昆雅壯而多風,盧諶情發而理昭,亦遇之時於勢也。景純艷逸,足冠中興。……庾元規之表奏,靡密以閑暢;温太真之筆記,循理而精通,亦筆端之良工也。……”

這是駢文的第一時期。

“窮則變,變則通”,文章也是如此。散體勢窮而有駢文,玄理勢窮,而有辭章。劉宋代司馬氏而有天下,不獨政治上改土易姓,文章上也别開生面,氣則日趨緩和,辭則日趨靡麗,雕章琢句的風氣,籠罩了一時的文壇。沈隱侯所謂“爰逮宋氏,顔謝騰聲,靈運之興會標舉,延年之體裁明密”,就是當時的情形。現在將當時的文章摘録兩句,做個證據:

王元長《三月三日曲水詩序》:“臣聞出豫爲象,鈞天之樂張焉;時乘既位,御氣之駕翔焉;是以得一奉扆,逍遥襄城之域;體元則大,悵望姑射之阿。”

范蔚宗《宦者傳論》:“南金和璧,冰紈霧縠之積,盈牣珍藏,嬙媛侍兒,歌童舞女之玩,充備綺室。”

但是當時文章的特異地方,還不在此,而在下面所舉兩條:

(1)宋代文學鉅子,當推謝靈運。謝氏爲永嘉太守後,終日遨游山水,所以他的文集中大半是游覽山水之作、感時傷己之篇;而且筆墨雋秀,刻畫畢肖,後來咏山水的詩詞,都導源於此。所以《文心雕龍》説:“宋初文咏,莊老告退,而山水方滋,儷采百字之偶,争價一句之奇;情必極貌以寫物,辭必窮力而追新。”靈運對於後世文章的關係,可由這裏看出來。

(2)自從鮑昭愛作側艷的詩詞,永明天監時代則有簡文的宫體。在梁陳之際,則有徐庾纏綿哀艷一派。

(3)駢體導源於建安,大盛於陸潘諸人;顔謝出,所有的作品,益加工整。齊梁的聲病,就由此開端。

元嘉末葉,顔謝鮑范諸人,相繼物故,文風大衰。直到永明時,沈陸諸人出,在聲韻上大加研究,——詳下江左的特色——文章方才復盛。梁陳承永明四聲發明之後,所有的文章,不但是有黻黼的文采,并且有韶夏的音調,輕清綺麗,已經達到極點,再加上梁武帝、昭明太子、簡文帝、元帝、陳後主都是文采風流的人物,江左王氣盡於此,駢文的體勢,也算極於此了。像元帝的《采蓮賦》:"爾其纖腰束素,遷延遲步,夏初春餘,葉嫩花初,恐沾裳而淺笑,畏傾船而斂裾。……菊澤未反,梧台乍見,荇濕沾衣,菱長繞釧。""旖旎風流"可稱古今獨步。至於侍從的詞臣,有徐陵、庾信兩個大家。徐陵的文章,純粹是南朝的氣息,以莊嚴華麗取勝,間或有傷氣息的地方。庾信的文章,在少年時代已經得了南朝清妙的特質,晚年出使北朝,又沾染北地剛健的優點。益以故國坵墟,輾轉飄零。像他那《哀江南賦》,不但是光采逼人,而且氣勢磅礴,和徐陵的一味華麗,自有春卉秋芳之分。

這是駢文的第二時期。

以上所説的不外一種具體的説明,以下再從抽象方面立論,説明其原因。

(1)江左文風特盛的原因

①因於國勢

自從五胡雲擾,晉室東渡,長江以北,久非漢族所有。人同此心,自然是要目睹心傷,不過是"病入膏肓",藥石那能爲功,"直搗黃龍,痛飲凱旋"的希望,只可付之夢想。試看肥水之戰,謝安以之自盈;姚泓之俘,劉裕籍以篡位;就可見當時的人心。因此那些聰明才智的人,不是遁入佛老,去談那虛無不可思議的理論,便驕奢淫侈,去弄那"雕蟲小技"的辭章。

②因於地利

文章是發表思想和情感的工具,和人的性情有密切關係。人的性情又由社會風俗習慣種種陶鎔而來。所以高原人的文章多半發揮實踐的思想,平原人的文章多半描寫活潑的情操。東晉以前,漢族文化的領域,不出長江北岸。北方的氣候枯燥高寒,土地瘠薄,人民生活狀態異常困苦,所以周秦兩漢文章的特色,不過是能在現實界裏發明人類生活的標準。五胡之亂,晉朝南渡,政治偉人,文學名士,也都接踵而至。吳越一帶,氣候溫和,山水明秀,生活豐足,人材聰穎。文學界經了這番潤色,自然容易變爲清新曼俊的格調。

③因於學風

自正始至六朝一百年間,儒學很是式微,士大夫所談的不出柱下漆園大乘小乘的範圍,視國家的興亡,不過等於傳舍遷移。——當時文人多身仕兩朝——借以消磨歲月的,惟有琴酒詩賦。

④君主的提倡

專制時代,人君有移風易俗的權勢,建安之際,曹氏父子都是彬彬有文的;所以他們雖以公侯之尊,而對於文士才人,像王仲宣、陳孔璋諸人,朝夕般桓游宴,飲酒賦詩,和朋

友差不多。——觀魏文帝《與吴質書》可知——至於江左數代帝王,也多是博學多才的,試舉兩證觀之:

齊高宗少爲諸生,——《劉瓛傳論》——從雷次宗受業,治《禮》及《左氏春秋》——《本紀》——爲領軍時與謝超宗交,愛超宗文翰——《超宗傳》,即位後,見武陵王奕效謝康樂體詩,訓之曰:"康樂放蕩,作體不辨首尾,安仁士衡深可宗尚,顔延之抑其次也。"

梁武帝少而篤學,洞達儒學,雖萬機幾務,猶卷不輟手,造《制旨孝經義》《周易講疏》及《六十四卦》《二繫》《文言序卦等義》《樂社義》《毛詩答問》《尚書大誼》《中庸講疏》共三百餘卷。又令明山賓述制旨,并撰吉凶軍賓嘉五禮一千餘言。又造《通史》,親制贊序凡六百卷。天性睿敏,下筆成章,千賦百詩,直疏便就。諸文集又一百卷。并撰《金策》三十卷。兼製涅般大品净名三慧諸經義記,復數百卷。歷觀古帝藝能博學,罕或有焉。——《武帝本紀》

昭明太子三歲通《孝經》《論語》,五歲通讀五經。及長讀書,數行并下,過目皆成誦,每遊宴祖餞,詩輒數十韻,或作劇,皆屬思便成,無須點易。——《本傳》

簡文帝六歲便能屬文,既最九流百氏,經目必記。篇章辭賦,操筆立就。博儒書,善玄理。自序其詩云:"余七歲有詩癖,長無倦也。"史論其傷於輕艷,號爲宫體。——《本紀》

"同聲相應,同氣相求",當時天子既然如此多才,因而以一篇之美,一句之奇,而登顯位的很多。——《劉隗傳》:隗子大連,雅習文史,善求人主意,元帝深器遇之。《刁協傳》:子元亮久在朝中,諳練舊事,朝廷凡所制度,皆稟於協焉。《殷仲文傳》:少有才藻。桓玄將爲亂,統領詔命,以爲侍中,領左衛將軍,玄九錫文,仲文之辭也。《陳書》:後主使諸貴人與狎客賦詩,被以新聲,……《江總傳》:好學能文,於五言七言尤善,然傷於浮艷,故爲後主所愛幸。……

(2)江左文章的特色

①文筆的區别

文筆的區别,雖然盛於六朝,而"筆"字一詞的起源,都是始於漢代,——《漢書·樓護傳》"長安號曰谷子雲筆札"——但不過是由當時習慣上言語而成,和六朝的文筆大有區别。——参見《論衡·超奇篇》——六朝的文筆,可就下列諸家之説證之,并且當時文筆之外,還有"時筆""詞筆"各樣名稱。阮元的《文言説》、阮福的《文筆對》區别最詳,以下的説法,都以他爲根據。

A.文筆對舉

《晉書·蔡謨傳》:"文筆議論,有集行世。"

《宋書·傅亮傳》:"高祖登庸之始,文筆皆是記室參軍滕演。……"

《南史·顔延之傳》:"宋文帝問延之諸子才能,延之曰:'竣得臣筆,測得臣文。'"

《北史·魏高祖紀》:“帝好文章詩賦銘頌,有文筆,馬上口授,及其成也,不改一字。”

《魏書·温子昇傳》:“臺中文筆,皆子昇爲之。”

《北齊書·李廣傳》:“廣會贊義雲於崔遏,廣卒後,義雲集其文筆十卷。”

劉勰《文心雕龍》:“今之常言,有文有筆。以爲無韻者筆也;有韻者文也。”

B.詞筆對舉

《南史·孔珪傳》:“高祖取爲記室參軍,與江淹對掌辭筆。”

《陳書·岑敬之傳》:“博涉文史,雅有辭筆。”

C.詩筆對舉

《梁書·劉潛傳》:“潛字孝儀,秘書監孝綽弟也。……孝綽常曰:‘三筆六詩。’三即孝儀,六孝威也。”

《齊書·晉安王子懋傳》:“文章詩筆,乃是佳事。”

D.筆的專稱

《梁書·任昉傳》:“昉尤長載筆,才思無窮。”

《沈約傳》:“彦昇工於爲筆。”

《陳書·徐陵傳》:“世祖高宗之世,國家大有手筆,必命陵草之。”

阮氏所列舉的雖然很多,但是所謂文也,筆也,辭也,詩也,他們區别的標準在什麼地方?這也很難説。永明以前,聲律還没有發明,所謂筆,不過是指一種公家的文章而言。——《晉書·王珣傳》:“夢人以大筆如椽與之,既覺,語人曰:‘此當有大手筆。’俄而帝崩,哀策謚議,皆珣所爲。”《顔延之傳》:“竣得臣筆。”而《沈慶之傳》:“慶之謂顔竣君但知筆札之事。”——迨聲病説起後,一切文章,都要中乎宫商角徵羽,而後文筆才以有韻無韻爲區别。——范蔚宗在《獄中與子侄書》曰:“常謂意志所托,故當以意爲主,以文傳意,然後抽其芬芳,振其金石耳。性别宫商,識清濁,斯自然也。(案此言文以有韻爲主。)手筆差易於文,不拘韻故也。(案此言無韻爲筆,韻謂宫商清濁。)吾思乃無定方,特能濟艱難輕重,所稟之分,猶盡當耳。(案此言蔚宗自言兼文筆也。)”沈約《謝靈運傳論》:“一簡之内,音韻盡殊,兩句之中,輕重悉異,妙達此旨,始可言文。”——梁元帝《金樓子》説:“古人之學有二,今人之學有四。夫子門徒,轉相師授,通聖人之經者,謂之儒。屈原宋玉枚乘長卿之徒,止於辭賦,則謂之文。今之儒博窮子史,但能識其事,不能通其理者,謂之學。至於不便爲詩如閻纂,善爲章草如伯松,若此之流,汎謂之筆。吟咏風謡,流連哀思者謂之文,筆退則非謂成篇,進則不云取義,神其巧惠,筆端而已。而於文者,必須綺縠紛披,宫徵靡曼,脣吻遒會,情靈摇蕩。”他分類的方法,是很不清楚的。所謂文筆,不過是一種對文,要是散言起來,則筆固可以言文,文也未嘗不可稱筆。試觀——斐子野爲移魏文,武帝曰:“其文甚壯。”——《梁書·斐子野傳》——王儉《七志》於集稱文翰,阮孝緒《七録》則稱文集。可見奏記的文章和史書無韻之文,都可稱爲文,文筆的界限,不過是六朝時代文學界中一個流行的名詞,於文學上没有重要的關係。

②聲律的發明

江左文章的特色,就有形方面説,是辭章的藻麗。就無形方面説,就是聲韻的諧和。至於聲韻爲什麼要調和?也不外目治之外,加以耳治。——愉目之外,加以悦耳——完全美術作用而已。但是主張文章當講聲的人,不在六朝,却在晉代。——陸士衡《文賦》:"暨聲音之迭代,如五色之相宣,雖逝止之無常,固錡崎而難便,苟達變而識次,猶開流以納泉,如失機而後會,恒操末以續顛,謬玄黄之秩序,故淟涊而不鮮。"《陸厥傳》謂:"前賢已早識宫商,但未屈曲指的,若今論所申。"——到了沈約諸人,因文求學上進步起見,加以研究,遂即風靡一時。——鍾嶸《詩品》曰:"齊有王元長常謂余曰:'宫商與二儀并生,自古辭人不知之,惟顔憲子乃云律吕音調,其實大謬,唯范曄謝莊略識耳,嘗欲著音論未就。'王元長創其首,謝朓沈約揚其波,三賢或貴公孫,咸有文辨,於是士流景慕,務爲精密,襞積細微,專相凌加,故文多拘忌,傷其真美。然則永明宫體之論,實始於王元長,成於謝朓沈約也。"《庾肩吾傳》:"永明中,王融謝朓沈約文章始用四聲,以爲新變。沈約又撰《四聲譜》,以爲在昔詞人,累千載而不寤,而已獨得於胸肊,窮其妙旨,自謂入神之作。"——當代的文學大家也都揭竿奮臂,替聲韻鼓吹,最著名是劉勰的《文心雕龍》、沈約的《謝靈運傳論》:

《文心雕龍·聲律篇》:"凡聲有飛沈,響有雙疊。雙聲隔字而每舛,疊韻雜句而必睽,沈則響發而斷,飛則聲揚不還,并轆轤交往,逆鱗相比,迂其際會,則往蹇來連,其爲疾病,亦文家之吃也。……將欲解結,務在剛斷,左礙而尋右,末滯而討前,則聲轉於吻,玲玲如振玉,辭靡於耳,纍纍若貫珠矣。是以聲畫妍蚩,寄自吟咏,吟咏滋味,流於字句,字句气力,窮於和韻。異音相從謂之和,同聲相應謂之韻。韻气一定,故餘聲易遣,和體抑揚,故遺響難契,屬筆易巧,選和至難。……"

《謝靈運傳論》:"夫五色相宣,八音協暢,由乎玄黄律吕,各適物宜,欲使宫商相變;低昂舛節,則前有浮聲,後須切響,一簡之内,音均盡殊,兩句之中,輕重悉異,妙達此旨,始可言文。"

附沈約四聲八病説,據《詩人玉屑》:

A.一曰平頭。第一字第二字,不得與第六第七字同聲。

B.二曰上尾。第五字不得與第十字同聲。

C.三曰蜂腰。第三字不得與第五字同聲。

D.四曰鶴膝。第五字不得與第十五字同聲。

E.大韻。如聲鳴爲韻,上九字不得用驚傾平榮字。

F.小韻。除第一字外,九字中不得有兩字同韻。

G.七曰旁紐。

H.八曰正紐。十字内兩字疊韻爲正紐。若不共一紐而有雙聲屬旁紐。

四聲八病的説法,雖然不甚切合事實。但是自從他發明後,駢文律詩,日趨精密,如沈約的《玩柳詩》:"因風結復解,霑露柔且長,楚妃思欲絶,班女淚成行。"都可見一般。

3.江北的風尚

北朝樸質寡文,文學還不及江南。但是流風所及,自然也要有點影響。北齊的大家,首推邢魏二人。邢是步武沈約,魏是私淑任昉。顔之推説:"邢魏之臧否,即沈宋之優劣。"由此可知當時的趨勢了。此時又值金陵王氣,日趨衰歇,一時文士,連翩北上,綺麗之詞,清婉之音,所至的地方,都很占勢力。——《周書》:"既而革車電邁,渚宫雲撤,荊衡杞梓,東南竹箭,器用於廟堂者衆矣。王褒庾信奇才秀出,牢籠於一代,是時世宗雅詞雲委,滕趙二王雕草間發,咸築虚館,有如布衣之交;由是朝廷之人,閭巷之士,莫不忘味於遺韻,眩籍於末光,猶丘陵之仰嵩岱,川流之宗溟渤也。"惟以南北的氣候、土地、政治、風俗、習慣,都是不同;所以江北的文人,到底和江南不同。《北史・文苑傳序》説:

> 暨永明天監之際,太和天保之間,洛陽江左,文雅尤盛,彼此好尚,雅有異同。江左宫商發越,貴於清綺;河朔詞義貞剛,重乎氣質。貞剛則理勝其詞,清綺則文過其意。理深者便於時用,辭華者宜於歌咏。此南北詞人得失之大較也。

并且自從八王亂後,五胡内擾,一切典章制度,都蕩然無存。而晉室南渡,政治中心在南而不在北,文化也就偏於江南。所以縱然北朝有文帝那樣獎勵文士,當時文人比較能"立言不朽"的真没有幾個。——《北史》:"及太和在運,鋭情文學,固以頡頏漢魏。……辭罕泉源,言多胸臆,……是故雅言麗則之奇,綺合繡聯之美,眇歷年載,未聞獨得,……及明皇御歷,文雅大盛,學者如牛毛,成者如麟角。孔子曰:'才難不其然也!'"

4.唐宋至明代的四六

駢體文章,始於曹魏,終於開元,幾百年來幾乎没有一處不受他的影響,没有一人不挹他的餘韻。但物極必反,在隋朝已有人反對。復以唐玄宗提倡經術,張蘇富吴,排斥浮艷,六朝一脈,到此時也將"伏維尚饗"了。從此以後,由唐而宋而明,直到清朝。其間雖未嘗没有"妃青儷白"的文章,而以時代的限制,無論怎樣的天才,無論怎樣的深功,六朝一體,已成"廣陵散"的絶調! 所以這篇論文,特地把他提出以供研究。不過是唐初的駢文鉅子若王勃諸人,他們的文章,還不脱徐庾的餘風,而且時期很短,因歸之於六朝中,所謂唐宋的四六,專指陸蘇諸人所作的文章而言。

唐宋元明四代駢文的體裁,創始於唐季陸贄。是時正逢朱泚作亂,德宗播遷,一切詔令,都出於贄一人之手。他的文體議論委婉,理致遥深,不學燕許的牙慧,不拾徐庾的唾餘。雖然是組纂輝華,協和宫商,但能在排偶裏面運以通達流暢的气勢。以後的四六如

蘇軾諸人的文章,都是他的末裔。謂予不信,試就陸贄的詔令,蘇軾的章奏,比較一下:

陸贄《奉天改元大赦詔》:"長於深宫之中,暗於經國之務,積習易懈,居安忘危,不知稼穡之艱難,不察征戍之勞苦,澤靡下究,情不上通。……"

蘇軾《謝移汝州表》:"臣向者任過其實,食浮於人,兄弟并籍於賢科,衣冠或以爲勝事。……隻影自憐,寄命江湖之上,驚魂未定,夢游縲絏之中。……"

觀二篇的搆造和气勢,不難尋其嬗變之迹。

自德宗時陸贄改變文體後,傳至晚唐而有三十六體,——李商隱、段成式、温庭筠——才思也異常藻麗。現在舉兩句看看:

李商隱《上河東公第二啓》:"周朝貝葉,列妙引於王褒,梁日枳園,灑芳詞於沈約;詞必資於鴻筆麗藻,刻乎貞金翠珉,然後可以充足天人,發揮龍象……"

這是唐代駢文的第一派。

有唐一代用詩賦取士,所以除了各家的四六外,還有時文。現在録他兩句,以供參考:

黄文滔《景陽井》:"青銅有淚,也從零落於千楓;碧波無情,寧解流傳於夜壑;……莫可追尋,玉樹之歌邈矣;最堪惆悵,金瓶之咽依然。……"

這是唐代駢體的第二派。

五代時,天下分裂,生民塗炭,但是江淮一帶,人文聰秀的地方,依然是泛濫辭章。像那"蘆花千里霜月白""小樓吹徹玉笙寒""風乍起,吹縐一池春水"諸句,雖説辭賦小道,也是千古風流佳話。若徐鉉揚微之諸人,皆盛倡駢體,而徐鉉兄弟,更是出類拔萃。如徐鉉的《吴主李煜墓志》,不但是氣勢蓬勃,而且典雅都麗,誰説黑暗時代,没有一點明星呢?

宋太宗削平南唐諸國,江淮文化,因之播傳河洛,而成宋代的四六。觀《容齋三筆》所説:"四六駢儷,於文家爲至淺。然上自朝廷命令詔策;下而縉紳之間,箋書祝疏;無所不用,則屬辭比事,固宜警策精切,使人讀之激昂諷咏不厭,乃得傳爲一體。"《四六談麈》所記:"四六施於制誥表奏文檄,本以便宣讀,多以四字六字爲句,宣和多用全文長句爲對,前人無有此格。"又云:"四六之工在於剪裁,若全句對全句,何以見工?"——都可以考察出駢文在當時的勢力。所以王禹偁以散文大家,而《青箱雜記》説他精於四六。同時在翰林院而入拜者,王以《啓》賀之曰:"三神山上,曾陪鶴駕之游,六學士中,獨有漁翁之嘆。"其餘的像楊大年劉筠之更不必説了。但是宋朝不是駢文鼎盛的時期,所以駢文在直接間接方面,都受散文的影響。歐陽修未起以前,駢文的體裁還是摹擬燕許。歐陽修王安石既起以後,駢文的體裁不盡追摹二家。歐陽修的駢文,多用於制誥表章,以排奡的氣勢,行瑰瑋的辭章。王安石的駢文,常喜運用經史,歐的文章宛轉流利,王的文章冲遠深雅,——例如歐陽修的《亳州致仕表》:"臣聞神功不宰,而萬物得以曲成,惟各從其欲;天鑒孔昭,而一言可以感動者,在能致其誠;敢傾虔至之心,再瀆高明之聽。……"王安石的

《賀致趙少保書》:“昭懋資業,寅亮聖時,伯夷之直惟清,仲山之明且哲,……”——宋朝四六由此成兩大派别。就是後來的文士,像蘇軾那樣的天才,也不敢越雷池一步。吴子良《林下偶談》説:“本朝四六,以歐陽公爲第一,蘇王次之。歐公本攻時文,早年所爲四六見别集,皆排比而綺靡,自爲古文後,一洗而去,遂與初作迥然不同。他日見二蘇四六,亦謂其不減古文。蓋四六與古文同一關鍵也。然二蘇四六,尚議論,有氣燄,而荆公則辭趣典雅爲主,能兼之者,歐陽公耳。水心與篔窗論四六云:‘歐公做得五六分,蘇四五分,王三分,’水心笑曰:‘歐更饒與一兩分可也。’”

這是北宋時代的情形。

到了宋朝南渡,古文的勢力日衰,駢文乘此又形發展,若孫覿、真西山之流,都振起生花妙筆,來承繼四六的道統。如《隆祐手書》《建炎德音》諸篇,直可與陸贄的《興元詔》先後媲美。其《乙亥四月誕皇子廟祝》的警句,“亥年乙月,無長蛇封豕之虞;午日丑時,有歸馬放牛之兆”,更是精鍊。

這是南宋時代的情形。

總而言之,宋時的四六,是式微時代而不是鼎盛時代,他的作品,和六朝不同。俞樾的《春在堂筆録》説:

> 駢體之文,謂之四六,則以四字六字相間爲正格。《困學紀聞》所録諸聯,如周南仲草《追貶秦檜制》云:“兵於五材,誰能去之,首弛邊疆之禁;臣無二心,天之制也,忍忘君父之仇。”貪用成語而不顧,此風長自宋人習氣。又載王爚《辭督府群書》云:“昔温太真絶裾違母,以奉廣武之檄,心雖忠而人議其失性;徐元直指心戀母,以辭豫州之命,情雖窘迫而人予其順天。”以議論行之,更宋派之陋者。此派一行,而明人王世貞所作四六,竟有十餘句爲一聯者,其亦未顧四六之名而思義乎?

從此以後,駢文的功用,不過是做一點游戲文章,或是啓奏詔令各樣東西;就是元明時代,如牧庵道園清容曼碩之徒,也僅揚南宋的餘波,整句對的散文而已。到了制誥也改成散體,四六文體遂“遯世高蹈”,所以這兩個時代就從略了。

5.清代的駢文

唐宋以降,散文獨步一時;降及清代,文章的内容,日趨於簡單,只在那三寸筆頭上賣弄本事,物極必反,就有復古派發生,於學問則破除空談玄理;於文章則模擬漢魏,步武六朝,駢文體裁,由此復盛。他的辭采是瑰麗的,他的氣魄是雄厚的,他師法的是潘陸顔謝。胡天游鷹揚於前,八大家振藻於後,或是追踪燕許,或是希風潘陸。有的以澂潔勝,有的以清華勝,有的以肅穆勝,有的以遒勁勝,上一等可和漢魏并駕,下一等可和齊梁齊驅。真是“人懷靈蛇之珠”,“家抱昆山之玉”。而陳其年、吴綺、章藻功,更是著名。其年導源庾信,筆力富健,譬如李崆峒學杜。吴綺追步義山,好比何大復之延中唐。藻功純用宋格,宛然詩家的竟陵派。現在將藻功的文章録兩句:

> 嗚呼!他時心事,神倦多荒誕之辭;前日手書,紙筆報平安之語,孰意别來濟水,登土窟以幽囚;望去燕雲,疑玉樓之恍惚。……

此外如袁枚的四六,羅羅清疏,不逞華麗,而自有悠然神遠的風致,又是駢文的别派。至於汪中的《自序》《哀鹽船文》諸篇,文筆清勁,詞意古樸,不脱經學的色彩,也是在唐宋體中别樹一幟。

(二)散文體裁的變遷

1.唐宋的散文

唐宋散文發達的緣故,普通的見解,都以謂由於韓愈復古。這話是不錯的。但細細考究起來,散體的發生,也不是一朝一夕之故。要論唐宋的散文,要分爲三個時期:

第一時期,起自初唐,至於韓柳。這個時代四六的流風尚在,雖然有陳子昂諸人昌言復古,而當時所號爲燕許大手筆和吴富體,還是不脱儷偶的習氣。直到蕭李元結諸人出,而後唐宋文體纔具雛形,但是比較八大家正宗那樣明净淡遠,還不能盡同。觀《唐文粹》中陳子昂《偶遇巴西主簿序》、李華《送薛九遠游序》,可以知之。

第二時期,起自韓柳,至於唐末。這個時代,已有陳元諸人開了先路,韓柳諸人更是"變本加厲",所有作品,一概取法秦漢。——此説參見韓愈《答崔翊書》柳宗元《與韋中立書》中。柳書曰:"本之《書》以求其質,本之《詩》以求其直,本之《禮》以求其宜,本之《春秋》以求其斷,本之《易》以求其動,參之《穀梁》以厲其氣,參之孟荀以暢其支。"《韓愈本傳》贊"愈以六經之文,爲諸儒倡"。——又有李翺等隨聲附和,散文的勢力,簡直是一日千里。不過是時駢文的餘波,還没有廓清,而且諸人的名位又都很卑下,不能動社會上的聽聞,所以只好讓宋人獨占大功。

第三時期,起自宋初,至於宋亡。在這個時代已經有韓柳諸人樹基礎,又有蘇舜欽梅聖俞興廢繼絶。至歐陽修出,以韓愈爲宗,對於鈎章棘句的文章,大肆排斥。一時學士,争自琢磨,以通經爲高,以救時行道爲賢,以犯顔納説爲忠,天下的風氣,因而大變。繼之以曾鞏、王安石、蘇軾等,或以雄俊勝,或以峭拔勝,或以古樸勝,或以冲淡勝。不獨把韓柳的緒業發揮光大,就是現在一般老先生們,仍然是用那《留侯論》《南海神廟碑》做研究文學的圭臬呢。至於八大家而外,如北宋時的劉原父兄弟,博學雅健,南宋葉水心陳同甫的才調崚嶒,氣魄磅礴,憂國的思想,發爲用世的文章,也都可以昭耀天壤,傳之不朽。

但是散體在宋朝這樣發達,也不單靠住時代的醖釀,還有别的原因,現在分爲三項説來説明:

(1)學術方面

自從漢朝以後,對於學問,發明的少,講習的多,所研究的都是古人的糟粕。宋代學者嫌他破碎支離,專用心在思想方面。這個時候最占勢力的思想是什麽?道教是朝廷所崇奉的;佛教自六朝至宋,數百年來,名釋輩出,説理極其精微。换句話説,這個時代的思想,是儒佛道三家混合的時代。——宋儒雖陽排釋教,而陰入佛門。周子"無極而太極"之説,取於杜順的華麗法界觀,《太極圖》和《先天圖》,傳自華山道士陳摶。程明道的《行狀》説他"出入佛釋者數十年,而復反之六經"。蘇軾和林逋、智圓,都是很要好的朋友。——此時思想的趨勢,是定静參悟,清虚玄默的。文章受此影響,也就不復以哀感頑艷爲美了。

(2)科舉方面

宋初取士的方法,詩賦論策一首,策五道,《論語》十帖,《春秋》或《禮記》墨十條,其九經五經三禮三傳學究等。設科雖然不同,其爲墨義則一。《宋史·選舉志》説:"神宗篤意經學,深憫貢舉之失,且以西北人材,多在不選,遂議更法。王安石謂古之取士,俱本於學,興建學校以復古,其明經諸科,欲行廢罷取明經人數,增進士額。他日問王安石曰:'今人材乏少,且其學術不一,異論紛然,不能一道德故也。一道德則修學校,欲修學校,則貢舉法不可不變。若謂此科嘗得多人,自緣進步,别無他路,其間不容無賢,若謂科法已善則未也。今以少壯時,正宜講天下正理,乃閉門學作詩賦,及其入官,世事皆所不習,此科破壞人材致不如古。'既而中書門下又言古之取士,皆本經術,道德一於上,習俗成於下,其人材皆足以有爲。今欲追復古制,則患於無漸,宜先除聲病對偶之文,使學者得專意經術,以俟朝廷興建學校,然後講求三代所以教育選舉之法,施於天下,則庶幾可復古矣。於是變法,罷詩賦帖經墨義,士各占致《易》《詩》《書》《周禮》《禮記》一經,兼《論語》《孟子》。每試四場出大義,次通經有文采,乃爲中格,不但如明經墨義粗解章句而已。"所以唐朝考試重辭賦,宋代考試重策論,莘莘學子,自然要趨向理想和經籍方面,駢儷文章當然要天然淘汰,散體文章當然要應時發生。

(3)政治方面

宋人因崇尚佛老的結果,政治上養成姑息的積習,——觀真宗幸澶淵答寇準之言可知。——致有異族憑陵之禍。但是時政治家却奬勵名節,嚴謹禮防;所以到了國祚沈淪的時代,四方義士如胡銓、文天祥、張士傑等,還是百折不撓。因而文學也隨之變遷。故哲宗時的文章有雍容博大的氣象,南宋以後的文章多慷慨激昂的音節,這也是宋代文章的一個特色。

(4)唐宋散文的特色

①小説

小説的流别,大約有三派:(1)叙述雜事。(2)記録異聞。(3)綴集瑣語。自《虞初》

以後每代差不多都有做的,——如王嘉的《拾遺記》、干寶的《搜神記》等。——但文辭猥瑣的占去大半。唐代始特別發達,大有凌礫前代的樣子。現在將他和前代不同的地方,略舉一二。

A.種類的齊備。是時小説,關於歷史的有張鷟的《朝野僉載》、唐騈的《劇談録》。關於社會的有《唐語林》《芝田録》。資談笑的有李商隱的《雜纂》。供辨正的有李匡的《資暇録》。述鬼怪的有《博物志》《陸氏集記》、薛用散的《集異記》、牛僧孺的《元怪録》、李復元的《續元怪録》、蘇漁思的《河東記》、段成式的《酉陽雜俎》。談義俠的有《虬髯客傳》《劍俠傳》《紅綫傳》。言情的有《遊僊窟》《章臺柳傳》《步非烟傳》《霍小玉傳》。《遊僊窟》辭采濃麗,而命意猥瑣,爲後世淫書的作俑,《虬髯客傳》情節奇離,爲後世雜劇傳奇的濫觴。

B.平話的萌芽。郎仁寶《七修類稿》説:"小説起於宋人。宋時國家閑暇,日欲進一奇怪之事以自娱,故小説得勝頭迴之後,即加話説趙宋某某云云,即平話也。"《四庫全書提要》《雜史類附注》《永樂大典》有平話門,所收至夥,皆優人以前代事敷衍而口説之,現在傳的還有《宣和遺事》《青瑣高議》兩種。

C.唐代小説與前代不同之點。唐以前的小説,多半是可資補助考證的,唐以後的小説,多半是子虛空談發洩牢騷的。而唐代的小説更多出於落第或失職者之手,尤好借神僊鬼怪閨閣姚冶的事迹,寄其憤慨。隨心亂想,信筆胡謅,因爲其根底出於辭賦,所以辭藻緐艷,足以動人。而且寓意深遠,可以做人的警戒,廣人的見聞。

②語録

宋代以思想特別發達的緣故,講學的風氣較前代爲勝,鵝湖鹿洞,都是一時講學的佳話。但高深的玄理,决不是靡麗辭章所能代表的,於是乎先生的講授,學生的筆記,都用白話文。所以宋代各家程朱諸人都有語録,就是白話講誼和筆記,這是宋以前所未有的體裁。例如朱子的語録説:

> 凡人做文章,不可太長,照管不到,寧説不盡。歐蘇文皆説不曾盡。……自有令人不見得他裏面藏得法,但只管學他一滚做將去。

③記事文的發達

記事文體,自馬班而後很少作者,至宋而特別發達。并且於前代各體外有所發明,如胡宏的《皇王大記》、羅泌的《路史》,皆打破歷來尊經的成例。鄭樵的《通志》、馬端臨的《通考》,又能擺脱斷代爲史的舊格,網羅二千年的典章制度,成史學的大觀。餘如袁樞的《記事本末》,雖然是仍温公之舊,而能於編年紀傳體外別創一格,這是關於歷史的。地理方面,有《太平寰宇志》《輿地記勝》《皇朝方域志》,卷數多至二百,又豈是司馬遷的《河渠書》、班固的《地理志》,所能比擬的?

④時文的發生

宋自王安石上書請變法罷詩賦、帖經、墨義後,元祐四年罷試律義,專立經義詩賦兩科,各試《語》《孟》二道。南渡以後,又加試《大學》《中庸》兩書。(《宋史·選舉志》)朱子嘗爲私議,欲罷詩賦而試諸經子史時務,三年,以子午酉卯四科試之,皆《大學》《論語》《中庸》《孟子》義各一道,議雖未上,天下誦之。——當王安石變法時,曾令中書撰大義,成宣布各處。又教吕惠卿、王雱等,仿這一體作文,於是時文二字,始現於文學界中,遂開元明清三朝制藝的先聲。下面引他一篇,以見一般。

張庭堅《惟幾惟康其弼直》:"所貴乎聖人者,非以其力足以除天下之至患,而以其慮之深遠,察微正始憂患之所不及。非以其有智與勇足以有大有爲於世,而以其并精體息有所不爲。非以其無一過失,使天下莫得而議之,以其有過必改。故於事無忽,於民不擾,於羣臣也不憚以危言正論以拂於已。……"

2.遼金元三代的散文

遼金元三代,都是塞外異族入主中夏,文章事業,非其所長,所以雖然有元好問、許衡、黄溍、柳貫諸人,或以沉摯悲凉見稱,或以清麗婉轉延譽,也不過步歐陽蘇王的後塵而已。但是元代文學中,也有一點空前絶後的特色,就是通俗文學。——戲曲小説,戲曲是有韻的,不在此節研究範圍之内,所謂通俗文學,全指小説而言,——最著名的是施耐庵的《水滸傳》,羅貫中的《三國演義》。——《水滸》一書,由《宣和遺事》脱胎出來。本爲三十六人,增爲一百八人,共一百三十回。有人説他筆墨縱横,可與太史公的《史記》相等,一人有一人的精神,脈絡貫透,形神俱化,爲一代奇作。《三國演義》本陳壽《三國志》并雜采《裴松之注》及其他紀傳史注而成。

元朝爲什麽别種文學不發達?惟有小説發達?要考究這個原因,第一要先問爲什麽要有小説?第二才論到爲什麽元代小説特發達?

(1)爲什麽有小説?

我以爲傳奇和演義,就是詩歌的變體。因爲他是通俗的——白話成文言。——所以他對於纖屑猥瑣的事體,形容得淋漓盡致。又因爲他是有所感而發,所以他不能直寫事實而托於哀艷荒唐不可究詰之詞。雖虚造事實,用無作有,甚而失之淫靡,但都是有所寄托,有時很可以做世人的針砭。故小説發生的原因不外三種。

①當政治叢脞,社會秩序擾亂的時代,君子道消,小人道長,甚至忠肝義膽的人,反不見容於衆。是非賞罰,都没有相當的標準,於是乎有心的人就因着社會的心理,而述游俠大盗報仇行義的事以洩憤。或是刻畫鬼魅表現社會的形狀。屬於前一種的,就是《水滸》。——李贄《焚書》:"水滸者,發憤之作也,施羅二公身在元,心在宋,雖生元日,實憤宋事。"周密《龔聖與三十六贊跋語》:"……此皆群盜之靡耳,聖與既各爲之贊,又從而序

論之,何哉?……昔史公首著勝廣於列傳,且爲《項羽本紀》,其意亦深矣,識者當或能辨之。……"——屬於後一種的,就是《儒林外史》——觀書中描寫明人迷信科舉可知。

②婚姻一端,本是人生最重要的問題。中國向來對於此事,多半是靠父母的主見,媒妁的介紹。不自由的結果,容易產生怨偶。於是有情場失意的人,借着小説以發洩他的不平,因之小説中就發生叙述男女慕悦一體。

③自六朝時佛學侵入中國,輪迴之説,深印在人民腦子裏面。唐代尊尚道教,人民腦中又加了一層服食登仙的觀念。益以專制時代,法網森嚴,中心抑鬱,不敢正大光明的發表,不得已而托之於夢,托之於神,不禁而想入非非,因之小説中發生了神怪的,談果報的,説天堂的一種。如《西遊記》《聊齋志異》是。

(2)元代小説爲什麽特别發達?

①宋人的遺習,自從二程子創語録體,——白話——文學史上起一革命,仁宗時的平話——全用白話——已開《水滸》《三國演義》的端緒,宋劉斧的《青瑣高議》每條以七字標目,也是章回小説的嚆矢。

②元代的風俗。元代以野蠻民族入主中國,對於中國文理不甚了解。不但是朝廷誥命,大半鄙俚,就是史官載筆,也用馬兒狗兒紀年。現在所傳的"聖旨""碑文"説是:

> 汴梁路許州有的天寶宫裏的明真德大師,提點至清貴爲頭,先生每根底執扭行的,聖旨:與了也。這的每宫觀裏使者休安下者鋪馬去應仲拿者,商税地税,休與莊産園林磨店鋪舍席解典庫浴房竹葦船隻,不揀甚麽,他每的不揀是誰,休使氣力者,休拿扯要者,這的每依有聖旨麽?

觀此可以知道,白話文章不是始於現代,元時早已發達了。

③時文的反動。《元史》:"元太祖時耶律楚材請用儒術選士,復命札哈岱劉中,以論及經義詞賦分三考試諸路,行之未久,世或以爲未便,中止。至仁宗皇慶三年,始行科舉法,專立德行明經科,頒行條目,第一場蒙古人色目人,經問三條,漢人南人,明經疑問二問,出題用四子書,并用朱子章句集注,復以己意結之,限三百字以上。又注經義一道,各治一經。《詩》以朱氏爲主,《尚書》以蔡氏爲主,《易》以程朱爲主,古注疏亦得兼用,《春秋》許用三傳,《禮記》用古注疏,限五百字以上。第二場蒙古色目人。第一道以時務出題,限五百字以上。漢人南人,古賦詔誥章奏各一道,古賦表用古體,章表參用四六。第三場蒙古色目人,無漢人南人,第一道經史時務,内出題限字一千以上。"惟各家之所作,今皆未見,所可知者,陳繹曾之《文説》、倪士毅之《作義》——論當時科舉經學之體例,雖拘於程式不足以括文章之法,然所論皆爲後來八比之龜鑒。——其文有破題,接題,小講,官題,大講,後原經結尾等法,即八股之濫觴。時文的規程既然這樣嚴密,所以一時的

作品,多半陳陳相因,文士才人的思想束縛達於極點,於是乎寄想到無何有之鄉,撰出空中樓閣,表現他們浪漫的思想,戲曲小説就因此發達。

文學是一種必須品,不是奢侈品,是大家所共有的,不是少數人專利的。欲達此目的,則文言不如白話;所以元代文學雖然詞章上有不如前代的地方,而對於社會的風俗人情,比其他文學真切得多,而且大半是寓言,内面莊諧互引,細大不捐,不但可以供芻蕘的采納,而且可以做人事鑒戒,這也是元代的特色,足以自豪於文學界中呢。

3.明代的散文

明代的散文,可由兩方面觀察。由横的方面剖解,就是黄梨洲所説的,“有明之文,莫盛於國初,再盛於嘉靖,三盛於崇禎。國初之盛,由於大亂之後,士夫皆無意於功名,埋首讀書,其光芒至不可掩。嘉靖之盛,二三君子,振起時風於重勢之中,足以挽景泰十子之流弊。崇禎之盛,王李之壇坫已墮,士之通經學古者耳目無所障蔽,反得以理既往之緒言。此三盛之由也。”由縱的方面剖解,不外韓柳派和復古派的競争。明初時,宋劉王方所作的文章,咸有磊落激昂的氣概。成宗以後,三楊十子,以儒雅稱盛,這兩個時代,文章界盡爲他們幾個强有力的所壟斷,故争執未起。到了弘正時,臺閣體日趨膚淺,韓柳復古兩派,都乘時而起,唐宋派中有李東陽、羅玘、吴寬。復古派中有李夢陽、何景明、邊貢、徐禎卿、王九思、王廷榊——李夢陽嘗言:“文必秦漢,詩必盛唐,古文之法,亡於韓柳。……寧失諸理。”不讀唐以後書。事凡出於唐以後者,皆擯不用。——文章儼然成兩大潮流。主張漢魏的排唐宋,主張唐宋的斥李何。嘉靖時代,王李七子出,更復推波助瀾恢宏復古派的餘威。王慎中、歸有光、茅坤、徐渭、湯顯祖紹述韓柳的正宗。李攀龍曰:“文自西京,詩自天寶以下俱無足觀。”王世貞亦謂:“文必西漢,詩必盛唐。”余君房説:“《詩》《書》二經,即孔子一部文選,此中更何所有。長卿稍變其法,出之以曼衍,文至昌黎大壞,蘇歐之文,讀之至不欲終篇。”而歸有光的《項思堯文集序》説:“永嘉項思堯舉余於京師。……蓋今世之所謂文者,難言矣。未始爲古人之學,而苟得一二妄庸巨子,争附和之,以詆前人。韓文公云:‘李杜文章在,光芒萬丈長。不知群兒愚,那用故謗傷。蚍蜉撼大樹,可笑不自量。’文章至於宋元諸名家,其力足以追千載之上,而與之頡頏,而世直以蚍蜉比之,可悲也。毋乃一二妄庸爲之巨子以倡導之歟?……文章天地元氣,得之者直與天地同游,雖彼之權足以榮辱毁譽於人,而不能以與於吾文章之事,而爲文章者,亦不能自制其榮辱毁譽之杌於己,兩者背戾而不一也久矣。故人知之過於吾之自知,不能自得也。已知之過於人之所知,其爲自得也。”其相排斥的情形,由此可見一般。天啓時兩派之争還不曾息,艾南英倡豫章社,張溥倡復社,陳子龍倡幾社,又復旗鼓相争。但是未幾而明社已經邱墟了。

明朝文學在歷史中,是黑暗時代,不是昌盛時代。雖然有時看着波譎雲詭,但他們所争執的不過是顛倒是非門户之見而已。所以黄梨洲説:“以一章一體論之,則明代未嘗無韓柳歐蘇遺山牧庵道園之文。若就以名一家,則如韓柳歐蘇遺山牧庵道園之文,有明未嘗有一人也。”這話確是不錯。

明代文章所以不發達的緣故,約有下列數種。

①明太祖的爲人,是很刻薄的;駕馭臣下,是頂嚴厲的。——觀其待遇功臣的態度,可見一班。——詩人高啓,文臣宋濂,或被腰斬,或遭遠戍。成祖破金陵時,更加殘酷,至於誅及十族,蓬蓬勃勃的士氣,到此時已經被摧殘得乾乾净净,所以三百年來,不獨理學没有宋朝那樣精粹,文學也没唐代那樣雄偉。

②學術發達的原因,雖然應乎時變,但也必得有長期的醖釀。有明一代三百年,而宗藩之禍,——如成祖及宸濠——夷狄之患——乜先倭寇滿洲——權臣——嚴嵩——宦豎——劉瑾魏忠賢——都是應有儘有的。没有充足的修養,哪有宏富的思想?没有宏富的思想,哪有精彩的文章?

③太祖自定天下後,深恐有才智的人,不就範圍,因規定以制藝取士,使天下學者都醉心於瓊林雁塔,勞神於程朱注釋,傳注以外無思想,抄襲以外無文章。譬如一株樹,根本已經摇動,枝葉自不能發達了。

④門户的争執——見前。

明代散文雖是很式微,但他的支派——八股——却是異常發達。是時制藝,大半根於王安石的經義,——吴梅《中國文學史》説:“制藝之興,始自半山,半山之文有二體,其謹嚴峭勁,附題解釋,則時文之祖也。其震蕩排奡,獨抒己見,則時文之遺也。四書之文臨川剏之——而全備却在明朝。——天順以前,不過敷衍傳注,或散或對,初無定式,其定爲八股之法,實昉於成化以後。”《日知録》説:“成化二十三年會試,‘樂天者保天下’一題,起講先題三句,即詮樂天,四股中間四句,復詮保天下,四股再作文結。”——他的體裁截本體爲二斷。復截作四股,每四股中,一正一反,一虚一實,一淺一深。其兩扇之格,每扇中各有同其次第之法,所以稱曰八股。此類文體雖説其間不乏作者——如歸有光胡友信——但是拘墟於一先生之言,終不敢越“雷池一步”。

明代小説之盛,雖然不及元代,但很有關係於國家治亂興亡的,也是散文一特色。

①有明一代,完全是階級制度。天子對於大臣,大僚對於下吏,都操着生殺之權,平民是更不必説了。所以明代雖位列清要的人,也是髠鉗夷戮,惟意所施。當時人民受了這種壓制,簡直是有寃無處訴。故明代的小説,每借一巨閥爲根本,形容其得意時如何煊赫,失意時如何流離,他的後裔或是降爲皂隸,或是潛伏草野,到了一旦得志,又復殺盡仇家,——如《隋唐演義》——是一種不得平等的表現。

②明代人民對於科舉,簡直視爲第二生命,修德立行,讀書考古,傾軋標榜,鑽營苞苴都是爲的這兩個字。試看《儒林外史》所書的怪現象,也就可知。

③明代的風俗,是崇拜神仙,迷信因果的。對於星命,堪輿,狐鬼,災祥,最相信不過。

所以當時的《封神榜》《緑野僊踪》等書,不是説起雲駕霧,便是説撒豆成兵。

④明代的風俗極其奢侈,宫廷中是不用説了,就是中人之家,也都有園林聲伎。致弄得國匱民窮,貪婪成風,互相侵陵,雖傷國敗家也没有什麽憐惜,所以一時的小説,簡直"視揭竿斷木""投蘭贈芍"爲英雄韻事。這豈是作書的人喪心病狂?也是有所感而發。

4.清代的散文

清代學問,向來分宋學漢學兩大派,因而文章上,也呈不同的色彩。治漢學的作品,偏於典麗,治宋學的作品偏於簡樸,這是人人都知道的。至於散文方面,——簡樸的——清初文學界鉅子半是明代遺老。但此數人者,大都以經世之學見長,文學小技,是他們不屑做的。——顧亭林曰:"士當以器識爲先,一命爲文人,不足多矣。"他終身謝絶應酬文字。又曰:"非經術政體之文,不足爲也。"縱是間或有作,也不汲汲於一家之言,——黄梨洲論文,以謂:"爲文必資於學。讀書當從《六經》而後《史》《漢》,而後韓歐諸大家。"——"自唐以後,爲文之大變化,而文之美惡不與焉。所變者詞而已,所不可變者,千年如一也。"——只有侯方域等振歸有光的餘緒。康熙末年,劉大櫆出,學宗宋儒,文仿韓柳,——劉氏嘗謂自南宋以來,古文義法不講久矣。吴越間遺老,尤放恣無雅潔者。古文不可入《語録》中語,魏晉六朝人藻麗俳語,漢賦中板字法語,詩歌雋語,……周秦以前文之文法無不備,……是以所作,上規史漢,下依韓歐。——從此談古文的,没有不宗尚方劉的。——桐城派——同時惲子居張皋文,以駢文大家模仿古文,辭義較桐城豐贍,後人稱爲陽湖派。——見陸勯孫《七家文鈔叙》——乾隆中葉,桐城姚鼐出,問法於海峯,以謂:"文章在於義理,有義理,然後考據辭章纔有所附。學不博不足以述古,言無文不足以行遠。孤學俗儒,守其陋説,屏傳説不觀,固可厭薄,而矯之者乃爲考訂名物象數之學,於身心性命之説,則詆爲空疏無據,其文章之士,又素喜逞才使氣,故蔑禮法,以講學爲迂,是皆不免於偏弊。思所以正之,則必破門户,敦實踐,講明道義,維持雅正。"他《復魯絜非書》又持"剛柔"的説法,關係於清代散文更大。現節録出來:

> 鼐聞天地之道,陰陽而已。文者天地之精英,而陰陽剛柔之原也。惟聖人之言,統二氣而無偏,然而《易傳》《詩》《書》《論語》所載,其間有不可以剛柔分者,值其時其語,……各有宜也。自諸子而降,其爲文無復有偏者,其得於陽剛者,則其文如霆如雷,如長風之出谷,如崇山峻崖,如注大川,如奔麒驥。其光也,如杲日,如火,如金鏐鐵。其於人也,如昇旭日,如清風,如雲,如霞;如幽林曲澗,如淪如漾,如珠玉之光輝,如鴻鵠之鳴而入寥廓。其於人也,憀乎其如嘆,邈乎其若有思,暖乎其如喜,愀乎其如悲。觀其文,諷其音,則爲之性情形狀舉以殊焉。且夫陰陽剛柔,其來有二端,造物精而氣有多寡進絀,則品次萬億,以至於不可窮,萬物生,故曰一陰一陽之謂道,夫文之變,亦如是也。……夫野人孺子,聞樂以爲聲歌弦管之會,苟善樂者聞之,則

五音十二律,必有一當,接於耳而分矣。論文者其異是乎?宋朝歐陽曾公之文,其才皆偏於柔之美者也。……

後來曾國藩之輩,都奉爲圭臬。——曾國藩《聖哲畫像記》:"西漢文章,如揚子雲司馬相如之雄偉,此天地遒勁之氣,得陽與剛之美者也,此天地之義氣也。劉向匡衡之淵懿,此天地温柔之氣,得於陰與柔之美者也,此天地之仁氣也。……"姚姬傳言學問之塗有三,曰義理,曰考據,曰辭章,戴東原氏亦以爲然。如文周孔孟之聖,左莊馬班之才誠不可以文體論。至若葛陸范馬,在聖門則德行兼政事者也。……皆義理也,韓柳歐曾,李杜蘇黄,在聖門則言語之科,所謂詞章也。——一時學者執弟子禮的,有管異之梅伯言諸人。桐城一派,幾乎布滿天下,所以曾國藩的《歐陽生文集叙》説:

乾隆之末姚姬傳先生善爲古文辭,慕其鄉先輩方望溪之所爲……劉君大櫆及其世父編修君范之子,既通望碩儒,姚姬傳治其術益精。歷城周永年書昌爲之語曰:"天下文章,其在桐城乎?"由是學者多歸桐城,號爲桐城派,猶前世所稱,江西詩派者也。姚姬傳先生晚而主鐘山書院講席,門下著籍者,上元有管同異之、梅曾亮伯言,桐城有方東樹植之、姚瑩石甫,四人皆稱高足弟子,各以所得傳授於友,往往不絶。在桐城者有戴鈞存莊事植之久,尤精力過人,自以爲守其邑先正之法,禮之後進,無所讓也。其不列弟子籍同時服膺者,有新城魯仕驥絜非、宜興吴德旋仲倫,絜非之甥爲陳用光碩士,碩士既師其舅父,親受業姚先生之門,鄉人化之,多好文章。……皆承絜非之風,私淑於姚先生,由是江西建昌有桐城之學。仲文與永福吕璜月滄交友,月滄有鄉人臨桂朱琦伯韓、龍啓瑞翰臣、馬平王錫振定甫,皆步趨吴氏吕氏,而益求廣其術於梅伯言,由是桐城宗派,流衍於廣西矣。國藩嘗怪先生典試湖南,吾鄉出其門者,未聞以文學爲事。既而得吴敏樹南屏篤好而不厭,而武陵楊彝珍性農、善化孫鼎臣芝房、淑浦舒燾伯魯,亦以姚氏爲文家正軌,此則又何求?……

但是到道光咸豐時代,宋漢兩派,競争日烈,種種流弊,都陸續發現。治宋學的空疏簡陋,治漢學的破碎支離,學術文章,頓呈萎敗的景象。曾國藩出,曉得要文章的進步宜自調和著手。所以他在京時,從唐鏡海講授經義,又致力於考據方面。用戴段的學問,做班馬的文章,居然以漢宋兩派的調人自任。他的《孫芝房侍講芻論序》説:

君子之言也,平則致和,激則召争,辭氣之輕重,積久則移易世風,黨仇紛争,而不知其所止。曩者良知之説,誠非無弊,必謂其釀明亡之禍,則過矣。近者漢學之説,誠非無蔽,必謂其致粤寇之亂,則少過矣。

《聖哲畫像記》:"自朱子表章閩學,二程子張載,以爲上接孔孟之傳,後群相師傳,篤守其説,莫之或易。乾隆中,閎儒輩起,訓詁辨博,度越前賢,别立徽志,號曰漢學,擯有宋五子之術,以謂不得獨尊。而篤信五子者亦屏棄漢學,以爲破碎害道,齗齗焉,而未有已也。吾觀五子之言,其大者合於洙泗,何可議也。其訓釋諸經未當,固當取近世經學以輔翼之,又可屏棄群言以自隘乎?斯二者均有譏焉。……以謂文章之純駁,以所見之多少爲標準。……許鄭亦能深博,而訓詁之文,或失則碎。程朱亦能深博,而指示之語,或失之隘。"

而且是時,歐風東漸,閉關自守,是不行的。曾氏又見及此,選派聰穎子弟到東西各國留學,漢宋數百年的攻擊,由此宣告中止。所可惜的,曾氏殁後,文學界中,很少出類拔萃的人材。追漢魏的喜爲奇句;摹方姚的,取媚閑情,燦爛的文風,又漸漸萎敗了。

以上駢文和散文的變遷,已經略述一二,但此篇所研究的,是駢散升降的原因,不是駢散升降的迹象。所以不在於所引的博不博,而在於所舉的原因對不對,以下結論裏面,再論列一二。

四、結論

中國文學史上最有關係的時代,以東周魏晉隋唐清爲主。這幾個時代中,又可分爲幾期。(一)散文駢文自身的變遷。(二)散文和駢文盛衰的變遷。現在分别舉出:

(一)東周和戰國

中國文學雖説在唐虞時已略具規模,但是很少長足的進步,且爲貴族所專有。西周比較發達一點,而除了三百篇外,還是偏於貴族方面的;一般平民是向來不得染指的;體裁是不甚發達的;範圍是狹小的;至東周而後别開生面。

1.東周時代的文學已普及於平民

現在借孔門弟子爲例:

《史記·仲尼弟子列傳》:"子路性鄙好勇力,志伉直,冠雄雞,佩豭豚,陵暴孔子。

子貢,好廢舉與時轉貨貲。

原憲,子貢相衛,而結駟連騎,排藜藿,入窮閻,過原憲,憲攝敝衣冠見子貢。"

這三個人中,子路是個無賴,子貢是個商人,原憲是個窮書生,而都能受學於當代的聞人,這是東周學術解放的一個證據。

2.體例的發達

這一條可就章實齋的《文史通義》證明。《文史通義》"詩教篇"説:"文章至於戰國而體備矣。試以《文選》諸體,以徵戰國之賅備。京都諸賦,蘇張縱横六國,侈陳形勢之遺也。《上林》《羽獵》,安陽之從田,龍陽之同釣也。《客難》《解嘲》,屈原之《漁父》《卜居》,莊周惠施之問難也。韓非《儲説》,比事徵偶,連珠之所肇也,而或以謂始於傅毅之徒,非其質矣。孟子問齊王之大欲,歷舉輕煖肥甘聲彩色,《七發》之所啓也,而或以爲創之枚乘,忘其祖矣。鄒陽辨謗於梁王,江淹陳辭於建平,蘇張之自解,忠而獲罪也。《過秦》《王命》《六代》《辨亡》諸論,抑揚往復,詩人諷諭之旨,孟荀所以稱先王而儆時君也。"此外若《盟書》《書記檄移》各體,也都始於是時,試觀《穀梁傳》齊桓葵丘之盟,《文心雕龍》的《書記篇》,《左傳》《國策》所載書説等文,可以證明。

3.文學範圍的推廣

中國古代的帝王,建都都在黄河兩岸,因之文學所及,不外河洛流域。——觀三代之文多北方文學可證。——文王施行仁政,文化才推及江漢。——看《周南》的《漢廣》,《召南》的《汝墳》,可知《周南》《召南》是種南方文學。——春秋時老子崛起南方,和北方的孔子成一時思想中兩大潮流。春秋以後,各家并起,秦趙的文學有荀卿、吕不韋,韓魏的文章有蘇、張、韓非,荊楚的文學有莊子、列子。——莊子宋人,列子鄭人,地皆與荆楚相近。——秦趙的文章平實,韓魏的文章横放,荆楚的虛靈。而屈平的《離騷》,托詞寓物,志潔行芳,纏綿悱惻,更是南方文章的精華。文學的勢力,到此時已如日月有明,容光必照,和以前僅限於黄河流域的情形,大不相同。

但是爲什麼由上及下由近及遠,由簡單而複雜?這與當時的社會情形和政治都有關係,現在用五個原因表明。

(1)官守失職。周代盛時,一切典章制度都掌於王官。——參考《周禮》及《漢書·藝文志》——周代既衰,王朝已經不能維持天下,一般攀龍附鳳的官吏,也都風流雲散。——參看《論語》太師摯適齊一段——老子棄史官而往流沙;重黎失官而爲司馬氏;墨子辭宋大夫而奔走列國;都是人人所知道的故事。所以成周時的典章制度在於王朝,春秋戰國時的典章制度在於草野,私門講學之風,也就由此發生,代朝廷教育長官,掌握教育的特權。孔子有弟子三千——見《史記》《孔子世家》《仲尼弟子列傳》——墨子的弟子孟勝,也有一百八十三個同生死的弟子——參看《吕氏春秋·尚德篇》——而那齊國稷下勝會,尤其發達——參看《鹽鐵論》《難鄒篇》《史記·孟荀列傳》——文學也就因之進步。

(2)人材的見重和言論的自由。在專制時代,人君對於人民,是很賤視的,就是言論,也不得自由——參看《王制》《周禮》——春秋時,經濟上起了變動——井田制度的廢除——封建制度宣告破産,禮樂征伐操於諸侯。列國侯王鑒於時代的潮流,一變從前的政策,對於有才能的,不妨卑躬折節去求他,對於激烈的言論,也只做聽不見。所以生王之頭,不如死士之壟——見《國策》——白珩之寶,不勝千城之器——見《國語》——像孔子誅少正卯,太公戮狂裔的舉動,已經不見於戰國時代,士大夫得信舌奮筆,發揮他們文學上的天才。

（3）世族制度的破壞。專制時代的階級制度，完全是由於宗法因襲下來的；只要有個多才多藝祖宗打下江山，就是子孫帝王萬世之業。上至天子，下至庶人，都是如此。所以魯有三桓，鄭有七穆，齊有高國，晉有六卿，專擅政柄，才人多抑在下位。到了戰國時，貴族階級，不是殺戮殆盡，便是夷爲皂隸——見《左傳》——加上世變日急，只要你有才幹，就是履蹻擔簦，也可以升爲卿相，諸子百家既皆聞風而起，文學也就因而發達。

（4）交通的發達。孟子説"關市譏而不徵"，可見古代對於人民的交通，是有一種嚴重的取締。周衰以後，此種制度都已剗除無餘，一般人民好像脱韝的鷹，去鈎的魚，朝秦暮楚，去齊適晉，最著名的像孔子周遊列國，季札歷聘列國，韓宣子觀書魯太史氏，思想因此得以調和，文學範圍，因此推廣。

（5）遊説的風行。思想言論的自由，已經足以促人民精神趨於活潑，再加以君主的提倡，或推之，或挽之，更足使思想中有一番改革。所以一時風雲之士，没有不抵掌奮臂，預備去游説列侯；縱然裘敝金盡，身被箠楚，也死而不悔。——參看《史記·蘇張列傳》《戰國策》蘇秦説秦一段。——甚至於合家的子弟都棄其職業，從事游説——《史記·蘇秦傳論》："史公曰：'蘇秦兄弟三人，皆游説諸侯以顯名。'"——閭巷幼女，也曉得縱横捭闔，干求君相——參看《列女傳》《辨通傳》中莊姪無鹽鐘離春各傳。著名的如魯仲連説辛垣衍、蔡澤説范雎，——見《戰國策》及《史記》本傳——所以戰國時代，可以稱爲游説最風行的時代。但游説的主旨，在能感動聽者，而欲感動聽者，必要有宏深的議論，巧妙的辭章。孔子説"不學詩無以言"，游説和文學的關係，由此可以證明。所以當時奉命出聘的説帖，没有不是淵穆都麗的，——如吕向絶秦諸篇——而劉勰也説："暐燁之奇意，出乎縱横之詭俗也。"

有以上諸種原因，所以戰國文學特别發達。故章學誠的《文史通義》論戰國的文學説是：

> 周衰文弊，六藝道息，而諸子争鳴。蓋至戰國而文章之變盡，至戰國而著述之事專，至戰國而後世之文體備。故論文於戰國，而後升降之故可知也，……戰國縱横之世也，縱横之學，本於古行人之官，觀春秋之辭命，列國大夫聘問諸侯，出使專對，蓋於文其言以達情而已，至戰國而抵掌揣摩騰説以取富貴，其辭敷而揚厲，變本而加恢奇焉。不可謂非行人辭命之極也。……是則比興之旨，諷諭之義，固行人之所習也。縱横者流，推而衍之，是以能委折而入情，微婉而善諷也。……後世之文體備於戰國，何謂也？曰：子史衰而著作之體盛，著作衰而辭章之學興。……後世之文集，合經義與傳記論辨之體，其餘莫非辭章之屬也，而辭章備於戰國，後世承其流而變其體製焉。

（二）秦代

秦代立國，雖不過數十年，而於文學變遷上的關係，却是極大。秦以前的文章，大半和思想并行，所以一時的作品，有關於科學的，有關於哲學的，不獨風行當世，并可以傳之後世。秦以後的文章，大率和學術分離，就是像《上林》《兩都》那樣名作，也不過驚采絶艷而已。所以研究歷史的斷秦以前爲上古，秦以後的爲中古，而我們研究文學變遷的對於秦代尤當加以注意。

文章的盛衰，關係一時學者的思想，而思想的發達與否，又隨世局爲轉移。春秋戰國時代，是社會秩序擾亂時代，是群雄割據時代，思想所以容易發生。自從秦始皇統一天下，專制政體，大告成功，處處倒行逆施。遂由政體的專制，變爲思想上的專制。焚書坑儒——見《史記·秦本紀》二十六年——演成空前的大慘劇，思想至此遭了一個大挫折，已經不能保持春秋戰國時的盛況；加以後世的人，見秦代因爲悖古亡國，於是一變從前"陳言務去"的學術，而爲"古訓是式"的思想，這是秦代影響於後世的第一個原因。秦火以後，念書的人，求古書的人，得了古書，就奉爲至寶，視如金科玉律，更足以助長他們尚古的思想，這是秦代影響於後世的第二原因。有此兩個原因遂令後世文章大起變化。

（三）魏晉

魏晉時代，是由散文到駢文的過渡時代。其原因大約有三端。

1.思想方面

春秋時代的思想，經秦皇漢武兩次摧殘後，已經没有改良的希望。學者的天才，没有地方發洩，於是乎發生研究訓詁的結果。平民又以道教浸灌之久，發生迷信的結果。（一）迷信。迷信的發生，在漢初時代，由於君主的崇拜道家——見《前漢書》各本紀——武帝以後，由於政體學術過於專制，儒家鉅子董仲舒等每借天的勢力，達他們的辨上下的目的。有此兩種原因，漢代的思想是極迷信的。看王充《論衡》《雷虚》《龍虚》諸篇、應劭的《風俗通》，便可知道。（二）訓詁。漢代思想專制的結果，儒家以外没有學派，明經以外没有出身的方法，聰明的人，不能不苦神勞思在訓詁上，穿鑿其義，支離其辭。説《堯典》至十餘萬言，甚至於髮也白了，齒也落了，還不能通經。但是天下無理的事，只可限制腦筋簡單的人，而不能限制思想複雜的人，東漢時代，就有王充一班人對於社會的風俗，大加批評。益以朝政混亂，小人當權，前有李膺范滂，後有孔融禰衡，都是清流名士，還不能保自己的生命。人人自危，家家愁怨，老莊厭世派的思想，乘時而行。老莊的思想是放蕩的，所以他們不屑於訓詁的討求。老莊的思想玄虚，所以他們文章以清綺爲貴。

2.政治方面

魏晉時代，是政治極擾亂的時代，非有嚴厲的手段來處理，决不能生效。魏武本是放蕩不羈的天才，用利刀斬亂麻的政策，任用崔琰毛玠等天資刻薄的人，立法行事，都是不稍假借的，所謂治亂世者其道異。因能蟬蜕東漢淳樸的學問，成魏晉遒麗的氣概。

3.風俗方面

魏晉時代,既是那樣擾亂,所以人材異常需要。魏武勘平天下,曉得儒術不足以網羅天下的人材,所以對於道德上抱了個大解放主義,登賢進士,一概以才能爲標準。十五年春下令説:“自古受命及中興之君,曷嘗不得賢人君子與之共治天下者乎?及其得賢也,曾不出乎閭巷,豈幸相遇哉?上之人不求之耳。今天下尚未定,此求賢之急時也,孟公綽爲趙魏老則優,不可以爲滕薛大夫,若必廉士而後可用,則齊桓其何以霸世。今天下得無有被褐懷玉而釣於渭濱者乎?又得無盗嫂受金而未遇知者乎?二三子其助我明揚側陋,惟才是舉,吾得而用之。”從此敦厲名實的風俗,一變而成通俗曠達的了。所以阮籍樂廣等,不是沈湎酒色,便是傲岸流俗。——見《世説新語》

寂静的學説,酷慘的政治,脱略的風俗,都備於魏晉時代,所以建安的思想,是及時行樂的;文章是流連光景的——觀曹氏父子及陳徐的文章可知——正始時的思想,是放蕩形骸的,文章是清峻絶俗的,都可以助文學的改革。

(四)隋唐

隋唐時代,上承六朝,下開宋元,前乎此者,是駢文盛行的時代,後乎此者,是駢文衰落的時代。此外還有兩條,是我們應當知的。(一)六朝駢文雖盛,但是散文衰微,宋時散文可算發達,而駢文又復式微。所以散文和駢文并行的時代,只有隋唐兩代。(二)唐以前文人用字華,唐以後文人用字質,唐以前句短,唐以後的句長;唐以前的文章好像高山峻谷,唐以後的文章譬如平原曠野;唐以前多創造,唐以後多因襲。至於他所以如此的緣故,只有兩句可以解决。爲什麼駢體衰微散體發達?爲什麼散體發達後駢體還不消滅?

1.爲什麼駢體衰微散體發達

(1)駢文自身的流弊

《隋書·文苑傳》叙曰:“梁自大同以後,雅道淪缺,漸乖典則,争馳新巧,簡文湘東啓其淫放,徐陵庾信分路揚鑣,其意淺而繁,其文匿而采,詞尚輕險,文多哀思,格以延陵之聽,蓋亡國之音也。隋文初統萬機,每念琢雕爲朴,發號施令,或去浮華,然時俗辭藻,猶多淫麗,故憲臺執法,屢飛霜簡。煬帝初習藝文,有非輕側之論,暨乎即位,一變其風,《與越公書》及《建東都詔》《冬至受朝詩》及《擬飲馬長城窟》,并存雅體,歸於典制,雖義在荒淫,而辭無浮薄,故當時俲之,遂得取正,……蓋古之君子,不以人廢言。”

(2)君主的提倡

魏主饗太廟,命蘇綽仿《周書》作《大誥》,宣示群臣,戒以政事,略謂:“惟中興十有一年仲夏,庶邦百辟,咸會於庭,柱國泰伯群公列將,罔不來朝,時乃大稽古憲,敷於度邦,綏我王度,皇帝曰:昔帝堯命義和,永厘百功,舜九占庶瀆咸熙,武丁命説,克號高宗,時惟休哉……勝將正命汝以官。”并命自今文章皆依此體。

開皇四年,隋皇帝下詔天下公私文翰,并宜實録。泗州刺史司馬幼之文章華艷,付所司治罪。

開皇四年九月，治書侍御史李諤，亦以當時屬文，體尚輕薄，上書曰："魏之三祖，崇尚文辭，忽人君之大道，好雕蟲之小技，下之從上，遂成風俗，江右齊梁，其弊彌甚，競一句之奇，争一字之巧；連篇累牘，不出月露之行；積案盈箱，惟是風雲之狀；世俗以此相尚，朝廷據兹取士；利禄之往既開，愛尚之情愈篤；於是閭里童昏，貴游揔丱，未窺六甲，先製蕪言。至如羲皇舜禹之典，伊傅周公之説，不復關心，何嘗入耳，以傲誕爲清虚，以緣情爲勛績，指儒素爲古拙，用辭賦爲君子。故文筆日敏，其政日亂。良由棄大聖之規模，借無用以爲用也。今朝廷雖有是詔，如外州遠縣，仍踵弊風，躬仁義之行者，擯落私門，不加收齒，工輕薄之藝者，選充吏職，舉送天朝。蓋由刺史縣令，未遵風教，請普加采察。……詔以所奏，頒示四方。"

(3)南北思潮的混合

北朝尚質，學者多研究經術，南朝好文，學者多研究詩歌。《北史・文苑傳》説："江左宫商發越，貴於清綺，河朔辭气貞剛，尚乎气質。"這話是不錯的，隋朝統一天下，南朝才人，多翻然北來，如房玄齡杜如晦等，大率出於北人王通門下。南北學問經這一次握手，自然有長足的進步。唐代受命，高祖太宗，都重儒術，十八學士中入儒林傳的四人，而孔穎達所著的《五經正義》，折衷南北學説，更是集經學的大成。經學偏於樸，文學偏於華，經學是實的，文學是虚的，唐代經學，既然如此發達，以致文章也趨於簡樸。

2.爲什麼散文發達，駢文還不曾消滅

唐代雖是注重散文，但是半屬於私人的提倡。看韓愈《答竇秀才書》説："遂發憤篤專於文學……皆符於空言而不適於實用，又重以自廢。是故學成而道益窮，年老而智益困，……足下年少俊，……今乃乘不測之舟，入無人之地，以相從文章爲事。"可見當時韓柳做散文，社會上贊成的狠少，不但是朝廷不見重了。

(1)唐代取士，還是用駢文的，這也可以在韓愈的書中證明：

《答崔立之書》説："及來京師，見有舉進士者，人多貴之，僕誠樂之，就其術，或出禮部所試賦詩策等以相示，僕以爲可無學而能也。……或出所示文章，亦禮部之類也。私怪其故，然猶樂其名。因不詣州府求舉，凡二試於吏部，一既而得之，而又黜於中書，雖不得仕，人或謂之能焉。退而自取所試讀之，乃類於俳優之詞，顔忸怩而心不寧者數日。"

《爲馮宿論文書》説："僕爲文久，每自測意，中以爲好，則人必以爲惡矣。小稱意則小怪之，大稱意，則人必大怪之也。時應時作俗下文學，下筆令人慚，及示人則以爲好矣。小慚亦蒙之爲小好，大慚者即必爲大好矣。"

(2)唐初君主，還是好駢儷之作。武則天《大周新譯大方廣佛華嚴經序》："蓋聞造化權輿之首，天道未分；龜龍繫象之初，人文始著；雖萬八千歲，同臨有截之區，七十二君，詎識無邊之義。"

《大唐新語》:太宗謂侍臣曰:“朕戲作艷詩。”虞世南便諫曰:“聖作雖工,體制非雅,上之所好,下必隨之。此文一行,恐至風靡,而今而後,請不奉詔。”

(五)清代

清代駢文,有汪中洪亮吉諸人,散文有陽湖桐城諸派,較諸他朝,已是不同。其原因大約有三種:

①政治。A.文章是政治的背影,社會心理的表現。盛明時代的文章,常有偉大峥嶸的气象,衰亂時代的文章,常有衰颯哀淫的气象,清自入中國,滅臺灣,征準部,平青海,收西藏,武功赫極一時之盛。所以一代所有的作品,大半是宏奥淵穆的。B.清代入主中國,恐怕漢人不服,所以一方面用科舉的制度牢籠文人學士,一方面又大興文字之獄,鉗制學者的思想言論。因而一時才人除從泛濫辭章外,没有發揮天才的地方,故文學能度越前代。

②學術。中國學術自周秦諸子後,在漢爲考證,在宋爲理學。漢學的毛病在瑣碎,宋學的毛病在空疏,漢學的功用在樸實,所以駢文多屬於治經學的,宋學的功能在徹悟,所以散文多屬於治理學的。清承宋明之後,理學極其發達,而以宋學的反動,研究漢學的也先後不絶,所以駢文散文都很發達。

③學會。周秦學説所以發達的緣故雖多,而私門講學,實占其主要地位。宋代鵝湖鹿洞,傳爲千古佳話。明末的東林書院,又不僅以學術著名,并且旁及政治,雖然是敗不旋踵,而影響所及也是很大。燕京陷後,明社播遷於江南,而復社幾社,豫章社,還是興高彩烈地討論學問。其餘的像西湖八子、西湖七子、南湖九子、易堂九子、雪園六子,清初名流,幾乎没有不參與其間。其結果使文學界上也大有可觀。

以上三個原因,大約也可以概括清代文的發達了。至於駢文能在此時特别發達,不外漢學發達的緣故,漢學所以發達的緣故,不外三種。(1)宋學的反動。(2)時文的反動。(3)喪亂的覺悟——如顧亭黄黎洲諸人,——參看《明夷待訪録》《原君聖》及《皇清經解》中諸人的傳狀。

總而論之,駢體散體,不過是文章上一種形式,不是文章的精神。二者之中,各有所長,也各有所短,本没有什麼争論的價值。况且現在當東西兩大陸思潮混合的時代,還汲汲於那徐庾韓柳的得失短長,也未免太隘了。

作者簡介:

馮淑蘭(1900—1974),筆名淦女士、沅君、大綺、吴儀、漱巒、易安等,近現代著名的女學者。先後在金陵女子大學、河北女子師範學院、東北大學、山東大學等學校任教。著有《張玉田年譜》《古優解》《古劇説匯》《古劇四考》《説賺詞》《中國詩史》(與丈夫陸侃如合作)、《中國文學史簡編》(與丈夫陸侃如合作)等。

整理者簡介：

曹文怡(1996—)，黑龍江省佳木斯市人，南寧師範大學文學院 2019 級古典文獻學碩士研究生，研究方向爲文學文獻學。

楊兆涵(1996—)，河南省永城人，南寧師範大學文學院 2019 級古代文學碩士研究生，研究方向爲唐宋文學。

研究駢文一得之商榷

莫沛鎏著　李夢怡、邱秀花整理

解題:本文原刊於 1934 年《京中期刊》第 1 卷第 6 期。作者於文中論述了駢文的形成及其流變,駢文的體裁、修辭、作法等問題,是其自習駢文的收穫,顯示了當時學生對於駢文的認識,也有了一定的深度。

緒　言

古者文無駢散之分,定其名者,始見於唐。六朝四六之風雖盛,然亦不另以駢體稱也。蓋唐人以各種散文爲古文,故目六朝者爲駢文。於是相沿而稱,至今不改。且更加以嚴格之聲律,而駢散之文,遂如涇渭之難混矣。夫駢者,儷也,雙句之文也。其通篇文體,多作偶句或排句,且以四字六字爲句者居多,故又名四六文。今人以其華麗,故目之爲繁華體。且《四六法海》之總論有云:"四六不可無藻麗,然慮其爲藻麗所晦。"是知駢文以秀麗繁華爲宗,不能不賴典藻以綴之焉。考我國數千年之文學,論風流瀟灑,深妙而有美術之性,令人百讀之而不厭者,首推駢文矣。故凡有志於文者,不能舍此道而弗究。蓋交際應酬,書啓序跋,有不能以散文描寫者,則必賴駢文以鋪綴之。蓋駢文不需議論,僅得些須微意,則可以運輸典籍,鋪排藻麗,而成風騷遒逸之句矣。如賀壽謝啓祭文之類,若以散文寫之,殊屬枯燥乏味,不悦人目。若以駢文出之,津津然别饒風味,其佳趣固無窮也。然而爲散文者,每譏駢文,爲駢文者,或輕散文。遂至駢散之文,如参商之不兩立。其實則駢儷之語,遠見於古之《尚書》《易經》二書,駢散之文,同源而異流耳。奚必輕此而重彼乎?且余嘗聞某先生之言曰:"文章但求達意,奚必窮经鑄史,鍊成排偶,滿篇文墨,而令人不得其意者乎?"發斯言者,虽頗近理,然終以爲不是斷然之論也。蓋若以達意而已,則婦人孺子之言,亦足以達意,結繩劃卦之文,亦足以紀事。奚必以出言有章,另制文字,至煩筆墨之工乎?是知人類之生活,非如是其簡單!人類之需求,非如是其淺顯!人類之欲望,非如是其短小!則文章之達意,非如是其直白也明矣!故同是言語,有粗雅之分。同是文章,有深淺之分。淺者利於初學,深者利於廣學。孔子所謂《易》之潔静精微,若駢文者,斯亦近矣。且文之爲學也:非專於某體而可以足,故詩詞歌賦駢散,皆當盡研究之功,然後可以稱爲文人。苟偏於彼而失於此,是所謂執拗之流耳。烏能以無適無莫稱耶?駢文既有長遠之歷史,於文學上占一重要地位,無論其應否存在,吾人爲保存國粹,亦當盡研究之功也。

古之論駢文者多矣。如梁劉勰之《文心雕龍》,宋王銍之《四六話》,謝伋之《四六談塵》,清陳其年之《四六金鍼》等書,與今人之所謂《駢文指南》者,指不勝屈。然皆引證繁博,措辭精奧。初學者殊難領會,且生討厭,此篇造句力求淺顯,并加以易明之舉例,以便初學者易於領略焉。

第一章　駢文之始祖與分代

駢儷之體,雖盛極於六朝,然創此例者,則孔子先之矣。孔子演《易》,作有《十易》,其文多屬對偶整齊之句,故駢詞儷語,觸目皆是。試就《乾》之文言而觀,儷語不可數。如"不易乎世,不成乎名","遯世無悶,不見是而無悶,樂則行之,憂則違之","庸言之信,庸行之僅","同聲相應,同氣相求,水流濕,火就燥,雲從龍,風從虎,聖人作而萬物覩。本乎天者親上,本乎地者親下"等語,此非駢體之創例乎?不過古者文無駢散之分,雖有儷語,亦不獨成一體耳。沿至六朝,駢文大盛,而尤盛於梁陳之際。蓋齊梁以前,或孔子之時,文人雖工於比對,而音調格律,未有講求,是故駢散参雜於一篇,不甚明顯。自沈約精研聲律,制爲平上去入之四聲。王融謝朓繼其後,以聲律用之於文,音節清麗,是爲駢體之盛始。於是盛極一時,其尤傑出者,則有徐陵庾信等(徐陵字孝穆,東海剡人,以通直散騎常侍使魏。庾信字子山,爲梁太子中庶子,曾爲抄撰學士),此二子者,文章綺艷,聲情并茂而興逸,世號徐庾體,爲千古所獨有。庾氏之《哀江南賦》,尤爲傑出,可爲六朝文之代表。總之六朝文體,極有風骨,非徒尚外部之豐縟者比也。

唐高宗時,自王楊盧駱四傑繼起,頗能自爲波瀾,於是獨成一派,大開唐之四六規模矣。洪邁《容齋四筆》,評四傑之文曰:"王勃等四子之文,皆精切有本原。其用駢儷作序記碑碣,盖一時體格如此。"至德宗時,韓愈、柳宗元等繼起,力崇正始,提倡古文,駢文至此稍替。唐末,古文又衰,駢風復盛。李商隱、温庭筠、段成式,三人并起,倡行四六。以三人并行十六,故又名"三十六體"。其文雖嫌纖薄,亦頗秀發。

自唐末至五代,箋奏制誥,多用駢體,浮靡始極,宋時仍通行,故有宋四六之名。自歐陽永叔以古文氣格而爲四六,至此又告一變。王荊公、蘇子瞻等,文亦風雅,允爲宋四六體中之傑出者。此外如汪藻、洪適、陸游、楊萬里、周必大等,所爲駢文,不尚詞華,以議論證據勝,所謂氣機體也。吴子良《林下偶談》説:"本朝四六,以歐公爲第一,蘇王次之。然歐公本工詩文,早年所爲四六,見别集。皆排比而綺靡。自爲古文後,方一洗去。遂與初作迥然不同。他日見二蘇四六,亦謂其不減古文。盖四六與古文同一關鍵也。然二蘇四六,尚議論,有氣燄,而荊公則以辭趣典雅爲主,能兼之者歐公耳。”可見宋人頗重於四六之文也。要之宋初四六,猶治五代氣習,自古文復盛後,四六文亦隨之進步。元明之間,能文之士甚鮮,駢文不振,故無可名家者,姑置不論焉。

清初,有陳其年、毛西河等繼起,駢文復盛。此二子所作,能與唐宋諸大家爭衡。乾嘉時,袁枚尤具天才,且工於詩。弱冠試鴻博,所爲駢文,天才横逸,其用典非常,許爲清代駢文之傑出者。此外如邵齊燾、劉星煒、吴錫麒、揚慶符、孔廣森、孫星衍、洪亮吉、曾燠、董基誠等,亦各有特色,於是清代駢文,無體不備。允爲有駢文以來最盛之時代焉。

清廷既倒,民國肇基,科舉遂廢。且有喪心病狂之徒,倡言廢孔,於是文學受極大打擊。駢文亦隨而衰落。蟹文侵入,一般青年學子,居然爲夷所變,舍國粹而弗究,正始固渝亡殆盡,駢文更不堪聞問!所謂大學文科之畢業生者,除能作一二句的麼而外,更不知所謂經籍,而况深妙難精之駢文乎?余嘗詢諸文科學生,請教以駢文之義,則茫然不知。且施施然曰:“新青年不屑爲迂舊文學!駢文云胡哉?”噫!何人心之若是也?媚外亡祖,國將危矣。然文章興廢,其趨尚大抵時運使然。盛極必衰,否極泰來;今日之文風落後,可謂極矣!吾又烏知其將不再有興復之日邪?吾又烏知駢文將不駕於唐宋之上邪?雖然:苟無有力者出而維之,則欲其有復興之日亦難矣!

第二章　駢文之體裁

駢文爲四六體,人皆知之。然而某種題目,則適應於某種體制,初學者須先明瞭焉。《四六金鍼》云:“詔誥多用散文,亦有用四六者。”可見古代駢體,於公文上占一極大地位矣。自創立民國,五族共和,於是詔誥已廢。所通行者,則有書啓、勸募、傳狀、碑志、序跋、箴銘、贊頌、祭文等多用之。祭文箴銘贊頌多用四言,然亦有祭文用排偶者,且多押韻。書啓俱屬小品,有謝啓賀啓啓事等名。所用四六,不尚冗長,不過數聯而已。勸募疏及序跋文亦然,統計駢文之體制,大别爲二:

(一)氣機體

不尚華麗,衹以淺明之句調,排成四六,即將散文加以整齊,其氣雄厚,其意長遠易顯,不用烘托之詞者,皆謂之氣機體。此體驟視之如散文,不象駢儷,於公牘多用之。書啓亦有用之者。如杜牧《賀中書門下平澤潞啓》:“伏以上黨之地,肘京洛而履蒲津,倚太原而跨澤朔。戰國時:張儀以爲天下之脊,建中日,田悦名曰腹中之眼,帶甲十萬,籍土五州。太行夷儀,爲其扃關,健馬强弓,爲其羽翼。自逆黨專有,僅及一世。頗聞教育,實曰精强,昨者凶豎專地之請初陳,聖主整旅之詔將下,中外遠邇,皆疑難攻,蜂蠆螳螂,頗亦自負。……”其淺顯易明,造詞質樸,絶不浮華,所謂駢文中之氣機體也。又唐太宗貞觀年《爲戰陣處立寺詔》:“有隋失道,九服沸騰;朕親總元戎,致兹明罰,誓牧登陑,曾無寧歲。其有桀犬,嬰此湯羅,銜鬚義憤,終乎死節,各徇所奉,咸有可嘉。日往月來,逝川斯遠。雖復項籍致命,封樹紀於邱墳,紀信捐生,丹青着於圖像。猶恐九泉之下,尚淪鼎鑊!八難之間,永纏冰炭!愀然疚懷,用忘興寢。……"此亦所謂駢文中之氣機體也。觀此可推知其餘矣。此種體裁,句語雖淺,而鍊句極難!

(二)詞華體

鎔鑄經史,辭藻盎然,大肆烘托,句調風騷,極其華麗者是也。書啓序跋詞賦均用之。如陳維崧《請周翼微篆刻圖章啓》:"月晴紫陌,只照青衫,秋老渾河,漸添黃葉。荊軻一去,市中饒感慨之人;樂毅無歸,臺畔足飄摇之客。……"其繁華秀麗,絶不質樸,故曰詞華體。又陸繁弨《晉遊草序》:"王粲吮毫,雖誦從軍之樂;而鮑照染翰,偏歌行路之難。……"亦駢文中詞華體也。此體較氣機體爲易。

以上二體,各有優勝,學者不能偏一。然以今人而爲氣機,每不及古之風度,反覺平平無奇耳。盖詞華衹加藻麗之功,而氣機則純是真意也。此二體又細别爲三類:

(一)古體

不拘聲律,句調古徑,用四言偶句者居多。且鍊字蒼老,平仄不調,故讀之頗不順口,然其意味則無窮也,其格律亦非時體之嚴也。如梁簡文帝與劉孝六朝時代,最尚古體,此體多屬氣機,縱有辭華,綽書:"執别灞滻,嗣音阻濶,合璧不停,旋灰屢徙。玉霜夜下,旅鷹晨飛。想凉燠得宜,時候無爽。既官寺務煩,簿領殷湊。等張釋之條理,同于公之明察。雕龍之才本傳,靈蛇之譽自高。頗得暇逸於篇章,從容於文諷。……"其句調古老,平仄不拘,排偶無均,意則彌長,所謂駢文中之古體也。又范寧《罪王何論》:"或曰:黄唐緬邈,至道淪翳,濠濮輟咏,風流靡托。争奪兆於仁義,是非成於儒墨,平叔神懷超絶,輔嗣妙思通微。振千載之頹綱,落周孔之塵網。斯盖軒冕之龍門,豪梁之宗匠。嘗聞夫子之論,以爲罪過桀紂,何哉?……"此亦駢文中之古體也。故古體多近於氣機,庾信亦有用詞華爲古體者。沿至唐代,王楊盧駱及李商隱等,雖以詞華勝,然仍有古體之氣。

(二)時體

古體無拘平仄,時體則有一定格律,由清代以至民國,古體已不通行。所通行者,惟時體已。時體排偶均平,聲調和諧,有一定之平仄,其格律殊嚴。至於聲律如何,歸入第四章第四節討論,暫不述焉。時體舉例如袁枚《上尹制府乞病啓》:"……世守一經,家徒四壁,對此日琴堂之官獨,憶當年丙舍之書燈。授稚子之經,劃殘荻草;具先生之饌,撤盡替環。餘膽罷含,斷機尚在。未嘗不指隨心痛,目與雲飛。……"又如真德秀《謝賀生日啓》:"日逾采菊之三,實惟初度;詩咏伊蒿之什,慨矣水懷!……"其聲律和諧,所謂駢文中之時體也。然時體非衹清代創起,唐宋元明已漸有見,如駱賓王《討武瞾檄》《與博昌父老書》等,其格律亦合時體。

(三)賦體

賦體亦駢文之一,多用四言,亦有用四六排偶者,但逢雙句押韻。祭文、箴銘、贊頌多用此體。如劉伶《酒德頌》:"有大人先生,以天地爲一朝,萬期爲須臾,日月爲扃牖,八荒爲庭衢。行無轍邊,居無室盧,幕天席地,縱意所如。止則操卮執觚,動則潔榼提壺。唯酒是務,焉知其餘!……"又顏延之《祭屈原文》:"……嬴芊遘紛,昭懷不端,謀折儀尚,貞蔑椒蘭,身絶郢闕,亦偏湘千,比物荃蓀,連類龍鸞。聲溢金石,志華日月,如彼樹芳,實穎實發,望汨心欺,瞻羅思越,籍用可塵,昭忠難闕。"此所謂駢文中之賦體也。

古人云"作論説而用駢文,如以粉黛飾壯士",是知駢文不宜用於論説體矣。

第三章　駢文之五大文法

作文不難,作文而求其法則難!行易知難之説,總理言之詳矣。蓋事事物物,必有其所以然之理;而理之所在,隱而不明,伏而不露。苟非有長久經驗,深遠思索,必殊難窮其真理。然有理雖不知,事猶可行者,觀於作文之道,可以證總理之言不謬矣。夫文之有法,猶木匠之有規矩,而工多藝熟者,則不須規矩,而自能合乎繩墨。是故古之文人學士,衹多爲諷诵,自能領略文章之法,隨筆而出,無犯法者。然若問其文法,則茫然不知。衹能以心靈悟覺,不可以言語傳授。是故數千年來,曾未有若何文法書本。《文心雕龍》一書,雖傳誦今古,然亦不過述其大略而已。至於詳細分解,辨明定義,如英文中之納氏文法者,除普達國文學校,郭泰光先生所編之《文法舉例》外,吾未之見矣。故外人嘗譏我國文學,茫然無法。嗚呼!其真無法邪?殆吾人之不事研究,故不能發揚之耳。據郭先生所編,統計我國文法,凡一百有九個。然慈兹篇論者,專尚駢文,他姑不述焉。兹將駢文中所必需之五大文法,分述於後,并引古人遺作,作一二例以明之:

(一)曰托出法

托出法者,猜謎之法也。凡講論事理人物,以幽默烘托之詞,隱藏本意,使人再三猜度,然後得其真意者,皆謂之托出法。此法多用於詩句或駢文句中,散文甚鮮有見。蓋詩與駢文,不尚直講,專尚藴藏,必以烘托爲貴焉。假如意欲説魚,則曰"姜公善釣,莊子難甦",則自然顯出魚字,蓋當時姜公所釣者爲魚,而莊子所難甦者亦魚也。此不待直言而人自明矣。又如唐詩云:"朱雀橋邊野草花,烏衣巷口夕陽斜,舊時王謝堂前燕,飛入尋常百姓家。"此詩全用托出法,第一聯寫夕陽西下之時,别無所覩,但見橋邊野草,叢叢成花,是托出"無人"之意。第二聯寫堂前燕子,飛去不來,是托出"無屋"之意。此可見托出之法,極爲神妙,極有興趣。故欲學駢文者,須先瞭解此法。兹再舉例於下,以作樣本:

如李商隱《謝河東公和詩啓》,第一段云:"……盖以徘徊勝境,顧慕佳晨;爲芳草以怨王孫,借美人以喻君子,思將玳瑁,爲逸少裝書,願把珊瑚,與徐陵架筆。……"其芳草美人一偶,暗講作詩之意,其玳瑁珊瑚一排,暗講取法古人之意。所謂托出法也。

又楊夢符《與莊葆琛書》,第三段云:"……已踰謝裕著作之年,復遲毛義捧檄之喜。……”此一偶暗言自己年踰三十,猶不得志之意,亦所謂托出法也。

(二)曰比例法

比例法者,是爲相等之法也。凡以他事比此事,以他物比此物,或以古人比今人,但以其是爲相等者而比之。此法於駢體文中,觸目皆是,實爲五大文法中之最要者矣。然此法又分二種:一曰拍合比例,一曰化合比例。拍合者,間接之比例也。化合者,直接之比例也。如謂猴子與人無異,則其意必以猴子之形,與人之形狀,是爲相等,然於無異二字,可以推知猴子非人,人與猴子之間,仍有分别,不過以其形狀相似,故以人比之耳。是知人與猴子,間接相等,所謂拍合之比例也。如呼奸怍者爲曹操,詩豪者爲李白,此則直接將曹操李白以比其人,則其人雖非真曹操與真李白,然其才行則與曹操李白是爲相等,故直接化合,所謂化合之比例也。此外仍有反比與正比之分,反用則爲反比,正用則爲正比,兹盍舉例以明之:

張九齡《謝賜香藥面脂表》,其第一段有云:“……藥自天來,不假淮王之術;香宜風度,如傳荀令之衣。……”此排言賜來之藥,與淮南王服食求仙者無異。賜來之面脂,與荀令之留香三日者無異。但事雖相等,而其首句則有“不假”二字,次句則有“如傳”二字,其意有間接作用,衹將所賜來之物,拍合古事而言,并非化合爲一,所謂拍合之比例也。

王績《答刺史杜之松書》(唐貞觀中,杜爲本州刺史,與王友善。王著有家禮一套,杜極羡之,乃致書於王,請借家禮,并欲邀王講禮,王却而不往,故答此書)其第二段云:“……淵明對酒,非復禮義能拘;叔夜携琴,惟以烟霞自適。……新年則柏葉爲罇,仲秋則菊花盈把。羅含宅内,自有幽蘭數叢,孫綽庭前,空對長松一樹。……”其以淵明叔夜羅含孫綽等事,直接比例自己生平之性情行狀,將己與古人,化合爲一,謂之化合比例。又杜之松《答王績書》之第一段云:“……豈意康成道重,不許太守稱官;老萊家居,羞與諸侯爲友。……”此排説王績不來,上二句以康成比王績,以太守比己,下二句以老萊比王績,以諸侯比己。盖謂王績之不來,正如鄭康成之守道,不許太守稱官,又如老萊子之隱居江南,不受國政之事,是爲相等。但其直接將古今二事,化合爲一,亦所謂化合比例也。

袁枚《謝慶侍郎贈灰鼠裘啓》第三段有云:“……從此立狐貉者而無慚,卧牛衣中而何泣?……”此則將古事反用,所謂反比例也。

於一篇駢文中,大半用比例之法,故欲習駢文,務先習熟此法。以上舉例,不過略舉一二,以見其餘。

(三)曰比喻法

比喻法者,借彼明此之法也。凡講論事理人物,不將真意表明,衹借他物或他事以見其事者,皆謂之比喻法。如孔子云:“如惡惡臭,如好好色。”此乃喻誠實不欺之意。兹將駢文中所見者舉例如下:

顔延之《祭屈原文》第一段云:“蘭薰而摧,玉縝則折,物忌堅芳,人諱明潔,曰若先生,逢辰之缺。……"其蘭薰玉縝二句,以喻屈原之受謗而死。又張正已《賤吏部致語》之第一段云:"天清月白,三台止而少微明;秋至風高,九江空而渚鴻去。丹闕之鳳思侶,蜀山之鶴離群。顧祖帳之鋪陳,攀華軒而餞飲。……"此則借天象地文物情三項作喻,風喻朝士,鶴喻自己。又如王思廉《祭康先生文》之第一段云:"吴楚奇材,楩楠豫章,下蔽牛馬,上摩穹蒼,修直啓緻,可棟可梁,斧以斯之,不得締搆乎明堂。渥注異種,緑耳飛黄,過都歷塊,電擊龍驤,以駕大輅,和鸞鏘鏘,困於壇車,弗獲馳騁乎遐方。……"此段專説木馬不得其用,以喻康先生之懷才不遇。凡此皆比喻之法也。

(四)曰陪襯法

陪襯法者,以賓襯主之法也。如意欲説菊,則先講荷,意欲説馬,則先講犬;凡以他事他物以引起正意者,皆謂之陪襯法。從正面引起曰正襯,從反面引起曰反襯。如蒲松齡《志異自序》之第一段云:"被蘿帶荔,三閭氏感而爲騷;牛鬼蛇神,長爪郎吟而成癖。自鳴天籟,不擇好音,有由然矣。"此皆引古人之事,從正面襯起本題,故謂之正面陪襯法。又庾信《謝趙王賚絲布啓》之第一段云:"……去冬凝閉,今春嚴劲,霰似瓊田,凌如壇浦。張超之壁,未足障風;袁安之門,無人開雪。覆鳥毛而不暖,然獸炭而逾寒。……"此乃先寫嚴寒難堪苦況,從題前反襯,所謂反面陪襯法也。

(五)曰影照法

影照法者,影射本題之法也。凡以與題仿佛相象之事物,用雙關之語,影照全題者,如以銅壺滴漏以射時鐘,以屐而射鞋,以碗而射蝶是也。此法用於賦體最多,駢文書啓中亦間有見。如白居易《中和日謝恩賜尺狀》云:"……伏以中和屈節,慶賜申恩,當晝夜平分之時,頒度量合同之令。……"題爲賜尺,竟不言尺,先言晝夜平分,及度量合同,其晝夜度量等字暗射尺字。又云:"……逮下明忖度之心,爲上表裁成之德。……"其忖度裁成等字,又與尺字相照,又云:"雖恩光下濟,咫尺之顔不違;而尸素内慙,分寸之功未効。……"其咫尺分寸等字,有與尺字相照,此皆所謂影照之法也。

上述五項,爲駢文中必不可少之法!蓋駢文之法雖多,然皆以此五法爲最要,其餘反撲形容等法,亦間有用。然不及此五法功用之大矣。

第四章　駢文之作法

爲文而用駢儷,誠不易易!蓋以其章句整齊,排偶分明故也。其行文之法,已見前章。至於起伏頓挫,貫串賓主,雖與散體無異;而拘於對象,限於格律,溷於詞藻,且大肆烘托之詞,則非如散文之隨意揮發,不加修飾者矣。故欲求其整齊烘托,動宕興逸,風味盎然於楮墨之間者,則不能不先求整鍊之法,爰分六類如左:

（一）曰命意

夫文字者，語言思想之代表也。心有意思，然後發而爲文，是故辭句未成，而意已立。意之所在，百變不離其宗。其立意也超卓，則所爲文亦超卓。其立意也平庸，則所爲文亦平庸，其立意也紊亂，則所爲文亦紊亂。是作文要旨，首重命意，駢散皆然，實無異軌也。不過散體則直陳其意，不加文飾，而駢體則暗托其意，尚於典藻，此其有別耳。命意之法，必有主點，即一章中最注重之處，所謂題珠是也。凡得題後，從本意之前，想出枝葉鱗爪，以輔正意。於其所注重者，或隱而不露，或半隱半諧，或以他物襯起，或借旁言托出，或翻騰，或比喻，或反覆伸辨，或借賓定主，此皆爲文所必要者也。或題意明反乎常理者，或謝啓之類，則務用反撲作勢而起，方有氣力，不能取用平平無奇之法。例如蘇軾《謝賈朝奉啓》（此因賈之護其祖墓，而作此啓謝之）其第一段云："……過而下馬，空瞻董相之陵；酹以雙雞，誰副橋公之約？宦游歲晚，坐念涕流！……常恐樵牧不禁，行有雍門之悲，雨露既濡，空引泰山之望"，其第二段云："豈謂通判某官，政先慈孝，義篤友朋。……"此題爲謝賈之護其祖墓，而將謝意隱於先，從反面説無人理其祖墓，是爲反撲作勢起法。故於下段豈謂一語，撲出正意，極爲有力。蓋非如此不足以示謝意之深也。此爲命意之精者。又王勃《遊冀州韓家園記》云："銅溝水北，石鼓山東，星辰當畢昂之墟，風俗是虞之國。雖接燕分晉，稱天子之舊都，而向術當衢，有高人之甲第……陶陶然，落落然，則大唐調露之元年獻歲正月也。"其第一段先從冀州之地寫起，然後由冀州引起韓家園，是從大範圍説入小範圍。然後繼續寫景，將年月日歸諸至尾，亦命意之精者也。

駢文之意，不取煩雜，且皆爲借托設喻之詞，無一真實之意，必不能如散文之大發議論也。蔣心餘曰："謀篇之法，以離縱開宕爲上，鋪叙者下矣。試觀庾氏之文，類皆一虛一實，一反一側，而正用者絶少，甫合即開，乍即旋離，而順叙者寡，是以能向背往來，瀠洄取勢，夷猶蕩漾，曲折生姿也。"是知駢文謀篇之法，首在命意焉。

（二）曰句法

夫積字成句，積句成段，積段成篇，乃文章必經之徑也。故凡作文者，先練字而成句，字句之精否，關係於全篇者也。駢散雖同，然而散文句語，不須對偶，不拘長短，故可隨意所之。駢文則限於排偶，故練字較難！昔劉勰云"富於萬篇，貧於一字"，蓋一字之思索，恒有累日而不可得者，以見鍊字之難，推而之鍊句亦難也。故在駢文之中，務求深刻，字句尤不可不鍊者，然必先明乎句法，然後可言鍊也。駢文句法，不外排偶二種，然亦有加插散文句者。分述舉例如下：

1.偶句

偶者對也，二句相對爲偶。偶之每句字数，不限長短，或三言，或四言，或五言，或六言七言八言九言以至十餘言不等。但通常所用，以四言六言七言者居多，其餘不常見矣。

如王勃《滕王閣序》云"披繡闥，俯雕甍"，"四美具，二難并"，此爲三言偶句。"時維九月,序屬三秋","虹銷雨霽,彩徹雲衢","遥吟俯暢,逸興遄飛",此爲四言偶句。《遊冀州韓家園記》云"僉爲文在我,卜翰苑當仁",此爲五言偶句。《滕王閣序》又云"臨帝子之長洲,得仙人之舊館","儼驂騑於上路,訪風景於崇阿",此爲六言偶句。"爽籟發而清風生,纖歌凝而白雲遏","落霞與孤鶩齊飛,秋水共長天一色",此爲七言偶句。汪藻《隆祐太后布告天下書》云:"雖舉族有北轅之衅,而敷天同左袒之心。"此爲八言偶句。李商隱《獻河東公啓》有云:"見芳草則怨王孫之不歸,撫高松則嘆大夫之虚位。"此爲十言偶句是也。總之不論長短,但求能彼此屬對而已。

2.排句

排者量叠也,二偶相叠成對曰排。故一排多爲四句,然亦有所謂長排者,凡十餘句,不以一律四句限也。普通格式,每半排字数,或上四下六,或上六下四,或上四下七,或上七下四,或上下皆四。亦有上四下九,上四下十者,但不常見。然字数非限於此,可以增減,總之二偶或数偶相重成對而已。以下舉例明之:

王勃《滕王閣序》云:"騰蛟起鳳,孟學士之詞宗;紫電清霜,王將軍之武庫。"此排爲上四下六格。其以騰蛟起鳳,對紫電清霜,孟學士之詞宗,對王將軍之武庫。此爲排之對法,以下各排,對法均仿此。又云:"屈賈誼於長沙,非無聖主;竄梁鴻於海曲,豈乏明時。"此爲上六下四格。又云:"物華天寶,龍光射牛斗之墟,人傑地靈,徐孺下陳蕃之榻。"此爲上四下七格。又云:"都督閻公之雅望,棨戟遥臨;宇文新州之懿範,襜帷暫駐。"此爲上七下四格。又云"十旬休暇,勝友如雲,千里逢迎,高朋滿座","層巒聳翠,上出重霄,飛閣流丹,下臨無地",此爲上下皆四格。蘇軾《答丁連州朝奉啓》云:"過情之譽,雖知無其實而愧於中;起廢之文,猶欲借此言以華其老。"此爲上四下九格。袁枚《上尹制府乞病啓》云:"人雖草木,必不谢芳華於雨露之秋;水近樓臺,益當効損滴於高深之世。"此爲上四下十格。又云:"夫人情於日暮頹唐之際,顧子孫侍側而能益精神;儒生於方寸瞀亂之餘,雖星夜辦公而心多叢脞。"此爲上九下十格。可見字數之不拘矣。但非有充足之氣,切勿輕於仿效。至於長排者,則王勃《遊冀州韓家園記》之第四段有云:"王羲之之蘭亭,五百餘年,直至今人之賞;石季倫之梓澤,二十四友,始得吾徒之遊。"此可見排之大概矣。學者可按圖索驥,舉一反三。

3.散文句

駢文除排偶外,猶可加插散文句。惟不能随意加入,須有得宜之法,如起段或章末,或轉處,或頓宕完滿之處,能加一二散語以點綴之,則其文尤覺生氣雅緻,此不可忽之也。

(三)曰對法

楹聯之對,首重平仄,次言相稱,其格律殊嚴也。惟駢文則不然:平仄如何,相稱與否,概不計較。但以虚對虚,以實對實,地理,天文,人物,草木,花卉,昆蟲,鳥獸等,一律通對。且至虚字同字對:如之對之,以對以,其對其,而對而,乎對乎,兮對兮是也。如務求其工,亦無不可。然而徒廢精神,虚耗時光,更或因對象太嚴而失却本意者,則不如取通對之爲愈也。試觀古人之駢文集中,其對法亦不尚嚴,平仄不拘,但求齊整而已矣。不信則《滕王閣序》有云:"物華天寶,龍光射牛斗之墟,人傑地靈,徐孺下陳蕃之榻。"徐孺下陳蕃而對龍光牛斗,極不相稱。又云:"儼驂騑於上路,訪風景於崇阿。"以驂騑而對風景,亦不相稱。然猶傳訟千古,皆不以是爲病,則對法之不尚嚴,可以爲証矣。

(四)曰聲律

或謂駢文對偶,既不拘平仄,何須聲律之道乎?孰知不拘之中,仍有一定之法者。其法爲何?"同聲相頂"是也。然則所謂同聲相頂者,果云何耶?言之頗廢筆墨,兹爲學者明瞭起見,故亦不憚煩而述之焉。

在第二章曾云:"古體無拘平仄,時體則有一定聲律。"所謂一定聲律者,即指同聲相頂而言也。其相頂之法,以每句之末一字而論,如第一句之末字爲平,則第二句之末字必爲仄,第三句與第二句交界,其末字應用仄以頂第二句末字。第四句之字用平,則第五句末字宜用平,與第四句之末字相頂。其趨勢如下:

○○○平,○○○○○仄,○○○仄,○○○○平,○○○平,○○○○○仄,○○○仄,○○○○○平

是也,如此類推。兹將駱賓王《討武曌檄》爲例,逐句點明如下:

> 僞臨朝武氏者(散文句),性非和善(仄),地實寒微(平),昔充太宗下陳(平,與上"微"字同聲相頂),曾以更衣入侍(仄),洎乎晚節(仄,與上句"侍"字同聲相頂),穢亂春宫(平),潛隱先帝之私(平,與上句"宫"字同聲相頂),陰圖後房之嬖(仄),入門見嫉(仄,與上句"嬖"字同聲相頂),蛾眉不肯讓人(平),掩袖工讒(平,與上句"人"字同聲相頂),狐媚偏能惑主(仄),踐元后於翬翟(仄,與上句"主"字同聲相頂),陷吾君於聚麀(平),加以虺蜴爲心(平,與上句"麀"字同聲相頂),豺狼成性(仄),近狎邪僻(仄,與上"性"字同聲相頂),殘害忠良(平),殺姊屠兄(平,與上"良"字同聲相頂),弑君鴆母(仄),神人之所共嫉(仄,與上"母"字同聲相頂),天地之所不容(平)……

由上舉例,則知相頂之法矣。今人之作文者,随意積句,多未能諳合此法者。故一排交界之處,每不相頂,遂至聲律不合,讀之亦不順口。雖在古人遺作中,亦每有不能相頂者;如《滕王閣序》之"南昌故郡,洪都新府"一偶,其末字聲律亦不調,又"都督閻公之雅望,棨戟遥臨;宇文新州之懿範,襜帷暫駐"一排,"宇文新州之懿範"一句,範字本平,而今擅仄,故不能與上"臨"字相頂。然此乃出于不得已也。吾人無古人之才,當不能效古人之随意擅聲焉。即有古人之才,以時代趨向而言,亦當遵照現時格律。况六朝駢文,殊

多古體,故不拘聲律。吾人處今之社會,古體已不通行。駢文格律,日更嚴密,不如古之放肆者矣。且文之所以用駢儷者,取其聲情和諧而易於諷誦耳。不然何不追秦漢之文哉?鼎新革故,道之宜也,古體之聲律,誠有鼎革之處,豈有舍時律之美,而從古體之放肆乎?敬凡爲駢文者,對於同聲市頂之法,不可不大加注意焉。

(五)曰用典

駢文不能以白話描寫,既見於前章矣。是故典雅爲四六正法。但所引之典,不而過僻,亦不宜太泛,尤須切合題意。典有書典史典之分,書典者,書中之詞句也。史典者,書中所載之事實也。其用法各有不同,書中詞句言論,多屬聖賢格言,故引用時可原本照抄。如或因對偶長短關係,不能原本引用時,亦得將句中閑字删去,或增一二字,稍爲改削,但不宜妄加曲改,總以不失原意爲合。史典則不然:運用時須加縮削之功,取其大意而已。蓋史書每载一事,非一二句能盡,成章成段。苟不剪裁,必難鍊成排偶。是故用之法,首貴剪裁。剪裁之法,擇與本題意思稍爲適合之兩故事,先取其屬對字样,或增或删,或正用,或反用,或借講,務使其相對而合於聲律。於必要時,可參入自己之意,務使其活潑自然。如《禮記·月令篇》所載"孟冬之月日在尾,昏危中,旦七星中,律中應鐘",用時可鍊爲"應中律叶,七星旦中",而成一偶。又《巖樓幽事》載"山中人十月:以薪草縛柑橘樹上曰:'爲木奴着裘'。"如用時可鍊爲"樹竟着裘,望木奴而可笑",而成半排矣。由上舉例,可知剪裁之法。剪裁既定,融神思而運筆力,排偶相叠,而駢文成矣。尤有忌者,如對他人之意,不宜引用死典,以避嫌疑。然在初學者腹笥空疏,用事輒感困難。則不能不取材於類書。類書者,將歷代古事,搜羅於一書,分類而成對偶者也。如《佩文韻府》《駢字類編》《淵鑒類函》《子史精華》《事類統編》等書,案頭宜備。以便思索不達時,藉玆參考,此在詞章家皆然,非獨初學者而已也。然不能原原本本,直接搬運!須加以鎔鑄運化之功。或於閑時勤爲翻閱,記其大概,則臨文時可免翻閱之煩。昔袁子才先生,亦取筆記之法。是故平時留心典故,隨手摘録,久久自有左右逢源之樂矣。上列各書,價值頗昂!以時價而言,每套總在三四十元以上。惟《事類統編》與《子史精華》較廉,中紙定價七元,洋紙定價三元左右。欲求最廉而最便者,則有《故事瓊林》一書,價值僅數角,書内所載故事,極普通,極合用,如熟習之,則臨文時亦足用矣。《詩韻全璧》一書,亦不可不備焉。

(六)曰描寫

駢文之描寫,最難得其風雅自然。描寫之法,不離乎情景,常由景物托出情意,所謂觸景生情也。且欲描寫某地時,不用提出某地之名,衹將其地之名勝及古迹描出可矣。如所描寫者爲廣州,則不用提出廣州二字。可將五層樓或荔枝灣之風景描寫,則自然托出廣州矣。此爲駢文之特例。

結論

駢文之作法,已見前文。學者可以按圖索驥,多取古人遺作,再三諷誦,玩而味之,久當自得。然而凡學駢文者,首明四聲,繼以作對,對學貫通,然後試作獻錦。獻錦者,駢文之初階也。獻錦習熟,則駢文之道近矣。初學之時,如不能全篇作排偶,則不妨參用散文,但須得參差得宜,切勿於未完满之句中加入,至成上下不接之弊。

最後聲明,余忝居學生之列,非教員比也。此篇所論,不過盡余平日心得而已,若云駢文之道,盡於斯文,則余豈敢！或更有非余程度所能知者,幸有誨我,不勝欣忭。

作者簡介:

莫沛鎏,不詳。

整理者簡介:

李夢怡(1995—),浙江台州人,南寧師範大學文學院古代文學碩士研究生,研究方向爲唐宋文學。

邱秀花(1995—),江西贛州人,南寧師範大學文學院古代文學碩士研究生,研究方向爲唐宋文學。

論駢文

吴承烜著　張作棟整理

解題：本文選自1929年大中書局再版的《文學常識》。文章乃分别剪裁清代曾燠《國朝駢體正宗序》、清代孫星衍《原刻儀鄭堂遺稿原叙》、清代吴鼒《問字堂外集題詞》《卷葹閣文乙集題詞》、魏晉傅玄《連珠序》、吴鼒《玉芝堂文集題詞》《思補堂文集題詞》《八家四六文抄叙》等駢文文論而成。大段剪裁前人之成説而敷衍成文，在民國駢文文論中不爲罕見，此爲一例也。然作者工駢文，深諳此道，所論非人云亦云，如對汪存南彈譏陳維崧、章藻功，大不以爲然；又以爲駢文源於《春秋繁露》，發人所未發。作者引用前人文論，文字往往有所删改。語意未變之處，即依作者行文，也不再出注説明，如文中“剽賊字句之弊”“敻乎所造”，在《玉芝堂文集題詞》中原作“剽賊字句之陋”“敻乎所詣”；“數典雜優伶小説”，在《八家四六文抄叙》中原作“數典雜俳優小説”。語意變化或語意不通之處，仍然按照作者行文而加案語以作説明，具體見文中括號内的案語。

駢儷之文，以六朝爲極則，乃一變於唐，再變於宋，元明二代則等之自鄶，吾無譏焉。讓清之世，大儒接踵，美矣善矣，不可殫數。夫駢體者，齊梁人之學秦漢而變焉者也。後世與古文分而爲二，固已誤矣。歲歷綿曖，條流遂分。嘗讀陸機之賦，曰：“象下管之偏疾，故雖應而不和，”“寤防露於桑間（案：陸機《文賦》中“於”作“與”），又雖悲而不雅”。抑又聞之劉勰論曰：“新奇者，擯古競今，危側趣詭者也；輕靡者，浮文弱植，縹緲附俗者也。”是故執柯伐柯，梓匠必循其則；以繣緣繣，銖鈞不失其度。乃有飛靡弄巧，援旃孟爲石交，笑曹劉爲古拙。於是宋玉陽春，亂以巴人之和矣；相如典册，雜以曼倩之諧矣。若乃苦事蟲雕，徒工獺祭。莽大夫遐搜奇字，邢子才思讀誤書。其實樹旆於晉郊，雖衆而無律也；賣櫝于楚客，雖麗而非珍也。瑣碎而失統，則體類於疥駝；沈腿而不飛，詎祥比於鳴鳳？亦有活剥經文，生吞成句。李記室之襴襦，横遭同館之割；孫興公之錦段，付諸負販之裁。擲朱成丹，轉自矜其狡獪；煉金躍冶，使人嘆其神奇。古意蕩然，新聲彌甚。且也四字密而不促，六字格而非長，變以三五，厥有定程，奚取於冗繁乎？爾乃吃文爲患，累句不悔。譬如屢舞而無綴兆之宿，長嘯而無抗墜之節，亦可謂不善變矣。刻鵠類鶩，猶相近也；畫虎類狗，則相遠也。庾徐影徂而形在，任沈文勝而質存。其體約而不蕪，其風清而不雜。蓋有大雅之遺，寧曰女工之蠹？乃染罷鬚而輕前輩，易刀圭以誤後生，其駢體之罪人乎？要之雲漢爲章，壁奎整象（案：曾燠《國朝駢體正宗序》中“壁奎整象”作“壁奎應象”）。人稱片玉，家有聯珠。惟駢體别於古文，相沿已久。或以篆刻太工，爲揚雄之小技；喻言雖妙，類《莊子》之外篇。專門之業不多，具體之賢遂少。豈知古文喪真，反遜駢體；駢體脱俗，即是古文。迹似兩歧，道當一貫。今者宗工疊出，風氣大開。賦不惟《枯樹》一篇，碑豈僅韓陵片石。康衢既闢，不回墨翟之車；正鵠斯懸，以待逢蒙之矢。

前清工駢體者，大都從經學出。蓋腹有詩書氣自華也。清中葉，爲文有六朝風格者，惟邵叔宀（首綿）、袁簡齋（即隨園）兩人，皆有專集行也。孔顨軒《寄朱甥滄溟舍人書》暢論宗旨，余亦夙聞其大略。其爲言曰：駢體文以達意明事爲主，不爾，則用之婚啓不可用之書札，用之銘誄不可用之論辨，直爲無用之物。六朝文無非駢體，但縱横開闔，一致散體文同也（案：孫星衍《原刻儀鄭堂遺稿原叙》中“一致”作“一與”）。孔曲阜又云：任彦昇、徐孝穆、庾蘭成三家必須熟讀；此外四傑即當擇取，須避其平實之弊；至於玉谿已不可工尚（案：《原刻儀鄭堂遺稿原叙》中“工尚”作“宗尚”）。孔氏又云：第取音節近古，庾文“落花芝蓋，楊柳春旂”（案：《原刻儀鄭堂遺稿原叙》中此处有“一聯”二字），若删却“與”“共”字，便成俗響。陳檢討其年句云“四圍皆王母靈禽，一片悉姮娥寶樹”，若在人（案：《原刻儀鄭堂遺稿原叙》中“人”作“古人”），寧以兩“之”字易“靈”“寶”二字也。孔氏又舉楊炯《少姨廟碑》云：“蔣侯三妹，青谿之軌道可尋；虞帝二妃，湖水之波瀾不歇。”（案：《原刻儀鄭堂遺稿原叙》中“湖”作“湘”，“不歇”作“未歇”）以爲“未歇”等字，耐人玩味，今人必不能到。孔氏又云：不可用經典奥衍之詞，又不可雜制舉柔滑之句。余按：諸説自得于古人之妙詣，凡爲駢文者當以意勝詞，不獨儷黄妃白見長也。

余少時爲好爲四六之文，深以清汪存南彈譏各家爲苛刻。存南謂：“陳其年學庾開府，祇見其叫囂；章豈績學徐僕射，適形其蹇弱；吾家園次以下，比之自鄶。”非通論也。陳章兩家絶艷驚才，自足推倒諸子。汪存南學殖不若兩家，故爲此言。前清汪容甫先生之所論，實獲我心。謂：同時能爲漢魏六朝唐人之詩者，武進黄仲則也；能爲東漢魏晉宋齊梁陳之文者，曲阜孔顨軒、陽湖孫淵如也。惟淵如駢體文風骨遒勁，思至理合。容甫當前中葉，俯視一世，而持論之正、樂善之誠如此，此今人之所難也。孫淵如壹志治經，故謂：四六文宜澤于古而無俗調，排比對耦易傷於詞，惟序次明净、鍛煉精純，俾名業志行（案：吴鼒《問字堂外集題詞》此处原有“不掩於填綴讀者激發性情，與雅頌同”），至於攬物寄興，即景言情，似贈如答，風雲月露華而不縟，然後其體尊、其藝傳。後生末學入古不深，求工草句（案：“草”當作“章”），乃日流於淺薄佻巧，於是體制遂卑，不足儷於古文詞；矯之者務爲險字僻義則又怪而不行。余爲駢體文，雖好爲濃麗，實清氣往來於其際，如九曲珠蟻穿而貫，想同志者必有以鑒之。

古經生多不工爲詞。工者，劉子政父子、揚子雲、馬季長數人耳。清代吴山尊同時有四人焉：姚江邵先生二雲、陽湖洪稚存太史、孫淵如觀察、汪容甫明經。邵先生能爲扬班而不能爲任沈江鮑徐庾之體，閑撰供奉文字，局於格式，未能敞其經學之精深焉。容甫遺文有《述學》内外篇，經術詞術臻絶詣，所爲駢體哀感頑艷，惜今不傳。淵如早工四六之文，既壯篤志經義，乃取少作棄之。其所棄之駢文，今人且不能爲。然淵如具兼人之勇，有萬殊之體。故其四六之文入曾選者，皆卓卓可傳之藝。惜篇隘不能備登。即福建許豫生廉訪《八家四六注釋》中所選亦不多。篇什之富，其惟洪稚存太史乎？太史志行氣節儒林引重，《卷施閣》一集，樸質若中郎，遒宕若參軍，肅穆若燕公，蓋其素所蘊蓄有以舉其詞。劉勰謂英華出於性情，信哉！稚存於經通小學，于史通地理，自叙所著書與他人所經之書多用偶語述其宗旨（案：吴鼒《卷葹閣文乙集題詞》中"所經"作"説經"），然科典繁碎，初學效之易傷氣格而破體例。然清麗之詞，俊逸之氣，可望不可即，余尤愛之。

連珠體，純乎駢儷，不過六句、七句、十二句而止，非若駢體文之有長有短。六朝文可以隅舉。然連珠之體雖不同，而文皆比偶，未之或異。晉陸機《演連珠》見於《文選》者凡五十章，合之如一篇極長之駢文。閑嘗考陸氏之前，漢潘勖《擬連珠》，魏王粲《仿連珠》；又考陸氏之後，宋顔延之《範連珠》，齊王文憲《暢連珠》，梁劉孝儀作《艷體實珠》（案：《全上古三代秦漢三國六朝文》中收有劉孝儀《探物作艷體連珠》），各有所指。雖與陸不同，而體格無或異。大抵辭麗而言約，不直指事，情必假喻以達其旨。合與古時比興之義（案：魏晉傅玄《連珠序》中"合與古時"作"合於古詩"），俾覽者會悟，歷歷如貫珠，易看而可悦。故謂爲連珠。其在漢章帝時，班固、賈逵、傅毅輩，受詔做連珠，黄昆岡又以爲揚雄善作連珠，陳懋仁《文章緣起注》及《北史》孝先傳"魏帝讀《韓非子》連珠二十有二篇"（案：陳懋仁《文章緣起注》未論及《韓非子》；《北史》卷二十七《李先傳》云"俄而召先，讀《韓子》連珠論二十二篇"），蓋以《韓非子》書中有聯語，先列其目，而後注其解。連珠之體制，大率類此。此吾所以謂駢體之文自連珠出也。

駢文至前清，麟麟炳炳，可謂盛矣。曾氏選四十二家文輯爲《駢體正宗》，雖有遺珠，然并蓄兼收，得一百七十有餘篇。蔚詞林之鉅觀，漱藝苑之芳潤。學者久奉爲圭臬。余何贅爲？惟昭文邵太史荀慈齊燾《玉茗堂四六》（案："茗"當爲"芝"），余尤愛之。邵太史志行超遠，意度夷曠，似魏晉間人。故其文亦似之。觀太史《答同年王芥子書》及序其兄疊承文，可以覘其文派矣。其書云：每觀往制，於綺藻豐縟之中，存簡質清剛之制，皆詞章家無上上咒。"此太史道其得力也。其序云"清新雅麗必澤于古，非苟且牽率以娱一時之耳目"，此太史自道其造詣也。太史規規前修，不失尺寸，不差累黍，而恥陷世士准量行墨、剽賊字句之弊。標格崖岸，有以自遠。故所作如素族子弟，氣韻不凡；如故家宗器，不比市肆骨董專賣販人；如元人畫法，一丘一壑，自然高妙。又如我徽休歙間峰巒蔽虧，樹木幽黝，巨石空中，琴築雜奏，敻乎所造，至於是矣。故四六文不離乎清新雅麗，上澤乎古者近是。

今之爲駢文者，往往對仗不工，音韻不調，貌似高古，而實則空疏。余嘗讀思補堂四六文，深慕武進先哲劉圃三之駢體。其爲文也必求清轉華妙，雖集中古體賦結響未堅，取材亦寬，然視明盧柟諸人皮剥膚附以爲古者，有上下牀之别。其他箋啓序記，名貴光昌，盡去清初諸子浮侈晦塞之弊，卓然可傳。蓋司空于班孟堅、徐孝穆、王子安三家致力最久，而才氣書卷又足以副之。小儒好議論，以爲入古太淺，非徒刻深，直是孟浪。彈蘇糾楊之輩，烏知含任吐沈之奇哉。學者不習駢文則已，如習駢文，對仗不可不工，音韻不可不調，結撰不可不精，下筆不可不古。駢體之文，王楊盧駱其庶幾乎，沿承讓清，名家輩出，藝林之大成。吴山尊八家選何其少也，曾賓谷四十八家選何其多也。前清駢體文盛行，較兩漢、轢六朝，軒三唐、輊兩宋，何其盛歟！

河洛圖書，有奇有偶；商周世代，尚質尚文。數相生者必相成，故兩儀聿著；物有本者斯有末，故六藝同遊。"幽都""暘俗"（案："俗"當爲"谷"）之名，古史工於屬對；"受侮""覯閔"之句，葩經已有儷言。溯其緣起，略見淵源。况錦繡盈筐，非倚乎一縷之織；琴瑟在禦，無取乎偏弦之張。以多爲貴，雙詞非駢拇也；沿飾得奇，偶語非重臺也。要其開合自如，善養吾氣也；撏撦雖富，無害性靈也。若夫鉤抉文心，彦和談藝而不足；敷陳士行，蔚宗以論史而有餘。而必左袒秦漢，右推柳韓，排齊梁爲江河之下，指王楊爲刀圭之誤，何其悖也。然而旨甘所以養生，或曰腐腸之藥；笙簧所以淑性，或曰亂雅之音。是故文不師古，則思鶩而近於浮言；不得宜則藻豐而失之濫。譬彼旌旗列仗，譏非節制之師；鉛黛飾容，誚等誨淫之具。甚至巧思合綺，硬語盤空；貪摘摭而真意漓，好馳驟而前規失。更有擺脱凡庸，規橅初祖，真綷不存，元精奚貫。屋仍架屋，牀又疊牀。顔訓已違，齊諧或作。其下焉者，剪裁輕文而邊幅因之益儉（案："輕"當爲"經"），揣摩時尚而物息因之益囂。啓事則胥吏公言，數典雜優伶小説。此而欲得新著作配古文詞，不綦難哉。竊惟世多大雅，代有通人。上溯則漢魏六朝，下沿則隋唐兩宋，明時群彦，清室衆賢。不遠者，伐柯之則；可探者，吹律之原。綜覈文醇，熟精選理。一藝庶幾千古，殊途可以同歸。要之曼倩萬言，阮咸三語，酌理以爲富，愜心不尚奢。知乎此，足與言駢文矣。

古人之爲文，不知爲駢儷也。妃青儷白，刻翠裁紅，自在流出也。人但知駢儷始於漢魏，盛於齊梁，未有言及駢儷之文出於董子者。試觀《春秋繁露》一書，凡八十篇。往往比對成文，文中之有駢儷句者，取其氣機充暢，導之川流，止之小立。沈醉佛悦，若游魚銜鉤而出重淵之深；浮藻聯翩，若翰鳥纓繳而墜層雲之峻。謝朝華之已披，啓夕秀於未振。或因枝以振葉，或沿波而討源，或本隱以之顯，或求易而得難，或虎變而獸擾，或龍見而鳥瀾，或妥帖而易施，或岨峿而不安。罄澄心以凝思，渺衆慮而爲言。籠天地於形内，挫萬物於毫端。此陸士衡之論文所以卓絶千古也。今之爲文者，無論散文，無論駢文，可以思過半矣。

作者簡介：

吴承烜(1855—1940)，字伍佑，號東園，安徽歙縣人。擅詞曲，工駢文。著有散曲《竹洲淚點圖》，傳奇《綠綺琴》《星劍俠》等；另有詩詞文，散見於《小説新報》《邗江雜志》《無錫新報》《虞社》《愛國報》《申報·自由談》等報紙雜志。

駢文答問

王秉恩著　張作棟整理

解題:《駢文答問》抄本藏於廣東省立中山圖書館,署作“楊嘉興問”“息塵盦答”,然未見楊嘉興發問之詞,唯有息塵盦(王秉恩)回答之語。此書簡短,實爲一篇之體量。王秉恩以指示駢文創作路徑爲目的,從辨體、近性、諷籀、儲材和仿古五方面闡述心得;然對駢文之批評,時有深見。尤其“辨體”一節,于駢文發展歷程有簡要描繪,于清代駢文有精當評論。

文章者,天地之元氣。有天地即有陰陽,有陰陽即有奇偶。元氣貫注於奇偶間,此造化之元素,立體雖分,行氣則一。文之有駢散二體,自六經暨諸子百家莫悉不具奇偶。軒輊固非,渾合匪易。并重兩間,勿偏重也。今以闚測所得,約分五端,用備甄采。

一曰辨體。自摯虞撰《文章流别》書已散佚不完,士衡複製《文賦》,分體約言,肇啓厥緒;至《文心雕龍》而愈詳黄叔琳輯注紀文達評最善,此當服習終身,不獨可資辨體,即以文論,亦復爾雅淵懿,偶文極則。蕭選既興,蔚然大觀,名爲選體,其中可分兩漢體、魏晉體、六朝體、徐庾體,至隋唐體而極矣國朝陳均有《唐駢體文抄》。唐則以四傑體爲最,此外如燕許、毗陵權文公各輳其成,至温李興而渝敝,宣公奏議善用排偶,歐蘇所宗馴,至今日奏疏咸循其軌。宋人四六迺爲别派,降及元明,迄無聞焉,等而下之。八股排比,品格益卑,然其爲偶文則一也。國朝文章炳蔚,駢體號稱極盛選本當讀《駢體正宗》,餘如《八家四六》《駢文類苑》、近人《常州駢體文録》亦可涉獵。綜觀各家,以胡天游爲冠。毛奇齡、汪中、邵齊燾、孔廣森、孫星衍、洪亮吉風翥高騫(案:“風翥”或爲“風調”“風骨”,抑或爲“鳳翥”),足式浮靡,又其次也。袁枚議論縱横,浩氣流轉,亦爲傑出高於所作詩、古文。陳維崧《湖海樓集》駢文有其至者,程師恭選注不善。他如陸繁弨《善卷堂》、吴綺《林蕙堂集》、章藻功《思綺堂》、胡浚《緑蘿山莊》,此數家者,僅足供司竿牘者捃摭典故而已。李兆洛《駢體文抄》意主不分駢散,究其實,安能强同耶。他若王曇《煙霞萬古樓》、鄭獻甫《補學軒》、何栻《悔餘堂》,均屬僞體,似當屏斥不觀。蓋派别既分,涇渭勿淆,取長棄短,各有攸宜。宜臺閣者不混山林,述情志者詎雜體物?施之游記書簡而勝者,用之碑銘贊論而舛。詳覽而剖别之,奄有衆制,不主一家,斯則善矣。湘綺老人取徑甚高,比之述學,如驂之靳,誰謂今不逮古耶?又王志堅所集《四六法海》,擇别最精蔣心餘評本亦善,此外如孫梅《四六叢話》之類，亦當流覽及之。又應奉文字當以彭文勤爲最，所選宋四六善。龍威秘書中所刊《儷體金膏》亦可規範近人。曾文正謝摺以挺健之筆寓儷偶之中，古所未有。張文襄師儷文字斟句酌，典切不浮，意欲兼唐人之典雅而去其纖，師宋人之樸實而去其僿，亦近今巨手也。

一曰近性。文章者，所以發抒性靈也。言爲心聲，文之純駁分焉。氣質有静躁，性情有剛柔。姚姬傳所謂毗陰毗陽是也。湘鄉《古文四象》，分識度、情韻、趣味、氣勢四端，雖論散文，駢文何獨不然？有喜裔皇典麗者，有喜情韻綿渺者，有喜體氣高華者，有喜縱横馳驟者。性所近，情所翕，玩習揣摩，心摹手追，事半功倍矣。然非别裁僞體於先，擩染薰習不無近朱近墨之虞矣。

一曰諷籀。昔人云：讀書百遍，其義自見。坡詩：舊書不厭百回讀，熟讀深思只自知。蓋非諷頌不能深入理解也。昔吾師陽湖湯秋史先生成彦教吾學駢文，每日須讀《離騷經》《哀江南賦》，益以徐孝穆《與楊僕射書》，皆長篇巨製，讀之令人神王。湘鄉教人時讀漢賦，長吟密咏，使吾心與古人冥合以助吾氣。即自爲文，讀之得失呈露矣。惟讀文法，古人罕言。以讀書作金石聲之語悟之是。讀時必有鏗鏘節奏、永言咏嘆，令人歡喜舞蹈於不已者。魚山梵唱，殆猶是耶。幼時見于《光華集録》，有讀時文法，於聲之高下抑揚頓挫瀏離，言之綦詳，可爲讀文之法。劉氏《史通》，必須常讀，既可爲隸事之極則，誠論説之圭臬也。又有二書亦須常讀，雖非駢體，習久有得，則氣體遒上，自非凡響。即《三國志》裴注、《後漢書》傳後緒論是也。

一曰儲材。類書多矣，大部如《御覽》之類，購求匪易，兔園册子或徵引僞誤，或不注出處，未可據依。惟《初學記》《藝文類聚》《北堂書抄》、吴淑《事類賦》各書，始可徵引。然亦不能肆應無窮。兹有一簡易之法：國朝人所注名家詩文集，如徐吴注，庾倪注間多僞誤，義山馮注、錢注，牧之馮注，工部錢注，梅村靳吴兩家注，漁洋惠注，竹垞楊孫二家注，隨園近人石補注，穀人王注，各家皆通人所爲，詳確可校。此有二益：辭藻皆經昔人引用，不涉隱僻，一也；詩文成頌，采藻故實，易記難忘，二也。湘鄉謂昌黎提要鈎玄爲手抄秘册之濫觴，殆非讕語。分類抄纂，積久不患腹儉矣。溯厥根源，非通小學不可。昌黎云讀書須略識字，如不識字，凡讀文選、漢賦，其中古奇字安能盡解，頌書時如骨鯁在喉，捍隔不通矣。胡稚威作駢文法，以通假借、去語助爲要義。通假借乃小學一門，當讀吴玉搢《别雅》許翰有訂，朱鬱儀《駢雅》魏茂林訓纂最佳。惟用假借，須聯用二字，單用一字則不可通。又行文多用語助，紆徐蔓衍，頗形卑弱。如平仄和諧，又近律賦啓牘應制文别論。惟每句多用仄聲，則不流易。蘇詩守駿莫如跛，米南宫用筆，無筆不垂，無垂不縮，不主縱而主斂，義固相通也。蒙幼時隨宦衡山業師陳先生彪，以《文選》《困學紀聞》爲日課，蓋《文選》乃詞章之總龜，《困學紀聞》爲六藝之鎖鑰，從古文人類熟一二要籍爲取材淵府，如庾蘭成熟《左傳》，坡公熟《莊子》《國策》"兩漢"，漁洋熟《南北史》《世説》及唐人説部，稚威熟道藏諸子是也。凡爲駢文,以隸事雅切爲工,非胸羅萬卷,何能左右逢源,取携自如?毛西河做五言八韻即須繙檢,雖不免見笑婦人,實則繙檢一回,既免違誤,亦益記誦。國朝駢體,各家無體不備,惟四傑體鮮有仿者。王子安《夫子廟碑》"八柱"四語,人多不解國朝人始釋之。其博洽殆無其匹,宜少陵傾倒以爲不廢江河。昔人有不讀唐以後書之説,又曰只須讀兩漢書熟耳。夫事變無方,因應萬端,取材之途不廣。典故隸事引切恐難於賅括。紀文達《四庫提要書目表》純廟乙覽以爲非紀某不能,張文襄師《平粵匪紀略表》《李合肥壽文》,此豈枵腹無實所能道其隻字?取精用宏,無他法也。近二三十年,駢體衰歇,皆誤於稚威去語助、通假借二語,一遇典重題目則束手矣。

一曰仿古。儗騷、儗古詩樂府尚矣。《七發》《賓戲》後人迭相摹擬詳見《漢魏百三家文集》及《駢體文抄》,可見古人爲文不嫌仿古,亦猶學書者首在影橅,學繪者尤重臨摹也。假如欲爲山水遊記,則可仿道元《水經注》,欲撰寺廟碑銘,當仿《洛陽伽藍記》,舉此可以類推。惟仿古不過初哉首基,久之必須變化,脱胎蕲於遺貌,取神方爲盡善。若徒求形式,如明七子之生吞活剥、優孟衣冠,則舛矣。孟子曰大匠誨人必以規矩,不能使人巧。此仿摹之道也。神而明之,存乎其人,意在斯乎,意在斯乎!

庚申冬月初九日文炯手抄

作者簡介:

王秉恩(1845—1928),字雪澂、雪澄、雪岑、雪丞、雪塵,一字息存,號茶龕,别署息塵庵主,華陽(今屬四川成都)人,晚清民國時期藏書家、文獻家、書法家、詩人。王秉恩少卓举,負奇氣。自爲諸生之時,即善駢文,文章高出儕輩。同治五年(1866),王秉恩受業于陽湖湯成彦,與同門繆荃孫訂交,終生往來甚密。同治十二年(1873),王秉恩鄉試中舉,時張之洞任四川鄉試副考官,頗賞識之。同治十三年(1874),張之洞在四川學政任上創設尊經書院,倡經世致用之學,王秉恩入尊經書院。其後,因父任貴州施秉縣令,王秉恩遂隨父至貴州,參赞军幕。光绪十一年(1885),經兩廣總督張之洞會奏,調赴廣東。光緒十三年(1887)充廣雅書局提調,所刻《廣雅叢書》價值頗高。光緒十五年(1889),張之洞調任湖廣總督,王秉恩亦隨同前往,并於光緒二十五年(1899)總理漢口商務局。民國後,王秉恩寓居上海,家境貧困,多以古籍、字畫、金石换米度日;與沈曾植、羅振玉、王國維、葉昌熾等有直接交往、書信往還;參加超社、逸社和東方學會。王秉恩每至一地必重金購書,建藏書樓"養雲館"。精版本、校勘、目録之學,喜校書、編書、刻書,嘗輯刻《石經匯函》,校補《書目答問》,校刻《方言》《文史通義》《校讎通義》,手校《淮南子》《雲麓漫抄》《王荊公詩注》,編輯《張園展覲倡酬集》等。工書法,隸承漢魏,行似晉人。長於詩文,撰有《息塵庵詩稿》《養雲館詩存》,另有《彊敎宦雜著》《平黔紀略》,編繪《光緒肇慶府屬基圍圖》,有《王雪澂日記》等。

七十年來臺灣駢文及其研究綜述

劉楚荊　黃水雲

内容摘要：文學的發展與研究，與社會、政治、思潮、地域息息相關，社會的型態，政治的局勢，當代的思潮，地域的特性，必會對文學及研究發生重要的影響。本文主要叙述1949年以後，在臺灣的駢文寫作及其研究狀况，叙述之外，亦兼評論。期以本篇之綜述，得見臺灣七十年來駢文寫作及其研究的樣貌。

關鍵詞：駢文；臺灣；駢文理論；成惕軒；謝鴻軒

本篇"綜述"，乃針對臺灣地區1949至2019年所發表之駢文創作，以及在此間初次出版(包括再版)之駢文研究，但排除以下二類出版著作：第一類，1949年以前曾於大陸印行出版，而後於臺灣影印再版或改版出版者。① 第二類，著作雖在臺出版，作者學術活動不在臺灣，亦不在臺灣長期居住者。②

本篇依五節分述，第一節駢文創作，第二節駢文選本，第三節駢文史研究，第四節駢文理論與批評，第五節駢文與其它文體之關係研究。叙述時以專書爲先，單篇論文爲次，學位論文居末，分别説明，篇末總結臺灣近七十年來駢文及其研究之大要。

---

① 此類書籍頗多，羅列如下：清代曾燠《清朝駢體正宗》，(臺北)世界書局1961年版；清代張鳴珂《清朝駢正宗緒編》，(臺北)世界書局1961年版；清代陳均撰《唐駢體文抄》，(臺北)世界書局1962年版；清代李兆洛編、譚獻評《駢體文抄》，(臺北)世界書局1956年版；蔣伯潛《駢文與散文》，(臺北)世界書局1957年版；孫德謙《六朝麗指》，(臺北)新興書局1963年版；劉麟生之《中國駢文史》，(臺北)臺灣商務印書館1965年版；金秬香《駢文概論》，(臺北)臺灣商務印書館1965年版；清代李兆洛輯《駢體文抄》，(臺北)臺灣中華書局1965年版；清代李兆洛輯、譚復堂批校《駢體文抄》，(臺北)廣文書局1965年版；清代吴錫麒《駢文體箋校》，(臺北)大新書局1965年版；清代許槤《六朝文絜》(臺北)，臺灣中華書局1965年版；瞿兑之《中國駢文論》，(臺北)清流出版社1971年版；《中國駢文概論》，(臺北)泰順出版社1971年版；王文濡編、蔣殿襄、陳乃乾合注《清代駢文評注讀本》，(臺北)鼎文出書局1972年版；蔣伯潛《駢文與散文》，(臺北)世界書局1975年版；方孝岳、瞿兑之《中國駢散文概論》，(臺北)莊嚴出版社1981年版；施愷澤《蠖屈室駢文抄》，(臺中)中文聽閣圖書公司2008年版；謝無量《駢文指南》，(臺中)中文聽閣圖書公司2011年版；金茂之《駢文通》，(臺中)中文聽閣圖書公司2011年版。

② 這類著作有：陳耀南《清代駢文通義》，(臺北)臺灣學生書局1977年版；廖志强《六朝駢文聲律探微》，(臺北)天工書局1991年版，陳廖二氏爲香港學者。又如譚家健主編《歷代駢文名篇注析》，(臺北)明文書局1991年版；許逸民選注《古代駢文精華》，(臺北)錦繡出版社1992年版；尹博《李商隱駢文研究》，(新北)花木蘭出版社2015年版。三人皆爲大陸學者，原著爲簡體字版，後出繁體字版本，因此亦不列在本文討論。

一、駢文創作

自 1949 年起,在臺灣工爲駢儷文體者,有潘重規、高明、成惕軒、謝鴻軒、李猷、李漁叔、嚴雲鶴、戴培之、曾霽虹、張之淦、劉孝推、婁良樂、張仁青、馬芳耀、陳松雄、黄茂雲等人。然在此衆家之中,或以專集未刊,文章難尋,或以篇什零散,難窺全貌,故在此只以卓然特出或有專集刊行者,爲叙述對象。臺灣駢文創作,成就斐然之前輩者,當屬"二軒",即成惕軒[①]與謝鴻軒二位先生。

張仁青教授,自選駢文 28 篇收於《揚芬樓文集》。馬芳耀則有《湖海儷辭選》《駢文心影》二書出版。同爲駢文研究學者的陳松雄教授,近來之學術論文,則皆"以駢論駢",頗有效陸機"以賦論文"、劉勰"以駢論文"之雄心壯志。

(一)成惕軒《楚望樓駢體文》内篇、外篇、續編

成惕軒(1910—1989),字康廬,號楚望,湖北陽新人,1949 年來臺,任考試院考試委員以及政治大學、臺灣師範大學、中國文化大學、中山大學等學校教授。其駢文作品輯有三集(册),即爲《楚望樓駢體文》内篇、外篇、續編。

《楚望樓駢體文》門生張仁青爲之作注,1973 年臺灣中華書局出版。分爲内篇與外篇二册印行,成惕軒於書前自序云:"蓬山客久。槐閣官閑。比事屬辭。得駢儷文字二百餘首。及門生張仁青碩士。願爲作注。因録百四十三首付之。顔曰楚望樓駢體文。中以序記二者居其泰半。而介眉之作。列諸外篇。"[②]此書共收成氏創作之駢文 143 首,分四卷,卷一爲四篇頌文:《還都頌》《金門頌》《介壽堂頌》《嵩海頌》;卷二有《古文辭通義序》《跬園詩抄序》等詩文書畫序共 59 篇;卷三全爲記體文,有游記 22 篇;卷四計有跋 6、書 3、啓 12、箴 2、弔文 3、傳 2、銘文、題辭各一,以及爲推賢惜才而作的《憐才好善篇》等等,共 33 首。[③]《外篇》一册,全爲壽序,如《于右任先生八秩壽序》《張群先生八秩壽序》《何應欽先生八秩壽序》等共 23 首。

《楚望樓駢體文(續編)》,1984 年臺灣商務印書館出版,共 72 首,其中除六首在外中華書局内外篇時漏列者外,均爲 1974 年以後所作,依體類分爲"頌辭賀辭及像記""序""跋""啓""碑""壽序""雜文"七卷。此書由成惕軒門弟子陳弘治、張仁青、李周龍、莊雅

---

① 當代臺灣之駢文寫作者,絶大部分出於成惕軒之門下,如曾霽虹、劉孝推、婁良樂、黄茂雲、張仁青、馬芳耀、陳松雄等。

② 見《楚望樓駢體文》(内篇),(臺北)臺灣中華書局 1973 年版,頁 1。筆者所引文之標點符號,乃依所引之書,未予更動。

③《楚望樓駢體文》(内篇)中,有 12 篇乃於 1949 年以前在南京及重慶時作,此 12 篇爲《還都頌》《介壽堂頌》《校園雙桂記》《南泉吟讌記》《可風堂記》《潔園展禊圖跋》《議設中韓文化協會啓》《棠溪築道啓》《鑿井啓》《楊琴溪鬻書啓》《南都典試與人書》。

州、陳慶煌、林茂雄六人合注。其中所録《南都試院菊展啓》,寫於民國三十五年,爲駢文小品,文辭鮮妍清麗,全文曰:“秋深白下,菊有黄華。霜清麂眼之籬,地接雞鳴之埭。群芳競爽,本木天選佛之場;三徑新栽,疑栗里高人之宅。晚節彌勁,夕英可餐,紛紅紫其雜陳,挹芳馨而靡盡。斯園試涉,毋忘玄武後前;佳日同看,且看鯉魚風後。”[①]《山房對月記》一文,乃先生至臺灣後所寫之名篇。文章寫不同時地望月之情景,依序爲:任職於南京、抗戰於重慶、復員於滬杭、東渡於臺灣等四個階段,而每一處望月之思懷,皆關聯個人與時局。全文構思縝密,情感真摯,文辭典雅。文章第四段寫復員於滬杭時對月,曰:“薊北新收,江南亟返。錦帆去也,三聲啼巫峽之猿;玉宇紛然,萬貫舞揚州之鶴。舊巷偶尋馬糞,文物都非;疏簾重認蛾眉,嬋娟未減。朱弦翠袖,歌垂楊曉岸之風;緑醑華燈,度玉樹後庭之曲。無何而烽傳青犢,劫墮紅羊,彌天騰鼓角之聲,大地碎山河之影。銅仙淚滴,寶鏡光沉。剩堤柳以棲鴉,凄其隋苑;撫煙羅而駐馬,别矣吴山。此滬杭之月。”從中可窺成惕軒駢文之一豹,對仗精工,排偶穩切;隸事必雙,使典皆偶;藻飾儷辭,靈動有致。(陳冠甫語)

張仁青教授《略論成惕軒先生之駢文》謂成惕軒爲“民國駢林第一高手”,并且總其駢文:“作品多(按先生平生所作已逾三百篇)而且美,一也;備具前賢之所長,二也;自成一家之風貌,三也。富有時代精神,四也。”[②]陳松雄教授則撰《麗體文之前茅與後勁》,謂陸機爲麗體文之前茅而成氏後勁。[③] 陳慶煌教授則謂楚望之駢文爲“臺閣文學的集大成者”。[④]

(二)謝鴻軒《鴻軒文存》六集

謝鴻軒(1917—2012),安徽繁昌人,十四歲修習駢文,無錫國學專修學校、中央陸軍軍官學校第一名畢業。任國民大會第一屆國大代表,於民國三十七年在南京開會,1949年渡海來臺,任中學校長、大學教授,主講駢文選、散文選、昭明文選、文心雕龍、四書及春秋左氏傳。先生於高齡八十四時,自編文集曰《鴻軒文存》六集及《千聯齋類稿》上中下三編。《鴻軒文存》與《千聯齋類稿》,皆由謝述德堂千聯齋刊印。蓋“千聯齋”爲謝鴻軒之書齋名。

謝鴻軒於臺灣師範大學講授駢文三十年,絳帳春風,桃李成林,《元首頌言彙編》乃門生張仁青爲之注解,其後之駢文集,亦皆有門生爲之作注。所撰《鴻軒文存》初集至六集,即《元首頌言彙編》(駢文)、《謝氏述德文編》(駢散文)、《美意延年粹編》《美意延年續編》《美意延年新編》《美意延年增編》(均爲駢文)。謝鴻軒駢文題材,以壽、序、頌、祭等

① 此文標點,乃筆者依文意而更動,未按原書。原書每句皆用句點。特此説明。

② 張仁青《略論成惕軒先生之駢文》,《學粹》1980年第1期。

③ 陳松雄《麗體文之前茅與後勁》,《東吴中文學報》2010年第11期。

④ 陳慶煌《臺閣文學的集大成者——論楚望樓駢文屬對之工巧》,收入《文與美學》(第五集),(臺北)文史哲出版社1995年版。

之應用爲主，壽序之文，大抵爲千言以上之長篇，其結構縝密，長於叙事，觀其每將壽序主人之生平事功，詳密切要融於四六之辭，其辭藻古雅，用典繁夥，且句式靈動，可知其駢儷造詣極深。謝鴻軒之駢文，徵事用典繁複，文辭極爲雅奥，以氣勝雄闊取勝。謝鴻軒之應用駢文，書寫對象多爲政要名人，是故亦具有史料的價值，如《興義何敬之先生九秩壽序》为何應欽將軍之壽序，即將其生平概括地融於一文，另爲藝壇大師張大千寫的《蜀郡張大千先生人秩壽序》亦是如此。較爲可惜的是，目前尚未見有學者研究謝鴻軒之駢文。

成惕軒與謝鴻軒的駢文創作，在五四白話文運動"倡白話廢文言""重平實棄典故""崇散體斥駢文"的時代洪流下，不隨順潮流，仍以典深辭雅，對偶精工的駢體書寫，可謂巍然特出。二位先生渡海來臺，承繼了章太炎、劉師培等民國學人的駢文寫作，不僅篇數衆多，更是博雅弘富，允爲現代駢文大家。

（三）張仁青《揚芬樓文集》

張仁青（1939—2007），臺灣花蓮縣人，字同塵，號梅山，臺灣師範大學文學博士。當代傑出的駢文學者及創作者，受業於駢文二軒，其駢文研究，如纍纍秋實，碩然可觀。張仁青作駢文名爲"粹芬閣麗體文"，然未結集成册，其中 28 篇，經其自選，收入《揚芬樓文集——張仁青學術論著文集》[①]

《揚芬樓文集》選録張仁青 1960 年至 2006 年，此 47 年間創作之駢文作品，此 28 篇乃先生"自認尚有可觀者"，故知平生所作駢文應不止於此。首篇《山房尋夢記》，最初發表在臺灣師大之《師大青年》（1960 年 12 月），後又刊於 1964 年第 2 期的《學粹》雙月刊，題名爲《粹芬閣麗體文——山房尋夢記》。此文爲先生 21 歲時所作之自傳，自述其出身清貧，生活艱辛，曰："余家世貧薄。負郭無田。藿葭爲牆。蓬蒿作室。製荷露壑。牽箬霜洲。螺言謝氏之窮。鬼笑劉公之拙。蝸居累歲。等子夏之鶉衣。爨息終朝。幾淵明之乞食。"但仍持志憤勵，終入上庠，得償宿願："曾幾何時，射狗兆夢，夜入山房。傳臚報奎，班隨玉筍。陪孫山於末榜，笑劉蕡之下第。趁櫻桃而開宴，摘紅杏以宜簪。既而負笈台陽，重拾舊夢。"其餘 27 篇皆爲應用而作，皆爲祝賀頌序之辭。張仁青之駢文，多用典故，如《陽新成惕軒先生六秩壽頌》稱美其師文章曰："激南皮之高韻。寫元結之雄篇。縟彩鬱於雲霞。逸響振於金石。丕揚忠愛。杜陵夔府之心。嚴辨夏夷。顧氏昆山之戒。度江南之舊曲。頻裂肝腸。擷夢裏之新花。都含霖雨。是以周情孔思。洋溢乎篇章。非徒鮑俊庾清，紛蕤於楮墨已也。"

---

① 張仁青《揚芬樓文集——張仁青學術論著文集》（上、下册），（臺北）文史哲出版社 2007 年版。按此書收集張仁青在專書之外的學術論文以及韻、散、駢各類文章。有關駢文研究論文計 11 篇：《駢文在中國文學中之地位》《評介陸宣公之駢文》《聯語概説》《略論成惕軒先生之駢文》《儒家文學理論與駢體文》《略論宋代四六文特色》《清代駢文家之地域分布——兼論歷代駢文家之地域分布》《宋代駢文新探》《駢文略説》《庾信詩文之用典藝術》《成惕軒先生駢文之用典與借代》。

(四) 馬芳耀《湖海儷辭選》《駢林心影》

馬芳耀(1945—2020),祖籍浙江寧波,後居臺灣桃園,承父業營商,2020 年逝世。中國文化大學中國文學系文學士,成惕軒門生,喜駢文創作,1993 年獲兩岸聯吟詩聖。龔顯宗教授在《湖海儷辭選》序言中,謂馬芳耀:"是文學、音樂、體育、股票樣樣精通的博學之士。"其駢文作品一千七百多篇,集結出版爲《駢林心影》《湖海儷辭選》二書。

《湖海儷辭選》一書於 2011 由臺北正中書局出版,全書計 101 篇,分 12 卷。依題材分則有親情、師友、雜興、遊記、序跋、軼聞、音樂體育七類。作者用駢體文記録生活中的所見所聞,所思所感,涉及廣泛,尤其是時事評論、社會觀察之作,令人有鮮明之時代感。《駢林心影》一書於 2013 年,由臺北文史哲出版社出版,全書以内容與功能,分爲頌詞、哀祭、遊記、雜篇四類,共計 72 篇。

馬芳耀駢文題材廣泛,切近生活,文辭平實,少用典故,屬於張仁青所謂駢文別裁的"白描駢文"。如《虎丘》一文:"今見虎丘,古稱龍穴,靈秀氣蘊,雄勝境開。斯地傳聞也衆矣! 昔闔閭之葬,名劍爲陪,劍萬千,金精聚而上騰,白虎化而盤踞,故以虎丘名境。盛傳者一。"稍具文言閱讀能力者,不必透過注解,即能理解文意。

此外,陳松雄(1943—),臺灣彰化人,成惕軒弟子,任東吳大學、中國文化大學教授,駢文研究專家。陳松雄早年之學術專著,唯序言以駢文寫成,正文則仍用散體文言,近年來之學術論文,則皆以駢體行之,頗有陸機寫《文賦》及劉勰著《文心雕龍》之用心。先生在《南朝儷體文通銓》自序:"余志耽辭藝,心好麗文,沉潛載籍,寢饋縹緗,一簣不遺,蛾子勤其時術,跬步無荒,駑馬奮其十駕。尋先士之才調,則私淑諸人,翫名家之藻采,則竊慕其風。"其《麗體文之前茅與後勁》,謂陸機、楚望爲麗體文之前茅與後勁,以精工之駢儷云:"夫麗辭之體,千有餘年,代出賢才,時聞睿作。士衡爲開山始祖,創矩誨人;楚望乃守門俊才,循規效古。創者曰聖,循者曰明,聖明交融,文苑永盛。但願江山有聖,復彼駢壇於不傾;士子有明,宏斯麗體而不墜。則時光電邁,才俊雲蒸,古哲既遠而難追,後生方興而可畏。中權大將,必欲歸屬於成公;後勁尖兵,則將有於異日云耳。"從陳松雄大量運用駢儷撰寫學術專論可知,先生乃强烈自覺地實踐駢文之"體用合一"。

二、駢文選本

蕭統《文選》以來,選集逐漸成爲獨特形式的文學批評,選輯者依其自身審美標準,選擇作品,集結成册,推薦於讀者,此間得見編者之"文心",故亦是文學批評之一種表現形式。1949 年以後在臺灣出版的駢文選本,共計有五:張仁青編選《歷代駢文選》、陳仲經選抄《吴士萱先生駢文》、成惕軒《駢文選注》、張仁青編注《駢文觀止》、陳慶煌、崔成宗選編《歷代文選駢文篇》。其中較爲特殊的,是陳仲經選抄的《吴士萱先生駢文》。與其他四本選集相較,此書爲别集,只選吴士萱一人之駢文,書中唯駢文正文,並無注解,與其他四本駢文選本不同。另外四本駢文選本皆有詳細注釋,對學習者而言,幫助自然較大。

(一)張仁青編著,成惕軒校訂《歷代駢文選》

此書分上下册,1963 年臺灣師範大學出版組出版。此版本有張仁青之師長林尹、李漁叔作序,詩人學弟張機題詩。選文上册起於東晉劉琨之《勸進表》,至王勃《秋日登洪府王閣餞别序》,計四十篇,下册起於王勃《上武侍極啓》,迄於清末王闓運《秋醒詞序》,計六十篇,二册共計百篇。

《歷代駢文選》之體例,乃先列選文,於選文後注明出處,次爲作者傳略、題解、注釋殿後,若干選文之後,還有附録文章,以資讀者深究。從選篇及注釋可以看出,張仁青考論駢文之篤厚,其師李漁叔謂其注"詳徵故實,洞澈本原",誠不虚也。此書 1965 年改由臺灣中華書局出版。

(二)陳仲經選抄《吴士萱先生駢文》

此書 1967 年由臺北新興書局出版。楷書寫本。書之扉頁題"善化吴士萱茂才駢文遺稿編"。正文前有二篇序文,一爲陳仲經所撰《善化吴士萱駢體文選抄弁言》,二爲成惕軒所撰《善化吴士萱先生駢文遺稿序》。陳仲經在序言中叙述成書緣由,謂其早年與吴士萱交遊,甚愛士萱先生駢文之作,[①]故曾手抄其駢文四十篇,後携之於臺,其於四十篇中再擇 29 篇以書法抄寫,即今見《吴士萱先生駢文》一書。

(三)成惕軒選注《駢文選注》

此書 1971 年由臺北正中書局出版,選東漢班固《燕然山銘》至清末曾燠《秋湖觴芰圖序》40 篇。成惕軒在卷頭語云:"(一)本書所選之駢文,上自東漢,下迄遜清,共計四十篇。作者四十人,依時代之先後爲次。(二)東京以降,駢體代興;傑構名篇,浩如煙海。本書所録數量極少,僅供初學閱覽之資;若欲深研,自非多讀各家專集不可。(三)爲引發初學興趣起見,除少數篇幅較長外,大都以短篇爲主,俾便循誦。(四)注釋文字,力求簡易;唯群書浩瀚,引述或疏,尚希通家是正。(五)本書由陳弘治、洪順隆兩碩士作初步整理,并此志謝。"此書編輯體例,依序爲:正文、作者、題解、注釋,亦是讀本性質。

(四)張仁青編注《駢文觀止》

此書 1986 年由臺北文史哲出版社出版。張仁青云此書編撰目的,旨在輔助青年進修,以及爲有意進窺中國唯美文學之堂奥的中外人士,提供一曉暢之通俗讀物;此書精選富代表性之作品文章二十篇,編排由近而古。文章及作者依序爲民國成惕軒《山房對月記》《美槎探記》、清樂鈞《重修朝雲墓碑》、清吴錫麒《洪稚存同年機聲燈影圖序》《出關與畢侍郎箋》、清汪中《自序》、清袁枚《上尹制府乞病啓》、清蒲松齡《聊齋志異自序》、明

---

① 陳仲經在《吴士萱先生駢文·序》指出,吴應雲之駢文,學洪北江,造語勁練,不拘之於聲調之諧,對仗之工整。

王禕《中書平章政事常遇春追封開平王制》、宋汪藻《隆祐太后告天下手書》、蘇軾《乞校正宣公奏議札子》、歐陽炯《花間集序》、李白《春夜宴桃李園序》、駱賓王《在獄詠蟬詩序》《爲徐敬業以武后臨朝移諸郡縣檄》、王勃《秋日登洪府滕王閣餞别詩序》、徐陵《玉臺新咏序》、庾信《哀江南賦序》《小園賦》、江淹《别賦》。其中選文均見先前所編之《歷代駢文選》。

《駢文觀止》編輯體例爲:原文、題解、作者、箋注、通釋,其間若干篇輔以附録,欲使讀者於選文之外,或對作者、寫作背景、駢文寫作方式,有更充分掌握。此書編排選文之時代,不循舊例,乃由近而遠、由今而古,可謂創新,但亦招人批評,然細究編者深意,應是欲初習駢文者,先了解與自身較近切之人之作,循序漸進,而後再究古人之襟抱與心眼。

此書選文之朝代分布:民國一人二篇,清代五人六篇,明代一人一篇,宋代二人二篇,五代一人一篇,唐代三人四篇,南朝三人四篇。以清代六篇爲冠,南朝與唐代次之,元代闕如,分配尚屬均衡,頗能反映駢文發展。當前學子,對於六朝、初晚唐、西昆駢文較爲熟悉,對於清代駢文較少接觸,如此的選文,對照常人之習慣之"厚古薄今",可謂苦心孤詣。

張仁青教授還有《六朝唯美文學》(臺北:文史哲出版社,1980),按性質分爲 30 類,各舉代表作家作品,其中不少是駢文。

(五)陳慶煌、崔成宗選編《歷代文選駢文篇》

此書 2014 年由臺北五南圖書公司出版,是爲中文系"文選"課程所編的教學讀本。全書分爲"正編""附録一""附録二"三部分。正篇録二十篇駢文,選文以漢魏六朝作品爲主(14 篇),起自孔融《薦禰表》,次爲羊祜《讓開府表》、陸機《豪士賦序》、陶潛《閑情賦并序》、傅亮《爲宋公修張良廟教》、江淹《恨賦》、孔稚圭《北山移文》、任昉《爲范始興作求立太宰碑表》、謝朓《拜中軍記室辭隨王箋》、劉勰《序志》、鍾嶸《詩品序》、蕭統《文選序》、徐陵《與李那書》、庾信《哀江南賦序》、王勃《秋日登洪府滕王閣餞别序》、蘇軾《乞校正陸贄奏議上進札子》、閻復《加封孔子制》、方孝孺《上蜀府箋》、汪中《自序》,末篇爲成惕軒《山房對月記》。此書選文,較爲傳統,呈現"詳古略今"之勢。

此書所選篇章與張仁青《駢文觀止》相同者有四,爲庾信《哀江南賦序》、王勃《秋日登洪府滕王閣餞别序》、蘇軾《乞校正陸贄奏議上進札子》、成惕軒《山房對月記》。

附録一選駢文及駢賦名篇,但未作注,計有:夏侯湛《東方朔畫贊》、陸機《文賦》、謝惠連《雪賦》、鮑照《蕪城賦》、謝莊《月賦》、沈約《宋書·謝靈運傳論》、江淹《别賦》、劉峻《自序》、徐陵《與齊尚書僕射楊遵彦書》、庾信《哀江南賦》、陸贄《奉天改元大赦制》、歐陽炯《花間集序》等十二篇,駢文駢賦各占其半,由亦可看出駢文與駢賦之密切關係。附録二,爲所選二十篇之文章結構表。蓋研讀駢文,若能參考文章結構表,則文章之字句篇章之法,作者之創作心靈,輒能燭照而明;且因所選駢文均精工縝密,讀者從"文章結構表"中可發現,平仄完全相對的并排句,其詞性一定相同。故此表有助於學子掌握文章梗概,以及了解駢文形式之美。

上述五書之外,尚有臺北廣文書局於 1980 年出版,編者佚名之《駢體文淺説》一書。此書爲舊式寫本,每頁 12 行,每行 28 字,工整楷字書寫,每頁右書耳作“名家駢體文”,目録前書寫“廣注名家駢體文”七字,“廣注”兩字較小,乃由右而左横書。此書“編輯大意”言:“開卷附駢文淺説,示以源流及作法,於自修爲尤便。”此篇“駢文淺説”,約三千字,置於 72 篇選文前,而非本書主體。蓋此書主要選 72 篇駢文(六朝 22 篇,唐代 16 篇,宋元明清 13 篇,清代 13 篇)并爲之作注,首篇爲晉范寧《罪王何論》,終篇爲董其誠《書舅氏莊達甫先生春覺軒詩集後》。究以上種種情況可推測,此書原名應是“名家駢體文”,應是駢文選集。此書是否爲 1949 年以後在臺灣所編著,不得而知,需有更多資料,方能判定。

關於對駢文選研究的單篇論文,有鄭宇辰《〈評選四六法海〉與蔣士銓“氣静機圓”説的開展》(《有鳳初鳴年刊》10 卷,2015 年 11 月)。

三、駢文史研究

駢文史研究,又分爲通史與斷代史兩大類。駢文通史研究的專書,有張仁青《中國駢文發展史》,謝鴻軒《駢文衡論》、錢濟鄂《駢文考》,其中《駢文考》未采正規學術之寫作,對唐宋古文運動與民國白話文運動,大力抨擊;駢文斷代史的專書,有張仁青《六十年來之駢文》、江菊松《宋四六文研究》、陳松雄《齊梁麗辭衡論》、陳松雄《南朝儷體文通銓》。

(一)駢文通史

1.張仁青《中國駢文發展史》

張仁青《中國駢文發展史》,四十餘萬字,以文言行之。此著原爲作者 1969 年之臺灣師範大學國文研究所碩士論文,經臺灣中華書局印行,1970 年初版;1979 年交由文史哲出版社出版;浙江大學出版社 2009 年有簡體字版。全書共九章,首章緒論,説明駢文之義界、起源、變遷大勢以及其地位,後八章乃歷時性的研究,將駢文之發展分爲八期叙述,此八個時期爲:一、邃古駢散之未分時期;二、戰國末年至秦代駢文之胚胎期;三、兩漢駢文之孳乳時期;四、魏晉駢文之蕃衍時期;五、南北朝駢文之全盛時期;六、唐代駢散盛衰消長之激時期;七、兩宋駢文之蜕變時期;八、清代駢文之復興時期。作者對駢文的發展,從産生、醖釀、成熟、變化、消弱至復興,予以詳細地爬梳,然對元明二代僅於第九章“清代駢文之復興時期”之第一節綴語中,以數語交代,謂元明時期爲駢文發展之“黑暗期”。此書在駢文發展的每一時期,皆引實際作品與後人批評證其觀點,徵引浩繁廣博,研究功力深厚。

2.謝鴻軒《駢文衡論》

謝鴻軒《駢文衡論》,臺灣廣文書局印行,1973 年初版,全書共十八章,計五十餘萬字,以文言文書寫。

《駢文衡論》可謂駢文通史,全書分上中下三篇。上編泛論五章,依序爲:駢文興衰與正名、文字與文學、文筆之辨與駢散之争、五經駢耦舉隅、諸子駢耦舉隅;中篇專論六章,依序爲:陸機文賦——屬文法、謝家寶樹——述作楷模、劉勰文心——習駢節要、徐庾二子——駢文泰斗、初唐四傑——文壇盟主、唐宋八家——兼長儷體;下編通論七章,依序爲:辭賦與兩漢文、魏晉六朝文、三唐駢文、兩宋四六文、元代駢文、明代駢文、清代駢文。附録《國民大會祭告國父文》,用駢體概括孫中山畢生學術思想及行誼勛業,文筆高華典贍。

此書舉例甚多,附録歷代評論資料豐富。下編占全書三分之二,實際上已相當於駢文通史,其中元明二代多爲其他駢文史家所忽略,然此書有所交代。但此書駢文界定寬泛,與辭賦和古文常相混淆。

3.錢濟鄂《駢文考》

錢濟鄂《駢文考》,洛杉磯中華詩會、新加坡木屋學社 1994 年出版,後改名爲《中國文學縱談——論雅俗、駢文及其他》,1995 年由臺北書林公司出版。此書用文言書寫,共十一章:一、陽春白雪數駢文,二、尚書詩經大學史記已有駢儷考,三、史書無韓柳之説,四、視同兒戲八大家,五、評二大家名作管見,六、歐陽修自毁名場,七、歐陽修文啓八代之俗,八、精粗語文舉例,九、論雅俗,認爲語文俚俗國家必速亡,文化深厚立國乃久,十、析死胡同胡語,十一、文明古國剩白話,篇爲後記,自叙生平。

作者自言,撰寫此書目的,志在扭轉千餘年來對駢文之誤解,并且認爲駢文乃國脈之所在。作者極力推崇駢文,貶抑古文,但書中行文,却仍是用散體古文,而非駢體;抨擊唐宋古文運動,對韓、歐非議甚多;作者亦反對五四白話文運動,抵斥胡適,言胡適主張之白話乃"韃文"。此書具鮮明的"尚駢抑散"文章審美觀,以及强烈的"崇文言詆白話"的語文使用觀。

(二)斷代駢文研究

屬於斷代駢文研究者之專書,計有張仁青《六十年來之駢文》、江菊松《宋四六文研究》、陳松雄《齊梁麗辭衡論》《南朝儷體文通銓》,後三者又兼有實際批評之内容。

1.張仁青《六十年來之駢文》

此書 1970 年由臺北文史哲出版社出版,僅 60 頁近五萬言,爲現代駢文史之小著,主要介紹民國初年至七十年代十位駢文作家:劉師培、李詳、樊增祥、易順鼎、饒漢祥、孫德謙、黄侃、黄孝紓、陳含光、成惕軒;在每人之生平及文學成就介紹之後,皆引一至三篇作品,以彰作者之駢文風格與面貌,具文學史料的價值。

此書篇末云:“六十年來,工爲儷體者,蔚有其人,除上舉十家外,或以遺文難覓,遂付闕如,或以專集未刊,無從采掇。其已逝者,有馮煦、朱銘盤、王式通、孫雄、張其鍠、王西神、汪國垣、張孟劬、瞿兑之、喬曾劬、溥儒等。而現猶健在者,如潘重規、林尹、高明、李漁叔、孫克寬、劉象山、戴培之、張齡、謝鳴軒、許君武、曾霽虹、劉孝推、婁良樂諸君子。”此段文字,對有意研究民國以後六十年之駢文寫作情況,提供了初步綫索,有心之學者,可按圖索驥,搜尋上述諸子所發表之駢文作品,以兹研究。

2.江菊松《宋四六文研究》

此書1977年臺北華正書局出版,以文言行之,共六章。依序爲第一章“緒論”,討論駢文産生的原因、流變及宋六四釋名,認爲宋代四六文就是駢文。第二章“宋四六文之體裁與風格”。第三章“宋四六文作法探討”。第四章“北宋四六文作者及作品”,析論楊億、歐陽修等19位作家之各一篇作品。第五章“南宋四六文作者及作品”,析論汪藻等19位作家之各一篇作品,第六章“未來駢文之展望”。

作者認爲,宋四六之組織極不規則,但求意思之達盡,而不限制字數之多寡,因此,由五字、七字以至九字、十字一句在所多見,完全不受四六字約束,而完全視意思之長短爲轉移,而氣之生動、詞之清新,雖極剪裁雕琢之功,仍有漸進自然之妙,此則爲散文化之駢文特色。此書對於宋四六文形成的外緣背景與内在因素,論述較少,但對於實際文本的討論,着力頗深。

3.陳松雄《齊梁麗辭衡論》

此書1986年由臺北文史哲出版社出版。陳松雄爲駢文大師成惕軒之弟子,亦善寫駢文。本書原爲作者之博士論文(中國文化大學,1984),其論述多用駢體句式,如第三章,叙永明諸子之論聲律,云:“永明之世,聲律勃興,人人贊仰,家家論辯,或謂智邁先哲,而自得胸襟,或功參天地,而獨發精靈,推轂者衆,故衣被甚廣,演繹者衆,故沾溉靡窮,流風所扇,通國騰躍焉,或著書以行世,或制韻以範文,沈約、周顒之流,王融、謝朓之輩,其較著者也。”

全書共八章,依序爲:一、導因,二、特色,三、論永明麗辭,四、論梁武帝父子麗辭,五、論梁代文人麗辭,七、評價專家(劉勰、鍾嶸)七、麗辭泰斗——徐陵、庾信,八、齊梁麗辭對後世的影響。此書援引齊梁駢文諸家文本,分析歸結,徵引宏富,評論精當。

4.陳松雄《南朝儷體文通銓》

此書1993年由臺北文史哲出版社出版,是承《齊梁麗辭衡論》,上下延伸,析論而成,原名《南朝駢文析論》(臺北文史哲出版社出版,1992),後經修訂改名再版。本書自序以駢體行之,正文用古雅文言,駢散兼行。全書以歷時性方式,將南朝之27位駢文作家及作品,深入析論;此27家爲:傅亮、謝靈運、顔延之、鮑照、謝莊、謝惠連、孔稚圭、王融、謝朓、沈約、梁武帝、昭明太子、梁簡文帝、梁元帝、江淹、任昉、劉峻、丘遲、庾肩吾、吴均、劉緦、鍾嶸、沈炯、陳後主、江總、徐陵、庾信。此書總結南朝儷體文對後世之影響，謂："初唐四傑，儼然南朝遺規；晚唐四六，真追梁陳餘習；北宋西昆，間接承其風尚；有清諸豪，越世準其遺則。"此書對南朝駢文作家、作品逐一析論，總結諸家之風格特色，屬文學批評，但亦具斷代駢文史性質。

研究斷代駢文的單篇論文：姚振黎《唐代駢文析論》(《孔孟月刊》322 期，1989 年 6 月)；曾棗莊《風流嬗變，光景常新——論宋代四六文之演變》(《第一屆宋代文學研討會論文集》高雄：麗文事業有限股份公司，1995 年 5 月)；張仁青《宋代駢文新探》(《第一屆宋代文學研討會論文集》高雄：麗文事業有限股份公司，2003 年 12 月)；施懿超《宋四六研究略述》(《宋代文學研究叢刊 9》高雄：麗文事業有限股份公司，1995 年 5 月)。

除了上述四本專書以及單篇論文，還有一篇學位論文：蔡盈任《宋齊儷體文研究》(東吴大學 2005 年碩士論文)。作者分析宋元嘉三雄、傅亮、范曄、謝莊、謝惠連，以及齊竟陵八友、王儉、孔稚珪十七人，比較宋齊儷體差異，認爲"宋世辭之偶對已極，至齊，更入高峰，對偶之法亦呈多樣，或對以用字含意，或對以聲韻；隸事用典之方益趨多變，取材莫不遍及經史，務求深隱寄托，是以有'深不可測'之感。音韻爲用，劉宋之期，平仄未嚴於相對，然蕭齊之世，平仄已間相對矣"。宋代儷體文風，大抵以輕倩爲宗，齊世儷體華艷，形式富於内涵，則大勝於以往。

(三)個別駢文作家與作品研究

個別駢文作家作品研究，以單篇論文及學位論文居多。關於駢文專家研究的專書有許東海《庾信生平及其賦之研究》、陳松雄《陸宣公之政事與文學》。

1.許東海《庾信生平及其賦之研究》

此書 1984 年由臺北文史哲出版社出版，原爲作者之碩士論文(政治大學，1984)。此篇研究的對象、内容爲庾信之生平以及其辭賦，因庾信爲六朝駢文重要作家，故在此以駢文專家之研究成果視之。此書研究駢文聖手庾信之生平，詳述其鄉里世系、生平事迹，仕宦之系統，生長背景，而其個人生平又配合作品之創作，分爲三期。并述及家庭、交遊、思想、學殖，以與其作品互相印證。然後引述其文學創作在多方面的成就。

2.陳松雄《陸宣公之政事與文學》

此書 1985 年由臺北文史哲出版社出版，原爲作者之碩士論文(中國文化大學，1975)，研究陸宣公之生平、政事、文學。陳松雄指出，陸宣公之文章特色有六：一、駢散兼務，而妙造自然；二、鎔鑄故實，而明白曉暢；三、長於議論，善於敷陳；四、工於鎔裁，巧於比興；五、思想清晰，博依不溺；六、詞句流利，淵雅圓賅。又陸宣公之文學對後世之影響，一爲"拓宋人四六之衢路"、二爲"開清代駢儷之先河"。

研究駢文作家的單篇論文，有下列諸篇：陳松雄《論陸宣公之人格及其文章》，(《文史哲雜志》，1991 年 4 月)；張嘉珊《張華賦作及其藝術風賦》(《中央大學中國文學研究所論文集刊》11 卷,2006 年 6 月);胡秀玲《論陸宣公文章之特色》(《有鳳初鳴年刊》2 期,2006 年 7 月);陳松雄《陸機之家世及其在麗壇上之地位》(《東吴中文學報》16 期,2008 年 11 月);鄭宇辰《徐陵之生平及其才識析述》(《有鳳初鳴年刊》6 期,2010 年 10 月);陳松雄《麗體文之前茅與後勁》(《東吴中文學報》20 期,2010 年 11 月);林童照《試以古文運動爲背景析論李商隱主張駢文的理由》(《高苑學報》17 卷 1 期,2011 年 3 月);鄭宇辰《臺灣先賢洪棄生駢文初探》(《有鳳初鳴年刊》9 期,2013 年 7 月)。

對駢文名篇析論的單篇文章極多,集中在《酒德頌》《與宋元思書》《與陳伯之書》《滕王閣序》《討武曌檄》等篇的析論。推究其因,可能是因爲《與宋元思書》《與陳伯之書》《滕王閣序》收録於中學國文教科書,而《討武曌檄》則選録於大學國文課本。這類對駢文名篇的探討,較多的是進行文本分析、欣賞,提供教師教學參考。

探究劉伶《酒德頌》的單篇論文:陳淑滿《劉伶〈酒德頌〉之分析》(《輔英學報》14 期,1994 年 12 月);陳惠玲《"以酒全生"的劉伶——〈酒德頌〉之思想探析》(《中國書目季刊》30 卷 3 期,1996 年 12 月);陳純適《由"生理閉關""心理投射"談劉伶〈酒德頌〉》(《中國文化月刊》214 期,1998 年 1 月);濮傳真《劉伶〈酒德頌〉補箋》(《臺北市立師範學院學報》29 期,1998 年 3 月);陳高志《劉伶〈酒德頌〉補箋》(《内湖高工學報》10 卷,1999 年 4 月);陳素素《劉伶〈酒德頌〉析論》(《東吴中文學報》19 卷,2010 年 5 月)。

探究吴均山水小品《與宋元思書》的單篇文章:周兆祥《山水駢文的佳作:讀吴均〈與宋元思書〉》(《國文天地》42 期,1988 年 11 月);陳滿銘《談〈與宋元思書〉與〈溪頭的竹子〉二文在結構上的異同》(《國文天地》127 期,1995 年 12 月);黄春貴《國文教材賞析——〈與宋元思書〉(國中國文第五册第八課)》(《國文天地》161 期,1998 年 10 月);賴漢屏《吴均〈與宋元思書〉》(《明道文藝》331 期 2003 年 10 月);劉崇義《人生不如意該如何自處?——試探吴均〈與宋元思書〉一文的要旨》(《國文天地》355 期,2014 年 12 月)。

研究《與陳伯之書》的單篇論文:周天瑞《寫在〈丘遲與陳伯之書〉讀後》(《史苑》8 卷,1967 年 5 月);于大成《〈丘遲與陳伯之書〉説義》(《明道文藝》38 期,1979 年 5 月);林銀森《〈與陳伯之書〉的對比運用》(《中國語文》310 期,1983 年 4 月);翁以倫《〈與陳伯之書〉修辭之試探》(《明道文藝》117 期,1985 年 12 月);林銀森《〈與陳伯之書〉章法試析》(《南港工職學報》5 期,1986 年 5 月);江舉謙《丘遲〈與陳伯之書〉》(《明道文藝》179 期,1991 年 2 月);楊鴻銘《丘遲〈與陳伯之書〉等文創意論》(《孔孟月刊》354 期,1992 年 2 月);楊鴻銘《丘遲〈與陳伯之書〉的對偶方法》(《國文天地》,92 期,1993 年 1 月);李運瑛《豪華落盡見真淳——丘遲〈與陳伯之書〉名句賞析》(《國文天地》92 期,1993 年 1 月);蔡宗陽《〈與陳伯之書〉的修辭技巧》(《國文天地》92 期,1993 年 1 月);高憶梅《〈與陳伯之書〉的對比技巧分析》;張舜《妙語服敵將,一信勝萬天——淺析丘遲〈與陳伯之書〉的説服人藝術》(《國文天地》92 期,1993 年 1 月);楊鴻銘《丘遲〈與陳伯之書〉等文時間論》(《孔孟月刊》405 期,1996 年 5 月);楊鴻銘《丘遲〈與陳伯之書〉等文排偶論》(《孔孟月刊》416 期,1997 年 4 月);賴漢屏《丘遲的〈與陳伯之書〉》(《明道文藝》323 期 2003 年 2 月);章正忠《丘遲〈與陳伯之書〉篇旨及其藝術特色探析》(《集思梅岡》1 期,2007 年 5 月);蘇嘉儒《由〈文心雕龍〉修辭技巧析論丘遲〈與陳伯之書〉》(《中國語文》673 期 2013 年 7 月);葉璟頤《〈與陳伯之書〉寫作技巧研究與生活應用》(《問學》23 卷,2019 年 8 月)。

研究《滕王閣序》的單篇文章:屈萬里《滕王閣序的兩個問題》(《大陸雜志》16 卷 9 期,1958 年 5 月);劉榮榮《王勃〈滕王閣序〉芻論》(《江西文獻》103 期,1981 年 1 月);徐志平《讀〈滕王閣序〉談"分野"》(《中國語文》350 期,1986 年 8 月);方北辰《筆端變化自多姿——讀〈滕王閣序〉》)(《國文天地》58 期,1990 年 3 月);陳偉强《王勃〈滕王閣序〉校訂——兼談日藏卷子本王勃〈詩序〉》(《書目季刊》35 卷 3 期,2001 年 12 月);王越《滕王閣序〉評析》(《僑生大學先修班學報》12 卷,2004 年 5 月);黎寧《〈滕王閣序〉剔瑕》(《江西文獻》208 期,2007 年 5 月);劉國平《王勃〈滕王閣序〉的建築鑒賞及其地位》(《人文暨社會科學期刊》7 卷 2 期,2011 年 12 月);凌照雄《以〈文心雕龍·章句〉要旨析論〈滕王閣序〉的四重結構》(《中國語文》674 期,2013 年,8 月);

研究駱賓王《討武曌檄》的單篇論文:黃貴放《〈爲徐敬業討武曌檄〉的研析》(《中國語文》319 期,1984 年 1 月);林礽乾《駱賓王〈討武曌檄〉標題商榷上》(《國文學報》30 卷,2001 年 6 月);林礽乾《駱賓王《討武曌檄》標題商榷下》(《國文學報》31 卷,2002 年 6 月);高春緞《從歷史角度看駱賓王〈討武曌檄〉》(《黃埔學報》78 卷,2020 年 6 月)。

劉中和《李白〈春夜宴桃李園序〉欣賞》(《中國語文》,135 期,1968 年 9 月);杜若《徐陵的玉臺新咏序》(《臺肥月刊》20 卷 2 期,1979 年 2 月);阮廷焯《劉竣廣〈論絶交論〉發微》(《大陸雜志》71 卷 3 期,1985 年 9 月);梁桂珍《高中國文第六册曹丕〈與吴質書〉探析》(《國文天地》12 期,1986 年 5 月);沈謙《蔡邕〈郭有道碑〉評析》(《明道文藝》164 期,1989 年 11 月);黃淑齡《曹丕〈與吴質書〉校證》(《中國文學研究》8 期,1994 年 5 月);胡楚生《比較韓愈與柳宗元的兩篇有關南霽雲的碑傳文章》(《興大中文學報》9 卷,1996 年 1 月);林伯謙《孔融〈薦禰衡表〉與〈論盛孝章書〉》(《東吴中文學報》12 卷,2006 年 5 月);陳敏華《隋文壓卷——盧思道〈勞生論〉析論》(《問學》13 卷,2009 年 6 月);黃肇基《李白〈春夜宴桃李園序〉賞析》(《中國語文》629 期,2009 年 11 月);鄭宇辰《李商隱〈上令狐相公七狀〉探微》(《東吴中文綫上學術論文》9 期,2010 年 3 月)。

此外,陳慶煌《臺閣文學的集大成者——論楚望樓駢文屬對之工巧》一文,收入《文與美學(第五集)》(臺北:文史哲出版社,1995.09)。此文詳究成惕軒駢文之屬對技巧,謂其"對仗精工,排偶穩切;隸事必雙,使典皆偶;藻飾儷辭,靈動有致;調成偶句,平仄相對;段落綰統,遥相對應。"

關於駢文作家及其駢文研究的學位論文,有下列成果:馮永敏《劉師培及其文學研究》(臺灣師大 1992 年博士論文);劉家烘《徐陵及其詩文研究》(輔仁大學 1995 年碩士論文);劉俊廷《南北朝新變風貌之庾信作品研究》(中山大學 1996 年碩士論文);宋滌姬《王勃文學述論》(中山大學 1998 年碩士論文);鄧文南《樊南四六研究》(東吴大學 2003 年碩士論文);李淑貞《陸宣公奏議研究》(彰化師大 2006 年碩士論文);李筱嫩《汪容甫詩及其駢文研究》(台南大學 2007 年碩士論文);鍾爲霖《駱賓王駢文研究》(中正大學 2008 年碩士論文);胡秀玲《陸宣公政論研究》(東吴大學 2008 年碩士論文);徐泰琳《陸宣公詔書研究》(玄奘大學 2008 年碩士論文);蕭慶春《丘遲及其作品研究》(嘉義大學 2010 年碩士論文);周宜春《盧照鄰及其詩文研究》(中興大學 2011 年碩士論文);楊晴婷《徐陵入陳論》(東華大學 2012 年碩士論文);林美泛《徐陵代言書信體研究》(政治大學 2012 年碩士論文);黄怡雯《李商隱哀悼文學研究》(政治大學 2017 年碩士論文)。

(四)駢文作家群體與作品研究

這類著作,計有一本專書,單篇論文二篇,一本學位論文。現述如下:

江菊松《徐陵庾信駢文之比較研究》,此書 1972 年由華正書局出版,原爲作者升等副教授論文,書前有于大成、張仁青序。全書共五章,第一章緒論,總論駢文、六朝文與徐庾體。第二章述評徐陵生平及作品。第三章述評庾信生平及作品。第二、三章對徐庾二人之作品,逐篇析究,加以作注,兼及評論。第四章,徐陵庾信二子駢文之比較評析,爲本研究之總結,第一節言徐庾二子駢文之特色,爲屬對自然、用典靈活、敷藻清麗、聲調和諧;第二節言徐庾二子比較評析,作者以爲,庾信夷於辭賦,徐陵工於書札,庾文擅長抒情,徐文善論事理,庾詩量豐而多鄉關之思,徐詩量寡仍多宫體之遺,庾信之成就在於樹立駢文之典範,徐陵之成就在於撰有詩歌總集;第三節述徐庾二子對後世文學之影響;第四節,徐庾文指瑕。第五章,對未來駢文之展望。

陳松雄有二篇期刊論文,分别討論元嘉時期駢文及徐庾二人駢文:《論元嘉文學之特色及其儷辭作家之風格》(《銘傳學報》第 24,1987 年 3 月);陳松雄《徐陵麗辭之文藝性與實用性》(《東吴中文學報》17 期,2009 年 5 月)。

黄晴慧《初唐四傑傳記考辨及其文學思想研究》(臺灣大學 1996 年碩士論文)。吾人皆知,初唐四傑皆擅駢文,是爲駢文之專家。此篇論文,僅着重於王楊盧駱四人傳記考辨及文學思想内涵探究。作者厘清歷來對四傑的某些誤解,并補正各家年譜之遺漏不足之處,其中尤以盧照鄰個人生平事迹多所補辨。作者指出:四傑以駢文得名於上元、咸亨年間,史傳所載四傑"浮躁淺露"實附會之詞。又謂:杜甫《戲爲六絶句》組詩中有關評論四傑之語,乃反駁盛唐時人對四人之譏評,肯定四人之學實近《風》《騷》,并肯定其文學地位。

(五)作家、作品接受史

重要的駢文作家以及作品,會對後代駢文的寫作形成示範作用,産生重要的影響。

關於這類的研究,在專書或學位論文上,多少都會提及,但在單篇的學術論文中,能够更聚焦的討論,如:鍾志偉《依然對猿鶴,無愧北山移?——孔稚珪〈北山移文〉的文學接受析論》(《國文學報》47 卷,2010 年 6 月);余洛禕《明清以降論者對徐陵詩文評價之商榷》(《東華中國文學研究》9 卷,2011 年 6 月);鄭宇辰《陳維崧駢文接受庾信影響研究》(《有鳳初鳴年刊》7 卷,2011 年 7 月);陳松雄《論庾信辭賦地位及其影響》(《中國文化大學中文學報》27 卷,2013 年 10 月);鄭宇辰《蔣士銓〈忠雅堂評選四六法海〉對徐庾駢文的傳承》(《中國學術年刊》41 卷,2019 年 9 月)。

四、駢文理論與批評

這一類的研究,又可分爲駢文通論與駢文形式專論二種,通論類的研究,是針對駢文做概括式的理論總結;駢文形式專論類的研究,或從駢文的語言形式、或從駢文的用典、或從駢文的聲律做專門的論述。駢文話與詩話、文話相同,是古人特有的文學批評形式。近來對駢文話的研究,也逐漸成形。

(一)駢文形式通論

屬於駢文形式通論的研究,有王承之《駢體文作法》、張仁青《中國駢文析論》《駢文學》。關於駢文形式專論者,有張仁青《麗辭探賾》、鄭宇辰《徐庾麗辭之形式與風格》等書。

1.王承之《駢體文作法》

此書 1970 年由臺北廣文書局出版,内容含有八章,依序爲:駢文之肇始、駢文之成立、駢文之變遷、駢文之種類、駢文之體格、駢文之作法、駢文之評論,以及駢文摘句。

2.張仁青《中國駢文析論》

此書 1980 年由臺北東升出版事業有限公司出版。書分九章:一、中國語文之特質,二、駢文之義界,三、駢文之起源及其變遷之大勢,四、五、六、七章分論駢文之對仗、用典、藻敷、句型與聲調,八、駢文在中國文學中之地位,九、習駢述要。

張仁青就平日寢饋所得,兼擷楚望先生及前賢之論,臚列十則習駢守則:一、初學駢文或專門欲以名家者,當先淹貫群經諸子,明習史事典故,精研文字音韻,熟讀名家作品,始可出之裕如,無湊雜艱難之態。又駢文非盡能以白描爲之,而人之記憶力有限,故間須取材於類書。二、初學駢文,宜從小品入手,如謝啓賀啓及宴集小序等,取其意思簡單,輯裁較易。三、一題到手,必先立意,至其起承轉合之法,與散文無異也。四、初學於轉折處,如用偶句力量不到者,不妨改用散語。五、用典用字,必須自然,第所謂自然,初非庸熟之謂,庸熟爲文章之大忌,自然而出以清新,其爲絶詣。六、駢文之氣韻,亦貴自然。七、寫作時,兩事相配而優劣不均之病,初學在所難免。故引事時須先搜索枯腸,如有出聯而無對聯,始可檢尋類書以爲之助。八、勿貪篇幅之長,事事鋪排,致蹈有詞無意之陋習。九、平時留心典故,群書中有字句新麗奇偉,可充材料者,宜分類而抄存之,以供采擷,久而久之,自有左右迎源之樂。十、初作駢文,應由摹仿入手,不可憑空臆説,信手塗抹,致罹疏陋無根之病。又摹仿古人,須學其清雅,勿徒學其富麗。此書之第四章至第七章,分別講述駢文之寫作方式及其形式特色,第九章講述習作駢文之要,故爲探求駢文語言形式美學之著作。

3.張仁青《駢文學》

張仁青《駢文學》,1984 年由臺北文史哲出版社出版。前三章爲:中國語文述略、駢文之界説、駢文之起源及流變,與《中國駢文析論》前三章大致相同。第四章,駢文構成之要件。第五章介紹麗辭瑰寶《文心雕龍》,第六章介紹美文淵府《昭明文選》。第七章:駢林七子(徐陵、庾信、陸贄、蘇軾、汪中、洪亮吉、成惕軒)。第八章,駢文之評價,總結有十項價值:(一)駢文與中國文學相終始(二)駢文易於流傳(三)駢文最能表現中國文學之藝術美(四)駢文可以治空疏(五)駢文可以藥文病(六)駢文可以周世用(七)駢文可以感人(八)駢文可以陶冶性情(九)駢文析理最精(十)駢文摹寫最美。第九章,歷代駢文家之地域分布(先文字叙述,後以表格顯示,以清眉目)。第十章,歷代駢文書目舉要。第十一章,習駢芻言。第十二章,駢文之支流——聯語。書末附有張仁青所作"粹芬閣麗體文"四篇:(一)《慧炬月刊社創立十二周年頌并序》;(二)《何應欽將軍九秩華誕頌并序》;(三)《瑞安林尹先生六秩華誕頌并序》;(四)《陽新成惕軒先生六秩華誕頌并序》。

此書篇幅宏大,内容廣博,第一、二、八、九、十二章屬於駢文概論;第三、七、十章屬於駢文史;第四、十一章屬於駢文藝術理論;第五、六章屬於駢文專著的實際批評,綜上而知,《駢文學》一書有史有論,據作者序言而知,編寫此書之目的,在學者研析駢文,了解其起源、流變之際,亦能習得駢文寫作之法。

關於駢文形式通論的單篇論文,都在二十世紀時發表,有:成惕軒《略談駢文》(《教育與文化》17 卷 4 期,1957 年 8 月);張仁青《駢文在中國文學上的地位》(《文風》15 期,1969 年 6 月),同題同篇亦刊於《暢流》40 卷 4 期,1969 年 10 月;張仁青《駢文之義界》(《文風》17 期,1970 年 6 月);程榕寧《成惕軒教授談駢文》(《文風》20 期,1971 年 12 月);賓國振《駢文特質》(《女師專學報》2 卷,1972 年 8 月);江應龍《駢文新論》(《文壇》156 期,1973 年 6 月);江應龍《駢文新論—2》(《文壇》157 期,1973 年 7 月);劉中龢《看看駢體文》(《文藝月刊》56 期,1974 年 2 月);王令樾《小品駢文例釋》(《古典文學》5 期,1983 年 12 月);張仁青《落霞與孤鶩齊飛,秋水共長天一色——駢文》(《國文天地》162 期,1998 年 11 月)。

民國孫德謙的《六朝麗指》對六朝駢文有廣泛多元的討論,在駢文理論史上有着重要的地位。臺灣近來關於《六朝麗指》的討論,有鄭宇辰《孫德謙駢文筆法論析述》(《有鳳初鳴年刊》4 期,2009 年 9 月)一篇;此外,温光華教授更有所得,先後發表了四篇討論《六朝麗指》的論文:温光華《論〈六朝麗指〉駢散合一説的理論内涵及其學術意義》(《彰化師大國文學志》26 卷,2013 年 6 月);《論〈六朝麗指〉氣韻論及其與駢文創作關係的考察》(《東吴中文學報》26 期,2013 年 11 月);《論〈六朝麗指〉用典理論要義申説》(《彰化師大國文學志》31 卷,2015 年 12 月);《〈六朝麗指〉駢文理論與〈文心雕龍〉關係之考察》(《高雄師大國文學報》,2019 年 7 月)。

(二)語言形式專論

1.張仁青《麗辭探賾》

此書 1984 年由臺北文史哲出版社出版,是《駢文學》第四章《駢文構成之要件》的擴充;所謂"麗辭"即指駢文。全書共七章,第一章"緒論"、第二章"對偶精工"、第三章"典故繁多"、第四章"辭藻華麗"、第五章"聲律諧美"、第六章"句法靈動"、第七章"麗辭表解"。此書爲駢文藝術論,大量徵引偶句麗辭,對於立意學習精工對偶、妥切用典、華麗辭藻、諧美聲律、靈動句法者而言,此書提供了大量的實例,是駢文麗辭學習的寶庫。

2.鄭宇辰《徐庾麗辭之形式與風格》

此書 2012 年由新北市花木蘭出版社出版,原爲作者之碩士論文(東吴大學,2009)。鄭宇辰受業於陳松雄,自謂喜文好弄,爲成惕軒之再傳弟子,亦擅寫駢文,此書之提要與自序,即以駢體運筆,可謂駢文書寫之後起之秀。

此書重點在第三、四章,第三章,討論徐庾麗辭之形式,分别從"對偶""聲律""隸事""用字"而論。作者認爲,徐庾麗辭之形成,是因爲能做到下列四項的審美,一是"對偶見繽紛之貌"、二是"聲律調馬蹄之韻"、三是"隸事藴巧密之方"、四是"虚字有生氣之妙"。第四章,分析徐庾麗辭之風格,作者總結徐陵之風格,指其"氣體淵雅、跌宕激越、清麗妍華、委婉藴藉";而庾信之風格,則是"沉雄悲壯、秀逸雋絶、遒宕多姿、清新高華"。篇末總結徐庾麗辭對後世之影響,共有三點,一乃創三對叠用之先驅,二爲開虚字傳神之特色,三謂導文學批評之指標。

關於駢文語言形式專論的單篇研究論文,有許世瑛《對偶句與散文》(《大陸雜志》1 卷第 2 期,1950 年 9 月);李棲《語言的駢偶與文章的駢偶》(《中國國學》13 期,1985 年 10 月);張學波《駢文典實的探討:國文教學研究三之一》(《中等教育》36 卷 5 期,1985 年 10 月);張學波《駢文典實的探討:國文教學研究三之三》(《教學與研究》第 8 期,1986 年 6 月);陳松雄《儷古異同之比較》(《東吴中文學報》8 期,2002 年 5 月);陳松雄《古辭間儷之文用》(《東吴中文學報》9 期,2003 年 5 月);陳松雄《聲律與南朝文學》(《東吴中文學報》10 期,2004 年 5 月);陳松雄《儷古并存之原因》(《東吴中文學報》11 期,2005 年 5 月);鄭芳祥《歐陽修"以文爲四六"探析》(《人文集刊》4 卷,2006 年 4 月);陳松雄《儷古同體探源之比較》(《東吴中文學報》12 期,2006 年 5 月);陳松雄《六朝儷辭體用説》

(《東吴中文學報》13 期,2007 年 5 月);陳松雄《六朝儷辭同體異風説》(《東吴中文學報》15 期,2008 年 5 月);鄭宇辰《論庾信表啓文之句法藝術》(《東吴中文綫上學術論文》6 期,2009 年 6 月);陳松雄《南朝儷辭之韻化與詩化》(《東吴中文學報》18 期,2009 年 11 月);陳松雄《老莊與南朝儷辭》(《東吴大學學報》19 期 2010 年 5 月);陳松雄《庾信辭賦之用典申説》(《東吴中文學報》22 期,2011 年 11 月);李偉《文道重構・摭意必深・聲韻之美——孫樵文章的藝術創變及其理論觀念》(《東海中文學報》2018 年 6 月)。

針對駢文語言形式理論予以研究的學位論文,有鄭宇辰《〈文心雕龍〉與徐庾麗辭》(東吴大學 2017 年博士論文)此篇論文以《文心雕龍》樞紐論、緣情説、想象論、意象論、風格論、通變論,深入分析徐庾信麗辭之形成與表現。作者認爲,徐庾麗辭,多合乎《文心雕龍》之理論,而《文心雕龍》理論的體現與實踐者,即徐庾麗辭;徐庾文學觀與《文心》相同。作者從論文第二章開始,每章前言,皆以雅麗的駢體書寫,使讀者在閱讀枯硬的説理論述之時,也能欣賞腴潤的文辭。作者是年輕學者當中,少見能以駢文書寫者,值得學林及文苑期待。此外,尚有林素美《庾信賦篇用典之研究》(中國文化大學 2002 年碩士論文)[①],探析庾信賦篇用典之技巧。

駢文話的研究,屬於"批評的批評",陳邦禎《兩宋文話初探》(中國文化大學 1980 年碩士論文),研究宋代文話,其中亦包括關於駢文話的研究。此篇論文,研究兩宋文話十種,其中屬於駢文話者,有王銍《四六話》、謝伋《四六談塵》、洪邁《容齋四六叢談》,雲莊《四六餘話四種》。

五、駢文與其它文體之關係研究

駢文與散文相對,却多有交錯。駢文既不是散文,也不是韻文,是介於散文和韻文間的一種特殊文體。而具有駢文特點且押韻者,稱之爲駢賦。由於駢文具有跨文類之滲透力,駢偶句式自然影響及其他文體。因此,有關駢文與其他文體之研究,大抵離不開駢文與散文、駢文與詩、賦、傳奇小説、書信、聯楹等之探討。

(一)駢散關係研究

蔣伯潛《駢文與散文》應是最早研究駢散關係者,此書於 1941 年出版,在 1957 年、1966 年,1975 年,1983 年皆曾再版,全書對駢散分析,十分詳盡。但前言已論及再版者不予論述,故省略之。至於單篇論文有萬子霖《駢散論》(《銘傳學報》2 期,1965 年 3 月);莊雅州《駢散相通論》(《學粹》17 卷 1 期,1975 年 4 月);邱筱君《曹虹教授與駢散文研究》(《國文天地》25 卷 12 期,2010 年 5 月)。蔡長林《文章關乎經術——譚獻筆下的駢

① 因後人常以駢文角度而討論庾信賦作,故今將林素美《庾信賦篇用典之研究》列於"語言形式理論"之下。

散之争》(《東華漢學》16 期,2012 年 12 月)。

(二)駢文與辭賦之相關研究

至於駢文與辭賦之相關研究者,有簡宗梧《賦與駢文》(臺北:臺灣書店,1998)一書。此書有系統地梳理賦與駢文的特徵。全書共分七個章節,主要依循歷史脈絡,論述先秦兩漢、魏晉南北朝、唐五代及宋代賦與駢文之關係,内容涵蓋賦與駢文之起源、形成與發展等。從觀察文體發展中,提出"賦是散文化的詩,駢文是賦體化的散文";又從駢文的形式要件,説明駢文起源於文章的辭賦化;再論及作者的遣辭用心,認爲駢文應濫觴於士大夫文學的興起。其中論及李斯被奉爲駢文的初祖,徐陵庾信集六朝駢文之大成,論述極爲中肯。庾信的文章詩賦,不僅將兩漢以散文入賦改變爲以駢文入賦,使賦更具形式美,且文章通篇以四六句間隔作對、講究平仄相間相對的節奏,是以六朝駢文盛極,庾信堪稱集大成者。本書第五章將唐五代駢文發展分四個階段,初唐多沿襲六朝文風;盛唐多駢散并流;中唐駢文更顯流暢自然純樸;晚唐五代的駢文則是唯美復活。第六章説明宋代散文盛行,但朝廷仍以四六律賦取士,駢文應用已日趨没落。第七章賦與駢文在文學史上的地位,總結兩大重點,其一,賦從漢到唐,一直雄踞文學主流的地位;其二,從東漢到唐宋,駢偶一直是文學語言的主流。賦與駢文的藝術特徵與與形成條件都是與時俱進的平行發展,本書能以時代演進爲架構,剖析賦與駢文的發展與演變,提出新的觀點,頗具參考價值。

此外,單篇論文有:三考《駢文與律賦》(《中華日報》9 版,1982 年 6 月 28 日);李蜀蓉《開六朝駢賦之端的陸機》(《台南師專學刊》1 期,1979 年 4 月);黄水雲《論六朝駢賦之發展及其演變趨勢》(《實踐學報》27 期,1996 年 6 月);張永鑫《駢賦述略——魏晉六朝駢賦巡示録》(《六朝學刊》1 期,2004 年 12 月);張嘉珊《張華賦作及其藝術風貌》(《中央大學中國文學研究所論文集刊》11 期),2006 年 6 月);陳姿蓉《陳宗律賦初探——簇事聯對與格律化之極致化》(《臺北市立大學語文學報》21 期,2019 年 12 月)。

碩博士論文有:黄水雲《六朝駢賦研究》(中國文化大學碩士論文,1997),其後由臺北文津出版社於 1999 年出版;袁焕錦《庾信駢賦用典研究》(玄奘大學碩士論文,2009);孫慧琦《六朝到初唐駢賦文律發展研究——以庾信駢賦的影響爲中心的考察》(輔仁大學博士論文,2015)。

(三)駢文與詩歌關係

探究駢文與詩歌關係者,單篇論文有王力堅《論六朝詩歌與駢文的關係》(《中國國學》23 期,1995 年 11 月),而李筱孅《汪容甫詩及其駢文研究》(台南大學碩士論文,2006),除了將汪容甫詩分爲"情誼詩""詠物詩""交遊詩""詠懷詩"四類進行析論外,亦針對其駢文體裁分哀祭類、箴銘類、頌贊類與序跋類,并以"篇章形式""藝術成就""題材多元"三部分加以探討。作者在"篇章形式"一節中指出,汪容甫的駢文形式特色,在於句式的"駢散交融""依仿楚體",而呈現出豐饒的句式,吾人則可從中看出,汪容甫駢文出入古文與詩騷之迹。

(四)駢文與小説等相關研究

駢文與傳奇小説等相關研究者,如鄧仕樑《唐代傳奇的駢文成分》(《古典文學》8期,1986年4月),王瓊玲《駢文小説〈燕山外史〉研究》(《世界新聞傳播學院人文學報》6期,1997年1月)。

除了上述單篇論文,尚有二篇學位論文,分别論及駢文與話本、傳奇的關係。劉恒興《話本小説叙事技巧析論》(中山大學1994年碩士論文),其中以附録一章討論散、韻、駢文的特徵與語式間的關係,以及對叙事所造成的影響。作者認爲,大體説來,話本小説之散文多用於描寫人物、鋪陳事件;擬作亦用於議論。韻文則於描寫景物、叙述人物心理、預示情節、評論及重複事件,然而原則上多爲輔佐之用。駢文在話本小説之運用,多在小規模場景的描寫,以及故事中人物所撰之書信柬牘。

王小琳《唐代傳奇叙事模式研究》(東海大學1999年博士論文),認爲唐傳奇叙事模式有如下特徵:在叙事時間方面,傳奇的叙述順序有較多變化;概述與等述的交錯,帶來生動性與韻律感;又常在文本中加入詩歌、駢文、應用文等,使文本韻律舒徐,所以形式整飭,辭采典麗的駢文,能够彰顯傳奇作者的文才。

(五)駢文與書信的研究

謝金美《古今書信研究》(高雄師範大學1976年碩士論文),此篇研究歷代書信之發展,探討書信駢散句式運用的情況。從歷代書信撰寫時所運用的辭采、構句,發現駢散句式運用之迹,作者歸結出,書信運用駢散句式的趨勢,與駢文發展的軌迹如出一轍。

(六)駢文與楹聯的研究

楹聯具有固定的形式和鮮明的實用性,是對偶形式下的應用文學、生活文學,與駢文亦有相當大的關聯。宋怡欣《楹聯學初探——以"楹聯的主題呈現"爲探討核心》(花蓮師範學院民間文學研究所2009年碩士論文),專論楹聯主題。此篇論文,透過分析楹聯主題呈現的方式,去理解和彰顯楹聯的特色。論文共分七章,其中第二章"楹聯的起源"與第三章"楹聯的主題呈現概念析論",討論及比較楹聯及駢文的關係與差異。在第二章"楹聯的起源"中,作者指出:楹聯的起源與中國"對偶"的修辭方法密不可分,南北朝以至唐代的駢文、律詩、對課①等作品,更將對仗推至高峰,而其聲律則在唐代形成定式。另外由楹聯懸掛於楹柱來看,則與中國器物題識的習慣與春節桃符等因素有關。第三章"楹聯的主題呈現概念析論",作者指出,文學作品通過"形式"的表現來呈現"主題",從審美聯想的心理活動角度而看,楹聯、駢文和律詩雖然皆講究對偶,使用對舉的意象,然

① 筆者按,所謂對課,乃舊時"對聯"之稱。

而三者存在差異;楹聯所使用的意象,較爲簡單,但這簡單的對舉意象,却是建構駢文、律詩豐富聯想的基礎。

結語

相較於大陸上世紀五十至七十年代,駢文寫作及研究的幾近匿迹,臺灣的駢文寫作及研究,以一脈深潛静流的姿態,從上世紀五十年代至今,涓涓汩汩地向前流淌,它無視歐風西雨的襲浸與鋭意文學革命的衆聲喧嘩,踵繼着古人尚美切用的文心而不渝。許世瑛《對偶句與駢文》(《大陸雜志》1 卷 6 期,1950 年 9 月),爲 1949 年以後第一篇在臺灣發表的駢文研究;成愓軒《藏山閣駢文》(《建設》4 卷 1 期,1955 年 6 月)爲第一篇在臺灣刊印的駢文創作,此後,駢文的寫作與研究,涓涓滴水匯聚成流。成愓軒、謝鴻軒二人,深受古典舊學陶鑄,以積學才識寫作駢文,成氏選輯駢文,謝氏著成《衡論》,又皆在上庠傳度金針,於是裁就了如張仁青、陳松雄等學者,張、陳二氏,可謂繼二軒而有大成就者。觀張仁青駢文專論著共七,其《中國駢文發展史》成於上世紀六十年代,可謂兩岸領先;陳松雄駢文專論有三,着力於六朝駢文研究,二子又兼善駢文,陳松雄更是心效劉勰,近年專以駢體而論駢文,展現雄心,此在當前學界應是一殊奇可觀的風景。年輕一代學者對駢文的研究,見其着力者有温光華、鄭宇辰二人,鄭宇辰受業於陳松雄,亦作儷辭,近年論述亦多,若持續於駢林耕耘,則不日可見灼灼春華孕成纍纍秋實。

作者簡介:

劉楚莉(1967—),臺灣師範大學國文學系博士,現任百色學院教育科學學院教師。著有《長日將落的綺霞——蔡邕辭賦研究》等。主要研究方向爲漢魏六朝辭賦、修辭美學。

黄水雲(1964—),中國文化大學中國文學系教授,著有《六朝駢賦研究》等,研究方向爲中國詩詞與辭賦學。

群賢畢至，妙筆咸集
——駢文國際學術研討會暨第六届中國駢文學會年會綜述

陳雅妮

駢文凝結了漢語的藝術特色和民族的文化智慧，在各個歷史時期都應用廣泛、佳作不斷，對於我國當代文化建設更是具有重要而獨特的意義。2019 年 10 月 19 日至 20 日，中國駢文學會與陝西師範大學文學院在西安聯合舉辦了"駢文國際學術研討會暨第六届駢文學會年會"，本次會議的出席者，有來自中國大陸、臺灣、香港以及日本等地的高校、科研機構和媒體的 70 余位專家學者。

本次會議舉行了三場大會主題發言：莫道才教授（廣西師範大學）、道坂昭廣教授（日本京都大學）、劉寧教授（中國社會科學院）圍繞駢文體的演變及影響、域外漢學及出土文獻、韓愈駢文理論及批評思想等相關問題進行了發言；鍾濤教授（中國傳媒大學）、何祥榮教授（香港樹仁大學）、胡旭教授（厦門大學）則從清代駢文文獻研究、香港駢文研究現狀、歐陽修駢文觀念等角度切入做了分享；曹虹教授（南京大學）、許東海教授（臺灣政治大學）、李金松教授（河南大學）就《世説新語》中的駢儷特點與賦化特色、晚明駢文批評思想等主題匯報了自己最新的研究成果。

本次會議共收到參會學者的會議論文 70 多篇，主要圍繞駢文發展史研究、駢文思想與理論批評研究、駢文文體研究、駢文文獻研究等議題展開討論。

一、駢文發展史研究

駢文的發展并非一成不變，興盛與衰弱往往交替前行，即便同處於興盛期或衰弱期，不同時代的駢文也有着不同的特色，不同作家、文學集團的駢文創作有着不同的風格，不少與會學者對駢文的斷代史和個人（群體）創作等方面的研究進行了彙報與討論。

（一）駢文斷代史研究

本次會議的駢文斷代史研究主要集中在南北朝時期與明清時期，比如路海洋（蘇州科技大學）的《清代駢文選本纂輯的興盛及其歷史因緣》，立足於清代駢文選本興盛這一文學現象，對清代駢文復興的原因和影響進行了分析，認爲晚明四六選本的盛行直接帶動了清初駢文選本的興起,而清代駢文的復興又對清代駢文選本蔚興的局面産生了深刻的影響。劉濤(韓山師範學院)《用典技巧演進與南朝駢文形式》通過比較文人用典頻率、類型、數量在南朝前後不同時期的變化,説明了南朝後期用典技巧的高超水準,側面體現了南朝駢文由正式形成走向成熟。龍正華(厦門大學)《孝文帝改革、新貴族與北魏駢文的新變》認爲孝文帝的漢化政策推動了北魏新貴族文化素養的提高、審美趣味的改變,促使北魏駢文在偶句的數量與品質、句式、用典、藻飾等方面産生變化,并形成偶對工整、辭藻艷麗、用典多而妙、句式整齊而多變、氣韻高遠而自然的文體特徵。

(二)駢文創作研究

本次會議發表的個人或群體駢文創作研究的數量較多,大致可以分爲文本解讀與風格解析兩方面内容。

1.文本解讀

文本解讀一般是基於某個作家、群體的代表作品,通過文本細讀等方法,對文本内容進行深入地闡釋,研究大多能緊扣創作背景,以小見大,透過作品考察作者内心活動以及時代局勢變遷。如陳守璽(臺灣輔仁大學)的《宋元辭賦的謫遷書寫及其創作因革》,就是基於文本細讀與資料統計的方法,對宋元謫遷辭賦的作者際遇、時代背景、作品類型進行分類與闡發,三位一體地考察了宋元時局的變遷。鄭栢彰(臺灣台東專科學校)的《無常、失落、遺懷與諷批——鮑照〈蕪城賦〉反差書寫所透顯之感知情懷》,則通過分析《蕪城賦》中盛景、哀景、華麗燼塵的書寫方式——反差抒寫,來詮釋鮑照“無常”“失落”“遺懷”“諷批”的感知與情懷。楊旭輝(蘇州大學)《尤侗筆下乩仙“異世界”的文本考察》以尤侗筆下看似“俳諧鄙蕪”的乩仙傳記爲研究對象,分析文本中乩仙和薄命佳人的形象特點,探討文本背後作家複雜的内心活動。戴菁(南京工業大學)《論黄宗羲序文中的儒佛張力》借黄宗羲序文中反映出的筆法新變,從人才之嘆、身份認同與文學批評三方面去感知時人儒佛觀念在文章中的張力表現。黎愛(北京師範大學)《文章内外的人生矛盾——讀王闓運〈秋醒詞序〉》在文本細讀的基礎上,考察了王闓運《秋醒詞序》的文章之内與文章之外,文章之内是文人、學人、高人等抒情主人公的形象塑造,文章之外是王闓運與描寫對象相似的生活經歷,展現了他通過創作尋求身份認同、身份轉變的内心世界。

2.風格解析

另一方面,通過作品考察作者的風格特色、創作淵源,進而總結該時代文學的藝術特點,亦是本次會議中駢文創作研究的重要方法。曹麗萍(國家圖書館)《論南社文人的駢文創作——以〈南社叢刻〉爲中心》以《南社叢刻》爲研究對象,對南社文人創作的文體偏好、内容特色、行文風格進行分析,發現他們的駢文作品在整體上呈現出宋體新變與六朝風華并存的風貌。張明强(貴州師範大學)《論毛奇齡的駢文淵源和駢文風格》認爲毛奇齡的駢文具有獨特的組句方式和章法結構:句式多變、緩促有序、以八股文句法入駢文、

“兮”欄位的穿插等,集鋪陳、叙事、説理、抒情於一爐,形成了疏俊排宕的駢文風格。倪惠穎(江蘇社會科學院)《畢沅幕府與乾嘉駢文復興》考察了乾隆中後期畢沅幕府中幕賓的駢文創作,認爲這些作品兼具樸學視野與魏晉風流的風格,這種六朝式的審美情感還奠定了乾嘉駢文風骨的基礎。

二、駢文思想與理論批評研究

駢文的興盛,伴隨着一批駢文理論批評著作的産生,在南朝、清代中後期兩個階段尤爲突出,而駢文的創作往往也體現出了作者豐富的駢文觀念,正是這些思考與批評,讓駢文不斷蜕變發展,本次會議亦有不少學者圍繞這些問題展開論述。

(一)駢文思想研究

在駢文思想研究方面,大多學者都以駢文學家或駢文著作爲研究對象。劉天宇(南京大學)《民國大家黄孝紓的駢文思想與創作》圍繞民國駢文三大家之一的黄孝紓來考察,在駢文認識上,黄孝紓主張“美文”與“雅文”,在駢文創作上,他既有尊體意識,又能以寓散於駢的句法在文體局限上有所開拓,展示了黄孝紓豐富的駢文思想。劉振乾(廣西師範大學)《論王先謙〈駢文類纂〉的科舉教育探索》以王先謙爲研究對象,認爲《駢文類纂》是王先謙科舉教育探索的一種策略,經過歷史和實踐的檢驗,擺脱了科舉制的束縛,成爲晚清士人的一部學術選本和思想選本。

也有學者反其道而行之,從非駢文作家和反駢文著作出發,探索其中的駢文思想,如賀玉潔(西北大學)《論王世貞六朝文觀及其創作實踐》探究的是復古派王世貞的六朝文觀,認爲他在“文必秦漢”的理論主張下,尊六朝而輕唐宋,重質實而不排斥文辭,并身體力行創作不少高品質的駢文作品,這種理論和創作上的矛盾,正是王世貞多元的文化思想在調適。常威(周口師範學院)《心學、理學、關學的交會:馮從吾文學觀的融攝維度》選擇了融會心學、理學、關學的馮從吾作爲研究對象,認爲他爲文須自得妙悟的思想和陽明學派的文學主張多有契合。

(二)駢文理論批評研究

在理論批評方面,與會學者研究最多的是清代的駢文理論批評,如潘務正(安徽師範大學)《清代律賦神韻論》綜括清人的律賦理論,發現清人特别推崇律賦的神韻之美,將“意外巧妙,事外遠致”的神韻之境奉爲“律賦之極軌”。莫山洪(南寧師範大學)《王國維“六代之駢語”辨析》則重新詮釋了王國維在《宋元戲曲史》提出的“六代之駢語”,認爲該處的“駢語”指的應是句式而非文體。孟偉(常熟理工學院)《清乾嘉以降駢文選本的“尊體”批評》針對乾嘉以降駢文選本這一批評方式,對時人的“尊體”理論進行剖析:一是通過闡明駢散同源、肯定駢文特徵;二是通過分析駢文弊病,對唐宋以後駢文的衰敝進行反思;三是通過提倡“復古”與“雅正”,樹立駢文創作原則與審美標準。岳贇贇(中國傳媒大學)《論孫梅〈四六叢話〉對“三國六朝諸家”的駢文批評》認爲孫梅的《四六叢話》對“三國六朝諸家”的批評極具特色、蘊含豐富理論,對諸家的選評也體現了孫梅情文并重、駢散合一的理論追求。

其次是《文心雕龍》中的駢文理論研究,有高晨、高明峰(遼寧師範大學)《從〈文心雕龍·事類〉看劉勰的駢文觀念與創作》,和馬世年(西北師範大學)《郭晉稀先生的〈文心雕龍〉研究》、李蘭芳(北京師範大學)《貌同心異:基於“龍學”再議黄侃、姚永樸駢散之争》等,大多圍繞《聲律》《麗辭》《事類》等與駢文寫作規範相關的篇目展開討論。高晨、高明峰細讀《事類》篇,對劉勰的“事類”理論進行了提煉:“事類”須宗經;作家應學識廣博;“事類”應正確得當。李蘭芳認爲黄侃《文心雕龍札記》、姚永朴《文學研究法》均摒棄劉勰聲律論而取執正馭奇、趨雅避俗説,但在文事内核的文體論、創作論上二人却難以融通,實爲是“貌同心異”。

三、駢文文體研究

張仁青在《中國駢文發展史》中提出“吾國自有文章,即有駢體。”①誠然,駢文之名出現雖晚,但駢文之體却早已存在於先秦諸多文本中。本次會議也重點考察了駢文體在發展過程中,所表現出的文體特徵與價值,以及駢文體的演變與傳播。

(一)文體特徵與價值

駢文是追求聲律和諧、字句整齊的文體類型,用典、對仗、辭藻、聲律是駢文的四大形態特徵,每一種特徵在不同時代的駢文創作中都有着相應的價值。唐旭東(周口師範學院)《論〈尚書·虞書〉的駢文史地位》以《尚書·虞書》中的駢偶句爲切入點,指出該書駢偶句的駢對方式多樣,押韻句平仄相間、相反相對,構成抑揚頓挫的節奏和音韻之美,雖未刻意追求辭藻,但無愧於其“駢文濫觴”的地位。陳果(陝西師範大學)《以心揆事,以事配辭——論六朝駢文對偶與用典的雙向互動》以《六朝文絜》的選文爲例,從文章形式與語法結構兩個層面去分析六朝駢文對偶與用典搭配組合所存在的雙向互動關係。張曉慶(河南科技學院)《真情至文　駢體叙事:庾信〈思舊銘〉的藝術高峰》對銘文與誄文兩種文體作了辨析,認爲庾信取“銘”體而非“誄”體,是取銘文永不磨滅之意,隨後還對《思舊銘》序文與銘文深入分析出庾信前期在用典、對偶方面開拓了駢文叙事功能。

(二)文體演變與傳播

先秦至今,駢文體歷經了許多變化,與諸多文體的互相滲透、互相影響,亦促進了駢

---

① 張仁青《中國駢文發展史》,浙江大學出版社 2009 年版,第 37 頁。

文體發展和傳播。吕雙偉(湖南師範大學)《論乾嘉駢序的抒情成就及其文學史意義》以乾嘉駢序爲研究對象,對序文從古至清逐漸駢化的過程做了梳理,并以歷代典型序文爲例,叙述駢體序文的源流和演變,認爲該文體因情采兼備,在乾嘉文士的交遊中逐漸流行。陳鵬(河南師範大學)《論六朝詔令的駢化及其藝術特質》以六朝詔令爲研究對象,理清詔令這一文體的發展源流,并以典型作家和代表作品爲據,例舉詔令在六朝各代的駢化情况。陳曙雯(南京信息工程大學)《清代科舉中的經、策與駢文》從科舉經義、文學策問等角度切入,指出經義、策問等文體在科舉推動下具有逐漸駢化的傾向,進而説明清代駢文與科舉制度之間的交互影響。苗民(華僑大學)《明代四六啓的"禮文"屬性及其價值探討》立足於明代四六啓盛行的現象,對該文體從古至今的演變作了大致的梳理,認爲該文體的"禮文"屬性在特定時期的禮俗互動中,既是一種助力又是一種無形的束縛。喬一(常州大學)《禮學與清中期駢文及選本之關係》認爲駢文體的生成與禮學關係密切,文中首先考察了銘、誄、箴、祝四種文體與三禮的淵源,并據此解讀駢文體的禮義内涵,進而分析清代禮制與駢文選家、選本文體的關係。王正剛(廣西科技師範學院)《清代駢文集序跋與駢文傳播》認爲序跋是輔助正文本意義生成的副文本,清代駢文集序跋較之小説序跋更顯學術水準,有着身份象徵、潤色鴻業、立德立言、評騭作品等功能,并在推動駢文傳播和駢文復興上發揮了重要的作用。

四、駢文文獻研究

駢文文獻研究包括了傳世文獻、出土文獻與域外文獻等方面的研究,其中出土文獻主要是敦煌文獻與各地的銘文、碑文,域外文獻主要散落於東南亞國家與英、法、俄等國家,因本次研討會大多數的文獻研究均能兼顧多類文獻,此處僅以國内外文獻簡略劃分。

(一)國内駢文文獻研究

國内駢文文獻研究,有對駢文文獻進行輯録與考辨的,如楊曉斌(陝西師範大學)《顔之推〈稽聖賦〉的流傳及文體辨析》對顔之推《稽聖賦》的著録、流傳情况做了詳細的梳理,并在王利器《顔之推集輯佚》的基礎上,對今存文獻的異文進行考證與辨析,對其散佚的材料進行輯録與補充。研究中有對駢體文獻作叙録的,如于堃(廣西師範大學)《〈新刻旁注四六類函〉叙録》,李飛(廣西師範大學)《王詒壽〈縵雅堂駢體文〉叙録》,龐國雄、毋軍保(廣西師範大學)《鄭王臣〈蘭陔四六〉叙録》等研究:于堃以明代駢文選本《新刻旁注四六類函》爲研究對象,該選本只選録啓體,文章按官制分類,是供時人日用參考、學習借鑒的教材;李飛一文基於清代王詒壽的駢文集《縵雅堂駢體文》,分析王詒壽的駢文風格,認爲其文富有駢散變化,句式精美,結構合理,以情而咏,以氣而歌,表達方式多樣,寫景抒情、叙事議論巧妙融合;龐國雄、毋軍保二人則立足于清代鄭王臣的駢文集

《蘭陔四六》,對該集的内容及版本作了詳盡的梳理。另外,還有對駢文文獻進行注析與校勘的,如趙棚鴿(洛陽理工學院)《〈文選〉李善注徵引〈詩緯〉論析》對《文選》李善注中徵引的《詩緯》進行分析,認爲李善此舉除保存文獻功能外,對《詩緯》的思想并無任何發揮之處,徵引的根本原因乃《選》文有涉而注文不得不引;陸路(上海師範大學)《蕭訾〈滑時賦〉注析》則爲蕭訾《滑時賦》作了校勘、注釋與文意解析,内容細致而詳實。

(二)域外駢文文獻研究

域外駢文文獻研究與國内駢文文獻研究的方法相似,只不過研究方向更側重於版本信息的整理,也爲駢文文獻研究領域提供了大量的新材料。曾肖(暨南大學)《大英圖書館藏四種清代賦集選本考述》一文是基於大英圖書館藏的四種清代賦集選本(《同館律賦鴻裁》《崇川賦鈔》《同館賦鈔》《歷朝賦楷》)而展開的文獻研究,整理了四種選本的版本信息與收録情况,并結合國内其他版本進行了考證與論述。鄭偉(東北財經大學)《虞世南〈帝王略論〉佚文補正》就虞世南《帝王略論》的著録、散佚情况作了詳細的説明,認爲目前可見的殘卷有法藏敦煌本與日藏古抄本,此外,該學者還從古注、類書、佛典等傳世文獻中整理了不少佚文,對《帝王略論》具體的散佚時間也有所推論。蒙顯鵬(廣西師範大學)《大顛梵通〈四六文章圖〉考論》以日本大顛梵通的《四六文章圖》爲研究對象,認爲《四六文章圖》繼承了五山叢林中關於四六文格式、平仄等作爲準繩的性質,同時保存了許多中土已經失傳的術語,并且由於其帶有强烈佛禪文體特性,保存了中國佛教未嘗注目的文體,對於重新審視四六文提供了多重視角。

本次大會的議題研討基本覆蓋了駢文研究的各個領域,對文學史的評述與文體特徵的審視均能依據殷實的材料,對駢文理論的批評都能基於多層次的時代背景,對域外文獻的研究依舊保持着高昂的熱情,在致力於克服學界疑點、難點的同時,還涌現了許多新材料、新視野、新方法,這與參會學者多樣化的學術背景、淵博的才力學識亦密切相關,學者們結合多領域的知識、發揮專業所長,全面展示了駢文研究的最新成果,搭建起了廣闊的國際化學術交流平臺,推進了駢文研究的創新與發展。

作者簡介:

陳雅妮(1995—),廣東韶關人,陝西師範大學文學院碩士研究生,主要研究方向爲先秦兩漢魏晉南北朝文學。

駢文國際學術研討會暨第六届中國駢文學會年會開幕式致辭

曹虹

尊敬的各位領導、各位來賓、女士們、先生們：

今天，我們齊聚古都西安，這令人聯想起一千兩百多年前的一個秋天（天寶十一年，752），盛唐詩人岑參，相邀高適、薛據、杜甫、儲光羲等同僚詩友共登慈恩寺塔，他咏出了這樣的兩聯："秋色從西來，蒼然滿關中"；"净理了可悟，勝因夙所宗"。千年古都，秋色壯美，爲了追尋學理上的交流和解悟，爲了推進駢文研究事業，我們從四面八方如約而至，隆重集會，玉成此事的佳緣勝因尤其令我們感懷！我謹代表中國駢文學會，向百忙中莅會的各位來賓和學者同仁表示熱烈的歡迎，向全力承辦本次研討會的陝西師範大學各級領導、會務組師生表示衷心的感謝。陝西師範大學文學院在七十多年的學科建設與人文教育中，凝鑄成了"揚葩振藻，繡虎雕龍"的學術理念，對此我們深表感佩，并契合深衷。

在古都西安的天光雲影裏，既抹不去秦磚漢瓦、錦繡大唐的縱向層纍，也纏結着絲路延展、異域流彩的横向兼容，也許這可以用來類比歷史積澱極爲深厚的駢文歷程。駢文作爲中國文學貢獻給世界的最富於東方特色的體式，歷史上各個時期駢文使用範圍非常廣泛，深受古往今來才智之士的喜愛，富於文化品味和藝術造詣，經久不衰，還波及亞洲其他國家，并且駢文創作在當今仍洋溢着一定的活力，駢文教育可承擔涵養文化底蘊、淬煉文人氣質的作用。我們欣喜地看到，經過學者們多年的努力，輕視駢文的各種偏見在根源上得到了糾正，而且從近年來的共識來看，駢文研究日漸成爲中國優秀傳統文化研究的重要領域。

這種重要性或重視程度也可以從國家社科項目和期刊論文分布得到一定的印證。例如，2017 年以前獲批的國家社科項目，以駢文研究爲項目的共有 20 項。而 2017 至 2019 這兩年間，立項又達到 5 項，包括吕雙偉教授主持的重大項目"明清駢文文獻整理與研究"、另有劉濤教授的"六朝駢文文體理論整理及其後代接受研究"、侯體健教授的"宋元駢文批評研究暨資料彙編"、周劍之教授的"宋代駢文文體研究"、莫山洪教授的"文化轉型視角下的 20 世紀駢文理論發展研究"。如果加上辭賦以及其他具體文類中關涉到駢文研究的課題，以及省部級課題中的相關者，那就更爲可觀了。從 2017 年至今，粗略統計,國内期刊共有350餘篇直接或間接與駢文相關的文章,而在《文學評論》《文學遺産》等重要刊物上,幾乎每期或隔期都能見到論述駢文或關涉到駢文問題的論文。這種較爲穩健的態勢,也反映了駢文學界的積纍與創新已開始形成良好的循環。在這兩年間問世的碩果中,勢必包含之前立項或素有積累的課題,如譚家健先生于2018年出版了《中華古今駢文通史》,是駢文學界的盛事,這是他獲於2014年的國家社科重點項目的最終成果,2010年實已開筆,持續奮戰,樂此不疲,不知老之將至,譚先生的弘毅精神是後學的榜樣。另外,莫道才教授以2015年所獲社科重大項目爲機緣,創辦《駢文研究》,亦功在學林。

當然,相比於數量的遞增,學術品質的追求才是最富挑戰力度的永恒的目標。這應當是出自護惜真理與不忘使命的宏願。當年玄奘法師于大慈恩寺建塔奠基時,曾自述誠願曰:"庶使巍峨永劫,願千佛同觀;氤氲聖迹,與二儀齊固。"玄奘法師的堅卓人生,其於弘毅之士,豈能無所感召?本次會議所設立的研討議題,有見於新世紀即將走過第一個二十年,駢文研究如何對繁盛的現象作出反思,以迎接更大的突破。感謝參會的學者惠賜宏文和參與評議,讓我們通過觀摩、切磋,分享心得,增上智慧,加大願力,享受友誼,把聚會的美好留在長久的記憶中,用李白的詩句來説:長相思,在長安!

作者簡介:

曹虹(1958—),南京大學文學院教授,研究方向爲中國古代文學。

2019年國内駢文研究索引

尹華君整理

一、著作之屬

1.吴雲編:《歷代駢文精華》,廣西師範大學出版社

2.莫道才編:《駢文研究》第三輯,廣西師範大學出版社

3.莫道才編:《駢文要籍選刊》,北京燕山出版社

4.瞿宣穎著:《中國駢文概論》(再版),北京出版社

5.許槤評選,黎經誥箋注:《六朝文絜箋注》(再版),四川人民出版社

二、論文之屬

1.張興武:《宋金四六譜派源流考述》,《文學遺産》2019年第1期

2.陳文新:《何以要用駢體白話翻譯〈文心雕龍〉——讀張光年〈駢體語譯文心雕龍〉》,《長江文藝評論》2019年第5期

3.吕雙偉:《陳子龍對"古文辭"的推崇及其駢文地位的建構》,《湖南師範大學社會科學學報》2019年第6期

4.吕雙偉:《"駢四儷六"與元明清賦學批評的演變》,《雲夢學刊》2019年第3期

5.莫崇毅:《以散馭駢:論吴錫麒的駢文創作》,《長江學術》2019年第4期

6.鍾濤、胡琴:《台圖藏稿本〈宋四六話〉考述》,《斯文》2019年第1期

7.鍾濤:《文體意識與文本中心——"聶石樵中國文學史系列"駢文研究的學術史意義》,《斯文》2019年第1期

8.于景祥、鑫鑫:《〈文心雕龍〉藻飾藝術三題》,《遼寧師範大學學報(社會科學版)》2019年第1期

9.孫麗娜、于景祥:《李世民論書之文的駢儷之美》,《美術大觀》2019年第8期

10.鑫鑫:《論〈駢文類纂〉中王先謙的修辭觀》,《瀋陽師範大學學報(社會科學版)》2019年第3期

11.李金松:《王世樞與〈陳檢討四六新箋〉考述》,《中國典籍與文化》2019年第1期

12.李金松:《宗唐:〈四六叢話〉的駢文藝術蘄向》,《廣東社會科學》2019年第2期

13.李金松:《清代駢文研究的新創獲——評路海洋〈清代江南駢文發展研究〉》,《内

蒙古大學學報(哲學社會科學版)》2019 年第 6 期

14.李金松:《六朝啓體文的流變》,《斯文》2019 年第 1 期

15.路海洋:《論清代的駢體遊記》,《中國文學研究》2019 年第 3 期

16.路海洋:《論清初駢文選本的實用品性、審美意趣與尊體祈向》,《蘇州科技大學學報(社會科學版)》2019 年第 3 期

17.陳松青:《才子之文——論易順鼎辭賦駢文的情感特質、風格及其成因》,《中國文學研究》2019 年第 4 期

18.余莉:《晚清社會學與劉師培文論觀的建構》,《中國文學研究》2019 年第 4 期

19.莫尚葭:《地域文化視域下的清代駢文研究——以"浙派"爲中心的考察》,《浙江社會科學》2019 年第 12 期

20.戴路:《南宋後期薦舉官制與四六啓文的交際性》,《河南大學學報(社會科學版)》2019 年第 1 期

21.徐晉如:《六朝麗體昔風流》,《社會科學論壇》2019 年第 5 期

22.金晶:《"古文運動説"再議——比較文學視域下的漢民族駢文、散文發展軌迹》,《湖北社會科學》2019 年第 1 期

23.况曉慢:《李商隱古文轉駢文寫作始末與其文體觀探微》,《河北大學學報(哲學社會科學版)》2019 年第 2 期

24.王亞萍:《因循與漸變:20 世紀前期初盛唐駢文研究述論》,《南昌大學學報(人文社會科學版)》2019 年第 2 期

25.阮愛東:《論蘇頲的詔敕創作》,《重慶師範大學學報(社會科學版)》2019 年第 1 期

26.丁楹:《從"吾家四六"到"儒林榮觀"——洪邁駢文成就的家庭因素考察》,《齊魯學刊》2019 年第 5 期

27.張作棟:《偶對觀念與駢文尊體》,《興義民族師範學院學報》2019 年第 6 期

28.劉振乾:《論王先謙〈駢文類纂〉的科舉教育探索》,《南華大學學報(社會科學版)》2019 年第 5 期

29.韋運韜:《曹丕散文的駢體化傾向》,《青海師範大學民族師範學院學報》2019 年第 2 期

30.小泉:《〈滕王閣序〉解讀》,《民辦高等教育研究》2019 年第 3 期

31.賀建珍:《〈滕王閣序〉用典賞析》,《文學教育(下)》2019 年第 2 期

32.林煖:《廣征博引　渾融自然——論〈滕王閣序〉之用典》,《開封教育學院學報》2019 年第 9 期

33.宋昭:《蔣士銓的駢文風格論與創作實踐》,《漢字文化》2019 第 18 期

34.宋昭:《淺析清代文言小説序跋的駢化》,《甘肅廣播電視大學學報》2019 年第 4 期

35.李勇:《林傳甲駢文觀研究》,《閩台文化研究》2019 年第 1 期

36.鄭永輝:《晚明本朝四六文選本中的名家蔡復一》,《閩臺文化研究》2019 年第 4 期

37.肖佳琳:《六朝啓體評論辨析與研究展望》,《蘭台世界》2019 年第 8 期

38.李林軍:《"麗辭"釋義新解》,《信陽農林學院學報》2019 年第 4 期

39.李林軍:《〈文心雕龍·麗辭〉與駢文演變》,《西安文理學院學報(社會科學版)》2019 年第 3 期

40.李林軍:《論"徐庾體"的新變》,《遼東學院學報(社會科學版)》2019 年第 3 期

41.楊志君:《論張溥的駢文批評及其文論史意義》,《棗莊學院學報》2019 年第 4 期

42.丁瑩:《李奎報外交文書的駢體藝術及其體現的東北亞國家關係》,《雲夢學刊》2019 年第 3 期

43.江褘婧:《論清代駢文批評中的"潛氣内轉"》,《雲夢學刊》2019 年第 3 期

44.喻進芳、常毓晗:《論曾鞏的制詔》,《牡丹江師範學院學報(社會科學版)》2019 年第 2 期

45.翟景運:《古文宗師的錦心繡口——柳宗元與駢文》,《東方論壇》2019 年第 4 期

46.姚金笛:《駢散并尊、語簡意周——論孔廣森的駢文創作》,《山東理工大學學報(社會科學版)》2019 年第 2 期

47.陳果:《以心揆事,以事配辭——論六朝駢文對偶與用典的雙向互動》,《西安石油大學學報(社會科學版)》2019 年第 5 期

48.高石:《清代〈文選〉學與清代駢文關係述評》,《淮海工學院學報(人文社會科學版)》2019 年第 2 期

49.徐佳:《魏晉時期駢儷作論藝術新探》,《遼東學院學報(社會科學版)》2019 年第 1 期

50.魏伯河:《對偶句式制約〈文心雕龍〉内容表達例説》,《福建江夏學院學報》2019 年第 3 期

51.武超:《〈四六初徵〉與〈新四六初徵〉關係考》,《貴州師範學院學報》2019 年第 7 期

52.羅積勇、劉彦:《法度與自由的交融——談宋代詞科駢文藝術特色》,《中國語言文學研究》2019 年第 1 期

53.楊穎:《〈諫逐客書〉的經典特徵及其經典化歷程》,《駢文研究》2019 年

54.楊賽:《漸開四六體門徑——讀任昉〈文宣竟陵王行狀〉》,《駢文研究》2019 年

55.路海洋:《桐城派古文名家劉開的駢文思想與駢文創作》,《駢文研究》2019 年

56.莫山洪:《從鄭獻甫駢文用典看清中葉中原文化在嶺南的傳播》,《駢文研究》2019 年

57.譚家健:《日僧絶海中津語録中的駢文》,《駢文研究》2019 年

58.蒙顯鵬:《日僧大顛梵通〈四六文章圖〉考論》,《駢文研究》2019 年

59.古川喜哉撰、鄭東君、楊勇譯:《漢文的文體類别——以駢體文爲論述重點》,《駢文研究》2019 年

60.馬瑞志撰,劉城譯:《王巾〈頭陀寺碑文〉:佛教駢文一例》,《駢文研究》2019 年

61.張椿錫撰,沈曉梅、肖大平譯:《從中國文學看叙事的抒情化——以駢儷文和變文爲中心》,《駢文研究》2019 年

62.朴禹勛撰,肖大平譯:《韓國駢文集研究》,《駢文研究》2019 年

63.李鍾文撰,沈曉梅、肖大平譯:《對〈東人之文四六〉所載 12 篇作品作者的考察》,《駢文研究》2019 年

64.朴漢男撰,肖大平譯:《14 世紀崔瀣〈東人之文四六〉的編纂及其意義》,《駢文研究》2019 年

65.朴仲焕撰,肖大平譯:《從〈彌勒寺舍利記〉看百濟駢儷文的發展》,《駢文研究》2019 年

66.肖悦:《〈樊南四六集〉五卷叙録》,《駢文研究》2019 年

67.張作棟:《〈唐駢體文抄〉叙録》,《駢文研究》2019 年

68.李昇:《〈硯雲齋遺稿 · 駢文〉叙録》,《駢文研究》2019 年

69.于堃:《〈新刻旁注四六類函〉叙録》,《駢文研究》2019 年

70.萬紫燕:《〈有恒心齋駢體文〉叙録》,《駢文研究》2019 年

71.李飛:《〈緩雅堂駢體文〉叙録》,《駢文研究》2019 年

72.李勇:《〈中國文學史〉第十五篇〈駢散古合今分之漸〉、第十六篇〈駢文又分漢魏、六朝、唐、宋四體之别〉》,《駢文研究》2019 年

73.曾了若、莫山洪:《隋唐駢散文體變遷概觀》,《駢文研究》2019 年

74.何祥榮:《當代香港駢文研究述略》,《駢文研究》2019 年

三、報紙之屬(僅選國家級報紙)

1.于景祥、孫麗娜:《清初學人爲駢文正名》,《光明日報》2019—09—23

2.莫道才:《駢文對文體的影響》,《光明日報》2019—09—23

3.張作棟:《清代的駢文性靈説》,《光明日報》2019—09—23

四、博碩士學位論文之屬

1.鑫鑫著,于景祥指導:《〈駢文類纂〉研究》,遼寧大學(博士)

2.孫麗娜著,于景祥指導:《〈駢體文鈔〉研究》,遼寧大學(博士)

3.賀玉潔著,楊遇青指導:《明中葉江南駢文研究》,西北大學(博士)

4.段志鵬著,于景祥指導:《宋代表文研究:以〈四六法海〉爲中心》,遼寧大學(碩士)

5.周建剛著,于景祥指導:《唐代陳謝文研究》,遼寧大學(碩士)

6.張力仁著,徐可超指導:《唐代庾信駢文接受研究》,遼寧大學(碩士)

7.樊紅紅著,孟慶麗指導:《陳維崧駢文研究》,遼寧大學(碩士)

8.王騰著,莫道才指導:《王勃駢文的接受及經典化研究》,廣西師範大學(碩士)

9.覃雪娟著,莫道才指導:《楊炯駢文接受史及其經典作品研究》,廣西師範大學(碩士)

10.孫艷平著,莫道才指導:《盧照鄰文的接受與經典化研究》,廣西師範大學(碩士)

11.王秀玲著,莫道才指導:《駱賓王文的接受及其經典化》,廣西師範大學(碩士)

12.楊曉彪著,吕雙偉指導:《歐陽修駢文研究》,湖南師範大學(碩士)

13.唐琛著,吕雙偉指導:《柳宗元駢文研究》,湖南師範大學(碩士)

14.熊仁珍著,周建軍指導:《歐陽修四六文研究》,湘潭大學(碩士)

15.張顯著,莫山洪指導:《温庭筠駢文與其詩詞之間互融現象研究》,南寧師範大學(碩士)

16.王瓊著,沈如泉指導:《宋代贊見類啓文研究》,西南交通大學(碩士)

17.張力謙著,羅燕萍指導:《曾鞏駢文及其相關問題研究》,四川外國語大學(碩士)

18.吴名茜著,徐希平、蘇利海指導:《陸贄、權德輿駢文對〈昭明文選〉的接受與新變》,西南民族大學(碩士)

19.韓雅琪著,郭鵬指導:《麗辭雅義,符采相勝——古代駢文的藝術特性與外譯傳播探析》,山西大學(碩士)

20.高石著,陳國安、涂小馬指导:《清代〈文選〉學與清代駢文關係論稿》,蘇州大學(碩士)

作者簡介:

尹華君(1975—),廣西師範大學文學院在讀博士,湖南科技學院人文學院教師,主要從事唐宋文學研究。

編後語

《駢文研究》第四輯與大家見面了。本輯的欄目一如既往,"駢文理論與駢文史"欄目共有9篇文章:涉及了駢文理論的有莫道才的《駢文的跨文類滲透與古代文體演進的觸媒作用》,從理論層面討論了駢文對其他文體的産生和成型的重要影響;劉濤的《任昉沈約駢文思想考論》專門討論六朝駢文的任昉和沈約駢文思想;討論駢文創作的有肖悦的《從賦和序看李白駢文的"以詩爲文"》,討論了李白的駢文融合詩歌的特徵;結合理論和創作討論的有宋昭的《蔣士銓的駢文理論與創作實踐》;討論駢文批評專書的有楊婷玉的《蔣一葵〈八朝偶雋〉的駢文觀》;討論地域駢文的有王正剛、江朝輝的《粤西駢文考論》;討論當代駢文的有何祥榮的《饒宗頤駢文中的儒釋道美學思考》;討論民國時期駢文研究史的有莫山洪《20世紀初文化轉型視角下馮淑蘭之駢散觀》。梁觀飛《20世紀初新生力量的駢文研究——以莫沛鎏〈研究駢文一得之商榷〉爲例》。"域外駢文研究"欄目關注的重點是日韓,日本的駢文譯介了3篇,韓國的駢文研究譯介了5篇。"駢文叙録"欄目介紹了2部駢文專集和明清之際駢文系列總集。"民國駢文文獻"整理了4種。"駢文研究新視野"刊發了4篇文章。劉楚荊、黄水雲《七十年來臺灣駢文及其研究綜述》對臺灣地區的駢文研究有全面的綜述介紹。

總體來看,本輯理論研究增加很多,研究領域涉及較廣。本刊也有意識培養駢文研究的新生力量,刊發了不少青年學者的論文,期盼駢文學學科不斷持續發展。

本刊已經加入中國知網,這樣更有利於研究成果的傳播。

歡迎各位專家學者繼續支持,將有關駢文研究的成果刊布於本刊。投稿郵箱:1544419117@qq.com。

本刊聲明